ANDREAS ESCHBACH

SOLARSTATION

2 ROMANE IN EINEM BAND

KELWITTS STERN

BASTEI LÜBBE TASCHENBUCH
Band 25934

Vollständige Taschenbuchausgabe

Bastei Lübbe Taschenbücher ist ein Imprint
der Verlagsgruppe Lübbe

© 1996 und 1999 by Schneekluth Verlag GmbH, München
© für die Taschenbuchausgabe 1999 und 2001 by
Verlagsgruppe Lübbe GmbH & Co. KG, Bergisch Gladbach
Einbandgestaltung: HildenDesign, München
Satz: hanseatenSatz-bremen, Bremen
Druck und Verarbeitung: Elsnerdruck, Berlin
Printed in Germany
ISBN 3-404-25934-3

Sie finden uns im Internet unter
http://www.luebbe.de

Der Preis dieses Bandes versteht sich einschließlich
der gesetzlichen Mehrwertsteuer.

ANDREAS ESCHBACH
SOLARSTATION

ROMAN

Prolog

NIEMAND HATTE JE ernsthaft die Frage gestellt, wozu sie eigentlich hier waren, und niemand hätte diese Frage ernsthaft beantworten können. Sie hatten dieses kleine Stück Dschungel zu bewachen – das wurde von ihnen erwartet. Es wurde nicht von ihnen erwartet, Fragen zu stellen.

Der Fremdenlegionär lehnte an einem der modrigen Pfosten des Holzgerüstes, das, nur mit einem Stück rostigen Wellblechs gedeckt, als Unterstand diente, und rauchte eine schlecht gedrehte Zigarette aus schlechtem guyanischem Tabak. Seine Kameraden nannten ihn Jean, aber das war natürlich nicht sein richtiger Name. Er warf einen abfälligen Blick auf den anderen Soldaten, der mit halb offenem Mund in einer der Hängematten lag und schnarchte. Zu viel Schnaps, zu lange bei den Mädchen herumgegangen auf dem Strich von Alt-Kourou. Und so verpasste er den frühen Morgen, die beste Zeit des Tages. Die Luft war kühl und angenehm, das Licht klar und von einer geradezu tröstlichen Reinheit. Später am Tag, wenn die unerträgliche äquatoriale Hitze wieder auf allem lastete und man vor Insekten fast wahnsinnig wurde, würde er an diese Stunde zurückdenken und alles besser ertragen. Auch die stumpfsinnige Langeweile des Wartens auf den nächsten Raketenstart, irgendwann.

Über den buschigen Wipfeln der Urwaldbäume, von denen die Feuchtigkeit der Nacht empordampfte, erhob sich die kolossale Raketenabschussrampe wie der missglückte Turm einer modernen Kirche. Vom Meer her wehte eine frische, salzig riechende Brise. Sie brachte ein Geräusch mit sich, das fremd durch das morgendliche Zirpen der Zikaden und das Zetern aufgeregter fremder Dschungelvögel drang. Der Fremdenlegionär, der sich Jean nannte, horchte auf. Er überlegte eine Weile, aber das Geräusch wollte sich nicht einordnen lassen. Er knurrte unwillig, warf die Zigarette weg und griff nach seiner Maschinenpistole. Wahrscheinlich wieder ein paar Kreolen, die nicht kapieren wollten, dass sie an diesem Teil des Strandes nichts zu suchen hatten. Er musste sie vertreiben, denn weiter hinten bei der alten Generatorstation schob André Wache, und das war ein scharfer Bursche. Wenn der sie erwischte, würde es Ärger geben.

Er verzichtete darauf, seinen Kameraden zu wecken. Der würde ohnehin keine große Hilfe sein, in seinem Zustand. Und es sollte nicht allzu lange dauern, bis er zurück war.

Er folgte einem schmalen Trampelpfad durch das Unterholz. Unter seinen derben Kampfstiefeln brachen trockene Zweige, und allerlei krabbeliges Kleingetier wuselte davon. Es war noch nicht hell genug, um Einzelheiten zu erkennen, und er legte auch keinen besonderen Wert darauf.

Da war es wieder, das Geräusch. Jean blieb stehen und lauschte. Ein eigenartiges, schabendes Geräusch, und Schritte auf Sand.

Manchmal nahmen einige der Soldaten, die keine Wache hatten, Mädchen mit zum Strand. Aber in der Regel waren sie alle am Morgen wieder fort. Jean schob unwillkürlich den rechten Zeigefinger unter den Abzugbügel seiner Waffe, während er sich mit der linken Hand den Weg bahnte.

Dann stand er am Strand, und sein Blick saugte sich sofort an den großen schwarzen Schlauchbooten fest, die an der Küste gelandet waren, und an den schwarz gekleideten Männern, die ihnen entstiegen. Sie trugen Waffen und schleppten Kisten, die wie Munitionskisten aussahen. Und draußen auf dem Meer ragte der schwarze Turm eines Unterseebootes aus den träge glitzernden Wellen ...

Ein Überfall. Er musste Alarm schlagen, sofort. Jean drehte sich um.

Doch da stand ein schwarz gekleideter Mann auf dem Pfad, den er gekommen war, das Gesicht vermummt, und Jean sah nur seine Augen, stahlharte, erbarmungslose Augen. Noch ehe der Fremdenlegionär eine Bewegung machen konnte, wirbelte eine gleißende Klinge in der Hand des anderen. Ein greller, betäubender Schmerz durchbohrte die Kehle des Mannes, den seine Kameraden Jean genannt hatten, ein unglaublicher Schmerz, ein Schmerz wie das Aufflammen eines Blitzlichts. Jean sah an sich herab, an seiner zerknautschten, khakifarbenen Uniform, doch da war kein Khaki mehr, da war nur noch Blut, Blut, Blut.

1

SEX IM WELTRAUM ist nach wie vor eine der exklusivsten Erfahrungen unserer Zeit. Und eine der überwältigendsten dazu. Es sind bestimmt Jahrtausende vergangen seit der letzten wirklichen Neuerung auf sexuellem Gebiet: ein Orgasmus im Zustand der Schwerelosigkeit ist unter Garantie eine, und er ist mit nichts zu vergleichen, was immer man auch je zuvor erlebt hat. Ein kleiner Schritt für die Menschheit, aber ein großer Schritt für einen Menschen, sozusagen.

Die Frau, die diese Erfahrung von Zeit zu Zeit mit mir zu teilen bereit war, hieß Yoshiko und war eine zierliche, hübsche Japanerin mit langem schwarzen Haar und einer schlanken, knabenhaften Figur. Die japanische Raumfahrtbehörde stellte grundsätzlich keine Frauen mit großen Brüsten für den Einsatz auf der Raumstation ab, da man – nicht zu Unrecht – befürchtete, die Kombination von großen Brüsten und Schwerelosigkeit könnte zu einer gefährlichen Beeinträchtigung des Denkvermögens der männlichen Besatzung führen.

Auch in anderer Hinsicht muss man beim Miteinander von Mann und Frau unter Bedingungen der Mikrogravitation, wie die Schwerelosigkeit fachmännisch genannt wird, umdenken. Komplett vergessen muss man zum Beispiel alle heftigen Bewegungen beim Geschlechtsverkehr. Selbst wenn man es vermeiden kann, unsanft gegen irgendwelche spitzen, harten oder empfindlichen Einrichtungsgegenstände zu prallen, besteht für den Mann ernsthafte Verletzungsgefahr: Bei einer unbedachten Bewegung der Frau kann er sich buchstäblich den Penis brechen.

Aber wahre Leidenschaft lässt sich durch Gefahr nicht einschüchtern. Wir hatten uns in den Versorgungsraum zurückgezogen, einen kleinen Raum in der Nähe der Unterkünfte, in dem Kleidung, Wäsche und Handtücher und dergleichen gelagert wurde und dessen Wände demzufolge gut gepolstert waren, hatten die Türe hinter uns verriegelt, die Heizung aufgedreht und das Licht ausgeschaltet, sodass nur noch zwei winzige rote Kontrolllampen übrig blieben, die unser Treiben in schummriges Halbdunkel hüllten.

Ich habe mich immer gefragt, was für geheime Geschichten sich früher an Bord der Spaceshuttles abgespielt haben mochten, als zum ersten Mal weibliche Astronauten mit an Bord gingen. Ich fürchte nur, gar keine. Alle Astronauten waren immer glücklich verheiratet, und wenn sie nur halb so spießig waren, wie sie im Fernsehen gewirkt hatten, dann haben sie sich an Bord benommen wie die braven Pfadfinder.

Nun ja, das war inzwischen auch schon Geschichte. Die Jungs hatten jedenfalls ihre Chance gehabt. Heute hockten sie in Ehren ergraut mit ihren Ehefrauen zu Hause und verzehrten ihr Altenteil, während ich vierhundert Kilometer über ihren Köpfen die Erde umkreiste, verschlungen und verschmolzen mit diesem zarten, atemberaubenden Geschöpf. Und natürlich verschwendete ich in Wirklichkeit keinen Gedanken an die Raumfahrtgeschichte des ausgehenden zwanzigsten Jahrhunderts. Um ehrlich zu sein, in meinem Hirn wäre kein einziger Gedanke, woran auch immer, zu finden gewesen. Wir schwebten nur keuchend und stöhnend in der samtroten Dämmerung, die uns umgab, uns unendlich sacht und behutsam bewegend, unsere Arme und Beine einander umwindend wie taumelnde Schlangen, und wir waren so groß wie das Universum. Wir hatten jedes Zeitgefühl verloren, jedes Gefühl für eine Trennung zwischen uns, es war uns, als hätten wir den Kosmos bereits erobert und uns einverleibt.

Yoshiko, bebend und schweißnass in meinen Armen,

zwitscherte unentwegt in mein Ohr, während sie ihre langen Nägel in meinen Rücken grub, wisperte und hauchte in einem fort japanische Worte, von denen ich die meisten nicht verstand. Während ich nur grunzte und stöhnte, kam es aus ihr heraus wie ein Wasserfall. Immer wieder, wenn krampfhafte Zuckungen ihren biegsamen Körper erschütterten, keuchte sie etwas vom Sterben und von unerträglich süßen Schmerzen und solches Zeug.

Was Sex anbelangt, trennen die Japaner und uns Westler Welten. Wir Westler sind durch zweitausend Jahre Christentum verkrüppelt, und inzwischen wissen wir das. Die Japaner glauben nicht an das Christentum, und an Sigmund Freud auch nicht, und auf den ersten Blick wirkt es so, als hätten sie mit Sex beneidenswert wenig Probleme. Aber irgendwo haben sie auch ihren Schuss weg: Wenn es ihnen richtig gut kommt, wollen sie immer gleich sterben.

Irgendwann, nach Stunden, wie es schien, in denen wir auf einer einzigen, endlosen Welle von Höhepunkten geritten waren, schlichen sich Raum und Zeit wieder in unsere Wahrnehmung ein, kehrte das Bewusstsein für die normale, gewohnte Welt zurück wie ein ärgerlicher Störenfried und verscheuchte die Ekstase. Die Atmung normalisierte sich wieder, der Herzschlag beruhigte sich, und ich nahm uns wieder als zwei voneinander getrennte menschliche Wesen wahr, die einander eng umschlungen hielten. Ich roch Yoshikos Schweiß, ihren Körperduft, bohrte meine Nase liebkosend in ihr Haar und hätte sie noch ewig so halten können. Sie aber küsste mich sanft und entwand dann einen ihrer Arme den meinen, griff hinter sich und knipste das Licht wieder an. Wahrend ich noch blinzelnd versuchte, mich an die Helligkeit zu gewöhnen, hatte sie schon ihre Armbanduhr aus ihrem Kleiderbündel gefischt und die Zeit abgelesen.

»Es wird Zeit, Leonard-*san*«, sagte sie sanft.

Seufzend glitt ich aus ihr heraus und gab sie frei. Es wäre

eine Illusion gewesen zu glauben, dass sie mich etwa liebte. Ich wusste, dass sie das nicht tat. Yoshiko war eine junge, intellektuelle Japanerin, eine echte Tochter des neuen Jahrtausends, wahnsinnig intelligent, wahnsinnig ehrgeizig und mit ihren sechsundzwanzig Jahren bereits eine der führenden Astronominnen des Landes, wenn nicht der ganzen Welt. Für eine Frau wie sie war es chic, sich eine Affäre mit einem *gai-jin* zu gönnen, und wenn sie etwas an mir mochte, dann war es meine westliche Grobheit und Ungeschlachtheit, die sicherlich einen erfrischenden Kontrast darstellte zur allgegenwärtigen japanischen Höflichkeit. Und vielleicht auch meine im Vergleich zu japanischen Männern stärker ausgeprägte physische Ausstattung.

Obwohl ich das alles wusste und obwohl ich sie inzwischen schon eine ganze Weile kannte, war es immer wieder ernüchternd zu erleben, wie rasch und problemlos sie aus der Welt der Ekstase in die Welt des Alltags zurückkehrte. Während in mir noch alles bebte und vibrierte und ich verträumt und bedauernd zusah, wie sie ihren begehrenswerten Körper nach und nach wieder in den schmucklosen Bordoverall hüllte, schien sie in Gedanken schon ganz woanders zu sein, an der Schalttafel ihres Radioteleskops vielleicht oder mit irgendwelchen Überlegungen zu bahnbrechenden kosmologischen Theorien beschäftigt.

»Wir sollten nicht zu spät kommen, Leonard-*san*«, mahnte sie sanft. »Der Kommandant ist sehr beunruhigt wegen der vielen Pannen bei der Energieübertragung in letzter Zeit.«

Das war ein zarter Hinweis, nicht länger nackt durch die Gegend zu schweben, sondern mich ebenfalls wieder anzuziehen. Ich beeilte mich. Yoshiko regelte unterdessen die Heizung herunter, fing dann ihre langen Haare ein und bändigte sie wieder mit einem Haargummi.

Natürlich wusste jeder an Bord Bescheid über unsere Schäferstündchen. Trotzdem hatte es etwas Verschwörerisches an sich, wie wir die Tür des Kleiderlagers öffneten und uns umsahen. Und während wir den Gang entlangpaddelten, blieb ich etwas zurück, um ihr bewundernd zuzusehen. Es würde wieder einige Tage dauern, bis ich aufhören konnte zu bedauern, dass ich ihr im Grunde nichts bedeutete.

Ich verliebe mich immer in die Frauen, mit denen ich schlafe. In dieser Reihenfolge. Wahrscheinlich ist genau das mein Problem.

2

DIE ANSPANNUNG AUF der Brücke war mit Händen zu greifen, als wir dort ankamen. Die Blicke, die uns trafen, waren nicht einmal wissend oder anzüglich wie sonst, sondern nur ungeduldig. Der Kommandant sah nur demonstrativ auf die so genannte Missionsuhr, deren große rote Ziffern nicht die laufende Uhrzeit, sondern den Countdown für ein aktuelles Vorhaben anzeigten: in diesem Fall die verbleibende Zeit bis zum Beginn des Kontaktes, noch fünf Minuten.

Wir nahmen schweigend unsere Plätze ein. In der Schwerelosigkeit setzt man sich natürlich nicht auf Stühle; das ist völlig unnötig. Es gab auf dem Boden vor den jeweiligen Schaltpulten Schlaufen am Boden, in die man die Füße steckte, und wenn man dann die Karabinerhaken, die an elastischen Schnüren an jedem Overall befestigt waren, an den entsprechenden Ösen einhakte, konnte man sich ganz auf seine Arbeit konzentrieren, ohne befürchten zu müssen, in einem unachtsamen Moment davonzuschweben.

Meine Aufgabe war, die Energieflusskontrollen im Auge zu behalten. Ich blickte über die Anzeigeinstrumente, verwirrend viele, zog einen Notizzettel aus der Tasche, den ich mir vorsorglich angefertigt hatte, und heftete ihn mit einem kleinen Magneten an eine freie Fläche. Das war ein Aushilfsjob für mich, weil Taka Iwabuchi, der eigentlich für den Bereich Sonnenenergie zuständig war, sich diesmal unten im Maschinendeck aufhielt, um das Funktionieren der automatischen Anlagen zu überwachen. Oder das Nichtfunktionieren, um genau zu sein. Denn seit zwei Monaten gab es permanent Pannen bei der Energieübertragung.

Noch drei Minuten.

Yoshiko hatte ihren Platz an der Erdbeobachtung eingenommen. Ich riskierte einen kurzen Seitenblick. Sie drehte an Schaltern, drückte Tasten und war ganz bei der Sache, als wenn nichts gewesen wäre. Dann bemerkte ich einen mahnenden Blick von Moriyama, dem Kommandanten, und widmete mich angelegentlich wieder meinem Kontrollpult. Wenn nur nicht alles so groß in Japanisch und nur so klein – und unvollständig – in Englisch beschriftet gewesen wäre! Auch nach all den Jahren in den Diensten der japanischen Raumfahrt tat ich mich mit dem Lesen der japanischen Schrift immer noch schwer. Okay, ich konnte die Tageszeitung von Tokio entziffern, die wir täglich heraufgefaxt bekamen, aber in der Zeit, die ich für die Titelseite brauchte, hatte ich früher die *New York Times* einmal ganz durchgelesen.

Noch zwei Minuten.

»Hawaii, hier spricht die Raumstation NIPPON. Bitte kommen.« Das war Sakai, der für Funk, Datenübertragung und allgemeine Kommunikation zuständige Operator. Ein verschlossener, humorloser und ziemlich unangenehmer Zeitgenosse, den ich noch nie mit jemandem aus der Crew ein längeres Gespräch hatte führen sehen. Wahrscheinlich hatte er sich beruflich der Kommunikation verschrieben, weil er sie privat absolut nicht beherrschte. Auch dass er fließend Englisch sprach, änderte daran nichts.

»NIPPON, hier Hawaii«, drang die Stimme des Funkers unten an der Empfangsanlage aus dem Lautsprecher. »Wir haben Sie geortet.«

»Hawaii, wir sind bereit für den Empfang Ihres Leitstrahls in« – er blickte auf die Missionsuhr – »einer Minute und vierzig Sekunden.«

»Bestätigt. Wir sind synchron.«

Ein meckerndes Lachen quittierte diese Durchsage. Sie stammte von James Prasad Jayakar, dem Computerspezialisten, den auf seinen eigenen Wunsch hin alle nur Jay nannten. Er war der Sohn eines indischen Physikers und einer englischen Kybernetikerin und vor kurzem direkt von Cambridge weggekauft worden. Wenn man sich nicht an seinem, vorsichtig ausgedrückt, ziemlich eigenwilligen Charakter stieß, war gut mit ihm auszukommen, und wenn man bedachte, dass diese Dienstschicht – er war mit dem vorletzten Shuttle vor vier Monaten an Bord gekommen – sein erster Aufenthalt im Weltraum war, dann hielt er sich erstaunlich gut.

Alle Augen fixierten nun die Missionsuhr. Die Sekunden verstrichen so langsam, als ginge der Zeit ausgerechnet jetzt der Sprit aus.

In Hawaii ging in diesen Minuten die Sonne unter, und von dort aus gesehen tauchten wir am nördlichen Horizont auf, als winziger, aber mit bloßem Auge gut sichtbarer Punkt am klaren Abendhimmel. In wenigen Augenblicken würden sie uns einen Laserstrahl entgegenschicken, der genau auf unseren Energiesender gerichtet sein würde. Und an diesem Laserstrahl entlang sollte unsere Energie hinab zur Erde fließen, um dort von einem riesigen Empfängergitter aufgenommen zu werden, das, beinahe einen Quadratkilometer groß, nördlich der kleinen Insel Nihoa im Pazifik dümpelte.

Das hatte auch schon funktioniert. Nur seit zwei Monaten war der Wurm drin.

Noch fünfundvierzig Sekunden.

Jeder denkt, das Aussehen der Raumstation sei leicht zu beschreiben, solange er es noch nicht versucht hat. Klar, man weiß, dass es sich um eine Versuchsstation handelt, die hauptsächlich gebaut wurde, um verschiedene Aspekte der Energiegewinnung aus Sonnenlicht und der Übertragung von Energie aus dem Weltraum zur Erde zu erforschen und die zugehörige Technologie zu entwickeln. Und man kann sich auch denken, dass die Raumstation dazu ziemlich große Flächen haben muss, die im Volksmund als Solarzellen oder Sonnenpaddel bezeichnet werden. Was man sich aber nicht denken kann, ist, *wie* groß diese Flächen tatsächlich sind.

Am eindrücklichsten fand ich eine Beschreibung, die einmal in einem von der japanischen Raumfahrtbehörde herausgegebenen Prospekt stand. Stellen Sie sich vor, hieß es dort, Sie hätten eine kreisrunde Scheibe feinen weißen Papiers, einen halben Meter im Durchmesser, gerade so groß, dass ein Erwachsener sie mit ausgestreckten Armen umfassen kann. Durch den Mittelpunkt dieser Scheibe sei eine kleine Nadel gesteckt. Der winzige Kopf dieser Nadel – das ist die eigentliche Raumstation. Hier leben, arbeiten und schlafen die Mitglieder der Besatzung; hier werden wissenschaftliche Experimente aller Art gemacht, und hier sind auch alle Maschinen untergebracht, die zur Versorgung mit Wasser und Atemluft erforderlich sind. Die Spitze der Nadel ist in Wirklichkeit eine hundertfünfzig Meter lange, ölbohrturmartige filigrane Stabkonstruktion, an deren Ende der Energiesender sitzt. Und die Papierscheibe – das sind die Solarzellen.

Nur dass es keine Solarzellen im herkömmlichen Sinn sind. Es handelt sich um eine hauchdünne Folie, die nur unter Schwerelosigkeit hergestellt werden kann – und die wir deshalb hier an Bord herstellen –, die zwischen lächerlich mageren Trägern aufgespannt ist und die eine Energieausbeute von ungefähr hundert Watt je Quadratmeter liefert. Und dieser Quadratmeter hat, inklusive der Träger und Energieleitungen, eine Masse von durchschnittlich gerade mal zehn Gramm – weitaus weniger als Papier also.

Und das Ganze ist wirklich *riesig*. Es schneidet unser Sichtfeld buchstäblich in zwei Hälften. Wenn wir in der Station aus einem Fenster sehen, sehen wir ringsum diese endlose, wie frisch gefallener Schnee schimmernde Fläche, die bis zum Horizont reicht, und darüber den halben Sternhimmel. Und um diese Jahreszeit auch nur die halbe Erde, die immer am Rand der Scheibe entlangwanderte.

Man kann im Weltraum, wo alle Belastungen durch Schwerkraft und Luftwiderstand wegfallen, wirklich riesenhafte Gebilde bauen, ohne Probleme zu bekommen. Mitsubishi Industries dachte zurzeit darüber nach, die nächste Version einer Solarstation zu sponsern, unter der Auflage, dass die Sonnenfläche in Form des Mitsubishi-Firmenlogos und so groß gebaut würde, dass sie mit bloßem Auge von der Erde aus gesehen werden konnte. Ich weiß auch genau, was sich Coca-Cola und McDonald's zu diesem Thema ausgedacht hätten, wenn sie heute noch die Firmen gewesen wären, die sie in meiner Jugend gewesen waren.

»Noch zehn Sekunden«, sagte Moriyama.

Ich starrte meine Anzeigeinstrumente an und bedauerte, nicht aus dem Fenster schauen zu können, was ich sonst oft tat bei den Übertragungsmanövern. In dem Moment nämlich, in dem die darin erzeugte Energie *floss,* wurde die sonst blendend weiße Fläche auf einmal tiefschwarz, und vor dem Hintergrund des Alls wirkte das, als verschwände sie von einem Moment zum anderen spurlos.

»Wir empfangen den Leitstrahl!«, verkündete Sakai.

»Energie frei!«, befahl Moriyama.

Das galt mir. Ich legte den entsprechenden Hebel um und bildete mir ein, dass ein feines Rucken durch die ganze Station ging. Die Anzeigen wanderten rasch in die grünen Bereiche. »Energie fließt«, verkündete die Stimme Iwabuchis aus dem Lautsprecher der Bordsprechanlage.

»NIPPON, hier Hawaii. Wir empfangen Sie mit zwei Prozent der Nennleistung.«

»*Go-fun.* Wir warten fünf Minuten, dann erhöhen wir«, ordnete Moriyama an.

»Hawaii, hier NIPPON«, sagte Sakai. »Wir senden für fünf Minuten nur den Orientierungsstrahl.«

»Verstanden, NIPPON.«

Gespanntes Schweigen. Es war nichts zu hören, kein Wummern von Maschinen, kein Surren und kein Rattern, nichts. Was die normale sinnliche Wahrnehmung anbelangte, hätte alles ebenso gut ein Computerspiel sein können.

Jay brach das Schweigen mit dem Wort, das alle gefürchtet hatten. »Vibrationen.«

Ein Fluch auf Japanisch, der sicher nicht für unsere Ohren gedacht war, kam über die Sprechanlage. Iwabuchi. Ich verstand kein Wort, aber Yoshiko neben mir schien zu erröten. »Strahl beginnt zu wandern«, sagte sie dann, »ist aber noch im Zielbereich.«

»Vibrationen werden stärker«, verkündete Jay.

»Strahl verlässt den Zielbereich!«, rief Yoshiko. Unter der Konsole vor mir ertönte ein hässliches, schnappendes Geräusch, ein Geräusch wie von einer Axt, die ein Halteseil mit einem Hieb kappt, und auf einem Bildschirm erschien eine rot blinkende Meldung, dass die automatische Abschaltung erfolgt war, weil die Steuerung des Energiestrahlers den Leitstrahl verloren hatte.

»Abschaltung«, blieb mir zu verkünden, obwohl alle das Geräusch gehört hatten und seit Wochen genau wussten, was es bedeutete.

»NIPPON, hier Hawaii. Wir empfangen Sie nicht mehr.«

»Hawaii, wir hatten eine Notabschaltung infolge Zielverlustes«, erwiderte Sakai.

Ein halb unterdrückter Fluch, den diesmal *ich* verstand und die anderen nicht, Jay vielleicht ausgenommen. »Könnt ihr euch nicht mal etwas Originelleres einfallen lassen, NIPPON?«

Moriyama schaltete sich ein, wohl weil er wusste, dass Sakai mit derlei launigen Bemerkungen nichts anzufangen wusste. »Hawaii, hier Moriyama. Haben Sie die Wanderbewegungen des Strahls registriert?«

»Ja. Wir können Ihnen die Aufzeichnungen hochschicken.«

»*Dozo*. Tun Sie das bitte.«

»Wollen Sie es noch einmal probieren?«

»Nein, das hat keinen Zweck. Wir müssen erst den Verlauf des heutigen Versuchs analysieren. Ehe wir keine neuen Anhaltspunkte für die Fehlerursache haben, werden wir nur wiederholen, was wir ohnehin schon wissen.«

»In Ordnung, NIPPON. Dann bis in zwei Tagen wieder?«

»*Hai*«, sagte Moriyama. »Bis in zwei Tagen.«

Eine Weile behielt er in einer Haltung dumpfen Brütens die Hand am Mikrofonschalter. Wir schalteten unsere Geräte ab, soweit das erforderlich war, und sahen ihn abwartend an. »Hat jemand einen Vorschlag zu machen?«, fragte er schließlich.

»Wir könnten ...«, begann Jay sofort, wurde aber vom Kommandanten scharf unterbrochen.

»*Sie* habe ich dabei nicht gefragt, Mister Jayakar! Was Sie tun werden, steht bereits fest. Sie werden aufhören zu essen und aufhören zu schlafen und jedes einzelne Bit an Aufzeichnungen überprüfen, das wir von diesem Versuch haben, und Sie werden bis zum nächsten Rendezvous mit Hawaii den *Fehler* gefunden haben. Von Ihnen will ich keine Theorie und keinen Vorschlag, sondern schlicht und einfach *den Fehler!* Haben wir uns verstanden?«

Jay atmete einmal geräuschvoll ein und ebenso geräuschvoll wieder aus und sagte dann behutsam: »Ich denke, das war unmissverständlich, Sir. Zum Glück habe ich vor dem Versuch noch einmal feste Nahrung zu mir genommen ...« Er löste seine Karabinerhaken. »Ich gehe an das Terminal im Maschinendeck.«

Wir sahen ihm nach, wie er sich von Handgriff zu Handgriff bis zum Türschott hangelte, das bereitwillig vor ihm auffuhr und sich hinter ihm zischend wieder schloss.

Moriyama atmete seufzend aus. »*Shitsurei shimash'ta*. Wir stehen unter Druck. In ein paar Tagen kommt der Shuttle, und falls wir irgendwelche Geräte oder Teile benötigen, um den Fehler zu beheben, sollte uns das möglichst vorher einfallen, sonst müssen wir wieder zwei Monate warten.«

Dazu fiel niemandem von uns etwas ein. Sakai wirkte, als ginge ihn das Ganze nichts an; er beobachtete den Bildschirm, der die Übertragung der Aufzeichnungen aus Hawaii protokollierte.

»*Ma*«, meinte Moriyama schließlich. »Das war's für heute. Ich danke Ihnen. *Arigato gozaimas.*«

Als wir uns losschnallten, fügte er beiläufig hinzu, gerade so, als sei ihm das eben eingefallen: »*Chotto,* Mister Carr, Sie würde ich gerne noch einen Moment in meinem Büro sprechen.«

Yoshiko sah mich an, ich sah Yoshiko an. Mister Carr. So nannte er mich nur, wenn es ernst wurde. Ich sah, wie ein gehässiges Grinsen Sakais Mundwinkel umspielte.

3

Das Büro des Kommandanten war ein kleiner Verschlag am Ende des Stationsmoduls, das die Steuerzentrale beherbergte. Hier erledigte er die Verwaltungsarbeit, die mit der Führung der Raumstation verbunden war. Man hätte nur mit Mühe zwei Telefonzellen aus dem Raum machen können, so eng war er, und die Wände waren übersät mit Papieren, festgeklammerten Ordnern, Übersichtstafeln und eng bekritzelten Faxmeldungen, alle mit Magneten festgepinnt. Ein kleiner Schreibtisch war an der Wand befestigt, und daneben ein ganz normaler Personalcomputer mit flachem Bildschirm, Kanji-Tastatur und einem Tintenstrahldrucker.

»Nehmen Sie Platz«, sagte Moriyama.

Er hatte zwei ›Hühnerstangen‹ in seinem Büro, wie wir die dünnen Plastikgestelle nannten. Sie waren ebenfalls magnetisch am Boden verankert und hatten kleine Sitzkissen am oberen Ende, auf denen man sich mit den Karabinerhaken seines Bordanzugs festzurren konnte. Auf diese Weise wurde das Becken fixiert, und für Schreibarbeiten oder beim Essen war dies eine angenehme und bequeme Körperhaltung.

Ich schnallte mich also fest und erwartete eine Standpauke wegen meines ungezügelten Sexuallebens.

»Mister Carr«, begann Moriyama, der sich gleichfalls festgeschnallt hatte, »Sie erinnern sich sicher, dass Sie hier an Bord als *Maintenance and Security Operator* angestellt sind.« Er sah mich nicht an dabei.

»Ja«, sagte ich. *Maintenance Operator* – das war die beschönigende Umschreibung für den Job eines Hausmeisters.

Meine Aufgabe war es, alles sauber und in Schuss zu halten. Keine leichte Arbeit und auch keine unwichtige, aber dass sie auch nur annähernd so angesehen war wie die irgendeines anderen Crewmitglieds, davon konnte keine Rede sein. Ich war die Putzfrau, basta.

»Ich spreche hier mit Ihnen«, fuhr der Kommandant fort, »in Ihrer Eigenschaft als Sicherheitsbeauftragter.«

Ich nickte nur noch. *Jetzt kommt es*, dachte ich, und meine Zunge schien plötzlich ausgetrocknet und am Gaumen festgewachsen zu sein.

»Ich glaube, es ist Sabotage«, sagte Moriyama.

Zuerst verstand ich überhaupt nicht, wovon er sprach. »Wie bitte?«

»Sabotage«, wiederholte der Kommandant. »Wir haben alle technischen Möglichkeiten durchprobiert, und es ist noch nicht einmal ein *Anhaltspunkt* für einen Fehler aufgetaucht. Die Steuerung der Energieübertragung hat lange Zeit funktioniert, und jetzt funktioniert sie nicht mehr. Ich denke, jemand hat sie sabotiert.«

Ich musste erst einmal erleichtert aufatmen, ehe ich etwas sagen konnte. Ich war wirklich darauf gefasst gewesen, mir höchst unangenehme Ermahnungen wegen meiner Affäre mit Yoshiko anhören zu müssen; Ermahnungen, in denen die Worte Pflichtvergessenheit und Unpünktlichkeit und dergleichen vorgekommen wären. Dann wurde mir bewusst, wie lächerlich meine Erleichterung war im Vergleich zu dem ungeheuerlichen Verdacht, den Moriyama gerade geäußert hatte.

»Aus welchem Grund sollte jemand unsere Versuche zur Energieübertragung sabotieren wollen?«, fragte ich, weil mir nichts Besseres einfiel.

»*Ano-ne*«, brummte Moriyama überrascht. »Da kann ich mir eine ganze Menge Gründe vorstellen. Wussten Sie, dass es bereits zwei Bombenattentate auf unser Versuchsgelände auf Hawaii gegeben hat? Natürlich kann man nichts beweisen, aber alles deutet darauf hin, dass hinter den Anschlägen dieser Verein seniler Schwachköpfe steckt, der sich *Gemeinschaft erdölexportierender Staaten* nennt und der immer noch nicht begriffen hat, dass in fünf bis zehn Jahren sein letztes Fass Öl abgefüllt sein wird.«

»Sie glauben, dass die OPEC uns einen Agenten an Bord geschickt hat?«

»Oder eine der Erdölgesellschaften. Denken Sie nur einmal daran, was alles an dunklen Machenschaften ans Licht kam, als die Exxon Corporation in Konkurs ging. Ich glaube nicht, dass die Konkurrenz besser ist. Wenn unser Konzept funktioniert, dann bricht das Solarzeitalter an, und das bedeutet das sichere Ende für jede Art von Energiegewinnung aus fossilen Brennstoffen. Mit anderen Worten, das sichere Ende für Shell, British Petroleum, Mobil, Texaco ...«

»... Nippon Oil ...«, warf ich ein.

»Das ist etwas anderes«, wies mich Moriyama zurecht. »Die japanische Industrie hat immer langfristig gedacht, die westliche dagegen immer nur bis zum nächsten Quartalsabschluss. Wäre es anders gewesen, wäre eine Raumstation wie diese schon vor zehn Jahren gebaut worden, und zwar unter der Regie aller amerikanischen Energieerzeuger.«

Ich nickte.

Ich sah Moriyama an, wie er da saß und auf ganz unjapanische Art die Dinge beim Namen nannte. Er musste an die fünfzig Jahre alt sein, und sein Haar begann schon an vielen Stellen weiß zu werden. Auf eine natürliche Weise strahlte er Autorität aus, und er war der Einzige an Bord, mit dem ich mich auf der Erde gern in irgendeiner Kneipe getroffen hätte, um über die Welt und das Leben zu diskutieren. Er hatte mir einmal erzählt, dass er ein paar Jahre in Santa Barbara, Kalifornien, studiert hatte, und wir hatten herausgefunden, dass wir uns im Sommer 1990 zur gleichen Zeit im Flughafen von San Francisco aufgehalten haben mussten. Er war damals zurück nach Japan geflogen, ich dagegen nach Kansas City, um mich von meinen Eltern zu verabschieden. Damals war ich Kampfflieger der US Air Force gewesen, und ich hatte einen Befehl in der Tasche getragen, der mich in die Wüste von Saudiarabien beorderte, zu einer Operation namens *Desert Shield* ...

»Davon abgesehen«, fuhr er fort, »kann ich mir auch politische Gründe vorstellen. In Ihrem schönen Heimatland zum Beispiel gibt es viele Leute, die den Weltraum als amerikanisches Territorium betrachten. Grundsätzlich sind sie zwar dafür, dass die Menschen das All erobern, aber sie haben etwas dagegen, dass diese Menschen Schlitzaugen haben.«

Ich hob die Augenbrauen. »Dann müssten Sie eigentlich mich verdächtigen.«

Er sah mich an und lächelte. »Sie sind es nicht.«

»Woher wollen Sie das wissen?«

»*Dai rokkan*«, sagte er und klopfte sich mit dem Zeigefinger auf den Nasenflügel. »Spürnase. Sechster Sinn.«

Nun gut, was mich anbelangte, trog ihn sein sechster Sinn durchaus nicht. Ich ließ die Gesichter der Crew vor meinem inneren Auge Revue passieren. »Gibt es jemanden, den Ihr *dai rokkan* in Verdacht hat?«, fragte ich.

»Leider nicht. Bisher kann ich mich dem Problem nur auf rationale Weise nähern.« Und das war ihm nicht geheuer. Japaner legen sehr viel Wert auf ihre Intuition. Schlussfolgerungen, die auf rein logischem Weg zu Stande kommen, stehen sie sehr misstrauisch gegenüber.

Moriyama zog einen Ordner aus seinem Halteclip und schlug ihn auf. Darin war der Schichtplan eingeheftet. »Die Pannen fingen am vierten Tag nach dem Rückflug des letzten Shuttles an. Seither ist keine einzige Energieübertragung mehr geglückt. Was die Frage aufwirft, ob es etwas mit diesem Schichtwechsel zu tun hat.« Die Raumstation wurde alle zwei Monate von einem Spaceshuttle angeflogen, das neue Vorräte brachte, neue Geräte für die wissenschaftlichen Versuche und die Ablösung für ein Drittel der neunköpfigen Mannschaft.

»Mit dem letzten Shuttle kam zum Beispiel Sakai.« Moriyama sah mich an und seufzte. »Ein merkwürdiger Mensch. Er versteht alles von Kommunikationstechnik, aber von allem anderen scheint er nicht die geringste Ahnung zu haben, und außergewöhnlich schwer von Begriff ist er außerdem. Ich frage mich manchmal, wie er die psychologischen Eignungstests bestanden hat.«

Ich versuchte, mir Sakai vorzustellen, wie er im Maschinendeck umherschlich und raffinierte Manipulationen an den Steuerungsautomaten vornahm, aber es gelang mir einfach nicht. »Iwabuchi kam auch mit dem letzten Shuttle«, fuhr Moriyama fort. »Und das ist ja nun der genialste Techniker, den ich je gesehen habe. Ich kann mir zwar nicht vorstellen, aus welchem Grund, aber er *könnte* es bewerkstelligen, dass die Steuerung nicht mehr funktioniert.«

Ich blickte auf den Schichtplan. Der dritte neue Name, der dort stand, war Yoshiko Matsushima.

»Aber selbstverständlich ist jeder andere auch verdächtig«, meinte der Kommandant. »Die zeitliche Übereinstimmung mit einem Schichtwechsel kann Zufall sein, oder ein Ablenkungsmanöver.«

»Wenn es Sabotage ist«, gab ich zu bedenken, »dann könnte es auch sein, dass uns einer der drei, die beim letzten Schichtwechsel von Bord gingen, das faule Ei hinterlassen hat.«

Moriyama starrte eine Weile nachdenklich auf das Blatt Papier vor sich. Dann klappte er den Ordner zu und stellte ihn neben sich in die Luft, wo er schweben blieb, unmerklich langsam in Richtung Tür driftend.

»Mir wäre es auch lieber, wenn ich nur Gespenster sähe, Leonard«, sagte er. »Trotzdem – ich habe das Gefühl, dass irgendetwas an Bord nicht stimmt. Das Gefühl von Gefahr. Eine Staubwolke am Horizont. Ich möchte, dass Sie sich umsehen, unauffällig Augen und Ohren offen halten. Sie können sich überall in der Station aufhalten, ohne verdächtig zu wirken, und fast jeder an Bord unterschätzt Ihre Intelligenz. Meine Landsleute tun das, rassistisch wie sie nun einmal sind, wegen Ihrer Hautfarbe, und die anderen, weil Sie keinen akademischen Grad haben. Nutzen Sie das bitte aus.«

Über dieses Thema hatten wir uns schon öfters unterhalten. Moriyama kannte die andere Seite. Während seines Studiums in Kalifornien hatte er jobben müssen, in einem Restaurant, in dem auch seine reichen Kommilitonen verkehrten, und hatte das ganze Spektrum von Herabsetzung, Verachtung und Diskriminierung erlebt. Und seit ich in Japan lebte, hatte ich in Gedanken schon tausendmal meinem Freund Joe von der Fliegerakademie Abbitte geleistet, meinem Freund Joe, dem Schwarzen aus Washington, D. C., der mir vergeblich versucht hatte zu erklären, wie man sich fühlte als Neger, als Nigger, als Mensch zweiter Klasse. »Wenn dich jemand anschaut und du genau spürst, dass sein Blick nur bis zu deiner Haut reicht und keinen Millimeter tiefer, und du siehst, dass ihm das schon reicht, um dich zu beurteilen, dich in eine Schublade zu stecken – das ist Diskriminierung, und wenn du das nicht erlebt hast, dann weißt du nicht wie sich Ungerechtigkeit anfühlt.« Das pflegte er immer zu sagen, und ich hatte geglaubt, ihm mitfühlend zuzuhören, und überhaupt, *ich* war ja kein Rassist, denn ich hatte einen guten Freund, der schwarz war, und das machte mir überhaupt nichts aus. Aber ganz tief unten dankte ich natürlich dem Schicksal, dass es mich als Mitglied der Herrenrasse hatte zur Welt kommen lassen und mir damit diese Probleme erspart blieben. Nie im Leben hätte ich es für möglich gehalten, dass ich mich eines Tages wie ein Mensch zweiter Klasse fühlen könnte, weil ich ein Weißer war. Aber trotz all ihrer wohl erzogenen Höflichkeit ließen es einen die Japaner, vor allem die jungen, nie vergessen, dass man nicht das unerhörte Glück gehabt hatte, als Japaner zur Welt zu kommen.

»Okay«, versprach ich. »Ich schnüffle ein bisschen herum.« Moriyama sah mir forschend in die Augen. Dann, als müsse er sich einen Ruck geben, öffnete er eine Schublade unter seinem Schreibtisch und nahm ein Blatt Papier heraus, das am Rand einen roten Streifen hatte.

»Ich bin mir nicht sicher, ob ich Ihnen meine Befürchtungen eindringlich genug habe deutlich machen können«, erklärte er mit ungewöhnlichem Ernst. »Deshalb will ich Ihnen eine Mitteilung zeigen, die ich vor vier Wochen erhalten habe und über die Sie bitte Stillschweigen bewahren. Sie kennen Professor Yamamoto?«

Ich nickte. Ich erinnerte mich dunkel an ein Seminar an der Universität von Tokio, auf dem er über verschiedene Konzepte raumgestützter Sonnenenergiegewinnung referiert hatte. Yamamoto hatte das Steuerungssystem des Energiesenders entwickelt, und wir hatten ihn um Rat fragen wollen, als die Störungen auftraten. Es hatte jedoch geheißen, er liege mit einem schweren Herzinfarkt im Krankenhaus und sei nicht ansprechbar.

Moriyama reichte mir das Blatt. Es war eine verschlüsselte Mitteilung, die er eigenhändig mit dem Code des Kommandanten entschlüsselt hatte:

VERTRAULICH. PROFESSOR YAMAMOTO WURDE VOR ZWEI WOCHEN VON UNBEKANNTEN AUS SEINEM WOHNHAUS ENTFÜHRT. ES FEHLT JEDE SPUR. WIR HALTEN DEN VORFALL EINSTWEILEN GEHEIM. ISA, TOKIO, SICHERHEITSABTEILUNG.

Ich starrte das Papier an. Jetzt spürte ich sie auch, die Staubwolke am Horizont. Den Geruch von Gefahr.

»Regt das Ihre Fantasie an?«, fragte Moriyama.

»Ja«, nickte ich und reichte ihm das Blatt mit dem roten Rand, auf dem in japanischen Schriftzeichen *Streng vertraulich* stand, zurück.

Ich war schon am Gehen, als er plötzlich sagte: »Ach, und wenn ich Ihnen noch einen Tipp geben darf, Leonard ...«

Ich fasste den Haltegriff neben der Tür und wandte mich noch einmal um. Moriyama lächelte plötzlich verschmitzt. Er hatte die ganze Zeit nicht gelächelt, seit wir den Raum betreten hatten.

»Von Mann zu Mann«, meinte er. »Achten Sie auf Ihren Bartwuchs. Ganz gleich, was sie Ihnen erzählen – japanische Frauen mögen keine Bartstoppeln.«

Ich fuhr mit der Hand über mein Kinn. Es kratzte wie Sandpapier. Jetzt musste ich auch grinsen.

»Danke«, sagte ich.

4

Ich hatte eine kurze Dusche genommen – da die Japaner Reinlichkeitsfanatiker sind und es ihnen bei der Körperhygiene fast nicht heiß genug sein kann, verfügte die Raumstation trotz der ansonsten sehr beengten Wohnverhältnisse über eine geradezu gigantische Dampfduschkabine –, und nun stand ich nackt vor dem Spiegel im Waschraum, die Füße in den Bodenschlaufen eingehakt, und rasierte mich, während ich zu überlegen versuchte, wie ich vorgehen wollte.

Aus irgendeinem Grund war es ausgerechnet die Tätigkeit des Rasierens, die mich regelmäßig in Hochstimmung versetzte. Immer, wenn ich mein Gesicht im Spiegel betrachtete, während ich mir das Kinn mit Rasierschaum eincremte, wurde mir mit atemberaubender Klarheit bewusst, dass ich mich im Weltraum befand, dass hinter diesem Spiegel nur ein schmaler Wandschrank war, hinter dem Wandschrank ein paar dünne Rohre und elektrische Leitungen, dann noch eine daumendicke Isolierwand – und dahinter begann unmittelbar das allumfassende, unauslotbare Nichts, dieser unermessliche, leere Raum, der alle Sterne und Planeten enthielt, der größer war als jedes Menschen Vorstellungskraft, diese niemals endende Weite, von der niemand ahnen konnte, welche Wunder und welche Schrecken sie bereithielt für den, der es fertig brachte, sie zu bereisen. Ich hatte die äußerste Grenze erreicht. Mein Leben war nicht einmal ein Aufblitzen vor dem unendlichen Abgrund der Zeit, mein Körper nur ein schwaches, zerbrechliches, verletzliches Gebilde, und trotzdem war ich hier.

Doch die Euphorie, die ich dabei empfand, entsprang nicht

einem billigen Triumph, sondern einem Gefühl tiefster Übereinstimmung mit mir selbst. Wenn es etwas gab im Leben, von dem ich überzeugt war, dann davon, dass ich das *Recht* hatte, hier zu sein. Mit fast religiöser Inbrunst glaubte ich, dass das Universum es von mir *erwartete*. Ich weiß noch, wie mein Vater einmal bei einem nächtlichen Spaziergang zum Himmel deutete, an dem unglaublich viele Sterne leuchteten wie reinstes Geschmeide – ich muss damals ungefähr zehn Jahre alt gewesen sein, und wir lebten in einem verschlafenen kleinen Ort in Kansas, inmitten von Landwirtschaft und endlosem flachen Land –, und sagte: »Schau dir das an, Leonard, all diese Sterne. Wir Menschen sind wirklich nichts.«

Und ich stand da, den Kopf in den Nacken gelegt, ließ mein Herz vom Anblick des Firmaments wärmen und versuchte zu verstehen, was mein Vater wohl gemeint haben konnte. »Aber Daddy«, sagte ich schließlich, »wenn wir nicht da wären, um sie anzuschauen, würden die Sterne doch ganz umsonst leuchten.« In diesem Moment war mir klar geworden, dass wir Menschen keine Parasiten im Universum sind. Wir Menschen – oder, weniger anthropozentrisch gedacht, Wesen mit Bewusstsein – sind es, die der Existenz des Universums erst Sinn verleihen.

Okay, ich gebe zu, dass es eine Menge Leute gibt, bei denen man nicht das Gefühl hat, dass sie viel zu diesem Sinn beitragen. Vielleicht war es das Rasieren. In ihrer Blütezeit hatte die NASA, die amerikanische Raumfahrtbehörde, einige Millionen Dollar auf die Entwicklung eines weltraumtauglichen Trockenrasierers verwendet, der mittels einer Art eingebauten Staubsaugers die beim Rasieren entstehenden staubfeinen Bartpartikel zuverlässig einsaugen sollte, damit sie nicht durch die Luft schwirrten und in irgendwelchen elektronischen Anlagen Katastrophen anrichteten. Irgendwann hatte man diese Entwicklungen ergebnislos abgebrochen und schlicht verfügt, dass die Astronauten sich nass zu rasieren hätten: Jeder handelsübliche Rasierschaum aus der Drogerie an der Ecke war im Stande, die Bartpartikel zu binden und damit das Problem zu lösen. Und seither rasieren sich Raumfahrer, so sie es tun, nass.

Auf der Erde rasiere ich mich immer noch trocken. Ich hatte es bis zuletzt aufgeschoben, das Nassrasieren wenigstens einmal zu üben, und vor meinem ersten Shuttlestart, vor dem Abflug zum Tanegashima Raumfahrtgelände, hatte ich mir in einem kleinen amerikanischen Laden auf dem Flughafen von Tokio ein sündhaft teures Nassrasur-Set gekauft, von Gilette, wohl um mich meiner nationalen Identität zu versichern. Am ersten Morgen in der Raumstation machte ich dann zwei aufschlussreiche Erfahrungen: erstens, dass Schwerelosigkeit das Erlernen des Nassrasierens nicht erleichtert, und zweitens, dass Blut sich – anders als Wasser, das unter Schwerelosigkeit ziemlich große Kugeln bilden kann – in einen feinen roten Nebel verwandelt, und herzlichen Glückwunsch, wenn man den mit einem Schwamm wieder einsaugen muss.

Mit derlei Erinnerungen beendete ich meine Rasur, reinigte den Klingenkopf und packte alles in mein Fach. Dann wusch ich mir die Hände – man macht das im Weltraum mit Hilfe eines nassen Schwammes –, betätigte die Heißluftbrause, um alle noch umherschwirrenden Wassertröpfchen zu beseitigen, und verließ die Waschzelle, um mich in meiner Kabine anzuziehen. Auf dem Weg dorthin kam ich an den Bodybuilding-Geräten vorbei, an denen wir regelmäßig trainierten, um den schädlichen Einwirkungen der Schwerelosigkeit vorzubeugen, Muskelschwund etwa, Brüchigwerden der Knochen oder einer Erscheinung, die man *orthostatische Intoleranz* nennt: der Effekt, dass nach der Rückkehr ins Schwerefeld der Erde das Gehirn unzureichend mit Blut versorgt wird, wenn man aufrecht steht. Natürlich funktionierten diese Geräte nicht mit Gewichten, wie dies in einem irdischen Fitnessstudio der Fall gewesen wäre, sondern mit Federn und hydraulischen Kolben, und die weitaus meisten Geräte befassten sich mit den Muskeln der unteren Körperhälfte: Es war nicht Ziel, mit einem Schwarzenegger-Bizeps aus der Erdumlaufbahn heimzukehren, sondern die Beinmuskulatur, die bei Wegfall der Erdanziehung am schnellsten verkümmerte, in Form zu halten.

Es gab zwei Wohntrakte auf dem Crew-Deck, jeweils mit fünf Kabinen. Eine Kabine stand in der Regel leer, weil die Raumstation eine Normalbesatzung von nur neun Personen hatte, und wurde als Lagerraum benutzt. Während in meinem Trakt die Hygiene- und Fitnesseinrichtungen lagen, befand sich im anderen Trakt die so genannte Messe, das hieß die automatische Küche und ein kleiner Gemeinschaftsraum mit einem großen runden Tisch, an dem man essen, lesen oder magnetische Brettspiele spielen konnte. (Nach sieben Jahren in Japan spielte ich allerdings immer noch so schlecht Go, dass ich für die japanischen Crewmitglieder ein völlig uninteressanter Gegner war.) Natürlich gab es auch ein Videogerät und eine Sammlung – größtenteils japanischer – Videofilme.

Die Kabine wäre angenehm groß gewesen, wenn es sich dabei um einen Kleiderschrank gehandelt hätte – aber als Wohnraum war sie doch etwas beengend, obwohl man außer an Platz an nichts gespart hatte. Jede Kabine verfügte über einen Anschluss an die Datenbank des Bordcomputers, die genug Lesestoff bot, selbst wenn man während des halbjährigen Aufenthalts nichts anderes zu tun gehabt hätte als zu lesen, ferner über eine eigene Sprechanlage, eine teure Designer-Leselampe an einem biegsamen Hals, etlichen Stauraum für persönlichen Krimskrams und sogar ein Abspielgerät für diese neuartigen Micro-Discs: kleine Speicherelemente von der Größe einer Vierteldollarmünze, die sechzig Minuten Musik in CD-Qualität enthielten – die ideale Soundtrackmaschine für den Raumfahrer mit leichtem Gepäck.

Und eine kleine Sichtluke hatte meine Kabine, knapp handtellergroß. Ich schob die Blende beiseite und sah hinab auf die geplagte Erde, auf der es so viel unüberschaubarer zuging als früher. Wir überflogen gerade Afrika, und über dem Hoggar Massiv ging die Sonne auf. Wir sahen zurzeit immer nur Sonnenaufgänge oder Sonnenuntergänge auf der Erdoberfläche, weil die Raumstation die Erde auf einer von Pol zu Pol laufenden Kreisbahn umrundete, auf der sie selber die meiste Zeit des Jahres nicht in den Erdschatten eintauchte. Vielleicht lagen dort unten jetzt gerade Männer, die den Sonnenaufgang hinter den Läufen ihrer Maschinengewehre erlebten.

Ich musste an den Golfkrieg denken, in dem ich gekämpft hatte und der jetzt der Erste Golfkrieg genannt wurde, weil seit einigen Jahren der zweite Golfkrieg tobte, ein Flächenbrand, der die gesamte arabische Welt erfasst hatte, Nordafrika verheerte und dessen Flammen längst nach Europa und Rußland züngelten. Seit bald einem Jahr belagerten die Dschijhadis die heilige Stadt Mekka, und manchmal, wenn wir Arabien überquerten, bildete ich mir ein, dass die Wüste rot war von Blut. Bilder tauchten in meiner Erinnerung auf, wie ich, gerade einundzwanzig Jahre alt und stark und selbstsicher, mit meinem Kampfflugzeug vom Deck des Flugzeugträgers gestartet war, um todbringende Bomben auf Ziele im Irak abzuwerfen, die der Computer vorgab, und wie die Irakis nicht den Hauch einer Chance hatten gegen mich und Gott auf meiner Seite war. Bilder von der Luftwaffenbasis in Bahrain und von der bildschönen, dunkeläugigen Dolmetscherin Fatima, deren Herz ich gewann, ich, der schlaksige Yankee aus Kansas. Damals war mir das alles andere als unglaublich vorgekommen; damals war ich ein Sieger gewesen, und Sieger kriegen die Mädchen, die sie wollen. Mein Vater hatte es nie verwunden, dass ich eine

Araberin geheiratet hatte. Er wurde etwas versöhnlicher, als unser Sohn auf der Welt war, der den Namen Neil bekam, weil ich im Jahr der Mondlandung geboren war, aber ich hatte immer das Gefühl, dass er erst aufatmete, als wir wieder geschieden waren. Vier Jahre hatte es gehalten, dann war Fatima zurückgegangen nach Arabien und hatte Neil mitgenommen. Neil, meinen Sohn. Manchmal hielt ich vom Weltraum aus Ausschau nach ihm, obwohl das völlig idiotisch war, und fragte mich, wie es ihm wohl ging. Der Krieg damals kam mir heute so vor wie das letzte Aufbäumen einer Epoche, deren Zeit vorüber war. In meiner Kindheit war alles so einfach gewesen. Auf der einen Seite waren die Amerikaner, die Guten, und auf der anderen Seite die Russen, die Bösen. Und alles war stabil und überschaubar gewesen, wir waren die Stärkeren, was nichts machte, weil wir ja zum Glück auch die Guten waren, und ab und zu fürchtete man sich ein wenig vor der Bombe. Das war alles. Aber dann verschwand das Reich des Bösen, einfach so, zerplatzte wie eine Seifenblase, und in den Jahren danach konnte man förmlich zusehen, wie Amerikas Bedeutung ebenfalls zerfiel, als hätte es des mächtigen Gegenspielers bedurft, um selber mächtig zu sein. Wir warfen alles weg, brachten uns selber um. Als Fatima und ich geheiratet hatten, hatte ich angefangen zu studieren, mit dem Ziel, Astronaut zu werden. Ganz naiv hatte ich mir gesagt, dass es unübersehbar war, dass die Menschheit die Grenzen des Planeten erreicht hatte und es folglich an der Zeit war, nach Wegen zu suchen, wie man darüber hinaustreten konnte – und dazu wollte ich beitragen. Ein bisschen war ich immer noch der Sieger. Aber dann sagte meine Regierung, nein, ganz falsch, wir geben die Raumfahrt auf, bleiben zu Hause und sparen Energie. Praktisch vor meiner Nase wurde 1999 die NASA aufgelöst, wurde die *Columbia* ins Smithsonian Museum in Washington gestellt und wurden die übrigen drei Spaceshuttles nach Japan verkauft. Ich spüre immer noch die Fassungslosigkeit, mit der ich einen Leitartikel der *New York Times* las, der diesen Verkauf als ›gutes Geschäft‹ und ›bedeutenden Beitrag zur Verbesserung der Außenhandelsbilanz‹ feierte.

Während ich einen frischen Overall überstreifte und den Clip mit meinem Namen an der Brust festmachte, gedachte ich wie so oft in Dankbarkeit meines alten Professors für Astronomie, Harry M. Wheeler, der alle seine Beziehungen hatte spielen lassen, um mir einen Job bei der NASDA, einer der beiden japanischen Raumfahrtbehörden, zu verschaffen. Ihm verdankte ich es, dass ich hier war, dass ich es doch noch geschafft hatte. Nicht als Sieger – man kann nicht sein ganzes Leben lang siegen. Aber immerhin erfolgreich. Ich hatte mit blutendem Herzen Abschied nehmen müssen von dem Land, das ich liebte, und ich hatte es geschafft, die Japaner schätzen zu lernen und in Japan so etwas wie heimisch zu werden. Mein jüngstes Erfolgserlebnis war kurz vor dem Start hier herauf gewesen, als ich erfuhr, dass ich mittlerweile auf der internen Präferenzliste des Personalbüros in meinem Fachgebiet *Maintenance and Security* zur allerersten Wahl aufgerückt war.

Security. Sicherheit war bisher kein Problem gewesen. Was die rein technische Sicherheit anbelangte, gab es keinen Raumfahrer, der sich damit nicht bestens auskannte. Und was andere Aspekte von Sicherheit anbelangte – mein Gott, es hatte noch nicht einmal einen Diebstahl auf der Raumstation gegeben! Und jetzt Sabotage? Beinahe schmerzhaft wurde mir klar, dass ich nicht die leiseste Ahnung hatte, wie ich vorgehen sollte. Ich war schließlich kein Privatdetektiv. Und wenn auch nur eine der Befürchtungen Moriyamas zutraf, dann spielten sich hier Dinge ab, die mehrere Nummern zu groß für einen Amateur waren.

Plötzlich fiel mir ein Bruchstück des Textes ein, der zu der Melodie gehörte, die ich während des Anziehens vor mich hin gesummt hatte: *What goes up, must come down* ... Ein Text aus einem alten Song; ich wusste nicht mehr, von wem.

Ich verließ meine Kabine und machte mich auf den Weg. Es sah ganz so aus, als würde ich meinen Nummer-1-Platz nicht lange halten. Als ich mich von Haltegriff zu Haltegriff den Gang entlangzog, kam es mir vor, als sei es plötzlich wärmer geworden, aber ich wusste, dass das nur meine Angst war.

5

DIE RAUMSTATION IST ein Gebilde, zusammengesetzt aus zahlreichen zylinderförmigen Modulen, die jeweils eine Länge von maximal dreizehn Metern und einen Durchmesser von etwas mehr als vier Metern haben: genau die Dimensionen, die es erlauben, ein solches Modul fertig vormontiert mit einem Spaceshuttle in die Erdumlaufbahn zu transportieren. Das Herz der Station ist der so genannte *Knotentunnel,* zwei Module, die der Länge nach aneinander befestigt sind und deren Verbindungsstelle besonders verstärkt ist, weil sie außerdem noch die gesamte, riesige Sonnenfläche trägt. Der Knotentunnel ist das, was in einem irdischen Gebäude das Treppenhaus wäre. Er ist zum größten Teil leer, bis auf einige kleinere Wandschränke oder in unwichtigen Ecken befestigte Gerätschaften, und ist durch insgesamt drei quer zu seiner Längsrichtung verlaufende Rippen versteift. Von diesem Tunnel, der die Längsachse der Station darstellt, führen Druckschotte in die verschiedenen Labor- und Wohnmodule. Diese Druckschotte sind normalerweise geschlossen, öffnen sich jedoch automatisch, wenn man sich ihnen nähert. Lediglich falls die Sensoren einen Druckabfall in einem der Module registrieren würden, würde das entsprechende Schott vom Computer verriegelt werden.

Das ist ein Grundprinzip jeder Raumstation, das aus der Seefahrt stammt. Man muss immer mit der Möglichkeit rechnen, von einem größeren Meteoriten getroffen zu werden, und bereits ein Gesteinsbrocken von der Größe eines Daumengliedes – was, wie man hinzufügen muss, extrem selten vorkommt – könnte bei den für diese himmlischen

Geschosse üblichen Geschwindigkeiten enorme Beschädigungen anrichten. Wenn aber ein Leck in einer Außenwand entsteht, durch das die Atemluft ins All entweicht, kann durch Schließen der Schotte wenigstens der Rest der Station gerettet werden.

In der Schwerelosigkeit stellt der Gleichgewichtssinn seine Funktion zum größten Teil ein, was zur Folge hat, dass es keine Unterscheidungen zwischen oben und unten gibt. Das Auge dagegen (das unter Schwerelosigkeit interessanterweise sogar *besser* funktioniert) versucht nach wie vor, sich an gewohnten Strukturen zu orientieren. An Bord der NIPPON neigte man automatisch dazu, die große Solarfläche als ›Ebene‹ wahrzunehmen, über die sich die eine Hälfte der Station erhebt, während die andere Hälfte sich darunter zu befinden scheint. Ganz ›oben‹ war für uns das Crewdeck. Hier war das Modul angeflanscht, das die Steuerzentrale enthielt (die meistens ›Brücke‹ genannt wurde in Anlehnung an die Seefahrt), außerdem die beiden Wohnmodule. Das vierte Modul fehlte; während die beiden Wohnmodule einander genau gegenüberlagen, gab es gegenüber der Brücke nur einen kurzen Stummel, an dem zwei Manipulatorarme befestigt waren, die auf Sicht gesteuert werden konnten. Man benutzte sie meistens, um die Shuttles auszuladen, die an die Raumstation andockten. Die Koppelschleuse hierfür befand sich an der Stirnwand des Knotentunnels.

Das nächste Deck war das Labordeck. Hier waren alle Ausbaumöglichkeiten ausgeschöpft; vier Module ragten in alle vier Himmelsrichtungen. Das Modul, das unter den Manipulatoren lag, also dem Sonnenlicht fast voll ausgesetzt war – im Gegensatz zu den anderen Modulen, die im Schatten der darüber liegenden Wohnzylinder lagen –, beherbergte das biologische Labor, in dem Versuche an Pflanzen und Tieren vorgenommen wurden. Zurzeit hatten wir zwar keine Tiere an Bord, aber es gab eine Menge Käfige und Instrumente für entsprechende Versuche. Ein großer Teil der übrigen Laboratorien befasste sich mit Mikrogravitations-Forschung.

Etwas anderes, das man für viele wissenschaftliche Zwecke brauchen kann und das man im Weltraum praktisch kostenlos zur Verfügung hat, ist ein Vakuum von hervorragender Qualität. Am Ende eines der Module befand sich für Versuche im Vakuum eine freie Plattform, die über eine Schleuse bestückt und mit einem kleinen Manipulatorarm bedient werden konnte. Abgesehen davon brachte fast jedes Shuttle neue Versuche und die dazu erforderlichen Geräte mit; das zog immer ausgedehnte Umbauten in den Laboratorien nach sich und natürlich entsprechende Revierkämpfe zwischen Wissenschaftlern der verschiedenen Disziplinen. Zurzeit beherbergten wir kleine Laboratorien für Strahlenphysik und Atmosphärenforschung.

Das nächste Deck war das Maschinendeck, und das lag nun schon ›unterhalb‹ der Solarfläche – ›auf der dunklen Seite‹, wie wir zu sagen pflegten. Wenn man dort aus dem Luk schaute, war wirklich alles dunkel: Kein Sonnenlicht erreichte diese Module, es war praktisch nur die Nachthälfte der Erde zu sehen, und die riesige Rückseite der Solarfläche war von erdrückend stumpfem, bleigrauem Glanz. Auch hier gab es vier Module. In einem waren die Anlagen zur Versorgung der Station mit Atemluft und Wasser untergebracht (natürlich gab es außerdem in jedem einzelnen Modul entsprechende Notaggregate, die so ausgelegt waren, dass sie das Überleben der Besatzung bis zum Eintreffen eines Rettungsshuttles ermöglichen konnten), in einem zweiten die Aggregate, die mit der Erzeugung der Sonnenenergie und der Übertragung auf die Erde zu tun hatten. Ein Modul beherbergte die Anlage, mit der die Solarfolie hergestellt werden konnte. Und es gab auch ein Labor hier, nämlich das zur Erd- und Raumbeobachtung. Die Raumstation bot jedoch, seit die Solarfläche so über alle Maßen gewachsen war, dass sie nun, egal wo man aus dem Fenster sah, die

Hälfte des Sichtfeldes in Anspruch nahm, keine besonders guten Bedingungen für entsprechende Forschungsarbeiten. Sie waren auf der dunklen Seite untergebracht, weil auf der hellen Seite der Raumstation der strahlend weiße Glanz der Solarfläche die Beobachtungen noch mehr beeinträchtigt hätte. Für Beobachtungen des tieferen Weltraums stand ein fernsteuerbares Radioteleskop zur Verfügung, das in etwa zehn Kilometer Entfernung frei im Raum schwebte. Ich hatte allerdings noch nicht gehört, dass irgendjemand damit irgendwelche besonders aufregenden Dinge entdeckt hätte; die Beobachtung war wohl doch eher ein ungeliebtes Stiefkind der Raumstation.

Am unteren Ende des Knotentunnels war der Turmausleger befestigt, ein fragiles, kirchturmgroßes Stahlrohrgebilde, an dessen Ende wiederum der Energiesender saß. Man hätte noch eine vierte Ebene einrichten können, bisher war dies aber noch nicht geschehen. In der ›untersten‹ Ebene gab es nur eine kleine Mannschleuse, ansonsten waren die entsprechenden Anschlussstellen des Knotentunnels noch verschlossen. Wir bewahrten die Raumanzüge hier unten auf, weniger aus praktischen Überlegungen heraus als vielmehr infolge unserer Platzprobleme. Abgesehen von dem einigermaßen geräumigen Knotentunnel fühlte man sich überall in der Raumstation, als krabble man von einem überfüllten Camping-Wohnwagen in den nächsten.

Als ich das Versorgungsmodul erreichte, in dem ich auch meine Reinigungsgeräte aufbewahre, fand ich Tanaka vor, den stellvertretenden Kommandanten. Er verharrte vor den Anzeigekontrollen der Bord-Luftversorgung und studierte sie mit einer merkwürdig unangemessenen Intensität. Vielleicht war es aber auch nur ein Vorwand, um meine Anwesenheit ignorieren zu können. Seine Familie stammte ursprünglich aus Nagasaki, und er war auf Amerikaner nicht gut zu sprechen. Ich öffnete den Wandschrank und holte den Dampfreiniger heraus sowie eine Anzahl von Wischtüchern und einen Beutel für Abfälle, den ich am Gürtel befestigen konnte. Tanaka starrte noch immer auf die Kontrollen. Vielleicht hatten sie ihn hypnotisiert. Außerdem, zum Teufel, was hatte er hier unten eigentlich zu suchen? Er war Operator für Energiesysteme, und die Lebenserhaltungsaggregate waren verdammt noch mal *mein* Gebiet.

»Stimmt etwas nicht, Sir?«, fragte ich.

Er wandte den Blick von den bunten Leuchtbalken ab und sah mich an, und er schien nicht ausgesprochen glücklich, mich zu sehen. »Die Luft auf der Brücke«, begann er zögernd. »Sie ist ... stickig. Woran kann das liegen?«

Stickig? Es klang, als hätte er eigentlich nach einem anderen Wort gesucht, das ihm aber nicht eingefallen war.

In Gedanken ließ ich das komplexe Geflecht der zur Bordversorgung gehörenden Atemluftleitungen vor meinem inneren Auge vorüberziehen. Es gab tausend Dinge, an denen das liegen konnte. »Haben Sie Zirkulation auf der Brücke?«, fragte ich.

»Zirkulation?«

»Ich meine, kommt Luft aus den Gittern der Klimaanlage?«

Tanaka zog zischend die Luft zwischen den Zähnen ein und stieß sie wieder aus. Er sah aus wie der typische karrierebesessene Japaner, mager, nervös und immer angespannt. »Ich weiß nicht«, gestand er.

Ich glitt näher und ließ meinen Blick über die Kontrollinstrumente gleiten. Luftdruck war überall normal, Durchfluss ebenfalls, die Temperatur war in Ordnung, und alle Querventile waren geöffnet. Es gab keinen sichtbaren Grund, warum die Luft in der Steuerzentrale stickig sein sollte und sonst nirgends. »Ich kümmere mich darum, Sir«, meinte ich schließlich. »Hier ist nichts außergewöhnliches. Ich komme nachher auf die Brücke und schau es mir an.«

»Das wäre sehr freundlich«, nickte Tanaka. Ohne ein weiteres Wort hangelte er sich an mir vorbei und glitt hinaus.

Ich starrte selber noch eine Weile auf die Kontrolltafel. Die Bordversorgungssysteme waren robust und ausgereift und hatten einen Perfektionsgrad erreicht, von dem die Astronauten der ersten Raumflüge nicht einmal zu träumen gewagt hätten. Es war in den letzten Jahren kein Fall mehr bekannt geworden, in dem die Lebenserhaltungssysteme irgendwelche ernsthaften Probleme bereitet hätten.

Würde ein Saboteur an der Versorgung mit Atemluft herumfingern? Welchen Sinn konnte so etwas haben? Schließlich hing sein eigenes Leben ebenso davon ab wie das unsere.

Ich griff nach meinem Dampfreiniger, der immer noch in der Nähe des Schotts durch die Gegend schwebte, und fing die umherdriftenden Wischtücher wieder ein. Zwecklos, sich verrückt zu machen. Ich betätigte den Schalter, der das Schott auffahren ließ.

Draußen fing mich Yoshiko ab. Schon beim Herunterkommen war mir aufgefallen, dass das Schott zum Raumbeobachtungslabor offen gestanden hatte; sie musste mich bemerkt haben.

»Und?«, wollte sie wissen. »Was hat Moriyama gesagt?«

»Dass ich mehr putzen soll«, log ich trocken.

Sie sah mir misstrauisch ins Gesicht. »Es ging nicht um uns?«

Ich hielt ihrem Blick stand. Ich kann gut lügen, wenn ich es drauf anlege. »Das dachte ich zuerst auch, aber er hat es mit keinem Wort erwähnt. Dafür hat er mir eine Liste vor die Nase gehalten, so lang wie mein Unterarm, was er alles am Zustand der Station zu bemängeln hat.«

»*So desu ka?* Na ja, umso besser.«

Ich beschloss, das Thema zu wechseln. »Was treibst du gerade?«

»Ach, ich starre mit dem Radioteleskop Cygnus A an und finde nichts, was nicht schon tausend Leute vor mir gefunden haben«, meinte sie geistesabwesend. »Ich hänge grade ein bisschen durch, was meine Arbeit betrifft.«

»Das kann ich mir leider nicht erlauben. Aber vielleicht hast du ja Lust, mir zu helfen?«

Sie lächelte ihr sanftes asiatisches Lächeln. »Ach, *so* schlimm ist es auch wieder nicht ...«

Ich konnte sie nicht ansehen, ohne dass mein Körper sich an unsere gemeinsamen Ekstasen erinnerte. Aber es war eine unausgesprochene Regel unserer Beziehung, dass die Initiative von ihr ausgehen musste.

»Na ja«, sagte ich mit unbeholfenem Lächeln. »Ich muss an die Arbeit.«

»Ja«, erwiderte sie. »Ich wohl auch. *Mata.*« Wenigstens einen Kuss hätte sie mir geben können. Wenigstens eine kurze Berührung. Aber sie angelte nur nach dem nächsten Haltegriff, warf mir einen letzten Blick zu und schwebte davon, und ihr herrliches langes Haar wirbelte hinter ihr her, als wäre sie Arielle, die Meerjungfrau.

Also gut, ich wusste ja, dass Yoshiko außerhalb des Liebesnestes niemals küsste. Und außerdem hatte ich jetzt wirklich andere Sorgen. Ich öffnete das Schott zum Solarenergiemodul, wo ich Iwabuchi wusste.

6

Taka Iwabuchi und James Jayakar waren in eine heftige wissenschaftliche Diskussion vertieft, als ich hereinkam, und beachteten mich überhaupt nicht – wie man eben den Hausmeister ignoriert, der abends kommt, um die Papierkörbe zu leeren.

»Interferenz?«, fragte Jay gerade und fuhr sich mit gespreizten Fingern durch das wild zerwühlte Haar. »Irgendeine Beeinflussung des Laserstrahls durch den Energiestrahl?«

»Völlig unlogisch.«

Iwabuchi war ein Berg, ein Schrank von einem Mann, und die Intelligenz sprühte ihm förmlich aus allen Knopflöchern. Mit hellwachen Augen musterte er den indisch-britischen Kybernetiker, der, in eine Wolke von schlangengleich verdreht in der Luft hängenden Computerlisten, freischwebenden Handbüchern und fliegenden Schreibstiften eingehüllt, auf einer Sitzstange vor seinem riesigen Computerbildschirm festgeschnallt saß.

»Es muss irgendetwas geben, das sich vor zwei Monaten verändert hat«, beharrte Iwabuchi und gab einem dicken Nachschlagewerk, das allzu aufdringlich vor seinem Gesicht umherdümpelte, einen sanften Stoß mit dem ausgestreckten Zeigefinger. »Vorher hat es funktioniert, und seither funktioniert es nicht mehr. Frage: *Was* hat sich verändert?«

»Die Größe der Solarfläche.«

»Minimal. Und das hat nur Auswirkungen auf die Menge der maximal möglichen Energie, während die Vibrationen bereits bei minimaler Energie entstehen.«

»Und Interferenz halten Sie für völlig ausgeschlossen?«,

wollte Jay wissen. »Ich bin kein Physiker, aber sowohl der Laser als auch der Energiestrahler senden elektromagnetische Wellen ...«

»Ich bin auch kein Physiker«, versetzte Iwabuchi gelassen, »aber selbst wenn es ein physikalischer Effekt wäre, ist nicht einzusehen, warum er vor acht Wochen noch nicht aufgetreten sein soll.«

Ich hörte der Unterhaltung der beiden zu, während ich Abfall einsammelte, mit meinem Dampfstrahler Wände und Boden bearbeitete, problematische Stellen von Hand nachwischte und mich bemühte, völlig harmlos zu wirken. Ich befand mich gerade hinter Iwabuchi und polierte einige Rohrleitungen, als dieser sich umdrehte und beiläufig meinte: »*Chotto*, Leonard, der blaue Sack dort hinten enthält Abfall, der wegkann.«

Ich wäre fast zusammengezuckt, schaffte es aber, mich beinahe ebenso beiläufig umzusehen, einen kleinen blauen Plastiksack auszumachen, der mit einem Stück Schnur an einer Strebe festgezurrt war, und zu sagen: »Ah ja, in Ordnung.«

»Die Frage, Mister Jayakar«, fuhr Iwabuchi dann fort, während ich weiter in einigen schmierigen Wandlöchern herumpulte, »ist ganz einfach und immer dieselbe: Was hat sich verändert? Was hat sich in Ihren Programmen verändert?«

Aus den Augenwinkeln sah ich, wie Jay missmutig auf die unendlichen Programmzeilen starrte, die über seinen Schirm huschten. »Mein Gott, was habe ich verändert ...?«, wiederholte er, in einem Tonfall, als spräche er mit sich selbst. »Nichts, was ich nicht inzwischen schon unzählige Male rückgängig gemacht habe.«

»Sind Sie sicher?«, bohrte Iwabuchi.

»Sicher?«, brauste Jay auf. »Natürlich bin ich mir *nicht* sicher! Wer kann sich schon sicher sein bei Software? Das sind Millionen von Programmzeilen, und unzählige Programmierer haben daran herumgestrickt, gute und schlechte, geniale und sorgfältige, alles, was Sie wollen.«

»Wir müssen in Ihrer Software anfangen zu suchen, Jay«, beharrte Iwabuchi ruhig.

Jay seufzte. »Das versuche ich doch seit Stunden, Ihnen klar zu machen. Genau das müssen wir tun. Wir müssen Zeile für Zeile durchgehen, wir beide, und uns genau klar machen, was sie tut.«

Dieses Modul war das einzige, das durch keinerlei Trennwand unterteilt war. Der zylinderförmige Raum, der einem das Gefühl vermittelte, sich im Inneren eines Unterseebootes zu befinden, wurde beherrscht von den großen, dunklen Aggregaten in der Mitte, die links und rechts jeweils nur einen schmalen Durchgang freiließen, von armdicken schwarzen Rohren, die sich an grau schimmernden Kühlrippen entlangschlängelten, von wirren Kabelsträngen, die mit dünnen Plastikbändern verzurrt waren, von Schaugläsern und japanisch beschrifteten Signallampen und langen Reihen von winzigen Hebeln und Schaltern. An einer Stelle, die für die Verhältnisse hier besonders geräumig war, stand das Computerterminal, und dort hielten die beiden ihren Kriegsrat ab. Iwabuchi hatte sich mit den Füßen unter einer abgeschirmten Energieleitung verkantet und vergnügte sich damit, während der Unterhaltung mit einem kleinen Schraubenzieher zu spielen, der in seinen gewaltigen Pranken wie ein Kinderspielzeug aussah. Er drehte ihn, wie viele Weltraumingenieure das tun, möglichst schnell um seine Längsachse, indem er den Schaft zwischen Daumen und Mittelfinger zwirbelte, ließ ihn dann los, um ihn nach einigen Augenblicken wilden, schwebenden Tanzes wieder einzufangen. Ich zwängte mich auf der anderen Seite der Aggregate vorbei, um in den hinteren Teil des Moduls zu gelangen.

»Und wenn wir uns doch noch einmal den Energiesender genau anschauen?«, fragte Jay vorsichtig. »Vielleicht gibt es doch etwas, das wir übersehen haben ... ein winziger Meteoritentreffer am Sensor, irgendetwas in der Art ...?«

»Wie oft denn noch?« Iwabuchi schüttelte den Kopf. »Ich war jetzt schon zweimal draußen und habe nichts gefunden. Wir sind mit der Montageplattform um den Sender herumgekurvt und haben jede Ecke mit der Kamera inspiziert und nichts gefunden. Glauben Sie mir, ich habe viel im freien Raum gearbeitet, und ich weiß, wie ein Meteoritentreffer aussieht. Wenn ich irgendeinen Sinn darin sehen könnte, würde ich diese mörderischen hundertfünfzig Meter Kletterpartie auch noch ein drittes Mal auf mich nehmen, aber nicht, wenn ich jetzt schon weiß, dass ich nichts finden werde.«

»Und wenn vielleicht Tanaka oder Kim ...«

Iwabuchi fing den Schraubenzieher mit einer kurzen, schnappenden Geste ein und richtete seine Spitze auf Jay, als halte er ein Schwert in der Hand. »Was verbergen Sie, Dr. Jayakar?«, fragte er mit gespieltem Groll, der dennoch aufkeimende Verärgerung durchscheinen ließ. »Was haben Sie dagegen einzuwenden, dass wir uns Ihre Programme genauer anschauen?«

»Nichts«, wehrte sich Jay lahm. »Aber ist Ihnen klar, was für eine langwierige Angelegenheit das werden wird? Ich suche doch nur nach einem Strohhalm – einer Möglichkeit, das Rätsel anders und schneller zu lösen ...«

»Das gibt es eben manchmal nicht«, erwiderte Iwabuchi. »Außerdem, was regen Sie sich auf? In zwei Monaten kommt Ihr Shuttle, und Sie können den ganzen Mist Ihrem Nachfolger vererben. Ich dagegen habe noch volle vier Monate vor mir ... «

Jay stierte eine Weile blicklos vor sich hin. »Morgen«, sagte er dann und begann, die Bücher und Schriftstücke, die um ihn herumschwebten, einzufangen und in Schubladen und an Halteclips zu deponieren. »Lassen Sie uns morgen früh damit anfangen, Iwabuchi. Ich muss erst etwas geistigen Anlauf nehmen ...«

»In Ordnung«, sagte der stämmige japanische Ingenieur. Jay schnallte sich los und verschwand. Iwabuchi wandte seine Aufmerksamkeit einem kleinen Schaltpult zu. Fröhlich summend konsultierte er ein dickes Handbuch, das nicht so wollte wie er und immer wieder davonglitt, bis er es schließlich kurzerhand mit ein paar Klemmen an einem dünnen Querträger befestigte. Dann verstellte er ein paar der Schalter und kontrollierte das Resultat dieser Manipulation auf dem Bildschirm eines kleinen Computermessgeräts, schüttelte nachdenklich den Kopf und machte die Veränderungen wieder rückgängig, um es mit einer anderen Kombination zu versuchen.

Meine Anwesenheit schien er völlig vergessen zu haben. Und ich fand auch nur noch mit Mühe irgendwelche Stellen, die meiner pflegerischen Hand bedurft hätten. Ich beschloss, dass es an der Zeit war, weiterzuziehen. Was immer der von Moriyama als ›genial‹ bezeichnete Ingenieur da gerade treiben mochte, ich verstand ohnehin nichts davon. Er hätte unter meinen Augen eine Atombombe scharf machen können, ohne dass ich es bemerkt hätte. Ich begann meine Wischlappen einzusammeln.

»Sie denken an den Abfallsack?«, meinte Iwabuchi plötzlich in halblautem Plauderton, ohne mich anzusehen und ohne seine Tätigkeit zu unterbrechen.

»Ja«, erwiderte ich erschrocken. »Sicher.« Er hatte mich also doch nicht übersehen. Ich fühlte mich ertappt, wie ein Lauscher am Schlüsselloch einer Tür, die überraschend geöffnet wird, und wurde beinahe rot. Vielleicht auch, weil ich den Sack tatsächlich vergessen hätte.

Ich band ihn los und befestigte ihn an meinem Gürtel. Dann schnappte ich meinen Dampfreiniger und meine Lappen und verließ den Maschinenraum.

7

Ich nahm den Abfallsack mit in das gegenüberliegende Bordversorgungsmodul, sortierte seinen Inhalt in die verschiedenen Deponier- und Kompostiereinrichtungen, reinigte das Innere des Sacks und verstaute ihn im Vorratsbehälter. Tanaka fiel mir wieder ein.

Vielleicht war es an der Zeit, einmal auf der Brücke nach dem Rechten zu sehen.

Das Schott zur Steuerzentrale stand sperrangelweit offen, als ich dort ankam. Und es roch tatsächlich etwas merkwürdig. Tanaka hatte sich ungenau ausgedrückt: Die Luft war nicht muffig oder abgestanden – sie war vielmehr von einem eigenartigen Geruch durchdrungen.

»Es ist besser geworden, seit wir lüften«, erklärte Tanaka. »Eine Zeit lang war es nicht auszuhalten.«

Ich schnüffelte, kam aber nicht darauf, woran mich der Geruch erinnerte. Es roch staubig, wie im Inneren einer Gruft, die seit Jahrhunderten nicht geöffnet worden war, gleichzeitig aber auch wie Holz, wie ein Lagerfeuer aus Sargbrettern. Merkwürdig. Ich glitt zu den Zuführungsschlitzen der Lüftung und strich mit den Fingern daran entlang. Kühle Luft wehte heraus, wie immer, und als ich mit der Nase näher kam, roch ich nichts Besonderes. Es war einfach ganz normale, frische Luft – soweit man im Zusammenhang mit unserer künstlich erzeugten, vielfach aufbereiteten, sauerstoffangereicherten Unterdruck-Bordatmosphäre von frischer Luft reden durfte.

»Alles normal«, sagte ich und überlegte.

Unter anderen Umständen wäre das kein besonders aufregender Vorfall gewesen, und ich hatte dergleichen auch schon oft erlebt. An Bord einer Raumstation gab es buchstäblich Tausende von möglichen Ursachen für eigenartige Gerüche, und die weitaus meisten davon waren harmlos. Zu den ernsteren Ursachen zählten schmorende Kabel oder durchbrennende Bauteile, aber das waren Gerüche, die man kannte und die sich auch in Funktionsstörungen niedergeschlagen hätten. »Funktionieren alle Geräte?«, fragte ich trotzdem.

»Ja«, sagte Tanaka.

»Hmm«, machte ich. Ich war einigermaßen ratlos. Noch einmal glitt ich schnüffelnd die ganzen Kontrollpulte und Schaltschränke ab, in der Hoffnung, die Quelle des rätselhaften Geruchs ausfindig zu machen, bevor dieser sich ganz verflüchtigt hatte. Ohne Erfolg. Das Schott zum Büro des Kommandanten ging auf, und Moriyama streckte den Kopf heraus. »Sind Sie das, Leonard?«

»Ja.«

»Dieser Geruch – haben Sie eine Idee, woher der kommen könnte?«

»Bis jetzt nicht«, gestand ich. »Aber ich arbeite daran.«

Moriyamas Gesicht wirkte etwas verquollen. Vielleicht hatte er gerade ein Nickerchen gemacht. Es gingen Gerüchte, dass er sich manchmal zu diesem Zweck in seinem Büro einschloss.

»Halten Sie mich auf dem Laufenden«, meinte er und wollte sich wieder zurückziehen.

»*Sumimasen*, Kommandant, diese Meldung kam vorher von NASDA«, rief Tanaka hastig und kam mit einem kleinen Blatt Papier angepaddelt, das er Moriyama reichte.

Der las, was darauf stand, und seine Miene verdüsterte sich. Sie wechselten ein paar Sätze in schnellem, für mich nahezu unverständlichem Japanisch, dann meinte Moriyama: »Man kann nichts machen. Geben Sie es der Crew bekannt.«

Damit verschwand er wieder in seinem Verschlag.

Tanaka kehrte gemächlich zurück an seinen Platz. Er musste meinen fragenden Blick im Rücken brennen gespürt haben, denn er drehte sich um, ehe er sich festschnallte, und erklärte: »Es gibt Probleme mit dem Shuttle. Der Start wird sich wahrscheinlich um mindestens eine Woche verzögern.«

Nun ja, auch das kam häufig vor. Da waren zunächst einmal die Wirbelstürme. Wirbelstürme liebten Japans Küsten. Wenn ein Taifun mit Windgeschwindigkeiten von zweihundert Stundenkilometern über den Osaki-Startkomplex hinwegdonnerte, dann war es nicht ratsam, ein Shuttle an der Startrampe stehen zu haben, geschweige denn zu versuchen, damit zu starten.

Selbst bei Windstille blieben so viele Möglichkeiten, die eine Startverzögerung verursachen konnten, dass man sich nachgerade wundern musste, dass überhaupt jemals ein Shuttle von der Erde wegkam. Das reichte vom Auftreten handfester Funktionsstörungen beim Probelauf der Triebwerke über die Entdeckung von Haarrissen in den wichtigen Bauteilen, die routinemäßig mit Ultraschall untersucht wurden, bis hin zu verwaltungstechnischen Banalitäten wie dem verspäteten Eintreffen der zu transportierenden Fracht. Die Lieferanten, die die Raumstation belieferten, erstarrten inzwischen keineswegs mehr vor Ehrfurcht ob der Ehre, dass ihr Milchpulver, ihre Bananen, ihre Handtücher oder ihr Klopapier mit Millionenaufwand an den exklusivsten Arbeitsplatz der Welt transportiert wurden. Da wurde hart verhandelt und gefeilscht, und manchmal stellte es sich heraus, dass ein Einkäufer der NASDA Lieferanten mit etwas zu großzügiger Einstellung ausgewählt hatte, was Liefertermine anbelangte.

Und, alles in allem, es war ja nicht *meine* Ablösung, auf die wir warten mussten.

Tanaka machte eine entsprechende Durchsage über die Bordsprechanlage.

Währenddessen fiel mein Blick auf den großen Wandbildschirm mit der Weltkarte, auf dem ein großes Fadenkreuz den Punkt auf der Erdoberfläche markierte, den wir im Moment überflogen. Wir waren gerade über Neuseeland. Das hieß, wir mussten vor kurzer Zeit den Funkbereich der japanischen Post passiert haben ...

Ich hangelte mich rasch hinüber zu Sakai, der reglos an den Kommunikationsanlagen saß, die Kontrollen im Auge behielt und dabei die Gelassenheit eines schlafenden Ochsenfrosches ausstrahlte. Mit seinem schütteren Haar erinnerte er mich an einen Zen-Mönch bei einer Meditationsübung, und er ließ mit keiner Miene erkennen, ob er meine Annäherung registrierte. Vielleicht meditierte er tatsächlich. Mein hoffnungsvoller Blick erspähte einige Faxe, die neben ihm in einer speziellen Klammer an der Wand hingen.

Private Briefe an die Besatzungsmitglieder der Raumstation wurden per Fax übermittelt. Im Prinzip konnte uns jeder schreiben – die Raumstation hatte sogar eine eigene Postleitzahl –, aber in der Praxis war es eine Sekretärin der NASDA, die alle Briefe öffnete und diejenigen aussortierte, die tatsächlich an Bord übertragen wurden, wenn die NIPPON in den japanischen Funkbereich kam. Alle übrigen Briefe bekamen wir nach der Rückkehr auf die Erde in einem mehr oder weniger handlichen Bündel überreicht. Wir blieben also von Werbesendungen und anderer Alltagspost verschont; nur die Briefe eines von uns zu benennenden Personenkreises – und gegebenenfalls termingebundene Mitteilungen wie Zahlungsbefehle, Mahnungen oder dergleichen – erreichten uns direkt. Eine der zahllosen Unterschriften, die vor jedem Start zur Raumstation zu leisten waren, bestätigte unsere Einwilligung zu dieser teilweisen Aufhebung des Fernmeldegeheimnisses. »Haben Sie Post für mich, Sakai-*san*?«, fragte ich. Jeden Tag fragte ich, und jeden Tag wurde ich enttäuscht.

Auch heute war ein ganz normaler Tag.

»Tut mir Leid, Leonard-*san*«, entgegnete Sakai gleichgültig.

Es gab mir einen Stich. Es gab mir immer einen Stich, und er ging von Tag zu Tag tiefer. Und es machte mir Angst.

»Danke«, sagte ich, obwohl mir eher nach Schreien zu Mute war.

Mein Blick blieb an einem träge glitzernden Tropfen hängen, der am Schaltschrank neben Sakais Kommunikationseinrichtungen hing, ungefähr in Kniehöhe, genau in der Ritze zwischen zwei Schalttafeln. Er sah aus wie Kondenswasser. Kondenswasser? In unserer chronisch zu trockenen Bordluft? Ich löste meinen Clip von der Brust und fing den Tropfen vorsichtig damit auf.

Er hatte eine eher ölige Konsistenz, und als ich daran schnupperte, roch er auch irgendwie ... ölig. Er blieb gut an meinem Namensclip haften.

»Was ist hinter diesen Schalttafeln?«, fragte ich.

Sakai musterte mich unwillig. »Die Reservesteuerung für die Montageplattform, ein Reservecomputer zur Messdatenauswertung – lauter Reservegeräte.«

»Kann man sie aufschrauben?«

»Sicher«, erwiderte er trocken. »Wozu wären sonst all die Schrauben da?«

Tanaka mischte sich ein und wollte wissen, was ich gefunden hatte. Ich zeigte ihm den Tropfen auf meinem Clip.

»Mich interessiert, woher der kommt«, erklärte ich. »Er scheint hier aus der Ritze herausgequollen zu sein.«

»Sie glauben, er kommt aus einem der Geräte?«

»Vielleicht.«

Tanaka musterte mich zweifelnd. Eigentlich musterte er mich, wenn ich zurückdachte, fast immer zweifelnd – gerade so, als frage er sich, was jemand wie ich an Bord dieser Raumstation, unter all diesen fähigen und intelligenten Menschen, verloren hatte.

Was ihn in diesem Augenblick zweifeln ließ, war meine

Idee, die Schalttafeln abzuschrauben. Man schraubte nicht einfach Schalttafeln ab. Wie dies zu geschehen hatte, dafür gab es genaue Vorschriften; es gab Handbücher und technische Dokumentationen, die vor einem solchen Schritt zu konsultieren waren, die Arbeit musste ferner von einem zugelassenen Raumingenieur ausgeführt werden, und beim Wiedereinbau galt es eine Fülle von Sicherheitsvorkehrungen zu beachten, Check-Listen waren abzuhaken und dergleichen. Kurzum, mein Vorhaben war eines, das einen hoch qualifizierten, hoch bezahlten und wichtigen Mann wie zum Beispiel Iwabuchi, Tanaka oder Sakai mehrere Stunden in Anspruch nehmen würde.

»Ist Ihnen klar, was das für ein Aufwand wäre?«, fragte Tanaka also. Seine Nasenflügel bebten dabei nervös. Alles an diesem Mann schien dünn und nervös zu sein.

»Ja.«

»Was rechtfertigt diesen Aufwand?«

Tja. Das wusste ich auch nicht. Ich hatte keinen logisch stichhaltigen, rational zwingenden Grund vorzuweisen. Es war nur ein Gefühl, nur ... *dai rokkan.*

»Ich weiß nicht, ob der Aufwand zu rechtfertigen ist«, gestand ich. »Nicht, ehe wir die Tafel abgeschraubt haben.«

Tanaka sah mich an, als habe er es mit einem tollwütigen Schimpansen zu tun. »*Sonna bakana!*«, zischte er durch die geschlossenen Zähne. »Die Schalttafeln bleiben, wo sie sind, *wakatakka?*«

»*Hai*«, nickte ich ergeben. Er war der Boss. Zumindest der zweite Boss.

»Wahrscheinlich«, warf Sakai ein, »handelt es sich um einen Tropfen meines Hautöls.« Wir sahen ihn überrascht an, und er wirkte ungewöhnlich nervös, als er Tanaka gegenüber eine devote Verbeugung andeutete und an ihn gerichtet fortfuhr: »*Domo sumimasen.* Als Sie vorhin im Maschinendeck waren, habe ich für einen kurzen, aber selbstverständlich unentschuldbaren Moment meinen Posten verlassen, bin in meine Kabine gegangen und habe mir Gesicht und Hände eingecremt. Ich wollte diese nichtswürdige Verfehlung gestehen, ehe aufwändige, aber sinnlose Maßnahmen eingeleitet werden.«

Die verschraubten Phrasen japanischer Höflichkeit faszinierten mich immer wieder.

»Nun, Carr«, meinte Tanaka, schon weit weniger höflich – aber ich war ja auch nur ein blassgesichtiger, ungehobelter *gai-jin* –, »da hören Sie es. Hautöl. Ich denke, damit ist der Fall erledigt.«

»*Hai*, Kommandant«, nickte ich. Den Clip mit dem fraglichen Tropfen in der Hand, verließ ich ohne ein weiteres Wort die Brücke. Mein Ziel war das materialwissenschaftliche Labor im Maschinendeck. Dort wusste ich Dr. Chong Woo Kim von der Universität von Seoul. Kim hatte eines der modernsten Analysegeräte, das für Geld zu kaufen war, in seinem Labor stehen, und er würde mir sicher den Gefallen tun, den Tropfen zu analysieren.

Und *fuck you*, Kommandant Isamu Tanaka, wenn es etwas anderes war als Hautöl!

8

KIM CHONG WOO hatte, obwohl Koreaner, ein flaches, pockennarbiges Gesicht von eher chinesischem Typus, und das Lächeln darauf schien ein untrennbarer Bestandteil seiner Gesichtszüge zu sein. »Es wird mir sein eine große Ehre, Mister Carr«, radebrechte er sofort, als ich ihm mein Ansinnen vortrug, nahm mir den Clip aus der Hand und applizierte den Öltropfen darauf in eine haarfeine Glaskapillare, die er wiederum in einen röhrenförmigen Probenträger aus Edelstahl steckte. Das Ganze schob er in die Aufnahmeöffnung eines unscheinbaren Gerätes, dem man die Millionen, die es gekostet haben musste, überhaupt nicht ansah, und drückte einen Knopf. Das unscheinbare Gerät begann summend zu arbeiten.

»Es wird dauern«, lächelte er. »Längeren Zeitraum.«

»Gut«, meinte ich, während ich den Clip abwischte und wieder an meinem Overall festklemmte, »ich kann ja warten. Lassen Sie sich nicht in Ihrer Arbeit stören.«

»Sie stören überhaupt nicht«, beeilte Kim sich zu versichern. Er zögerte trotzdem ein wenig, ehe er sich wieder vor seiner Versuchsanordnung festschnallte. »Wird wichtiger Bestandteil meiner Habilitationsarbeit«, erklärte er. »Sie wissen, was eine Habilitationsschrift ist?«

Ich nickte gequält. Kim konnte mich leiden, aber auch er hielt mich für beschränkt. »Ja«, sagte ich. »Sie wollen Professor werden.«

Er nickte begeistert. »Professor für Metallurgie an Universität von Seoul. *Weltraum*-Metallurgie.«

In diesem Moment waren harte, schabende Kratzgeräusche von den Wänden des Labormoduls her zu hören, als schlage jemand von außen mit einem Schraubenschlüssel dagegen in der Hoffnung, eine brüchige Stelle zu finden. Nein, es waren mehr als ein Schraubenschlüssel. Sechs mindestens, und sie klopften und scharrten sich die Wand entlang auf das freie Ende des Moduls zu.

»Aha«, lächelte Kim. »Das ist Spiderman. Möglicherweise Sie haben Lust, Spiderman zu beobachten bei seiner Tätigkeit, Mister Carr?«

»Gute Idee«, meinte ich. Ich zog mich an eine der Sichtluken und öffnete die Blende, sodass ich hinaussehen konnte.

Spiderman war der Spitzname des Montageroboters, der unablässig, Tag und Nacht, jahraus, jahrein über die Solarfläche krabbelte und mit der unerschöpflichen Geduld einer Maschine an ihrer Vervollständigung arbeitete. Er sah aus wie eine große mechanische Spinne. Sein Körper war ein schmales, ungefähr rechteckiges Gebilde von annähernd drei Metern Länge, das neben der Energieversorgung und dem Steuerungscomputer vor allem zwei Greifzangen trug, die im Stande waren, genau eine der Folienrollen zu transportieren, wie sie aus Kims automatischer Schmelze kamen. Am Kopfende äugten zwei beweglich montierte Kameras aufmerksam umher, und rechts und links des Körpers gab es jeweils drei sehr lange, sehr dünne Spinnenbeine, mit deren Hilfe sich der Roboter fortbewegte. Daher kam der Name.

Spiderman war im Unterschied zu unserer großen, fernlenkbaren Montageplattform nicht im Stande, sich frei fliegend durch den Raum zu bewegen, weil er eben *nicht* ferngelenkt war, sondern sich vollkommen selbst steuerte und eine schwebende Fortbewegungsweise die Fähigkeiten seines Computersystems überfordert hätte. Er hatte Magnete und zangenartige Greifinstrumente an den Enden seiner Beine, mit deren Hilfe er sich ausnehmend elegant an der Trägerstruktur der Solarfläche entlanghangelte. In all den Jahren hatte er noch nicht ein einziges Mal danebengegriffen oder den Halt verloren, und das hieß einiges, denn Spiderman war noch ein gutes Stück älter als die ganze Raumstation.

Ursprünglich hatte es zehn dieser Roboter gegeben, die den Ausbau der riesigen Solarfläche weitgehend selbstständig bewerkstelligt hatten. Die anderen neun Roboter hatte man eines Tages, als der größte Teil des Solargenerators fertig gestellt gewesen war, wieder zur Erde zurückgeschafft; Spiderman war der Letzte seiner Art. An ihm hatte man testen wollen, wie lange ein Roboter im Weltraum funktionstüchtig bleiben kann. Mittlerweile aber schien es fraglich, ob irgendeiner der an diesem Test beteiligten Wissenschaftler sein Ende jemals erleben würde, denn Spiderman arbeitete und arbeitete und arbeitete unermüdlich und ohne Unterlass. Er war ursprünglich einmal silberweiß lackiert gewesen, doch inzwischen hatte die gnadenlose Sonne seine Oberfläche regelrecht braun gekocht. Seine einstmals klaren Kameralinsen begannen sich zu trüben von der Partikelstrahlung. Trotzdem ließ er sich nicht davon abhalten, emsig über die schneeweiße Ebene rings um die Station zu krabbeln, immer wieder neue Folie zu holen und mit seinen langsamen, aber geschickten Greifwerkzeugen auch die letzten leeren Stellen in der Struktur der Solarfläche zu füllen.

So auch jetzt. Es war immer wieder faszinierend, den Roboter bei seiner Tätigkeit zu beobachten. Er krabbelte ans Ende des Moduls, bis er seinen ›Leib‹ genau über dem länglichen Schlitz der Ausgabeschleuse platziert hatte. Dann betätigte er mit einem seiner Greifarme eine breite Taste, und das Schott der Ausgabeschleuse fuhr auf. Spiderman kontrollierte mit einem raschen Blick einer seiner Kameras, ob auch eine Rolle Folie darin lag. Dann senkte er seinen Leib auf die Öffnung herab, die Greifzangen packten die Folie, und noch während der Leib des Roboters wieder nach oben federte, schloss sich die schmale Schleuse wieder, und die Maschine, die in einem vakuumisolierten Raum untergebracht war, der die hintere Hälfte des materialwissenschaftlichen Labors beanspruchte, fing automatisch an, neue Solarfolie herzustellen. Und Spiderman stakte majestätisch den Weg zurück, den er gekommen war.

»Silizium«, erklärte Kim begeistert. »Billigstes Rohmaterial. Überall zu finden, auf jedem Planeten. Hier wir schaffen große, zusammenhängende Kristallgitter. Unsere Folie könnte auf der Erde nicht hergestellt werden, wegen der Schwerkraft, und sie würde sich zersetzen in der normalen Atmosphäre. Nur wir können sie herstellen, nur wir können sie benutzen. Kein Exportartikel, was?«

Er lachte. Wahrscheinlich sollte das ein Witz gewesen sein, und ich nickte lächelnd. Im Prinzip war die Folie nichts als eine Weiterentwicklung der herkömmlichen Solarzelle, die Licht in elektrischen Strom umwandelte. Im Prinzip. Genauso hätte man sagen können, der Megabytechip sei im Prinzip eine Weiterentwicklung der Elektronenröhre.

»Waren Sie dabei beim Bau der Station, Mister Carr?«, wollte Kim wissen. Ich verneinte.

»Ah!«, machte er bedauernd. »Ich war. Großartige Arbeit. Großer Ring wurde ringsumher gespannt, aus lauter kleinen Plastikteilen. Dann man spannte ein Kabel, das mittendurch ging durch alle diese Plastikteile, und – zack, Ring war stabil. Wie indischer Seiltrick, nicht wahr? Dann wir verspannten Ring mit der Station, mit vielen Drähten. Leichtbauweise und zogen Folie auf. Mit Hilfe der Roboter. Es war sehr großartig, dabei zu sein, zu erleben. Eines Tages, Mister Carr, man wird riesige Gebäude bauen in der Erdumlaufbahn – denken Sie an meine Worte!«

Ich verstand nicht alles, was er sagte, aber ich hatte Berichte über den Bau studiert. Man hatte eine Fülle interessanter Technologien für den raschen Bau großer Gebäude unter Schwerelosigkeit erprobt, und tatsächlich hatte man nur fünf Shuttleflüge gebraucht, um die Solarfläche zu realisieren.

»Na, unsere Station ist doch schon ziemlich riesig«, warf ich ein.

»Bah!«, machte er mit einer wegwerfenden Geste. »Nichts ist sie, wenn man vergleicht mit dem, was möglich ist. Wir haben zu niedrige Umlaufbahn für größere Bauten. Zu viel Widerstand durch restliche Luftmoleküle. Brauchen regelmäßig Raketen für Bahnkorrektur. Größere Gebäude brauchen höhere Umlaufbahnen, weiter weg von der Erde. Und wir müssen bauen aus Metall, nicht aus Kunststoffen.«

»Metall?« Irgendwie war mir klar, dass ein Metallurg so etwas sagen musste.

Kim sah sich argwöhnisch nach allen Seiten um, als planten wir gerade eine Verschwörung oder dergleichen und hätten Lauscher zu fürchten, dann winkte er mich her. »Ich Ihnen zeige etwas, Mister Carr, ein Geheimnis. Sie bewahren es in Ihrer Brust?«

Er machte mich neugierig, und ich nickte. »Ich schweige wie ein Grab«, versprach ich, während ich mich zu ihm an seinen Arbeitstisch hangelte.

»Gut.«

Er öffnete eine Klappe und zog einen länglichen Gegenstand heraus, ungefähr einen Meter lang, eingewickelt in ein weißes Tuch und mit drei grünen Kordeln verschnürt. Kim löste die Kordeln und schlug das Tuch dann feierlich zurück. Verblüfft starrte ich auf das, was sich meinen Blicken darbot. Ich hatte mir nicht überlegt, was Kim mir wohl zu zeigen hatte, aber ganz bestimmt hatte ich nicht das erwartet, was sich jetzt meinen Blicken darbot. Nicht so etwas ... *Archaisches*.

Es war ein Schwert.

»Das«, erklärte Kim mit weicher, fast liebevoller Stimme, während er zärtlich über die glänzende Klinge fuhr, »ist ein Schwert, wie es noch nicht gesehen hat die Welt. Seine Klinge besteht aus monokristallinem Metall. Jedes der alten Samuraischwerter könnte man damit in Stücke hauen. Man könnte Damaszenerklingen zerschneiden wie Butter. Es ist schade, dass keine Ritter mehr leben: das wäre das beste Schwert aller Zeiten – geschmiedet im Weltraum.«

Ich starrte das Schwert an, dann starrte ich ihn an. »Wozu haben Sie das hergestellt?«

Kim zuckte die Schultern. »Für meine Habilitationsarbeit. Für den Vortrag vor der Akademie von Tokio.« Er fing wieder an, es behutsam einzupacken. »Und weil ich es wollte.«

»Ohne Schwerkraft«, fuhr er fort, als wolle er seinen Vortrag an mir erproben, »werden die Kristallgitter von Metallen beim Abkühlen aus der Schmelze viel größer und viel regelmäßiger. Die Festigkeit herkömmlicher Metalle wird bestimmt von der Festigkeit zwischen den einzelnen Metallkristallen. Innerhalb des Kristallgitters ist die Festigkeit viel, viel größer. Wenn ein Metall versagt, reißt es entlang der Trennlinie zwischen den einzelnen Kristallen. Wenn es eine solche Trennlinie nicht gibt, weil das gesamte Metall ein einziger Kristall ist, nun ...«

Fasziniert beobachtete ich den kleinen Wissenschaftler, dessen Blick mit einem Mal ins Unendliche zu gehen schien, durch die Wände des Labors hindurch, der mich vergessen hatte und Dinge sah, die mir verschlossen bleiben mussten. »Eines Tages«, prophezeite er bedächtig, »wird es Bergwerke auf dem Mond geben. Man wird Metallerze finden und fördern, und man wird das rohe Erz mit gewaltigen elektrischen Katapulten in den Weltraum schleudern, aus dem schwachen Schwerefeld des Mondes heraus. Das Erz wird in der Umlaufbahn eingefangen und zu Metallen von unvorstellbarer Qualität verarbeitet werden. Wir müssen es nur tun. Das Rohmaterial ist da. Die Energie ist da. Unermesslich viel Energie. So viel Energie gibt es im Weltraum, dass man sich *schützen* muss davor ...«

Ein widerlicher elektronischer Summton, mit dem der Analysator den Abschluss seiner Arbeit anzeigte, unterbrach Kims Vision. Seufzend verstaute der Metallurg sein Tuchbündel wieder in der Lade und schnallte sich los.

»Interessanter Stoff«, meinte er dann, nachdem er das Ergebnis der Analyse – eine dichte Reihe verschieden hoher und verschieden gefärbter Linien auf einem Bildschirm – eine Weile studiert hatte. »Besteht aus Hunderten verschiedener Substanzen. Viel Kohlenstoff. Schwefel. Wasser. Spuren fast aller Metalle, die es gibt. Silizium. Benzpyrene. Natrium.«

»Könnte es Hautöl sein?«

Kim lächelte sein glattes asiatisches Lächeln. »Ich weiß es nicht. Ich denke, es wäre kein besonders gesundes Hautöl, aber ich bin Metallurg, Mister Carr, kein Pharmazeut.«

Enttäuschend. Ich hatte eine Analyse, aber keine Ahnung, was es war.

»Wenn ich Ihnen einen Tropfen Hautöl bringe – können Sie ihn dann analysieren und mit dieser Analyse vergleichen?«

»Ja, sicher«, nickte Kim bereitwillig. »Das würde sicher funktionieren. Wenn die gleiche Verteilung der Linien entsteht, ist es der gleiche Stoff. Entsteht eine andere – ist er es nicht.« Ich sah auf die Uhr. Es war Zeit, an die Zubereitung des Abendessens für die Crew zu denken. »Ich bringe Ihnen morgen eine Probe des fraglichen Öls.« Morgen früh würde ich mir den Generalschlüssel holen und aus Sakais Kabine einen Tropfen seines Hautöls beschaffen.

»Das ist in Ordnung.«

»Können wir die Sache einstweilen für uns behalten?«

Kim neigte den Kopf. »Teilen wir zwei Geheimnisse.«

»Okay«, nickte ich. »Vielen Dank.«

9

IM BIOLOGISCHEN LABOR war es immer taghell, viel heller als in jedem anderen Raum der Station. Große, milchig strahlende Leuchtflächen beherrschten die Wände des Moduls, und intensiv strahlende Tageslichtlampen gaben noch eins drauf. Die Atmosphäre, die einem entgegenschlug, wenn sich das Schott öffnete, war feucht, heiß und modrig und weckte Vorstellungen von Dschungel und Regenwald, und das unübersichtliche Labor, voller großer Glaskästen, in denen es undefinierbar wucherte und wimmelte, mit seinen leeren Gitterkäfigen, den Mikroskopen und Glasflaschen und chromblitzenden Instrumenten, war geeignet, diese Vorstellungen noch zu unterstützen: Man fühlte sich in das Labor eines wahnsinnigen Tropenarztes versetzt, und wenn einem im nächsten Moment Tarzan entgegengekommen wäre, wäre man nicht besonders überrascht gewesen.

Ich hangelte mich vorsichtig zwischen den Tischen und Glasschranken hindurch und fand schließlich, ziemlich weit hinten, eine ältere Frau, die damit beschäftigt war, einzelne Samenkörner mit einer Pinzette in eine mit feuchtem Zellstoff ausgekleidete Trommel zu legen.

»*Moshi moshi*, Leonard-*san*«, begrüßte sie mich leise, ohne in ihrer Tätigkeit innezuhalten. »Was führt Sie an meinen bescheidenen Arbeitsplatz?«

»Hallo, Oba-*san*. Sie wollten mir bei der Zubereitung des Abendessens helfen.«

Jetzt hielt sie doch inne und konsultierte erschrocken ihre Armbanduhr. »*Yaa*, ist es schon so spät? Tatsächlich, es ist Zeit. Sie müssen verzeihen, Leonard-*san*, ich verliere leicht das Zeitgefühl bei meiner Arbeit.«

Oba war unsere Bordärztin. Da alle Crewmitglieder sich für gewöhnlich einer ausgezeichneten Gesundheit erfreuten, verbrachte sie ihre Zeit mit verschiedenen weltraumbiologischen Experimenten, die sich in der Regel um den noch weitgehend ungeklärten Einfluss von Schwerelosigkeit und kosmischer Strahlung auf die Lebensvorgänge bei Pflanzen und Tieren drehten. Oba war nur wenig jünger als Kommandant Moriyama, und ihr von zahlreichen dünnen Falten durchzogenes, sympathisches Gesicht strahlte jene Wärme und Zuversicht aus, die für gute Ärzte charakteristisch ist und im Allgemeinen bewirkt, dass jeder Kranke schon beim Anblick des Arztes anfängt, sich besser zu fühlen.

»Wenn Sie mir nur noch gestatten, die Vorbereitungen dieses Versuchs hier abzuschließen ...«, bat sie und nahm die Arbeit mit der Pinzette wieder auf.

»Kein Problem.«

»Sie haben gehört, dass der Shuttle später kommt?«, fragte sie, während sie die letzten Samenkörner aus der kleinen Plastikflasche angelte, die sie in der Hand hielt. »Wahrscheinlich eine Woche. Als ich das hörte, beschloss ich, noch einen Keimversuch zu machen. Das Wachstum unter Schwerelosigkeit ist immer noch ein großes Rätsel. Manche Pflanzen haben keine Probleme damit, andere sehr große – warum? Diese Pflanze hier keimt nur unter Schwerkraft, und ich will feststellen, wie groß die Schwerkraft sein muss, damit die Keimung einsetzt. Man nennt dieses Verhalten der Pflanzen Gravitropismus. Pflanzen nehmen die Schwerkraft wahr, und dann wachsen Wurzeln abwärts, Stängel, Halme und Stämme aufwärts. Aber wie das funktioniert, ist noch weitgehend unklar.« Sie verstaute Plastikflasche und Pinzette in einer Schublade, schloss dann das lichtdichte Gehäuse der Trommel und schaltete den Motor ein, auf der niedrigsten Stufe. Die Trommel begann, sich ganz langsam zu drehen. Rotation ist die einzige

Möglichkeit, im Weltraum eine Art Scheinschwerkraft zu erzeugen.

»Das klingt, als wären Sie froh, dass Sie noch eine Weile bleiben können«, meinte ich.

Sie lächelte, und ihr Gesicht wirkte plötzlich wie das eines verträumten Kindes. »O nein, Leonard-*san*, ich bin schrecklich ungeduldig. Da ist ein Mann, wissen Sie, der mich gebeten hat, seine Frau zu werden, und er wartet auf mich. Und ich warte auf ihn ...«

»Oh«, machte ich. Ich hatte auf der Erde in Raumfahrerkreisen manchmal hässliche, abwertende Bemerkungen über die unverheiratete Ärztin gehört. »Herzlichen Glückwunsch.«

»Danke. Dies sind meine letzten Tage im Weltraum, wissen Sie? Ich werde mit ihm gehen, nach Wakkanai, hoch im Norden von Japan, wo er ein Häuschen besitzt. Man sieht dort aufs Meer hinaus, auf die Straße zwischen Hokkaido und Sachalin, und an klaren Abenden werden wir die Raumstation über den Himmel ziehen sehen, und ich werde ihm erzählen, wie es ist hier oben ...«

Ich lächelte, und sie sah es. »Jetzt halten Sie mich für eine sentimentale alte Närrin, nicht wahr, Leonard-*san*?«

»Überhaupt nicht«, erwiderte ich. »Ich beneide Sie. Ich wünschte mir, auf mich würde auch jemand warten.«

Sie sah mich prüfend an, und das war jetzt wieder der Ärztinnenblick. »Ich kenne wenigstens sieben Menschen, die auf Sie warten – und auf mich«, meinte sie spitzbübisch. »Und die sehr ungeduldig werden, wenn wir sie mit dem Abendessen warten lassen. Kommen Sie, Leonard-*san*, es wird Zeit. *Ikimasho!*«

Sie nahm aus einem der leer stehenden Tierkäfige einen großen Plastikbeutel mit Sojasprossen, die das heutige Abendessen bereichern würden. Soja zählt zu den absolut unproblematischen Pflanzen; in der Schwerelosigkeit wächst es wie Unkraut.

Die frühen Weltraumexpeditionen, sowohl die amerikanischen als auch die russischen, waren gekennzeichnet von Hektik und Zeitnot. Die Astronauten hatten mehr oder weniger rund um die Uhr gearbeitet, um so viele Experimente wie möglich in der vorhandenen knappen Zeit zu erledigen, und ihre eigenen körperlichen Bedürfnisse waren dabei so ungefähr das Unwichtigste gewesen. Gearbeitet wurde in Schichten, geschlafen nur so viel wie nötig, und es wurde eigentlich nicht gegessen und getrunken – man nahm lediglich Nahrung zu sich. Ich hatte Protokolle des Funkverkehrs zwischen Houston, der amerikanischen Bodenleitstelle, und verschiedenen Mondflügen und Skylab-Missionen gelesen, die einen guten Eindruck der allgemeinen Zeitschinderei vermittelten, und die viel gerühmten guten Nerven der ersten Astronauten waren wohl vor allem deshalb notwendig gewesen, weil ihnen bei jedem Handgriff ein halbes Dutzend Leute besserwisserisch dazwischenquatschte.

Dergleichen Unkultur ist für das japanische Denken selbstverständlich indiskutabel. Nicht nur, dass die Japaner den so genannten kleinen Dingen des Lebens von jeher größere Aufmerksamkeit zukommen ließen als wir Amerikaner mit unserer Fast-Food-Kultur; sie sind darüber hinaus auch fest davon überzeugt, dass nichts von wirklichem Wert geschaffen werden kann, wenn man hektisch und oberflächlich handelt, ohne in seiner eigenen Mitte zu ruhen. Die teilweise mangelhaften wissenschaftlichen Ergebnisse der ersten Weltraumexperimente, die gegen Ende der achtziger Jahre allgemeine Zweifel an Sinn und Nutzen der Raumfahrt aufkommen ließen, erklären sich für die Japaner aus der gedankenlosen Geschäftigkeit, die diese Unternehmungen oft kennzeichnete.

An Bord der Raumstation herrschte ein geregelter Tagesablauf, der dazu geeignet war, zum Wohlbefinden jedes Crewmitglieds beizutragen und ein ruhiges, konzentriertes und zielstrebiges Arbeiten zu ermöglichen. Unsere Tag- und

Nachtphasen entsprachen der Zeitzone, in der auch Japan lag, was die Zusammenarbeit mit der Bodenstation erleichterte. Morgens und tagsüber aß jeder, wann und wo er Lust hatte, und wie Wissenschaftler nun mal so sind, vergaßen die meisten das Essen ganz. Abends dagegen versammelte sich die ganze Crew zu einer gemeinsamen Mahlzeit, die nicht nur der Nahrungsaufnahme diente, sondern gleichzeitig Gelegenheit zu zwanglosen Besprechungen bot, allgemeine Geselligkeit darstellte und so auf angenehme Weise das Denken aus den Bahnen löste, in denen es sich den Tag über festgefahren hatte.

Die Vorbereitung des Abendessens war natürlich meine Aufgabe. In der Regel stellte das keine große Affäre dar, da der größte Teil unserer Nahrungsmittel aus Fertigmahlzeiten bestand, die fix und fertig zubereitet und portioniert in unseren Tiefkühlfächern lagen und nur noch in einem Mikrowellenofen erhitzt zu werden brauchten. Bei einem Teil der Portionen handelte es sich auch um dehydrierte Nahrung, wie sie früher aus Gewichtsersparnisgründen in der Raumfahrt üblich gewesen war. Diese Nahrung war womöglich noch schneller zubereitet: Man musste sie nur mit Wasser versetzen und erhielt eine Art breiige Paste, die man sich aus dem Plastikbeutel direkt in den Mund drücken konnte und die, o Wunder, tatsächlich oft recht gut schmeckte.

Aber man kann sich nicht ein halbes Jahr von Brei und Paste ernähren, ohne massive Verdauungsprobleme und Zahnausfall zu bekommen: Diese Teile des menschlichen Ernährungssystems müssen auch beschäftigt werden. Deshalb war die Abteilung Nutzlastverwaltung der NASDA schon vor einiger Zeit dazu übergegangen, den Versorgungs-Shuttles regelmäßig ein gewisses Kontingent an naturbelassenen Lebensmitteln mitzugeben. Im Prinzip war jedes Lebensmittel dazu geeignet, im Weltraum verspeist zu werden, vorausgesetzt, es erfüllte zwei Bedingungen: Erstens musste es den

Transport und die beim Start des Shuttle unvermeidlichen Andruckkräfte überstehen – solche Dinge wie Tomaten, Trauben oder Brombeeren schieden also aus. Und zweitens – es durfte nicht krümeln. Krümel, die in der Schwerelosigkeit umherschwirren, sind fast unmöglich wieder einzufangen und können, wenn sie in geeignete Geräte eindringen, eine Menge Unheil anrichten. Es gab also keine Kekse, und das Brot war ein speziell für uns gebackenes, weiches, fladenartiges Etwas, das nicht trocknete und nicht bröselte.

Zu einem zwar geringen, aber stetig zunehmenden Teil versorgten wir uns auch selbst mit Gemüse und Obst, das im Rahmen von Wachstumsexperimenten im Biolabor gezüchtet wurde. Tomaten waren immer noch ein Problem, aber die Zucht von Gurken und Paprika gelang bereits recht gut. Was Soja anbelangte, unseren Star unter den Weltraumpflanzen, waren wir inzwischen so weit, dass wir sogar unser eigenes Saatgut gewannen, und so gönnten wir uns regelmäßig den Luxus frisch gezogener Keimlinge.

Bei der Zubereitung von frischem Gemüse benötigte ich allerdings Hilfe, denn die Zubereitung von Nahrungsmitteln unter Schwerelosigkeit ist alles andere als einfach. Das fängt schon mit dem Zerschneiden an: Die Gemüsestücke bleiben ja nicht schön auf dem Schneidebrett liegen, wie sie das auf der Erde täten, sondern fangen an, den Koch fröhlich zu umschwirren, wenn er nicht aufpasst. Hier hatte sich irgendwann, nach zahlreichen Versuchen mit raffinierten Apparaturen, als einfachste Lösung die herausgestellt, das Kochgut auf einem *nassen* Kunststoffbrett zu schneiden. Durch die Adhäsionskräfte des Wassers bleiben die Schnipsel zu einem ausreichend großen Teil auf dem Brett kleben, und man kann sie dann bequem in den Topf streifen.

Der Kochtopf ist das nächste interessante Problem. Man kann natürlich keinen gewöhnlichen Kochtopf nehmen, schon weil man natürlich auch keinen gewöhnlichen Herd benutzt. Ein Kochtopf würde davonschweben, der Deckel würde sich unter dem Dampfdruck öffnen, das Kochgut würde sich von den Wänden des Topfes lösen und eine Art kugelförmiges Etwas bilden ... kurzum, die Küche würde hinterher schrecklich aussehen.

Natürlich kann man alles in einem Mikrowellenofen zubereiten, und meistens taten wir das auch. Aber es war ein ständiges Hobby der Wissenschaftler (bemerkenswerterweise fast ausschließlich der *männlichen* Wissenschaftler), immer neue Apparaturen zu erfinden, die es erlaubten, unter Schwerelosigkeit zu kochen. Am lustigsten fand ich den so genannten Dämpfofen, der dazu gedacht war, Gemüse zu dämpfen. Es handelte sich um einen kleinen Kasten aus Aluminium, der ein Guckloch hatte und innen beleuchtet war, damit man den Anblick genießen konnte, denn durch einige Düsen im Hintergrund strömte kochend heißer Dampf in den Kasten, der das Gemüse, das darin schwebte, wild durcheinanderwirbelte und dabei gar dünstete. Dann gab es noch einen Bratofen, eine Art großer Toaster: Das Bratgut – Gemüse oder feine Fleischstreifen – wurde von einer Klammerkonstruktion gehalten, während es von zwei Seiten erhitzt wurde.

Für die stilgerechte Zubereitung von Sojasprossen taugte natürlich weder das eine noch das andere. Hierfür kam nur der Weltraum-Wok in Frage, den Ingenieure aus der vorletzten Schicht entwickelt hatten, ein atemberaubend hässliches und gefährliches Gerät, das aussah wie eine Art glühend heißer, kleiner Betonmischer, der sich rasch um seine Achse drehte. Man gab zuerst etwas gewürztes und gesalzenes Öl hinein, das sich infolge der Rotation rasch im Inneren verteilte, und dann, wenn das Öl ausreichend heiß war, die Sprossen. Eingebaute Schaufeln besorgten das Wenden und Rühren, und man brauchte nur zu warten, bis die Sprossen das Öl ganz aufgenommen hatten, dann schaltete man den Wok aus und konnte darangehen, die gebratenen Sprossen einzufangen, wenn sie aus der Öffnung kamen.

Oba übernahm die Regie. Wie immer kannte sie ein paar Tricks, mit Gewürzen und anderen raffinierten Kniffen das Essen besonders schmackhaft zuzubereiten – Tricks, die, wie sie nicht müde wurde zu erzählen, von ihrer Großmutter mütterlicherseits stammten, die jedes Mal als dritter, unsichtbarer Helfer in der Küche zu sein schien. Zusammen bereiteten wir neun Tabletts vor und deponierten sie im Warmhalteschrank, einer Art Durchreiche zwischen der kleinen Küche und dem Gemeinschaftsraum mit seinem großen runden Tisch. Dann ging ich an die Bordsprechanlage und gab das Signal, das die Crew zum Abendessen rief.

10

DIE MANNSCHAFT FAND sich so rasch im Gemeinschaftsraum ein, als habe jeder nur sehnsüchtig auf diesen Moment gewartet. Wir verteilten die Tabletts, die alle mit einem Magneten versehen waren und folglich auf dem runden Tisch, der eine Metalleinlage hatte, gut hafteten, und Oba erntete reichlich Komplimente für ihre knackig zubereiteten Sojasprossen.

»Ich bin ganz ehrlich«, erklärte Jayakar mit Verschwörermiene. »Ich habe da unten jemanden bestochen, den Shuttle ein paar Tage zurückzuhalten, damit Sie uns noch einmal etwas kochen.«

Auch das Essen ist nicht so einfach in der Schwerelosigkeit. Das Hauptproblem ist, zu vermeiden, dass sich die guten Sachen einfach vom Teller erheben und auf und davon fliegen. Deswegen hat jeder Teller einen fest schließenden Deckel. Messer und Gabel gibt es auch nicht; das einzige Esswerkzeug des Astronauten ist eine Art schmale Zange, ähnlich einer Zuckerzange, wie sie die Generation unserer Eltern noch zu besitzen pflegte. Mit der linken Hand öffnet man den Deckel ein wenig, und mit der Esszange in der rechten Hand schnappt man sich dann einen Leckerbissen vom Teller.

Für Anfänger empfiehlt es sich, zuerst eines jener Gerichte zu nehmen, die mit einer klebrigen Soße zubereitet sind. Dadurch haftet das Essen am Teller, und man kann sich ganz darauf konzentrieren, die Handhabung der Zange einzuüben. Und, nicht zu vergessen, das Schlucken – da einem die Schwerkraft nicht hilft, hat man bei den ersten Bissen das Gefühl, im Liegen oder im Kopfstand zu essen und die Nahrung gegen einen Widerstand herunterschlucken zu müssen. Gewöhnungsbedürftig.

Zur allgemeinen Begeisterung präsentierte Sakai eine große Flasche edlen Pflaumenweins und erklärte, sie der Runde spendieren zu wollen. Es sei ein privater Anlass. »Heute vor zehn Jahren musste ich eine wichtige Prüfung wiederholen. Wenn ich sie nicht bestanden hätte, hätte ich die Raumakademie verlassen müssen. Aber – ich habe sie bestanden.«

»Na, so ein Glück für uns«, meinte Moriyama doppelsinnig.

»Holt die Gläser!«, rief Jay.

Bei den ›Gläsern‹ handelte es sich in Wirklichkeit um elastische kleine Beutel aus transparentem Plastik, die eine verschließbare Einfüllöffnung und ein kurzes Saugröhrchen hatten. Wenn man etwas trinken wollte, musste man sich die Flüssigkeit in den Mund drücken, als lutsche man an einer Tube Zahnpasta.

Auch den Wein aus der Flasche herauszubekommen war eine einigermaßen umständliche Prozedur, die an Bord äußerst selten vorkam, da praktisch kein Getränk in Flaschen heraufransportiert wurde – abgesehen eben von Mitbringseln im privaten Gepäck der Crewmitglieder. Aber auch dieses Problem war schon vorgekommen und gelöst worden. Aus den Tiefen der Küchenschränke förderte ich ein Gerät zu Tage, das aussah wie eine Kreuzung zwischen einem Sahnesiphon und einer Beatmungsmaschine und das ich, nachdem Sakai die Weinflasche entkorkt hatte – und der Wein, wie nicht anders zu erwarten, keinerlei Anstalten machte, die Flasche zu verlassen –, anstelle des Korkens in den Flaschenhals einführte. Das Prinzip war ganz einfach: Am unteren Ende einer dünnen Röhre, die tief in die Flasche hineinragte, befand sich ein leerer Gummiballon. Wenn man einen Druckhebel betätigte, wurde dieser Ballon mit Luft aufgeblasen; dadurch drückte er die Flüssigkeit in der Flasche zum Flaschenhals hinaus, und dort floss sie folgsam aus einer entsprechenden Spritzöffnung.

»Ich habe die erste Wache heute Nacht«, wehrte Yoshiko ab. »Ich trinke besser nichts.«

»Ich habe heute Nacht die zweite Wache«, sagte Jay. »Also trinke ich besser – als Erster!«

Moriyama sah dem Treiben mit geduldigem Lächeln zu.

Natürlich erlaubten die Vorschriften der Raumfahrtbehörde keinen Alkoholgenuss an Bord der Raumstation. Und natürlich konnte man unmöglich immer alle Vorschriften einhalten. Er lehnte nicht ab, als Sakai ihm einen gefüllten Trinkbeutel reichte.

Die Stimmung und der Geräuschpegel der Gespräche stiegen schon nach wenigen Schlucken. Ich hatte mich auf meinen Stuhl zurückgezogen und festgeschnallt und hörte hauptsächlich zu, während ich an dem vorzüglichen Wein nippte.

Mein Blick wanderte wieder einmal über die große Weltkarte, die eine Wand des Gemeinschaftsraums einnahm. Es war eine dieser neumodischen Weltkarten in pazifischer Darstellung, das heißt, die Kontinente waren nicht wie auf den früher üblichen Karten rings um den Atlantik angeordnet, sondern rings um den Pazifik; Nord- und Südamerika also auf der rechten Kartenseite, Asien mit Afrika und Europa auf der linken Seite.

Ursprünglich, hatte ich einmal gelesen, hatte es sich bei dieser Art Weltkarte nur um einen Werbegag des Fremdenverkehrsamtes von Honolulu gehandelt: eine Weltkarte, auf der Hawaii genau in der Mitte lag. Aber dann hatte ein Verleger in Sydney – nachdem Sydney die Olympischen Spiele im Jahr 2000 ausgerichtet hatte, hatte es sich zu einer Art kulturellem und wirtschaftlichem Zentrum der nichtasiatischen Welt am Pazifik entwickelt – die Idee aufgegriffen und ernst damit gemacht. Er ließ exakte Karten anfertigen und gab Poster, Wandkarten und ganze Atlanten heraus, die auf der pazifischen Weltkarte basierten, und seither erfreute sich diese Art der Darstellung der Welt zunehmender Beliebtheit.

»Ihre europäischen Landsleute«, meinte Tanaka über den Tisch an Jayakar gerichtet, »haben wieder einmal Großes vor, wie man hört.«

»Meine europäischen Landsleute?«, fragte Jay verwundert zurück.

Tanaka hob die Augenbrauen. »Sie sind doch Brite, oder?«

»Ach ja«, nickte Jay. »Auch. Was haben sie denn vor?«

»Heute Nacht soll eine Ariane-Rakete starten und einen Erdbeobachtungssatelliten in eine hohe Polarbahn bringen«, berichtete Tanaka. »Die Meldung kam heute Nachmittag, kurz nach Beginn meiner Brückenwache.«

»Einen Erdbeobachtungssatelliten?«, wunderte sich Iwabuchi.

»Ja, und einen ziemlich teuren. Sein Name ist TRANSGEO-1. In der Meldung stand auch, wie viel Millionen Franc oder DM oder Dollar er gekostet hat, aber ich habe es mir nicht gemerkt. Ich fand es nur erstaunlich, dass Europa sich noch so sehr für den Rest der Welt interessiert ...«

Jay hob abwehrend die Arme. »Machen Sie mich nicht für alles verantwortlich, was die Europäer machen. Ich bin außerdem zur Hälfte Inder.«

»Aber Sie haben doch ganz gut gelebt in Cambridge, oder?«, fragte Moriyama.

»Hervorragend«, erwiderte Jay trocken. »Zweimal haben mir irgendwelche Nazis die Wohnung zertrümmert und die unglaublichsten Parolen an die Wände geschmiert.«

»Ich dachte immer, Sie seien des Geldes wegen nach Japan gekommen«, neckte ihn Yoshiko.

»Damit hätte ich mich als Mathematiker disqualifiziert«, grinste Jay. »Ich verdiene jetzt zwar fünfmal so viel, aber dafür kostet in Japan alles das Zehnfache.«

Ich sah wieder die Weltkarte an und nahm noch einen tiefen Schluck. Wahrscheinlich war diese Karte so beliebt geworden, weil sie die Verhältnisse des einundzwanzigsten Jahrhunderts so treffend wiedergab. Die Gewichte hatten sich drastisch verschoben, verglichen mit der Welt, die ich als Kind gekannt hatte. Der Pazifik war der wichtigste Wirtschaftsraum. Japan, die mit Abstand führende Industrienation, lag auf dieser Karte dort, wo es hingehörte – in der Mitte. Neben Korea, dem Konkurrenten. Und China, das rein durch seine Masse ein Wirtschaftsgigant war und sich gerade anschickte, mit einer dickköpfigen, uneinsichtigen Automobilisierungskampagne der Ozonschicht der Nordhalbkugel den endgültigen Todesstoß zu versetzen. Australien. Und auf der anderen Seite des Pazifik gab es die Küstenländer Südamerikas, immer noch rückständig, und in den Vereinigten Staaten Los Angeles, das sich nur mühsam von den Folgen der beiden großen Erdbebenkatastrophen erholte, und Seattle. Der Rest von Gottes eigenem Land war in den Händen von religiösen Eiferern und von Fanatikern, die sich für radikale Umweltschützer hielten, aber hauptsächlich damit beschäftigt waren, das Land endgültig auf den Stand eines Entwicklungslandes herunterzuwirtschaften. Inzwischen konnte ein Drittel der Amerikaner nicht mehr als ihren eigenen Namen schreiben, und es war wieder verboten, die Evolutionslehre nach Darwin an den Schulen zu unterrichten.

Europa, vor dessen vereinigter Wirtschaftsmacht man einmal kurze Zeit Angst gehabt hatte, war, anstatt sich zu vereinigen, in unzählige winzige Staaten zerfallen und beschäftigte sich hauptsächlich mit sich selbst. Nachdem die Leute gemerkt hatten, dass ein eigener Staat allein auch nicht glücklich macht, gab es viele unerklärte Kleinkriege und Scharmützel, und alles in allem bot Europa der Welt das Bild eines Altersheims voller seniler, streitsüchtiger Greise. Wenn man auf den Straßen von Tokio, Seoul oder Melbourne jemanden nach seiner Meinung über Europa befragte, bekam man eine Antwort, die auch auf die Azteken oder die Babylonier gepasst hätte: großartige Kultur – warum sie wohl untergegangen ist?

Die arabische Welt des Nahen Ostens und Nordafrikas dagegen war Schauplatz des wahnwitzigsten Religionskrieges, den die Geschichte kannte. Etwa um die Jahrtausendwende hatte sich eine fanatische islamische Sekte um einen selbst ernannten Propheten gebildet, der den suggestiven Namen Abu Mohammed trug und dessen Glaubenslehren ein islamischer Religionswissenschaftler einmal so charakterisiert hatte: »Wer das für Islam hält, der hält die Hexenverbrennungen für den Kern des Christentums.« Offenbar hielten eine Menge Leute die Worte des Abu Mohammed für Islam, für den reinen Islam sogar. Die ›Dschijhadis‹, wie sie sich nannten, die ›Heiligen Krieger‹, hatten den Iran von innen heraus erobert, den Irak überrannt und schließlich in der gesamten Golfregion einen Krieg entfesselt, der nun schon seit Jahren tobte und unzähligen Anhängern des neuen Propheten die Gelegenheit bot, den heiligen Tod zu sterben und unmittelbar ins verheißene Paradies einzuziehen.

Nun, und der Rest der Welt ... Afrika starb an Aids. Und die Zustände in Russland als Chaos zu bezeichnen, wäre eine Beleidigung für das Chaos gewesen.

»Der europäische Satellit wird ungefähr unserer Bahn folgen, nur in 1790 Kilometern Höhe«, erläuterte Tanaka. »Das ist eine Zwei-Stunden-Umlaufbahn, auf der der Satellit jeden Tag jeden Punkt der Erde überfliegt.«

»Wenn sie ihn hochkriegen«, meinte Iwabuchi herablassend.

Yoshiko verschwand, um die erste Nachtwache auf der Brücke anzutreten. Ohne mir einen Blick zuzuwerfen. Ich sah missmutig meinen Trinkbeutel an, der schon leer war, und beobachtete Sakai, der die letzten Tropfen aus seiner Flasche zwischen Iwabuchi und Moriyama verteilte. Ich gehörte nicht dazu. Sie duldeten mich, und mit den meisten von ihnen war gut auszukommen, aber ich gehörte nicht dazu. Wenn ich beschließen würde, den Dienst zu quittieren, würde mich keiner von ihnen vermissen.

Die Unterhaltungen wurden jetzt überwiegend in Japanisch geführt, in jenem schnellen, undeutlichen Japanisch, von dem ich nur jedes zehnte Wort verstand. Ich schnallte mich los, brachte mein Tablett in die Küche und sortierte das schmutzige Geschirr, das schon da war, in den Spülautomaten ein. Dann verabschiedete ich mich kurz, aber Moriyama war der Einzige, der mir eine gute Nacht wünschte.

Vielleicht war es auch der Alkohol. Manchmal macht Alkohol mich depressiv. Ich wusch mich kurz und putzte meine Zähne nachlässig. In meiner Kabine zog ich mich aus und schlüpfte in einen leichten Schlafanzug, dann manövrierte ich mich in den Schlafsack. Europäisches Erbe, dachte ich undeutlich. Die heutigen Weltraumschlafsäcke beruhen auf einem Prinzip, das der deutsche Raumfahrer Reinhard Furrer erfunden hatte: Man konnte sie leicht aufblasen und so das Gefühl erzeugen, von allen Seiten her gut zugedeckt zu sein, wie man es in einem Bett auf der Erde auch hat. Davor hatten die Astronauten einfach in einem Sack geschlafen, der sie an einer bestimmten Stelle hielt, aber da die Arme in der Schwerelosigkeit frei umherschwebten, waren sie oft von der Berührung durch ihre eigenen Hände aufgewacht. Europäisches Erbe, dachte ich noch einmal. Großartige Kultur – warum sie wohl untergegangen ist?

Dann dachte ich über mein eigenes Leben nach und was ich alles falsch gemacht hatte, und irgendwie dämmerte mir, dass, egal wohin man geht, ob ans Ende der Welt oder in die Tiefen des Ozeans oder in die Einsamkeit des Weltalls, man sich immer mitnimmt, und das ist das Problem – und darüber schlief ich ein.

11

Dieser verdammte Wecker. Irgendjemand musste ihn heimlich lauter gestellt haben. Und er musste auch irgendetwas an der Frequenz des Tones gedreht haben, damit das gemeine Piepsen direkt das Zentralnervensystem angriff. Stöhnend und fluchend schaffte ich es, einen Arm aus dem Schlafsack zu kriegen und den akustischen Angriff abzuschalten, ohne ganz wach zu werden.

Eine Weile duselte ich noch schläfrig vor mich hin. Aber die schweren inneren Kämpfe zwischen der Stimme in mir, die der Ansicht war, ich müsse weiterschlafen und die Nacht könne unmöglich schon zu Ende sein, und der Stimme, die unablässig mahnte, ich müsse aufstehen und die Pflicht rufe, ließen mich einfach nicht mehr zur Ruhe kommen. Also gut. Ich stemmte mühsam die Augenlider hoch, öffnete den Reißverschluss des Schlafsacks und fröstelte unter der kühlen Luft, die hereindrang.

Meine Güte, was für ein Brummschädel! Der Pflaumenwein musste es ganz schön in sich gehabt haben. Wahrscheinlich konnte ich froh sein, dass ich nicht so viel davon abbekommen hatte wie die anderen.

Ich verließ die Kabine und hatte eine Weile regelrechte Orientierungsprobleme in der Schwerelosigkeit. Allerhand. Die Raumfahrtbehörde hatte also doch recht mit ihren Vorschriften.

Im Fitnessraum traf ich Tanaka, der mir nur einen kurzen, gemarterten Blick zuwarf und mich ansonsten keines Wortes würdigte. Wahrscheinlich hatte auch er einen ganz schönen Kater, denn er arbeitete mit fast wütender Besessenheit an den Trainingsgeräten, um die Gifte aus dem Körper zu schwitzen. Ich fühlte mich zwar absolut nicht in Trainingsstimmung – eher danach, mich stöhnend in den Schlafsack zurückzuziehen und bis Mittag zu schlafen –, aber ich beschloss mich zu zwingen, es ihm gleichzutun. Ich begann mit einem längeren, gemächlichen Dauerlauf auf dem Laufband, dessen Vorläufer schon den Spacelab-Astronauten gute Dienste geleistet hatte, und nachdem Tanaka in der Dusche verschwunden war, wechselte ich an die Bodybuildingmaschinen und quälte meine schmerzenden Muskeln mit einem vollen Durchgang durch alle Übungen: Butterfly, Bizepscurl, Trizepsdrücken, Latissimusziehen, Bauchmuskelübungen, Beincurls, Beindrücken – no pain, no gain. Es schien sogar zu helfen, zumindest bildete ich mir das ein. Nach der letzten Übung glühte mein Körper und pulsierte bis in die letzte Faser, und ich hatte das übliche ausgelassene Gummiball-Gefühl, das einen befiel, wenn man nach den anstrengenden Muskelübungen wieder schwerelos durch die Gegend schwebte. Und Tanaka hatte sich beeilt; die Dusche war schon wieder frei. Vielleicht würde heute doch noch ein guter Tag werden.

Als ich in den Gemeinschaftsraum kam, herrschte auch dort ziemliche Katerstimmung. Moriyama saß am Tisch und kaute lustlos an seinem Frühstück, Oba war eben fertig geworden, und Kim und Tanaka drängelten sich in der Küche. Ich wünschte einen guten Morgen, was muffig erwidert wurde, und gesellte mich hinzu.

Schon vor mehreren Jahren hatte eine Kommission von Ernährungswissenschaftlern im Auftrag der NASDA das ideale Raumfahrerfrühstück entwickelt, das sich durch eine gute Transportbilanz und hohen Gehalt an Vitaminen, Ballaststoffen und anderen wertvollen Bestandteilen auszeichnete und seither schlicht und einfach Vorschrift war. Es handelte sich um Weizen, der am Vorabend geschrotet und zusammen mit Rosinen und gehackten Nüssen über Nacht in Wasser eingeweicht wurde. Morgens wurde der eingeweichte Weizenschrot mit einem Mus aus geriebenen Äpfeln, etwas Traubensaft, etwas Zitronensaft, ein wenig Gelatine und einer bestimmten Menge einer komplizierten Mineralienmischung vermengt. Das Ganze war eine regelrechte Vitaminbombe, ein Segen für den geregelten Stuhlgang – unter Bedingungen der Schwerelosigkeit konnte Durchfall zu einem persönlichen Trauma ausarten – und klebte überdies von selbst in der Schüssel, sodass man es fast ganz normal mit einem Löffel essen konnte.

Heute Morgen schien es niemandem besonders zu schmecken. Und ein Gespräch wollte auch nicht so recht in Gang kommen. Jay tauchte auf, mit übernächtigten, rot geränderten Augen und zerstrubbeltem Haar. »Hat jemand Iwabuchi gesehen?«, wollte er wissen.

Allgemeines Kopfschütteln. »Er wird noch schlafen«, brummte Tanaka.

»Nein, in seiner Kabine ist er nicht«, sagte Jay. »Da komme ich gerade her.«

»Er wird schon arbeiten«, meinte Kim, dessen Lächeln heute Morgen auch etwas bemüht wirkte.

»Im Labor ist er auch nicht«, schüttelte Jay den Kopf und fuhr sich zerstreut mit den gespreizten Fingern durch die Haare, als ändere das etwas an seiner katastrophalen Frisur. »Ich finde ihn einfach nicht. Könnten Sie ihm etwas ausrichten, wenn Sie ihn sehen?«

Es war nicht ganz klar, wen er damit ansprach, aber Kim sagte bereitwillig »Gerne. Was soll ich ihm sagen?«

»Dass ich mich noch ein wenig schlafen lege. Wir hatten uns heute Morgen verabredet, aber ich hatte die zweite Nachtwache und bin davor nicht zum Schlafen gekommen, habe also die ganze Nacht kein Auge zugetan. Und jetzt bin ich absolut nicht in der Verfassung, irgendwelche Software zu analysieren.«

»Das werde ich ihm ausrichten«, versicherte Kim.

»*Cotto matte ne*«, schaltete sich Moriyama ein. »Wie war

das? Sie hatten sich heute Morgen verabredet, und jetzt finden Sie Iwabuchi nicht?«

Jay sah den Kommandanten an und nickte. »Ja. Als wir es ausmachten, war mir nicht gegenwärtig, dass ich zur Nachtwache eingeteilt war und ...«

»Sie waren in seiner Kabine?«

»Ja.«

»Und im Labor unten?«

»Ja.«

Moriyama rieb sich die verquollenen Augen. »Das gibt es doch nicht. So groß ist die Station doch wahrhaftig nicht, als dass man sich darin verlaufen könnte.« Er drehte sich zur Bordsprechanlage um, die hinter ihm an der Wand montiert war, und drückte den roten Knopf, der einen Rundspruch über alle Geräte der Station auslöste. »Hier spricht Moriyama. Iwabuchi, bitte melden Sie sich umgehend im Gemeinschaftsraum.«

Gespannte Stille. Jeder hatte aufgehört zu essen und sah Moriyama und die Sprechanlage an. Nichts rührte sich. Jay rieb sich nervös die rechte Seite des Halses.

Moriyama wiederholte den Rundspruch.

Die kleine Empfangsleuchte an der Sprechanlage blieb dunkel. Moriyama warf mir einen kurzen Blick zu, nur einen Wimpernschlag lang, aber ich wusste, was er mir damit sagen wollte.

Da war sie wieder, die Staubwolke am Horizont. Der Geruch von Gefahr.

»Wir müssen ihn suchen«, ordnete Moriyama an. »Es muss ihm etwas zugestoßen sein. Jayakar und Tanaka, Sie beide nehmen sich bitte das Maschinendeck vor. Oba, bitte wecken Sie Yoshiko und durchsuchen Sie das Labordeck. Kim, Sie prüfen bitte nach, ob ein Raumanzug fehlt. Und Sie, Mister Carr, kommen bitte mit mir auf die Brücke.«

Die anderen eilten davon, und ich schob rasch noch einen Bissen in den Mund. Aber Moriyama schien es nicht so eilig zu haben. Er bedeutete mir mit einer Geste, zu warten, bis wir allein im Gemeinschaftsraum waren, und fragte dann mit gedämpfter Stimme: »Sie haben Iwabuchi gestern Nachmittag beobachtet?«

»Ja«, sagte ich. Ich berichtete ihm kurz von der Unterhaltung zwischen Jayakar und Iwabuchi, die ich belauscht hatte.

»*Ano ne*«, machte Moriyama und wiegte eine Weile nachdenklich das silberne Haupt. Dann ging ein Ruck durch seinen Körper, und er begann sich loszuschnallen. »*Ikimasho*. Kommen Sie.«

Wir begaben uns in die Steuerzentrale. Sakai war gerade damit beschäftigt, ein paar routinemäßige Checks zu machen, doch Moriyama unterbrach ihn barsch: »Gehen Sie ins Maschinendeck und helfen Sie den Leuten dort, Iwabuchi zu finden.«

Sakai bekam große Augen. »Iwabuchi?«

»Er ist verschwunden«, erklärte der Kommandant ungeduldig. »Machen Sie sich auf den Weg, und das schnell, *wakarimas?*«

Sakai nickte hastig, stopfte seine Check-Liste hinter die nächstliegende Halteklammer und machte, dass er fortkam. Das Schott hatte sich kaum hinter ihm geschlossen, als sich Kim meldete. Die Raumanzüge seien vollzählig, es fehle keiner.

»Danke«, sagte Moriyama und schaltete ab. Dann sah er mich an. »Verstehen Sie das, Leonard?«

»Nein«, sagte ich.

Moriyama hangelte sich zum Bildschirm des Bordüberwachungscomputers und meldete sich mit dem Kommandanten-Passwort an. Er tippte sich durch ein paar Menüs, die ein normalsterblicher Computerbenutzer niemals zu sehen bekam, und holte schließlich das Protokoll der Schleusendurchgänge auf den Schirm.

»Keine Schleusenaktivität heute Nacht«, konstatierte er halblaut. »Er kann die Station nicht verlassen haben.«

Ich schwieg.

»Natürlich nicht«, sagte Moriyama zu sich selbst. »Ohne Raumanzug.«

Der Geruch der Gefahr.

»Und was sollte er draußen anstellen?«

Die Staubwolke am Horizont, die näher kam und näher und näher.

»Tanaka hier.« Die Bordsprechanlage. »Im Solarenergiemodul und im Bordversorgungsmodul ist er nicht. Wir durchsuchen jetzt das Erdbeobachtungslabor.«

Ich stieß mich mit den Fingerspitzen ab, glitt langsam und lautlos zum Schott. Es fuhr bereitwillig vor mir auf. Moriyama beachtete mich nicht. Ich verließ die Brücke, und das Schott schloss sich hinter mir wieder.

Im Knotentunnel war es ruhig. Vom Maschinendeck hörte ich, weit entfernt, die Stimmen der anderen. Und aus meinem Inneren hörte ich eine rostige Stimme, die von Gefahr flüsterte und von Blut und von Angst ...

Ich hangelte mich hinüber ins Wohnmodul. Der Gemeinschaftsraum lag verlassen, die Frühstücksschüsseln standen noch auf dem Tisch. Ich räumte sie ab, ehe das Schrot trocknen konnte und anfing zu fliegen. Ich räumte sie ab, weil das meine Pflicht war. Ich räumte sie ab, weil das eine Möglichkeit war, die Konfrontation mit dem Unvermeidlichen noch ein wenig hinauszuzögern.

Dann durchquerte ich den Gemeinschaftsraum und glitt in den Gang dahinter, in dem die Kabinen lagen. Hier war es jetzt ganz still. Die komfortabelsten Kabinen lagen am Ende des Gangs; Kommandant Moriyama hatte die linke und der stellvertretende Kommandant Tanaka die rechte. Iwabuchis Kabine war die zwischen Moriyamas Kabine und der Toilette.

Ich glitt näher und öffnete die Tür.

In der Kabine herrschte das übliche Halbdunkel. Der Schlafsack hing schlaff und leer da, und ansonsten war die

Kabine nicht so groß, dass man darin irgendjemanden hätte übersehen können.

Aber der Geruch der Gefahr blieb.

Ich schaltete das Licht ein, und plötzlich sah der schlaffe Schlafsack gar nicht mehr so leer aus. Mit spitzen Fingern zog ich den Reißverschluss herunter. Die Stoffbahnen teilten sich von selbst, und Iwabuchi schwebte mir entgegen, zusammengekrümmt und mit weit aufgerissenen Augen und mit drei blutigen Löchern in der Brust.

12

DER GANG WAR viel zu eng für uns alle. Trotzdem drängelten wir uns vor Iwabuchis Kabine, und jeder wollte einen entsetzten Blick auf den Leichnam werfen. Blasse Gesichter sahen sich fassungslos gegenseitig an und versuchten zu begreifen, dass das alles Realität und Iwabuchi tatsächlich tot war.

»Oba-*san*«, wandte Moriyama, der benommen wirkte, sich an die Ärztin, »was glauben Sie, wie lange er schon tot ist?«

Oba kam zögernd näher. »Ich bin keine Kriminalistin«, sagte sie leise, während sie die Haut des Toten befühlte. Sie öffnete ihm den Mund und steckte prüfend zwei Finger in die Mundhöhle. »Aber Sie fragen mich, Kommandant. Ich sage, mindestens zwei Stunden, eher drei.«

»Sind Sie sicher?«

»*Iie*. Um die Todeszeit genauer festzustellen, muss ich eingehendere Untersuchungen anstellen.«

Der Kommandant sah sich in unseren verstörten Gesichtern um und wandte sich dann an Jayakar: »Mister Jayakar, sagten Sie nicht vorhin, Sie hätten Iwabuchi auch in seiner Kabine gesucht?«

Jay nickte bedrückt. »Ja.«

»Und Sie haben ihn nicht gesehen?«

»Es war ziemlich dunkel ...« Jay hob die Hände in einer hilflosen Geste. »Ich habe nicht sehr genau hingeschaut. Ich habe nur die Tür einen Spalt weit geöffnet, sah den leeren Schlafsack und machte sie wieder zu ...«

»Aber der Schlafsack war nicht leer. Nach dem, was Oba sagt, muss Iwabuchi zu diesem Zeitpunkt schon tot gewesen sein.«

»Ich habe ihn nicht gesehen, tut mir Leid«, begehrte Jay auf. »Die Möglichkeit, dass er tot sein könnte, ist mir nicht in den Sinn gekommen.«

»*Sumimasen*, Kommandant«, mischte ich mich ein, »ich denke, Mister Jayakar hat den Leichnam tatsächlich nicht gesehen. Ich habe ihn, als ich die Tür öffnete, im ersten Augenblick auch nicht gesehen.«

»Aber wie kann das sein? Ein toter Mann, und noch dazu ein so großer wie Iwabuchi ...«

»Die Wucht der Geschosse hat ihn sich zusammenkrümmen lassen, sodass sein Kopf ins Innere des Schlafsacks rutschte. Durch die Einschusslöcher entwich außerdem die Luft aus den aufblasbaren Kammern des Schlafsacks. Im Halbdunkel und auf einen flüchtigen, arglosen Blick hin wirkte die Kabine deshalb leer und verlassen.«

»Sie aber *haben* ihn gesehen, Mister Carr«, stellte Tanaka misstrauisch fest.

»Mein Blick war nicht arglos.«

Tanaka hob überrascht die Augenbrauen. Er schien sich zu überlegen, was er daraufhin sagen sollte, zog es dann aber vor zu schweigen.

»Die Schüsse«, überlegte Jay und sah die übrigen Bewohner dieses Wohntraktes an, Moriyama, Tanaka, Sakai und Oba. »Hat keiner von Ihnen die Schüsse gehört?«

Alle vier verneinten. »Nein«, sagte auch Moriyama düster, »und ich frage mich, ob das mit rechten Dingen zugeht. Hätten wir die Schüsse nicht hören *müssen*? Drei Schüsse! Und ich habe unmittelbar daneben geschlafen – kann das sein?«

»Ich denke schon«, meinte ich. »Der Mörder hat mit Sicherheit eine Pistole mit Schalldämpfer benutzt, und er hat den Lauf der Waffe direkt auf den Schlafsack aufgesetzt, der zu diesem Zeitpunkt ja noch aufgeblasen war und das Schussgeräusch so zusätzlich dämpfte. Ich bin überzeugt, dass die Schüsse in den umliegenden Kabinen nicht lauter waren als das Geräusch eines zuschnappenden Schrankfachs.«

Ein Augenblick qualvollen Schweigens trat ein. Niemand schien es zu wagen, tiefer als nötig einzuatmen. Angst war spürbar wie eine elektrische Ladung – Angst und blankes Entsetzen.

»Der Mörder ...«, wiederholte Jay schließlich langsam und ahnungsvoll. »Ich muss sagen, dass ich selten mein britisches Erbe so gespürt habe wie im Moment. Unsere Situation könnte aus einem Roman von Agatha Christie stammen – ein Mord ist geschehen, und man weiß genau, einer der Anwesenden muss ihn verübt haben. Aber wer?«

Ich sah, wie Oba erschrocken die Hand vor ihren Mund schlug, als sei ihr dieser Gedanke bis jetzt noch gar nicht gekommen.

»Richtig«, nickte Moriyama düster und sah uns der Reihe nach an, als könne er den Täter auf diese Weise entlarven. »Wie immer man dazu stehen mag, heute Nacht ist Geschichte geschrieben worden. Der erste Mord im Weltraum wurde verübt. Ein Mensch wurde vorsätzlich und heimtückisch getötet, und der Einzige, von dem ich mit Sicherheit weiß, dass er es nicht getan hat, bin ich selber.«

Iwabuchis tote, reglose Augen starrten anklagend auf den Gang heraus. Moriyama betrachtete den ermordeten Ingenieur mit grimmigem Gesichtsausdruck und schloss dann die Tür zu seiner Kabine.

»Wir werden«, fuhr er fort, »jetzt alle zusammen hinüber auf die Brücke gehen und die Bodenstation um Instruktionen bitten. Und bis auf weiteres betritt niemand diesen Wohntrakt.«

Das war ein klarer Befehl, und niemand wäre auf die Idee gekommen, Einwände dagegen zu erheben. Es war das einzig Sinnvolle, was in dieser Situation getan werden konnte. Die Bodenstation verwahrte in einem großen Safe in ihrem Keller eine ganze Reihe schmaler Ordner mit wohl überlegten, detaillierten Verhaltensmaßregeln für alle nur denkbaren Notfälle und Krisen. Das ist typisch japanisch, und man muss es erlebt haben, um es zu glauben, wie eine Gruppe von Japanern herumsitzt und endlos alle Möglichkeiten und Katastrophen erörtert mit einer Ausdauer, die einem Westler wie die reine Besessenheit vorkommt. Aber dafür haben sie danach alles vorbereitet und alles im Griff. Nach unserem Anruf würde jemand an diesen Safe gehen, den entsprechenden Ordner herausnehmen und uns mit fernöstlichem Gleichmut die zu treffenden Maßnahmen nennen.

Der Mörder, wer immer es war, hatte keine Chance. Das nächste Shuttle würde wahrscheinlich eine Sonderkommission der Kriminalpolizei mitbringen, die die ganze Station auf den Kopf stellen und nicht eher ruhen würde, bis der Mörder Iwabuchis überführt war.

Wir hangelten uns hinüber in die Steuerzentrale, ein schweigsamer Zug schwebender Gestalten. Als das Schott zur Brücke auffuhr, kam uns ein dumpfer, unangenehmer Geruch entgegen.

»Derselbe Geruch wie gestern«, stellte Tanaka nach zwei schnüffelnden Atemzügen fest.

»Darum können wir uns später kümmern«, knurrte Moriyama missgelaunt. »Sakai, stellen Sie eine Verbindung zur Bodenstation her. Und beeilen Sie sich bitte; ich kann es kaum erwarten, Akihiro den Tag zu verderben.« Akihiro war der Leiter der Bodenstation; einer der ersten japanischen Shuttlepiloten, bis ihn ein Autounfall, an dem er unschuldig war, an den Rollstuhl fesselte. Seither war sein Dienstgrad stetig gestiegen, während sich seine Laune ebenso stetig verschlechtert hatte. Das Makabre seiner Situation – und wahrscheinlich der Grund dafür, dass er keine Gelegenheit ausließ, andere an dieser Laune teilhaben zu lassen – war, dass er als Querschnittsgelähmter in der Schwerelosigkeit des Weltraums so gut wie überhaupt nicht behindert gewesen wäre. Er hätte nur den Start nicht überlebt.

Sakai turnte die Handgriffe entlang zu seinem Kommunikationspult. Ich warf einen Blick auf den großen Bildschirm mit der Weltkarte. Die Raumstation überquerte gerade die Antarktis. Der Funkspruch würde über Relaisstationen und Funksatelliten gehen müssen.

»Was für eine Scheiße«, hörte ich Jayakar neben mir murmeln. Wir standen wahrscheinlich immer noch unter Schock. Ein unbeteiligter Beobachter hätte eine Gruppe auffallend lethargischer Menschen gesehen, die sich irgendwie und achtlos Plätze suchten, an denen sie sich festschnallten, um dem weiteren Verlauf der Dinge zuzusehen.

»Ich habe Schwierigkeiten«, sagte Sakai plötzlich.

Moriyama kniff die Augen zusammen. »Was heißt das?«

»Ich bekomme keine Verbindung«, erklärte der Funker verwirrt, während seine Finger über Tasten und Schalter wanderten. »Ich empfange ein Bodenrelais in Adelaide und insgesamt fünf Satelliten, aber meine Verbindungsanforderungen werden nicht beantwortet. Es ist so, als würde ich überhaupt nicht senden.«

»Und? Senden Sie?«

Sakai zog nervös Luft zwischen den geschlossenen Zähnen ein und stieß sie wieder aus. Statt einer Antwort drückte er eine Reihe von Tasten, zuerst langsam, dann schneller und härter. »Nein«, sagte er. »Ich sende nicht. Der Sender scheint ausgefallen zu sein.«

»Wir haben ja wohl einen Ersatzsender, oder?«

»*Hai*«, nickte Sakai und beugte sich hinüber zu dem Schaltschrank neben seiner Konsole. Dem Schaltschrank, an dem ich gestern Abend den öligen Tropfen gefunden hatte. Mir schwante nichts Gutes.

Sakai drückte einen Knopf an einer der Schaltflächen, doch die kleine Leuchtdiode daneben blieb dunkel. Auf der Stirn des Funkers glitzerten Schweißperlen. Er drückte einen zweiten Knopf an einer darunter angebrachten, identischen Schaltfläche, mit demselben Ergebnis.

»Beide Reserveeinheiten sind ausgefallen, Kommandant«, erklärte Sakai mit bebender Stimme.

Moriyama starrte den Funker ungläubig an. »Wollen Sie mir damit sagen, dass wir nicht im Stande sind, mit dem Kontrollzentrum zu sprechen?«

»Wir können empfangen«, erwiderte Sakai ausweichend. Er wand sich förmlich. »Aber wir können nicht senden.«

13

Sie hielten sich nicht lange mit dem Studium der Handbücher auf. Dies war nicht die Zeit für buchstabengenaues Befolgen von Vorschriften. Sie holten Werkzeug und schraubten die Abdeckplatten der Schaltschränke ab, und was zum Vorschein kam, rechtfertigte diese Art der Vorgehensweise voll und ganz.

Hier waren keine Sicherheitsmaßnahmen mehr notwendig, weil man nichts mehr würde sorgfältig zusammenbauen müssen. Es gab nichts mehr, das man hätte zusammenbauen können. Das Innere der Geräte war zerschmolzen, ineinander zerflossen und vollkommen zerstört, und die Reste des Plastikthermits, mit dem dieses Zerstörungswerk vollbracht worden war, erfüllte die Brücke mit seinem dumpfen, beißenden Gestank.

Tanaka fand drei Paare dünner Drähte, die von einer Batterie im Gehäuseinneren nach außen geführt worden waren, an eine unauffällige Stelle unterhalb des Kommunikationspults, wo sie jahrelang niemandem aufgefallen wären, und von dort zurück zu der Schmelzladung. Um die Zerstörung der Sender auszulösen, war es nur notwendig gewesen, die freien Enden der Drähte miteinander zu verdrillen und so den Kontakt herzustellen.

»Da ist jemand schneller gewesen als wir«, stellte Tanaka grimmig fest.

»Ja«, nickte Moriyama »Schneller und schlauer. Das muss alles von ziemlich langer Hand vorbereitet worden sein.«

»Was machen wir nun?«, fragte Tanaka.

Moriyama sah uns der Reihe nach an. »Der Mörder Iwabuchis hat alle unsere regulären Sendeeinrichtungen zerstört. Was er aber möglicherweise nicht wusste oder, falls er es wusste, möglicherweise übersehen hat, ist, dass sich bei der Notversorgungseinrichtung jedes Moduls auch ein starker, batteriegetriebener Sender befindet. Dieser Sender kann zwar nur auf der internationalen Notfrequenz senden, und seine Benutzung löst einen automatischen Alarm aus, aber in Anbetracht unserer Situation wäre das nur wünschenswert. Wir werden nach diesen Sendern suchen und einen davon hierher bringen.«

Wir sahen einander unbehaglich und voller Misstrauen an. »Vielleicht sollten wir in Gruppen gehen oder alle zusammen«, schlug Kim vor. »Nicht einzeln.«

»Genau«, nickte Moriyama, jetzt ganz Feldherr und Kommandant. »Wir dürfen nicht vergessen, dass einer von uns der Mörder ist; dass er sich unerkannt unter uns befinden muss, in diesem Moment. Ganz klar ist, dass sich von jetzt an niemand mehr allein durch die Station bewegen darf. Auch Zweiergruppen sind zu klein, da dies zwangsläufig heißen würde, dass einer mit dem Mörder allein ist. Wir werden deshalb zwei Dreiergruppen bilden. Yoshiko, Sakai und Kim bilden die erste Gruppe, Jayakar, Oba und Tanaka die zweite. Mister Carr bleibt hier mit mir auf der Brücke. Ich erinnere Sie nochmals daran, dass Sie die anderen stets misstrauisch beobachten müssen. Das ist nicht angenehm, aber leider nicht zu vermeiden. Wer versucht, sich von der Gruppe abzusetzen, macht sich dringend verdächtig. Jede Beobachtung, die Ihren Argwohn weckt, alles, was irgendwie ungewöhnlich ist, ist mir sofort zu melden.«

Die beiden Dreierteams gruppierten sich so, wie Moriyama es angeordnet hatte. Plötzlich herrschte ein ziemlich militärischer Ton, und alle beeilten sich zu gehorchen, als drohe andernfalls das Erschießungskommando.

»Die erste Gruppe nimmt sich das Maschinendeck vor, die zweite Gruppe das Labordeck«, befahl Moriyama. »Bis auf weiteres betritt niemand das Wohnmodul Eins. Der Befehl lautet, das erste funktionsfähige Funkgerät, das Sie finden, hierher auf die Brücke zu bringen. Gibt es dazu noch Fragen?«

Es gab keine Fragen.

»Gehen Sie los.«

Kaum war das Schott hinter den beiden Trupps zugefahren, sank Moriyama förmlich in sich zusammen, und die harte Oberbefehlshabermimik in seinem Gesicht wich einem schmerzlichen Ausdruck. Er sah mich an.

»Glauben Sie, dass er die Notrufsender übersehen hat?«

»Nein.«

»Was ist mit den Funkgeräten in den Raumanzügen?«

»Die sind nicht stark genug, um irgendwen zu erreichen.«

»Warum eigentlich nicht? Es sind doch bloß vierhundert Kilometer bis zur Erdoberfläche, das ist doch keine große Entfernung ...«

»Wir sind nicht allein im Weltraum. In den Raumanzügen sind Funkgeräte mit sehr schwachen Sendern und sehr guten Empfängern eingebaut. Andernfalls würden wahrscheinlich Millionen Fernsehzuschauer die Dialoge unserer Außenbordarbeiten mithören.«

Moriyama seufzte. »Es ist der Saboteur, nicht wahr?«

»Wahrscheinlich.«

»Was können wir denn tun, um ihn zu entlarven?«

»Wir könnten die Waffe suchen.«

»Die Waffe?«

Es war mit Händen zu greifen, dass Moriyama ebenso wie alle anderen noch unter Schock stand. Wie alle – mit Ausnahme des Mörders.

»Iwabuchi wurde offensichtlich erschossen«, erklärte ich geduldig. »Es muss also eine Waffe geben, und da wir keinen Schleusendurchgang registriert haben, muss sie noch irgendwo an Bord sein. Und es wäre möglicherweise aufschlussreich, sie zu finden.«

»Ja«, sagte Moriyama, aber ich hatte nicht den Eindruck,

dass er mir zugehört hatte. Er schien mit den Gedanken woanders zu sein, und es waren keine guten Gedanken. Ein harter Glanz trat in seine Augen, eine stählerne Wut, die mir regelrechte Schauer über den Rücken jagte. Plötzlich musste ich an die sagenhaften Ninja-Krieger denken, die ohne Rücksicht auf ihr eigenes Leben kämpften, an die verbissene, unerbittliche Entschlossenheit der Kamikaze-Piloten des Zweiten Weltkriegs. Natürlich hatte der Mörder die Notfunkgeräte nicht übersehen. Er schien nicht der Mann zu sein, so etwas zu übersehen. Die beiden Gruppen kehrten unverrichteter Dinge zurück. Wir waren von der Welt abgeschnitten, die wir unablässig mit zwanzigfacher Schallgeschwindigkeit umkreisten. Wir konnten nur hoffen, dass die Bodenstation bald Verdacht schöpfen würde, wenn sie nichts mehr von uns hörte und alle Routinemeldungen ausblieben, und dass daraufhin ein Shuttle starten und uns anfliegen würde.

Aber wer konnte wissen, wie es bis dahin an Bord aussehen würde? Was mochte der Mörder vorhaben? Wenn er so umsichtig gehandelt und alles so eingehend vorbereitet hatte, konnte er nicht dumm sein – was eine Selbstverständlichkeit war, denn selbstverständlich stellte die japanische Raumfahrtbehörde niemanden ein, der keine überdurchschnittliche Intelligenz vorzuweisen hatte –, und er musste sich folglich sagen, dass ihm die Zerstörung der Sender nur einen kurzen Aufschub gewähren konnte, weiter nichts. Er musste weitere Pläne haben. Und mich schauderte bei dem Versuch, mir vorzustellen, wie diese aussehen mochten.

»Mister Jayakar erwähnte vorhin die alten englischen Kriminalromane«, begann Moriyama, als jeder wieder seinen Platz eingenommen hatte. »Wenn ich mich recht entsinne, pflegen sie immer damit zu enden, dass alle Verdächtigen in einem Raum versammelt sind und dann der Schuldige entlarvt wird.«

»So wie wir hier«, meinte Jay mit einem schiefen Grinsen. »Alle Verdächtigen sind in einem Raum versammelt. Fehlt nur der Kommissar.«

»Ich will mich einmal in dieser Rolle versuchen«, erwiderte Moriyama mit unnatürlicher Ruhe. »Wie Sie alle wissen, haben wir seit vier Wochen massive Probleme mit den Energieübertragungen, und wir wissen nicht, woran es liegt. Was Sie nicht wissen, ist, dass seit einiger Zeit der Verdacht bestand, es könnte sich dabei um Sabotage handeln. Wir – das heißt, Akihiro-*san* von der Bodenstation und ich – vermuten, dass sich ein Saboteur in die Crew eingeschmuggelt hatte, der im Auftrag fremder Mächte unsere Versuche zur solaren Energiegewinnung scheitern lassen sollte. Nach dem, was wir heute wissen, ist unser Verdacht berechtigt gewesen. Einer von uns ist der Saboteur. Und man kann wohl davon ausgehen, dass der Saboteur auch der Mörder Iwabuchis ist.«

Es war mäuschenstill in der Schaltzentrale. Selten hatte jemand ein aufmerksameres Publikum gehabt als Moriyama in diesem Moment. Man hörte das gleichmäßige Rauschen der Klimaanlage, man hörte sogar die weit entfernt klackernden Schritte von Spiderman, der wahrscheinlich gerade wieder auf eine neue Folienrolle wartete.

»Ich muss gestehen, dass es ausgerechnet Iwabuchi war, den ich bislang hauptsächlich verdächtigte«, fuhr der Kommandant fort. »Iwabuchi war, wie wir wissen, ein genialer Techniker, und kurz nachdem er an Bord gekommen war, begann die Zieleinrichtung des Energiesenders, die bis dahin zufrieden stellend funktioniert hatte, ihre seltsamen Ausfälle und Fehlfunktionen zu zeigen. Für Iwabuchi wäre es ein Leichtes gewesen, derartige Funktionsstörungen zu erzeugen, ohne dass wir ihm auf die Spur gekommen wären, weil wir ohnehin selten verstanden, was er eigentlich gerade machte.«

»Ich nehme an«, warf Jay trocken ein, »dass ihn seine Ermordung nun, neben allem anderen, von diesem Verdacht entlastet.«

»Richtig«, nickte Moriyama. »Iwabuchi kann es wohl kaum gewesen sein. Aber das ist ja nicht die einzige Möglichkeit der Sabotage. Eine andere, genau so verletzliche Stelle ist das Computersystem der Raumstation – allgegenwärtig, überall eingebunden, und Manipulationen daran sind kaum aufzuspüren. Besonders dann nicht, wenn ein begabter Programmierer sie vornimmt, der das System so gut kennt, dass er weiß, wo man sie geschickt verstecken kann, nicht wahr, Mister Jayakar?«

Jay bekam plötzlich große Augen.

»Mister Carr hat mir von einem Gespräch zwischen Iwabuchi und Ihnen, Mister Jayakar, erzählt, dessen Zeuge er gestern zufällig wurde. Iwabuchi wollte mit Ihnen zusammen die Software Zeile für Zeile analysieren, um eventuellen Computerfehlern auf die Spur zu kommen. Sie aber lehnten ab und vertrösteten ihn auf heute Morgen. Dummerweise ist Iwabuchi heute Morgen tot und kann Ihnen nicht mehr über die Schulter schauen …«

Ich hob zaghaft die Hand, aber Moriyama bedeutete mir, mich herauszuhalten. »Lassen Sie, Leonard, das ist jetzt meine Sache. Mister Jayakar, was sagen Sie dazu?«

Jay war blass geworden. Er hatte schon den ganzen Morgen nicht gut ausgesehen; jetzt sah er entschieden schlecht aus. »Es kommt mir so vor, als seien Sie gerade dabei, eine Anschuldigung gegen mich zu formulieren.«

»Ach, kommt es Ihnen so vor?«, fragte Moriyama mit einem Hohn in der Stimme, der einem sadistischen Wildwest-Sheriff gut zu Gesicht gestanden hätte und der aus dem Mund eines Japaners regelrecht erschreckend wirkte. »Warum haben Sie Iwabuchi vertröstet, Jayakar?«

Jay hob in einer hilflosen Geste die Hände. »Weil … weil man eine solche Riesenarbeit nicht aus dem Stand heraus in Angriff nimmt. Das braucht Anlauf. Haben Sie eine Ahnung, wie viel Programmcode das ist? Wie viel hunderttausend Programmzeilen? Ich wollte vorher noch alle Aufzeichnungen analysieren, um irgendeinen Anhaltspunkt zu finden, der die Suche hätte einschränken können ...«

»Und das haben Sie heute Nacht gemacht?«

»Ja.«

»Aber Sie sagten, zu dem Zeitpunkt, als Sie das mit Iwabuchi ausmachten, sei Ihnen nicht gegenwärtig gewesen, dass Sie Nachtwache hatten. Hätten Sie auf jeden Fall durchgearbeitet, um die Aufzeichnungen zu analysieren?«

»Ja, wahrscheinlich.«

»Und wann hatten Sie Ihren Schlaf eingeplant?« Moriyamas Stimme war jetzt so scharf wie die Klinge eines Henkerbeils. »Ihnen muss doch klar gewesen sein, dass Sie nicht die Nacht durcharbeiten und sich dann am Morgen mit Iwabuchi treffen konnten.«

»Na ja ...«, wand sich Jay unbehaglich. »Vielleicht hätte ich die Aufzeichnungen auch später analysiert ... Ich wollte mich nur ein wenig vorbereiten auf den Programm-Check ...«

»Nach dem, was Sie mir erzählt haben, analysieren Sie Ihre Aufzeichnungen schon seit Wochen. Ich glaube nicht, dass das heute Nacht Ihre dringendste Beschäftigung war, als Sie Nachtwache hatten. Als Sie sieben Stunden lang allein waren, während jeder sonst in der Station schlief – Zeit genug, um alles vorzubereiten, die Funkgeräte zu verminen, die Notfunkgeräte zu zerstören ...«

»Unsinn«, wehrte sich Jay. »Völliger Unsinn. Ich bin kein Techniker, ich ... ich könnte das überhaupt nicht!«

»Zeit genug, Iwabuchi zu töten ...«

»Ich habe Iwabuchi nicht getötet!« Jetzt schrie Jayakar. »Das ist doch alles an den Haaren herbeigezogen! Kommandant, Sir ... das sind alles bedeutungslose Zufälligkeiten. So ein Verdachtsgebäude könnten Sie gegen jeden hier errichten, wenn Sie wollten. Nehmen Sie Carr: Er kann sich überall in der Station bewegen, ohne verdächtig zu wirken – er könnte die Notfunkgeräte viel unauffälliger zerstören. Und *er* hat Iwabuchi gefunden. Warum verdächtigen Sie ihn nicht?«

Moriyama sah den wild gestikulierenden Kybernetiker dumpf brütend an, wie ein Raubtier, das darauf wartet, seiner Beute den tödlichen Schlag zu versetzen.

»Ich habe«, erklärte er schließlich düster, »eine Überprüfung jedes Crewmitglieds durch den Sicherheitsdienst in die Wege geleitet. Die Ergebnisse dieser Überprüfung sind mir als verschlüsselte Akte übermittelt worden, und der Teil der Akte, der am dicksten ist, betrifft Sie, Professor Jayakar.«

So hatte er ihn noch nie genannt. Der Gipfel der schlechten Laune des Kommandanten war bisher immer gewesen, mit *Mister* angeredet zu werden.

»Diese Akte könnte nicht so dick sein, wie sie ist, wenn Sie alle bei der Einstellung vorgeschriebenen Angaben zu Ihrer Person und Ihrem Lebenslauf gemacht hätten. Aber Sie haben eine Menge Dinge verschwiegen. Zum Beispiel, dass Sie im Jahre 1997 bei der Stadtverwaltung von Cambridge einen Waffenschein für eine Pistole beantragt haben.«

»Ich war damals mehreren ausländerfeindlichen Übergriffen ausgeliefert gewesen und fühlte mich nicht mehr sicher.«

»Und Sie haben auch verschwiegen, dass Sie, ehe Sie 1996 den Ruf nach Cambridge erhielten, für die British Petroleum Company arbeiteten.«

»Ich habe für Geoscope Inc. gearbeitet. Ich habe Analysealgorithmen für geologische Untersuchungen entwickelt, nichts weiter.«

»Sie wussten, dass Geoscope eine hundertprozentige Tochter der British Petroleum war. Das hätten Sie angeben müssen.«

»Mein Gott!«, begehrte Jay auf. »Hören Sie endlich auf mit Ihren haltlosen Verdächtigungen. Sie beleidigen meine

Intelligenz. Wenn ich Iwabuchi hätte umbringen wollen, glauben Sie, ich hätte mir nicht etwas weniger Plumpes ausdenken können als einfach mit der Pistole zu ihm in die Kabine zu gehen?«

»Das glaube ich schon. Aber nicht in der kurzen Zeit, die Ihnen zur Verfügung stand.«

»Ich verbitte mir jede weitere Beleidigung, Mister Moriyama. Im Übrigen bin ich nicht Angestellter der NASDA, sondern der ISAS und Ihnen nur organisatorisch, aber nicht disziplinarisch unterstellt.«

Moriyama beugte sich vor, und seine Stimme war gefährlich leise, als er sagte: »Sie haben nicht verstanden, Mister Jayakar. Ich werde Sie jetzt festnehmen lassen, weil ich Sie der Sabotage verdächtige sowie des Mordes an Taka Iwabuchi. Und ich mache Sie darauf aufmerksam, dass wir ohne Funkkontakt mit unserer Basis sind. Nach geltendem Recht bin ich als Kommandant dadurch an Bord dieser Raumstation Herr über Leben und Tod – und ich rate Ihnen dringend, nicht auszuprobieren, wie ernst es mir damit ist.«

14

JAYAKAR LIESS SICH widerstandslos festnehmen, als Tanaka und Sakai ihn auf Moriyamas Wink hin an den Armen packten. Die nächste Frage war, wo er inhaftiert werden sollte. Tanaka schlug vor, ihn in seiner Kabine unter Arrest zu stellen, was der Kommandant jedoch kategorisch ablehnte.

»In den Kabinen gibt es zu viel Spielzeug«, erklärte er. »Und jede Kabine hat einen Computeranschluss – das ist zu gefährlich.«

»Wir könnten ihn fesseln«, meinte Tanaka. »Mir fällt kein anderer Raum an Bord ein, der sich als Gefängniszelle eignet.«

»Aber mir«, erwiderte Moriyama. »Der große Käfig im biologischen Labor.«

Jay verzog abfällig das Gesicht. »Das ist ausgesprochen geschmacklos.«

»Wenn Ihnen das nicht passt, lasse ich Sie draußen im Knotentunnel an die Wand ketten«, knurrte Moriyama missgelaunt. »Schafft ihn weg.«

Jay sagte nichts mehr. Er ließ sich von Sakai und Tanaka gehorsam zum Schott begleiten und fortbringen. Moriyama sah ihnen nach, bis sie die Brücke verlassen hatten. Dann wandte er sich wieder uns zu. »Yoshiko, Sie übernehmen die Wache am Empfangsgerät. Es kann nicht lange dauern, bis die Bodenstation merkt, dass wir nicht mehr senden, und dann werden sie Instruktionen durchgeben. Kim, für Sie habe ich eine Aufgabe, wenn Tanaka und Sakai zurück sind. Oba und Leonard, lassen Sie uns überlegen, wie wir mit dem Leichnam Iwabuchis verfahren.«

»Am besten wäre es, alles so zu lassen, wie es ist, bis die

Kriminalbeamten eintreffen«, sagte ich. »Aber da es noch eine Woche oder länger dauern kann, bis der Shuttle startet, können wir das nicht machen.«

»O nein«, sagte Oba. »Bis dahin würde die Verwesung einsetzen.«

»Wenn wir die Klimaanlage in seiner Kabine so weit wie möglich herunterregeln, um das zu verhindern?«, fragte Moriyama.

»Die niedrigste Temperatur, die man in den Kabinen einstellen kann, ist zwölf Grad Celsius«, gab Oba zu bedenken. »Das ist viel zu warm.«

»Wenn wir die Sicherung entfernen, können wir jede beliebige Temperatur erzeugen«, beharrte der Kommandant. »Auch dreißig Grad unter Null. Das ist nur eine Frage des Energieaufwandes, und wenn wir hier oben etwas im Überfluss haben, dann ist das Energie.«

»Bedenken Sie, dass Ihre Kabine nebenan liegt, Sir«, warf ich ein. »Und die Isolation der Zwischenwände ist minimal.«

»Was schlagen Sie vor?«

»Ich denke, wir sollten die wichtigsten Spuren sichern, Iwabuchis Leichnam herausholen und untersuchen, ihn gemäß den Vorschriften entsorgen und schließlich die Kabine bis zum Eintreffen der Polizisten versiegeln.«

»Trauen Sie sich das zu, ohne irgendwelche wichtigen Spuren zu verwischen?«

»Ich würde alles fotografieren und den Leichnam dann herausholen, weiter nichts. Außerdem«, fügte ich hinzu, »glaube ich nicht, dass dieser Mord die Kriminalpolizei vor unlösbare Rätsel stellen wird, selbst wenn ich versehentlich einen Fingerabdruck verwischen sollte, was ich wahrscheinlich sogar schon getan habe. Schließlich liegt es auf der Hand, dass ihn ein Mitglied der Crew begangen haben muss.«

Moriyama sah mich forschend an. »Sie glauben nicht, dass es Jayakar war?«

Ich hielt dem Blick stand. »Nein, Sir.«

»Und warum nicht?«

»Das kann ich nicht genau sagen. Bis jetzt ist es nur ein Gefühl.« Ich gestattete mir die Andeutung eines Lächelns. *Dai rokkan.*«

Moriyama nickte bedächtig. Schließlich sagte er: »Handeln Sie so, wie Sie es für richtig halten, Leonard. Wo Sie die Siegel finden, wissen Sie ja.«

Unwillkürlich verbeugte ich mich, die japanische Geste des gehorsamen Befehlsempfängers. Dann machten Oba und ich uns an die Arbeit.

Unser Weg führte uns zuerst in das Büro des Kommandanten, und keinem von uns war nach fröhlicher Konversation zu Mute. Schweigend nahm ich aus einer Schublade einen Streifen mit zehn Siegeln, kreisrunden, durchnummerierten Aufklebern mit auffallendem Hologrammeffekt, die so beschaffen waren, dass man sie nur einmal anbringen konnte. Sie zerrissen unweigerlich, wenn man versuchte, sie wieder zu entfernen. Der Zoll verwendete sie, und wir klebten sie auf manche Proben aus dem Materiallabor, die einem Shuttletransport für weitere Untersuchungen in ausländischen Forschungsinstituten mitgegeben wurden und die einen größeren materiellen Wert darstellten, etwa weil sie Gold enthielten. Zum Versiegeln eines Tatorts würden sie sich ebenfalls eignen. Ich vermerkte die Nummern der Siegel in dem zugehörigen Buch und auch den vorgesehenen Verwendungszweck und unterschrieb.

Dann begaben wir uns hinunter ins Erdbeobachtungslabor und schraubten die Nikon-Kamera von einem der kleineren Teleskope ab, nahmen aus den Vorratsschränken im Bordversorgungsmodul einen der großen blauen Plastiksäcke und zwei Paar dünne Laborhandschuhe und gingen anschließend in das biologische Labor, um Obas Arztkoffer zu holen. Jayakar beachtete uns nicht. Er schwebte bereits hinter Gittern, hatte eine Meditationsstellung eingenommen und die Augen geschlossen. Der Käfig, eigentlich für Menschenaffen gedacht, war kaum so groß wie eine Telefonzelle.

Es war mehr als ein Gefühl, das mir sagte, dass Jayakar nicht der Mörder sein konnte. Mir war, als gäbe es einen handfesten Beweis dafür. Er wollte mir nur nicht einfallen.

Es war gespenstisch, in das Wohnmodul zurückzukehren und schon genau zu wissen, was einen erwartete.

Wir sprachen nicht viel. Ich fotografierte alles, was mir einfiel – den Anblick des Toten durch die geöffnete Tür, den Gang davor, jeden Winkel der Kabine, den Leichnam, die Einschusslöcher im Körper und die Durchschusslöcher im Schlafsack. Dann klebte ich das erste Siegel auf den Verschluss der Kamera und deponierte sie in der Kabine.

Die Leiche herauszuholen war die unangenehmste Aufgabe. Wir streiften die Handschuhe über, schlossen dem Toten die Augenlider und zogen ihn dann behutsam aus dem Schlafsack, bemüht, nirgends anzustoßen und nichts zu berühren. Als wir ihn aus der Kabine hatten, bugsierten wir ihn den Gang entlang in den Gemeinschaftsraum, wo Platz genug war, ihn auszustrecken. Während Oba ihren Arztkoffer öffnete, kehrte ich zurück zur Kabine, schloss die Tür und brachte insgesamt fünf Siegel auf dem Türspalt an.

»Das habe ich nie leiden können«, murmelte Oba, als ich wieder neben ihr war. Sie hatte den Leichnam herumgedreht, sodass er mit dem Rücken nach oben schwebte, zog die Schlafanzugshose herunter und führte ein Thermometer rektal ein. Während sie auf die Temperatur wartete, betastete sie die Haut des Toten und schüttelte dabei nachdenklich den Kopf.

Das Thermometer piepste. Sie zog es heraus und vermerkte den angezeigten Wert auf einem Notizblock, zusammen mit der Uhrzeit. »Die Polizei hat Tabellen, um daraus den Todeszeitpunkt abzulesen«, erklärte sie mir. »Ich denke, es war irgendwann zwischen drei und sechs Uhr.«

Sie streifte die Hose wieder hoch, drehte den Körper auf die andere Seite und leuchtete mit einer Taschenlampe in die Augen und in die Mundhöhle. Dann nickte sie mir zu, dass sie fertig sei. Während sie ihre Notizen machte, hüllte ich den Toten in den großen blauen Plastiksack. Es sah nicht sehr würdevoll aus. Als ich den Verschluss zuzurrte und meine Siegel darauf anbrachte, ähnelte das Ganze einer schrecklich missglückten Mumie.

Das Reglement der Raumfahrtbehörde, das wir alle hatten lernen müssen, enthielt natürlich ausführliche Vorschriften für Todesfälle an Bord – schließlich galt die Arbeit im Weltraum bei Lebensversicherungen als ›hochgradig gefahrgeneigte Tätigkeit‹, und die Prämien fielen entsprechend deftig aus. Diese Vorschriften besagten im Kern, dass ein Toter in einem verschlossenen Plastiksack tiefgekühlt aufbewahrt werden muss, bis er zur Erde gebracht werden kann. Nur wenn dies nicht möglich oder nicht zumutbar war, erlaubten die Vorschriften eine Raumbestattung.

Als ich die Tür zu einem der beiden großen Tiefkühlschränke öffnete, die sich an der Wand gegenüber der Küche befanden, fragte Oba entsetzt: »Sie wollen ihn doch nicht etwa dort ...?«

»Kennen Sie einen anderen Tiefkühlschrank an Bord, der groß genug wäre?«, fragte ich.

»Nein.«

»Ich auch nicht.« Da der nächste Versorgungsflug eines Shuttle fällig war, neigten sich die Vorräte ohnehin dem Ende zu. Wir räumten also einen der beiden Schränke frei und verstauten den Leichnam darin. Die letzten Siegel brachte ich auf dem Türverschluss an, dann kehrten wir zurück auf die Brücke. Die Steuerzentrale lag still und verlassen. Yoshiko war da, die gedankenverloren auf die Kontrollen des Kommunikationspultes starrte und unablässig ihr langes, schwarzes Haar zwischen ihren Fingern hindurchzog, und Moriyama, der in einem dicken Buch las und auf dessen Stirn sorgenvolle Falten standen. Auf meine diesbezügliche Frage erklärte er mir, er habe Tanaka, Sakai und Kim in die Labors geschickt, um nach Bauteilen zu suchen, aus denen man einen behelfsmäßigen Sender herstellen könnte.

»Das kann schließlich nicht so schwer sein«, brummte er. »Iwabuchi hätte wahrscheinlich längst einen zusammengebastelt, aus zwei Gabeln und einem Stück Draht. Aber wir haben in die Computer-Datenbank geschaut; dort findet sich die komplette Geschichte der Telekommunikation, mit vollständigen Biografien aller wichtigen Erfinder und mit ausführlichen Schaltplänen, was natürlich im Moment viel interessanter ist.«

Dann fixierte er mich angriffslustig. »Und jetzt, Mister Carr, erklären Sie mir, warum Sie Jayakar für unschuldig halten.«

Ich zuckte die Schultern. »Er hatte keinen Grund, Iwabuchi zu töten.«

»Auch nicht, wenn Iwabuchi ihm auf der Spur war?«

»Ich glaube nicht, dass er das war. Iwabuchi suchte einfach nur den Fehler. Aber angenommen, Jay hätte die Software sabotiert: Software, das sind nur Programme, und Programme kann man ändern, ohne dass Spuren zurückbleiben. Jay hätte die Manipulationen entfernen können, die gesäuberten Programme mit Iwabuchi durchsehen und genau die gleichen Manipulationen wieder einbauen können, ohne dass irgendjemand Verdacht geschöpft hätte. Im Gegenteil – *nach* einer solchen Untersuchung hätte niemand mehr die Software verdächtigt.«

»Aber niemand sonst hatte einen Grund, Iwabuchi umzubringen.«

»Von niemand sonst wissen wir genug, um ihm einen Grund *unterstellen* zu können, Iwabuchi umzubringen.«

In diesem Moment erklang das leise, glockenartige Signal

eines gezielten Anrufs an die Raumstation. Wir horchten beide auf und sahen zu Yoshiko hinüber, die eine Muschel des Kopfhörers ans Ohr führte.

»Es ist die ESA«, sagte sie.

»Die Europäer?«, wunderte sich Moriyama. »Was wollen die denn?«

»Uns sprechen.«

»Da haben sie wohl Pech gehabt.«

Mein Blick wanderte in der Schaltzentrale umher, über die Bildschirme und Tastaturen und Anzeigeinstrumente, und ein Gedanke, der sich seit einiger Zeit unterhalb der Schwelle meiner bewussten Wahrnehmung bildete, nahm plötzlich klare Gestalt an.

»Das Überwachungssystem«, entfuhr es mir, und als mich der Kommandant verständnislos ansah, erklärte ich: »Jemand, der Nachtwache hat, wird doch von den Bewegungsmeldern hier auf der Brücke überwacht. Wenn er sich eine Zeit lang nicht bewegt, zum Beispiel weil er eingeschlafen ist oder einen Herzinfarkt hat oder warum auch immer, leuchtet zunächst an jedem Arbeitsplatz eine gelbe Leuchtfläche auf. Wenn der Wachhabende sie nicht innerhalb von fünfzehn Sekunden berührt, ertönt ein Signalton, und eine rote Leuchtfläche leuchtet auf. Er hat nun dreißig Sekunden Zeit, dieses Signal abzustellen, andernfalls wird in der ganzen Station Alarm ausgelöst.«

Moriyama nickte. »Ja.«

»Jeder von uns weiß, dass er sich deshalb beim System abmelden muss, wenn er oder sie die letzte Person ist, die die Brücke verlassen will«, fuhr ich fort, und allmählich dämmerte Moriyama, worauf ich hinauswollte.

»Und diese Abmeldungen bleiben im Computer gespeichert. Ich verstehe.« Er saß schon an der nächsten Tastatur und ging mit seiner Kommandanten-Berechtigung ins System. Gleich darauf sahen wir das Brückenprotokoll der letzten Tage. Rechts unten wurde angezeigt, wann sich das letzte Mal jemand für dieses Protokoll interessiert hatte: Das war schon über anderthalb Jahre her.

»Keine einzige Abmeldung«, stellte Moriyama verblüfft fest. »Er ist nicht einmal aufs Klo gegangen.«

»Einmal, aber da war ich noch auf der Brücke«, mischte sich Yoshiko ein. Sie streifte mich dabei mit einem Blick aus ihren mandelförmigen Augen, als nähme sie mich zum ersten Mal seit unserem letzten Rendezvous wieder bewusst wahr. Vielleicht würde es nicht mehr lange dauern, bis sie wieder anfing, über ein nächstes Stelldichein nachzudenken.

»Wann haben Sie die Brücke verlassen?«, fragte Moriyama.

»Etwa um halb eins. Jayakar kam kurz nach elf und arbeitete am Computer«, berichtete Yoshiko mit ihrer samtenen Altstimme. »Er war an dem Terminal, an dem Sie jetzt sitzen, Moriyama-*san*.«

Moriyama sah für einen Moment wie angeekelt auf die Tastatur unter seinen Fingern hinunter. »Sie sagten, er verließ die Brücke einmal?«

»Kurz nach Mitternacht. Er war höchstens fünf Minuten weg. Ich hatte den Eindruck, dass das Problem, an dem er arbeitete, ihn ziemlich stark beschäftigte.« Wieder erklang der Rufton, und Yoshiko lauschte dem Funkspruch mit einer gelassenen Geste, die ich hingerissen beobachtete. »Es sind wieder die Europäer, Kommandant, das Raumkontrollzentrum von Kourou. Sie wollen uns dringend sprechen.«

»Wir haben jetzt wirklich andere Sorgen«, meinte Moriyama unwirsch. »Noch nie im Leben habe ich mit denen zu tun gehabt, und ausgerechnet heute fällt es ihnen ein ...« Er sah wieder auf den Bildschirm, auf dem immer noch dasselbe Protokoll stand, und dann mich. »Kann Jayakar dieses Protokoll verändert haben? Er ist ein Computerprofi, kennt alle Tricks ...«

Ich schüttelte den Kopf. »Ihm ist vorhin auch nicht eingefallen, dass es dieses Protokoll überhaupt gibt. Dabei entlastet es ihn völlig, denn es beweist, dass er die Brücke die ganze Nacht nicht verlassen hat. Er ist von uns allen der Einzige, der Iwabuchi *nicht* umgebracht haben kann!«

Moriyama schüttelte fassungslos den Kopf. »Das heißt, ich habe den falschen Mann verhaftet.«

»Es sieht so aus.«

»Kommandant, das sollten Sie sich anhören«, unterbrach uns Yoshiko. »Entschuldigung. Es ist wieder Kourou mit einer längeren Durchsage.«

Moriyama nickte unwillig, und Yoshiko betätigte eine Taste, die die Aufzeichnung des Funkspruchs über die Lautsprecher abspielte. Es war eine Stimme, die Englisch mit einem französischen Akzent sprach.

»Hier ist das Centre Spatial Guyanais, Kourou. Wir rufen die Raumstation NIPPON. Dies ist ein Notfall. NIPPON, wir beobachten, dass Sie Funkstille bewahren, und werden diese Durchsage deshalb mehrmals wiederholen. Vor etwa acht Stunden haben wir eine Rakete des Typs ARIANE-5 gestartet, die den Satelliten TRANSGEO-1 in eine hohe Polarbahn bringen sollte. Die dritte Stufe dieser Rakete hatte außerplanmäßig frühen Brennschluss und befindet sich augenblicklich in Ihrer unmittelbaren Nähe. Möglicherweise bewegt sie sich sogar auf Sie zu. Da wir noch hoffen, eine Neuzündung der Stufe auslösen zu können, und da der Satellit TRANSGEO-1 einen ungewöhnlich hohen Wert darstellt, werden wir die Selbstzerstörungseinrichtung nur auslösen, falls die Stufe Sie gefährden sollte. Bitte orten Sie die Stufe und informieren Sie uns, falls sie sich Ihnen auf weniger als zwanzig Kilometer nähert. Ich wiederhole: Orten Sie die Stufe mit Ihrem Bordradar und informieren Sie uns, falls sie sich Ihnen auf weniger als zwanzig Kilometer nähert. Wir lösen dann die Selbstzerstörung aus, was bis zu einer Entfernung von fünfzehn Kilometern keine Gefahr für Ihre Solarfläche durch Trümmerteile darstellen dürfte.«

Es gibt einfach schlechte Tage. Dies, das hatte ich inzwischen gemerkt, war so ein schlechter Tag.

»Die sind doch verrückt«, ärgerte sich Moriyama »Yoshiko, gehen Sie bitte ans Radar und schauen Sie nach, ob uns das betrifft.«

»*Hai*«, nickte Yoshiko, schnallte sich los und glitt an die Schalttafel neben ihrer gewohnten Erdbeobachtungseinheit. Wir ließen sie nicht aus den Augen, wenngleich sich die Motive gerade änderten. Und so sahen wir, wie sie blass wurde und wie sich ihre schlanken Finger um die Kontrollen des Radarschirmes krampften.

»Ich orte die Raketenstufe, Kommandant. Sie kommt genau auf uns zu.«

»Das darf nicht wahr sein. Abstand?«

»Einundzwanzig Kilometer.«

»Sagen Sie diesen Idioten, sie sollen sofort ...« Er unterbrach sich, als ihm wieder einfiel, dass wir ja nicht senden konnten, und zerquetschte einen derben japanischen Fluch zwischen den Zähnen. »Mit welcher Geschwindigkeit nähert sich die Stufe?«

»Relativgeschwindigkeit etwa sechzig Stundenkilometer.«

Ich war schon neben Yoshiko am Radar und schaute ihr über die Schulter. Da war die Stufe, ein heller Fleck, ein verdammt heller Fleck sogar. Der Computer hatte mit leidenschaftsloser Hilfsbereitschaft bereits die Bewegungsrichtung analysiert und die voraussichtliche Flugbahn eingezeichnet, und diese Flugbahn endete genau im Zentrum des Schirms. Ich überschlug die Wucht des Projektils. Die dritte Stufe einer ARIANE-Rakete hatte eine Masse, die zwischen zehn und fünfzehn Tonnen lag, und diese Masse kam genau auf uns zu, genau auf die Station. Diese Masse würde uns treffen, und sie würde mit der Wucht eines aufprallenden Panzers bei uns einschlagen.

Moriyama hieb auf eine Taste des Bordsprechgeräts. »Moriyama hier. Tanaka, wie kommen Sie voran?«

Einen Moment war Stille, dann drang Tanakas Stimme aus dem Lautsprecher. »Es ist nicht so einfach, wie wir dachten. Im Augenblick sind wir dabei ...«

»Wann können wir senden?«

»Oh ... Nicht vor heute Abend.«

»Das ist zu spät. Brechen Sie ab und kommen Sie sofort auf die Brücke. Ein Riesenbrocken rast auf uns zu, und wie es gerade aussieht, wird er in etwa zwanzig Minuten Schrott aus uns machen.«

15

»DIE DENKEN NICHT daran, die Selbstzerstörung auszulösen«, grollte Moriyama erbittert, als der Radarreflex den Achtzehn-Kilometer-Radius passierte, und der Tonfall, in dem er das sagte, ließ keinen Zweifel an dem Maß der Verachtung, das er für die stümperhaften Kontrolleure des näher kommenden Flugkörpers empfand.

Wir hatten uns alle um den Radarschirm geschart und starrten den hellen weißen Fleck darauf mit einer Intensität an, als könnten wir seine Flugbahn allein durch die geballte Kraft unserer Gedanken beeinflussen.

»Wir sollten Raumanzüge anziehen und alle Schotten bereitmachen«, schlug Tanaka nervös vor.

»Und dann?«, fragte Moriyama grimmig. »Wenn uns dieser Koloss trifft und die Station zerlegt, was machen wir dann? Ohne Funkverbindung?«

Kim stieß plötzlich einen kicksenden Schrei aus, der unter anderen Umständen komisch gewirkt hätte. »Die Montageplattform!«, rief er aufgeregt. »Warum nicht ihm entgegenfliegen mit der Montageplattform, ihn anpacken und aus der Bahn drängen? Schon geringe Abweichung wird ihn nur Solarfläche durchschlagen lassen, und das ist reparierbar ...«

»*Ikimasho!* Worauf warten Sie?«, unterbrach ihn Moriyama ungeduldig. »Rasch, stellen Sie fest, ob die Fernsteuerung funktioniert.«

Kim paddelte mit hektischen Bewegungen zu dem entsprechenden Schaltpult mit der Fernsteuerung, schnallte sich an und drückte in rascher Folge eine Reihe von Tasten. Auf dem Bildschirm vor ihm erschien eine Kopie des Radarbildes. »Ja!«, rief er. »Fernsteuerung funktioniert.«

»Dann fliegen Sie los!«

Die Montageplattform war eine Art Weltraum-Lastwagen. Sie bestand aus einer Trägerplattform, auf deren Oberseite alle möglichen Befestigungsvorrichtungen für Bauteile jedweder Gestalt angebracht waren, ferner eine rundum bewegliche Beobachtungskamera, die ihr Bild an die Fernsteuerung übertrug, und zwei fernlenkbare Manipulatorarme. Die Plattform verfügte über eine Reihe verschiedener Steuertriebwerke; extrem schubschwache, simple Gasventile für feinste Bewegungen, aber auch stärkere Verbrennungstriebwerke für rasches Fortkommen mit größeren Lasten. Genau diese Triebwerke schaltete Kim jetzt ein. Genau betrachtet, war die Plattform das ideale Instrument für diesen Job.

Vorausgesetzt, sie erreichte die Raketenstufe rechtzeitig.

Auf dem Radarschirm war jetzt ein zweiter Punkt in Bewegung. Auch hierfür berechnete der Computer die voraussichtliche Flugbahn, und diese Linie erlaubte es Kim, die Plattform zielstrebig auf Kurs zu bringen.

»Abstand sechzehn Kilometer.«

»Schneller, Kim«, mahnte Moriyama nervös.

Kims Finger flogen über die Tastatur, um den Computer dazu zu bewegen, eine geschwindigkeitsoptimale Annäherung an die Raketenstufe zu berechnen. Auf dem Schirm erschien in dunkelblauer Farbe eine andere, gebogene Flugbahn für die Plattform: Sie beschleunigte, würde bald wieder abbremsen und mit computergenau berechnetem Vorhalt auf die ARIANE treffen. Der Treffpunkt würde in neun Kilometern Entfernung liegen. Kim bestätigte den Vorschlag, und die Farbe der geplanten Flugbahn wechselte von dunkelblau zu hellgrün. »Okay«, meinte er. »Wir schaffen es.«

Hier und da war ein verstohlenes Aufatmen zu hören, aber niemand wagte es, wirklich erleichtert zu sein. Wir starrten weiterhin gebannt auf die Radarschirme und verfolgten die Bewegungen der beiden hellen Punkte, als hinge unser Leben davon ab. Höchstwahrscheinlich hing unser Leben ja tatsächlich davon ab.

Moriyama sah sich um und fragte dann, an Tanaka gerichtet: »Wo ist Sakai?«

»Noch im Labor, etwas ausprobieren.«

Moriyama beugte sich zur Bordsprechanlage. »Sakai, sollten Sie in den nächsten fünf Minuten im Stande sein zu senden, dann rufen Sie bitte zuallererst Kourou und sagen ihnen, sie sollen ihren verdammten Satelliten sprengen.«

»*Hai*«, kam Sakais Antwort. »Aber rechnen Sie lieber nicht damit.«

Kim starrte mit bebenden Lippen auf seinen Bildschirm, auf dem der Leuchtpunkt, der die Plattform kennzeichnete, gerade in die Bremsphase überging. »Es klappt.«

Yoshiko verkündete weiterhin die Annäherung der Raketenstufe, mit einer Stimme, die plötzlich staubig und kehlig klang. »Abstand zwölf Kilometer.«

Die Plattform folgte immer noch unbeirrbar ihrem vorausberechneten Kurs. Die Bewegung fester Körper in der Schwerelosigkeit und im Vakuum, also ohne Reibung, ohne Luftwiderstand und ohne sonstige schwer kalkulierbare Einflüsse lässt sich mit einer Genauigkeit vorherbestimmen, die immer wieder erstaunlich ist.

»Wir sollten trotzdem Raumanzüge anlegen«, meinte Moriyama halblaut zu seinem Stellvertreter Tanaka. »Und wir müssen Jayakar freilassen; wir haben festgestellt, dass er unschuldig sein muss.«

»Tatsächlich?«, wunderte sich Tanaka und riss die Augen auf. »Wie das?«

»Erkläre ich Ihnen nachher.«

»Abstand zehn Kilometer«, verkündete Yoshiko.

Die beiden hellen Punkte waren einander jetzt schon sehr nahe. Auf einem anderen Bildschirm war ein vergrößerter Bildausschnitt zu sehen, und man konnte gut verfolgen, wie die Plattform ihre Geschwindigkeit an die der ARIANE-Stufe anglich und behutsam näher glitt. Kim legte die Hand lauernd auf eine breite Taste. Auf seinem Bildschirm erschien jetzt ein Countdown, der den restlichen Abstand herunterzählte. Noch zwanzig Meter... noch zehn Meter... noch fünf Meter... noch einen Meter... Die Automatik der Plattform griff in diesem Augenblick mit den Greifarmen nach dem einzufangenden Objekt.

»Kontakt!«, rief Kim triumphierend in dem Augenblick, in dem er seine Taste drückte.

»Abstand neun Kilometer«, erklärte Yoshiko.

»Kim, Sie sind ein Genie«, stieß Moriyama hervor. »Und jetzt – werfen Sie den verdammten Burschen aus seiner Bahn.«

»Aye, Kommandant«, lächelte Kim und griff nach den Hebeln der Handsteuerung. Eine Reihe von Leuchtbalken, die den wirksamen Schub anzeigten, kletterten rasch in die Höhe und erreichten den roten Bereich. Einige Warnlampen blinkten aufgeregt, aber Kim ignorierte sie.

Eine Weile geschah nichts.

Dann fing die Linie auf dem Radarschirm, die die voraussichtliche Flugbahn der Raketenstufe zeigte, an zu zittern – und verschob sich um eine Winzigkeit zur Seite, sodass sie den Mittelpunkt des Schirms nicht mehr berührte.

Wir stießen unwillkürlich ein Freudengeheul aus. Der europäische Satellit würde mitsamt seiner Trägerstufe zwar immer noch unsere Solarfläche zerfetzen, aber die Station selbst verfehlen. Eine winzige Änderung der Flugbahn, wenige Grad nur, vielleicht nur Bruchteile eines Grades, die über Leben und Tod entschied.

»Abstand acht Kilometer«, verkündete Yoshiko mit einem Seufzer. Einem hinreißenden Seufzer.

»Was meinen Sie, Kim«, fragte Moriyama, »können Sie den Satelliten so weit aus der Bahn drängen, dass er auch unsere Solarfläche verschont?«

Kim verzog das Gesicht. »Schwirig zu sagen. Ich gebe

maximalen Schub; das ist alles, was ich tun kann. Lust hätte ich, ihn den ESA-Leuten auf den Kopf zu schmeißen.«

Tanaka verfolgte die Bewegung des Radarreflexes mit skeptischem Gesichtsausdruck. »Hoffentlich kommen sie nicht auf die Idee, ihn zu sprengen, wenn er gerade an uns vorbeifliegt«, murmelte er unbehaglich.

Die vorausberechnete Bahn des Flugkörpers begann ein zweites Mal zu zittern.

»Gut so«, nickte Moriyama. »Je weiter weg, desto besser.«

Das Zittern wurde stärker, dann erlosch die Linie auf dem Schirm und wurde wieder neu gezeichnet. Und diesmal führte sie wieder genau durch den Mittelpunkt des Radarschirms.

»Kim«, fragte Moriyama beunruhigt, »was ist das? Wieso zielt die Flugbahn jetzt wieder auf uns?«

»Ich weiß es nicht, Kommandant«, rief Kim entgeistert. Er ließ eine Reihe schematischer Darstellungen, Übersichten und Kontrollkurven auf dem Bildschirm erscheinen und studierte sie mit fassungslosem Kopfschütteln. »Es sieht so aus, als ob es Gegenschub gibt von der europäischen Rakete.«

»Gegenschub?«

»Ja. Sie korrigiert die Abweichung.«

Kim veränderte die Stellung der Regler, sodass die Schubkraft der Plattform den Satelliten in die entgegengesetzte Richtung zog. Wieder flackerte die Linie, die den vorausberechneten Kurs anzeigt, sprang ein Stück zur Seite, um gleich darauf wieder in die alte Position zurückzukehren.

»Das ist nicht zu fassen«, flüsterte Moriyama ungläubig. »Der Satellit *will* uns treffen!«

»Abstand ... nur noch fünf Kilometer!«

Kim stieß einen Fluch aus. Einen koreanischen Fluch. Niemand von uns sprach Koreanisch, aber jedem war klar, dass es nur ein grober Fluch sein konnte. »In wenigen Augenblicken ist der Treibstoff der Plattform erschöpft«, rief er verzweifelt. »Ich muss die Plattform lösen von der Raketenstufe und sie abbremsen mit den letzten Tropfen, damit sie uns nicht auch noch trifft!«

Seine Hände huschten über Tasten, Hebel und Regler. Auf dem Radarschirm konnten wir verfolgen, wie sich die beiden Leuchtpunkte voneinander lösten und der eine der beiden zurückblieb.

»Kommandant«, mahnte Tanaka, »wir sollten jetzt Raumanzüge anlegen.«

»Ja«, nickte Moriyama verdrossen.

»Abstand – drei Kilometer«, meldete Yoshiko und fügte unsicher hinzu: »Wird langsamer!«

Unsere Köpfe ruckten herum wie von einem unsichtbaren Puppenspieler an unsichtbaren Fäden gezogen.

»Langsamer?«, vergewisserte sich Moriyama.

»Ja. Die Raketenstufe verzögert mit einem zwanzigstel Meter je Sekundenquadrat«, las Yoshiko aus der Computeranzeige ab. »Etwas weniger – 0,048.«

»Reicht das?«

Der Computer nahm die Antwort vorweg. Die vorausberechnete Flugbahn zielte zwar immer noch auf das Zentrum des Radarschirms, aber sie endete kurz davor.

»Ja. Wenn sie konstant weiter verzögert, wird sie zum Stillstand kommen, ehe sie uns erreicht.«

Es waren qualvolle Minuten, während derer wir auf den Radarschirm und auf die Anzeigen des Raumüberwachungscomputers starrten, auf unerträglich langsam fallende Zahlen, auf unsagbar zäh absinkende Kurven, auf einen blass schimmernden Fleck, der langsamer und langsamer wurde und doch nicht zum Stillstand kommen wollte.

»Abstand zweitausend Meter. Geschwindigkeit noch achtundvierzig Stundenkilometer.«

Tanaka zischelte nervös durch die geschlossenen Zähne. »Sie scheinen es doch noch gemerkt zu haben.«

»Das glaube ich nicht«, meinte Moriyama und warf einen

prüfenden Blick hinüber zum Kommunikationspult. Der Zähler der eingegangenen und aufgezeichneten Funksprüche stand seit der letzten ESA-Durchsage unverändert. »Womöglich sind das nur Versuche, den Satelliten doch noch auf seine vorgesehene Bahn zu bringen.«

»Abstand eintausendfünfhundert Meter. Geschwindigkeit noch zweiundvierzig Stundenkilometer.«

Kim schüttelte langsam den Kopf. Sein Lächeln war verschwunden; in seinem Gesicht stand nur noch das nackte Entsetzen. »Das reicht nicht ...«, flüsterte er.

Je langsamer die ARIANE-Stufe wurde, desto zäher verlief das Abbremsmanöver.

»Sollte die Stufe aufhören abzubremsen, verlässt jeder sofort die Brücke und legt einen Raumanzug an«, verfügte Moriyama. »Abstand tausend Meter. Geschwindigkeit noch dreiunddreißig Stundenkilometer.«

»Mittlerweile ist das Ding so langsam, dass es uns kaum noch Schaden zufügen kann«, überlegte Tanaka.

»Vorausgesetzt«, überlegte Moriyama halblaut, »dass es denen nicht plötzlich einfällt, Vollschub zu geben.«

Jemand schaltete die Außenkameras ein und gab ihr Bild auf den großen Schirm, den normalerweise die Weltkarte zierte. Mit viel Fantasie erkannte man bereits ein ungefähr zylinderförmiges Gebilde, an dem die Flammenstrahlen kleiner Triebwerke arbeiteten.

»Diese ESA-Leute werden was von mir zu hören kriegen«, grollte Moriyama. »Sobald ich wieder ein Funkgerät habe, mach' ich sie rund. Keiner von denen, die jetzt gerade in Kourou sitzen, wird jemals wieder eine Rakete aus der Nähe zu sehen bekommen.«

Je näher die ARIANE-Stufe kam, desto deutlicher wurde das Bild. Ich glaubte eine dritte Stufe des Typs H10 zu erkennen, die stärkste und schwerste Oberstufe, die die Europäer besaßen: mit Flüssigwasserstoff und Flüssigsauerstoff angetrieben, war sie in der Lage, bis zu acht Tonnen Nutzlast in einen geostationären Orbit zu bringen, das heißt in eine Umlaufbahn von 36 000 Kilometern Höhe. Allmählich erkannte man das Emblem der Europäischen Raumfahrtbehörde ESA und verschiedene Aufschriften. Die Stufe trug eine ungewöhnlich lang gezogene Nutzlastspitze, ein kegelförmiges Schutzblech, unter dem der eigentliche Satellit sitzen musste.

Und dann endlich, nach einer schier endlosen Zeit, die erlösende Meldung »Stillstand. Distanz – achtundneunzig Meter.«

Diesmal gab es kein Freudengeheul, nur stille Erleichterung. Ich schloss die Augen und wünschte mir die Ruhe der Wochen zurück, in denen ich geglaubt hatte, unter Langeweile zu leiden. Irgendjemand murmelte leise japanische Worte, die wie ein Dankgebet an die Ahnen klangen.

Ich öffnete die Augen gerade noch rechtzeitig, um zu sehen, wie die Nutzlastverkleidung abgesprengt wurde. Es gab ein kleines Aufblitzen und ein wenig weißen Rauch, dann trieben drei schalenförmige Teile davon wie die Blätter einer verblühten Blume, die jemand geschüttelt hatte. Ein dunkler, hässlicher Zylinder kam darunter zum Vorschein.

Yoshikos Aufschrei zerriss die Ruhe, die gerade einkehren wollte. »Der Satellit setzt sich wieder in Bewegung!«

Moriyama schoss heran, sah ihr über die Schulter auf den Hauptradarschirm und krallte seine Hand in ihre Schulter, ohne sich dessen bewusst zu werden.

»Ja, sind die denn jetzt vollkommen verrückt geworden ...?« Der Satellit kam langsam, aber stetig auf uns zu. Ich starrte auf den großen Bildschirm und konnte kaum glauben, was ich sah. Ich beugte mich vor und schaute genauer hin. Kein Zweifel, an der Spitze des Satelliten – oder was immer es sein mochte – erkannte man die dreiflügligen, unverkennbaren Umrisse einer international genormten Kopplungsvorrichtung. Und das Ding hielt genau auf unsere Hauptandockschleuse zu.

»Die wollen andocken!«, entfuhr es mir. »Das ist ein Rendezvous-Manöver!«

»Was reden Sie da, Carr?«, fauchte Moriyama.

»Das ist kein Satellit, Sir«, beharrte ich. »Ich wette zehn zu eins, dass das ein bemanntes Raumfahrzeug ist.«

»Ein bemanntes Raumfahrzeug der Europäer? Aber die Europäer haben keine bemannten Raumfahrzeuge.«

»Jetzt haben sie eins.«

»Und warum versuchen sie einfach hier anzudocken, ohne uns etwas davon zu sagen?«

Zwei geschichtsträchtige Ereignisse an einem Tag. Es war kaum auszuhalten.

»Weil das«, sagte ich dumpf, »ein Überfall ist.«

16

VIERHUNDERT KILOMETER ÜBER der Erdoberfläche, hoch über irgendeinem Punkt des Globus, der gerade den Sonnenaufgang erlebte, schwebte eine riesige, mattsilbern glänzende Scheibe, deren Mittelpunkt eine vergleichsweise kleine Konstruktion aus einem Dutzend weiß lackierter und mit Aufschriften in Japanisch und Englisch versehener Zylinder bildete. An einem dünnen Auslegerarm, der für Augen, die nur irdische Verhältnisse gewöhnt waren, geradezu lächerlich zerbrechlich wirken musste, hing eine mannshohe japanische Flagge, die ja passenderweise den roten Ball der aufgehenden Sonne auf weißem Grund zeigt. Sie wurde von einem dünnen Glasfiberstab in Form gehalten, denn hier oben in der Erdumlaufbahn gab es keinen Wind, in dem sie hätte flattern können. Vor der Spitze des senkrecht zu der großen Scheibe stehenden Zylinders schwebte ein dunkler, seltsam roh und unfertig wirkender Zylinder, der unmerklich näher und näher glitt und dabei mit seinem dreiflügligen, wie ein obszöner Saugmund aussehenden Kopplungsmechanismus auf das entsprechende Gegenstück an der Station zielte. Ein außen stehender Beobachter hätte den Eindruck gehabt, eine schwarze Qualle zu sehen, die über einen weißen Seestern herfiel, um ihn auszusaugen.

Aber es gab keinen außen stehenden Beobachter dieser Szene. Niemand auf dem sich in unglaublicher blau-weißer Pracht unter uns wölbenden Erdball ahnte etwas von dem, was hier vorging.

»Das ist Piraterie«, stellte Moriyama erbittert fest. »Piraterie im Weltraum.«

»In letzter Zeit greift es wirklich um sich«, murmelte ich

geistesabwesend vor mich hin. Kurz vor meinem Dienstantritt auf der Raumstation hatte ich eine Statistik gelesen, wonach sich in den ersten fünf Jahren dieses einundzwanzigsten Jahrhunderts bereits mehr Fälle von Piraterie ereignet hatten als in den gesamten vorangegangenen hundert Jahren. Allerdings vorwiegend im Südchinesischen Meer, in der Karibik und entlang der Seerouten durch die pazifische Inselwelt.

Ich starrte unzufrieden auf den Bildschirm. Da war irgendetwas, das ich übersehen hatte. Etwas Wichtiges. Ich spürte einen blinden Fleck in meinem Kopf, den meine Gedanken unaufhörlich umkreisen wie die Zunge ein Loch im Zahn. »Yoshiko, geben die ESA-Leute irgendwelche Erklärungen über Funk durch?«, fragte der Kommandant.

Yoshiko glitt zum Kommunikationspult und streifte den Kopfhörer über. Sie schüttelte den Kopf. »Nein. Nichts.«

Moriyama schnaubte wütend. »Jetzt wünsche ich mir ein Bordgeschütz. Hat jemand eine Idee, wie wir verhindern können, dass die einfach andocken?«

Im Weltraum waren Türschlösser und Hausschlüssel noch völlig unüblich. Vielleicht, schoss es mir für einen Moment durch den Kopf, würde sich das in Zukunft ändern. Einstweilen war es noch so, dass jeder, der sich einem Raumfahrzeug näherte, es auch betreten konnte. Das entsprach internationalen, seit Jahrzehnten gültigen Vereinbarungen über gegenseitige Hilfeleistungen in Fällen von Weltraumhavarie. Jede Schleuse war von außen bedienbar, und jedes Raumfahrzeug, das über die Standard-Kopplung verfügte, konnte an jedes andere andocken, und Raumfahrer konnten in das andere Fahrzeug überwechseln, ohne dass dazu die Erlaubnis oder Mitwirkung der Insassen dieses Fahrzeugs erforderlich war: denn diese Insassen mochten ja tot oder bewusstlos sein und Hilfe nötig haben.

»Die Manipulatorarme!«, fiel mir ein. »Wenn wir die kreuzförmig vor die Schleuse legen, können sie nicht ankoppeln. Und wenn sie nicht ankoppeln können, können sie auch nicht an Bord. Vielleicht bequemt sich die ESA dann zu einer erklärenden Stellungnahme, was hier gespielt wird.«

Der düstere, ungeschlachte Zylinder kam immer näher. Es war höchste Zeit, etwas zu unternehmen.

»Erinnern Sie mich daran, dass ich Sie für eine Gehaltserhöhung vorschlage«, meinte Moriyama grimmig. »Los, worauf warten wir?«

Wir hangelten uns hastig zum Schott, durchquerten den Knotentunnel und erreichten die kleine, der Brücke genau gegenüberliegende Ausbuchtung, von der aus die Greifarme gesteuert wurden. Ich griff nach den Steuerhebeln und setzte die langen Roboterarme in Bewegung, die normalerweise dazu benutzt wurden, um das Ladeluk eines angekoppelten Spaceshuttles leer zu räumen. Die Arme waren lang genug, um in den hintersten Winkel des Nutzlastraums greifen zu können, stark genug, um schwere Pakete greifen und bewegen zu können, und beweglich genug, um diese Pakete in der Lastenschleuse abzusetzen, die sich schräg unterhalb von uns an der Stirnseite des Mikrogravitationslabors befand. Als wir die Sichtluken öffneten, war das fremde Raumfahrzeug schon bedrohlich groß und nah über uns.

»Wenn die nicht abbremsen, schlagen sie sie uns kaputt«, meinte ich, während ich die Arme ausklappen ließ und dann kreuzförmig über unserem Kopplungsadapter verschränkte. »Andererseits ruinieren sie damit wahrscheinlich auch ihre eigene Kopplung.«

Sie bremsten. Wir sahen die Steuertriebwerke des Angreifers für ein paar Sekunden aufflammen, dann war die Bewegung gestoppt, und das unförmige Gebilde aus dunklem Stahl verharrte unschlüssig in etwa zehn Metern Entfernung. Moriyama und ich nickten uns triumphierend zu. Da mochten sie jetzt hängen, bis sie verfaulten.

»Ich frage mich, wie sie das wagen können«, wunderte sich Moriyama, während er das Raumfahrzeug beobachtete.

»Wenn unsere Sender nicht kaputt wären, würden wir doch schon längst SOS senden, und alle Welt wüsste, was hier geschieht. Die internationalen Verwicklungen, die das zur Folge hätte, wage ich mir nicht vorzustellen ...«

»Vielleicht wissen sie es.«

»Was?«

»Dass unsere Sender kaputt sind.«

Moriyama sah mich verwundert an. »Woher sollten sie das wissen?«

Die Dominosteine in meinem Hirn fingen gerade an, zu fallen, klick-klick-klick, einer stieß den nächsten um, und immer so weiter. Plötzlich passten Puzzlesteine zusammen. »Mein Gott«, stieß ich hervor, von der grauenvollen Einsicht überwältigt. »Erinnern Sie sich noch, was Sie über Iwabuchi gesagt haben? Dass er längst einen neuen Sender gebaut hätte, aus zwei Gabeln und ein bisschen Draht? Wir dachten die ganze Zeit, der Mörder hätte die Sender zerstört, damit wir den Mord an Iwabuchi nicht melden konnten. Aber es ist genau andersherum. Tatsächlich ging es um die Sender. Es ging ihm darum, unsere Sender zu zerstören, damit dieser Überfall unbemerkt stattfinden konnte. Er ermordete Iwabuchi, weil er – wahrscheinlich zu Recht – befürchten musste, dass dieser die Sender zu schnell reparieren würde.«

Moriyama starrte mich an, und in seinem Gesicht mischten sich Abscheu und blankes Entsetzen. Mein Gesicht sah wahrscheinlich nicht viel anders aus, während die Dominosteine weiterfielen, klick-klick-klick, einer nach dem anderen. Der Geruch auf der Brücke fiel mir ein, der Geruch des Plastikthermits. Der Pflaumenwein. Das Haaröl. »Wo ist eigentlich Sakai?«, fragte ich ahnungsvoll.

Die Stimme kam überraschend. »Hier, Mister Carr.«

Wir zuckten zusammen und fuhren herum. Sakai schwebte an der gegenüberliegenden Wand des Tunnels, neben dem Schott zur Brücke. Mit der einen Hand hielt er sich an einem Griff fest, und das, was er in der anderen Hand hielt, war zweifelsfrei und auf den ersten Blick erkennbar eine Pistole.

Und er hielt ihn auf uns gerichtet.

»Sakai?!«, entfuhr es Moriyama.

Sakai wirkte plötzlich überhaupt nicht mehr so gleichmütig und begriffsstutzig wie sonst. »Ich habe keine Lust und keine Zeit für lange Erklärungen. Carr, nehmen Sie die Manipulatorarme von der Schleuse!«

Ich rührte mich nicht. »Sakai, ist Ihnen klar, dass Sie sich selber gefährden, wenn Sie hier an Bord mit einer Schusswaffe herumfuchteln? Ein einziger Schuss, der danebengeht und die Wandung durchschlägt, kann eine Katastrophe auslösen.«

»Halten Sie mich nicht für naiv, Mister Carr«, erwiderte Sakai kalt. Er hob die Waffe leicht, sodass wir den unterarmlangen Schalldämpfer bewundern konnten, der auf der Mündung aufgeschraubt war. »Wir haben uns gut vorbereitet. Dieser Schalldämpfer verringert die Geschwindigkeit der Kugeln auf ein zwar immer noch tödliches, aber ansonsten ungefährliches Maß. Sollte eine dieser Kugeln die Modulwandung durchschlagen, verursacht das keinen größeren Schaden als ein Mikrometeorit. Sie wissen ja, die zweischalige Bauweise: Ein wenig Luft entweicht, dann verbinden sich die beiden pastösen Kunststoffe in den beiden getrennten Wandschalen zu einem stabilen, luftdichten Pfropf.«

Er richtete die Waffe wieder auf meinen Bauch. »Und jetzt nehmen Sie die Greifarme zurück. Glauben Sie mir, ich habe keine Hemmungen, Sie zu erschießen und es selber zu tun.«

Ich starrte ihn nur an. Wenn Blicke töten könnten, wäre er mausetot umgefallen.

»Oh, ein Held. Soll ich mir überlegen, Ihre hübsche Freundin zu verunstalten?«

»Tun Sie, was er sagt, Leonard«, befahl Moriyama halblaut. Widerstrebend griff ich nach der Steuerung der Manipulatorarme und führte sie zurück in ihre normale Grundstellung. Das fremde Raumfahrzeug setzte sich sofort wieder in Bewegung.

»Was soll das alles, Sakai?«, fragte ich aufgebracht. »Wer ist dort in diesem Raumschiff?«

»Warten Sie's ab, Mister Carr«, empfahl er mir gleichgültig. »In wenigen Augenblicken erfahren Sie es ja sowieso.«

Wir warteten. Augenblicke dehnten sich zu unerträglichen Ewigkeiten. Aus den Augenwinkeln sah ich den schwarz glänzenden Koloss näher und näher kommen, größer und größer werden ...

Dann ging ein donnernder Schlag durch die ganze Raumstation, der jede Wand und jede Verstrebung erzittern ließ.

Für einen Moment dröhnte es in unseren Ohren, als befänden wir uns im Inneren einer riesigen Glocke, die sich im Glockengestühl verirrt und eine andere Glocke gerammt hatte. Dann ließ das Zittern der Wände nach, doch das Zittern in unserem Inneren blieb. Der Geruch der Gefahr hatte nicht getrogen. Die Staubwolke am Horizont bedeckte nun den ganzen Himmel.

Schabende Geräusche von der Stirnschleuse her waren zu hören.

Das Piratenschiff hatte angekoppelt.

17

Das Schott zur Brücke fuhr auf, und Tanaka streckte den Kopf heraus. Sakai richtete seine Waffe auf ihn. »Keine Dummheiten«, warnte er ihn.

Niemand hat je behauptet, die japanische Raumfahrtbehörde engagiere Leute, die schwer von Begriff wären oder zu unbesonnenem Handeln neigten. Tanaka sah zuerst die Waffe an, dann Moriyama und mich, und dann nickte er langsam und hob die Hände leicht hoch. »Alles, was Sie wollen«, sagte er leise.

»Bleiben Sie, wo Sie sind«, befahl Sakai. »Ich will, dass das Schott offen bleibt.«

Die schabenden Geräusche hatten das Innere unserer Schleusenkammer erreicht, und nun drehte sich das Verschlussrad der inneren Luke mit dem üblichen Rattern, das mich immer an das Geräusch eines Safeschlosses erinnerte. Dann, als die Sicherungsbolzen vollständig eingefahren waren, schwang das Luk auf, und ein Gesicht erschien in der kreisrunden Öffnung. Und was für ein Gesicht!

Ich erschrak, als ich diese Züge sah. Die letzten Stunden waren nicht gerade arm an Ereignissen gewesen, und ich war von einer Angst in die nächste gefallen – aber das war immer nur Angst gewesen. Jetzt aber fühlte ich regelrechte Panik in mir aufsteigen, ein Gefühl der Verzweiflung, das in mir hochschwappte wie eine überbordende Woge. Seit mir klar geworden war, dass die Raumstation überfallen wurde, war ich auf diesen Moment gefasst gewesen, in dem die Nippon geentert wurde – aber ich hatte, ohne über diese Vorstellung weiter nachzudenken, damit gerechnet, dass wir von einer Art militärischer Einheit besetzt würden, von olivgrün uniformierten Guerilleros oder dergleichen.

Dieser Mann aber, der da langsam kopfüber aus der Schleuse glitt, sich nach allen Seiten umsehend und eine Pistole mit großem Schalldämpfer schussbereit in der Hand haltend – dieser Mann war ein Psychopath, wenn ich jemals einen gesehen hatte. Sein Kopf glich einem Totenschädel. Die Wangen und Schläfen waren eingefallen, als zehre ihn etwas aus, und die Haut glänzte krankhaft bleich und feucht. Sein Haar war lang und ungepflegt und klebte ihm in wirren, fettigen Strähnen am Schädel. Und in seinen tiefen, unsteten Augen glühte mühsam gebändigter Wahnsinn, lauerte nackte Mordlust. Das, so schoss es mir durch den Kopf, war jemand, dem es Vergnügen bereitete zu töten, der es genoss, wenn Metall klatschend in wehrloses Fleisch einschlug. Vielleicht gab es nichts sonst, das ihm Vergnügen bereitete. Er sah sich um, als fiebere er dem ersten Anlass entgegen, von seiner Waffe Gebrauch zu machen. Sogar Sakai schien etwas Angst vor diesem dämonischen Spießgesellen zu haben.

Er glitt vollends aus der Schleuse und streckte die freie Hand ungeschickt nach einem Griff aus, um sich umzudrehen. Ganz offensichtlich hatte er keine Weltraumerfahrung, und die Schwerelosigkeit, vielleicht in Verbindung mit dem Stress, schien ihm zu schaffen zu machen. Mühsam glitt er neben Sakai und nickte ihm zu.

Der nächste Kopf erschien in der Schleuse: ein blonder, kurz geschorener Schädel, aus dem sich zwei himmelblaue, aber ansonsten seltsam stumpfe Augen gleichgültig umsahen. Der Besitzer dieser Augen war ein Hüne, ein Schrank von einem Mann, und er trug keine Waffe, sondern einen metallenen Kasten unter dem Arm, aus dem einige bunte Kabel wie seltsame Schlangen herausragten. Auch ihm bereitete es Schwierigkeiten, sich zu orientieren, und er bewegte sich mit ungeschlachten, hölzernen Bewegungen.

Die Raumanzüge, die die beiden trugen, fielen mir auf. Die Helme hatten sie abgenommen, und sie trugen auch keine Versorgungstornister – aber jeder von ihnen hatte einen Knopf im Ohr und ein Mikrofon an einem dünnen Bügel vor dem Mund, und beides war mit einer klobigen Sprechfunkeinheit verbunden, die ihnen im Nacken saß, gleich hinter der Manschette, auf der der Helm aufgesetzt wurde. Ich glaubte darin russische Modelle zu erkennen und fragte mich, was das wohl über die Herkunft der Piraten verriet.

Der Totenkopf gab Sakai einen Wink. Mit einer unangenehmen, heiseren Fistelstimme befahl er: »Zeig Sven, wo er den Sender anschließen muss.«

Sakai nickte, und ich hatte den Eindruck, dass er erleichtert war, nicht länger in der Nähe seines ungepflegten Kompagnons sein zu müssen. Bereitwillig glitt er vor dem blonden Riesen in die Zentrale.

Dann winkte der Totenkopf Moriyama und mir mit seiner überdimensionalen Waffe zu. »Los, ihr beiden, rein mit euch.«

Er sprach Englisch mit einem deutlichen deutschen Akzent. Ich war ein paar Monate in Deutschland stationiert gewesen, 1989, kurz vor dem Fall der Mauer – lange genug, um diesen Akzent zu erkennen. Und lange genug, gottlob, um auch die Deutschen kennen zu lernen, was mich in diesem Moment vor unzutreffenden Verallgemeinerungen bewahrte. Dieser Mann schien mir eher das Ergebnis eines genetischen Experiments zu sein, dessen Ziel die Vereinigung der schlechtesten Eigenschaften der ganzen menschlichen Rasse in einer einzigen Person gewesen sein musste.

Moriyama und ich folgten dem Wink sofort und ohne Zögern. Keiner von uns hatte den Eindruck gewonnen, dass dieser Mann uns ein zweites Mal auffordern würde.

Als wir durch das Schott, hinter dem immer noch Tanaka verharrte, um es offen zu halten, auf die Brücke schwebten, machten sich Sakai und der Blonde bereits am Kommunikationspult zu schaffen. Der Mann, den Kollege Schrumpfkopf Sven genannt hatte, schabte mit einem Schraubenzieher die Reste eines unserer eigenen Sender aus einem der offen stehenden Schächte – das, was das Plastikthermit von ihm übrig gelassen hatte –, wohl um Platz zu schaffen für das Gerät, das er mitgebracht hatte. Sakai gab ihm halblaut einige Anweisungen, war aber in der Hauptsache damit beschäftigt, die übrigen Crewmitglieder in einer Ecke der Brücke zusammenzutreiben.

»Ralf, passt du auf die Leute auf?«, fragte er, als wir hereinkamen.

Ralf. Was für ein Name für diesen Mann, der sich jederzeit seinen Lebensunterhalt auf ehrliche Weise in einer Geisterbahn hätte verdienen können. Ralf knurrte sein Einverständnis und stieß mir dann den Schalldämpfer seiner Waffe aufmunternd von hinten in die Rippen.

Etwas fehlte noch, als wir dann mit den anderen um den Radarschirm versammelt waren und Ralf uns mit hungrigen Augen beobachtete. Der Boss. Der Chef. Die beiden Neuankömmlinge waren zwar beeindruckende und Furcht einflößende Gestalten, aber ob ihr geistiges Niveau an das von zwei trotteligen Vorstadtbankräubern heranreichte, stand für mich noch sehr in Zweifel. Ganz sicher hatten sie jedoch nicht das Format für ein Unternehmen wie dieses.

Der Mann, der dieses Format hatte, betrat gleich darauf die Brücke. Und was seinen Komplizen an Format abging, das besaß er im Übermaß.

Er war etwas kleiner als die anderen beiden. Auch er trug einen Raumanzug, aber an ihm wirkte das klobige Kleidungsstück wie ein teurer Smoking. Die Schwerelosigkeit schien ihm keine Schwierigkeiten zu bereiten, oder wenn doch, gelang es ihm jedenfalls ausgezeichnet, sie zu kaschieren. Er hatte ein glattes, intelligentes Gesicht von leicht dunkler Hautfarbe, das mich in ihm einen Kolumbianer oder Algerier vermuten ließ. Wachsame Augen musterten jedes einzelne Mitglied der Crew, während er näher kam, und als er mich ansah, bekam ich den Eindruck, dass hinter diesen Augen ein rasiermesserscharfer Verstand arbeitete. Ein gefährlicher Verstand. Der Verstand eines entschlossenen Mannes, der genau weiß, was er will, der weiß, wie er es bekommt, der jedes Detail berücksichtigt und nichts übersieht.

Sein Blick blieb schließlich auf Moriyama haften. »Kommandant Moriyama, vermute ich?«, fragte er mit einer weichen, wohlüberlegt akzentuierten Stimme. Ein leichter französischer Akzent klang mit. Vielleicht doch Algerier. »Es tut mir Leid, dass ich Ihre Raumstation vorübergehend für meine eigenen Zwecke beanspruchen muss ...«

»Sparen Sie sich Ihre Höflichkeiten«, unterbrach ihn Moriyama barsch. »Wer sind Sie und was wollen Sie?«

»Mein Name ist Khalid«, erklärte er unbeeindruckt. »Und was ich will? Nun, was kann jemand wollen, der ein Objekt wie diese Raumstation besetzt? Im Handstreich, wie ich hinzufügen darf.« Er schien nicht wenig stolz auf seinen gelungenen Überfall zu sein.

»Keine Ahnung«, knurrte der Kommandant.

Khalid lächelte. Es war das Lächeln eines Haifischs. »Auch keine Vermutung?«

»Nein.«

Der Anführer der Piraten sah sich gelassen um, bedächtig, ein Mann, der die Situation völlig im Griff hatte. Er tauschte ein paar Blicke mit seinen Komplizen, musterte uns der Reihe nach aufmerksam und wandte sich dann wieder Moriyama zu.

»Darf ich Ihrer Fantasie ein wenig nachhelfen? Wie wäre es mit ... Geld?«

»Geld?!«

Ein kurzes, dröhnendes Lachen wie über einen gelungenen Scherz auf einer Party. »Aber, Kommandant – sprechen

Sie dieses Wort nicht so aus, als ob es etwas Schmutziges wäre! Geld ist wichtig. Für die weitaus meisten Menschen ist Geld das, worum sich ihr ganzes Leben dreht. Sie arbeiten und arbeiten und rackern sich ab und verdienen gerade genug, um den nächsten Tag zu erleben, an dem sie wieder nichts als Plackerei erwartet.«

Er hatte das in gut gelauntem Plauderton von sich gegeben, wie ein Salonlöwe, der sich in feiner Gesellschaft in der Kunst des gehobenen Small-Talks übt. Doch so plötzlich und so übergangslos, als habe jemand in seinem Inneren einen Schalter umgelegt, fiel das falsche Lächeln von ihm ab, und seine Augen verengten sich zu schmalen Schlitzen. Als er weitersprach, klang seine Stimme leiser, präziser, gefährlich wie ein geschliffener Dolch.

»Für Sie freilich, Kommandant, trifft diese Beschreibung nicht zu. Sie sitzen ja in einem der Honigtöpfe dieser Welt. In Ihrer Welt spielt Geld keine Rolle. Was hat dieses Spielzeug hier, diese Raumstation, in der Sie alle so mühsam campieren, gekostet? Zwanzig Milliarden Dollar? Oder waren es vierundzwanzig? Sie entschuldigen sicher, dass ich diese Zahlen nicht in Yen umrechne, aber ich bin altmodisch; ich habe mich noch nicht an diese neue Weltwährung gewöhnt: Ich finde sie unpraktisch, eine Mickymauswährung, so krankhaft wie italienische Lire. Wenn alle Zahlen riesengroß sind, dann beeindrucken die wirklich großen Zahlen nicht mehr. Ich bleibe also einstweilen bei den guten alten Dollars. Was lässt es sich Ihre Regierung jedes Jahr kosten, hier oben neun Leute spazieren zu fliegen? Drei Milliarden Dollar? Vier? Das sind fünfzigtausend Dollar für eine Stunde Anwesenheit einer einzigen Person. Ein gesunder Nachtschlaf kostet fast eine halbe Million. Was für ein Wahnsinn, das Ganze. Aber« – er lächelte diabolisch – »für unsere Zwecke haben diese finanziellen Dimensionen einen großen Vorteil: Unsere beträchtliche Lösegeldforderung wird sich dagegen richtiggehend bescheiden ausnehmen.«

»Das wird Ihnen nicht gelingen«, erklärte Moriyama, und es klang, als glaube der Kommandant das tatsächlich.

Khalid lächelte wieder, diesmal aber sanft und nachsichtig. »Was sollen sie machen? Ein Shuttle mit Soldaten schicken? Das werden sie nicht tun. Nicht so sehr, weil ich Sie als Geiseln habe – Sie sind, in aller Höflichkeit, für Ihre Regierung recht leicht entbehrlich, und Sie wissen selbst, dass die Warteliste der hoffnungsvollen Aspiranten auf Ihre Jobs so lang ist, dass sie wahrscheinlich mit Leichtigkeit von hier bis zur Erdoberfläche hinabreichen würde. Nein, ich nehme die Station selbst als Pfand. Ich bräuchte bloß zwei Module abzutrennen und zu sprengen; sie zu ersetzen käme bereits teurer als meine Lösegeldforderungen.«

Moriyama blickte den Piraten verächtlich an. »Meine Regierung wird *überhaupt kein* Shuttle schicken. Sie werden Sie schlicht und einfach aushungern.«

»Sie werden eines schicken, verlassen Sie sich darauf«, versicherte Khalid leichthin, als sei das das geringste seiner Probleme. »Eines mit einer sehr ungewöhnlichen Nutzlast: lauter Gold. Dreißig Tonnen Gold in Barren. Was ist das wohl wert? Ich denke immer noch in Dollars, und da wirkt die Zahl geradezu magisch. Eine Milliarde Dollar. Eine Milliarde Dollar und ein sicherer Platz in den Geschichtsbüchern – was will man mehr?«

»Und was wollen Sie hier oben anfangen mit Ihrer Milliarde?«

»Ich nehme sie natürlich wieder mit zur Erde. Sie wissen doch, Kommandant, so ein Spaceshuttle kann an fast jedem Ort der Erde landen, wenn man einen tüchtigen Piloten hat. Und ein tüchtiger Pilot wird natürlich an Bord sein. Wir werden Ihnen allen zum Abschied die Hände drücken, an Bord des Shuttles steigen und damit zurück zur Erde fliegen, wo uns an einem Ort, der aus verständlichen Gründen einstweilen mein Geheimnis bleiben muss, eine geeignete Landepiste erwartet. Sie können sich sicher vorstellen, dass viele Staaten bereit sein werden, uns aufzunehmen. Es gibt ja so erfreulich viele Staaten heutzutage, und fast alle sind sie arm. Sie werden kaum jemanden zurückweisen, der eine so fürstliche Landegebühr zahlen kann wie wir.« Ein spöttisches Lächeln umspielte Khalids Lippen. »Wobei man nicht übersehen darf, dass auch ein Spaceshuttle einen nicht unbeträchtlichen Wert darstellt ...«

Moriyama starrte ihn nur noch fassungslos an. Wir alle starrten ihn fassungslos an. Die Kühnheit, um nicht zu sagen Vermessenheit dieses Plans war schlichtweg atemberaubend. Aber Khalid schien vom Gelingen seines Vorhabens felsenfest überzeugt zu sein.

Jetzt allerdings entschied er, dass der gemütliche Teil vorerst beendet war. Das höfliche Lächeln verschwand aus seinem Gesicht, als sei es dort ohnehin nur geduldet, die Wärme aus seinen Augen, als gehöre sie dort sowieso nicht hin, und seine Stimme klang scharf und herrisch, als er sich an seine Helfershelfer wandte: »Schafft sie fort. Die beiden Frauen und den Koreaner in eines der Wohnabteile, die Übrigen in das andere. Wir haben zu tun.«

18

DER WIDERHALL DES zischenden Lautes, mit dem sich das Schott hinter uns geschlossen hatte, schien noch in der Luft zu schwingen oder zumindest in unseren Ohren und überhaupt nicht mehr vergehen zu wollen. Wir verharrten in stummer Fassungslosigkeit und lauschten kratzenden Geräuschen, die von einem Punkt unterhalb – innerhalb – der Türschwelle zu kommen schienen.

»Was zum Teufel machen die da?«, brach Tanaka schließlich das düstere Schweigen. Es klang wütend, als habe er erst jetzt einen klar definierbaren Punkt ausgemacht, auf den er seine Entrüstung richten konnte.

»Sie sperren uns ein«, sagte ich.

»Uns einsperren? Wie wollen sie uns einsperren? Das geht doch überhaupt nicht.« Tanaka näherte sich dem Schott, bis der Sensor oberhalb der wulstigen Türöffnung mit einem kaum vernehmbaren Klicken seine Annäherung registrierte. Nichts geschah. Der stellvertretende Kommandant hieb zornig mit der flachen Hand gegen die unbotmäßigen Schotthälften, was wie ein dumpfer Gongschlag durch das ganze Wohnmodul dröhnte.

»Lassen Sie das, Tanaka«, meinte Moriyama müde. Er hatte sich zu den Trainingsgeräten zurückgezogen und sich auf den Sitz der Butterfly-Maschine geschnallt. »Es hat keinen Sinn.«

»Ich verstehe das nicht«, stieß Tanaka hervor. »Wie machen die das? Dass das Schott nicht mehr aufgeht?«

»Es gibt unterhalb jedes Schotts eine Wartungsklappe, die man mit einem Schraubenzieher öffnen kann«, erklärte ich dumpf. »Sie gewährt Zugang zu allen Versorgungsleitungen in das Modul. Unter anderem kann man auch das Schott blockieren.«

Tanaka sah mich an, als wüsste er nicht so recht, was er von mir halten und ob er mir glauben solle. »Wieso weiß ich nichts davon?«

»Das hat nur mit dem Zusammenbau der Station zu tun. Sobald ein Stationsmodul angeflanscht ist und die Versorgung funktioniert, schraubt man die Klappe zu und nie wieder auf.« Ich zuckte die Schultern. »Die wenigsten Leute wissen davon.«

»Und diese Wartungsklappen sind draußen im Knotentunnel?«

»Ja.«

»Und hier drinnen?«

Ich schüttelte den Kopf. Tanaka zog zischelnd die Luft zwischen den Zähnen ein und stieß sie wieder aus, während er unschlüssig zuerst das grau melierte Metall anstarrte, dann mich und dann den Kommandanten. Jetzt hörten wir nichts mehr von draußen. Wir hörten nur noch unseren Atem, das Rascheln unserer Kleidung und das Knarren des Sitzes, an dem sich Moriyama festgebunden hatte. Ich versuchte mir vorzustellen, was die Piraten in diesem Moment taten. Sicher hatten sie ihren eigenen Sender inzwischen installiert, und Khalid übermittelte vielleicht gerade sein bestimmt höchst geistreich formuliertes Ultimatum an das Raumfahrtzentrum in Tanegashima.

»Sie haben sich gut vorbereitet«, stellte Moriyama bitter fest. »Sie kennen die Raumstation besser als wir selber.«

Tanaka starrte das Schott an, als verdächtige er es, sich aus purer Bosheit nicht mehr zu öffnen. Dann, in einem abrupten Ausbruch verzweifelter Wut, wie ich sie bei dem schmächtigen, ehrgeizigen Mann noch nie zuvor erlebt hatte, verkrampfte er sich und stieß einen gepressten, gurgelnden Laut aus, als wolle er schreien, könne es aber nicht.

Gleich darauf zerbrach die Spannung in seinem Körper wieder, und er sackte elend in sich zusammen.

»Was tun wir denn jetzt?«, flüsterte er mit bebender Stimme.

»Vor allem verlieren wir jetzt nicht die Fassung«, ließ sich Moriyama vernehmen, und der Tadel in seiner Stimme war nicht zu überhören. »Und ansonsten tun wir vorerst überhaupt nichts. Das sind bewaffnete Verbrecher, und wir sind unbewaffnete Wissenschaftler. Es gehört nicht zu unseren Aufgaben, gegen solche Elemente vorzugehen.«

»Sakai«, murmelte Tanaka, als habe er den Kommandanten überhaupt nicht gehört. »Er kam mir schon immer verdächtig vor. Keine Freunde, keine Frau ... Bestimmt gehört er zur *Yakuza*. Ein Mörder.« Er warf mir einen unsicheren Blick zu. »Ich hätte auf Sie hören sollen, gestern, als Sie die Abdeckplatte abschrauben wollten.«

Ich musterte ihn nachdenklich. Ich hatte eigentlich nichts gegen ihn; niemals gehabt. Unsere ganzen Spannungen hatten daher gerührt, dass er mich nicht leiden konnte, und ich hatte nie etwas dagegen tun können. »Ich weiß nicht, ob das etwas geändert hätte«, bekannte ich. »Vielleicht hätte es sogar noch mehr Tote gegeben. Ich entsinne mich, dass Sakai ziemlich nervös war; sicher hatte er nicht damit gerechnet, dass das abschmelzende Plastikthermit außerhalb des Schranks zu riechen sein würde. Aber ich glaube, er hätte nicht gezögert, uns alle zu erschießen, um den Überfall heute Morgen zu ermöglichen.«

Tanakas Augenbrauen zuckten überrascht nach oben. »Glauben Sie?«

Ich nickte. Ich hielt es nicht für angebracht, ihm von den anderen Gedanken zu erzählen, die mir durch den Kopf schossen. Es hätte auch anders kommen können. Vielleicht wäre Sakai nicht zum Zuge gekommen. Wenn wir die zerstörten Reservesender entdeckt hätten, hätte Iwabuchi sie sicher umgehend repariert. Und würde noch leben. Wir hätten den Vorfall an die Bodenstation gemeldet, und vielleicht hätten wir rechtzeitig verstanden, was gespielt wurde.

Hätten wir? Ich war mir nicht sicher. Und das war es, was mich in Wahrheit schmerzte – dass ich mir nicht sicher war. Die stille Wut, die schwarz und klebrig in mir brodelte, die Wut auf Khalid und seine Kumpane, war in Wirklichkeit Wut auf mich selber. Ich hatte versagt. Ich hätte es wissen können, rechtzeitig, aber ich hatte es nicht gewusst. Ich war einmal ein Kämpfer gewesen, ein strahlender Sieger, scharfsinnig, geschickt und mutig ... Mut? Wo war mir mein Mut nur abhanden gekommen? War überhaupt noch etwas übrig von meinem Scharfsinn? Ich hatte wesentliche Dinge übersehen, die ich nicht hätte übersehen dürfen, so wie ich auch in meinem Leben irgendwelche wesentlichen Dinge übersehen hatte ... Einst war ich ein Krieger gewesen, doch heute war ich nur noch ein ängstlicher, verzagter Mann, ein Schatten meiner selbst. Ein Mann, der sich etwas darauf einbildete, in der Hitparade der diensteifrigsten Hausmeister den ersten Platz einzunehmen.

Dem Leonard Carr vor zehn Jahren wäre das nicht passiert. An diesem Gedanken hielt ich mich fest, obwohl ich merkte, wie sinnlos schmerzhaft das war, ja, ich suhlte mich geradezu darin. Der Leonard Carr, der ich vor zehn Jahren gewesen war – der hätte das Spiel durchschaut, Sakai überwältigt und ihn ...

»Jayakar!«, fiel mir plötzlich ein. »Wir haben Jayakar ganz vergessen!«

Moriyama sah auf. »Richtig. Er ist immer noch im Käfig.« Er sah Tanaka an. »Kann er sich befreien, wenn er merkt, was los ist?«

»Nein.«

»Was ist, wenn er auf die Toilette muss?«

»Wir haben ihm eine Packung Assanierungsbeutel gegeben.« Damit meinte er die Plastikbeutel, die in Raumanzügen zur Aufnahme von Körperausscheidungen dienten. Ohne den Absaugeffekt des in einem Raumanzug eingebauten Assanierungssystems war die Benutzung dieser Beutel eine ziemliche Quälerei; es war keine sehr freundliche Geste gewesen, Jayakar so abzufertigen. »Aber Sakai war doch dabei; er weiß, wo Jayakar ist.«

»Vielleicht hat er es vergessen«, erwiderte Moriyama. »Oder es ist ihm egal. Ich werde ihn auf jeden Fall daran erinnern.« Er schnallte sich los, stieß sich ab und glitt zur Bordsprechanlage an der Wand gegenüber der Dampfdusche. Aber als er die Nummer der Brücke tastete, blieb die Leuchtanzeige dunkel. »Abgeschaltet«, stellte er fest. Im fahlen Licht der Beleuchtungskörper hier im Fitnessraum wirkte er plötzlich sehr alt. »Khalids Vorhaben ist verrückt«, sagte er dann, mehr zu sich selbst. »Undurchführbar. Alles, was er erreichen wird, ist, die Raumfahrt in eine tiefe Krise zu stürzen. Das, was hier passiert, kann ein Schlag sein, von dem wir uns nie wieder erholen werden.«

»Glauben Sie, die Regierung wird auf seine Forderungen eingehen?«, fragte Tanaka mit belegter Stimme. Ich konnte seine Angst beinahe riechen.

Moriyama warf ihm einen funkelnden Blick zu. »Das ist mir egal. Eine Milliarde Dollar, das ist kein Preis. Nicht einmal unser aller Leben wäre ein zu hoher Preis. Aber die Solarstation ...«

»Ist das alles, was Sie interessiert?«, unterbrach ihn Tanaka mit flatternder Panik in der Stimme. »Die Solarstation? Ist Ihnen die Solarstation wichtiger als unser aller Leben, als ...«

»Selbstverständlich!« Der Kommandant holte tief Luft. »*Sh'kata gai na sa!* Ist Ihnen nicht klar, dass die Solarstation unser Weg ins All ist? Unser einziger? Und dass wir ihn jetzt gehen müssen? Die fossilen Brennstoffe gehen zu Ende. Bald stehen uns auf der Erde keine intensiven Energiequellen mehr zur Verfügung außer der Atomenergie, und dann? Welche Zukunft können unsere Kinder dann noch wählen? Eine Zukunft, in der atomarer Abfall für Hunderttausende von Jahren aufbewahrt werden muss, in der es Reaktorunfälle gibt und in der riesige Landstriche verstrahlt sein werden, auf immer unbewohnbar, wie es das Gebiet um Tschernobyl heute ist – eine Fläche, größer als alle japanischen Inseln zusammengenommen? Oder eine Zukunft, in der es nur noch die Energie von Wind, Wasser und Feuerholz gibt, eine Zivilisation der Ochsengespanne und Dampfmaschinen, der Spinnräder und erbärmlichen Ernten? Was immer sie wählen, ihre Zukunft wird nichts sein können als ein trostloses Dahinvegetieren, ein Abwarten, während die menschliche Art langsam verlischt. Wenn wir nicht aufbrechen in den Weltraum, haben wir keine Zukunft, und wenn wir es nicht heute tun, dann wird es zu spät sein. Mit der Solarstation haben wir gezeigt, dass es möglich ist, große Kraftwerke im Weltraum zu bauen, viel größere als dieses, und dass es möglich ist, die Energie zur Erde zu übertragen. Wir könnten noch mehr Solarstationen bauen; wir könnten die stärkste und unerschöpflichste Energiequelle des ganzen Sonnensystems anzapfen und alle Energieprobleme ein für alle Mal beseitigen; wir könnten den Weg freimachen in eine grenzenlose Zukunft – und da kommen diese ... diese ...« Die Stimme versagte ihm, und er brach kopfschüttelnd ab, Tränen in den Augen. Wir schwiegen betreten. Tanaka hatte angefangen, auf seiner Unterlippe herumzukauen, und nun blinzelte er nervös, ohne sich dessen bewusst zu werden. Ich sah blicklos vor mich hin und versuchte, das starke Gefühl zu identifizieren, das bei Moriyamas Worten in mir aufgewallt war, bis ich begriff, dass es einfach Zuneigung war, Zuneigung zu diesem gramgebeugten, grauhaarigen Mann, der mir so fremd war und doch eine verwandte Seele. Wir hatten immer nur über die Details des Alltags gesprochen, über Reinigungspläne, Küchenzettel, notwendige Reparaturen und Verladelisten, nie über derartige grundlegende Themen.

Die Kraft, mit der er das tat, überraschte und berührte mich.

Rumpelnde Geräusche vom Schott her rissen uns aus unseren Gedanken. Jemand machte sich daran zu schaffen, Schaben und Kratzen war zu hören und ein pfeifendes Geräusch wie von Luft, die unter hohem Druck aus einer engen Öffnung strömt, dann fuhr das Schott langsam auf.

Ralf schwebte draußen, die Pistole auf einen nervös zappelnden Jayakar gerichtet.

Ohne auf einen entsprechenden Befehl des Gangsters zu warten, hangelte sich der Kybernetiker zu uns herein, und das Schott schloss sich ebenso zäh wieder, wie es sich geöffnet hatte. Offenbar bekam die Blockade dem Öffnungsmechanismus nicht.

Jay würdigte uns kaum eines Blickes. »Bitte entschuldigen Sie mich ...«, murmelte er, griff nach der nächsten Haltestange und hangelte sich zwischen uns hindurch, um eilig in der Toilette zu verschwinden.

Als er wieder zum Vorschein kam, wirkte er wesentlich gelöster. Er sah uns der Reihe nach an. »Ich hoffe, Sie können mir ein paar Fragen beantworten. Zum Beispiel, wo diese Typen da draußen herkommen. Was habe ich verpasst? Den ersten Kontakt mit außerirdischen Monstern?«

Moriyama erklärte ihm kurz, was sich ereignet hatte, und wollte wegen Jayakars voreiliger Verhaftung zu einer wortreichen Entschuldigung ansetzen – und dank der zahllosen Varianten der Zerknirschung, die die japanischen Umgangsformen kennen, können Entschuldigungen von Japanern *wirklich* sehr wortreich ausfallen –, aber der winkte nur ab. »Ist schon in Ordnung«, meinte er kurz angebunden und fügte grollend hinzu: »Sakai also, dieser hinterhältige Hund. Als es darum ging, mich in den Käfig zu sperren, da mimte er noch die Rechtschaffenheit in Person.«

Dann klatschte er aufmunternd in die Hände. »Tja, sieht so aus, als müssten wir uns etwas einfallen lassen, um diesen

Burschen das Handwerk zu legen. Funktionieren die Computeranschlüsse in den Kabinen noch?«

»*Mimasen deshu'ta*«, sagte Moriyama, »aber nicht einmal die Bordsprechverbindung funktioniert mehr.«

»Das ist ein anderer Leitungskreis«, versetzte Jay unternehmungslustig, »das hat nichts zu sagen. Schauen wir einfach nach ...«

Er glitt nach hinten, und wir folgten ihm neugierig. Sein ungedämpfter Optimismus wirkte jedenfalls ansteckend. Als wir an der Tür zu seiner Kabine ankamen, hatte er das Terminal schon eingeschaltet, und der Bildschirm zeigte das normale Einstiegsbild, als wäre nichts geschehen – eine Skizze der Raumstation und daneben die Inschrift »Lokales Computer-Netzwerk NIPPON, Rev. 7.104 – bitte geben Sie Ihr Passwort ein«.

Jay stieß ein kurzes, triumphierendes Gelächter aus.

»Sie haben es übersehen!«, rief er. »An das wichtigste System der ganzen Raumstation haben sie nicht gedacht!« Er begann, sein Zugangspasswort einzutippen, ohne sich, wie er es sonst getan hätte, dagegen zu verwahren, dass wir ihm dabei auf die Finger sahen. »Da wird der Spuk schnell vorbei sein. Jetzt mache ich sie fertig ...«

Für einen Moment keimte jäh Hoffnung in mir auf, und ich hielt den Atem an. Dann sagte ich mir, dass, falls Khalid die Computerterminals tatsächlich übersehen haben sollte, ich aufhören musste, mir einzubilden, ich verstünde etwas von Menschen oder sei gar im Stande, sie auch nur annähernd richtig einzuschätzen.

Jay hieb, noch frohlockend, auf die Eingabetaste. Dann erlebte er, was ihm als Computerfreak vorkommen musste wie die Amputation eines Armes oder eines Beines: Auf dem Bildschirm erschien ein rotes Rechteck und darin die Meldung »Ungültiges Terminal – kein Zugriff«.

Man konnte förmlich dabei zusehen, wie der Kybernetiker in sich zusammensank. Das siegessichere Grinsen auf seinem Gesicht gefror zu einer Grimasse, und seine Finger zuckten noch ein paar Mal ungläubig zur Tastatur hin, ehe er sie geschlagen in den Schoß sinken lassen musste.

»Tja«, machte er kraftlos.

»Kann man das nicht irgendwie umgehen?«, fragte Tanaka überflüssigerweise.

Jay schüttelte nur den Kopf. »Ein ungültiges Passwort, da gäbe es Möglichkeiten. Fehlende Rechte, das wäre einfach. Aber er hat uns einfach ausgesteckt, so ist das. Da helfen keine Computertricks.« Er schaltete das Terminal mit einer so heftigen Bewegung ab, als könne er den Anblick des Bildschirms nicht länger ertragen.

Eine Weile verharrten wir in ratloser Apathie im Gang vor Jayakars Kabine. Moriyama atmete geräuschvoll aus; er wirkte grau und krank.

»Eine Sache ist da noch, die mir zu denken gibt«, meinte Jay plötzlich, während er gedankenverloren auf den dunklen Bildschirm starrte. »Es war dieser gruselig aussehende Typ, der mich aus dem Käfig geholt hat – wie heißt er noch gleich? Ralf, ja. Er brachte mich vor das Schott und rief dann über sein Funkgerät nach Sakai, der es öffnen sollte. Stattdessen kam aber der blonde Muskelberg, der Schwede. Und während das Schott zur Brücke offen stand, hörte ich, wie Sakai mit Hawaii sprach.«

»Mit Hawaii?!« Ich horchte auf.

»Ja. Er erzählte von technischen Problemen und dass die Versuche zur Energieübertragung bis auf weiteres ausfallen müssten. Und er sagte, dass der Kommandant gerade nicht zu sprechen sei, er es aber ausrichten werde.«

Moriyama runzelte die Stirn. »Es ausrichten? Was?«

»Das habe ich nicht verstanden«, meinte Jay mit einer wegwerfenden Handbewegung. »Aber ist das nicht bemerkenswert? Ich meine, nach dem, was Ihnen dieser Piratenhäuptling erzählt hat, hätte man doch annehmen sollen, dass er nichts Eiligeres zu tun haben wird, als seine Forderungen in alle Welt hinauszuposaunen, nicht wahr? Stattdessen versucht er offensichtlich den Eindruck zu erwecken, alles sei normal hier oben.« Jayakar sah uns der Reihe nach an. »Ich frage mich, warum.«

19

Tanaka fing wieder an, seine geschundene Unterlippe zu bearbeiten.

»Wieso? Denken Sie, das ist wichtig?«

»Darauf können Sie einen lassen, dass das wichtig ist«, erklärte Jayakar. »Das heißt nämlich, die Startverzögerung des Shuttles hat Khalid einen Strich durch die Rechnung gemacht. Und es heißt, dass er Sie angelogen hat.«

»Angelogen?«, echote Tanaka. Er verstand nichts. Er regte mich auf.

»Khalid wartet auf den Spaceshuttle«, erklärte ich mit mühsam gebändigtem Ärger. »Er hatte seinen Überfall so arrangiert, dass er kurz vor dem Shuttle hier eingetroffen wäre, wenn alles nach Plan gelaufen wäre. Er wollte die Station besetzen und kurz danach die Besatzung des ankommenden Shuttles überwältigen. Aber es ging nicht nach Plan, und jetzt muss er sich anstrengen, unten keinen Argwohn zu erregen, bis ihm der Shuttle in die Falle gegangen ist.«

»Aber wozu braucht er den Shuttle?«, wunderte sich Tanaka.

»Um wieder zur Erde zurückkehren zu können!«, rief ich. »Haben Sie einmal einen Blick auf das abenteuerliche Gefährt geworfen, mit dem er hier angekommen ist? Das ist doch nicht mehr als ein einigermaßen druckdichter Behälter mit Steuertriebwerken. Kaum ausreichend, um damit in die Umlaufbahn zu kommen – aber völlig ungeeignet, um damit zur Erde zurückzukehren: keine aerodynamische Form, kein Hitzeschild, kein Bremstriebwerk, keine Fallschirme. Selbst wenn er es fertig brächte, sich damit auf den Rückweg zu begeben, würde er sang- und klanglos verglühen. Nein, Khalid *braucht* den Shuttle, sonst sitzt er hier fest.«

Tanaka sah mich an, dann Jayakar, dann wieder mich. Hinter seiner Stirn arbeitete es. Immerhin war er Raumfahrer genug, um meine Argumente sofort zu kapieren. »Er wollte doch, dass der Shuttle Gold mitbringt«, überlegte er laut. »Wäre es da nicht angebracht gewesen, das Ultimatum so früh wie möglich zu stellen – ehe der Shuttle startet?«

»Das war die Lüge«, meinte ich.

»Welche Lüge?«

»Ich weiß nicht, warum er uns diese Geschichte erzählt hat«, sagte ich. »Aber in Wirklichkeit ist Khalid nicht an einem Shuttle voll Gold interessiert. Überlegen Sie mal, wie lange es allein dauern würde, Goldbarren im Werte von einer Milliarde Dollar heranzuschaffen und im Nutzlastraum des Shuttles zu verstauen. Wochen. Bis dahin wären wir hier oben am Verhungern.«

»Wahrscheinlich will er viel mehr Geld«, mutmaßte Jay. »Und er wird es sich auf irgendwelche dubiosen Konten bei irgendwelchen dubiosen Banken überweisen lassen, von wo es dann in undurchschaubare dunkle Kanäle verschwindet. Und erst wenn ihm seine Geldwäscher ihr Okay geben, macht er sich auf den Rückweg zur Erde.«

»Was Khalid nämlich großzügig unterschlagen hat, als er uns unseren luxuriösen Arbeitsplatz unter die Nase rieb«, gab ich zu bedenken, »ist, dass auch sein kühner Handstreich nicht allein Köpfchen, sondern auch eine Menge Geld gekostet haben muss – enorm viel Geld. Er musste den europäischen Raketenstartplatz in Französisch-Guyana überfallen, um sich dort einer Rakete zu bemächtigen. Er musste seine tollkühne Raumkapsel bauen. Er brauchte Raumanzüge – na gut, die hat er offenbar aus russischen Beständen, die werden so teuer nicht gewesen sein. Aber er muss noch jede Menge Spießgesellen in Kourou sitzen haben, und die wollen sicher auch ein Stück vom großen Kuchen. Da kommt er mit einer schlichten Milliarde nicht sehr weit.«

Tanaka sah mich an, und in seinen Augen sah ich schon wieder die wohl bekannte Verachtung für die Yankees und überhaupt alle Nicht-Japaner aufglimmen. »Na schön«, meinte er, »und was nützt uns diese Einsicht?«

Jayakar lächelte nur, und somit blieb es mir überlassen, zu antworten.

»Diese Einsicht«, erklärte ich mit einer Ruhe, die mich selber überraschte, »verrät uns, dass Khalid in einer sehr kritischen Situation steckt, solange der Shuttle noch nicht eingetroffen ist. Solange er seine Tarnung aufrechterhalten muss, kann er es sich nicht leisten, uns alle umzubringen – denn es könnte ja sein, dass jemand von der Erde einen von uns sprechen will. Sollte das der Fall sein, wird derjenige die sicher interessante Erfahrung machen, ein lockeres Gespräch führen zu müssen, während ihm die Mündung einer Pistole in den Nacken gedrückt wird.«

»Also ganz einfach gesagt«, kam mir Jay nun doch noch zu Hilfe, »was immer wir gegen Khalid unternehmen wollen, wir müssen es tun, solange der Shuttle noch nicht da ist.«

Das begriff Tanaka. Besonders der Punkt, dass wir einstweilen relativ sicher waren, hatte ihm gut gefallen. Sein arroganter Gesichtsausdruck wurde ein wenig weniger arrogant, und er nickte.

»Derjenige, der diese Erfahrung machen wird«, mischte sich Moriyama ein, »werde wohl *ich* sein.«

Diesmal war die Reihe an mir, begriffsstutzig zu sein. »Welche Erfahrung?«

Der Kommandant machte eine unbestimmte Handbewegung. »Die, von der Sie gerade sprachen. Das lockere Gespräch. Die Pistole im Nacken.«

»Sie? Wieso?« Lange Leitung.

»Sie erwähnten«, wandte Moriyama sich an Jayakar,

»dass Sakai versprach, mir etwas auszurichten. Was kann das gewesen sein? Doch wohl nur, dass jemand in Hawaii mich sprechen möchte. Also werden sie mich demnächst abholen, damit ich mit Hawaii spreche und dabei den Eindruck erwecke, alles sei normal.« Er machte eine bedeutsame Pause. »Und das ist die Chance.«

Während er das sagte, straffte sich sein Körper, als richte sich eine stählerne Feder in seinem Inneren auf. Mit einem Mal wirkte er zehn Jahre jünger, energiegeladen und zuversichtlich. Geradezu kamikazehaft zuversichtlich. Ich spürte einen Kloß in meinem Hals.

»Was haben Sie vor, Moriyama-*san*?«

»Die Pistole zu ignorieren. Die Erde zu warnen.«

»Sie werden sterben.«

»Dann werde ich eben sterben. Aber Khalid *darf* diesen Shuttle nicht in seine Gewalt bekommen.«

Mut. *Ich* hätte das sagen sollen. Ich, der ich einmal ein Sieger gewesen war. Aber irgendwann hatte ich aufgehört, ein Sieger zu sein und mich darauf beschränkt, nur noch überleben zu wollen. Ich schämte mich.

Einen Augenblick lang war es bedrückend still in dem engen Gang vor den Kabinen, in dem es nach nächtlichem Schweiß roch und nach ungelüfteten Schlafsäcken. Und nach Angst. Erst jetzt fiel mir auf, dass eine der Leuchtstoffröhren elend brummte. Wahrscheinlich würde sie demnächst ihren Geist aufgeben.

Im nächsten Augenblick hallten die inzwischen unverkennbaren kratzenden und zischenden Geräusche durch das Modul, die anzeigten, dass das Schott wieder im Begriff stand, geöffnet zu werden.

»Es ist soweit«, sagte Moriyama fest. »Lasst uns nach vorn gehen.«

Er hangelte sich den Gang entlang, und wir folgten ihm mit dem beklemmenden Gefühl, einen zum Tode Verurteilten auf dem Weg zum Schafott zu begleiten. Und er schien es kaum erwarten zu können, so kraftvoll schoss er davon.

Tanaka neben mir fing wieder an, nervös mit den Zähnen zu zischeln. »Sie werden uns alle töten«, hörte ich ihn murmeln. »Wenn sie erst in der Solarstation eingesperrt sind und kein anderes Druckmittel mehr haben ...«

Wir hatten die Bodybuildinggeräte gerade erreicht, als die beiden Hälften des Schotts sich jammernd öffneten. Wieder einmal war es Ralf, der uns einen seiner Besuche abstattete. Er schwebte in der rechteckigen Öffnung wie ein Monster aus einem besonders widerlichen Videospiel, und seine Hand mit der Pistole zuckte so bedenklich, als leide er schon unter Entzugserscheinungen, was das Umbringen von Leuten anbelangte.

»Wer von euch ist Tanaka?«, krächzte er.

Wir sahen einander verblüfft an. Tanaka? Wieso Tanaka?

»Du«, fuhr er fort und deutete zielsicher auf den stellvertretenden Kommandanten. »Du bist Tanaka. Mitkommen.«

Tanaka riss entsetzt die Augen auf, und seine Stirn glänzte plötzlich nass vor Schweiß. Aber der Anblick der Waffe in Ralfs Hand und der unverhohlenen Bereitschaft in seinem Gesichtsausdruck, beim geringsten Anlass hemmungslosen Gebrauch von ihr zu machen, wirkten ungemein überzeugend: Er setzte sich ohne Widerspruch in Bewegung.

Das Schott schloss sich ächzend wieder, und wir Übrigen blieben zurück mit einem Gefühl, als hätten wir gerade einer Deportation zugesehen.

20

MORIYAMA SCHIEN REGELRECHT enttäuscht zu sein, aber er versuchte, es sich nicht anmerken zu lassen. »Er wird das Richtige tun«, sagte er in die angespannte Stille. »Ich weiß es.«

»Tanaka?« Jay ließ sein meckerndes Lachen hören. »Kommandant, Sie wissen genau, dass er das nicht wird. Jedenfalls nicht so, wie Sie sich das vorstellen.«

In Moriyamas Augen trat ein trüber Schimmer. »Wir müssen die Solarstation retten, und dabei dürfen wir keine Rücksicht auf unser eigenes Leben nehmen.« Er schien es eher zu sich selbst als zu uns zu sagen, wie eine Beschwörungsformel.

Jayakar und ich schwiegen.

»Vielleicht sollten wir einen Ausbruch versuchen, wenn das Schott das nächste Mal geöffnet wird«, überlegte Moriyama halblaut. »Sie sind immer zu zweit draußen, und wir sind zu dritt oder zu viert ...«

»Und unbewaffnet«, meinte Jay trocken. »Und dieser Ralf macht auf mich den Eindruck, als würde er es nur zu gern mit einer ganzen Armee unbewaffneter Wissenschaftler aufnehmen.«

Moriyama legte seufzend die Hände auf die Augen und massierte seine Augenbrauen. »Sie haben recht. Es wäre Unfug.« Eine Weile war es still; eine niedergedrückte, mutlose Stille. Die chromblitzenden Stangen und Hebel der Kraftgeräte um uns herum schienen sich in die bizarren Gitterstäbe eines bizarren Gefängnisses verwandelt zu haben.

»Ich werde versuchen, ein wenig zu schlafen«, verkündete Moriyama schließlich. »Wecken Sie mich, falls sich etwas ereignet. Und wenn Ihnen etwas Konkretes einfallen sollte, was wir tun können, dann lassen Sie es mich bitte wissen.«

Damit zog er sich in den Gang zu den Kabinen zurück, wo er nach kurzem Zögern in Kims Kabine verschwand.

Jay stierte eine Weile unschlüssig vor sich hin. Dann manövrierte er sich gemächlich hinüber zum Laufband, schnallte sich die elastischen Gurte um, die dazu da waren, den Läufer in der Schwerelosigkeit auf das Band zu drücken, und ließ den Motor mit der niedrigsten Geschwindigkeit laufen, sodass er nur eine Art gemütlichen Spaziergangs machte. Er hatte mir einmal erzählt, dass er in Cambridge immer Spaziergänge unternommen hatte, wenn er gründlich nachdenken wollte.

»Was ist mit Ihnen, Carr? Haben Sie eine Idee? Ich nicht, muss ich zugeben.«

Ich musterte die zylindrischen Wände des Moduls, dachte an die endlose Leere dahinter und fand die Vorstellung immer noch tröstlich. »Ideen habe ich schon, aber sie laufen alle mehr oder weniger auf Selbstmord hinaus.«

»Unserem Kommandanten zufolge muss das ja kein Hinderungsgrund sein. Lassen Sie hören.«

»Zum Beispiel befinden sich im Depot des biologischen Labors zwei kleine, rosafarbene Gasbehälter, die hochwirksames Betäubungsgas enthalten und von denen bereits einer ausreichen würde, um die gesamte Station zu fluten.«

Der Kybernetiker stieß einen anerkennenden Pfiff aus. »Verlockende Vorstellung. Ich wusste nicht, dass wir so etwas an Bord haben.«

»Als Hausmeister weiß man so manches ... Ab und zu brauchen wir Tiere im Labor, auch größere, Menschenaffen zum Beispiel. Wenn ein Tier ausbrechen sollte, könnte es sehr großen Schaden anrichten und sehr schwer zu finden sein – deshalb das Gas.«

»Und die Mannschaft müsste Raumanzüge tragen bei der Suche?«

»Eine Sauerstoffmaske würde reichen. Vier Stück liegen in der Schublade, in der auch die Gaspatronen aufbewahrt werden.«

»Fragt sich nur, wie einer von uns unbemerkt in die biologische Abteilung kommen könnte.«

»Genau«, nickte ich. »Das ist der schwache Punkt.«

Jayakar schwieg nachdenklich, während er gleichmäßig weiterlief. Irgendwann schaltete er das Laufband ab und schnallte sich wieder los, und danach hingen wir einfach nur herum und sahen der Zeit beim Verstreichen zu.

Später öffnete sich das Schott wieder, und sie brachten Tanaka zurück – bleich, aber wohlbehalten, wie es schien. Er tastete als Erstes nach einem festen Halt. In manchen Situationen geht einem die Schwerelosigkeit, dieses Gefühl ewigen Fallens und Fallens, ziemlich auf die Nerven, und Tanaka sah so aus, als sei er ziemlich durch die Mangel gedreht worden.

»Na«, forderte Jayakar ihn dann auf zu erzählen, »was haben die mit Ihnen gemacht?«

Tanaka zuckte unschlüssig die Schultern. »Sie wollten Nachhilfeunterricht. Sie haben mich über die technischen Einzelheiten der Station ausgequetscht, wollten ganz genau wissen, wie man alles bedient ... die Lebenserhaltungssysteme, das Radar, den Energiesender, die Transformatoren, die Schmelzanlage, die Montageplattform – einfach alles.«

»Kein Gespräch mit der Erde?«

Der stellvertretende Kommandant schüttelte heftig den Kopf, als befürchte er, wir würden ihm nicht glauben. »Nein. Darum ging es überhaupt nicht. Vielleicht haben sie auch gerade irgendwelche Probleme mit ihrem Funkgerät. Jedenfalls bastelte der blonde Mann, den sie Sven nennen, daran herum. Aber sie wollten mich nur ausfragen.«

»Und? Was haben Sie ihnen erzählt?«

»Alles, was ich wusste. Khalid erklärte mir, sie hätten vor

mir bereits Kim befragt, und wenn sie mich bei einer Lüge ertappten, würden sie eine der Frauen erschießen.« Dabei warf er mir einen kurzen Blick zu, als wolle er prüfen, ob ich zusammenzuckte. Der blöde Kerl.

Jayakar wiegte nachdenklich den Kopf. »Merkwürdig. Sie haben die technischen Handbücher, sie haben Sakai ... Was soll das?«

»Was glauben Sie, was die vorhaben?«, wandte ich mich an Tanaka.

»Keine Ahnung.«

Moriyama war von den Geräuschen aufgewacht, die das Öffnen des Schotts verursacht hatte, und gesellte sich wieder zu uns. Er hörte sich an, was Tanaka berichtete. So ganz wach wirkte er allerdings noch nicht.

»Gab es irgendetwas, was sie speziell interessierte?«, wollte er wissen.

»Nein«, schüttelte der Energieingenieur den Kopf. »Sie wollten einfach alles wissen. So, als wollten sie mich prüfen. Oder als wollten sie die Station nachbauen.«

»Na, darum geht es ihnen bestimmt nicht«, meinte der Kommandant grübelnd.

»Vielleicht sagen sie sich, wenn wir schon einmal hier sind, dann schauen wir uns auch die Sehenswürdigkeiten an?«, versuchte Jay zu scherzen. »Reisen soll ja bekanntlich bilden ...«

Moriyama ging nicht darauf ein. »Unsere Chancen werden immer besser, je länger es dauert«, überlegte er laut. »Irgendwann werden sie mich mit Tanegashima sprechen lassen müssen. Wenn ich mich recht entsinne, habe ich morgen einen Besprechungstermin mit Akihiro. Das ist ein schlauer Fuchs, und wir kennen uns gut – möglicherweise kann ich ihm eine versteckte Botschaft zukommen lassen; ihn warnen, ohne dass Khalid etwas davon merkt.« Er starrte konzentriert vor sich hin, während er im Geist die verschiedenen Möglichkeiten durchging. »Aber das ist erst morgen.

Das kann zu spät sein. Bis dahin kann der Shuttle schon gestartet sein ...«

Er hielt inne, dann warf er mir einen jähen Blick zu. »Leonard – *Sie* werden die Erde warnen.«

Ich zuckte zusammen. »Ich?«

»Mir ist gerade eingefallen, dass der Shuttle auf keinen Fall starten wird, ehe der Versorgungsleiter nicht mit Ihnen die Ladeliste abgestimmt hat. Vor allem, nachdem das letzte Mal alles drunter und drüber gegangen ist.«

Ich starrte ihn an und suchte nach Gegenargumenten, aber er hatte Recht. Moriyama hatte Recht. Der letzte Versorgungsflug war alles andere als glatt verlaufen. Die Piloten hatten eine komplette Versuchseinrichtung vergessen auszuladen, und statt einer Kiste mit Pflanzenproben, die von Universitäten in aller Welt sehnsüchtig erwartet worden waren, hatten sie die Kiste mitgenommen, in der wir unsere MMUs verstaut hatten, unsere *man manoeuvring units*. Natürlich waren die Pflanzen inzwischen verdorben. Außerdem hatten sie die Hälfte des Abfalls dagelassen. Und eine Reihe von dringend benötigten Dingen – wie Pfeffer, Flüssigseife, Waschpulver, Aktivkohle – überhaupt nicht mitgebracht. Und so weiter. Unter Garantie würde kein Shuttle starten, ohne dass vorher ein geradezu generalstabsmäßiger Ladeplan besprochen wurde. Mit mir. Mir wurde flau im Magen.

»Was schlagen Sie vor, dass ich sage, wenn es soweit ist?«, fragte ich gefasst.

»Ich weiß nicht. Stellen Sie irgendwelche absurden Forderungen. Fangen Sie Streit an. Irgend so etwas. Etwas, das die unten zumindest glauben lässt, wir hätten den Verstand verloren.«

»Sakai wird dabei sein. Die anderen können nicht beurteilen, ob ich Unsinn rede, aber er kann es.«

»*Hai*«, nickte Moriyama schwer. Er sah mich einen unerträglich stillen Moment lang an, als suche er nach Worten, dann sagte er leise und wie unter Schmerzen: »Leonard – ich verlange nichts von Ihnen, was ich nicht selbst zu tun bereit wäre. Nicht einmal *das* verlange ich von Ihnen. Aber es geht um die Solarstation. Es geht um weit mehr als unser Leben.«

Eine halbe Stunde später kamen sie, um Kommandant Moriyama und mich abzuholen.

21

RALFS BEWEGUNGEN WAREN fahrig und unkoordiniert; er verfehlte öfter einen Haltegriff und wirkte in seiner desolaten Verfassung nur umso gefährlicher, geradezu unberechenbar. Ich musterte ihn möglichst unauffällig von der Seite. Auf seiner Stirn glänzte Schweiß, und sein Gesicht war, wenn das überhaupt möglich war, noch fahler geworden, als es ohnehin schon war. Raumkrankheit, ganz klar. Mediziner sprachen von Raumadaptationssyndrom oder kurz SAS, ein Krankheitsbild, das große Ähnlichkeit mit der Seekrankheit hatte. Und genau wie bei der Seekrankheit befiel es wahllos den einen, während es den anderen ungeschoren ließ. Es war Veranlagungssache, und Ralfs Veranlagungen, ohnehin offenbar nicht die vorteilhaftesten, hatten ihn auch hier den Kürzeren ziehen lassen. Man vermutete, dass die Raumkrankheit dadurch hervorgerufen wurde, dass dem Gleichgewichtssinn des Innenohrs plötzlich die von der normalen Schwerkraft ausgehenden Impulse fehlten, während die Orientierung über die Drehbewegungen natürlich ganz normal vorhanden war. Es schien, dass das Gehirn mit dieser widersprüchlichen Situation erst umzugehen lernen musste. Normalerweise verschwand das Raumadaptationssyndrom, unter dem auch namhafte Astronauten gelitten hatten, nach drei bis fünf Tagen.

Das behielt ich natürlich alles für mich. Im Stillen hatte ich ja die Hoffnung noch nicht aufgegeben, dass in drei bis fünf Tagen Ralf selber verschwunden sein würde.

Das Schott zum Wohnmodul hatte sich gerade hinter uns geschlossen, als er plötzlich herumfuhr wie von der Tarantel gestochen und wild mit der Pistole nach unten fuchtelte.

»Da war jemand«, keuchte er irre. »Ich habe eine Bewegung gesehen. Dort irgendwo.«

»Da ist niemand«, versuchte Sakai beruhigend auf ihn einzureden. Aber ich sah ihm an, dass er selber nervös war; alle Japaner erschraken unwillkürlich, wenn man sich in ihrer Gegenwart heftig und mit ausladenden Bewegungen bewegte, und Ralfs Motorik war inzwischen schon so extrem, dass sie auch jeden Westler hätte zusammenzucken lassen.

Der ausgezehrt und fiebrig wirkende Gangster starrte eine Weile in den Knotentunnel hinab und bewegte dabei den Kopf hin und her, als versuche er um irgendwelche nicht vorhandenen Ecken zu spähen. Sakai, Moriyama und ich verharrten reglos. Dann schien er sich davon überzeugt zu haben, dass niemand da war, und wandte sich wieder uns zu.

»Los«, sagte er und machte eine Bewegung mit seiner Pistole, als sei er eine Rute und ich ein dummes Schaf, das er antreiben musste. »Auf die Brücke, Yankee.«

Auf der Brücke hatten die Gangster aus irgendeinem Grund die Beleuchtung gedämpft, sodass man auf den ersten Blick den Eindruck hatte, sich in einem U-Boot auf Tauchstation zu befinden. Khalid stand neben dem Kommunikationspult, die Füße in den Halteschlaufen am Boden eingehakt, und das Licht der vielen hundert Lämpchen auf den Schalttafeln zauberte bunte Lichtreflexe auf sein Gesicht, die ihm ein geradezu dämonisches Aussehen gaben. Während wir näher kamen, fragte ich mich, ob er das womöglich absichtlich so inszeniert hatte.

Er trug immer noch seinen Raumanzug, lediglich Handschuhe und Helm hatte er abgelegt. Auch der Schwede, der sich vor dem Kommunikationspult verankert hatte, war noch so bekleidet. Dass Ralf noch seinen Raumanzug angehabt hatte, hatte mich nicht weiter irritiert – sein Verhalten war ohnehin nicht mit normalen Maßstäben zu messen –, aber nun fragte ich mich doch, was der Grund dafür sein mochte, dass die Piraten die schweren, unbequemen Geräte nicht ablegten.

Vielleicht kam es ihnen auf die Funkgeräte an, über die sie in ständiger Verbindung sein konnten und die fest in den Anzügen installiert waren. Sehr wahrscheinlich spielte das eine Rolle. Aber mir kam es vor, als gäbe es noch einen anderen, einen uneingestandenen Grund: Vielleicht fühlten sie sich sicherer in ihren massigen Anzügen. Die Solarstation, die für uns Arbeitsplatz und zeitweilige Heimat war, musste für sie ein gefährlicher Einsatzort sein, feindliches Territorium. Im Gegensatz zu uns waren sie hier nicht zu Hause, und vielleicht machte ihnen das Angst. Ich *hoffte,* dass es ihnen Angst machte. Khalid wartete ruhig, während wir näher kamen. Sakai und Ralf, kaum dass sie uns abgeliefert hatten, verschwanden wieder von der Brücke, um ihren dunklen Geschäften nachzugehen. An ihrer Stelle richtete der schweigsame Schwede seine Pistole auf uns.

»Ich nehme an«, begann Khalid wie beiläufig, »Ihnen ist inzwischen bekannt, dass wir unsere Eroberung der Raumstation vorläufig noch geheim halten ...«

»Es freut mich zu hören, dass Ihre Pläne im Begriff sind zu scheitern«, unterbrach ihn Moriyama scharf.

Aber Khalid ließ sich nicht provozieren. »Ich kann Ihnen versichern, dass bis jetzt alles vollkommen nach Plan verläuft«, erklärte er mit nachsichtigem Lächeln. »Nehmen Sie einfach an, wir hätten Gewährsleute auf der Erde, deren Aktionen koordiniert mit den unseren ablaufen müssen.«

»Haben Sie mich holen lassen, damit ich mir Ihre Prahlereien anhöre?«

»Ich habe Sie holen lassen, Mister Moriyama«, entgegnete Khalid mit unerschütterlicher Selbstsicherheit, »weil ich Sie dazu bewegen möchte, in unserer Maskerade mitzuspielen. Sakai macht das natürlich alles sehr gut, und bis jetzt hat mit Sicherheit noch niemand auf der Erde Verdacht geschöpft, etwas hier könne nicht stimmen. Das soll auch noch eine Weile so bleiben. Eine kleine, sagen wir einmal, Unschönheit ist im Augenblick, dass eine gewisse Roberta DeVries aus Hawaii Sie sprechen möchte. Kennen Sie die Dame?«

Moriyama zögerte nur einen Herzschlag lang, ehe er nickte. »Das ist die Leiterin des Forschungsbereichs Energieübertragung.«

»Korrekt.« Khalid deutete wieder ein Lächeln an, und ich verstand, dass er selbstverständlich genau Bescheid gewusst hatte, welche Position Miss DeVries bekleidete. »Ich möchte, dass Sie mit ihr sprechen – natürlich ohne uns zu erwähnen und ohne wilde Warnschreie auszustoßen. Sie sollen einfach nur mit ihr sprechen und den Anschein völliger Normalität erwecken.«

»Sonst töten Sie mich, nehme ich an.«

»Oh?«, machte Khalid amüsiert. »Sie denken mit. Eine sehr schätzenswerte Eigenschaft.«

Er gab dem Schweden einen Wink. Ohne die Haltung seine Pistole im Mindesten zu verändern, begann dieser mit seiner freien Hand, die Vorbereitungen für die Funkübertragung zu treffen.

Ich glaubte zu spüren, wie Moriyama neben mir plötzlich tiefer atmete, glaubte sein Herz schneller schlagen zu hören. Aber ich vermied es, ihn anzusehen, weil ich Angst hatte, durch einen ungewollt verräterischen Gesichtsausdruck alles zu verderben.

»Wir haben ihr gesagt, dass Sie umfangreiche Außenbordarbeiten leiten«, fuhr Khalid mit seinen Instruktionen fort. »Sagen Sie ihr als Erstes, dass Sie wenig Zeit haben, und versuchen Sie, einen Termin für ein ausführliches Telefonat zu vereinbaren, nicht früher als übermorgen.«

Moriyama nickte grimmig. Übermorgen. Das konnte nur bedeuten, dass der Shuttlestart unmittelbar bevorstand.

Ich starrte den Piraten, während er mit Moriyama sprach, unverwandt an, studierte ihn mit einer mir selbst kaum begreiflichen, bohrenden Intensität. Unter der glatten, kultivierten Erscheinung des Mannes von Welt glaubte ich, etwas unsagbar Dunkles und Schweres zu spüren, als trage er eine tonnenschwere Masse in seinem Inneren. Für einen Moment schien es mir, dass es auf der Brücke einzig aus dem Grund dunkel war, weil dieser Mann sich hier aufhielt. Moriyama, ansonsten nicht der lebenslustigsten Menschen einer, wirkte neben ihm geradezu wie eine Lichtgestalt.

Was in dem Kommandanten vorging, glaubte ich zu wissen. Er lauerte nur darauf, dem Ansinnen Khalids zum Schein nachzugeben, aber er wollte sich nicht durch allzu große Bereitwilligkeit verdächtig machen. Er würde die Erde warnen.

Khalid mochte ihm danach das Hirn aus dem Schädel blasen, aber dann würde es zu spät sein.

In diesem Augenblick öffnete sich das Brückenschott wieder. Sakai und Ralf kamen zurück, und sie brachten Yoshiko mit. Sie starrte uns nur schreckensbleich an, dann bedeutete Sakai ihr mit widerlichem Grinsen, sich auf einem Sitz in der Nähe des Schotts festzuschnallen. Mir schwante Übles.

»Bevor Sie mit der Erde sprechen«, erklärte Khalid dazu so leichthin, als sei es ihm jetzt gerade erst eingefallen, »muss ich Ihnen ein paar Dinge erklären. Zunächst einmal gedenke ich keineswegs, Sie mit dem Tod zu bedrohen. Ich schätze Sie ein als jemand, der fähig ist, sein Leben für eine höhere Sache zu opfern – jemand, der es fertig brächte, trotz einer auf ihn gerichteten Pistole eine Warnung hinauszuschreien –, und das zwingt mich, andere Vorkehrungen zu treffen.«

Sakai glitt an mir vorbei, bedachte mich mit einem ekligen, schleimigen Seitenblick und nahm dann seinen gewohnten Platz an den Kommunikationseinrichtungen wieder ein.

»Ich habe eine Rangliste der Unentbehrlichkeit aufgestellt«, fuhr der Pirat fort. »Es wird Sie interessieren, Mister Moriyama, dass Sie darauf den ersten Platz einnehmen. Sie sind der Kommandant – wir würden ein großes Risiko eingehen, wenn wir Sie einfach töten würden. Miss Yoshiko dagegen« – er deutete in ihre Richtung mit einer Handbewegung wie ein Show-Master, der dem Publikum seine Gäste vorstellt – »rangiert auf einem der letzten Plätze. *Sie* wird sterben, wenn Sie sich nicht an meine Anordnungen halten.« Das sagte er nun mit einer Stimme, die kalt war wie Polareis.

Ich sah Moriyama entsetzt an. Dessen Gesicht war immer noch unbewegt, in Stein gemeißelt, und verriet nichts von dem, was in ihm vorging. Aber er vermied es, meinen Blick zu erwidern.

Und er vermied es, Yoshiko anzusehen.

Eine Milliarde Dollar, das ist kein Preis. Nicht einmal unser aller Leben wäre ein zu hoher Preis.

Aus den Lautsprechern war plötzlich das Freizeichen zu hören, das anzeigte, dass nun Verbindung zum Telefonnetz von Hawaii bestand. Sakai las eine Nummer von einem Zettel ab und tippte sie ein. Eine Sekunde lang durchzuckte mich die Vision, ihn zu überwältigen und mich des Telefonanschlusses zu bemächtigen, der ungehinderte Verbindung mit der ganzen Welt bedeutete ...

»Nur für den Fall, dass Sie auf die Idee kommen sollten, auch den Tod Ihrer Mitarbeiterin in Kauf zu nehmen für die Chance, unsere Pläne zu durchkreuzen«, meinte Khalid halblaut, fast mit genießerischer Überlegenheit, »möchte ich Ihnen noch von der kleinen Schaltung erzählen, die Sven eigens für derartige Gelegenheiten eingebaut hat. Alles, was Sie sagen, wird mit einer Verzögerung von zwei Sekunden gesendet werden – eine Verzögerung, die bei einem Gespräch mit der Raumstation niemandem ungewöhnlich vorkommen wird. Und Sakai wird den Finger auf dem Knopf haben, während Sie sprechen. Wir haben diesen kleinen

Kniff amerikanischen Radiostationen abgeguckt, die eine ganz ähnliche Vorrichtung verwenden, um in Sendungen, bei denen Zuhörer im Studio anrufen, zu verhindern, dass obszöne Worte oder politische Parolen über den Sender gehen. Man kann derartige Geräte fix und fertig kaufen, und sie funktionieren tadellos. Ein falsches Wort, und auf Knopfdruck verschwinden die letzten zwei Sekunden im Nichts.«

Es war gespenstisch, mit anzusehen, wie Moriyama während dieser Worte um Jahre zu altern schien. Khalid vernichtete ihn mit diesen Sätzen. Er brachte ihn um.

Eben noch ein zu allen Opfern entschlossener Mann, war der Kommandant nur noch ein Schatten seiner selbst, als das Rufzeichen ertönte; ein gebrochener, apathischer Mann, aus dem alle Energie und alle Zuversicht spurlos verschwunden war.

Über die Lautsprecher hörten wir alle mit, wie jemand den Hörer abnahm. »Forschungszentrum, Büro Dr. DeVries«, meldete sich eine junge Männerstimme.

»Raumstation NIPPON, Kommunikationsoperator Sakai«, meldete sich Sakai in geradezu unglaublich gelassenem, geschäftsmäßigem Tonfall. »Miss DeVries bat um einen Rückruf von Kommandant Moriyama.«

»Einen Moment, ich verbinde.«

Eine schlichte, klassische Melodie erklang als Pausenzeichen. Khalid bedeutete Moriyama, zum Kommunikationspult zu kommen. Der Kommandant gehorchte mit stumpfen, kraftlosen Bewegungen.

»Hallo, NIPPON, hören Sie?«, meldete sich der junge Mann wieder. »Ich erfahre gerade, dass Dr. DeVries vor zehn Minuten das Haus verlassen hat.«

»Ist sie unterwegs erreichbar?«

»Leider nicht.«

»Wann ist sie wieder zu sprechen?«

Eine Pause. Der Sekretär konsultierte offenbar einige Terminkalender. »Heute nicht mehr. Morgen ist sie den ganzen

Tag außer Haus ... Ich fürchte, erst übermorgen wieder. Kann ich ihr etwas ausrichten, wenn sie sich im Büro meldet?«

Khalid nickte Sakai bedeutungsvoll zu, und der sagte: »Richten Sie ihr einen schönen Gruß von Kommandant Moriyama aus; er wird es übermorgen noch einmal versuchen.«

»Ich habe es notiert und werde es ausrichten.«

»Vielen Dank, auf Wiederhören«, schloss Sakai und trennte die Verbindung.

Khalid kräuselte seine Lippen zu einem bösen, zufriedenen Lächeln. »Wunderbar«, meinte er. »Noch besser, als ich gehofft hatte.« Er sah Moriyama an. »Sehen Sie? Das Schicksal ist auf unserer Seite.«

Moriyama starrte nur dumpf vor sich hin und sagte nichts. Khalid gab Ralf und Sven einen Wink. »Bringt ihn weg. Und die Frau auch.«

Als das Schott zischend hinter ihnen zufuhr, sah der Anführer der Piraten mich an, als sehe er mich zum ersten Mal. Dann nahm er ein Blatt Papier aus einer Halteklammer an der Wand. »Sie haben einen Brief bekommen«, erklärte er und überflog den Text auf dem Blatt. Ich hatte nicht wirklich erwartet, dass ihn solche Kleinigkeiten wie das Postgeheimnis oder die Wahrung der Privatsphäre interessierten, aber ich ärgerte mich trotzdem.

»Leonard Carr«, las er laut vor und sah mich an. »Sind Sie Jude?«

»Wie bitte?« Was für eine dämliche Frage.

»Leonard. Das ist ein jüdischer Vorname.«

Ich schüttelte nur den Kopf. »Meine Mutter war ein Fan von Leonard Cohen, das ist alles.«

Das schien ihm nichts zu sagen. Er warf mir nur einen irritierten Blick zu und las meinen Brief noch einmal durch. »Wer ist Neil?«, wollte er dann wissen.

Mein Herz machte einen Sprung. Neil! Er hatte es endlich wieder einmal geschafft, durchzukommen! Neil, mein kleiner Neil.

»Neil ist mein Sohn«, sagte ich. Mein Sohn. Meine eigenen Worte hallten in mir nach, in meiner Erinnerung, in dem weiten, leeren Raum in meinem Herzen. Mein Sohn. Mein Sohn mit den wilden, schwarzen Locken. Mein Sohn mit den großen, dunklen Augen, so tief und unergründlich wie zwei Brunnenschächte, die hinübergebohrt waren bis in eine andere Welt. Erinnerungen und Bilder aus einer lange, lange zurückliegenden Zeit überfluteten mich, und für einen Augenblick war ich nicht mehr hier in der Schwerelosigkeit der Erdumlaufbahn, sondern wieder bei ihm, hielt seine Hand, während er seine ersten Schritte versuchte und tapfer ankämpfte gegen die lebenslange Last der Erdanziehung.

»Ihr Sohn«, nickte Khalid. »Und wieso kommt der Brief aus Mekka?«

»Er lebt bei meiner geschiedenen Frau.«

»Und was macht Ihre geschiedene Frau in Mekka?«

Für einen Moment fand ich Khalids inquisitorische Fragen reichlich merkwürdig und unverschämt, aber im nächsten Augenblick war es mir wieder völlig gleichgültig. Von mir aus konnte er sich die ganze verdammte Geschichte meines verkorksten Lebens anhören, wenn er auf so etwas stand.

»Sie ist Araberin. Sie lebt seit unserer Scheidung bei ihren Eltern, die in der Nähe von Mekka eine Druckerei besitzen. Aber sie mussten vor dem Krieg flüchten, nach Mekka eben ...«

Khalid musterte mich argwöhnisch, als glaube er mir kein Wort. »Mekka wird seit einem Jahr belagert. Trotzdem kann Ihr Sohn Ihnen ein Fax schicken?«

»Er hat ein Faxgerät. Ich habe es ihm vor ein paar Jahren geschenkt. Ein japanisches, wenn Sie es genau wissen wollen. Von Panasonic.« Sein Misstrauen ärgerte mich. Ich wollte endlich meinen Brief haben. Ich hatte das Gefühl, dass er beschmutzt wurde dadurch, dass Khalid ihn in der Hand hielt und immer wieder durchlas; diesen Brief eines Sohnes an seinen fernen Vater, der ihn absolut nichts anging und der ihm eigentlich absolut gleichgültig hätte sein können.

»Man braucht nicht nur ein Faxgerät, Mister Carr. Man braucht auch eine Telefonleitung. Und alle Telefonleitungen um die belagerte Stadt sind gekappt worden.«

Ich starrte ihn nur ungläubig an. »Sagen Sie, sehen Sie niemals fern? Die ganzen Reporter, die sich in Mekka aufhalten und ihre Reportagen liefern, was glauben Sie, wie die mit ihren Redaktionen sprechen? Es gibt eine ganze Anzahl von Telefonverbindungen, die über Satelliten laufen.«

Er erwiderte meinen Blick, und einen Lidschlag lang lag etwas Wildes, Aufgebrachtes in seinen Augen – als erwäge er, mich augenblicklich an der höchsten Rahe aufknüpfen zu lassen wegen meines unbotmäßigen Benehmens. Khalid war sicher nicht der Mann, der solche Antworten gewohnt war.

Aber er war auch nicht der Mann, sich allzu leicht provozieren zu lassen. Ich hatte mich für einen Moment nicht mehr in der Gewalt gehabt – er schon. Er schien noch kurz zu überlegen, als wolle er etwas darauf sagen, aber dann reichte er mir einfach den Brief.

Ich las ihn sofort in dem diffusen Licht der Instrumente und Bildschirme.

»Hallo Dad, ich hoffe, diesmal klappt es mit dem Brief. Geht es dir gut? Ich halte abends und morgens immer Ausschau nach deiner Raumstation, und wenn ich sie sehe, wünsche ich mir, du könntest uns etwas zu essen herunterbeamen. So wie in Star Trek, weißt du noch? Ich liebe dich, Dad. Neil.«

Meine Augen brannten plötzlich, und ein namenloser Schmerz umkrampfte mein Herz. Immer, wenn ich einen

Brief von ihm bekam, wünschte ich mir, weinen zu können, aber meistens konnte ich es nicht. All die Momente fielen mir wieder ein, in denen er noch Bestandteil meines Lebens gewesen war und ich es nicht zu schätzen gewusst hatte, alle diese versäumten Gelegenheiten zu lieben marschierten vor meinem inneren Auge auf, und ich konnte nur dasitzen auf meiner Anklagebank und meinen Schuldspruch erwarten. Ein verfehltes Leben.

Khalids Stimme durchdrang den schmerzvollen Vorhang meiner Erinnerungen.

»Und jetzt erzählen Sie mir bitte, was Sie vorhaben.«

»Was?«, schnappte ich verblüfft. »Was soll ich vorhaben?«

»Sie haben etwas vor«, beharrte Khalid. »Sie und Ihre Kollegen. Eine Stimme sagt mir, dass Sie etwas gegen uns planen.«

Mein Gott, er ging mir einfach auf den Geist. Ich hatte nicht einmal mehr Angst; dieser Gangster ging mir einfach nur auf die Nerven mit seinem großspurigen, machohaften Getue. Er führte sich auf wie King Kong, nur weil er zufällig ein paar verrückte Revolvermänner bei sich hatte. Was für ein Scheiß-Universum, in dem solche Idioten das Sagen hatten. Immer waren es die Idioten, die das Sagen bekamen. Kein Wunder, dass die Welt vor die Hunde ging.

Ich faltete den Brief langsam und bedächtig zusammen. »Wir haben vor, am Leben zu bleiben«, sagte ich. »Wir haben vor, mit kühlem Dosenbier gemeinsam vor dem Fernseher zu sitzen, wenn Ihnen der Prozess gemacht wird. Wir haben vor, auf Ihre Gräber zu spucken.«

Khalid musterte mich abschätzig, mit einem aalglatten, ausdruckslosen Gesicht, hinter dem eine kalte, bösartige Grausamkeit zu ahnen war.

»Ich will, dass Sie wissen, dass Sie uns nicht besiegen können«, sagte er dann eindringlich. »Es ist kein Zufall, sondern höhere Notwendigkeit, dass wir hier sind, und das Schicksal ist auf unserer Seite. Egal, was Sie planen, Sie können nur scheitern.«

»Dann brauchen Sie sich ja keine Sorgen zu machen.«

Er starrte mich eine ganze Weile an, ehe er langsam und nachdenklich nickte. Er sagte nichts mehr, sondern bedeutete Ralf und Sven, die eben zurückkehrten, mich fortzuschaffen.

Als wir in den Knotentunnel kamen, dröhnten plötzlich wilde Schläge durch die Solarstation. Ralf zog natürlich sofort seine Waffe und fuchtelte nervös damit herum. Die Schläge kamen vom Schott unseres Wohnmoduls.

Sven glitt zur Wartungsklappe und ließ es auffahren, während Ralf mit dem Revolver im Anschlag davor wartete.

Ein aufgelöster Jayakar schwebte hinter der Öffnung. »Schnell, die Ärztin!«, rief er aufgeregt. »Moriyama hat einen Herzanfall!«

22

RALF STARRTE DEN Kybernetiker einen Moment nur blöde an. Dann drückte er eine Taste an dem Kontrollinstrument, das er am Handgelenk trug, und murmelte etwas in sein Mikrofon. Gleich darauf öffnete sich das Brückenschott, und Khalid stieß zu uns.

»Was ist mit dem Kommandanten?«, wollte er wissen.

»Er ist krank«, sagte Jay.

»Was heißt krank? Hat er die Grippe? Hat er sich den Arm gebrochen? Was hat er?«

»Es ist offenbar eine Herzerkrankung.«

»Wollen Sie mich zum Narren halten? Eine Herzerkrankung bei einem Astronauten?«

»Moriyama hat es verschwiegen. Er ist nicht mehr der Jüngste, und er wollte diese Dienstperiode noch mitmachen. Ich habe vor ein paar Wochen zufällig eine Art Krankentagebuch des Kommandanten im Computer entdeckt. Es war natürlich gesperrt, aber da ich der EDV-Administrator bin und alle Zugriffsrechte besitze, konnte ich es lesen.«

»Ich will dieses Tagebuch sehen.«

»Moriyama hat es wieder gelöscht.«

»Ich glaube Ihnen kein Wort.«

Jayakar verdrehte die Augen. »Dann schlage ich vor, dass Sie ihn sich einfach ansehen. Er liegt in einer Kabine, blass und bleich und zitternd, mit einem Puls, den Sie kaum noch spüren, und hechelt wie ein Fisch auf dem Trockenen. Vielleicht ist er tot, wenn ich zurückkomme.«

Khalid musterte ihn abschätzig. »Ich glaube Ihnen nicht«, beharrte er. »Das ist ein Trick.«

Jayakar atmete tief ein und wieder aus.

Man merkte ihm an, dass er sich nur mühsam beherrschte. »Was für ein Trick könnte das wohl sein, wenn Sie der Ärztin gestatten, ihn kurz zu untersuchen? Wenn sie bei uns in der Gruppe wäre, hätte sie das schon längst getan, ohne dass wir Sie überhaupt gefragt hätten.«

»Sie ist aber nicht bei Ihnen in der Gruppe.«

»Sie müssen mächtig Angst vor uns haben, Khalid«, höhnte der Kybernetiker. »Wir sind geteilt und eingesperrt und von aller Welt abgeschnitten, und Sie haben immer noch Angst vor uns.«

Zu meiner Überraschung nickte Khalid langsam und nachdenklich. »Ja, ich habe Angst vor Ihnen«, murmelte er, mehr zu sich selbst. Dann gab er Ralf einen Wink. »Bring die Ärztin her.«

Während Ralf und Sven das andere Schott öffneten, trieb Khalid Jayakar, Tanaka und mich in einer Ecke des Kraftraums zusammen und bewachte uns dort. Als seine beiden Spießgesellen mit Oba zurückkamen, fragte er: »In welcher Kabine ist er?«

»Die zweite rechts«, sagte Jayakar.

Immer noch misstrauisch, glitt Khalid in den dunklen Gang zu den Kabinen. Meine Kabine war die erste links; die zweite rechts war Kims Kabine. Khalid öffnete alle Türen und sah in die Räume dahinter, während Ralf uns bewachte und enttäuscht schien, dass wir uns ruhig und folgsam verhielten.

Schließlich kam er wieder heraus und nickte Oba zu. »Er scheint tatsächlich krank zu sein. Kümmern Sie sich um ihn.«

Oba wirkte äußerst beunruhigt. Sie hangelte sich hastig zwischen den Bodybuildinggeräten hindurch und den Gang entlang, wies ein Ansinnen Khalids, ihr bei der Untersuchung zusehen zu wollen, mit heftigen Worten zurück und schlug dem verblüfften Piraten die Kabinentür vor der Nase zu.

Die Minuten vergingen. Khalid hing noch eine Weile unschlüssig im Gang zwischen den Kabinen, dann kam er wieder nach vorn zu uns. Plötzlich herrschte eine Atmosphäre wie in jedem beliebigen Krankenhaus, in dem Leute auf den Gängen darauf warten, dass der Arzt auftaucht und sie ihn fragen können, wie es um den Patienten steht.

Schließlich kam Oba wieder heraus, und dem angespannten Zug um ihre Mundwinkel zufolge stand es nicht sehr gut um den Patienten.

»Ich brauche ein Medikament und ein paar Geräte aus dem Arztschrank«, erklärte sie mit fester Stimme, als sei sie die Chefärztin und Khalid, Ralf und Sven nur drei schüchterne Krankenpfleger. »Und dann muss ich noch einmal zu ihm.«

»Was fehlt ihm?«, wollte Khalid wissen.

»Es ist das Herz. Genaueres kann ich Ihnen erst sagen, wenn ich ihn untersucht habe.«

Ohne eine Erlaubnis dazu abzuwarten, glitt sie durch das offen stehende Schott, und die Gangster folgten ihr.

»Wie kann ein Astronaut einen Herzanfall bekommen?«, fragte Khalid.

Obas Antwort darauf bekamen wir nicht mehr mit, denn in diesem Augenblick begann sich das Schott zischend und pfeifend wieder zu schließen, und alles ging in einem unverständlichen Gebrabbel unter.

Als das Schott mit einem abschließenden Schlag ins Schloss gefallen war, setzte ich mich sofort in Bewegung, um den Kommandanten zu sehen.

Moriyama hing in Kims Kabine im Schlafsack, hatte die Augen geschlossen und bewegte sich unruhig. Er stöhnte leise, sein Atem ging flach und schnell, und auf seiner Stirn glitzerten feine Schweißperlen.

Ich fasste ihm an die Halsschlagader, um den Puls zu fühlen. Für meine Begriffe fühlte er sich ziemlich normal an. Dann fuhr ich ihm mit der anderen Hand über die Stirn und rieb die Feuchtigkeit verwundert zwischen meinen Fingern.

»Seltsam«, murmelte ich. »Das fühlt sich an wie Wasser.«

Moriyama schlug die Augen auf und sah mich mit klarem Blick an. »Es *ist* Wasser«, sagte er kehlig.

Ich war verblüfft. »Sie sind überhaupt nicht krank!«

»Nein. Aber ich habe kräftig geübt, krank auszusehen.«

»Aber warum?«

»Wir haben einen Plan«, eröffnete mir der Kommandant ernst. »Einen Plan, wie wir die Piraten vielleicht überwältigen können.«

»Einen Plan?«, echote ich entsetzt.

»Es war Jayakars Idee«, sagte Moriyama und erläuterte mir, was sie vorhatten. Und anscheinend glaubte er tatsächlich, dass es funktionieren könnte.

Ich war sprachlos vor Entsetzen. »Das ist nicht Ihr Ernst.«

»Wir müssen jede Chance nutzen, die wir haben«, erklärte Moriyama dickköpfig.

»Aber Khalid ist *misstrauisch*!«, rief ich. »Er war schon misstrauisch, bevor das hier begann! Er wird ihr auf die Finger schauen wie ... wie ...« Mir fiel kein Vergleich ein, der drastisch genug war.

»Ich habe Oba eingeschärft, kein Risiko einzugehen.«

»Woher weiß sie, wann sie ein Risiko eingeht?«

»Sie ist Ärztin. Sie hat ihr Leben lang mit Fragen von Leben und Tod zu tun gehabt. Ich glaube nicht, dass ihr irgendjemand von uns etwas über Risiko erzählen muss.«

Ich starrte den Kommandanten an und fragte mich, wie sie ihn so bleich hinbekommen hatten. Schminke aus der Kabine von einer der Frauen, wahrscheinlich. Konnte das klappen? Hatte dieser Plan eine Chance, zu funktionieren?

Unter dem Vorwand, medizinische Ausrüstung für die Behandlung Moriyamas zusammenzustellen, sollte Oba versuchen, eine der Gaspatronen mit dem Betäubungsgas und mindestens eine Atemmaske in ihren Besitz zu bringen.

Wahrscheinlich gab es in der Bordapotheke tatsächlich keine Herzmedikamente; noch immer galt die Regel, dass ein Astronaut körperlich hundertprozentig gesund und topfit sein musste. Aber die Atemmasken waren simple Sauerstoffatemgeräte – es würde sich gut erklären lassen, dass sie eine davon mitnehmen wollte. Die Gaspatrone dagegen, groß, in auffälligem Pink und mit eindeutiger Beschriftung ...

»Würden Sie mir bitte noch etwas Wasser ins Gesicht sprühen?«, unterbrach Moriyama meine Gedanken und deutete mit einem Nicken des Kinns auf eines der Wandfächer. »Oba und Khalid können jeden Moment zurückkommen.«

Ich öffnete das Fach und fand, in einem Plastikbeutel, einen nassen Schwamm und eine Zahnbürste. Widerstrebend musste ich Jays Einfallsreichtum bewundern. Ich tränkte die Zahnbürste mit Wasser und besprühte das Gesicht des Kommandanten, bis es wieder von einem hauchfeinen Film winziger Tröpfchen bedeckt war, die wie kalter Todesschweiß wirkten. Mit geschlossenen Augen und hechelndem, flachem Atem sah er tatsächlich zum Erbarmen aus.

»Und jetzt gesellen Sie sich bitte wieder zur Trauergemeinde«, verabschiedete mich Moriyama flüsternd und ohne die Augen noch einmal zu öffnen.

Als ich nach vorn kam, hatten Tanaka und Jayakar sich bereits mehr oder weniger bequeme Plätze inmitten der chromblitzenden Gestänge und hydraulischen Kolben der Bodybuilding-Maschinen gesucht und sich angeschnallt. Eine Variante des Plans sah vor, dass Oba die Gaspatrone noch im biologischen Labor öffnen sollte, um die Piraten so früh wie möglich auszuschalten. Ausgerüstet mit dem Atemgerät sollte sie dann alle Gangster entwaffnen und ihnen hochwirksame Schlafmittel injizieren.

»Ist das Gas unangenehm?«, wollte Tanaka wissen.

»Ich weiß es nicht«, erklärte ich geistesabwesend. »Ich nehme an, nein. Wahrscheinlich werden wir nicht einmal etwas merken. Es ist ein Kontaktnervengift, das augenblicklich wirkt, wenn man es einatmet.«
»Auch auf Menschen?«
»Auf alle Säugetiere und auf die meisten Wirbeltiere.«
Jayakar schloss die Augen und lehnte sich nach hinten. Die Hände legte er auf die Griffe einer glänzenden Zugstange über seinem Kopf, als wolle er sich so einen besseren Halt sichern. »Hoffentlich kommt sie rechtzeitig an ein Atemgerät«, meinte er. »Sonst war alles umsonst.«
Ich nickte lethargisch. Plötzlich spürte ich ein Kribbeln im Bauch, wie ich es das letzte Mal in jener Nacht erlebt hatte, als wir mit unseren F 16-Jägern von den Flugzeugträgern gestartet waren und der Erste Golfkrieg begonnen hatte. Angst. »Als ich zuletzt im Biolabor geputzt habe, habe ich eine Atemmaske in der gleichen Schublade gesehen, in der auch die Gaspatrone liegt.«
»Sie schafft es«, flüsterte Tanaka, aber es klang mehr nach einer Hoffnung als nach einer Überzeugung.
In Gedanken begleitete ich Oba auf ihrem Weg ins biologische Labor, wo der Arztschrank stand und gleich daneben der Schrank mit der Veterinärsausrüstung. Ich versuchte mir vorzustellen, was sie in diesem Augenblick wohl gerade tat. Inzwischen hatte sie sicher das Labor schon betreten, wahrscheinlich in Begleitung der beiden Revolverhelden. Jetzt wühlte sie sicher in den Ampullen und Instrumenten und versuchte, die beiden abzulenken, sodass sie sich unauffällig der Gaspatrone bemächtigen konnte.
Vielleicht versuchte sie, ihre ärztliche Autorität auszuspielen.
»Ach, Sakai, irgendwo muss hier ein kleines EKG-Gerät sein, helfen Sie mir doch mal, es zu finden.« Dann öffnete sie wie selbstverständlich die Schubladen des tierärztlichen Schrankes und packte den kleinen stählernen Zylinder in

ihren Arztkoffer, als handle es sich um den unentbehrlichsten Bestandteil ihrer Ausrüstung.

Vielleicht drängelte sie auch. »Schnell, schnell, das Leben des Kommandanten ist in Gefahr. Wo ist die Sauerstoffmaske? Aha, hier. Sakai, sehen Sie irgendwo einen schwarzen Beatmungsbalg? So helfen Sie mir doch ein bisschen, die Zeit drängt ...«

Mir wurde mulmig, während ich versuchte, mir die Szenerie auszumalen. In meiner Vorstellung konnte ich mir die Aufpasser nicht anders denken als im höchsten Grade misstrauisch, jeden Handgriff der Ärztin genauestens verfolgend. Moriyama hatte ihr eingeschärft, kein Risiko einzugehen. Wenn die Gefahr der Entdeckung bestand, lieber nichts tun. Nur eine Ampulle mit irgendeinem Stärkungsmittel nehmen und zurückkommen. Aber vielleicht hatte er es ihr nicht eindringlich genug gesagt.

Ich lugte auf meine Armbanduhr und merkte, dass ich unwillkürlich den Atem angehalten hatte. Das dauerte alles viel zu lange. Was geschah dort unten im Labor?

Jay warf mir einen unruhigen Blick zu. »Vielleicht war das alles keine so gute Idee«, murmelte er. Vielleicht hätte er sich das etwas früher überlegen sollen.

Aber möglicherweise war sie ja schon auf dem Rückweg. Ich musterte die länglichen Lamellen des Belüftungssystems. Das Gas war unsichtbar, und selbst wenn es das nicht gewesen wäre, hätten wir keine Chance gehabt, es aus den Lüftungsschlitzen quellen zu sehen, weil wir noch im selben Augenblick bewusstlos zusammengesunken wären. Vielleicht hatte Oba es geschafft, die Gaspatrone zusammen mit der Atemmaske einzustecken; dann konnten wir das Gas in dem Moment freisetzen, in dem das Schott das nächste Mal geöffnet wurde.

Ich lauschte, alle Sinne angespannt, in der Hoffnung, aus den vielfältigen Geräuschen der Raumstation etwas herauszuhören. Die Klimaanlage surrte unmerklich, von ferne war das Vibrieren arbeitender Maschinen zu hören und klopfende Geräusche von irgendwoher. Nichts.

Das Schott rührte sich nicht. Die Zeit schien zu Kaugummi zu werden und sich endlos zu dehnen, bis in die unermesslichen Tiefen des Alls.

»Sie ist diesen Kerlen nicht gewachsen«, flüsterte Jayakar mit geschlossenen Augen. »Es war falsch, alles ihr aufzubürden.«

Ich musste mich beherrschen, ihn nicht anzuschreien. Und ich musste mich zwingen zu atmen. Mein Körper schien immer noch zu glauben, dass jeden Augenblick Betäubungsgas hereindringen würde – und dass er eine Chance hatte, wenn er darauf verzichtete zu atmen.

Wieder die Armbanduhr. Viel zu lange. Das dauerte alles viel zu lange.

Stille. Ich konnte das Zifferblatt meiner Uhr schon nicht mehr sehen. Der Sekundenzeiger schien sich festgefressen zu haben. Vielleicht ging die Batterie zur Neige. Wieder lauschte ich, aber nichts war zu hören, das Aufschluss gegeben hätte darüber, was im Rest der Station vor sich ging.

Es war wie ein Schock, als plötzlich der Videomonitor brüllend aufflammte und Khalids Gesicht uns daraus entgegensprang – ein Gesicht, aus dem alle Beherrschung verschwunden war, wie weggewischt, ein Gesicht, das gezeichnet war von rasender Wut. Der Anführer der Piraten war außer sich, und er schrie die Videokamera an, als könne er uns ebenfalls sehen – was er nicht konnte.

»Sie werden unsere Mission nicht gefährden!«, tobte er. »Carr, Sie verdammter Lügner, Sie elender Sohn einer Hündin! Es war ein Fehler, Ihnen zu glauben, hören Sie? Es war ein Fehler, meine innere Stimme zu übergehen, nicht auf meinen Instinkt zu hören! Und das wird Ihnen noch Leid tun, Ihnen allen, denn ich erkenne jetzt, dass ich zu weich war, zu nachgiebig, zu sanftmütig – ich war nicht hart genug, ich war nicht grausam genug ...«

Sein wutverzerrtes Gesicht beherrschte den ganzen Bildschirm, und wir starrten darauf wie hypnotisierte Kaninchen. Es war nicht zu erkennen, in welchem Raum Khalid war.

Plötzlich hatte er eine rosarote Gaspatrone in der Hand und hielt sie dicht vor das Objektiv, als wolle er sie uns ins Gesicht drücken. »Dieses Medikament wollte Ihre Ärztin an sich bringen. Was hat Ihr Kommandant für eine seltsame Krankheit, dass er mit einem Betäubungsgas behandelt werden muss? Das war alles ein Trick, ein abgekartetes Spiel, mit dem Sie mich hereinlegen wollten, und ich durchschaue es jetzt. Moriyama simuliert. Ich weiß es von hier aus. Ich kann es fühlen, als ob es ein Teil von mir wäre. Sie werden mich nicht noch einmal belügen, das schwöre ich Ihnen beim Barte des Propheten ...«

Khalids Worte lösten eine verschwommene, schwache Erinnerung in mir aus, zu diffus, um greifbar zu werden. Da war irgendetwas, aber ich wusste nicht, was. Etwas Wichtiges. Ich starrte sein Gesicht an und begriff plötzlich etwas von der Gefährlichkeit dieses Mannes. Bis zu diesem Moment hatte ich Angst vor Ralf gehabt, und Khalid für einen Mann gehalten, der zwar ein Gangster sein mochte, mit dem man aber grundsätzlich reden konnte, verhandeln, auf einer vernünftigen Basis Übereinkünfte treffen. Jetzt ahnte ich plötzlich, wie falsch ich damit lag. Ralf mochte ein psychopathischer Killer sein, aber er war nichts gegen Khalid. Ralf mochte verrückt sein, aber er war es innerhalb der Grenzen unserer Welt. Khalid dagegen gehorchte ganz eigenen Gesetzen und war nicht nach unseren Maßstäben zu messen. In diesem Augenblick erschien er mir wie ein Wesen aus einem anderen Universum.

Eben noch sinnlos rasend und tobend, wurde er übergangslos ruhig, gefährlich ruhig, kalt wie Eis.

»Ich hoffe, Sie schauen jetzt alle gut zu«, sagte er mit zornig funkelnden Augen. »Ich werde jetzt nämlich ein Exempel statuieren, wie ich es schon längst hätte tun sollen. Ich werde dieses Exempel jederzeit wiederholen, so lange, bis Sie gelernt haben, meine Macht zu respektieren, oder bis Sie alle tot sind.«

Er trat offenbar zur Seite, denn sein Gesicht verschwand vom Schirm, und wir sahen das Innere des Biolabors. Oba schwebte in der Mitte des Raumes, mit großen, angstvoll geweiteten Augen, die Hände verkrampft vor die Brust gepresst, den Kopf zwischen den hochgezogenen Schultern in den Nacken gelegt. Der Grund dafür war Ralf, der mit einem Furcht erregend ekstatischen Gesichtsausdruck hinter ihr hing und sie an den Haaren festhielt. Nun setzte er den Lauf des Revolvers von hinten auf den Schädel der Ärztin und suchte den Blick Khalids, während Oba angstvoll aufschrie. Ich musste daran denken, was sie mir erzählt hatte, von dem Mann, der auf sie wartete, und von dem Haus mit dem Blick auf das Meer. Ihr Arztkoffer trieb durch das Bild, offen, in einer Wolke von Ampullen und Binden und Scheren und Spritzen. Der Mann würde vergebens warten. Das Meer würde sie nie wiedersehen. Khalids Nicken, das Ralf galt, war das Letzte, was Oba in ihrem Leben sehen sollte. Ralf schoss, und Obas Körper bäumte sich auf. Das Geschoss trat nicht wieder aus, aber ihr Gesicht, ihr ganzer Schädel war plötzlich deformiert. Und obwohl die Frau ohne einen Zweifel tot war, schoss Ralf ein zweites Mal. Vielleicht schoss er auch noch einmal, aber in diesem Augenblick wurde der Bildschirm wieder dunkel.

Das, was mir ins Gedächtnis eingegraben blieb und was ich wie ein langsam verlöschendes Nachbild noch auf dem Schirm zu sehen glaubte, war der Ausdruck unverstellter, lustvoller Grausamkeit in Ralfs Augen, der nackte Blutrausch.

23

WIR HATTEN ETWA anderthalb Stunden den rätselhaften Geräuschen gelauscht, die von draußen zu hören gewesen waren. Es hatte nach Arbeit geklungen, so, als bauten die Piraten irgendwelche Maschinen aus; man hatte Stimmen gehört, aber nicht verstanden, was sie sagten, und so sehr wir uns auch die Köpfe zerbrachen, wir kamen nicht dahinter, was das alles zu bedeuten haben mochte.

Dann endlich öffnete sich das Schott, und diesmal waren sie alle draußen, alle vier, und alle trugen sie ihre Pistolen schussbereit. Es war fast zu viel der Ehre für uns.

»An Bord dieser Raumstation«, begann Khalid drohend, »gibt es zu viel Spielsachen, von denen ich nichts weiß. Deshalb werden Sie jetzt die Unterkunft wechseln. Kommen Sie, meine Herren ...«

Wir blickten in vier Pistolenläufe, und das waren vier unwiderlegbare Argumente, seinen Anweisungen zu folgen. Also hangelten wir uns langsam, um keinen der zweifellos nervösen Zeigefinger zu provozieren, durch das Schott in den Knotentunnel hinaus.

»Und jetzt bitte hier hinein«, befahl Khalid und deutete auf die offen stehende Hauptschleuse.

»Was soll das?«, empörte sich Moriyama. »Sie wollen uns an Bord Ihres Raumschiffes verfrachten?«

»Regen Sie sich nicht so auf, Kommandant, es könnte Ihrem Herzen schaden«, höhnte Khalid. »Mein Raumschiff ist der einzige Ort, von dem ich genau weiß, was Sie dort anstellen können. Nämlich nichts.«

»Der Teufel soll Sie holen, Khalid«, zischte Moriyama. Dann sah er den begierigen Blick, den Ralf seinem Anführer zuwarf, und dessen beunruhigend zuckenden Zeigefinger am Abzug seiner Waffe, und er beeilte sich, die Schleuse zu erreichen. Ich folgte ihm. Ein kalter Hauch kam uns entgegen, während wir zuerst die Kopfschleuse unserer Raumstation und dann die Koppelschleuse der Raumkapsel passierten. Die Raumkapsel lag, seit sie angekoppelt hatte, im Schatten der dritten ARIANE-Stufe, und sie war seither ausgekühlt und sicher alles andere als gemütlich.

Kim und Yoshiko waren bereits an Bord und hatten sich fröstelnd zusammengerollt. Mich fröstelte auch, aber ich war mir nicht sicher, ob allein die Kälte daran schuld war und nicht vielmehr der Anblick, der sich mir bot.

Die Raumkapsel, in der sich Khalid und seine Spießgesellen in den Weltraum hatten schießen lassen, war mit Sicherheit das abenteuerlichste Raumgefährt, das jemals die Schwerkraft der Erde hinter sich gelassen hatte. Es handelte sich praktisch um einen schlichten Stahlzylinder, der einigermaßen luftdicht gemacht und mit einer eigenen Luftversorgung ausgestattet worden war, bevor man ihn auf die Spitze einer Rakete montiert hatte. Es gab vier altmodische Andrucksessel, die einfach an stählernen Stützbalken festgeschweißt worden waren, und vor einem der Sessel war eine Stelle an der Wand, an der jetzt nur noch ein paar leere Kabelschächte endeten, an der aber sicher einmal so etwas wie ein Steuerpult montiert gewesen sein musste. Die Beleuchtung war miserabel, alles war dunkel und roch muffig, und dass es dunkel war, war vielleicht ganz gut, denn dann sah man die Schweißnähte nicht so genau. Ein wenig zusätzliches Licht drang durch vier winzige, nicht einmal handtellergroße Sichtluken in den Außenwänden herein, die zudem von innen beschlagen waren.

»Meine Güte«, war Jayakars Kommentar, als er den Kopf durch den schmalen Schleusenschacht hereinstreckte. »Mut haben sie gehabt, das muss man ihnen lassen.«

Ich versuchte, einen Blick von Yoshiko zu erhaschen, aber

sie starrte nur wie betäubt vor sich hin. War das nicht verrückt? Neben allem, was uns gerade widerfuhr, machte es mir trotzdem zu schaffen, dass sie mich, wie immer, außerhalb unserer Schäferstündchen weitgehend ignorierte.

Tanaka war der Letzte, der an Bord kam. Sven folgte ihm, groß, dumpf und schweigsam wie immer, und schloss die innere Schleusenluke von außen. Durch einen schmalen Sehschlitz konnten wir verfolgten, wie er sich im Inneren des Tunnels zu schaffen machte. Dann, ehe wir erkennen konnten, was das zu bedeuten hatte, krabbelte er zurück und schloss die Luke der Hauptschleuse. Das Licht im Schleusenraum erlosch. Jayakar drehte probehalber an dem Verschlussrad der Luke. Es ließ sich problemlos drehen. »Was hindert uns daran, diesen ungastlichen Ort einfach wieder zu verlassen?«

»Wie ich Khalid einschätze«, meinte ich, »gibt es bestimmt irgendetwas, das uns daran hindern wird. Oder irgendjemanden.«

»Sie meinen, Ralf bewacht die Schleuse?«

»Das, oder sie haben einen Verschlussmechanismus an der Kopfschleuse eingebaut.«

»Das haben sie nicht«, meldete sich Tanaka. »Ich habe danach Ausschau gehalten, aber nichts gesehen.«

»Also hält Ralf Wache und hofft, dass einer von uns den Kopf herausstreckt«, schlussfolgerte ich. »Da wir die beiden Schleusen nur nacheinander passieren könnten, können wir ihn auch nicht überrennen.«

»Angenommen, sie verlassen sich nur auf die Alarmanlage?«, überlegte Jayakar. »Dann könnten wir, wenn wir schnell genug sind ...«

In diesem Augenblick erklang ein rumpelndes Geräusch, tief und beunruhigend, das die gesamte Zelle der Raumkapsel erzittern ließ. Wir stürzten wieder an den Sehschlitz.

Ein schmaler, ringförmiger Spalt war draußen zu sehen, der rasch breiter wurde und durch den blendend helles Licht in die beiden Schleusen drang. Die beiden Schleusen, die durch diesen Spalt voneinander getrennt wurden.

»Das ist genial«, hauchte Jayakar kopfschüttelnd. »Sie koppeln uns ab!«

»Was?! Sind die wahnsinnig?«, rief Moriyama entsetzt.

»Sie koppeln uns ab. Das ist das perfekte Gefängnis.«

Die Piraten hatten einfach den Verschluss des Kopplungsmechanismus gelöst, und der Luftdruck in dem durch die beiden Schleusenräume gebildeten Verbindungsgang hatte ausgereicht, um die Raumkapsel von der Station wegzudrücken. Für einen Moment war die entweichende Luft wie ein feiner Nebel im Weltraum zu sehen, dann war sie verweht.

Moriyama drängte sich neben Jayakar an den Sehschlitz. »Was für eine Art Gefängnis soll das sein? Eine Todeszelle? Wir treiben ab, und wir werden unaufhaltsam immer weiter abtreiben. Er hätte uns auch gleich alle umbringen können.«

»Wahrscheinlich wissen die überhaupt nicht, was sie da tun«, mutmaßte Tanaka düster. »Man braucht sich nur diese Kapsel hier anzuschauen, um zu ahnen, wie wenig Khalid und seine Leute von der Raumfahrt verstehen.«

»Da ist ein Haltetau«, warf ich ein. In dem intensiven Licht, das die Solarfläche reflektierte, war es kaum zu erkennen: ein dünnes, sich noch spielerisch in der Schwerelosigkeit windendes Drahtseil, das zwischen der Kopfschleuse und irgendeinem Befestigungspunkt an der Stirnseite unserer Schleuse gespannt war. Es würde verhindern, dass wir weiter als ein paar Meter abtrieben.

Diese paar Meter reichten schon, um uns sicherer einzusperren, als jemals Menschen auf der Erde in den bestbewachten Gefängnissen eingesperrt gewesen waren. Denn zwischen uns und der Station herrschte Vakuum, eine nahezu vollkommene Luftleere, und ohne Raumanzüge waren diese paar Meter ein unüberwindbarer Abgrund, eine unüberbrückbare Distanz.

»Tja«, machte Jayakar mit gespielter, übertriebener Fröhlichkeit. »Damit sind wir alle raus aus dem Spiel. Khalid hat uns, wie man so schön sagt, kaltgestellt. Dabei fällt mir ein – könnte mal bitte jemand die Heizung etwas höher drehen?« Er rieb sich frierend die Schultern.

»Wir sollten lieber überlegen, was wir jetzt tun«, meinte Tanaka.

Jayakar lachte auf. »Begreifen Sie denn nicht? Wir können genau gar nichts tun! Was immer Khalid jetzt mit unserer Raumstation anstellt, wir haben genauso wenig Einfluss darauf, als wenn wir auf dem Mond säßen!«

»Sie geben also auf?«, fragte Tanaka verärgert.

»Ich gebe nicht auf«, verwahrte sich Jayakar. »Ich erkenne nur die Gegebenheiten – wozu Sie offenbar nicht im Stande sind.«

Ein leichter Ruck, kaum spürbar, ging durch die Kapsel: das Drahtseil, das nun vollends straff gespannt war und unsere minimale Bewegung abgebremst hatte.

»Es bringt keinen Nutzen, sich zu streiten in unserer Lage«, ließ sich Kim vernehmen. »Wir können uns die Köpfe zerbrechen über aussichtslose Pläne oder aber geduldig abwarten, was das Schicksal für uns bereithält.«

Moriyama warf dem Materialwissenschaftler einen überraschten Blick zu und erklärte dann: »Ich wollte auch gerade vorschlagen, dass wir jetzt keine weiteren Gedanken mehr an irgendwelche Pläne verschwenden, die Verbrecher zu überwältigen. Wir haben gerade so ein Vorhaben hinter uns, und wir sehen ja, was es uns gebracht hat.«

»Ich denke auch, dass wir jetzt genug mit dem bloßen Überleben zu tun haben werden«, warf Yoshiko ein, mit einem aggressiven, bitteren Klang in ihrer Stimme. »Wir haben nur sehr wenig Wasser und einige Trockennahrungsmittel an Bord, und wir haben keine Toilette, nur eine Hand voll Assanierungsbeutel. Wenn unsere Gefangenschaft lang dauert, kann das in eine ziemlich unangenehme Situation ausarten. Ferner steht die Anzeige des Sauerstoffvorrats auf vierzig Prozent, was immer das heißen mag. Und es ist immer noch verdammt kalt.«

»Wir sind sechs Personen, das heißt, sechs Heizkörper mit einer Temperatur von siebenunddreißig Grad«, warf Jayakar ein. »Und es ist ziemlich eng hier. Wahrscheinlich wird es bald eher zu warm sein.«

Yoshiko sah ihn mit zornfunkelnden Augen an. »Wir wären *sieben* Heizkörper, wenn gewisse Männer darauf verzichtet hätten, sich heldenhafte Pläne auszudenken und sie von einer Frau durchführen zu lassen!« Jayakar öffnete den Mund zu einer Erwiderung, dann fiel ihm ein, dass es ja tatsächlich sein Plan gewesen war, und er klappte den Mund wieder zu.

Ich sah mich um. Es gab tatsächlich keine Spur mehr von den Steuerungen; alles war mitsamt den Kabeln herausgerissen worden. Sicher waren die Manövriertanks der Raketenstufe noch gut gefüllt, aber wir hatten keine Möglichkeit, irgendeine der Steuerdüsen zu zünden.

Dann studierte ich die Luftversorgungsanlage. Sie war denkbar primitiv gebaut, ohne das übliche Kreislaufverfahren, mit dem die Atemluft an Bord der Raumstation aufbereitet wurde. Es gab Sauerstofftanks und ein Druckreduzierventil, einen reichlich schwachbrüstigen Ventilator und eine beängstigend klein dimensionierte Absorbereinrichtung, die dazu diente, das Kohlendioxid und andere unerwünschte Substanzen aus der Luft auszuscheiden. Wir würden Probleme mit dem Kohlendioxid bekommen, lange bevor unser Sauerstoff zur Neige ging.

Mein Blick glitt durch den engen, zylindrischen Innenraum, in dem wir uns nun drängelten wie in einem Vorstadtbus. Alles wirkte roh und dunkel, rasch und schlampig zusammengebaut, und bildete so einen krassen Gegensatz zu der in der Raumfahrt sonst üblichen Hochtechnologie. Die trübe Beleuchtung, die schief angeschweißten Traversen, die altmodisch wirkenden Andrucksitze, die aus einem ausgeschlachteten Verkehrsflugzeug zu stammen schienen ...

Moment mal. Die Sitze?

»Wieso sind es eigentlich *vier* Sitze?«, fragte ich mich laut.

Alle Blicke richteten sich auf mich, dann auf die Sitze, als müsse jeder noch einmal nachzählen.

»Stimmt«, sagte Tanaka. »Es sind vier Sitze.«

Ich nickte. »Aber es sind nur *drei* Leute damit gekommen – Ralf, Sven und Khalid!«

Noch während alle darüber nachgrübelten, ob das etwas zu sagen haben mochte und wenn ja, was, machte ich mich auf die Suche. Ich hätte nicht recht sagen können, was ich eigentlich suchte; es war eher ein Gefühl, das mich in diesem Moment antrieb. Und was es zu finden gab, war nicht schwer zu finden: Die hinteren beiden Andrucksitze bildeten einen schwer zugänglichen, besonders dunklen Winkel, der von der Einstiegsluke aus nicht zu sehen war, und dort hing in einem elastischen Haltenetz ein großer, in einen Plastiksack gehüllter Gegenstand.

Ich hatte so einen ähnlichen Plastiksack vor noch nicht allzu langer Zeit selber benutzt, deshalb überraschte es mich nicht besonders, dass daraus, als ich ihn hervorgezerrt und geöffnet hatte, der Kopf eines Leichnams zum Vorschein kam. Es war der Leichnam eines älteren Mannes, nicht jünger als sechzig Jahre, und er hatte offenbar den Raketenstart nicht überlebt. Was auch kein Wunder war, wenn man an die schubstarken, nicht für den Transport von Passagieren ausgelegten Triebwerke der europäischen Trägerrakete dachte: Der Andruck beim Start musste sehr viel stärker und brutaler gewesen sein, als dies bei einem Shuttlestart der Fall war.

Was mich verblüffte, war, dass mir das Gesicht des Toten bekannt vorkam. Und nicht nur mir.

»Wie kommt denn *der* hierher?«, hörte ich Jayakar stöhnen. »Jetzt versteh ich überhaupt nichts mehr ...«

Moriyama murmelte irgendwelche urjapanischen Beschwörungen. Ich sah ihn Hilfe suchend an. »Wissen Sie etwa, wer das ist?«

»Natürlich, Sie nicht?«

Ich zuckte die Schultern. »Ich kenne ihn, aber ich weiß nicht, woher ...«

Der Kommandant blickte düster drein. »Denken Sie an Ihre Ausbildung. Und denken Sie an das Telegramm, das ich Ihnen gezeigt habe ...«

Ich starrte auf das wächserne, von schlohweißem Haar gekrönte Antlitz des Toten hinab, und plötzlich wusste ich wieder, wo ich diesen Mann schon einmal gesehen hatte. Es war im großen Hörsaal der Universität von Tokio gewesen. Ich hatte in der drittletzten Reihe gesessen, und dieser Mann hatte vorn am Rednerpult gestanden, von riesigen Solaranlagen im Weltraum gesprochen und von globalen Konzepten der Energienutzung, hatte die physikalischen Grundlagen der Energieübertragung erläutert und uns vorgerechnet, wie unerschöpflich die Energie der Sonne war. Der Tote vor mir war Professor Yamamoto.

24

Unsere Diskussion versandete ziemlich bald in unfruchtbaren Spekulationen. Gut, fest stand, dass Khalid und seine Helfershelfer es offenbar für nötig befunden hatten, den geistigen Vater der Solarstation zu entführen und ihn mit in den Weltraum zu nehmen. Was sie nicht gewusst hatten – vielleicht hatten sie es auch gewusst, aber keine Rücksicht darauf genommen –, war, dass Yamamoto seit langem an einer chronischen Herzinsufffizienz gelitten hatte. Es war vorauszusehen gewesen, dass er die mörderischen Belastungen eines Raketenstarts nicht überleben würde. Khalid hatte die Raumstation erobert, aber er hatte niemanden mehr gehabt, der sich damit auskannte und wehrlos genug war, sein Wissen widerstandslos preiszugeben. Deshalb hatte er die Besatzung in zwei isolierten Gruppen untergebracht und Kim und Tanaka getrennt voneinander ausgefragt.

Was mir nicht ganz klar wurde, war, warum sich Khalid überhaupt so sehr für die technischen Einzelheiten der Nippon interessierte. Schließlich reichte es für seine finsteren Zwecke doch völlig, wenn er die Funkanlage und die Waffen bedienen konnte, und für beides hatte er ja erstklassige Spezialisten mitgebracht. Schlichte Neugier wollte ich ihm jedenfalls nicht unterstellen – eher schlichtes Misstrauen. Wahrscheinlich war es ihm unheimlich im Inneren der riesigen Maschinerie der Raumstation, von der er so wenig verstand und wir so viel. Allmählich wurde es tatsächlich wärmer im Inneren der Kapsel, aber die Luft wurde ebenso allmählich schlechter. Abgesehen von unseren eigenen Ausdünstungen stank es penetrant nach Öl, und an den nach wie vor eiskalten Außenwänden schlug sich Feuchtigkeit in Form von winzigen Wassertropfen nieder. Im Weltraum gibt es keine mittleren Temperaturen. Die Kapsel lag lediglich im Schatten ihrer eigenen Trägerrakete, und wir froren uns fast die Zehen ab. Wäre die Solarstation nur um wenige Grade geneigt gewesen, sodass die Sonne die dunklen Außenwände der Kapsel beschienen hätte, wir wären elend verschmachtet vor Hitze.

Tanaka und Kim lenkten sich mit einer in gedämpfter Lautstärke und auf Japanisch geführten technischen Fachsimpelei ab, während Moriyama sich auf einem Andrucksitz festgebunden und die Augen geschlossen hatte, zur Meditation vielleicht oder aus Gram. Jayakar hing an einem der winzigen Bullaugen und starrte hinaus, immer wieder den Beschlag abwischend. Und Yoshiko starrte nur die düstergraue Stahlwand an und rührte sich nicht.

Dieses Starren hatte ich schon einmal erlebt, aber das war an einem anderen Ort gewesen und bei einer anderen Frau. Es war einer jener Momente gewesen, die sich für alle Zeiten tief ins Gedächtnis, in die Seele, in das ganze Leben graben; einer jener Momente, aus denen sich Albträume speisen und Selbstmordgedanken. Ich sah uns immer noch da stehen, Fatima und mich, im Wohnzimmer unseres Hauses in Huntsville, Texas, und sie starrte die Wand an, starrte sie einfach nur an. Das war der Moment, in dem das Schweigen Einzug hielt in unsere Ehe. Ich hatte ihr Herz gewonnen und ihre Hand, aber ich hatte sie nicht glücklich gemacht damit. Ich glaubte gewonnen zu haben, dabei hatte ich verloren. Sie war nicht glücklich mit mir, und es gab nichts, was ich hätte dagegen tun können.

Damals hatte ich nicht mehr gewusst, was ich sagen sollte, und ich hatte nichts gesagt. Vielleicht hätte ich es doch versuchen sollen. Vielleicht musste ich es wenigstens jetzt versuchen. Zögernd und ungeschickt manövrierte ich mich näher.

»Hallo, Yoshiko«, sagte ich leise.

Erst schien es, als höre sie mich nicht, so fern und entrückt war ihr Blick. Dann wandte sie langsam den Kopf. »Hallo, Leonard-*san*.«

Ein herzzerreißend wehmütiges Lächeln schlich sich in ihr Gesicht. Fast schämte ich mich dafür, dass ich sie in diesem Augenblick begehrenswert fand. Bestimmt war ihr gerade überhaupt nicht danach zu Mute, begehrenswert auszusehen. »Eine dumme Situation, nicht wahr?«

Eine dumme Konversation, nicht wahr? Aber sie neigte zustimmend den Kopf und musterte mich dabei nachdenklich; so wie man jemanden mustert, an dem einem ganz neue Züge auffallen. Ich hoffte, dass es keine unangenehmen Dinge waren, die sie da an mir entdeckte.

»Was hast du da in der Hand, Leonard-*san*?«, fragte sie.

Ich hob den zerknitterten Zettel, den ich seit einiger Zeit nervös zwischen meinen Fingern drehte. »Ein Brief von meinem Sohn. Ich lese ihn immer wieder ...«

»Du hast mir nie viel von deinem Sohn erzählt«, meinte Yoshiko leise. »Ich weiß kaum, wie er heißt. Neil, nicht wahr?«

Ich nickte. »Ja. Nach Neil Armstrong.« Ich lächelte verlegen. Dass das tatsächlich der Grund für die Namenswahl gewesen war, kam mir heute lächerlich vor.

Yoshiko schwieg, und ich wusste auch nicht, was ich sagen sollte. In meinem Hirn war Funkstille, völlige Leere. Man hätte in diesem Moment die Theorie der Schwarzen Löcher darin beweisen können.

»Vermisst du ihn sehr? Oder denkst du selten an ihn?«

»Ob ich ihn vermisse?« Einen Moment lang musste ich fast lachen, und es wäre ein absurdes, bitteres Lachen gewesen. Ob ich ihn vermisste. Mein Gott, was für ein erbärmliches Wort für das, was ich empfand, wenn ich an ihn dachte. Ja, ich dachte tatsächlich selten an ihn. Ich dachte selten an ihn, weil sich immer, wenn ich an ihn dachte, ein

Abgrund im Inneren meiner Seele auftat, ein alles verzehrender Mahlstrom, eine schwarze, unendlich tiefe Schlucht. Ich dachte selten an ihn, weil dann immer ein Gericht über mich zusammentrat und mich wieder und wieder schuldig sprach dafür, dass ich ihm ein schlechter Vater gewesen war, dass ich als Vater versagt hatte, dass ich ihn in diese feindliche Welt gesetzt und dann allein gelassen hatte. »Ja«, hörte ich mich sagen, »ich vermisse ihn sehr.« Ich hatte ihn seit drei Jahren nicht mehr gesehen. Bei meinem letzten Besuch in Saudi-Arabien war er sieben Jahre alt gewesen, dann hatte die arabische Regierung ein Einreiseverbot für Amerikaner verhängt, und schließlich war Krieg ausgebrochen.

Vermisste ich ihn? Ich kannte ihn doch kaum noch. Und er kannte mich kaum noch. Doch da war nur etwas in meinem Herzen, das wehtat und das ich trotzdem für Liebe hielt.

Yoshiko streckte die Hand aus, und ich reichte ihr den Brief. Sie faltete das Blatt mit ihren grazilen Bewegungen auf und las, was Neil geschrieben hatte in der krakeligen Handschrift eines Jungen, der seit Jahren hauptsächlich Arabisch schrieb. Als sie das Ende erreicht hatte, sah sie mich an, und ihre Augen glänzten feucht, wie von Tränen.

»Er liebt dich sehr«, sagte sie mit belegter Stimme.

Sie gab mir den Brief zurück, und als ich ihn wieder an mich nahm, begriff ich, dass zwischen uns immer nur Begehren gewesen war, ein Spiel zweier Erwachsener, aber nichts weiter. Ich war für sie der *gai-jin* gewesen, den sie sich gönnte, und sie für mich die schöne, begehrenswerte Asiatin mit dem traumhaften Körper, eine Eroberung, auf die ein Mann stolz sein konnte. Aber wir hatten gerade einen Blick in unsere wahren Gesichter erhascht, und damit war das Spiel vorbei.

Im Grunde wusste ich nichts über Yoshiko. Sie hatte von ihrem Vater erzählt, der streng und aufbrausend und auf eine Weise den alten Sitten verhaftet war, die im modernen Japan fast grotesk wirkte, aber ich war nur froh gewesen, dass sie sich nach Freiheit sehnte und nicht nach Romantik. Sie konnte von Quasaren, Pulsaren und Protogalaxien schwärmen, aber ich hatte nur mit halbem Ohr zugehört. Ich wusste, dass sie drei wesentlich ältere Brüder hatte, die Ingenieure und einflussreiche Bankiers waren, aber ich kannte nicht einmal ihre Namen. Ich steckte Neils Brief zurück in meine Tasche und fragte mich, ob ich überhaupt schon einmal eine Frau wirklich geliebt hatte. Im Augenblick kam es mir so vor, als ob Neil der einzige Mensch auf der Welt war, den ich liebte.

Tanaka und Kim hatten ihr Gespräch beendet, und eine Weile war es still in der Kapsel bis auf das asthmatische Surren der Luftversorgung.

Moriyama öffnete die Augen wieder, und sein Blick kreuzte sich mit dem von Jayakar, der sich gerade von seiner Sichtluke abgewandt hatte und uns alle nachdenklich betrachtete.

»Wie denken Sie inzwischen über meine Schuld, Kommandant?«, fragte er halb spöttisch, halb ernst.

Moriyama wölbte fragend die Augenbrauen und räusperte sich.

»Ich habe Ihnen bereits zu erklären versucht, wie Leid es mir tut, dass ich Sie ungerechtfertigt verdächtigt habe.«

Jayakar zögerte, dann schien er sich einen Ruck zu geben. »Ich muss Ihnen etwas gestehen«, sagte er mit einem schiefen Grinsen.

Der Kopf des Kommandanten ruckte verblüfft nach vorn. »Sie müssen mir – was?!«

»Ihr Verdacht gegen mich«, bekannte Jayakar unbehaglich, »war nicht gänzlich ungerechtfertigt.«

»Können Sie sich etwas deutlicher ausdrücken, Professor?«, fragte Moriyama gereizt.

Jayakar neigte den Kopf zur Seite. »Sie hatten Unrecht,

als Sie mich des Mordes an Iwabuchi verdächtigten«, erklärte er. »Aber Sie hatten Recht, als Sie mich verdächtigten, der Saboteur zu sein. Ich war es tatsächlich.«

25

Es war eng und stickig in der beklemmenden Röhre des Piratenraumschiffes, und man fror und schwitzte gleichzeitig und hatte dabei das Gefühl, dicht vor einem Schreikrampf zu sein. Wir waren wahrscheinlich richtiggehend froh über die Ablenkung, als wir alle den Professor aus Cambridge, Großbritannien, anstarren konnten, der sich an dem roh eingeschweißten Guckloch festhielt und uns mit angriffslustig funkelnden Augen musterte.

»Wenn das einer Ihrer Scherze sein soll, Mister Jayakar«, sagte Moriyama streng, »dann habe ich diesmal die Pointe verpasst.«

»Es ist kein Scherz«, versicherte Jayakar. »Mir war nie weniger nach Scherzen zu Mute.«

»Wissen Sie, was Sie da sagen? Sie beschuldigen sich eines Verbrechens, für das Sie den Rest Ihres Lebens eingesperrt werden können, wenn wir zurück auf der Erde sind.«

»Keine Sorge«, meinte Jay leichthin. »Wir werden nicht zurückkommen.«

Ich räusperte mich und spürte, dass meine Kehle sich rau anfühlte. »Wie?«, fragte ich. »Wie haben Sie es gemacht, Jay? Mit dem Computer?«

Er nickte. »Selbstverständlich. Ich hatte die Software so manipuliert, dass die Steuerung nicht funktionieren konnte. Es waren sehr raffinierte Manipulationen, in aller Bescheidenheit, die unter anderen Umständen jahrelang hätten unentdeckt bleiben können und selbst dann immer noch leicht als versehentliche Programmierfehler durchgegangen wären. Niemand hätte je Verdacht geschöpft, und der Energiesender hätte nie wieder funktioniert.«

Moriyamas Miene hatte sich bei diesen Worten sichtlich verdüstert. »Darauf sind Sie wohl auch noch stolz, was?«, knurrte er. »Was war mit Iwabuchi? Ist er Ihnen auf die Schliche gekommen?«

»Ich war mir nicht sicher, ob er Verdacht geschöpft hatte. Jedenfalls war mir klar geworden, dass er ein technisches Genie war und befürchtete, dass er etwas finden würde, wenn er sich die Programme wirklich vornahm. Als gestern die Idee aufkam, uns die Software gemeinsam vorzunehmen, musste ich ihn auf heute vertrösten und die ganze Nacht über arbeiten, um meine kleinen Tricks wieder zu entfernen.«

»Was hätten Sie gemacht, wenn Sie nicht zufällig Nachtwache gehabt hätten?«

»Ich hätte es vom Terminal in meiner Kabine aus gemacht.«

Tanaka schüttelte den Kopf. »Das Betriebssystem des Computers registriert jede Änderung an einem Programmtext und vermerkt die entsprechende Uhrzeit und das Datum. Daran hätte jeder Laie sehen können, dass Sie die Programme nachts überarbeitet hatten.«

»Das ist prinzipiell richtig«, lächelte Jayakar überlegen. »Aber letztendlich ist nichts von dem, was der Computer gespeichert hat, in Stein gemeißelt. Jede Information existiert nur als äußerst flüchtiges, magnetisches Abbild – auch Datumseinträge von Programmfiles. Bei der hervorragenden Kenntnis des Betriebssystems, die zu besitzen ich mir schmeicheln darf, ist es zwar mühsam, aber möglich, diese Einträge zu manipulieren. Sie werden nichts finden, und auch Iwabuchi hätte nichts gefunden.«

»Und Sie wollten«, mutmaßte Yoshiko, »die Programme mit Iwabuchi zusammen durchgehen, um dann, wenn Sie beide keine Fehlerursache entdeckt hatten, den vorherigen Zustand wieder herzustellen?«

»Ganz genau«, nickte der Kybernetiker.

Moriyama schüttelte fassungslos den Kopf. »Aber um alles in der Welt, warum?«, rief er. »Was für einen Grund hatten Sie für das alles?«

Jayakar hob die Augenbrauen und sah uns der Reihe nach an. Dann, anstelle einer Antwort, hob er in einer gespenstisch langsamen Bewegung seine rechte Hand zu einer Geste, die jeder von uns schon einmal gesehen hatte: die Hand zur Faust geballt, nur den Zeigefinger schräg abwärts gerichtet, hob sich und hob sich, bis der Arm ganz ausgestreckt war und aussah wie der lang gestreckte Hals eines Straußvogels, der von seiner erhöhten Position aus versuchte, hinter den Horizont zu spähen.

»Meine Güte«, sagte jemand. »GREENFORCE.«

Greenforce. Ich studierte die Gesichtszüge des in Kalkutta geborenen Mathematikers, und plötzlich kam er mir absolut nicht mehr so harmlos und umgänglich vor. Jayakar war ein Greenforce-Agent, ein aktives Mitglied jener radikalen, gewalttätigen Splittergruppe der altehrwürdigen Greenpeace-Bewegung, die im Gegensatz zu dieser nicht auf pazifistische, sondern auf terroristische Vorgehensweise vertraute.

»Ganz recht«, nickte der Kybernetiker. »Und Sie brauchen dieses Wort nicht so verächtlich auszusprechen. Wir sind nicht die Öko-Terroristen, als die uns die Medien immer so gerne hinstellen; wir sind eher eine Art Fünfte Kolonne der Vernunft in einer vollkommen selbstmörderisch gewordenen Welt.«

»Greenpeace hat sich von Ihnen wiederholt distanziert«, meinte Tanaka »Nur mit friedlichen Mitteln kann eine friedliche Welt geschaffen werden.«

Jay lachte auf, aber es war eher ein verzweifeltes Lachen. »Entschuldigen Sie, Tanaka-*san*, aber die Greenpeace-Leute sind Träumer. Es geht nicht um eine friedliche oder unfriedliche Welt, es geht um das schlichte Überleben der Menschheit als Art, und wer immer noch nicht gemerkt hat, dass die Methoden von Mahatma Gandhi hier nichts fruchten, der tut mir Leid. Wie war das letztes Jahr im Frühsommer? Tausende von friedlichen Demonstranten besetzen ein Schiff im Hafen von Rotterdam, die AMOCO TAN, werden Stunden später ebenso friedlich durch Polizisten von Bord geschafft, sodass das Schiff ungehindert auslaufen kann und dann jenseits der Hoheitsgrenzen seine Ladung – verdünnte, aber hochgiftige Chemieabfälle – ungestört mitten in der toten Nordsee von Bord pumpen kann. Und nun das Gegenbeispiel: Ein einzelner Mann – meine Wenigkeit – arbeitet bei einer Tochterfirma der British Petroleum Company, und als er hoch geachtet und gut bezahlt ausscheidet, hat er in den weltweit vernetzten Computersystemen des Unternehmens Auswerteprogramme hinterlassen, die es BP unmöglich machen werden, noch ein einziges neues Erdölvorkommen aufzuspüren. Was über kurz oder lang den Untergang dieser Firma bedeutet.«

Es klang beeindruckend, wie er das erzählte, und ich glaubte ihm jedes Wort. Es war offensichtlich, dass wir diesen Mann bisher sträflich unterschätzt hatten. Wenn er jetzt mit einer Sammelbüchse und Einschreibeformularen herumgegangen wäre, hätte er gute Chancen gehabt, neue Mitglieder zu werben.

»Aber warum die Solarstation, Jayakar?«, ächzte Moriyama. »Kein Kernkraftwerk, keine Giftmülldeponie ... ausgerechnet die Solarstation – warum?«

»Weil die Solarstation«, erklärte Jayakar mit raschen, harten Worten, die er abfeuerte wie Salven aus einem Maschinengewehr, »ein gefährliches, größenwahnsinniges Projekt ist; ein letzter irrwitziger Versuch, die verfahrene Situation der Menschheit mit rein technischen Mitteln zu retten – ein Versuch, der alles nur noch schlimmer machen wird. Die Solarstation ist nichts weiter als eine neue Manifestation jenes Aberglaubens, der das Heil in technologischen Großprojekten sucht. Und das ist ein gefährlicher Aberglaube, vielleicht der verhängnisvollste überhaupt.«

»Sie sind verrückt.«

Jayakars Gesicht schien beinahe zu leuchten, glänzte von Schweiß und Angriffslust. Das hier waren keine seiner üblichen Witzchen. Das hier war sein heiliger Ernst. »Bitte, wir können auch gern mehr ins Detail gehen. Offenbar ist Ihnen nicht klar, in welch drastischem Maß die Solarstation in die Biosphäre eingreifen kann und dies bereits tut. Haben Sie eine Vorstellung davon, was für Energien hier im Spiel sind? Was diese Energien bedeuten? Da unten bei Hawaii ist nicht einfach nur eine Empfangsstation, dort ist ein ökologisches System mit all seinen vielfältigen Formen. Ich könnte Ihnen Fotos zeigen von Vögeln, die in den Übertragungsstrahl geraten sind und die regelrecht gebraten vom Himmel fielen. Nach jedem unserer Übertragungsversuche werden auffallend viele tote Fische an die Küste gespült. Fische, deren Körper nicht mehr Gift enthält, als heutzutage üblich ist – deren Muskelfasern aber weich und tot sind und bei der kleinsten Berührung zu Brei zerfallen. Und so könnte man immer weitermachen. Niemand hat je untersucht, welche Auswirkungen der Energiestrahl auf die Ozonschicht hat. Niemand hat je gefragt, ob die Luft dadurch chemisch verändert wird. Keinen interessiert der Elektrosmog, der den Strahl begleitet. Keine Fragen, keine Antworten. Nun, wir fragen – aber die Antworten, die wir erhalten, sind absolut unbefriedigend.«

»Schlagworte«, stellte der Kommandant grimmig fest. »Nichts als Schlagworte. Sie enttäuschen mich, Professor Jayakar. Wenn wir wieder auf der Erde sind, werde ich dafür sorgen, dass man Sie zur Rechenschaft zieht.«

Jayakar ließ die Sichtluke los und griff sich mit beiden Händen in den Nacken, um ihn zu massieren. »Kommandant, Sie verstehen immer noch nicht. Dabei ist es so einfach.«

»Dann erklären Sie mir es bitte so, dass ich es auch verstehe«, bat Moriyama gereizt.

»Nun gut.« Jayakar hielt mit seiner Massage inne und fasste den Kommandanten scharf ins Auge. »Welche Leistung kann die Solarfläche der NIPPON maximal erzeugen?«

»Rund ein Gigawatt.«

Jayakar nickte. »Ein Gigawatt. Eintausend Megawatt. Eine Million Kilowatt. Anbei bemerkt kann man die Kraftwerke auf der Erde, die eine vergleichbare Leistung erbringen, buchstäblich an den Fingern abzählen. Können Sie sich vorstellen, Moriyama-*san*, was passiert, wenn ein Energiestrahl mit einer Leistung von annähernd einem Gigawatt nicht auf einem dafür vorbereiteten Empfängergitter auftrifft, sondern stattdessen munter über Land und Meer wandert?«

»Es wäre eine Katastrophe, das weiß ich auch«, versetzte Moriyama ärgerlich. »Damit das nicht passiert, gibt es vielfach gestaffelte Schutzmechanismen, die den Strahl bei der kleinsten Abweichung einfach abschalten.«

»Ah ja«, nickte Jay. Und nach einer Weile fuhr er fort: »Das setzt voraus, dass sich fachkundiges und verantwortungsvolles Bedienungspersonal an Bord der Solarstation aufhält. Wie wir aber wissen, ist das gegenwärtig nicht der Fall ...«

Ein Ausdruck jähen Begreifens tauchte in Moriyamas Gesicht auf. Seine Augen wurden größer und größer, während er den Mathematiker mit wachsendem Entsetzen anstarrte.

»Sie meinen doch nicht etwa, dass Khalid ...«

»Allerdings meine ich das«, sagte Jayakar. »Was glauben Sie, aus welchem Grund er Professor Yamamoto entführt hat? Wozu er Tanaka und Kim verhört hat? Jemand wie Khalid braucht doch nicht die Hilfe eines alten Professors, um eine Lösegeldforderung zu stellen. Jemand wie Khalid ist doch nicht auf den Rat von zwei Ingenieuren angewiesen, um eine Regierung zu erpressen. Ja, er hat uns eine Menge wilder Geschichten von Lösegeld und Milliarden Dollar in Gold erzählt, aber ich bin überzeugt, dass das alles gelogen war. In Wirklichkeit weiß Khalid genau, dass die Solarstation, wenn er alle Sicherheitsmaßnahmen ausschaltet, sich in eine monströse, unglaublich gefährliche Waffe verwandelt. Und diese Waffe will er benutzen, darauf wette ich meinen rechten Arm.«

»*Sonna bakana!*« Tanaka verzog abfällig das Gesicht.

Moriyama schüttelte ganz unmerklich den Kopf, als bringe er zu mehr die Kraft nicht mehr auf. »Nein, Tanaka-*san*, er hat Recht. Es wäre möglich. Er könnte die Sicherungen abschalten, und dann würde die Solarstation einen konzentrierten Mikrowellenstrahl aussenden, wohin auch immer er ihn richten würde, eine Million mal stärker als ein Mikrowellenherd.« Sein Atem ging plötzlich schwer. »Das wäre ... verheerend.«

»Was würde passieren?«, wollte Yoshiko wissen. Ihre Stimme klang erstickt.

»Genau kann ich es Ihnen nicht sagen, weil es noch nie ausprobiert worden ist«, erklärte Jayakar, »aber wenn Sie sich in Erinnerung rufen, was in einem normalen Mikrowellenherd passiert, dann können Sie es sich ungefähr vorstellen. Die NIPPON sendet ihre Energie mit prinzipiell genau den gleichen Mikrowellen, nur eine Million mal stärker. Selbst wenn man die Übertragungsverluste mit einrechnet, selbst wenn man berücksichtigt, dass der Strahl, wenn er auf die Erde auftrifft, eine Querschnittsfläche von einem Quadratkilometer hat, ist er immer noch absolut tödlich. Ein Mensch, der in den Bereich des Strahls käme, würde in kürzester Zeit sterben, weil das Wasser in seinem Körper explosionsartig anfangen würde zu kochen. Es wäre ein unsichtbarer, tödlicher Strahlenfinger, der unaufhaltsam und unablässig über Land und Meere streichen könnte und der eine grauenhafte Spur der Verwüstung in die Erde brennen würde.«

»Und Sie glauben wirklich, dass Khalid das vorhat?«, fragte Yoshiko mit weit aufgerissenen Augen. »Warum?«

»Weil er«, meinte der Mathematiker freudlos, »die Rolle des geldgierigen Erpressers einfach sehr unglaubwürdig spielt.«

»Finden Sie?«

»Ja. Erst tischt er uns diese Idee auf, ein Shuttle mit einer Ladung Gold kommen zu lassen, und dann unternimmt er plötzlich alle Anstrengungen, normalen Stationsbetrieb vorzutäuschen – anstatt sein Ultimatum so schnell wie möglich hinauszuposaunen. Warum? Da passt nichts zusammen. Sein Verhalten erscheint unsinnig, solange man davon ausgeht, dass er Lösegeld erpressen will.«

»Aber was hat er davon?«, überlegte Moriyama laut. »Was hat er davon, irgendjemand anzugreifen?«

»Darüber bin ich mir auch noch nicht im Klaren«, gab Jayakar zu. »Ich habe keine Idee, wen er angreifen können wollte. Sicher ist nur, dass es jeder beliebige Ort auf der Erde sein kann – da die Solarstation sich auf einer Bahn über die Pole bewegt und sich die Erde sozusagen unter uns weiterdreht, wir also bekanntlich innerhalb von zwei Tagen jeden Fleck Erde einmal überflogen haben. Die Auswahl ist also wahrhaftig groß.«

»Ich weiß, was er vorhat«, hörte ich mich sagen.

»Wie bitte?«

»Ich weiß, was Khalid vorhat.«

Sie sahen mich alle an. Ich bot wahrscheinlich keinen besonders eindrucksvollen Anblick, wie ich mich da an die Sichtluke klammerte, durch die zuvor Jayakar geschaut hatte. Vermutlich war ich weiß wie eine Wand. Ich hatte hinausgespäht und etwas entdeckt, das alle Fragen beantwortete und alle Puzzleteile sich zu einem sinnvollen Bild zusammenfügen ließ. Es war etwas, das auch Jay schon hätte sehen können, aber nicht bemerkt hatte. Deswegen zitterte jetzt auch meine Magengrube und nicht seine.

Ich konnte nur wortlos hinausdeuten, und sie drängten sich alle um das eine kleine Bullauge wie Gymnasiasten um das einzige Schlüsselloch zum Umkleideraum der Mädchen.

Die Japaner sahen es natürlich fast sofort.

»Die Fahne!«, sagte Tanaka. »Sie ist nicht mehr da.«

Die japanische Fahne, die seit der Inbetriebnahme der Station an einem weit hinausragenden, dünnen Mast befestigt gewesen war, hing nicht mehr an ihrem Platz. An ihrer Stelle befand sich jetzt ein blutrotes Tuch mit weißen, kunstvoll verschlungenen Schriftzeichen.

»Was steht auf diesem Tuch?«, fragte Moriyama. »Es sieht aus wie Arabisch.«

»*Bismi llahi rachmani rachmini*«, zitierte ich, ohne dass ich deswegen hätte hinaussehen müssen. Ich war mit einer Araberin verheiratet gewesen und hatte mir trotzdem nicht mehr als ein paar Brocken dieser schwierigen Sprache angeeignet – diese Worte aber kannte ich.

»Was heißt das?«

»Im Namen Allahs, des Allbarmherzigen ...« Das ist die so genannte *Basmala*, die Formel, mit der jede einzelne Sure des Korans beginnt. Und«, fügte ich hinzu, »es sind die Worte, die auf der Fahne der Dschijhadis stehen.«

»Tatsächlich!«, stieß Jayakar hervor. »Sie haben die Fahne der Dschijhadis gehisst! Das heißt ... das kann nur heißen ...«

Ich nickte. Ich dachte an Fernsehbilder, die ich gesehen hatte, von einer großen weißen Stadt mit glänzenden Dächern, die in der flirrenden Hitze der Wüste lag, von ameisengleichen Panzern und Geschützen eingekesselt und von ihren Bewohnern mit Zähnen und Klauen verteidigt. Und ich dachte an einen kleinen schwarzhaarigen Jungen, der einst auf meinen Knien gesessen hatte und der über das Leben Bescheid wissen wollte und der seit Beginn der Belagerung mitten in dieser Stadt lebte, nicht weit von der Kaaba entfernt, dem schlichten, würfelförmigen Heiligtum, das Zentrum und Herz dieser Stadt war.

»Mekka«, sagte ich tonlos. »Sie wollen Mekka zerstören.«

26

VOR EIN PAAR Wochen kam eine kleine Meldung in den Nachrichten; wahrscheinlich ist sie niemandem außer mir aufgefallen.« Ich holte tief Luft – verbrauchte Luft, die nach Schweiß und Öl stank und sich klebrig und schwer anfühlte in der Lunge. »In der Meldung hieß es, dass Abu Mohammed, der glorreiche Führer der Dschijhadis, der zweite Prophet, gesagt habe, die seit einem Jahr andauernde Belagerung Mekkas sei in Wahrheit eine Prüfung für den Glauben seiner Anhänger, der schließlich durch ein Wunder belohnt werden würde.«

»Ein Wunder?« Jayakar schien sich zu weigern, das Offensichtliche wahrhaben zu wollen.

»Ein Wunder, das er zu diesem Zeitpunkt längst inszeniert und in die Wege geleitet haben musste.« Durch die Luke sah ich hinab auf das Hochland von Mexiko, das die Solarstation gerade überflog. Die untergehende Sonne warf bizarre Schatten über die kahlen Gipfel der westlichen Sierra Madre, und schwarze, zähe Rauchwolken stiegen von den Industriegebieten am Golf von Kalifornien auf. Einhundertfünfter westlicher Längengrad. Ich überschlug unsere Flugbahn im Kopf. »Noch anderthalb Erdumkreisungen, dann werden wir Mekka genau überfliegen. In etwas mehr als zwei Stunden wird das Wunder geschehen, das der große Prophet vorhergesagt hat. Khalid wird dafür sorgen. Er wird die geballte Energie der NIPPON auf Mekka abstrahlen und jedes lebende Wesen darin zu Tode kochen.« Unter anderem meinen Sohn. Alles in mir schien abzusterben bei dieser Vorstellung.

»Der Strahl wird anfangen zu wandern«, wandte Moriyama ein. »Die Vibrationen werden es unmöglich machen zu zielen ...«

Jayakar schüttelte wie betäubt den Kopf. »Keine Vibrationen. Kein Wandern. Ich habe alle Programmbestandteile entfernt, die zu diesen Fehlern geführt haben. Die Steuerung des Energiestrahls arbeitet einwandfrei.«

Moriyama schnaubte empört.

»Was für ein seltsamer Saboteur sind Sie eigentlich, Mister Jayakar?«

Ich hörte kaum hin. Mir war, als stürbe ich bereits, während ein roboterartiger Automatismus die Steuerung meines Körpers übernahm und mich immer weiter reden ließ. »Das alles muss geplant und von langer Hand vorbereitet gewesen sein. Ich dachte die ganze Zeit, dass Khalid auf den verspäteten Shuttle wartet und dass deshalb niemand erfahren sollte, dass sie an Bord sind. Aber in Wirklichkeit dürfte es Sabotage sein, die den Shuttle am Boden hält; ein Agent Khalids im Raumfahrtzentrum. In Wirklichkeit geht es darum, dass *niemals irgendjemand* erfahren darf, was sich abgespielt hat.«

In Moriyamas Blick las ich väterliche Besorgnis, und sie war weiß Gott gerechtfertigt. »Übertreiben Sie jetzt nicht etwas, Leonard?«

Wahrscheinlich wirkte ich nach außen ruhig und gefasst, wie einer dieser Helden im Film, der die Lage völlig im Griff hat, aber kein Eindruck konnte so falsch sein wie dieser. In meiner Magengrube spürte ich ein Zittern, das mich fatal an die ersten Anzeichen jenes Nervenzusammenbruchs nach meiner Scheidung erinnerte, den ich aus meinem Gedächtnis hatte streichen wollen.

»Übertreibe ich?«, hörte ich mich sagen. Ich fing wirklich an, irre zu reden. »Glauben Sie, ich übertreibe? Was würden Sie denn tun, Kommandant, wenn Sie an der Stelle des großen Propheten wären? Bedenken Sie den Effekt – über Mekka wird die Sonne aufgehen, während der tödliche, aber unsichtbare Strahl aus dem Weltraum auf die Stadt niederbrennt. Khalid wird über einen verschlüsselten Funkspruch den Vollzug melden, und daraufhin werden die Truppen Abu Mohammeds einmarschieren und vorfinden, dass es Allah gefallen hat, alle Einwohner Mekkas zu töten und die heilige Stadt des Islam den Dschijhadis zu schenken. Voilà – das Wunder des Propheten. Es wird nicht nur den Krieg um Mekka beenden, sondern auch dem Dschijhad-Islam endgültig zum Durchbruch verhelfen.«

Moriyama sah mich mit einem Blick voller Schmerz an. Noch jemand, dem es wehtat, der Wahrheit ins Gesicht blicken zu müssen.

»Ich suche verzweifelt nach einem Gegenargument, aber mir fällt keines ein«, bekannte er leise.

»Es gibt keines. Das ist es, was Khalid vorhat. Und für ein Wunder ist es wichtig, dass niemand erfährt, wie es bewerkstelligt wurde. Deshalb werden wir alle sterben.«

»Und Khalid?«

Ich zuckte die Schultern. »Ich weiß es nicht. Vielleicht wird er den Shuttle entführen und einen Absturz über dem Ozean vortäuschen. Es ist nicht wichtig. Sicher hat er einen Plan, der auch funktionieren wird, wie alle seine Pläne bisher funktioniert haben. Sicher ist, dass er eine NIPPON zurücklassen wird, deren gesamte Besatzung auf rätselhafte Weise den Tod gefunden hat.«

Tanaka war kreideweiß im Gesicht. »Das müssen wir verhindern!«, rief er erregt. »Wir müssen etwas unternehmen!«

»Was wollen Sie denn unternehmen?«, fragte Jayakar abfällig, fast gelangweilt. »Wir sind hier gefangen, im perfektesten Gefängnis der Welt. Auch wenn wir Bescheid zu wissen glauben, haben wir nicht die geringsten Handlungsmöglichkeiten. Es ist tatsächlich der perfekte Plan.«

»Nein.«

In meiner Magengrube fing es an zu pochen und zu pulsieren, und wie ein Strom glühender Lava stieg eine Kraft in mir empor, von der ich nicht geglaubt hatte, sie noch zu besitzen. Es war Wut. Sengendheiße, gnadenlose Wut, geradezu wohltuend in ihrer Urgewalt. »Es gibt perfekte Pläne, aber es gibt keine perfekte Ausführung. Auch Khalid hat Fehler gemacht.«

»Tatsächlich?«

»Tatsächlich.«

Wie Blitzlichter zuckten Bilder vor meinem inneren Auge vorbei, Bilder von Momenten aus meinem Leben, in denen ich diese Wut verspürt hatte. Ich war einmal ein Sieger gewesen. Ich hatte einmal zu kämpfen verstanden. Für einen Augenblick war ich wieder auf dem Schulhof, und der Kinderschreck aus einer der höheren Klassen hatte mich so lange gequält, dass ich ihm voller Wut in die Eier trat und ihn für den Rest des Tages außer Gefecht setzte.

Ich hangelte mich über die Kontursitze hinweg nach hinten und fing an, den Leichensack aus dem Netz dahinter hervorzuzerren. Die anderen beobachteten mich entgeistert, ohne sich von der Stelle zu rühren. Immerhin auch, ohne mich an meinem Tun zu hindern. Als ich den blauen Plastiksack mit dem Toten darin vollständig aus seiner Befestigung herausgezogen hatte, machte ich mich daran, ihn aufzuschnüren.

»Er hätte den armen Professor nicht entführen sollen«, erklärte ich, wenngleich meine wirre Rede als Erklärung nicht viel taugen mochte. Yamamotos lebloser, silberhaariger Schädel kam zum Vorschein. »Und nachdem er ihn schon mit an Bord genommen und durch den Start umgebracht hatte, hätte er ihn nicht so achtlos hinter die Sitze stopfen und dort vergessen sollen.«

Ich öffnete den Plastiksack weiter und streifte ihn am Körper des Toten herab. Wie es sich herausstellte, trug der Tote einen Raumanzug.

»Sie trugen alle vier Raumanzüge, weil sie ihrem selbst

gebastelten Raumschiff nicht recht trauten. Zu Recht, wahrscheinlich. Nachdem Yamamoto tot war, hatten sie andere Sorgen, als ihn auszuziehen. Und da es ihnen auf eine Leiche mehr oder weniger sowieso nicht ankommt, vergaßen sie ihn, als sie uns hier einsperrten. Und das«, schloss ich grimmig, »war ein Fehler.«

Ich holte den Leichnam vollständig aus dem Plastiksack heraus. Es tat gut zu handeln. Der zum Raumanzug gehörende Helm fand sich ganz am Schluss zwischen den Füßen des Toten. Auf seinem Halsverschluss waren kyrillische Buchstaben eingeprägt: also tatsächlich russische Raumanzüge. Wie ich es mir gedacht hatte. Es galt nach wie vor, dass es nichts gab, das man auf dem russischen Schwarzmarkt nicht hätte kaufen können. Ich begann, den Toten zu entkleiden. Der Raumanzug war dem schmächtigen alten Japaner zu groß gewesen; mir würde er ganz leidlich passen mit meiner Durchschnittsgröße.

»Was tun Sie da«, wollte der Kommandant wissen, als ich in das Hosenteil schlüpfte, was sich in der Schwerelosigkeit und ohne die entsprechenden Halterungen nicht gerade einfach gestaltete.

»Das sehen Sie doch – ich ziehe den Raumanzug an.«

Ich prüfte die Sauerstoffreserve des Rucksacktornisters. Mehr als ausreichend.

»Und was haben Sie vor?«

»Was denken Sie denn, dass ich vorhaben könnte?«, fragte ich zurück und schnallte die Stiefel an. »Ich werde rübergehen und Khalid mit bloßen Händen erwürgen.«

»Werde ich dazu nicht gefragt?«

Ich hielt inne und sah Moriyama an. »Nein. Sie werden dazu tatsächlich nicht gefragt.«

Es war einen Moment lang wie ein Kräftemessen mit Blicken, dann nickte der grauhaarige Kommandant. »Khalid ist nicht allein da drüben, das wissen Sie?«

»Mir ist gerade wieder eingefallen, dass ich einmal das

Handwerk eines Soldaten gelernt habe. Mal sehen, was ich noch alles kann.« Ich streifte das Brustteil über und verband es mit dem Hosenteil. Alles sehr solide, alte russische Wertarbeit. Yoshiko half mir beim Aufsetzen des Rückentornisters. Ich achtete sorgfältig darauf, nicht aus Versehen das Funkgerät einzuschalten, das wie ein dicker, wurstförmiger Wulst im Nacken befestigt war. Die Geräte der anderen drei Raumanzüge sendeten und empfingen sicher auf der gleichen Frequenz; wenn ich die Piraten mit einem lautstarken Einschaltknacken auf die richtigen Ideen brachte, konnte ich genauso gut gleich hier bleiben.

»Leonard?«, fragte Jayakar plötzlich.

»Ja?«

Er schwebte neben dem Gucklock, das in der Schleusenluke eingelassen war, und hielt sich am Verschlussrad fest. »Ich fürchte«, sagte er zögernd, »Khalid hat doch keinen Fehler gemacht.« Er deutete auf das Guckloch. »Die äußere Schleusentür steht offen.«

»Und?«

»Und es gibt keine Vorrichtung, um sie von hier drinnen zu schließen.«

Ich hatte mir gerade den Helm aufsetzen wollen, aber jetzt hielt ich entsetzt inne. Mein Verstand weigerte sich zu glauben, was meine Ohren hörten. War das ein Problem? Durfte es sein, dass das ein Problem war? Ich hangelte mich über die Sitze hinweg zu Jayakar an das Schleusenluk und spähte durch die enge Sichtritze. Tatsächlich, die äußere Schleusentür stand offen. Sie musste geschlossen werden. Dann konnte ich die innere Luke öffnen, mich in den engen Schleusenschacht zwängen und dann die äußere Luke öffnen. Ich suchte nach irgendeinem Hebel oder Schalter, um sie von innen zu schließen, aber es gab keinen.

»Das darf nicht wahr sein«, murmelte ich. »Wie soll ich denn jetzt hinauskommen?«

»Vergessen Sie's«, meinte Jayakar wenig hilfreich. »Unser Gefängnis ist noch perfekter, als wir dachten. Sie haben zwar einen Raumanzug, aber Sie können die Kapsel nicht verlassen, ohne uns alle zu töten.«

27

Ich klammerte mich an dem Guckloch der inneren Schleusentür fest wie ein Ertrinkender an seiner letzten Luftblase, starrte hinaus in die Schleuse und zermarterte mir das Gehirn nach einem Ausweg. Die äußere Schleusenluke schien zum Greifen nahe zu sein. Wenn draußen kein Vakuum geherrscht hätte, man hätte einfach nur das Innenluk öffnen und sich hinauszulehnen brauchen, um sie zuzuziehen. So aber war sie unerreichbar. Allein der Versuch, das Innenluk, das nach innen aufging, gegen den Druck der Kabinenatmosphäre zu öffnen, wäre gescheitert, und wenn man es wider Erwarten doch geschafft hätte, wäre man vom Druck der entweichenden Luft hinauskatapultiert worden wie ein Geschoss aus einem Luftgewehr.

»Worauf warten Sie, Leonard?«, ließ sich Jayakar vernehmen. »Darauf, dass ein Engel vorbeischwebt und das Außenluk mit der Flügelspitze zudrückt?«

Selbst das hätte nichts genützt. Der Engel hätte außerdem das Handrad des Verschlussmechanismus herumdrehen müssen.

Ich studierte jedes Detail, fieberhaft nach einem Anhaltspunkt suchend. Das Kabel, mit dem die Kapsel an der Solarstation angebunden war, glänzte im Sonnenlicht. Ich fragte mich, woran sie es wohl festgemacht hatten – offenbar an einer der drei Verschlussklammern am äußeren Ring, für die es in der Schleuse der NIPPON keine Gegenstücke gab, weil sie über ein neuartiges, von außen her greifendes Dichtsystem verfügte.

Die riesige Solarfläche glänzte wie flüssiges Silber. Ob die Flügel eines Engels wohl genauso hell strahlten? Ich wurde allmählich irre, konstatierte ein vernünftig gebliebener Teil meiner Gedanken missmutig.

Da war etwas, die schattenhaften Umrisse einer Idee. Sie hatte mit Engeln zu tun. Ich ließ das Guckloch los und sah mich in der engen, immer stickiger werdenden Kapsel um. Apathische, erschöpfte Gesichter blickten mich an.

»Ziehen Sie den Raumanzug wieder aus, Leonard«, meinte Moriyama müde. »Es hat keinen Zweck.«

Ich ignorierte ihn. Die Idee nahm Gestalt an. »Kim«, fragte ich, »Sie waren doch beim Bau der Solarstation dabei?«

Der Koreaner nickte überrascht. »Einige Male, jawohl.«

»Ich habe irgendwo gelesen, dass die Spinnenroboter, die beim Bau mitgearbeitet haben, durch Sprache gesteuert wurden – stimmt das?«

»Ja.«

»Dann müsste«, schlussfolgerte ich, »sich Spiderman fernsteuern lassen, wenn ich mit dem Funkgerät des Raumanzugs auf seine Frequenz gehe, oder?«

Ich hörte, wie Jayakar neben mir nach Luft schnappte.

Er hatte erraten, worauf ich hinauswollte.

Kim blickte skeptisch drein. »Wenn sein Funkgerät noch funktioniert, ja. Er ist sehr lange Zeit nicht technisch geprüft worden, weil man nur noch darauf wartet, wann er endlich ausfällt.«

»Welche Frequenz hat er?«

»Das weiß ich wirklich nicht. Sie müssten nach einer Frequenz suchen, auf der regelmäßig alle fünf Sekunden ein hoher Ton ertönt, etwa wie ›Ping‹. Das ist das Bereitschaftssignal.«

Die Kontrollen des Funkgeräts waren am rechten Handgelenk des Raumanzugs befestigt, große, klobige Rändelschrauben für Lautstärke und Frequenz und breite Schalter für die Stromzufuhr. Ich drehte das Frequenzrad bis an den Anschlag zurück, dann schaltete ich das Funkgerät ein, das in meinem Nacken befestigt war, oben auf dem Versorgungstornister, den ich auf dem Rücken trug. Während ich das Mikrofon, das an einem Bügel vor meinem Mund hing, zuhielt, aus Angst, mich versehentlich auf der Frequenz der Piraten bemerkbar zu machen, durchwanderte ich langsam das ganze Frequenzband und lauschte aufmerksam.

»Nichts«, sagte ich enttäuscht, als das Frequenzrad den anderen Anschlag erreicht hatte.

»Darf ich erfahren, was Sie vorhaben, Leonard?«, wollte Moriyama wissen.

»Ich will Spiderman anweisen, zu uns zu kommen und das äußere Luk zu schließen, damit ich die Schleuse benutzen kann«, erklärte ich. »Aber wie es scheint, hat sein Funkgerät inzwischen den Geist aufgegeben.«

»Ich glaube, Sie haben zu schnell gesucht«, meinte Jayakar. »Sie müssen auf jeder Frequenz mindestens fünf Sekunden lang bleiben, um zu hören, ob ein Ton gesendet wird. Und fünf Sekunden sind lang, wenn man nervös ist.«

Ohne viel Hoffnung drehte ich das wulstige Rad wieder rückwärts, wesentlich langsamer diesmal. Und ich wurde fündig.

»*Ping!*«

»Da ist es! Kim, was nun?«

»Jetzt geben Sie Befehle.«

»In welcher Sprache?«

»Englisch. Er versteht etwa zweihundert elementare englische Wörter.«

»Englisch?«, wiederholte ich verwundert. Warum nicht gleich Lateinisch? In meiner Jugend war Englisch Weltsprache gewesen, aber heutzutage erwartete man unwillkürlich, dass man sich mit Robotern auf Japanisch verständigen musste.

»Das Steuerungsmodul wurde damals von einer amerikanischen Firma entwickelt«, erklärte Kim. »Man sagte uns, die englische Sprache sei für einen Computer leichter zu analysieren als asiatische Sprachen. Ich glaube allerdings nicht, dass das wirklich der Grund war, wenn es überhaupt stimmt.«

Ich nickte geistesabwesend. Im Augenblick interessierte mich diese Geschichte nicht wirklich. Neben den Funkkontrollen war an meinem rechten Handgelenk eine Uhr befestigt, deren Sekundenzeiger unbarmherzig vorrückte und mich mahnend daran erinnerte, dass ich keine Zeit zu verlieren hatte.

»Wie rede ich ihn an?«, wollte ich wissen.

»Sie nennen einfach seine Nummer. Er ist Nummer vier.«

Ich räusperte mich, ließ das Mikrofon los und sagte: »NUMBER FOUR?«

Ein doppelter Ton antwortete mir, ein hoher, gefolgt von einem tieferen, beides glockenartige, hörbar synthetische Klänge. Es klang wie *Ping-pong*.

»Das heißt, dass er Sie verstanden hat«, erläuterte Kim, als ich ihn danach fragte.

»Gut«, nickte ich. Jetzt würde sich zeigen, ob meine Idee etwas taugte. »Wie sage ich ihm, dass er zur Hauptschleuse kommen soll?«

»Sie befehlen es ihm einfach. In einfachen Worten.«

Nun gut. In einfachen Worten. »MOVE TO MAIN LOCK«, sprach ich ins Mikrofon.

Nichts geschah. Nach einer Weile kam ein gleichmütiges *Ping*.

»Er hat Sie nicht verstanden. Sie müssen vor jedem Befehl seine Nummer nennen.«

Das kam mir logisch vor. Ich versuchte es noch einmal: »NUMBER FOUR. MOVE TO MAIN LOCK.«

»*Ping-pong*«, kam als Antwort in meinen Kopfhörern.

Ich sah Kim an. »Er hat verstanden, glaube ich. Heißt das, dass er kommt?«

»Jawohl«, nickte der Koreaner. »Unweigerlich. Er wird sich durch nichts aufhalten lassen, es sei denn, Sie geben ihm einen anderen Befehl.«

Ich hangelte mich zu einem der Sehschlitze und spähte hinaus. Von dem spinnenartigen Roboter war weit und breit nichts zu sehen.

»Er ist noch auf der dunklen Seite«, erklärte Kim. »Er muss die ganze Zeit vor der Materialschleuse des Systemdecks auf neue Folie gewartet haben. Ich hatte die Maschine abgeschaltet. Es wird eine Weile dauern.«

»Wie lange?«

Der Metallurg überlegte. »Spiderman muss die ganze Solarfläche umrunden, um zu uns zu kommen. Ich nehme an, er wird sich an einem der Hauptspanten entlanghangeln; dort entwickelt er eine Geschwindigkeit von etwa zehn Kilometern je Stunde. Bis zum Rand der Solarfläche sind es zwei Kilometer, dann wendet er auf die helle Seite, noch einmal zwei Kilometer... eine halbe Stunde, etwa.«

Normalerweise war die Geschwindigkeit des Spinnenroboters völlig unerheblich, schließlich war die Solarfläche so gut wie fertig, und von der gelegentlichen Reparatur von durch Meteoriten beschädigten Elementen einmal abgesehen gab es so gut wie nichts daran zu tun. Jetzt aber hätte ich mir gewünscht, er wäre schneller gewesen oder hätte über ein eigenes kleines Triebwerk verfügt.

Nach endlosen zwanzig Minuten – wir überquerten gerade die Antarktis – tauchte ein winziger dunkler Punkt auf, der über die endlose, perlmuttglänzende Ebene der Solarfläche wanderte und quälend langsam näher kam. Gebannt verfolgten wir, wie er schließlich, graziös einherstolzierend, den Rumpf der Raumstation erreichte und sich anschickte, die Tunnelröhre zu erklimmen.

Mir fiel etwas ein. »NUMBER FOUR, MOVE SILENT.«

Tatsächlich schienen selbst aus dieser Entfernung die Bewegungen des Roboters langsamer und behutsamer zu werden. Ich hatte einmal gelesen, dass man die Roboter darauf eingerichtet hatte, sich so über die Hülle bewegen zu können, dass keinerlei Schwingungen dabei erzeugt wurden – also auch keine Laufgeräusche hörbar wurden. Man hatte sich dabei allerdings weniger Sorgen um den ungestörten Nachtschlaf der Stationsbesatzung gemacht als vielmehr um den ungestörten Verlauf von Mikrogravitationsexperimenten. Uns kam das nun insofern zugute, als es nicht nötig war, dass Khalid auf die Bewegungen des Spinnenroboters aufmerksam wurde.

»*Ping*«, erklang es, als Spiderman die Hauptschleuse erreicht hatte.

»Und jetzt?«, wandte ich mich Hilfe suchend an Kim, der dicht hinter mir stand.

Er bedeutete mir, ihm das Mikrofon zu geben. Ich drehte den Haltebügel nach außen und beugte mich zu ihm hinüber, sodass er bequem hineinsprechen konnte.

»NUMBER FOUR, IDENTIFY ROPE«, befahl Kim.

Ping-pong.

»NUMBER FOUR, MOVE ALONG ROPE.«

Ping-pong.

Fasziniert beobachtete ich durch das Guckloch in der inneren Schleusenluke, wie der Roboter einen seiner vorderen Handlungsarme ausstreckte und prüfend das Drahtseil zwischen seine Greiffinger nahm, gerade so, als müsse er überlegen, auf welche Weise er die gestellte Aufgabe am besten bewältigen konnte. Schließlich ging ein Ruck durch den dünnen, stabförmigen Körper, und Spiderman krabbelte von seinem Platz an der Kopfschleuse auf das Seil, um sich daran entlang auf unsere Kapsel zuzuhangeln, halsbrecherisch schwankend und schaukelnd.

»Für einen Roboter ist er ziemlich intelligent«, sagte Jayakar. »Er kann in ungewöhnlichen Situationen eigenständig die geeignete Fortbewegungsmethode auswählen.«

Spiderman kam immer näher. Ich fragte mich, wann er wohl Halt machen würde.

»NUMBER FOUR, STOP!«, sagte Kim, als der Roboter kurz vor der äußeren Schleuse war. Spiderman hielt mitten in der Bewegung inne und schickte wieder sein *Ping-pong*.

»NUMBER FOUR, IDENTIFY DOOR.«

Ping-Pong.

»NUMBER FOUR, CLOSE DOOR.«

Ich hielt den Atem an. Die Antwort Spidermans schien endlos auf sich warten zu lassen.

Ping-Pong.

Bedächtig, als müsse er darauf achten, das Gleichgewicht nicht zu verlieren – in der Schwerelosigkeit des Alls eine absurde Vorstellung –, streckte der Spinnenroboter seinen rechten vorderen Handlungsarm aus, langsam, tastend, ruckartig. Ein ferner, kratzender Laut war in der Wandung der Kapsel zu hören, als die Greifhand das Außenluk berührte und langsam in Bewegung setzte. Dann fiel das Luk mit einem donnernden Schlag zu – ein Schlag, der so laut war, dass einen unwillkürlich die Angst durchzuckte, jemand droben in der Station hätte ihn hören können. Aber rings um uns war Vakuum, nahezu völlige Luftleere. Hier hätte eine ganze Shuttleladung Schiffsminen explodieren können, ohne dass man irgendwo irgendeinen Laut gehört hätte.

Ping.

»Der Verschluss«, drängte ich. »Er muss den Verschluss des Luks verriegeln.«

Kim sah mich nervös an. »Ich habe nicht darauf geachtet. Wie sieht der Verschluss aus?«

»Ein Handrad«, erklärte ich, »in der Mitte des Luks.«

Kim überlegte kurz und beugte sich wieder über das Mikrofon. »NUMBER FOUR, IDENTIFY WHEEL.«

Das brauchte eine Weile. *Ping-Pong.*

»NUMBER FOUR, CLOSE WHEEL.«

Diesmal dauerte es noch länger. Doch dann kam nur ein klägliches *Ping*.

»Er versteht es nicht.« Ich ballte die Fäuste in den Handschuhen des Raumanzugs. »Verdammt. Er muss das Luk verriegeln, sonst war alles umsonst.«

»NUMBER FOUR, CLOSE WHEEL!«, rief Kim noch einmal.

Wieder nur: *Ping*.

»Das darf nicht wahr sein ...« Ich spähte aus einer handtellergroßen Sichtluke neben der Schleuse. Da draußen hockte der riesige, heuschreckenartige Roboter mit seinen eigentümlich melancholisch dreinblickenden Kameraaugen, studierte mit sanftem Interesse seine Umgebung und begriff nicht, was wir von ihm wollten.

»Wie schließt man eigentlich das Luk?«, wollte Jayakar wissen.

Ich starrte den Roboter unverwandt an, als bestünde die kleine Hoffnung, ihn auf diese Weise hypnotisieren zu können.

»Die einfachste Sache der Welt. Man dreht das Handrad einmal herum und ...«

»Aha«, machte Jayakar bedeutungsvoll. »Man *dreht* das Handrad.«

Ich sah ihn an. Dieser verdammte, arrogante Standesdünkel des britischen Intellektuellen. Dieser verdammt schlaue Kopf. Ich nahm Kim das Mikrofon aus der Hand. »NUMBER FOUR, TURN WHEEL CLOCKWISE.«

Ping-pong. Ein schabendes Geräusch, dann ein schrilles Quietschen, das durch Mark und Bein fuhr, dann wieder Stille.

»Ist das Luk jetzt geschlossen?«, fragte Kim.

»Ich hoffe es«, erwiderte ich und machte mich über das Belüftungsventil her, das im Innenluk eingeschweißt war. Ich zögerte nur einen Moment, dann drehte ich den Verschluss auf, eine schlichte Kappenmutter mit eingelassenem Dichtring, und Luft schoss pfeifend aus dem Kapselinneren in die Schleusenkammer. Ich spähte durch das Guckloch in der Schleusentür ins Dunkle. Falls mich meine Erinnerung und meine Beobachtungsgabe getrogen hatten, dann würde der Druck der einströmenden Luft das Außenluk sofort wieder aufdrücken.

Nichts geschah. Das Außenluk blieb verschlossen.

Der Druckausgleich schien ewig zu dauern, aber irgendwann ließ das durchdringende Pfeifen nach, wurde zu einem matten Fauchen und hörte schließlich ganz auf. Ich drehte die Dichtungsmutter wieder auf. Das Ventil war jetzt eiskalt.

»Leonard«, sagte Moriyama mahnend. »Wissen Sie, was Sie da tun?«

Ich angelte nach meinem Raumhelm. »Wer weiß schon immer, was er tut?«, meinte ich leichthin. »Das ist doch langweilig.«

»Das sind gefährliche Leute, Leonard. Killer.«

»Ich werde daran denken.«

Moriyama suchte nach Worten. »Sie brauchen das nicht zu tun, Leonard. Sie sind nicht als Held eingestellt worden.«

Ich sah ihn an und fühlte mich zurückversetzt in die Zeit, als ich siebzehn war und anfing, die gut gemeinten Ratschläge meines Vaters in den Wind zu schlagen. »Kommandant«, sagte ich, »es gibt keine angestellten Helden. Und Sie wissen, dass ich es tun *muss*.« Ich muss es tun, weil diese Leute vorhaben, meinen Sohn zu ermorden. Ich muss es tun, weil ich eher sterben will, als dabei zuzusehen. Aber das sagte ich alles nicht, sondern setzte den Raumhelm auf, drückte seinen Verschluss in die dafür vorgesehenen Aussparungen des Halsstücks und verriegelte ihn. Ich spürte ein kleines Aggregat im Rückentornister anspringen, und gleich darauf atmete ich frische, kühle Luft. Jetzt erst merkte ich, wie verbraucht und stickig die Luft in der Kapsel bereits war.

Ich gab Kim ein Zeichen, und er und Tanaka öffneten die innere Luke.
Es ging los.

28

Als Kind war ich einmal mehrere Stunden lang in einer engen Kanalisationsröhre eingesperrt, ehe mich Feuerwehrleute schließlich befreiten. In der Schleuse kam ich mir ähnlich eingesperrt vor, obwohl sie wesentlich größer war; dafür trug ich diesen klobigen, unförmigen Raumanzug. Nachdem die Innenluke hinter mir geschlossen war, war es nahezu völlig dunkel um mich herum, genau wie damals ...

Die Erinnerung brach wieder in mir hoch. Ich, der kleine Leonard, der Kleinste in der Klasse, den seine Mitschüler hänselten und plagten, wo sie nur konnten, mit der Grausamkeit, zu der nur Kinder fähig zu sein scheinen. Und einmal erwischten sie mich auf dem Nachhauseweg, als ich gerade an einer Baustelle vorbeikam, und sperrten mich in eine enge, stinkende Röhre der Kanalisation; stopften mich hinunter in das brackige, schleimige Loch und drückten den Gullydeckel über mir wieder zu, der so schwer war, dass ich ihn nicht allein hochstemmen konnte. Durch einen schmalen Schlitz konnte ich sie hören, wie sie sich lachend verdrückten, und dann leuchtete Stunden um Stunden nur dieser schmale, fingerdünne Strahl Sonnenlicht zu mir herunter, wanderte langsam über die algenverkrusteten Schachtwände, und niemand hörte mich rufen, schreien, weinen schließlich. Erst abends, als es dunkel wurde, befreiten mich Feuerwehrleute, die weiß Gott wie von meinem Gefängnis erfahren haben mochten.

Einen Moment befiel mich Panik, als Tanaka und Jayakar die Innenluke hinter mir zudrückten und sich der Verschluss schabend in die Ringdichtungen zurückquetschte. Wieder nur Dunkelheit und Enge um mich herum, und ich musste an mich halten, um nicht aufzuschreien. Nicht, dass mich jemand gehört hätte; schließlich trug ich den Raumanzug und sendete auf einer Frequenz, die außer mir nur noch der Roboter draußen empfing. Ich hob die Arme, so weit es der Raumanzug zuließ, und tastete in der Dunkelheit nach dem Verschluss der Außenluke. Schließlich bekam ich ihn zu fassen, ein breites, griffiges Handrad direkt über meinem Helm, krallte die Hände darum und fing an zu drehen.

Es ging schwer, nur Fingerbreit um Fingerbreit. Um festen Halt zu haben und genügend Kraft aufbringen zu können, verkeilte ich mich mit den Stiefeln gegen Handgriffe, die im Innern der Schleusenröhre angebracht waren. Früher, als ich befürchtet hatte, trat mir der Schweiß auf die Stirn.

Die Dekompression kam plötzlich, mit einem Geräusch, als öffne jemand eine riesige Tüte vakuumverpackten Filterkaffees, und die schlagartig ins Vakuum entweichende Luft hätte mir beinahe die Außenluke aus der Hand gerissen. Mit einem Ruck blähte sich der Raumanzug auf und wurde noch sperriger und ungelenker. Bisher hatte einen nur die schiere Fülle an Material behindert, diese unzähligen Lagen von luftdichtem Material, feuchtigkeitsableitendem Material, strahlenabsorbierendem Material, Kühlleitungen und Anzugsheizungen und dicken Isolierschichten. Jetzt aber verwandelte der zwar niedrige, aber unvermeidliche Innendruck den Anzug in eine Art ungelenke Wurstpelle, die einem eine Beweglichkeit gestattete, als trage man ein Kostüm aus lauter Lastwagenreifen.

Ich stieß die Außenluke auf. Die gleißende Helligkeit des gewaltigen Solarspiegels brach schmerzhaft herein, und ich musste geblendet die Augen schließen, bis sich das selbstverdunkelnde Material des Helms entsprechend angepasst hatte. Dann, als ich allmählich wieder etwas sehen konnte, begann ich, mich aus der engen Schleusenröhre herauszuarbeiten.

Das Erste, was mich erwartete, war Spiderman, der sich

immer noch mit allen seinen Greifbeinen um das Stahlseil krallte und regungslos verharrte. Nur seine beweglichen optischen Sensoren folgten meinen Bewegungen mit einer Neugier, die mich an einen kleinen Hund denken ließ und die unter anderen Umständen komisch gewirkt hätte. »Ping!«, hörte ich sein Bereitschaftszeichen in meinen Kopfhörern.

Wir überquerten gerade den Golf von Oman. Das hieß, noch eine Erdumkreisung bis Mekka. Die Solarstation bewegte sich gerade nordwärts auf ihrer Bahn von Pol zu Pol, die uns ständig entlang des Sonnenauf- oder -untergangs über den Erdball führte. Wir würden als Nächstes das Hochland überqueren, das sich zwischen dem Himalaya und den anatolischen Bergen erstreckte, dann den Ural der Länge nach, die Arktis, den Pazifik, um schließlich von der Antarktis her Madagaskar zu überfliegen, dann Ostafrika, das Rote Meer, Mekka. Und das alles würde kaum anderthalb Stunden dauern.

Ich sondierte die Lage, so gut es ging, und begann allmählich zu ahnen, worauf ich mich eingelassen hatte. Das Seil, das die Raumkapsel mit der Station verband, war schätzungsweise zwanzig Meter lang. Zwanzig Meter fingerdünnes Kabel durch das absolute Nichts, ringsum unermessliche Weite und vierhundert Kilometer unter mir das Arabische Meer. Eine Vorstellung, die einen Raumfahrer nicht hätte erschrecken dürfen, gewiss, aber mich erschreckte sie trotzdem. Zu allem Überfluss hockte dieses riesige Robotervieh mitten auf dem schlaffen Drahtseil und versperrte mir den Weg. Das war zum Glück kein großes Problem, denn ich konnte Spiderman ja jederzeit wegschicken. Blieben die zwanzig Meter Distanz zur Hauptschleuse und die Frage, wie ich überhaupt an Bord kommen sollte. Die Hauptschleuse schied von vornherein aus. Das Öffnen der Hauptschleuse löste in der Kommandozentrale automatisch einen akustischen Alarmton aus, und falls Khalid und seine

Spießgesellen nicht längst hinter der verspiegelten Sichtscheibe der Greifarmsteuerung standen und beobachteten, was hier vor sich ging, würden sie spätestens dann unmissverständlich auf mich aufmerksam werden.

Aus unerfindlichen Gründen hatten die Konstrukteure der Solarstation jedoch nur die Hauptschleuse mit einer solchen Alarmanlage versehen, die anderen Schleusen jedoch nicht. Diese waren zwar an die Computerkontrolle angeschlossen, selbstverständlich, aber der Computer begnügte sich damit, ihr Öffnen und Schließen in einer Art Logbuch aufzuzeichnen, das man bei Bedarf einsehen konnte. Ich musste darauf bauen, dass die Piraten im Augenblick andere Sorgen hatten, als dieses Log, das ja nur eines von unzähligen Protokollen der Computerüberwachung war, im Auge zu behalten.

Das hieß also, dass ich die Ladeschleuse erreichen musste, die sich an der Stirnseite des Mikrogravitationslabors befand. Ich sondierte den Weg, und ich kann nicht behaupten, dass es mich begeisterte, was ich sah. Zuerst war Spiderman zu umrunden – das kleinste Problem. Dann konnte ich Hand über Hand am Seil entlang die Hauptschleuse erreichen. Auch das sah machbar aus, sogar in diesem klobigen Anzug. Aber dann galt es, sich von einem der nicht gerade übermäßig dicht verteilten Haltegriffe auf der Außenhaut der Station zum nächsten weiterzutasten, den Tunnel hinab bis zur zweiten Ebene und dann bis ans Ende des Mikrogravitationslabors. Eine Art Freeclimbing in der Schwerelosigkeit. Und das, während ich mich gerade ungefähr so graziös bewegte wie das alte Michelin-Männchen. Es war der helle Wahnsinn. Ich würde es nicht schaffen. Ich würde irgendwann auf halbem Wege den einen Haltegriff verlieren und den nächsten nicht erwischen und dann laut schreiend in die Unendlichkeit davondriften.

Andererseits erleichtert es Entscheidungen außerordentlich, wenn man keine Alternative hat. Ich zwängte mich also vollends aus der Schleuse heraus, packte das Drahtseil mit beiden Händen und einem Griff, der sich so fest anfühlte, als fasste ich in einen Badeschwamm, und dann hing ich da in der Unendlichkeit und war schon schweißgebadet. Spiderman beobachtete meine unbeholfenen Turnübungen mit seinen beiden Kameraaugen, und ich hätte schwören können, dass sein *Ping* diesmal regelrecht spöttisch klang.

Spiderman. Moment mal. Wenn es jemanden gab, der sich auf der Solarstation mit schlafwandlerischer Sicherheit bewegen konnte, dann war es doch dieser Roboter! Vielleicht konnte ich mir das zu Nutze machen.

»NUMBER FOUR«, krächzte ich in mein Mikrofon.

Ping-Pong.

Ich griff nach einem der Greifarme, rutschte ab, griff noch einmal zu, fester diesmal, und hatte endlich festen Halt. O mein Gott. Ich hatte gar keine andere Wahl. Spiderman musste mich transportieren, oder ich war verloren.

Der Roboter hielt still, während ich ungeschickt an ihm entlangkletterte.

Vielleicht hätte ich ihn dazu bewegen können, mir zu helfen, aber ich wollte kein Risiko eingehen. Wenn er nur stillhielt ... Ich atmete schwer, als ich schließlich auf seinem Rücken angelangt war, den ich umklammerte wie ein Ertrinkender ein Stück Treibholz.

»NUMBER FOUR, MOVE TO MICROGRAVITY LAB.«

Zögerndes Schweigen. Dann: *Ping.* Er verstand nicht, was ich meinte.

Das durfte nicht wahr sein. Ich starrte ratlos auf die Erde hinunter, auf die kristallblauen Weiten des südlichen Pazifiks, und zermarterte mir das Hirn, auf welches Codewort der Roboter wohl ansprechen mochte. Kim konnte ich nicht mehr fragen. Vielleicht hätte ich mir das alles vorher besser überlegen sollen. Es gab eine Menge Dinge, die ich mir besser hätte überlegen sollen in meinem Leben. Ich warf einen Blick auf die dunkle Raumkapsel und meinte, hinter einem der winzigen Sehschlitze eine Bewegung wahrzunehmen. Natürlich beobachteten sie mich jetzt alle, wie grandios ungeschickt ich hier herumturnte und die Zeit vergeudete.

Eines der Roboteraugen schwenkte zu mir nach hinten und betrachtete mich aus der Nähe, fast so, als fordere es mich auf, noch einmal gründlich nachzudenken. Und schließlich dämmerte es mir, was für ein Idiot ich gewesen war.

Woher sollte ein uralter Roboter wissen, in welchem Modul das Mikrogravitationslabor untergebracht war? Schließlich änderte sich die Belegung der Labortrakte alle halbe Jahre. Spiderman kannte die Solarstation nur von außen, und das war auch alles, was er zu wissen brauchte.

»NUMBER FOUR«, versuchte ich es mit neuem Mut, »MOVE TO SERVICE LOCK.«

Ping-Pong. Erfolg! Mit sanft schaukelnden, graziösen Bewegungen, deren Eleganz ich jetzt nach meinen eigenen Übungen erst so richtig zu schätzen wusste, setzte sich der Roboter in Bewegung. Mühelos, wie es schien, drehte er auf der Stelle um und stakste dann gemächlich das dünne Seil entlang auf die Hauptschleuse zu.

»NUMBER FOUR«, beeilte ich mich zu befehlen, »MOVE SILENTLY!«

Spiderman bestätigte diese Anordnung, ohne seine Bewegungen zu verlangsamen. Ich hielt den Atem an, als wir die Hauptschleuse erreichten. Und tatsächlich – der Roboter setzte seine spinnendünnen Beine so sanft und behutsam auf die Außenhülle der Solarstation, als gelte es, auf der Oberfläche eines rohen Eis entlangzumarschieren.

Ich hörte nichts. Ich presste meinen Raumhelm auf den Leib Spidermans, aber ich hörte keinerlei Aufsetzgeräusche. Wenn ich nicht gewusst hätte, dass der Roboter nicht frei schweben konnte, hätte ich geschworen, dass er genau das tat. Unhörbar und leise, nur ein dünner schwarzer Schatten auf einer sonnenlichtüberfluteten, blendend hellen Röhrenkonstruktion, schlich Spiderman mit mir auf dem Rücken über das gleißende Metall. Niemand, so hoffte ich, der sich im Inneren der Station aufhielt, bekam etwas davon mit, was sich hier draußen abspielte.

Von außen wirkte die Solarstation viel größer und geräumiger als von innen, geradezu riesig, selbst wenn man von der gigantischen Solarfläche absah, die sich endlos in alle Richtungen zu erstrecken schien wie eine Trennwand, die das Universum in zwei Hälften schnitt. Wahrscheinlich hing das auch damit zusammen, dass die Module relativ dickwandig konstruiert waren, wegen der Meteoriten und wegen der kosmischen Strahlung. Während meines nervenzerfetzend langsamen Ritts auf dem graziös schaukelnden Roboter fielen mir zahllose kleine Dellen und Kratzer in der ansonsten makellos weiß lackierten Außenhaut auf, Spuren kleiner und kleinster Meteoriten wahrscheinlich, die die Umlaufbahn der Erde um die Sonne ab und zu in mehr oder weniger dichten Schwärmen heimsuchten. Ich erinnerte mich an eine meiner ersten Nächte an Bord der Station, vor einigen Jahren, in der ich immer wieder Geräusche gehört hatte, als werfe jemand von weitem Sand gegen die Außenwand: Am nächsten Morgen erklärte man mir, dass das ein Schwarm von Mikrometeoriten gewesen sei, jeder Einzelne so klein, dass man ihn mit bloßem Auge nicht hätte sehen können, aber dafür schneller als eine Gewehrkugel.

Wir passierten die so genannte Fahnenschleuse am unteren Ende des Auslegerarmes – eine aufwändige Konstruktion, die dafür gedacht war, jederzeit beliebige Fahnen hissen zu können, ohne dazu die Station verlassen zu müssen. Die zentralen Module der NIPPON waren ursprünglich für eine internationale Raumstation entworfen worden, die man jeweils entsprechend der an Bord vertretenen Nationen hatte beflaggen wollen. Meines Wissens aber war die Anlage niemals zuvor benutzt worden. Die Dschijhadis waren die Ersten, die davon Gebrauch gemacht hatten.

Das Mikrogravitationslabor befand sich in dem etwas verkürzten Modul unterhalb eines der Wohnmodule. An seinem Ende gab es eine Versuchsplattform, auf der man Versuchsaufbauten dem Vakuum oder der Sonnenstrahlung oder beidem aussetzen konnte. Diese Plattform war über eine Schleuse zugänglich, die beim Entladen eines Shuttles auch als Lastschleuse diente: Dafür wurde die Plattform mit den Versuchsapparaturen einfach umgedreht, und mit Hilfe der großen Manipulatorarme setzte man die in Containern abgepackte Nutzlast des Shuttles einen nach dem anderen auf den Haltevorrichtungen ab, mit denen die andere Seite der Plattform ausgestattet war, und jemand anders beförderte sie jeweils durch die Schleuse ins Innere. Bis auf die Wissenschaftler, die für den Entladevorgang extra ihr Labor aufräumen mussten, hatte niemand Schwierigkeiten mit diesem System.

Spiderman transportierte mich direkt vor die Lastschleuse, blieb breitbeinig davor hocken und ließ wieder sein unternehmungslustiges *Ping!*, hören. Jetzt galt es. Ich warf einen misstrauischen Blick auf die Sichtluken am stumpfen Ende des Moduls. Sie gewährten von innen den Blick auf die Plattform, auf der zurzeit keine Versuche liefen. Den Blick von außen nach innen gewährten sie nicht; sie waren goldverspiegelt, wie es sich für dauerhaft konstruierte Sichtluken im Weltraum gehört. Während ich schwerfällig meine Umklammerung um den Leib des Roboters löste und meine rechte Hand nach dem nächsten Haltegriff ausstreckte, wurde ich das unangenehme Gefühl nicht los, dass bereits die ganze Bande feixend hinter einer der Sichtluken versammelt war, mich beobachtete und mit gezogenen Waffen nur darauf wartete, dass ich zur Tür hereinspaziert kam.

Nun war ich hier, was sollte ich also tun? Wieder zurück konnte ich nicht, und wieder einmal enthob mich das Fehlen von Alternativen langwieriger Überlegungen und Entscheidungen. Wenn sie mich schon bemerkt hatten, würden sie mich wahrscheinlich nicht einmal an Bord lassen. Ich hangelte mich vor die äußere Schleusenluke und betätigte den Öffnungsschalter. Wir würden sehen.

Da die Lastenluke dafür gebaut war, auch von ausgesprochen sperrigen Gegenständen passiert werden zu können, war sie ziemlich geräumig, weitaus geräumiger und auch komfortabler als sogar die Hauptschleuse. Dafür dauerte das Abpumpen der Luft natürlich um ein Vielfaches länger, und mir brach erneut der Schweiß aus, als ich mir ausmalte, wie das jammernde, näselnde Geräusch der Schleusenpumpe durch das verwaiste Mikrogravitationslabor hallte, und falls die Tür zum Knotentunnel offen stand, auch durch den Rest der Raumstation.

Endlich öffnete sich die äußere Schleusentür, eine komplizierte Lamellenkonstruktion, die sich seitwärts in die Wand schob und den Blick in einen leeren, würfelförmigen Raum freigab, einladend, verlockend, verführerisch. Jetzt hätte es gut getan, eine Waffe in der Hand zu halten. Ich warf dem spinnenförmigen Roboter einen letzten Blick zu, dann griff ich nach einer der Haltestangen und zog mich ins Schleuseninnere. Hinter mir schloss sich die Außentüre wieder.

Nachdem das schmerzhaft grelle Sonnenlicht ausgesperrt war, umfing mich nun eine vergleichsweise düstere künstliche Beleuchtung. Eine der beiden Leuchtstoffröhren in der Schleuse war defekt und flackerte nur noch kränklich vor sich hin. Ich betätigte die zweite Öffnungstaste, und erst als die Schleusenkammer schon so weit mit Luft geflutet war, dass man das Einströmgeräusch durch den geschlossenen Helm hindurch hören konnte, fiel mir ein, dass es eigentlich meine Aufgabe gewesen wäre, mich um die defekte Leuchtstoffröhre zu kümmern.

Aber jetzt hatte ich wirklich andere Sorgen. Unwillkürlich hielt ich den Atem an, als die innere Türe zur Seite glitt.

Das Labor lag still und verlassen, dunkel bis auf die Notbeleuchtung. Niemand wartete auf mich. Ein paar Instrumente glänzten in dem Licht, das aus der Schleuse fiel, aber die meisten Geräte waren in milchigweiße Plastikschutzhüllen verpackt. Niemand bedrohte mich. Die Tische waren leer und aufgeräumt, die Schalttafeln dunkel, und das Schott zum Knotentunnel war geschlossen. Niemand schoss auf mich. Ich war wieder an Bord, und keiner hatte es bemerkt.

29

Als sich die Innentür der Schleuse hinter mir wieder geschlossen hatte, öffnete ich die Verschlüsse an meinem Halsring, nahm den Raumhelm ab und schaltete mein Lebenserhaltungssystem ab. Ich lauschte. Es war nichts zu hören, was darauf hätte schließen lassen, dass jemand auf mich aufmerksam geworden wäre. Ich hörte das Übliche: das einlullende Zischen der Klimaanlage, das Brummen ferner Aggregate, das sich über die Tragekonstruktion der Raumstation übertrug und nur als unterschwelliger Basston wahrnehmbar war – aber keine aufgeregten Schreie, kein Klirren von Waffen, keine Geräusche, wie sie jemand hervorgerufen hätte, der sich hastig durch den Knotentunnel bewegte. Es schien ganz so, als sei ich tatsächlich unentdeckt eingedrungen.

Natürlich konnten Khalid und seine Spießgesellen von der Zentrale aus jeden Winkel der Station überwachen, und wenn sie die entsprechenden Funktionen des Computersystems aktiviert hatten, dann verfolgten sie jetzt jede meiner Bewegungen gemütlich auf unzähligen Monitoren und lasen nebenbei noch meinen Herzschlag ab, falls ihnen danach war. Dann hatte ich keine Chance.

Meine einzige Chance war, dass sie jetzt, etwa eineinhalb Stunden vor dem ersten Sichtkontakt mit Mekka, andere Dinge zu tun hatten, als mit der Computeranlage zu spielen.

Ich wollte den klobigen Helm gerade in einem leeren Gitterfach an der Wand deponieren, als mir eine Idee kam, die mich innehalten ließ. Vielleicht gab es eine ganz einfache, ganz schnelle Möglichkeit, den Spuk zu beenden. Wenn Khalid einen weiteren Fehler gemacht hatte. Sein erster

Fehler hatte mich zurück in die Station gebracht. Und ein zweiter Fehler würde sein Ende bedeuten. Ich schloss die Gittertür des Wandfachs wieder und befestigte den Raumhelm mit dem dafür vorgesehenen Plastikbändchen an meinem Gürtel. Dann glitt ich zum Schott. Ich zuckte zusammen, als es zischend vor mir auffuhr, so laut und durchdringend kam mir das Geräusch vor. Atemlos lauschte ich, aber niemand reagierte. Vielleicht war das Geräusch doch nicht so laut. Vorsichtig streckte ich den Kopf durch die Öffnung und sah in den Tunnelschacht. Niemand war zu sehen. Der Knotentunnel lag leer und verlassen.

Ich griff nach dem ersten Haltegriff und hangelte mich eilig hinüber zum nächsten Schott, hinter dem ich das biologische Labor wusste. Es fuhr genauso laut und genauso bereitwillig vor mir auf, ich hangelte mich hindurch in die Dunkelheit dahinter und atmete erst wieder auf, als es sich hinter mir geschlossen hatte und auch daraufhin draußen im Knotentunnel keine Laute erklangen, die in irgendeiner Weise alarmierend gewesen wären.

Als meine Herzfrequenz wieder auf medizinisch unbedenkliche Werte gesunken war, beschloss ich, Licht zu machen. Ich tastete gerade nach dem Lichtschalter, als plötzlich ein stumpfer Gegenstand sanft auf meinen Nacken gesetzt wurde. Ein kalter, stumpfer Gegenstand. Ein Gegenstand, der sich anfühlte wie ein Revolverlauf.

Ich erstarrte augenblicklich zu Eis. Mein Herz setzte aus. Ich hörte auf zu atmen, zu denken, zu fühlen. So also war es, wenn man starb.

Die Sekunden vergingen – zumindest machten sie diesen Eindruck auf mich –, und ich lebte immer noch. Der stumpfe, kalte Gegenstand in meinem Nacken wanderte langsam hin und her, als suche er nach der richtigen Stelle, um zu tun, was immer er mit mir zu tun vorhatte.

»Hören Sie, vielleicht können wir darüber reden ...«, flüsterte ich mit einer Stimme, die ich nicht als die meine erkannte. Ich wusste nicht so recht, was ich da eigentlich sagte. Ich redete, nur um etwas zu sagen, um Zeit zu gewinnen, und ich brachte nur diese eigentümlich krächzenden Flüsterlaute zu Stande.

Keine Antwort. Der stumpfe Gegenstand wanderte an meiner Schädelbasis hoch.

»Bitte ... Ich bin nicht bewaffnet. Sie haben wirklich keinen Grund zu vorschnellen Reaktionen ...«

Wer immer da hinter mir war, er war entweder ein geduldiger Schweiger oder taubstumm. Der stumpfe Gegenstand wanderte langsam weiter, und er schien jetzt mein Ohr anzupeilen. Ich fragte mich, wie er es fertig brachte, mich in der Dunkelheit so genau auszumachen. Ich fragte mich, warum ich nichts hörte, nicht einmal Atemgeräusche. Der Gegenstand erreichte mein Ohr, berührte es flüchtig und glitt daran vorbei, an meiner Wange entlang, und etwas Glattes, Kühles streifte meine Haut.

»Vielleicht mache ich lieber erst einmal Licht, wenn Sie nichts dagegen haben«, krächzte ich und betätigte den Lichtschalter, den ich mittlerweile unter meinen Fingerspitzen spürte.

Der Gegenstand, der da eben an meinem Gesicht vorbeigeglitten war, war ein nacktes Bein.

Ich drehte mich vorsichtig um, schon ahnend, dass kein angenehmer Anblick auf mich wartete. Und als ich mich umgedreht hatte, dankte ich dem Schicksal, dass ich schon lange nichts mehr gegessen hatte.

Es war Oba, oder vielmehr das, was Ralf von ihr übrig gelassen hatte. Sie schwebte mit entblößtem Unterleib, den Oberkörper grotesk verdreht, in der Luft, und das, was die Nervenenden meines Nackens vorsichtshalber als schallgedämpften Lauf eines Revolvers eingeschätzt hatten, war in Wirklichkeit ihr rechter großer Zeh gewesen. Ihr kalter, toter, rechter großer Zeh.

Und im Augenblick befand sich mein Kopf genau zwischen ihren gespreizten Schenkeln. Ich griff nach ihren Beinen und bremste ihre Bewegung ab. Dann, obwohl ich wusste, dass das verräterisch sein konnte, sammelte ich ein paar der herumfliegenden Kleidungsstücke ein und verhüllte ihre Blöße wieder. Es gab einen Mann auf der Erde unten, der niemals erfahren durfte, wie sie gestorben war, das schwor ich mir. Ralf schien nicht damit genug gehabt zu haben, ihr so oft in den Kopf zu schießen, dass man die einzelnen Einschusslöcher nicht mehr zählen konnte und ihr Gesicht bis zur Unkenntlichkeit entstellt war. Er musste sich auch noch, nachdem sie längst tot gewesen war, an ihr vergangen haben, auf irgendeine widerwärtige Art und Weise, die sich auszumalen meine Fantasie verweigerte.

Wer weiß, was er mit uns anderen vorhaben mochte? Mein Mund fühlte sich plötzlich seltsam trocken und staubig an. Ich ließ von dem Leichnam Obas ab und machte mich auf die Suche nach dem, weswegen ich eigentlich gekommen war: dem Betäubungsgas. Bei meinem letzten Reinigungsdurchgang im biologischen Labor hatte ich noch zwei der bonbonrosafarbenen Gaspatronen in irgendwelchen Schubladen gesehen. Eine hatte Khalid entdeckt, und aus welchem Grund hätte er sie nicht hier zurücklassen sollen? Schließlich wusste er zu diesem Zeitpunkt sicher schon, dass er uns allesamt in seine stickige, dunkle Raumkapsel stecken würde.

Aber er schien seine Gründe gehabt zu haben. Ich öffnete Lade um Lade, Schrank um Schrank, fand alles Mögliche nutzlose Zeug, aber keine annähernd rosafarbene Metallflasche. Khalid schien sich nicht nur damit begnügt zu haben, die bei Oba beschlagnahmte Patrone verschwinden zu lassen; er musste eine regelrechte, gründliche Durchsuchung vorgenommen haben. Eine erfolgreiche Durchsuchung darüber hinaus, denn ich fand auch die zweite Patrone nirgends.

Schließlich gab ich es auf. Es wäre auch zu einfach gewesen: einfach den Raumhelm aufsetzen, die Gaspatrone öffnen und dann gemütlich losgehen, Schurken einsammeln. So musste ich eben zu meinem ursprünglichen Plan zurückkehren. Ich warf einen flüchtigen Blick auf die Uhr. Es gab keinen Grund zu unnötiger Eile, aber ich hatte mich schon länger mit der Suche nach dem Betäubungsgas aufgehalten, als ich eigentlich vorgehabt hatte.

Und es gab auch keinen Grund mehr, länger diesen klobigen Raumanzug zu tragen. Ich löste die Verschlüsse der Handschuhe und zog sie aus, entledigte mich des Rückentornisters, öffnete dann die Dichtungen am Gürtel, streifte das Oberteil ab und schlüpfte zuletzt erleichtert aus dem Hosenteil. Es war eine Wohltat, sich wieder ungehindert bewegen zu können. Nach einem letzten prüfenden Blick in die Runde – manchmal sucht man ja stundenlang nach etwas, das die ganze Zeit groß und breit direkt vor der Nase liegt – löschte ich die Beleuchtung wieder und ließ das Schott auffahren. Immer noch Stille. Ich streckte den Kopf hinaus in den Knotentunnel. Immer noch Leere. Vielleicht hatten sich die Piraten in der Zwischenzeit heillos betrunken und schliefen irgendwo ihren Rausch aus? Oder, was mir natürlich am allerliebsten gewesen wäre, sie hatten sich gegenseitig die Schädel eingeschlagen?

Dann schalt ich mich einen Narren. Es gab einen ganz anderen Grund, warum keiner von ihnen durch die Station geisterte: Inzwischen saßen sie alle einträchtig an den Schaltpulten der Brücke und fieberten dem Moment entgegen, in dem die Heilige Stadt in die Reichweite des Energiesenders kam.

Anstatt mich hier in albernen Fantasien zu verlieren, tat ich gut daran, mich zu beeilen, ihnen einen dicken Strich durch die Rechnung zu machen.

Ich ließ das Schott hinter mir, das sich mit einem asthmatischen Schmatzen wieder schloss, und machte mich an den Abstieg ins Maschinendeck. Das war jetzt nichts, wo man eben mal schnell hinhuschen konnte, da das Maschinendeck bereits auf der ›dunklen Seite‹ des Solarspiegels lag, war dieser logischerweise an dem entsprechenden Zwischenstück des Knotentunnels befestigt, das wiederum massiv verstärkt war – wesentlich massiver, als eigentlich notwendig gewesen wäre; die Solarstation wäre auch mit einem noch wesentlich größeren Solarspiegel zurechtgekommen. Dadurch bildete sich in der Mitte des Knotentunnels eine Art verengte Röhre, die es unbeschadet zu passieren galt.

Ich stieß mich von einem Haltegriff ab, ohne meinen klobigen Raumanzug nun so elegant, wie es die Übung eines jahrelangen Aufenthalts in der Schwerelosigkeit möglich machte, und war gerade auf halbem Weg durch den Tunnel, als ich ein anderes Schott sich öffnen hörte. Und jetzt, als ich nicht selber Urheber dieses Geräuschs war, kam es mir noch viel lauter und alarmierender vor als bisher. Ich reckte mich in einer panischen Bewegung nach dem nächsten Haltegriff, packte ihn und turnte an ihm hastig in die lächerliche Deckung der unteren Tunnelmündung.

Keinen Augenblick zu früh. Ich hörte Stimmen. Jemand kam, kam heraus in den Knotentunnel. Ich wagte nicht nachzusehen und bemühte mich, so flach wie möglich zu atmen und kein Geräusch zu machen. Und die Deckung, die der wulstige Rand des verstärkten Mittelteils gegen Sicht von oben bot, war so lächerlich gering, dass ich mich mit aller Macht gegen die Wand presste, als hoffe ich, sie nach außen beulen zu können mit bloßer Körperkraft.

Es war Ralf. Ralf, das Monstrum. Ralf, das Tier.

»Da ist was«, hörte ich ihn knurren, als spräche er mit sich selbst. »Ich hab's genau gehört. Da unten irgendwo ...«

Ich verschmolz mit der Wand. Ich wurde eins mit ihr. Ich begann zu verstehen, wie sich ein Stück Pressaluminium fühlen musste.

Jemand anders sagte etwas, das ich nicht verstand. Es klang wie eine abfällige Kritik an Ralfs Beobachtungsgabe.

Zumindest redete ich mir das ein. Aber dann fuhr das Schott schnaubend wieder zu, und ich hörte Ralf schwerfällig durch den Knotentunnel rumpeln. Dabei brummelte er unaufhörlich vor sich hin, ab und zu wie irre in sich hineinkichernd, und ich wurde den Eindruck nicht los, dass er sich in meine Richtung bewegte.

Ich presste mich noch flacher an die Wand und hörte vollends auf zu atmen.

Aber Ralf kam tatsächlich immer näher; das war auf die Dauer keine Lösung.

Mir musste etwas einfallen. Ich hatte gehofft, Ralf würde, was immer er aus den Augenwinkeln noch gesehen haben mochte, für eine Einbildung halten, für eine Halluzination seines durch die Schwerelosigkeit in Mitleidenschaft gezogenen Körpers, und es ignorieren. Ich hatte solche Sinnestäuschungen selber erlebt, und ich entsann mich, dass Ralf, als er mich abholte, um mich auf die Brücke zu bringen, sich ebenfalls eingebildet hatte, Bewegungen im unteren Teil des Knotentunnels zu sehen. Aber ausgerechnet diesmal schien er entschlossen zu sein, der Sache auf den Grund zu gehen.

Da geschah, was nicht hätte geschehen dürfen. Mein rechter Fuß geriet in dem Bemühen, mich auf der Wand unterhalb der Tunnelmündung zu verteilen, in das Erfassungsfeld des Sensors des Schotts direkt unter mir, und mit einem lauten, dreisten, rücksichtslosen Zischen, das in meinen Ohren dröhnte wie der Einsturz des Assuan-Staudamms, fuhr das Schott unter mir auf und gähnte unbekümmert in den Knotentunnel.

»Ah!«, hörte ich Ralf frohlocken. »Da ist tatsächlich was!«

30

URALTE, VOR UNAUSDENKBAREN Zeiten eingeübte und eingeschliffene Reflexe ließen mich handeln, ohne dass es des Nachdenkens bedurft hätte. Ich glitt behände aus meinem unbrauchbar gewordenen Versteck, schnellte mich durch das offen stehende Schott in den Raum dahinter und fing meine Bewegung an dem nächsten greifbaren Halt ab, während das Schott in seiner diensteifrigen Stumpfsinnigkeit wieder hinter mir zufuhr. Dann erst kamen die Gedanken. Dann erst begann ich zu zittern.

Es war aus. Es war aus und vorbei. Ich hatte meine Mission vermasselt; ich hatte die einzige Chance für einen kleinen Jungen in einer großen, fernen Stadt, den kommenden Tag noch zu erleben, verspielt. Ralf hatte mich entdeckt, und so blöde, das Auf- und Zufahren eines Schotts als Halluzination abzutun, war selbst er nicht. Ich hatte keine Chance mehr. Ich saß hier gefangen, hier, im materialwissenschaftlichen Labor der Solarstation NIPPON, das keinen zweiten Ausgang hatte, nur dieses eine Schott zum Knotentunnel, das sich von innen nicht abschließen ließ. Ich hatte den Plan des Propheten Abu Mohammed durchkreuzen wollen, doch ich war gescheitert. Und Ralf näherte sich unüberhörbar und unaufhaltsam. Ralf, der Killer. Und ich hatte keine Waffe, nicht einmal einen simplen Stock ...

Eine Waffe. Moment mal. Kims Schwert fiel mir wieder ein. Das Habilitations-Schwert. Irgendwo in diesem Raum musste er es untergebracht haben, das Schwert mit der Klinge aus monokristallinem Stahl.

Von draußen drangen dumpfe, klappernde Geräusche herein. Ralf kam näher. Es schien ihm schwer zu fallen, sich von Haltegriff zu Haltegriff zu hangeln und dabei gleichzeitig seine unvermeidliche Pistole in der Hand zu behalten.

Ich öffnete fieberhaft Lade um Lade. Papiere, Hefter, Ordner, bizarre Metallproben quollen mir entgegen. Kein Schwert. Ich wollte nicht über die Möglichkeit nachdenken, dass Kim es womöglich an irgendeinem anderen Platz deponiert haben mochte, nachdem er es mir gezeigt hatte. Da waren noch viele Klappfächer, Schubladen und Schranktüren ...

»Hallo ...«, gurrte Ralf draußen im Tunnel. Er hatte das Schott beinahe erreicht, und er klang, als stünde er unter schweren Drogen. »Hallo, du Weltraumgeist, ich komme ... und hole dich!«

Da. Ein längliches Gebilde, eingewickelt in dicken, weißen Stoff und mit viel zu vielen Kordeln verschnürt. Ich riss sie hastig auf, von panischer Angst getrieben, zerfetzte das Tuch, um an das Schwert heranzukommen ...

Das Schott fuhr auf, zischend, majestätisch, endgültig. Für einen Moment herrschte Stille, war nichts zu sehen außer dem leeren Knotentunnel draußen und den anderen, geschlossenen Schotten auf dieser Ebene. Dann zuckte ein Arm durch die weite Öffnung; ein Arm, der eine dunkel glänzende Pistole hielt, auf deren Lauf ein monströs dicker, phallushafter Schalldämpfer geschraubt war. Ralf mochte ein Monstrum sein, ein verrückter Killer, aber er war auf seinem Gebiet ein absoluter Profi. Die Waffe sicherte nach rechts, den toten Winkel rechts neben der Tür. Dann, als klar war, dass sich dort niemand versteckt hielt, glitt der Arm mit der Waffe langsam herum, in einem langen, weiten Bogen durch den Raum, und suchte nach weiteren Zielen.

Aus jeder Bewegung sprach die unendliche Erfahrung eines Mannes, dessen Beruf das Töten war und der wohl sein Leben lang nichts anderes getan haben mochte, als Menschen zu jagen, zu stellen und schließlich umzubringen. Als er niemanden ausmachte, huschte er mit einer Behändigkeit, der das Auge kaum folgen konnte, auf die andere Seite des offen stehenden Schotts und sicherte den toten Winkel auf der linken Seite ab.

Auch hier war niemand. Der Arm mit der Waffe ließ wieder von der linken Ecke ab und wanderte einen Moment lang etwas unschlüssig und ohne konkretes Ziel hin und her. Im Hintergrund des Labormoduls gab es eine Reihe von Stahlschränken, jeder einzelne groß genug, um einem Menschen als Versteck dienen zu können. Ralf kam langsam herein, schussbereit, angespannt wie ein Tiger vor dem Sprung und jederzeit bereit, in Deckung zu gehen.

Er war mittlerweile schon recht lange im Weltraum gewesen, aber doch noch nicht lange genug. Sein Körper hatte sich an die Bedingungen der Schwerelosigkeit angepasst, aber sein Verstand noch nicht. Und er würde es auch nicht mehr.

Ich hatte mich *oberhalb* der Tür versteckt gehabt. Auf diese Idee war er nicht gekommen, aber tatsächlich ist es in der Schwerelosigkeit genauso leicht oder schwer, sich oberhalb einer Tür zu verstecken, wie rechts oder links davon. Aber Ralf dachte noch in den Begriffen von Schwerkraft, und auch die Einrichtung des Labors, die er durch das Schott erblickt hatte, mit dem Gitterboden, den Tischen und Geräten rechts und links und den Neonröhren, hatte so vertraut-irdisch gewirkt, dass sie ihn nicht hatte an Schwerelosigkeit denken lassen und an die Möglichkeiten, die diese bot. Ich hatte seine Absicherungsbewegungen aus meinem Versteck mit angehaltenem Atem verfolgt und mit zunehmend fassungslosem Staunen, dass mein Plan tatsächlich aufzugehen schien. Und als ich jetzt auf ihn herabstürzte wie ein Habicht auf seine Beute, das blanke Schwert stoßbereit in der Hand, geschah dies nahezu lautlos und für ihn vollkommen überraschend.

Mein Ziel war, mit dem ersten Streich und bevor er überhaupt mitbekam, was geschah, sein Funkgerät auszuschalten, das er immer noch als Nackenteil trug wie eine fette blaue Wurst. Das hatte alleroberste Priorität: Ich musste dieses Gerät zerschmettern, noch bevor Ralf dazu kam, auch nur einen einzigen Laut auszustoßen, der seine Spießgesellen auf der Brücke hellhörig machte. Und so schoss ich heran, die Augen unverwandt auf das klobige, wulstige Gerät gerichtet, und ich führte den Schlag mit aller Kraft, die mir zu Gebote stand. Ich hatte an dem Raumanzug, in dem ich zurück in die Station gekommen war, das gleiche Funkgerät gehabt, und es hatte sich unerhört massiv und widerstandsfähig angefühlt, alte russische Wertarbeit eben, stabil genug gebaut, um einen Sturz aus dem Weltraum hinab auf die sibirische Tundra zu überstehen. Aber als ich jetzt mit Kims Schwert zuschlug, glitt die Klinge durch den Stahl hindurch wie durch flüssige Butter, und danach noch durch Ralfs Wirbelsäule, seinen Hals und seine Kehle, schwang dann in einem weiten Bogen durch die Luft und schlug noch eine Ecke von einem Tisch ab, ehe ich die Bewegung zum Stillstand bringen konnte.

Mit gleichmütigem Zischen schloss sich das Schott, während ich fassungslos betrachtete, was ich vollbracht hatte. Ralf war tatsächlich nicht mehr dazu gekommen, seine Kumpane zu warnen; mein Schlag hatte ihm mühelos den Kopf vom Rumpf getrennt. Es war gespenstisch anzusehen, wie der bleiche, ausgezehrte Schädel, die fettigen schwarzen Haare wirr nach allen Seiten abstehend, unschlüssig durch die Luft rotierte, während der Rumpf langsam vornüberkippte und das Blut in zwei pochenden Fontänen aus den Halsschlagadern schoss und zu einer immer dichter und größer werdenden roten Wolke zerstäubte, in der sich der abgehauene Kopf verstecken zu wollen schien.

Ich sah das Schwert an, an dessen Klinge nicht einmal ein Blutstropfen hing. Mehr noch, es hatte massiven Stahl durchschlagen und nicht einmal eine Scharte davongetragen. Kim wäre begeistert gewesen.

Der kopflose Körper zuckte sterbend vor sich hin. Der Druck, mit dem das Blut aus den Adern getrieben wurde, ließ rasch nach. Mittlerweile war der Kopf völlig blutverschmiert; nur die großen, leeren Augen blickten noch bleich und anklagend umher. Wesentlich lebendiger hatten sie zu Ralfs Lebzeiten auch nicht gewirkt.

Ich muss gestehen, ich spürte nicht den Hauch irgendeiner Gewissensnot bei diesem Anblick. Im Gegenteil, auf einmal erfüllte mich eine tiefe, geradezu schöpferische Befriedigung. Ich hing da, an eine Rohrleitung geklammert, betrachtete die riesige Blutwolke und den geköpften Ralf, und ich hätte keine größere Zufriedenheit empfinden können, wenn ich gerade unter dem Beifall der Welt die Sixtinische Kapelle neu ausgemalt, eine unsterbliche Symphonie komponiert oder ein ergreifendes Gedicht geschrieben gehabt hätte. *Er sah seine Werke, und er sah, dass sie gut waren.* Genau so war mir zu Mute.

Trotzdem war es natürlich eine riesige Sauerei, was sich hier anbahnte. Der Nebel aus Blut, der aussah wie dunkelroter Dampf, geriet allmählich in den Einflussbereich der Belüftungsanlage. Die ersten Tröpfchenschwaden wurden in Entlüftungsschlitze gesogen, und im Bereich der Luftzufuhr bildeten sich wilde Wirbel.

Der Hausmeister, der dieses ganze Chaos einmal aufzuräumen haben würde, konnte einem jetzt schon Leid tun.

Ich bemühte mich, an Ralfs Pistole heranzukommen, ohne in das Blut hineinzugeraten. Die toten Finger hielten den Griff der Waffe natürlich immer noch fest umklammert. Ich zerrte den enthaupteten Leichnam in eine einigermaßen saubere Zone und öffnete einen Finger nach dem anderen. Dabei überlegte ich, ob die Belüftungsanlage das Blut wohl bis in andere Räume transportieren konnte. Ich malte mir Khalids Gesicht aus, wenn plötzlich dunkelrote Schwaden aus den Lüftungsgittern drangen. Vielleicht würde er überschnappen.

Aber das war unwahrscheinlich. In den Schächten der Klimaanlage strömte die Luft sehr rasch und turbulent, weil sie aus Platzmangel eng gebaut waren. Das Blut würde sich rasch an den Schachtwänden absetzen, und es würde eine Schweinearbeit werden, es von dort wieder wegzuputzen.

Ich sah auf die Uhr. Bisher hatte ich reichlich Zeit gehabt, weil es nur darauf angekommen war, meinen Plan zu realisieren, ehe die Solarstation Mekka erreichte. Jetzt aber musste ich mich beeilen, weil Khalid demnächst seinen Killer vermissen würde. Seit Ralfs Enthauptung waren erst einige Minuten vergangen, aber es würde nicht lange dauern, bis den Männern auf der Brücke auffallen würde, dass sie schon lange nichts mehr von Ralf gehört hatten. Einer von ihnen würde dann eine Frage an ihn in sein Funkgerät sprechen, und Ralf würde nicht antworten. Dann würden sie ihn suchen und ziemlich rasch finden. Und wenn sie ihn gefunden hatten, würden sie wissen, dass irgendetwas nicht mit rechten Dingen zuging auf dieser Raumstation.

Eile war also geboten. Ich schob mir Ralfs gewaltige Pistole in den Gürtel, packte das Schwert und verließ das Labor. Das Licht löschte ich vorher. Sollte der Nächste, der hier hereinkam, auch seine Überraschungen erleben.

Der Knotentunnel lag immer noch still und leer. Ich huschte rasch und leise zum gegenüberliegenden Schott, das sich bereitwillig vor mir öffnete, zog mich hindurch und wartete, bis es hinter mir wieder zugefahren war.

Auch hier brannte Licht. Strom war das Einzige, womit man an Bord der Solarstation nicht sparen musste. Ich sah mich um. Es kam mir vor, als sei es Ewigkeiten her, seit ich Jayakar und Iwabuchi hier bei ihrem Gespräch belauscht hatte. Hier war die gesamte Energieversorgung zusammengefasst, die Transformatoren für den Strom aus der Solarfläche ebenso wie die Steuerung und Beschickung des Energiesenders. Ein feines, nervöses Summen lag in der Luft, ein hoher Ton, kaum noch hörbar. Die Solarstation war ein

Kraftwerk, gegen das einem die meisten Kraftwerke unten auf der Erde wie trübe, funzelige Fahrraddynamos vorkamen. Wenn man die lang gestreckten Aggregate mit der bloßen Hand berührte, spürte man sie kraftvoll vibrieren und konnte sich einbilden, das gewaltige Energiepotenzial des Solarspiegels am eigenen Leib zu erfahren.

Mein Plan war schon einfach gewesen, als ich aufgebrochen war, und inzwischen war er noch einfacher geworden. Ich brauchte nur ungefähr zweieinhalb Minuten.

Zweieinhalb Minuten später – zweieinhalb Minuten, die die japanischen Steuerzahler die unbedeutende Kleinigkeit von einer Milliarde Yen gekostet hatten – kehrte ich zurück in den Knotentunnel. Nun war mir wesentlich wohler zu Mute. Ich hatte das Schwert zurückgelassen, nur die Pistole behalten. Und ich hatte einen Schraubenzieher gefunden und eingesteckt.

Mit dieser lächerlichen Ausstattung gedachte ich, den übrigen drei Halunken das Handwerk zu legen.

Noch hatte ich das Überraschungsmoment auf meiner Seite. Wenn ich mich beeilte, mochte es mir gelingen. Und wenn ich Glück hatte. Wenn die anderen tatsächlich alle noch auf der Brücke waren. Wenn die Überwachungskameras ausgeschaltet waren. Es gab noch eine ganze Menge anderer ›Wenns‹, die in diesem Zusammenhang eine Rolle spielten, aber ich ignorierte sie einfach.

Es mochte gelingen. Vielleicht gelang es auch nicht. Irgendwie war mir das jetzt nicht mehr so wichtig.

31

Ich schoss durch die Tunnelröhre wie ein geschmeidiger Fisch, geradewegs auf das Schott der Brücke zu. Den Schraubenzieher hatte ich in der rechten Hand, und mit der linken Hand steuerte ich meinen lautlosen Gleitflug, stieß mal hier mit drei steifen Fingern kurz gegen die Wand, tippte dort gegen einen vorbeihuschenden Haltegriff. Jetzt würde alles sehr schnell gehen. In wenigen Augenblicken würde es entweder mit den Piraten oder mit mir endgültig vorbei sein.

Mein Ziel war die Wartungsluke unterhalb des Schotts. Diesmal achtete ich sorgfältig darauf, nicht in den Erfassungsbereich der Öffnungsautomatik irgendeines der umliegenden Schotts zu geraten. Ich verkeilte mich mit den Zehen unter einem Haltegriff in der Nähe und machte mich dann ohne zu zögern über die erste Schraube der Luke her.

Ich gedachte denselben Trick anzuwenden, mit dem die Piraten uns in den Wohnmodulen eingesperrt hatten. Hinter der Wartungsöffnung lagen alle Anschlussleitungen für das hinter dem Schott angeflanschte Modul mit Ausnahme der Luftzufuhr und der Wasserleitungen. Ich brauchte nur den Deckel abzuschrauben, dann konnte ich nicht nur das Schott blockieren, sondern ihnen auch die Elektrizität abstellen und alle Kommunikationsverbindungen kappen.

Die erste Schraube war draußen. Ich schnippte sie achtlos davon und setzte den Schraubenzieher sofort an die nächste. Nur diese drei Schrauben noch, dann ein Ventil verstellt und zwei Stecker gezogen, und sie würden im Dunkeln sitzen, eingesperrt und isoliert. Nur noch diese paar Sekunden.

Eine Hand voll Atemzüge. Die zweite Schraube weg. Die nächste. Ich war dabei, den Weltrekord im Schraubenaufdrehen zu brechen.

In diesem Augenblick schoben sich schräg über mir die beiden Hälften des stählernen, rostfreien, druck- und strahlendichten Brückenschotts auseinander, und Khalid kam heraus. Er sah mich sofort, und er war nicht der Mann, dem man erst lange hätte erklären müssen, was gespielt wurde. Ich blickte in den Lauf seine Pistole, ehe ich den Kopf ganz gehoben hatte, und die Frage, woher er ihn so schnell gezogen hatte, hätte ich nicht ehrlich beantworten können.

»Carr«, sagte er dann mit unechter Ruhe. »Was tun Sie hier?«

Ich hielt noch den Schraubenzieher in der Hand, in der Bewegung erstarrt wie Lots Weib. Was tun Sie hier? Nicht: Wie kommen Sie hierher? Ich war da; das sah er ja, und das genügte ihm. Auch das Schicksal seines Revolvermannes schien ihn nicht zu interessieren. Ich hätte ihm auf eine Frage nach Ralf liebend gerne erwidert: *Ich habe ihm den Kopf abgeschlagen* – aber das hätte ihn wahrscheinlich nicht sonderlich beeindruckt.

»Was denken Sie denn, was ich hier tue?«, versetzte ich also bissig. »Ich jage Ungeziefer.«

Er ließ sich nicht provozieren. »Wieso funktioniert die Steuerung des Energiesenders nicht mehr?«

»Woher soll ich das wissen?« Ich hatte ja nur den Schaltschrank kurz und klein geschlagen, in dem der Steuerungscomputer untergebracht gewesen war. Offenbar war ihm das nicht gut bekommen.

Khalid nickte versonnen, während sich seine stahlharten Augen in meinen Blick bohrten. »Ich hätte Sie töten sollen. Ich wusste es. Ich wusste, dass Sie gefährlich sind, dass Sie ein *Feind* sind, Carr, und dass Gott Sie nicht liebt ...«

Diesen Eindruck hatte ich in den letzten Jahren in der Tat auch des Öfteren gehabt.

Khalids Miene verdüsterte sich, und seine Stimme troff förmlich von Bedauern, als er fortfuhr: »Sie werden mich nicht aufhalten, Carr, denn der Segen des Propheten ist mit mir. Nun, wenn ich einst vor Allah trete, wird er mich fragen, warum ich nicht auf die Stimme gehört habe, die mir das Wissen um die Gefahr einflüsterte. Und um meiner Seele Heil werde ich antworten müssen, dass ich Sie in den *schadrach* geschickt habe, in die Hölle der Ungläubigen ...«

Während er sich an seiner eigenen Ansprache berauschte, zog ich unendlich behutsam die Zehen aus ihrer Verankerung hinter dem Haltegriff. So, wie Khalid da schräg über mir schwebte, hatte er die Waffe in meinem Gürtel wahrscheinlich noch nicht gesehen. Ich beobachtete unverwandt sein Gesicht, den Ausdruck seiner Augen, während ich langsam ein Knie hob und gegen die Tunnelwand brachte.

Ich sah Khalids Augen sich um eine Winzigkeit verengen. Er flüsterte plötzlich. »*Allah akh'bar ...*«

Aber das wartete ich schon nicht mehr ab. Wie eine davonschnellende Uhrfeder katapultierte ich mich von der Wand weg, schräg nach hinten, und riss im Sprung die riesige, unhandliche Pistole aus dem Hosenbund. Der dicke, glänzende Prügel von einem Schalldämpfer schwenkte herum, und es kam mir so zäh und langsam vor, als müsse ich das Kanonenrohr eines Panzers von Hand herumkurbeln.

Aber ich musste Khalid genau im Visier haben, ehe ich abdrückte, sonst gab es eine Katastrophe.

Khalid hatte diese Skrupel nicht, er kannte sie wahrscheinlich nicht einmal, und er war schneller. Ich sah aus den Augenwinkeln, wie er schoss, und warf mich in einer sinnlosen Reaktion zur Seite. Der Schuss war nicht lauter als das Öffnen einer Dose Bier, und als die Kugel mich traf, überflutete mich ein Schmerz wie eine grelle, lautlos explodierende Sonne in meinem Kopf. Und dann passierte alles auf einmal.

Mein rechter Oberarm wurde mit der Gewalt eines

Dampfhammers nach hinten gerissen, und dabei verlor ich die Pistole und den Überblick. Sekundenbruchteile später erreichte die Kugel, die meinen Arm nur durchschlagen hatte, die Wandung des Knotentunnels und tobte den beträchtlichen Rest ihrer kinetischen Energie darin aus.

Plötzlich gellte das infernalische Heulen des Leckalarms durch die Station, übertönt nur noch von dem ohrenbetäubenden Fauchen der entweichenden Luft, die durch das Einschussloch ins All schoss. Irgendwie bekam ich durch all die Nebel und Sterne vor meinen Augen mit, wie Khalid unsanft nach vorn geschleudert wurde, als das Brückenschott donnernd zufiel. Automatische Alarmverriegelung. Ich angelte stöhnend mit der linken Hand nach irgendeinem Halt. Es gab kein Entkommen mehr. Eine unerbittliche Automatik schloss alle Schotten, die an den leckgeschlagenen Raum grenzten, und da das Leck im Knotentunnel selber war, handelte es sich um schlichtweg alle Druckschotten der gesamten Raumstation.

Das Toben und Fauchen der ausströmenden Luft hielt immer noch an, aber mir wurde allmählich schwarz vor Augen. Die Finger meiner linken Hand kratzten hilflos über glattes Metall, auf der Suche nach einem Griff. Blutstropfen tauchten vor meinem Gesicht auf, und diesmal war es mein eigenes Blut. Das brausende Geräusch schien mir auf einmal das Geräusch meines auslaufenden Blutes zu sein.

Ein dunkler Schatten, der an mir vorbeischoss, in die Tiefe. Khalid. Der dunkle Handlanger des falschen Propheten. Er schrie etwas, das ich erst nach einer trägen, sterbenden Weile verstand: »Sie werden mich nicht aufhalten, Sohn des Teufels!«

Meinte er mich? Konnte es sein, dass er *mich* meinte? Meine Linke fasste plötzlich Metall, rundes Metall, aber es war kein Griff, nur der Schalldämpfer der Pistole. Jahre schien das her zu sein, dass er mir aus der Hand gerissen wurde.

Und die Luft heulte und toste noch immer; woher kam bloß die ganze Luft?

»Sie werden mich nicht aufhalten.«

Ich werde dich aufhalten. Ich habe dich schon aufgehalten, Baby. Ich torkelte noch immer durch die Gegend wie ein betrunkener Satellit, aber irgendwie schaffte ich es, meine rechte Hand an den Griff der Pistole zu bringen. Stechende, lähmende Schmerzen zuckten mir durch Schulter, Nacken und Kopf, aber ich brachte es fertig, den Lauf auf die Gestalt in dem blauen Raumanzug zu richten, die gerade durch die Tunnelröhre hangelte. Ich spürte die Schwärze heranrollen, die mein Feind war, und ich wusste, dass ich mich damit beeilen musste, den Finger durch den Abzugsbügel zu stecken. Es pochte in meinen Ohren, ich sah nur noch bunte Flecken, und mein Kopf wollte platzen, aber ich brachte den Finger auf den Abzug.

»Sie werden mich nicht aufhalten ...«

Ich werde, du Hurensohn.

Ich schoss, und es war wie ein Hammerschlag auf meinen Arm. Ich schrie auf, und mein eigener Schrei übertönte den Schuss, aber ich sah einen blauen Fleck in der Ferne zusammenzucken. Dann kam die Schwärze wie eine Sturmflut und riss mich mit sich in die Dunkelheit.

32

ALS ICH ERWACHTE, war es still um mich herum, so, als wäre alles, was geschehen war, nur ein böser Traum gewesen. Dann spürte ich den brennenden Schmerz in meinem rechten Arm, und alles fiel mir wieder ein, während meine linke Hand die Wunde abtastete.

Es tat höllisch weh, und mein Overall war blutverschmiert, aber inzwischen schien das Durchschussloch nicht mehr zu bluten. Während ich mich langsam um mich selbst drehte, entdeckte ich einen regungslos treibenden blauen Raumanzug am unteren Ende des Knotentunnels. Sehr gut. Ich hatte ihn also doch erwischt. Dann fielen mir die roten Warnlampen über allen Schotten auf, die die immer noch bestehende Alarmblockade anzeigten. Sehr lange konnte ich nicht bewusstlos gewesen sein. Wahrscheinlich war es der Schmerz im Arm gewesen, der mich geweckt hatte. Außerdem konnte man in der Schwerelosigkeit ohnehin nicht sehr lange ohnmächtig bleiben, da das Blut ohne Schwerkraft dazu tendiert, sich in der oberen Körperhälfte anzusammeln, vor allem im Kopf.

Ich warf einen Blick auf die Uhr. Meine Bewusstlosigkeit konnte nicht länger als ein paar Minuten gedauert haben. Es waren noch vierzig Minuten bis Mekka. Ich hatte den Wettlauf mit der Zeit mit haushohem Vorsprung gewonnen.

Ein salziger, tauber Geschmack im Mund ließ mich prüfend ins Gesicht fassen. Meine Nase schien geblutet zu haben, wahrscheinlich infolge des plötzlichen Druckabfalls. Ich sah mich nach dem Einschussloch um. Es war ungefähr so groß wie eine Dollarmünze, und inzwischen hatte sich eine grauschwarze, wulstige Masse darin gebildet, die zwar aussah wie eine hässliche Krankheit, die das Loch aber wirksam abdichtete. Alle Außenwandungen der Solarstation waren in doppelschaliger Bauweise ausgeführt, und in den beiden Schalen befanden sich zwei verschiedene Komponenten eines Kunststoffes, die für sich genommen von flüssiger bis geleeartiger Konsistenz waren. Durchschlug nun ein Meteorit – oder eine Pistolenkugel – die Wandung, flossen die beiden Komponenten durch die dabei geschaffene Öffnung zusammen und verbanden sich zu einem zähen, stabilen Endprodukt.

Mir fiel wieder ein, dass akuter Handlungsbedarf bestand. Es war noch nicht ganz geschafft. Jeden Augenblick konnte die Alarmblockade der Schotten wieder aufgehoben werden. Jeden Augenblick konnte das Brückenschott wieder auffahren, und dann würde ich mich den letzten beiden Piraten gegenübersehen, die beide bewaffnet und höchstwahrscheinlich nicht gut auf mich zu sprechen waren.

Ich fing den Schraubenzieher ein, mit der linken Hand, dann schraubte ich mit zitternden Fingern die Klappe des Wartungsluks vollends ab. Ein Griff, und das Schott zur Brücke war lahm gelegt. Ein weiterer Griff kappte die Stromversorgung, und schließlich zog ich noch den breiten Stecker der Steuerleitungen. Fertig. Jetzt saßen Sven und Sakai im Dunkeln, blind, taub, stumm und machtlos.

Ich spürte die Erleichterung in allen Zellen meines Körpers. Es war vollbracht. Das Unglaubliche war vollbracht. Ich hatte die Piraten besiegt, die ersten Verbrecher, die jemals eine Raumstation überfallen und gekapert hatten, und ich hatte den heimtückischen Angriff auf die Heilige Stadt des Islam verhindert, der zweifellos einen verheerenden Wendepunkt in der Geschichte dargestellt hätte. Und ich hatte meinen Sohn gerettet, und nur darauf war es mir im Grunde angekommen.

Ein paar Kleinigkeiten waren noch zu regeln. Ich ließ mich geruhsam hinübertreiben zur Steuerung der Manipulatorarme, schnallte mich an dem ausklappbaren Sitz fest und schaltete das Steuerpult ein. Durch die Sichtluken sah ich Spiderman, der noch immer auf der Plattform vor dem Mikrogravitationslabor saß und mit maschinenhafter Geduld auf den nächsten Auftrag wartete. Dann richtete ich meine Konzentration auf die dunkle, klobige Raumkapsel, die inzwischen leicht schräg an der Leine hing, mit einer Seite im direkten Sonnenlicht. Wahrscheinlich waren die anderen darin schon am Verschmachten.

Wenn ich das rechte Handgelenk direkt vor dem Steuerhebel auf das Pult legte und mich bemühte, die Muskeln des Oberarms nicht anzuspannen, dann tat es fast nicht weh, wenn ich die Hand benutzte. Ich fuhr einen der beiden Manipulatorarme aus und näherte ihn behutsam der Kapsel. Die Länge des Drahtseils war verblüffenderweise genau berechnet; die Kapsel hätte keine zwei Meter weiter entfernt sein dürfen, sonst wäre der Greifarm nicht lang genug gewesen.

Als ich die Greifzange erst einmal angebracht hatte, zog ich die Kapsel näher heran, bis dicht vor die Hauptschleuse. Dann blockierte das Drahtseil die Dichtungskupplung.

Seufzend wechselte ich zur Steuerung des zweiten Manipulatorarms. Das war zu erwarten gewesen. Ich packte das Seil und rollte es so auf, wie man widerspenstige Spaghetti aufrollt. Am liebsten hätte ich es einfach gekappt, aber die Greifarme verfügten nicht über irgendwelche Werkzeuge, und den Versuch, es einfach abzureißen, wollte ich nicht wagen. Aber schließlich gelang es mir, das Seil in den Spalt zwischen der Hauptschleuse und der Schleuse der Raumkapsel zu stopfen, sodass es nicht mehr im Weg war. Nun war nur noch ein halber Meter zu überbrücken, und das Kopplungsmanöver gelang auf Anhieb. Mit unüberhörbarem Schaben von Metall auf Metall rasteten die Kupplungen der beiden Schleusen ineinander ein, und dann schloss sich zischend der Dichtungsverschluss.

Den Rest überließ ich den anderen. Vielleicht war es doch

nicht nur Erleichterung, was sich in allen Fasern meines Körpers breit zu machen begann; es schien auch ein gut Teil Erschöpfung dabei zu sein. Ich blieb einfach auf meinem Sitz hängen und wartete ab.

Moriyama war der Erste, der an Bord kam. Die Innenluke der Hauptschleuse öffnete sich, ein wirres Bündel Stahlseil wurde aus der Öffnung gestoßen, und dann kam das graue Haupt des Kommandanten zum Vorschein. Er sah sich vorsichtig um und schien nicht wenig erleichtert zu sein, mich zu sehen und nicht einen von Khalids Männern.

»Carr!«, rief er. »Sie leben noch?«

»Ja«, nickte ich. »Khalid ist tot, Ralf ist tot, und die anderen beiden sind auf der Brücke eingesperrt und wissen nicht, wie ihnen geschieht.«

»Und Sie sind verletzt.«

»Es sieht schlimmer aus, als es ist.«

Er kam vollends aus der Schleuse. Yoshiko folgte ihm, dann Tanaka. Yoshiko sah ziemlich zerzaust und verschwitzt aus, und tatsächlich kam ein spürbarer Hauch stickiger, heißer Luft aus der Schleuse.

Ich berichtete so kurz wie möglich, was geschehen war. Meine Wunde begann, wie um mich Lügen zu strafen, schmerzhaft zu pochen, aber ich versuchte, nicht darauf zu achten.

»Das heißt«, fasste Moriyama zusammen, »wir müssen noch die Brücke zurückerobern. Das sollte kein großes Problem sein.«

Tanaka verzog das Gesicht. »Aber die beiden sind bewaffnet.«

»Wir auch.« Moriyama fing die Pistole ein, die immer noch taumelnd umhertrieb, neben dem Seil, den Schrauben und dem Deckel der Wartungsluke. »Und wir sind in der stärkeren Position. Wir werden die Brücke einfach mit reinem Stickstoff fluten, und kurz bevor sie ersticken, öffnen wir das Schott und überwältigen sie.«

»Haben sie nicht Raumanzüge an?«

»Ja, aber keine Helme.« Die Helme hatten die Piraten in ihrer Kapsel zurückgelassen.

Yoshiko war in das biologische Labor gegangen und hatte den Verbandskasten geholt. Sie war sehr blass, als sie zurückkam, aber sie kümmerte sich trotzdem fürsorglich um meine Wunde. Inzwischen hatten auch Jayakar und Kim die Schleuse passiert. Moriyama wandte sich an seinen Stellvertreter. »Tanaka, Sie und Kim kümmern sich bitte um die Belüftung der Kommandozentrale. Leonard-*san* hat schon genug geleistet. Und besorgen Sie auch gleich ein paar Stricke, damit wir die Ganoven fesseln können, falls sie den Stickstoff überleben.« Er sagte das in einem Ton, als sei ihm das Schicksal der beiden letzten Piraten mehr als gleichgültig.

»Gehen Sie möglichst nicht ins materialwissenschaftliche Labor«, warf ich müde ein. Yoshiko hatte mir den Ärmel des Overalls aufgeschnitten und war dabei, die Einschusslöcher mit einer scharf brennenden Flüssigkeit zu desinfizieren.

Tanaka sah mich verwundert an.

»Warum nicht?«

»Es ist dort gerade etwas unaufgeräumt.«

Der Energieingenieur nickte, immer noch verständnislos, und setzte sich zusammen mit Kim in Bewegung. »Bringen Sie auch Khalids Pistole mit!«, rief Moriyama ihnen nach.

Dann musterte der Kommandant mich aufmerksam. »Wir gehen jetzt kein Risiko mehr ein«, sagte er grimmig. Ich nickte nur matt, während Yoshiko anfing, meine Wunde zu verbinden. Schließlich hatte ich alle nur denkbaren Risiken bereits hinter mir, erledigt und abgehakt. Das einzige Risiko, das man jetzt noch hätte eingehen können, wäre gewesen, das Schott zur Brücke aufs Geratewohl zu öffnen und es auf eine wilde Schießerei ankommen zu lassen.

In diesem Augenblick hörten wir Tanaka von den unteren Decks her etwas rufen, was wir nicht verstanden. »Kommandant!«, hörte ich heraus, und wir sahen ihn uns heftig zuwinken, wir sollten kommen.

Ich schnallte mich los und folgte den anderen, die sich eilig den Tunnel hinabhangelten. Und ich war noch nicht ganz unten, da verstand ich schon, was Tanaka so aufgeregt hatte werden lassen, und auch mir wurde plötzlich heiß und kalt zugleich.

Das, was ich vorhin für Khalids Leichnam gehalten hatte, war in Wirklichkeit nur sein Raumanzug. Sein leerer Raumanzug. Khalid selbst war verschwunden.

33

Der Raumanzug hing leer und verlassen in der Luft, und die beiden Teile, Oberteil und Beinteil, wurden nur noch vom Rückentornister zusammengehalten, den abzulegen Khalid sich nicht die Mühe gemacht hatte. Er schien es ziemlich eilig gehabt zu haben.

Moriyama packte die Pistole fester. »Gehen Sie in Deckung«, befahl er halblaut. »Er muss sich irgendwo hier versteckt haben.«

Ich warf einen Blick in die Runde. Die vier Schotten zu den angrenzenden Modulen des Maschinendecks wirkten plötzlich wie die geschlossenen Augen einer schlafenden Bestie.

»Leonard?«, fragte der Kommandant. »Haben Sie den Schraubenzieher noch?«

»Ja«

»Schrauben Sie die Wartungsklappen ab. Blockieren Sie alle Schotte auf dieser Ebene.«

»Und dann?«

»Wir nehmen uns ein Modul nach dem anderen vor. Und ich will nicht, dass er uns dabei in den Rücken fallen kann.«

Ich nickte langsam. Die anderen hatten in der Nähe der Wände Schutz gesucht, und in ihren Augen sah ich Angst. Sie waren Wissenschaftler, keine Soldaten. Das Ganze begann, über ihre Kräfte zu gehen. Und mit meinen eigenen Kräften war es auch nicht mehr so weit her. »Khalid kann sich in keinem der Module versteckt halten«, erklärte ich.

Tanakas Stimme bebte vor Anspannung. »Woher wollen Sie das wissen?«

»Als ich aus der Bewusstlosigkeit erwachte, war die Alarmblockade aller Schotte noch wirksam. Sie wurde erst aufgehoben, als ich schon dabei war, die Raumkapsel anzudocken. Das heißt, ich hätte es gehört, wenn Khalid eines der Schotte geöffnet hätte.« Da war doch eben noch eine gute Idee gewesen. Meine Gedanken bewegten sich wie durch zähen Sirup, und ich hatte das deutliche Gefühl, dass das gar nicht gut war. »Außerdem hätte er den Raumanzug nicht auszuziehen brauchen, um sich zu verstecken.«

Ich hangelte mich hinab auf die vierte Ebene und begann, die sackartigen Plastikbehälter zu öffnen, in denen wir unsere Raumanzüge aufbewahrten. Ich brauchte nicht lange zu suchen. »Einer unserer Raumanzüge fehlt.«

»Er hatte Angst vor der Dekompression«, mutmaßte Tanaka. »Und da sein Raumanzug keinen Helm hatte, zog er einen von unseren an.«

»Vielleicht. Vielleicht auch nicht.« Ich glitt hinüber zu der kleinen Mannschleuse und legte die Hand auf die beiden Vakuumpumpen rechts und links der Einstiegsluke. Sie fühlten sich warm an, als seien sie vor nicht allzu langer Zeit in Betrieb gewesen. »Er hat die Station verlassen. Ich kann mir beim besten Willen nicht denken aus welchem Grund, aber er ist durch diese Schleuse hinausgegangen.«

Wir sahen einander ratlos an.

»Vielleicht ein Trick?«, vermutete Moriyama schließlich, aber es klang nicht so, als sei er davon überzeugt.

Auch Jayakar war anzusehen, wie sehr er sich sein hochkarätiges Hirn zermarterte. »Wohin kann er wollen da draußen?«, fragte er sich im Selbstgespräch. »Zur Brücke? Die ist von außen nicht zugänglich. Außerdem liegt sie auf der anderen Seite der Solarfläche. Die Raumkapsel auch, und sie ist jetzt auch nicht zugänglich, weil sie an der Hauptschleuse angekoppelt ist.«

»Vielleicht hat er Selbstmord begangen?«, warf Kim hoffnungsvoll ein.

»Dazu hätte er wohl kaum einen Raumanzug angezogen«, knurrte Moriyama.

»Aber irgendetwas muss er vorhaben«, beharrte Jayakar. »So gut kennen wir ihn doch inzwischen.«

Tanaka meinte zögernd: »Vielleicht ist er auf den Turm geklettert.«

»Auf den Turm?«

»Auf den Turmausleger. Zum Energiesender.«

»Was soll er dort wollen?«

»Vielleicht will er den Energiesender mit der Handsteuerung bedienen.«

»Handsteuerung?«, echote ich verständnislos. Wovon faselte der Mann? »Was für eine Handsteuerung?«

»Die Handsteuerung des Energiesenders.«

Ich starrte ihn fassungslos an. »Soll das heißen, es gibt auf dem Turm eine Möglichkeit, den Energiestrahl von Hand zu lenken?«

Tanaka nickte ausgesprochen unglücklich. »*Hai*. Es ist ein kleines Schaltpult mit einem Zielfernrohr und einem einfachen Steuerknüppel, wie bei einem Videospiel ...«

»Und Khalid *weiß* das?« Ich schrie es fast. »Das wusste ja nicht einmal ich!«

»Er hatte mich danach gefragt ...«

Ich sah auf die Uhr. Noch fünfundzwanzig Minuten bis Mekka. Fünfundzwanzig Minuten, dann würde Mekka am Horizont auftauchen, und Khalid würde sein großes Videospiel spielen ...

Ich fasste den stellvertretenden Kommandanten scharf ins Auge. »Ich hoffe doch, wir können ihm wenigstens von hier aus den Saft abdrehen?«

Tanakas Gesicht hatte inzwischen einen ausgesprochen ungesund aussehenden grauen Farbton angenommen. »Ich fürchte, nein.«

»Aber wieso denn nicht? Die ganze Energie, die der Solarspiegel erzeugt, geht durch unsere Transformatoren, unsere

Schaltschränke und unsere Steuerung. Wir drehen ihm einfach den Hahn zu, und dann kann er da auf dem Turm sitzen, bis er schwarz wird.«

»So ist das nicht. Wir können nicht ein Gigawatt durch die Station führen – allein der Elektrosmog würde uns umbringen. Nur ein geringer Teil der Energie kommt an Bord.«

»Und der Rest? Wie fließt der zum Energiesender?«

»Durch viele einzelne Leitungen, die außen am Turm entlanggeführt sind.«

Das durfte doch nicht wahr sein. Das war doch ein böser Albtraum, den ich hier erlebte.

»Was sind das für Leitungen? Kann man die kappen?«

»Kappen?«

»Durchtrennen.« Ich dachte an Kims Schwert und was es aus dem Steuerungscomputer gemacht hatte.

»Wenn kein Strom darin fließt, kann man sie kappen. Aber wenn er die Handsteuerung schon aktiviert hat, fließt bereits so viel Strom, dass jeder Versuch, eine Leitung zu trennen, tödlich wäre.«

Großartig. »Ich dachte immer, der Energiesender wird von hier aus beschickt und gesteuert?«

»Nur gesteuert. Es gibt nur eine Steuerleitung zum Sender, die gesendete Energie kommt direkt aus der Solarfläche.«

»Können wir die Handsteuerung von hier aus ausschalten?«

»Nein. Wir könnten sie höchstens stören, aber da der Steuerungscomputer kaputt ist ...« Er vollendete den Satz nicht.

»Mit anderen Worten«, mischte sich Moriyama ein, »Khalid sitzt oben auf dem Turm und wird Mekka mit dem Energiestrahl zerstören – und es gibt nichts, was wir dagegen tun können?«

Tanaka schüttelte den Kopf. »Nichts.«

Dumpfes Schweigen. Ich sah Tanaka an. Ich sah Moriyama an. Ich sah in die Runde, in lauter betretene, von Niederlage gezeichnete Gesichter. Und meine Wunde brannte wie Feuer, wie ein Schwelbrand, der meine ganze Schulter sich zu verzehren anschickte.

Nicht schon wieder. Das war alles, was ich denken konnte. Nicht schon wieder. Ich war müde, am Ende meiner Kräfte. Niemand hätte mir einen Vorwurf daraus gemacht, wenn ich einfach aufgegeben hätte. Aber ich wusste, dass es keinen anderen Ausweg gab und dass ich es tun musste.

»Doch«, seufzte ich. »Eine Möglichkeit gibt es.«

Ich zog einen der anderen Raumanzüge aus seinem Behälter und begann, ihn anzulegen.

»Yoshiko, ich brauche eine schmerzstillende Spritze für meinen Arm. Die stärkste, die du findest.«

Sie sah mich erschrocken an. »Tut er so weh?«

»Nein. Aber er wird vielleicht weh tun. Sehr wahrscheinlich sogar.« Er tat sogar jetzt schon weh, während ich mit dem linken Arm in das Oberteil schlüpfte.

»Leonard-*san*, du wirst deinen Arm ruinieren, wenn ich dir eine Spritze gebe«, erwiderte Yoshiko besorgt. »Du musst ihn schonen, ihn ruhig stellen ...«

»Die Spritze, *onna*!«, sagte ich so scharf wie möglich, und es funktionierte. Ein kulturelles Erbe von Jahrhunderten, in denen die japanischen Frauen den Männern widerspruchslos gehorcht hatten, ließ sich eben nicht in wenigen Jahrzehnten abschütteln. Yoshiko öffnete hastig die Notfalltasche, holte eine kleine Fertigspritze heraus, prüfte noch einmal die Aufschrift und injizierte mir dann die hellgelbe Flüssigkeit in den Oberarm. Ich spürte die Wirkung fast sofort.

»Geben Sie mir bitte die Pistole, Kommandant?«, wandte ich mich an Moriyama, während ich in den rechten Ärmel des Raumanzugs schlüpfte und begann, die Verschlüsse zuzumachen.

»Das hat doch keinen Zweck, Leonard. Es ist zu spät. Ihnen bleiben gerade einmal zwanzig Minuten.«

»Es muss reichen.«

»Khalid wird Sie einfach abknallen.«

»Er wird mich nicht kommen sehen.« Ich streckte verlangend die Hand aus. »Die Waffe, *kudasai*.«

Er gab sie mir, widerwillig. Ich befestigte sie mit mehreren langen Leukoplaststreifen aus der Medizintasche an meinem rechten Oberschenkel.

»Sie sind verletzt«, redete mir Moriyama weiter Mut zu. »Sie sind erschöpft. Sie werden sterben, wenn Sie da rausgehen!«

»Dann werde ich eben sterben«, sagte ich, setzte den Helm auf und drückte den Knopf, der die Innenluke der Mannschleuse auffahren ließ.

34

ICH WAR SELTEN im Raum draußen gewesen. Mein Job hatte es nicht erfordert, und wenn, dann war es immer auf der hellen Seite gewesen. Als sich die äußere Luke der Schleuse vor mir öffnete, wurde mir bewusst, dass ich noch niemals zuvor auf der dunklen Seite gewesen war.

Das Panorama, das sich meinen Blicken darbot, war atemberaubend. Unter mir – unwillkürlich und ohne dass ich etwas an dieser Art der Wahrnehmung hätte ändern können, ordnete mein Verstand, mein Auge, dem Anblick Richtungen zu, und die riesige, unermesslich riesige Solarfläche war unten – unter mir also erstreckte sich die Solarfläche nach allen Seiten, wie eine gewaltige graue gusseiserne Trennwand durch das gesamte Universum, und nur am äußersten Rand, da, wo sie den Erdball zerschnitt, zog sich eine dünne, haarfeine, silberhell leuchtende Linie entlang, wie eine Ahnung von einem Sonnenaufgang, der nie erfolgen würde. Und auch der Erdball war riesig, dunkel und riesig, die Nachthälfte der Erde – unheimlich nahe, bedrückend in ihrer blauschwarzen Dunkelheit, die die Ränder verschwimmen ließ. Ich sah Wasser, träges, schwarzes Wasser, so weit das Auge reichte. Der Indische Ozean. Es war nur noch ein Katzensprung bis zur arabischen Halbinsel, bis Mekka; nur noch Minuten bis zur entscheidenden Schlacht um die Heilige Stadt.

Ich glitt aus der Schleuse, sah zu, wie sie sich geräuschlos hinter mir schloss, und konnte es kaum fassen, dass mich die riesige bleierne Wüste der Solarfläche nicht zu sich herabziehen wollte. Dann drehte ich mich um und wandte mich dem Turmausleger zu.

Ich hatte ganz vergessen, wie groß er war. So hoch wie ein Kirchturm, wie ein sehr großer Kirchturm, ragte die filigrane Konstruktion aus Metallstäben über mir auf, der Blick ging nach oben und wollte kein Ende finden. Hundertfünfzig Meter. Ich kontrollierte meine Uhr. Noch zwanzig Minuten.

Ich setzte mich in Bewegung, hangelte mich von Haltegriff zu Haltegriff bis zum Ende des Knotentunnel-Moduls und schlüpfte dann zwischen den Stäben hindurch in das Innere der Turmkonstruktion. Von hier aus erinnerte sie an einen Ölbohrturm, einen kosmischen Eiffelturm.

In dem modernen japanischen Raumanzug konnte ich mich, natürlich, viel besser und leichter bewegen als in dem alten russischen Modell. Ausgestattet mit allen Errungenschaften der herkömmlichen Weltraumtechnik, war das japanische Modell wesentlich leichter, einfacher zu handhaben und eleganter in der Konstruktion. Ach ja, und billiger waren die japanischen Raumanzüge natürlich außerdem.

Ich stieß mich ab und glitt den Turm hinauf, wie durch einen Tunnel. Entlang der Stützstreben zogen sich die Stromleitungen, daumendicke Kabel, zu armdicken Strängen verzurrt. Ab und zu flitzte ich an einem kleinen schwarzen Signalkästchen vorbei, auf dem drohend Warnlampen flackerten: Die Kabel standen bereits unter Strom, wenn auch noch nicht unter Vollast. Unter Vollast würde die gesamte Solarfläche nachtsschwarz werden.

In den Kopfhörern meines Funkgeräts, das ich auf Empfang geschaltet hatte, begann es zunehmend zu knistern, je näher ich der Spitze des Turms kam. Es klang beunruhigend, gerade so, als flöge ich mitten in unsichtbare Gewalten hinein, die mich zermalmen konnten – und es vielleicht auch würden. Schließlich erreichte ich die Turmspitze.

Hier oben verjüngte sich die Konstruktion leicht, und es war schwer, sich aus dem Inneren des Turms wieder herauszuzwängen. Ich spähte nach oben, aber es war niemand zu sehen. Auf der Spitze der Turmkonstruktion saß ein großes, zylindrisches Aggregat, das aussah wie eine riesige, weiß lackierte Coladose, die jemand in ein Fliegengitter eingewickelt hatte. Oben auf dem Aggregat war eine runde, tellerartige Plattform angebracht, und auf dieser Plattform wiederum – das wusste ich nur; sehen konnte ich es von meiner Position aus nicht – saß der Energiesender, der aussah wie eine große, nach allen Richtungen bewegliche Radarantenne. Nur dass diese Antenne nicht empfangen, sondern nur senden konnte, und zwar einen Mikrowellenstrahl von unvorstellbarer Intensität. Einen unsichtbaren, absolut zerstörerischen Energiestrahl, der sich in wenigen Minuten in den blutgetränkten Sand der Arabischen Wüste bohren und eine Spur der Verwüstung ziehen würde.

Wo war Khalid? Wahrscheinlich auf der Plattform. Ich konnte ihn nicht sehen, genauso wenig wie ich sehen konnte, was sich sonst auf der Oberseite der Plattform befand. Die Plattform diente der Abschirmung zur Solarstation hin, und dass ich ihn nicht sehen konnte, hieß hoffentlich, dass er auch mich nicht sah. Für einen Augenblick zuckte mir der Gedanke durch den Kopf, dass er womöglich überhaupt nicht hier oben war, sondern irgendwo anders, um eine noch viel teuflischere Schurkerei vorzubereiten, aber ich wischte diesen Gedanken sofort wieder beiseite. Wo immer er noch sein konnte, er konnte nirgendwo mehr Schaden anrichten als hier.

Und außerdem wusste ich, dass er da war. Ich glaubte seine Anwesenheit beinahe körperlich zu spüren.

Ich glitt höher, hangelte mich an der Gitterkonstruktion rund um das Umwandlungsaggregat entlang bis dicht unter die Plattform. Paradoxerweise musste ich jetzt leise sein. Zwar trug das Vakuum keinen Schall, aber das Metall, aus dem der Turm gebaut war, dafür umso besser. Ich durfte nirgends anstoßen, keine Erschütterungen irgendwelcher Art erzeugen, oder Khalid würde mich kommen spüren.

Unterhalb der Plattform gab es dicke, schräg verlaufende Stützstreben, die diese mit dem zylindrischen Aggregat verbanden. Ich hakte mich mit dem linken Knie in einer davon fest und löste dann behutsam die Klebestreifen, mit denen ich die Pistole an meinem Oberschenkelteil befestigt hatte.

Jeder weiß, dass es im Weltraum keinen Sauerstoff gibt und dass man deswegen schlechte Karten hat, wenn man etwa versuchen wollte, sich dort eine Zigarette anzuzünden, mit einem Feuerzeug oder einem Streichholz etwa. Was aber nicht jeder weiß, und was auch viele Leute verblüfft, ist, dass Sprengstoffe aller Art trotzdem hervorragend funktionieren. Auch Schießpulver. Der Grund dafür ist, dass in Schießpulver der für die Explosion benötigte Sauerstoff bereits enthalten ist. Pistolen und Gewehre aller Art kann man deshalb auch im Vakuum problemlos verwenden, vorausgesetzt, man bekommt den Zeigefinger seines Raumhandschuhs in den Abzugsbügel. Der einzige Unterschied ist, dass es bei einem Schuss absolut kein Geräusch gibt.

Ich verwendete einige meiner kostbaren Sekunden darauf, meinen behandschuhten Zeigefinger um den Abzug zu legen, ohne ihn versehentlich zu betätigen. Dann, als ich schussbereit war, griff ich mit meiner freien linken Hand schräg über mich um den äußersten Rand der Plattform, löste mein linkes Bein aus seiner Verankerung und zog mich vorsichtig auf die Kante zu.

Meine Absicht war, über der Umrandung aufzutauchen, Khalid auszumachen und sofort und ohne jede Warnung auf ihn zu schießen, und das so oft wie möglich. Das war natürlich eine völlig vorschriftswidrige, gewissenlose und unfaire Absicht, bar jeden Anstands und jeder Würde.

Und mir war tatsächlich danach, völlig vorschriftswidrig, gewissenlos und unfair zu handeln, ihn unter Verzicht auf jeden Anstand und jede Würde einfach nur zu töten. Ihn zu töten, wie man ein Schwein schlachtet.

Ich glitt um den Rand der Plattform herum, die Pistole schussbereit erhoben, und meine Augen durchbohrten das ungewisse Halbdunkel der sinnverwirrend komplizierten technischen Einrichtungen darauf. Über mir erhob sich riesig die gewaltige Schüssel aus Drahtgeflecht, eingebunden in ihre kardanische Aufhängung und bereits auf ein Ziel auf der Erde ausgerichtet. Ich sah den klobigen zylindrischen Sensor der lasergesteuerten Feinausrichtung, ich sah Motoren und Antennen und dunkle Geräte, nur Khalid sah ich nirgends.

Einen Moment war ich verwirrt, und eine unklare, nagende Furcht stieg in mir auf, irgendetwas übersehen zu haben, irgendetwas sehr, sehr Wichtiges vergessen zu haben. Wieso war er nicht da? Ich war so sicher gewesen, Khalid hier anzutreffen, und nun war er nirgends zu sehen.

Aber er war da. Urplötzlich tauchte er vor mir auf wie hingezaubert, riesig und überwältigend in seinem schneeweißen Raumanzug. Ich sah seinen Schlag nur aus den Augenwinkeln, seinen gewaltigen, wutentbrannten Hieb gegen meine rechte Hand, und da war es schon zu spät. Ein Geräusch wie splitternde Knochen, ein jäh aufflammender, unglaublicher Schmerz durch die Betäubung hindurch, und meine Pistole verschwand in der unendlichen Dunkelheit des Weltraums.

Ich muss aufgeschrien haben, ich weiß es nicht mehr. Um ein Haar hätte ich den Griff der Linken um die Plattformumrandung verloren. Verzweifelt manövrierte ich rückwärts, wollte wieder zurück unter die Plattform, irgendwo einen festeren Halt finden. Die ganze Zeit starrte ich Khalid an, der sich mit einer Hand an einer Stange festhielt, während er mit der anderen am Verschluss seiner Brusttasche herumnestelte. Ich sah sein Gesicht nicht, nur die dunkel glänzende, verspiegelte Hülle seines Raumhelms, aber ich begriff, dass er nach seiner eigenen Pistole suchte. Er hatte ihn zwar mitgenommen, aber in die Tasche gesteckt, weil er nicht damit gerechnet hatte, dass er ihn hier draußen brauchen würde.

In der Schwerelosigkeit kann man sich nicht einfach in Deckung fallen lassen. Ich strampelte verzweifelt mit den Beinen umher auf der Suche nach einer der Streben, die linke Hand nach wie vor um den Rand der Plattform gekrallt. Ich hatte nicht genug Kraft im linken Handgelenk, um mich damit in den Schutz der Plattform zu drücken. Und jetzt hatte Khalid seine Pistole gefunden und herausgeholt, ohne Schalldämpfer diesmal, klein und schwarz und gefährlich, und er richtete sie auf mich. Ich bildete mir ein, die Öffnung des Laufs in der Dunkelheit leuchten zu sehen. Nicht einmal einen Schuss würde ich hören.

Da fasste mein rechter Fuß endlich Halt, stieß unter einen festen Widerstand, und ich winkelte sofort das Bein an und zog mich damit in Sicherheit.

Einen Sekundenbruchteil bevor ich in der Deckung der Plattform verschwand, sah ich noch Mündungsfeuer aus Khalids Pistole aufflammen und sah, wie er von dem unerwartet heftigen Rückstoß zurückgerissen wurde. Aber ich hörte keinen Schuss, hörte keine vorbeipfeifenden Kugeln, nichts dergleichen. Alles vollzog sich in unheimlicher Stille.

Schwer atmend griff ich nach dem nächsten Halt, hangelte mich weiter, auf die andere Seite des Umwandlers. Khalid würde nach mir suchen, und ich hatte keine Waffe mehr.

Ich befühlte meine rechte Hand. Der Schmerz war inzwischen dumpfer Taubheit gewichen. Es sah so aus, als könne ich die meisten der Finger annähernd normal verwenden, nur der Zeigefinger entzog sich meiner Kontrolle, war völlig gefühllos.

Wie hatte er gewusst, dass ich kam? Ich musste mich trotz aller Vorsicht verraten haben. Offenbar bekam man oben auf der Plattform mehr mit, als ich gedacht hatte.

Ich hielt still, an eine Querstrebe geklammert, und spürte

den Vibrationen nach. Tatsächlich. Ich konnte spüren, dass sich jemand langsam umherbewegte, von einem Halt zum nächsten griff – ohne jedoch genau ausmachen zu können, wo er sich befand.

So also hatte er mir aufgelauert. Ich verhielt mich ganz still, versuchte möglichst nur den Kopf zu bewegen. Aber da war nur Dunkelheit, ein dämmriges Durcheinander von dunkel glänzendem Metall, und Myriaden kalter, unbewegt leuchtender Sterne ringsumher.

Mein Blick fiel auf das Aggregat. Ob ich das Aggregat sabotieren konnte? Unwillkürlich schüttelte ich den Kopf. Ich hatte ja nicht einmal einen Schraubenzieher dabei.

Unten auf der Erde wanderte ein dunkles, schlafendes Madagaskar vorbei und erinnerte mich daran, dass die Zeit unaufhaltsam verrann. Ich musste hinauf auf die Plattform. Es war auf einmal ruhig im Gestänge. Wahrscheinlich saß Khalid wieder am Steuerknüppel der Handsteuerung, fest entschlossen, sich nicht durch mich von seinem Vorhaben abhalten zu lassen. Einer plötzlichen Eingebung folgend, fing ich an, wie wild mit den Fäusten auf die umliegenden Stangen einzuschlagen.

Mein rechter Arm schmerzte wie loderndes Feuer, aber ich hangelte mich wieder an einer Stange bis an den Rand der Plattform, während ich unentwegt mit beiden Füßen auf alle Metallteile hämmerte, die ich erreichen konnte. Es war unmöglich, dass er das nicht spürte – der ganze Turm schien mit einem Mal zu beben –, und bestimmt würde es ihn irritieren.

Ich behielt den Rand der Plattform im Auge. Und tatsächlich sah ich ihn kurz darauf schräg links von mir herabschauen, die Pistole schussbereit im Anschlag. Im selben Augenblick schnappte ich mit beiden Händen nach der Umrandung und federte mich nach oben, schreiend vor Schmerz.

Ich bekam einen richtigen Haltegriff zu fassen, bremste

meine heftige Bewegung ab und versuchte mich hastig zu orientieren. Der nächste Halt: eine Rohrleitung. Ich hangelte mich weiter, mit zusammengebissenen Zähnen, während mein rechter Arm in Stücke zu brechen schien. Ich musste Khalid erreichen, ich musste ihm irgendwie wehtun ...

Aber der Pirat hatte sich schon wieder aufgerappelt, ehe ich die Halterung der Energiesenderschüssel halbwegs umrundet hatte, und suchte bereits wieder mit gezückter Waffe die Umgebung ab, in der jemand in einem weißen Raumanzug eine leichte Zielscheibe darstellte.

Und die rote Sonne der japanischen Flagge war direkt über dem Herzen angebracht, wie eine Zielscheibe. Er wusste, dass ich keine Waffe mehr hatte. Er wusste, dass er sich unbefangen bewegen konnte, während ich in Deckung bleiben musste. Vielleicht wusste er sogar, dass ich verletzt war.

Mein Herz hämmerte wie ein Preßluftbohrer, mein Atem ging keuchend, und der Ventilator meiner Klimaanlage dröhnte auf vollen Touren. Ich schwitzte. Der ganze Anzug schien allmählich voll zu laufen mit meinem eigenen Schweiß, und jede Faser meines Körpers sehnte den Augenblick herbei, in dem ich ihn mir wieder vom Leib würde reißen können.

Die Fasern meines Körpers ahnten nicht, dass die Chancen gerade denkbar schlecht standen, dass dieser Augenblick jemals kommen würde. Da draußen in der sternerfüllten Finsternis schlich jemand umher, der fanatisch entschlossen war, genau das zu verhindern.

Und die Scheibe meines Helms begann zu beschlagen. Der Hersteller dieses Kunststoffes garantierte Beschlagfreiheit bei jeder beliebigen Luftfeuchtigkeit. Ich würde ihn verklagen.

Plötzlich hörte ich ein Knacken in meinen Kopfhörern, und gleich darauf Khalids Stimme, bedrohlich ruhig und gefährlich.

»Leonard? Ich weiß, dass Sie es sind. Ich weiß, dass Sie

hier oben sind und dass Sie keine Waffe mehr haben.« Er sprach immer weiter, als wolle er mich einlullen mit seiner weichen, dunklen Stimme, die ihm bei Frauen bestimmt viel Erfolg eingebracht hatte. Nur dass sie jetzt einen kaum wahrnehmbaren Unterton hatte, der schon dem Wahnsinn gehörte.

»Und Sie wissen, dass Sie keine Chance mehr haben. Ich werde Sie gleich erschießen, Leonard, und Sie können mich nicht aufhalten ...«

Er glitt von Halt zu Halt, die Pistole schussbereit.

»Ich weiß, warum Sie heraufgekommen sind, Leonard. Ich weiß, dass Sie mich durchschaut haben, aber ich habe Sie auch durchschaut. Es ist wegen Ihres Sohnes. Es geht Ihnen nicht um die Solarstation und auch nicht um den Heiligen Krieg, es geht Ihnen nur um Ihren Sohn, nicht wahr?«

Ja, Khalid. Und das ist Grund genug.

»Es ist, als wüsste man jemanden in Hiroshima oder Nagasaki, fünf Minuten bevor die Bomben fallen. Sie denken, Sie können es verhindern, Leonard – aber das können Sie nicht.«

Durch die milchig beschlagene Scheibe sah ich das dunkle Glas seines Helms, in dem sich die Sterne und die metallisch graue Solarfläche spiegelten. An jedem Schaltschrank, an jedem Transformator hielt er inne, sicherte, war bereit, auf alles zu schießen, was sich bewegte.

Was er erwartet hatte, war ein Mensch in einem weißen Raumanzug, der versuchte, ihn zu überrumpeln. Was er nicht erwartet hatte, war, dass plötzlich die ganze riesige stählerne Schüssel des Energiesenders herumzuckte, unglaublich schnell und gewaltig, und einer der klobigen Motoren der kardanischen Aufhängung traf ihn vor der Brust mit solcher Wucht, dass der ganze Turm zu zittern schien. Khalid wurde zurückgeschleudert, und die Pistole entglitt seiner Hand, schwebte torkelnd und sich überschlagend durch den freien Raum, driftete so langsam auf den Rand der Plattform zu, dass man dabei zusehen konnte.

Nicht nur zusehen. Ich verließ hastig meinen Platz an der Handsteuerung, über die ich vorhin fast gestolpert war und die ich gerade gegen Khalid eingesetzt hatte. Keuchend hangelte ich mich von Halt zu Halt, von Strebe zu Leitung, auf die dunkel glitzernde Waffe zu, die verlockend wie ein Irrlicht im All taumelte, vor dem unglaublichen Hintergrund der heraufziehenden ostafrikanischen Küste. Ich musste diese Pistole einfangen, ehe sie ins Nichts entglitt, ich musste, musste, musste ...

Khalids unartikulierte Schreie gellten in meinem Kopfhörer, während ich mich vorwärts arbeitete, auf das dahintreibende Stück Metall zu, das immer nur um Haaresbreite vor meinen gierig greifenden Handschuhfingern herzutanzen schien. Es lockte, wirbelte, und ich berührte es einmal leicht, worauf es keck zurücksprang und seine Drehrichtung änderte. Verzweifelt streckte ich die rechte Hand nach einem neuen Halt aus, immer noch mit zusammengebissenen Zähnen, zog mich näher heran, doch da war das düstere Ding schon wieder ein Stück weiter weg, wieder um eine winzige Spanne außerhalb meiner Reichweite. Ich glaubte wahnsinnig zu werden. Leben und Tod hingen davon ab, dass ich an diese Waffe kam, Leben und Tod von Millionen, Leben und Tod meines Sohnes, und mein eigenes Leben noch dazu, und ich bekam sie einfach nicht zu fassen.

Der Schlag traf mich mit der Wucht einer heranrasenden Lokomotive. Im ersten Moment wusste ich nicht, wie mir geschah; ich krallte mich nur aufstöhnend irgendwo fest, während mich dieses gewaltige Gewicht in den Rücken traf und mir die Luft aus den Lungen presste. Dann begriff ich, dass es Khalid war, der da auf mich losging wie ein wütender Stier. Er hatte mich von hinten angesprungen, umklammerte meinen Brustkorb und hieb mir auf meinen ausgestreckten rechten Arm. Ich zog ihn aufheulend vor Schmerz zurück. Dann sah ich, dass er selber versuchte, nach der Pistole zu greifen.

Mit aller verbliebenen Kraft warf ich mich zurück, drehte und wand mich in seinem Klammergriff in dem verzweifelten Bemühen, ihn daran zu hindern, die Waffe zu erreichen. Aber Khalid hatte Bärenkräfte. Er hockte auf mir wie ein böser Dschinn, und seine Arme schienen um das Wenige länger zu sein, das den meinen gefehlt hatte. Ich sah seine Fingerspitzen das schwarze Metall berühren, das schwerelos traumtänzerisch vor uns schwebte. Sein ausgestreckter Zeigefinger berührte den Lauf der Pistole, und ihm schien die schwebende Waffe nicht ausweichen zu wollen. Ich hörte ihn triumphierend keuchen, als er zugriff ...

In diesem Augenblick ließ ich meinen Halt los und warf mich nach vorne, genau in die entgegengesetzte Richtung, und damit überraschte ich Khalid vollkommen. Seine ausgestreckte Hand schlug gegen die Pistole und stieß sie damit endgültig hinaus in die unendliche Schwärze. Er gab etwas von sich, von dem ich nur wusste, dass es sich dabei um die unflätigsten arabischen Flüche handelte, wenn ich auch nie gelernt hatte, was sie bedeuteten.

Doch er zögerte nicht lange. Nachdem die Pistole auf Nimmerwiedersehen verschwunden war, ging er daran, mich mit bloßen Händen umzubringen, und er machte seine Sache nicht schlecht. Er griff nach meinem Hals – offenbar war mich zu erwürgen das Erste, was ihm in den Sinn gekommen war –, doch dort schützte mich der metallene Aufsatzring des Raumhelms. Aber er bekam meinen Helm zu fassen und begann, ihn mit wütender Kraft gegen den nächsten harten, kantigen Widerstand zu schmettern.

Raumhelme sind innen gepolstert, sodass mir das nicht wehtat, aber ich begann zu befürchten, dass der Hersteller des Helms in Bezug auf dessen absolute Bruchfestigkeit vielleicht genauso übertrieben haben mochte, wie er es in Bezug auf die Beschlagsicherheit bereits getan hatte. Es gelang mir, mich Khalids Griff zu entwinden und ihn seitlich zu unterlaufen, und während er taumelte und hastig nach dem nächsten Halt griff, sprang ich ihm auf den Rücken und fing an, an seinen Sauerstoffleitungen zu reißen. Ein panischer Schrei gellte in meinen Kopfhörern, und ich verstand ihn nur allzu gut: Rings um uns herrschte völliges Vakuum, vollständige Luftleere – wenn es mir gelang, auch nur ein winziges Loch in seinen Raumanzug zu reißen, dann war es unweigerlich um ihn geschehen.

Ein mörderischer Zweikampf entbrannte. Verblüfft stellte ich fest, dass ich Khalid, was den Ringkampf in der Schwerelosigkeit anbelangte, weit überlegen war: Die zahlreichen Schäferstündchen mit Yoshiko hatten meine Gewandtheit und meinen Orientierungssinn besser geschult, als ein jahrelanges hartes Training es vermocht hätte. Ineinander verkeilt umherzuschweben, sich zu winden, den anderen festzuhalten, wegzustoßen – all das hatte ich schon oft und ausgiebig praktiziert, nur dass wir damals die Lust des anderen im Sinn gehabt hatten und nicht seinen Tod.

Khalid warf sich zurück, um mich gegen eine Strebe zu schmettern, doch da war ich schon neben ihm, packte seinen Arm und verdrehte ihn im Gelenk. Khalid schrie auf. Seine Schreie klangen mittlerweile wie Musik in meinen Ohren. Er riss sich los, versuchte einen schwerfälligen Ringergriff doch ich drehte mich mit einem Sprung, der unter normaler Schwerkraft unmöglich gewesen wäre, mühelos wieder heraus. Und wieder widmete ich mich seinen Sauerstoffleitungen, riss und zerrte daran mit all der bluthungrigen Wut, die die letzten Tage in mir aufgestaut hatte. Ich riss daran für Neil, ich riss daran für Oba, ich riss daran für Professor Yamamoto – doch was die Stabilität der Raumanzüge anbelangte, schien der Hersteller mit seinen kühnen Behauptungen sogar noch untertrieben zu haben; ich bekam keinen der Schläuche ab.

Aber eigentlich, schoss es mir durch den Kopf, war es auch

nicht unbedingt nötig, Khalid zu töten. Unter uns, in jenem schmalen morgenhellen Spalt am Rand der kilometergroßen betongrauen Scheibe, kam das Rote Meer in Sicht. Ich war ihm, wenn auch nicht kräftemäßig, so doch auf Grund meiner Erfahrung und Geschicklichkeit überlegen, ich brauchte ihn nur so lange in Schach zu halten, bis wir Mekka passiert hatten, dann war Khalids Spiel, das Spiel des neuen Propheten Abu Mohammed, verloren. Dann würde das teuflische Wunder nicht stattfinden, und Neil würde leben ...

Da riss sich Khalid los, schnellte auf den Rand der Plattform zu und schwang sich um den Rand herum auf die Unterseite. Ich setzte ihm nach, ohne zu zögern; es herrschte Schwerelosigkeit, und ob wir auf der der Solarstation zugewandten Seite der Plattform miteinander rangen oder auf der stationsabgewandten Seite, das war ein und dasselbe.

Er hangelte sich hastig durch das Gewirr der schräg verlaufenden Stützstreben; ein Mann auf der Flucht. Ich setzte ihm nach, holte ihn ein und wollte mich gerade erneut auf ihn stürzen, als er plötzlich herumfuhr, die rechte Hand zu einer weiten, bedrohlichen Bewegung nach oben reißend. Ich sah, was er in der Hand hielt, und mir gefror das Blut in den Adern.

Er musste es die ganze Zeit bei sich getragen haben, in irgendeiner seiner Taschen, und erst jetzt war er dazu gekommen, es herauszuholen. Und er würde mich damit töten. Alles in mir war starr vor Verzweiflung, und eine blinde, heiße Panik stieg wie kochendes Wasser aus meiner Magengrube auf, nur *Flucht! Flucht!* signalisierend, doch ein Teil meines Verstandes, der kühl und leidenschaftslos blieb und es immer bleiben würde, wusste, dass mein Schicksal besiegelt war. Ich konnte versuchen, es hinauszuzögern; wenn ich mich geschickt anstellte, konnte ich ihn lange genug aufhalten, um Mekka zu retten, und damit meinen Sohn. Vielleicht. Aber mich selber würde ich nicht retten können.

Im kalten, gleichgültigen Licht der Sterne, die uns umgaben, glänzte die Klinge eines Messers.

35

Ich wich zurück, und Khalid setzte mir nach, mit heftigen, watenden Bewegungen. Immer wieder stieß er mit dem Messer zu, und ich zuckte jedes Mal unwillkürlich zurück in der Erwartung der tödlichen Berührung. Jedes Mal blieb sie aus, und jedes Mal floh ich weiter, hangelte mich von Strebe zu Strebe. In meinem rechten Arm pochte dumpfer Schmerz, und mein Zeigefinger schien abgestorben zu sein, doch ich versuchte, mich davon nicht bremsen zu lassen. Vor meinem inneren Auge flammte nur die Vision meines nahen Endes, das unweigerlich eintreten würde, sobald Khalid mit seinem Messer irgendeine Stelle meines Raumanzuges aufschlitzte.

Ein Raumanzug ist nichts anderes als ein kompliziert geformter, komfortabel ausgestatteter Luftballon – ein Riss, und die Luft würde entweichen und mein Tod nur eine Frage von wenigen Augenblicken sein. Ich würde nicht ersticken, nein. Ich würde nicht lange genug leben, um zu ersticken, weil mich der Druckverlust schon vorher umbringen würde.

Ohne den atmosphärischen Druck würde das Blut in meinen Adern zu kochen beginnen, würden meine Augäpfel platzen, meine Lungen sich mit kochendem, sprudelndem Blut füllen – der einzige Trost war, dass mich zu diesem Zeitpunkt längst ein abrupter Gehirnschlag getötet haben würde.

Während ich floh, galt mein verzweifelter Blick der Erde. Wir waren noch nicht weit genug gekommen, näherten uns noch dem Roten Meer, Mekka war noch nicht einmal in Sicht. Mindestens noch fünf Minuten musste ich durchhalten, und diese letzten fünf Minuten meines Lebens, das erkannte ich jetzt atemlos, würden zugleich die längsten fünf Minuten meines Lebens werden.

Ich versuchte, Khalid von der Plattform wegzulocken, aber er schnitt mir den Weg ab. Urplötzlich war er heran und über mir und führte einen gewaltigen Hieb mit dem Messer gegen meinen Helm. Doch auch über die Helme japanischer Raumanzüge lässt sich nur Bestes berichten: Das Messer glitt ab und ließ nichts zurück außer einer breiten Schramme, in der sich das Licht der gleichgültig zuschauenden Sterne brach.

Es gelang mir wegzutauchen, und der nächste Schlag traf nur eine Strebe. Auch das Messer war bedauerlicherweise von vorbildlicher Qualität; es brach nicht. Ich ging hinter einem Versteifungsblech in Deckung, keuchend, und beobachtete Khalid, der wieder näher kam. Die Zeit hätte eigentlich auf meiner Seite sein sollen, aber sie schien sich mit meinem Gegner verbündet zu haben, denn die Sekunden vergingen unendlich zäh und langsam. Ich wartete, bis ich an seiner Bewegungsrichtung sah, auf welcher Seite er mit meinem Ausfall rechnete, und stieß mich dann schwungvoll zur anderen Seite hin ab.

Ein Schlag aus dem Nichts bremste mich jäh ab. Ich musste gegen ein sehr dünnes, in der Dunkelheit nahezu unsichtbares Hindernis geprallt sein – ein Spannseil oder dergleichen – und taumelte einen Moment hilflos umher, ehe ich einen Halt fand. Aber da war Khalid schon heran, das blitzende Messer hoch erhoben, und ich erblickte mit ungläubigem, atemlosem Staunen mein eigenes kleines Spiegelbild in seinem dunklen Helmvisier.

In einer reflexhaften Abwehrbewegung zog ich meine Beine an und stemmte sie gegen seine Brust, was völlig unvernünftig war: Denn ob er mir den Raumanzug am Unterschenkel aufschlitzte oder an der Brust, war im Endeffekt einerlei. Ich starrte nur diese gesichtslose Gestalt im Raumanzug an, hielt den Atem an – was genauso unvernünftig war – und wusste, dass mich nur noch eine winzige Bewegung seiner Klinge von meinem Tod trennte.

Aber Khalid schien sich dessen nicht bewusst zu sein. Entweder waren ihm die physikalischen Zusammenhänge des Aufenthalts im freien Weltraum grundsätzlich nicht ganz geläufig – was ich mir nicht vorstellen konnte –, oder er war so von wilder, ungestümer Wut erfüllt, dass diese Wut über alles angelernte Wissen hinweg sein Handeln bestimmte. Jedenfalls war er versessen darauf, mir sein Messer direkt ins Herz oder in die Kehle zu rammen, als käme es darauf an. Und so rangen wir miteinander, aber diesmal war es nur ein pures Kräftemessen auf Leben und Tod. Ich hielt seine Messerhand umklammert und drückte mit aller verzweifelten Kraft, die mir noch geblieben war, dagegen, während er sich mit aller Wucht, die er aufzubringen im Stande war, in den Stoß hineinlehnte. Und seine Kräfte schienen unerschöpflich zu sein, die Kräfte eines Giganten, die Kräfte einer seelenlosen Mordmaschine. Ich umklammerte sein Handgelenk mit beiden Händen und schrie, während ich mich dagegenstemmte, weil in meinem rechten Arm etwas zu reißen und zu zerbrechen schien. Aber es war, als stemmte ich mich mit bloßen Händen gegen den Druck einer hydraulischen Presse. Unerbittlich senkte sich das Messer tiefer und tiefer, und es zielte unverwandt auf die Mitte meiner Brust.

Das also war das Ende. Ich wusste nicht, ob ich lange genug durchgehalten hatte. Ich dachte nicht an Mekka, nicht einmal an Neil. Ich dachte überhaupt nichts. Da war nur dieser undurchdringlich dunkle, spiegelnde Helm über mir, in dem ich nur meinen eigenen undurchdringlich dunklen, spiegelnden Helm sah, und da war die schwarz behandschuhte Hand, die sich mit langsamer, aber unaufhaltsamer Kraft auf mich niedersenkte. Und das Messer, das diese Hand hielt, eine lange, glänzende Klinge. Ich sah Sterne, die sich in dieser Klinge spiegelten, und sah das Rote Meer darin, über dem gerade die Sonne aufging zu einem Tag, der unsichtbare Zerstörung bringen würde, und der seltsam verzerrte Widerschein dieses Sonnenaufgangs wanderte wie ein schmaler, heller Streifen die Messerschneide entlang, vom Heft weg auf die Spitze zu, wobei der Streifen immer kleiner und heller wurde. In dem Augenblick, in dem die Spitze meinen Raumanzug durchstoßen würde, würde sich das Licht genau auf ihr gesammelt haben.

Plötzlich hörte ich, nach all dem Keuchen und Schreien, wieder Khalids Stimme in meinem Kopfhörer. Sie war heiser, atemlos, zitterte vor Wut.

»*Dschijhad* ...«

Damit stieß er zu.

In einem letzten, verzweifelten Auflehnen gelang es mir nur noch, den Stoß abzulenken, weg von meinem Herzen, doch nicht weit genug. Die Klinge drang in meine rechte Schulter ein, mit einem hässlichen Geräusch wie reißender Stoff.

Der Schmerz war unglaublich. Wie ein elektrischer Schlag schoss eine Flutwelle von Schmerz durch meinen Körper, heiß, brennend, jenseits jeder Beherrschbarkeit. Ich war nur noch Schmerz, nur noch Schrei, nur noch wildes, selbstzerstörerisches Aufbäumen. Und dann brach der Lärm über mich herein.

Zuerst ein lautes, hohles Fauchen, das Geräusch von Gas, das unter hohem Druck entweicht. Dann der Alarmton der Anzugsautomatik, laut, ohrenbetäubend laut, ein durchdringender Signalton von markerschütternder Regelmäßigkeit, der laut genug gewesen wäre für einen Flugzeugträger. Ich taumelte, flog frei, stieß mit meinem tauben, kaputten rechten Arm gegen einen Widerstand und krallte mich fest, ganz automatisch. Als ob ich mich dadurch retten könnte. Der Alarmton dröhnte weiter, *dröhn, dröhn, dröhn*.

Vor meinen Augen tanzten rote Schleier, und dahinter glaubte ich Khalid zu sehen, ohne Halt durch den Raum schwebend. Ich blinzelte, vertrieb die wogenden Nebel für einen Augenblick: tatsächlich. Er trieb, sich langsam überschlagend, davon, auf die riesige, stahlgrau schimmernde Solarfläche zu.

Ich presste die linke Hand auf die Stichwunde, auf das Loch in meinem Anzug, aber es half nichts. Die Luft entwich, schoss als feiner heller Nebel in die unersättliche Leere. Ich konnte dabei zusehen. Ich sah dabei zu, und meine Gedanken wälzten sich mühsam im Kreis wie gestrandete, halb tote Wale. Khalid. Irgendwie hatte ich es geschafft, Khalid in den Raum hinauszustoßen. Vielleicht war er unvorsichtig gewesen. Vielleicht hatte mein geschundener Körper im letzten Augenblick noch ungeahnte Kräfte entwickelt. Jedenfalls trieb er jetzt da draußen, mitsamt seinem Messer.

Und immer noch der Alarm, und das kalte, unheimliche Zischen. Jetzt erst begriff ich, dass das nicht das Geräusch der entweichenden Luft war – die hätte ich nicht gehört –, sondern der aus dem Lebenserhaltungssystem nachströmende Sauerstoff, mit dem die Sicherheitsautomatik des Raumanzugs den Druckabfall auszugleichen versuchte. Vergebens natürlich, denn auch er entwich ins All. Im Inneren meines Helms, unübersehbar über meinen Augen, begann das erste von fünf roten Leuchtelementen alarmierend zu blinken. Das war die Anzeige der verbleibenden Sauerstoffreserve.

Da war doch etwas gewesen, eine flüchtige Idee. Ach ja. Ich biss die Zähne zusammen und versuchte, meine rechte Hand, diesen toten, zerschmetterten Fleischbrocken, wieder unter Kontrolle zu bekommen. Im selben Moment wusste ich, dass das keine gute Idee gewesen war. Die Stichwunde in meiner Schulter war wie das Epizentrum eines Bebens, das meinen Körper erschütterte, nur dass es keine Erdstöße waren, die davon ausgingen, sondern lähmende, atemberaubende Wellen von Schmerz.

Aber es musste sein. Von allem, was mir geblieben war, war das das Einzige, was wenigstens wie eine letzte Chance, wie ein dünner rettender Strohhalm aussah. Selbst wenn es sich dabei um eine Täuschung handelte, konnte ich doch meine letzten Augenblicke ebenso gut daran verschwenden wie an irgendetwas anderes. Und so biss ich meine Zähne zusammen in einer Weise, die mein Zahnarzt bestimmt nicht gut gefunden hätte, und schaffte es, die rechte Hand in die Nähe meines rechten Oberschenkels zu bekommen. Während mein Oberarm vollends zu bersten schien, weil er alles war, womit ich mich an meiner Strebe festklammerte, gelang es mir, einige meiner Finger zu bewegen und ein Ende von einem der Klebestreifen zu erfassen, die immer noch auf meinem Oberschenkel klebten.

Hatte ich geglaubt, Schmerzen zu haben? Den wahren Schmerz lernte ich kennen, als ich die Hand mit dem ersten Klebestreifen nach oben beugte, zu meiner Schulter hin. Plötzlich war da ein daumendicker Strang reinsten glühenden Protoplasmas, so heiß wie reinste Sonnenmaterie, der sich alles versengend meinen rechten Arm entlangbohrte, durch die Schulter hindurch, und in meinem Kopf explodierte. Ich schrie, vierhundert Kilometer hoch über der Erdoberfläche, und niemand hörte mich schreien außer mir selbst. Ich schrie, aber ich packte den Klebestreifen mit der linken Hand und presste ihn auf den Riss in meinem Raumanzug. Über meinem Kopf fing das zweite rote Licht an zu blinken.

Wieder nach unten zu greifen und nach dem nächsten Streifen zu angeln, war die reinste Erholung. Wieder das glühende Plasma, aber diesmal achtete ich sorgfältiger darauf, das Loch vollständig zu bedecken. Ich bildete mir ein, dass das Zischen leicht nachließ, aber vielleicht kam das auch daher, dass ich von dem enervierenden Alarmton allmählich ertaubte.

Als ich den dritten und letzten Klebestreifen heranschaffte, tauchte ein dunkler Nebel in meinem Gesichtsfeld auf, der auf beunruhigende Weise realer wirkte als die übrigen Schleier, die meine Sicht trübten. Ich praktizierte das Leukoplast senkrecht zu den beiden übrigen Klebestreifen auf den Anzug, und dabei setzte sich der Nebel an der Innenseite meines Visiers ab. Es war Blut. *Mein* Blut.

Höchste Zeit, mich an den Abstieg zu machen. Inzwischen leuchtete das dritte rote Licht, und es handelte sich ja nur um die Kleinigkeit von hundertfünfzig Metern bis zur nächsten Schleuse. Ich würde es nicht schaffen. Mein Körper sagte es mir. Mein Instinkt wusste es. Und das, was von meinem Verstand noch übrig war, wusste es auch. Aber ich war zu erschöpft, um darüber nachzudenken, und machte mich einfach auf den Weg.

Das Schlimmste war, mich aus meiner Verankerung an der Strebe zu lösen. Wenn ich meinen rechten Arm einfach abgerissen und dort gelassen hätte, wäre es auch nicht schmerzhafter gewesen. Aber als das einmal geschafft war, ging es leichter. Eigentlich war es ja kein Abstieg im herkömmlichen Sinn; nach ein paar Metern hatte ich es einigermaßen heraus, mich allein mit der linken Hand von Haltegriff zu Haltegriff zu manövrieren.

Ich zuckte unwillkürlich zusammen, als ich plötzlich wieder Khalids Stimme in meinem Kopfhörer hörte. Einen Moment hielt ich inne, um mich nach ihm umzusehen. Er hatte inzwischen die Hälfte der Strecke bis zur Solarfläche zurückgelegt, drehte sich immer noch langsam um sich selbst und schüttelte mir dabei drohend seine Fäuste entgegen.

»Ich bin noch nicht fertig mit dir, Carr!«, schrie er, laut genug, um den Alarm zu übertönen. »Ich komme zurück, und dann wirst du für alles bezahlen ...!«

Er beeindruckte mich nicht besonders. Einen Moment lang fragte ich mich dumpf, wie er das anstellen wollte, dann setzte ich mich wieder in Bewegung und konzentrierte alle meine verbliebene Aufmerksamkeit auf die dünnen Streben des Turmauslegers.

Genauso dumpf wurde mir bewusst, dass wir Mekka überflogen. Ich war zu schwach, zu entkräftet, um über das bloße Registrieren dieser Tatsache hinaus noch zu irgendwelchen Gefühlsregungen im Stande zu sein. Ich hätte Freude empfinden können oder wenigstens Genugtuung darüber, den heimtückischen Plan Khalids und seines Propheten endgültig vereitelt zu haben, aber da war nur stumpfe Leere in mir.

Irgendwann hatte das vierte rote Licht angefangen zu blinken, und es war noch so weit bis zur Schleuse. Meine ganze rechte Seite war wie betäubt, und meine Gedanken verwirrten sich zusehends. Es ging zu Ende mit mir.

Das fünfte, das letzte rote Licht. Unglaublicherweise verschärfte sich der schrille Diskant des Alarms noch. Ich fuhr hoch wie jemand, der eingenickt ist, und stellte fest, dass ich tatsächlich einige Zeit auf ein und derselben Stelle verharrt haben musste. Mein Atem ging schnell und flach, ein hechelndes Schnappen nach Luft, die keinen Sauerstoff mehr zu enthalten schien, und auf den Lippen schmeckte ich salzigen Schweiß. Ich sah mich um, zu schwach, um mich weiterschleppen zu können. Vielleicht war es an der Zeit, Abschied zu nehmen. Abschied von dem weiten blauen Planeten tief unter mir. Abschied von den Sternen. Abschied von dem seltsamen Leben, das ich geführt hatte.

Ich hielt Ausschau nach der Stadt in der Wüste, in der jetzt gerade der einzige Mensch erwachte, von dem ich gern Abschied genommen hätte und der nichts von dem ahnte, was sich hier oben abgespielt hatte. Aber Mekka war schon auf die helle Seite entschwunden, nicht mehr sichtbar. Mein Blick irrte über die gewaltige graue Ebene der Solarfläche und blieb an dem winzigen hellen Punkt hängen, der Khalid war. Er hatte die Solarfläche fast erreicht.

»Leonard!«, hörte ich ihn durch das Kreischen des Alarms hindurch schreien. »Ich komme ...!«

In der lethargischen Schwerfälligkeit meiner Gedanken

glomm müde die Erkenntnis auf, dass Khalid vorhatte, zurückzukommen, um wenigstens mir endgültig den Garaus zu machen, wenn er es schon mit der Heiligen Stadt nicht geschafft hatte. Ich verfolgte apathisch, wie er erwartungsvoll die Arme ausstreckte, als er den Solarspiegel berührte.

Er hätte ebenso gut versuchen können, sich an Spinnweben festzuhalten. Die Solarfläche wirkte von fern betrachtet gewaltig und massiv wie Panzerstahl, aber in Wirklichkeit bestand sie aus einer Folie, die nicht einmal so dick war wie ein menschliches Haar. Khalid brach durch sie hindurch wie durch ein Trugbild, und wahrscheinlich hatte er nicht einmal einen Hauch von Widerstand gespürt.

Die zerrissene Folie rollte sich auf, langsam, wie in Zeitlupe, und das Sonnenlicht von der hellen Seite tanzte auf den Fetzen. Ich sah Khalid hindurchschweben, und ich hörte ihn fassungslos schreien, und ich spürte ein Lächeln auf meinen Lippen, und das Licht lockte und rief mich wie eine Verheißung, wie die Antwort auf alle Fragen, wie das Ende allen Leids ...

Doch da waren plötzlich Arme um mich, die mich umfingen und mich hielten und an mir zerrten, mich zurückziehen wollten in die Dunkelheit.

Ich schrie auf, aber ich war zu schwach, um Widerstand zu leisten, und sie rissen mich mit sich in die Tiefe.

36

ICH ERWACHTE IN hellem Licht, und ein engelsgleiches Gesicht lächelte sanft auf mich herab. Wärme umhüllte mich, Ruhe und Frieden. Hatte ich es also tatsächlich geschafft, in den Himmel zu kommen.

Die Gestalt mit dem engelsgleichen Lächeln beugte sich über mich und berührte meine Schulter mit einem schneeweißen Tuch. Der absolut unhimmlische Schmerz, der mich daraufhin durchfuhr, überzeugte mich nachhaltig davon, dass ich noch am Leben sein musste. Als sich die Tränenschleier um meine Augen wieder geklärt hatten, erkannte ich Yoshiko, die im Begriff stand, meine Wunde zu desinfizieren. Sie lächelte so fernöstlich-unergründlich wie immer. Es war schließlich nicht ihre Wunde.

Ich öffnete den Mund, aber meine Zunge schien zu enormer Größe angeschwollen und darüber hinaus völlig eingetrocknet zu sein, denn ich brachte keinen Laut heraus, den ein Fisch, der auf dem Trockenen nach Luft schnappt, nicht genauso gut oder besser zu Stande gebracht hätte.

»Ruhig, Leonard-*san*«, sagte Yoshiko sanft. »Es ist alles in Ordnung«

»Die Brücke?«, krächzte ich mühsam. »Was ist mit der ...?«

»Es ist alles vorbei.«

»Haben wir sie zurückerobert?«

»Ja, Leonard-*san*.«

»Haben wir Funkverbindung?«

»Ja. In zwei Tagen kommt der Shuttle, mit einem Arzt und mit Polizisten ...«

Ich schloss für einen Moment erleichtert die Augen. Yoshiko sorgte jedoch mit ihrem medizinischen Eifer dafür, dass ich nicht in die Versuchung kam wegzudösen. Das Desinfektionsmittel brannte wie Feuer, verdammt aber auch!

Allmählich war ich wieder im Stande, meine Umgebung wahrzunehmen. Wir schwebten am unteren Ende des Knotentunnels, und Yoshiko trug einen Raumanzug, dessen Vorderseite mit Blut verschmiert war. Meinem Blut vermutlich. Ich sah an mir herunter, soweit es mein schmerzender Nacken zuließ, und sah einen durch und durch mit Blut getränkten Bordoverall. Scheußlich. Ich hätte es sogar scheußlich gefunden, wenn es jemand anders gewesen wäre.

Dann entdeckte ich meine rechte Hand, und ich musste eine ganze Weile daraufstarren, bevor ich begriff, dass es sich bei diesem hässlichen, blauschwarzen Etwas um meinen Zeigefinger handelte. Falls ich je hätte Klavierspielen lernen wollen, dann war der Zeitpunkt jedenfalls verpasst.

Yoshiko hatte meinen Blick verfolgt, und jetzt schaute sie richtig bekümmert drein. Sie sah hinreißend aus, wenn sie so dreinblickte.

»Oh, Leonard ...«

Ich sah sie nur an und dachte an die Stunden, die wir zu zweit in der Wäschekammer verbracht hatten. Warum verliebte ich mich eigentlich immer in fremdländische Frauen? Wie brachte ich es fertig, mich wie Hackfleisch zu fühlen und trotzdem an Sex zu denken?

»Wie sieht der Rest von mir aus?«

»Deine rechte Schulter sieht ziemlich schlimm aus, und auch dein rechter Arm, und sonst ...« Ihr Blick glitt prüfend über meinen Körper, und als sie mir in die Augen sah, begriff sie erst die Anzüglichkeit in meiner Frage. Ein kokettes Lächeln huschte über ihr Gesicht wie ein rascher Lichtreflex, und dann schlug sie scheu die Augen nieder, als fürchte sie um ihren Ruf als wohl erzogenes und anständiges japanisches Mädchen. »Ich muss dir jetzt einen Verband anlegen.«

Ich biss während dieser Prozedur tapfer die Zähne zusammen. Wahrscheinlich war ich nach den Puppen, an denen wir alle derlei Dinge während des obligatorischen Erste-Hilfe-Kurses geübt hatten, das erste lebende Wesen, an dem sie ihre Kunst erprobte. Ich konnte zwar nicht beurteilen, wie gut sie als Astronomin war, aber falls sie ihren Beruf verfehlt haben sollte, dann bestimmt nicht den der Krankenschwester.

Als sie endlich fertig war, atmete ich auf und fragte: »Findest du nicht, dass ich ein Held bin?«

Sie nickte mit ihren großen dunklen Augen. »Oh, ja. Ganz bestimmt.« Spätestens nach dieser Verbindeaktion.

»Und hat sich ein Held nicht einen Kuss verdient?«

Sie lächelte, verheißungsvoll diesmal, und beugte sich dann über mich, um mich mit einem langen, einem geradezu unglaublichen Kuss zu beglücken. Warum hatte ich mir eigentlich jemals Sorgen gemacht? Mit diesem Kuss hätte sie mich zweifelsohne auch von den Toten auferwecken können.

Jemand räusperte sich vernehmlich. Wir ließen uns nicht stören. Er räusperte sich ein zweites Mal, noch vernehmlicher diesmal, und wir sahen einigermaßen unwillig auf.

Es war Jayakar.

»Es tut mir ausgesprochen Leid, die Behandlung zu stören«, sagte er mit verlegenem Grinsen. »Kapitän Moriyama lässt fragen, wie es Ihnen geht.«

Ich musste unwillkürlich lachen, und das geriet zu einer Art Husten, der meinen ganzen Körper erschütterte. »Was glauben Sie denn, wie es mir geht?«

»Nun«, meinte er mit verhaltenem Spott, »ich würde sagen, Sie befinden sich auf dem Weg der Besserung.«

»Ja«, nickte ich mit schmerzlichem Lächeln. »Notgedrungen, weil mir ein anderer Weg nicht bleibt.«

»*Come on*, Carr«, erwiderte Jay augenzwinkernd, »übertreiben Sie doch nicht so schamlos, nur um vor Ihrer Herzensdame gut dazustehen – die paar Kratzer und Schrammen, das haut doch einen Burschen wie Sie nicht um ...«

Ich weiß noch, dass mir auf diese Frechheiten eine sehr gute und sehr passende Bemerkung einfiel, aber ich weiß nicht mehr, welche. Gerade in dem Augenblick, als ich antworten wollte, hallten plötzlich unüberhörbare Schläge durch den Knotentunnel – laute, metallische Schläge, die in mir sofort das entsetzliche Vorstellungsbild entstehen ließen, Khalid säße außen an der Station und hämmere mit irgendeinem harten Gegenstand auf die Außenhülle ein. Wilde, kampfbereite Angst wallte in mir hoch und spülte die geistreiche Eingebung hinweg.

Jayakar hatte meinen panischen Blick gesehen und richtig gedeutet, denn er beruhigte mich sofort: »Das ist Spiderman. Wenn man ihm nicht ausdrücklich sagt, dass er still sein soll, dann macht er einen ziemlichen Lärm, was? Kim hat ihn losgeschickt, um das Loch in der Solarfläche zu reparieren.«

Jetzt fiel mir alles wieder ein. Der Kampf. Das überlaute Geräusch meines eigenen Atems in dem von innen beschlagenen Raumhelm. Die waghalsigen Balanceakte am Rand der Unendlichkeit. Khalid, wie er durch den grellen, sonnendurchglühten Riss in der Solarfläche schwebte wie in eine bessere Welt.

»Er hat tatsächlich nicht gewusst, wie dünn die Folie ist«, meinte ich leise. Ich hätte gern ungläubig den Kopf dazu geschüttelt, aber die Schmerzen in meiner Schulter erstickten derlei Bewegungsversuche bereits im Ansatz. »Er hat geglaubt, er könne auf der Solarfläche landen und zurückklettern, um mich endgültig umzubringen.« Ein Zeitungsartikel fiel mir ein, in dem jemand die Folie mit Blattgold verglichen hatte – genauso dünn, genauso teuer. Das stimmte nicht ganz: Die Folie war, alles in allem gerechnet, weitaus teurer als Gold.

»Er hätte eines der Spannseile erwischen können, auf denen der Roboter sich fortbewegt«, gab Jayakar zu bedenken. »Dann hätte es anders ausgesehen.«

»Er hat aber keines erwischt.« Ich sah den Kybernetiker an. »Was ist mit den anderen Halunken?«

Jayakar zuckte die Schultern. »Der, den sie Sven nannten, ist tot. Sakai ist in der Steuerzentrale, verschnürt wie ein Weihnachtspaket, und es ist kein Wort aus ihm herauszubringen.«

»Tot? Wieso tot?«

»Während Sie draußen waren, haben wir die Brücke mit Stickstoff geflutet. Da wir keine Waffen hatten, warteten wir vorsichtshalber ziemlich lange, ehe wir die Brücke schließlich stürmten. Und der Skandinavier war wohl etwas kurzatmig ...«

Ich nickte sinnierend und ganz, ganz behutsam. Ich dachte an Iwabuchi und Oba, und es tat mir kein bisschen Leid um irgendeinen der Piraten. Auch nicht um diesen schweigsamen Mann, von dem wir nicht viel mehr erfahren hatten als seinen Rufnamen und der ansonsten die ganze Zeit nur unauffällig im Hintergrund gearbeitet hatte. Er war dabei gewesen, und das sicher nicht deshalb, weil Khalid niemand anderen hätte auftreiben können.

»Ihr beiden könnt mir ein bisschen helfen«, nickte ich Jayakar und Yoshiko aufmunternd zu. »Ich will in die Steuerzentrale.«

»Warum denn?«, begehrte Yoshiko auf. »Du wirst dort nicht gebraucht. Du kannst dich ausruhen ...«

»Eine Rechnung ist noch offen«, beharrte ich. »Und die will ich begleichen.«

Sie widersprachen nicht mehr. Vielleicht waren sie auch nur neugierig.

Jedenfalls stützten sie mich auf dem Weg den Knotentunnel hinauf, sodass ich meinen rechten Arm nicht benutzen musste. Alles andere war kein Problem; schließlich ist Schwerelosigkeit wie geschaffen für Kranke und Verletzte.

Moriyama kam mir entgegen, als ich durch das Brückenschott schwebte, und er sah mich lange an, während in seinem Gesicht die starre asiatische Förmlichkeit einen hoffnungslosen Kampf gegen die Gefühle focht, die ihn bewegten. Am liebsten hätte er mich wohl umarmt und an sich gedrückt, und nur der Anblick meiner Wunden und Verbände hielt ihn davon ab. Und, ehrlich gesagt, mein Schulterverband sah tatsächlich noch zerbrechlicher aus, als ich mich fühlte. So beschränkte sich der Kommandant auf einige anerkennende Worte, die er in einem hastigen Japanisch sprach, von dem ich nicht einmal die Hälfte verstand, und einen heftigen Händedruck unserer beiden linken Hände.

Ich warf einen flüchtigen Blick auf die erbärmliche Gestalt Sakais, der an Händen und Füßen gefesselt und an einer Sitzstange im Hintergrund festgebunden war. Der ehemalige Funker der NIPPON starrte blicklos vor sich hin und wirkte mehr tot als lebendig.

Seinen Platz an den Kontrollen von Funk und Radar nahm jetzt Kim ein. Ich fragte mich, ob er schon wusste, welche Schweinerei ich in seinem Labor angerichtet hatte. Offenbar nicht; jedenfalls sah er mich ganz arglos und zuvorkommend an.

»Wir haben Khalid auf dem Radarschirm«, erklärte er. »Aber auf Funkanrufe reagiert er nicht. Wissen Sie, was mit ihm ist?«

»Er ist tot.«

»Ah so«, nickte der Metallurg, und er bemühte sich vergebens, sich seine Beklommenheit nicht anmerken zu lassen. »Das erklärt vieles.«

Ich deutete auf die Kopfhörer-Mikrofon-Kombination, die er trug. »Geben Sie ihn mir«, forderte ich ihn auf.

Kim blinzelte verwirrt. »Ich denke, er ist tot?«

»Das ist er auch«, nickte ich düster. »Er weiß es nur noch nicht.«

Kim starrte mich nur an und verstand kein Wort. Wahrscheinlich zweifelte er jetzt wieder an seinen Fremdsprachenkenntnissen. Ich nahm die Kopfhörer, die er mir zögerlich reichte, setzte sie auf, zog das Mikrofon vor meine Lippen und schaltete die Mithörlautsprecher ein. Dann ging ich auf die Sprechfunkfrequenz der Raumanzüge.

»Khalid?«

Ein deutliches Knacken war zu hören, als er seinen Sender einschaltete. »Carr«, sagte er nur. Er wirkte völlig ruhig. Sein Atem ging vernehmlich, aber gleichmäßig. »Ich entferne mich immer weiter von der Station.«

Ich nickte. »Das ist richtig.«

Er zögerte einige Sekunden, in denen er mit sich zu ringen schien. Dann gab er einen verärgerten Seufzer von sich und sagte: »Okay, Carr, Sie haben gewonnen. Sie haben Ihren Triumph gehabt, Sie haben mich schmoren lassen – okay. Bitte, holen Sie mich wieder an Bord.«

Ich starrte auf den runden, dunklen Radarschirm, auf den winzigen grünen Punkt darauf. Immer noch der alte Khalid. Immer noch stolz, aber sich widerwillig beugend. Wahrscheinlich dachte er, dass er mir damit schmeicheln konnte. »Ich habe nicht gewonnen, Khalid«, erwiderte ich dann grimmig. »Ich wüsste nicht, was ich gewonnen haben sollte. Aber ich weiß, dass Sie verloren haben.«

»Ja, das weiß ich auch.« In seiner Stimme schwang Wut mit; er schien zu glauben, dass ich noch mehr Selbsterniedrigungen von ihm forderte. »Und ich ergebe mich, Carr. Ich schwenke sozusagen die weiße Fahne, ich falle auf die Knie – alles, was Sie wollen. Holen Sie mich wieder zurück, bitte. Ich verspreche, dass ich keinerlei Gegenwehr leisten werde.«

»Sie verstehen immer noch nicht, Khalid«, erklärte ich langsam, fast bedächtig. »Wir können Sie nicht zurückholen.«

Wir hörten ihn alle nach Luft schnappen, und man konnte sich auch einbilden, seine Gedanken rasen zu hören.

»Das ist nicht wahr!«, rief er schließlich. Es klang mehr argwöhnisch als entsetzt. »Sie versuchen irgendeinen Trick, Carr.«

»Ich habe keine Tricks mehr nötig.«

»Sie dürfen mich nicht einfach umkommen lassen, Carr. Das wäre Selbstjustiz. Ich habe mich ergeben; Sie müssen mich Ihren Gerichten überantworten ...«

Ich spürte Abscheu in mir aufsteigen. Er versuchte immer noch, stolz zu klingen, Herr der Lage zu bleiben, aber im Grunde winselte er um sein Leben. Und es war Übelkeit erregend, wie er sich jetzt auf das Gesetz berief, das er bedenkenlos in jeder Hinsicht zu übertreten bereit gewesen war, als er noch die stärkere Position innegehabt hatte.

»Sie haben noch für fünf Stunden Sauerstoff«, erwiderte ich kalt, »und dann werden Sie sterben, Khalid. Und kein Gott und kein Prophet wird es verhindern.«

»Das können Sie nicht machen, Carr. Sie müssen mich reinholen ...«

»Sagen Sie mir, wie.«

»Sie haben diese frei fliegende Montageplattform. Die, mit der Sie versucht haben, unseren Anflug aufzuhalten. Ich weiß, dass Sie sie fernsteuern können und dass sie einen sehr großen Aktionsradius hat. Damit können Sie mich anfliegen und bergen.«

»Die Tanks dieser Plattform sind trockener, als es der Wüstensand um Mekka nach Ihrem Energieangriff gewesen wäre«, versetzte ich mit grimmiger Genugtuung. »Wir haben den gesamten Treibstoff aufgebraucht, als wir versuchten, Ihre Raumkapsel aus dem Kurs zu drängen.«

Er suchte fieberhaft nach einem Ausweg. »Unsere Raumkapsel!«, fiel ihm ein. »Unsere Raumkapsel hat noch mehr als genug Treibstoff. Damit könnten Sie mich ohne weiteres erreichen.«

»Wenn Sie nicht alle Steuerungseinheiten demontiert hätten«, erinnerte ich ihn. Was ich von der Zumutung hielt, mit so einem abenteuerlichen Raumgefährt irgendwelche Rettungsaktionen zu unternehmen, ersparte ich ihm.

»Aber der Treibstoff! Sie könnten ihn in die Plattform umpumpen ...«

»Die Plattform treibt in etwa fünf Kilometern Entfernung und ist im Augenblick nicht beweglicher als ein beliebiges Stück Weltraumschrott.«

Pause. Er gab nicht so leicht auf. »Es gibt doch eine Art Raketenantriebe für Raumanzüge ...«

»Die gibt es«, nickte ich. »Der nächste Shuttle bringt welche mit.«

»Der Shuttle!« Er schrie es fast. »Der Shuttle ist manövrierfähig. Wann kommt er?«

»Frühestens fünfzig Stunden nach Ihrem Tod.«

»Er soll eher starten!«

»Zurzeit ist kein Shuttle startbereit. Ihre Sabotageteams haben ganze Arbeit geleistet, Khalid.«

Er war am Ende, und allmählich begriff er es. Seine ganze Überlegenheit war verschwunden, nackte Panik schüttelte ihn. »Die Station selber! Die Station ist manövrierfähig – sie muss nach der Sonne ausgerichtet werden – sie muss Reibungsverluste ausgleichen können ... Sie können sie schwenken, Carr, und dann ...«

Ich dachte an Oba, die sich auf die große Liebe ihres Lebens gefreut hatte, und wie er sie seinem wahnsinnigen Killer übergeben hatte, damit der sie grausam töten und schänden konnte.

Ich dachte an Iwabuchi, der hatte sterben müssen, weil er einer der genialsten Ingenieure der Welt gewesen war. Ich dachte an Professor Yamamoto, der sein ganzes Leben daran gegeben hatte, der Menschheit den Weg ins All zu ebnen. Und ich dachte an Neil, meinen Sohn, den er mit Millionen anderer hatte umbringen wollen. Unwillkürlich legte ich die linke Hand auf die Tasche, in der immer noch das Fax knisterte, und finstere Unversöhnlichkeit erfüllte mein Herz, als ich ihn unterbrach: »Hören Sie, Khalid, es reicht jetzt. Es gibt keinen Ausweg. Sie werden in ein paar Stunden Ihrem Schöpfer gegenübertreten, und darauf bereiten Sie sich jetzt besser vor.«

Damit schaltete ich ab und überließ ihn der Hölle seines eigenen Gewissens.

In der Steuerzentrale war es sehr still geworden. Ich sah mich um, versuchte in den Gesichtern der anderen zu lesen, was sie empfanden. Das Mienenspiel Jayakars war von grausigem Entsetzen gezeichnet; offenbar versuchte er sich auszumalen, wie es jemandem ergehen mochte, der, eingesperrt in einen Raumanzug, hoch über dem Erdball dahintrieb, allein und von allen Menschen abgeschnitten, den unausweichlichen und nahen Tod vor Augen. Wenn man, was auf den Kybernetiker zweifellos zutraf, mit einer regen Fantasie gesegnet war, dann konnte einen diese Vorstellung auf Wochen hinaus mit Albträumen versorgen.

Moriyama sah mich nur an und nickte dann langsam und würdevoll sein Einverständnis, wieder jeder Zoll der Kommandant der Solarstation und damit Herr über Leben und Tod. Er war es, der den Tod Svens würde verantworten müssen – was ihm sicher keine Probleme bereiten würde. Aber ich hatte Khalid tatsächlich nicht angelogen: Es gab wirklich keine Möglichkeit mehr, ihn rechtzeitig zurückzuholen, mit Sauerstoff zu versorgen oder sonst wie zu retten. Und, ja, es erfüllte mich mit einer gewissen Befriedigung, dass es so aussah, als habe ein höherer Richter beschlossen, Khalids Leben den Gesetzen der Himmelsmechanik zu überantworten.

Der Blick des Kommandanten wanderte ruhig und bedächtig hinüber zu Tanaka, der an den Maschinenkontrollen saß, direkt neben Sakai. »Tanaka«, sagte Moriyama mit einem Kopfnicken in Richtung auf den gefesselten Komplizen der Piraten, »binden Sie ihn los.«

Tanaka sah überrascht hoch, sah Moriyama an, und für

einen Moment kam es mir vor, als tauschten die beiden Japaner auf unsichtbare Weise Argumente aus. Dann nickte er leicht, beugte sich zu Sakai hinüber und knotete dessen Fesseln auf.

Sakai zuckte zusammen, als die Stricke von ihm abfielen, und schaute umher wie einer, der gerade aus dem Schlaf erwacht ist. Aber der Kommandant würdigte ihn keines Blickes; er hatte sich inzwischen vor seine Tastatur begeben, um sich beim Computersystem anzumelden.

»Wir müssen uns überlegen, was wir als Nächstes tun«, meinte er wie beiläufig. »Wir haben eine Station voller Leichen ...«

Jayakar und ich sahen uns verblüfft und entsetzt zugleich an, während Sakai geistesabwesend seine Handgelenke massierte. Er wirkte seltsam apathisch, wie betäubt. Auch Tanaka beachtete ihn nicht, sondern konzentrierte sich ganz darauf, die Stricke zu ordentlichen Bündeln zusammenzurollen. Ich sah zu Yoshiko hinüber, die sich überhaupt nicht um das zu kümmern schien, was hier vorging.

»*Hai*«, sagte Tanaka nach einer Weile.

Sakai sah von einem zum anderen, suchte den Blick Moriyamas, dann den Tanakas, und bekam keinen von beiden. Sein rechtes Augenlid zuckte. Dann nickte er, stieß einen leisen, zitternden Brummlaut aus und setzte sich langsam in Richtung Schott in Bewegung.

Jayakar wollte ihm den Weg versperren, doch Moriyama bedeutete ihm mit einer Handbewegung, den Funker nicht aufzuhalten. So sahen wir zu, Jayakar und ich in höchstem Grade alarmiert, die Japaner – und Kim – dagegen mit rätselhaftem Gleichmut, wie sich die Schotthälften vor Sakai öffneten, wie sie es immer getan hatten, und sich ebenso hinter ihm wieder schlossen.

Jetzt erst sah ich, welche Anzeigen Moriyama aufgerufen hatte. Es waren zwei Protokolle, die das Computersystem der Solarstation automatisch führte: erstens das Logbuch des Raumanzugdepots – welcher Raumanzug wurde wann entnommen, wann zurückgestellt, wann aufgetankt und wann generalüberholt – und zweitens das Log aller Schleusendurchgänge.

Mein Kopf fühlte sich noch immer dumpf und wattig an, aber in irgendwelchen dunklen Ecken stieg eine Ahnung dessen hoch, was hier vorging. Wir starrten alle wie gebannt auf den Bildschirm vor dem Kommandanten, und die Zeit verstrich. Das Raumanzugs-Log blieb unverändert. Kein Raumanzug wurde entnommen, keiner zurückgegeben.

Aber fünf Minuten nachdem Sakai die Brücke verlassen hatte, verzeichnete das andere Log einen Durchgang durch die Mannschleuse.

Epilog

DIE GROSSEN FLÜGELTÜREN zu dem Saal, in dem seit Monaten der Untersuchungsausschuss tagte, schlossen sich hinter mir, zum letzten Mal, und eine Last fiel von mir ab. Es genügte nicht, etwas zu vollbringen, man musste nachher auch noch beweisen, dass man nur so und nicht anders hatte handeln können. Und das hatte ich nun. In Sitzungen, die ich zum Schluss nicht mehr gezählt hatte, hatte man mich befragt, mir widersprochen, mich Ereignisse an einem Modell der Solarstation erklären lassen und wieder und wieder den minutiösen Ablauf der Besetzung und der Rückeroberung der Station durchgekaut. Aber nun war endgültig alles protokolliert, waren alle Fragen beantwortet und alle Unklarheiten geklärt. Es stand fest, dass ich nichts getan hatte, was ich hätte lassen müssen, und nichts gelassen, was ich hätte tun müssen. Ich tastete unwillkürlich nach dem Papier mit all den Stempeln und Unterschriften, das mich endgültig entlastete, ehe ich mich der Ruhe und dem Frieden in den leeren Gängen der Raumfahrt-Hauptverwaltung überließ und dem Gefühl, wieder ein freier, unbescholtener Mann zu sein.

Mit diesem Gefühl ging ich die breite Marmortreppe hinunter ins Foyer, ohne die leiseste Ahnung, was ich aus dem Rest des Tages machen sollte, den ich eigentlich für die Ausschusssitzung verplant hatte und der mir nun überraschend zurückgeschenkt worden war.

Im Foyer traf ich zu meiner Überraschung auf Tanaka, der ehrlich erfreut schien, mich zu sehen, und mich herzlich begrüßte.

Wir tauschten ein paar Höflichkeiten aus, und ich gratulierte ihm zu seiner Beförderung in den Kommandantenrang. Ob es stimme, dass er demnächst auf die Solarstation zurückkehre, fragte ich.

»*Hai*«, nickte er stolz. »Ich übernehme das Kommando für das nächste Quartal.«

Ich lächelte. Eigentlich war er mir doch ganz sympathisch. »Herzlichen Glückwunsch.«

Er neigte in einer typisch japanischen Geste falscher Bescheidenheit den Kopf und fragte dann: »Was haben Sie vor, Leonard? Ich habe Ihren Namen noch auf keiner Liste gefunden ...«

»Ich mache erst einmal Urlaub«, erklärte ich, »und dann ... Ich habe ein Angebot aus Seattle, über das ich gründlich nachdenken will.«

»*Ano ne*«, machte Tanaka betroffen, »Sie wollen uns also verlassen. Die Raumfahrt ganz aufgeben.«

»Nicht unbedingt. Es gibt gerade Tendenzen in den USA – zumindest in einigen Bereichen –, wieder in den Weltraum zurückkehren zu wollen. Deshalb sammelt man gerade alle Leute ein, die noch etwas von Raumfahrt verstehen.«

Tanaka nickte nachdenklich. »Ich wünsche Ihnen, dass Sie die richtige Entscheidung treffen.«

»Das wünsche ich mir auch, danke.«

Wir waren schon dabei, uns zu verabschieden, als ihm noch etwas einfiel. »Übrigens, Kim hat vergeblich versucht, Sie zu erreichen. Er wollte Sie wohl zu seiner Abschiedsfeier einladen; er hat ja jetzt den Ruf nach Seoul tatsächlich erhalten. Vielleicht rufen Sie ihn einfach mal an.«

»Ja«, versprach ich, »das werde ich machen.«

Als ich durch die Drehtüren ins Freie trat, umfing mich die kalte Luft und das unerwartet intensive Licht eines frühherbstlichen Sonnentages in Tokio. Und die Geräuschkulisse, die sich aus dem Gemurmel all der unzähligen Passanten, dem Surren der Elektroautos und dem unrunden Brummen der methanolgetriebenen Autos zusammenfügte. Die Luft roch frisch und prickelte in der Nase.

Wann immer und wo immer man in Tokio-Stadt unterwegs ist, man bewegt sich immer inmitten so vieler Menschen, dass einem ein New Yorker Bus zur Hauptverkehrszeit leer und einsam dagegen vorkäme. Ich ließ mich mit dem Strom treiben, bis zur nächsten U-Bahn-Station, wo ich eine englischsprachige Zeitung kaufte und wunderbarerweise einen Sitzplatz fand in der U-Bahn, die mich nach Hause brachte. Auf der Titelseite fand sich – neben den üblichen Meldungen über Regierungskrisen, politische Skandale und den seit fünfzehn Jahren andauernden Balkankrieg – die Nachricht, dass in Frankreich die ersten Prozesse gegen die Bodenmannschaften Khalids eröffnet worden waren. Nach unseren ersten Funksprüchen, noch bevor die Öffentlichkeit von dem Vorfall auf der NIPPON in Kenntnis gesetzt wurde, hatten seinerzeit mehrere Einheiten der Fremdenlegion sowie eine französisch-deutsche Eingreiftruppe die Raketenbasis Kourou angegriffen und alle Besatzer, die diese Attacke überlebten, verhaftet.

Ich musste an Jayakar denken, der demnächst auch vor Gericht stehen würde, wegen Sabotage und einer Reihe anderer Vorwürfe. Auch ich würde gegen ihn aussagen müssen. Die Ladung als Zeuge hing bereits zu Hause an meiner Küchenpinnwand.

Ein Bericht über den Krieg auf der arabischen Halbinsel. Die Dschijhadi-Truppen befanden sich weiter auf dem Rückzug, seit die Belagerung Mekkas vor einigen Wochen plötzlich abgebrochen worden war. Offenbar verbreiteten sich unter den Dschijhadis die Zweifel am Propheten Abu Mohammed wie eine ansteckende Krankheit.

An meiner Küchenwand hingen auch die drei Briefe, die mir Neil seither gefaxt hatte. Offenbar wollte seine Mutter wieder heiraten; einen Kommandeur der Verteidigungstruppen. *Aber ich bleibe immer dein Sohn, nicht wahr, Dad?*, hatte Neil geschrieben. Ich hatte immer damit gerechnet, dass mir das eines Tages zu schaffen machen würde, aber zu meiner eigenen Überraschung tat es das nicht. Im Gegenteil, ich fühlte sogar so etwas wie Erleichterung.

Zu meiner Überraschung entdeckte ich im Feuilleton der Zeitung ein Interview mit Moriyama. Moriyama, dessen Karriere in den letzten Wochen rasante Sprünge vollführt hatte, war mittlerweile Direktor des Bereichs Stellare Energiegewinnung, und in dem Interview kündigte er an, dass definitiv eine weitere, sehr viel größere Solarstation gebaut werden würde, unter Beteiligung etlicher großer japanischer und koreanischer Konzerne, und er hob die Bedeutung der Gewinnung von Sonnenenergie im Weltall hervor mit Argumenten, an die ich mich noch gut erinnern konnte.

Der Zug schoss endlos durch den Tunnel, von Station zu Station. Ichikawa, Funabashi, Chiba, Ichihara – der lange Weg um die Bucht von Tokio herum. Ich hätte auch die Fähre nehmen können; das wäre schneller gewesen, aber ich bekam auf der Fähre immer Platzangst. Überhaupt wäre ich jetzt gerne allein gewesen, am liebsten hoch oben im Weltraum. Der Gedanke an meine kleine, enge, aber nichtsdestotrotz exorbitant kostspielige Wohnung in dem riesigen Wohnkomplex deprimierte mich regelrecht, und als die Station kam, an der ich hätte aussteigen müssen, blieb ich einfach sitzen.

Einige Kilometer weiter verließ der Zug den U-Bahn-Tunnel und fuhr oberirdisch weiter. Ich kannte den Weg. So wie heute war ich schon oft gefahren, einfach immer weiter und weiter, bis das Meer in Sicht kam. Hierher zog es mich, wenn ich die Notwendigkeit verspürte, mit mir ins Reine zu kommen.

An der vorletzten Station stieg ich aus, atmete tief den frischen, salzigen Geruch ein, den ein strenger Wind vom Meer herüberwehte, und pilgerte dann hinunter zum Strand. Die steife Brise blähte meine Jacke, während ich ziellos durch den Sand stapfte, immer am Wasser entlang.

Das Meer blendete, so hell tanzte das Licht auf den Wellenkämmen wie gleißendes Geschmeide. Schreiende Möwen balgten sich hoch oben in der klaren Luft, und in der Ferne erhoben sich sanft die Berge des Hinterlandes.

Auch hier war es nicht menschenleer – nirgendwo in Japan war es das –, aber doch einsam. Ich konnte etliche Wanderer in der Ferne ausmachen, einzeln oder in kleinen Gruppen.

Sie störten mich nicht, und ich vergaß bald, dass sie da waren. Ich hob gedankenverloren Kiesel auf und schleuderte sie weit hinaus in den strahlenden Himmel, zog mit der Schuhspitze Furchen in den vom heranrollenden Meer glattgespülten Sand, roch den Geruch von Salz und Fisch und spürte den Wind in meinen Haaren wühlen.

Irgendwann fiel mir eine kleine, dunkle Gestalt auf, die näher kam. Ich blieb stehen und beobachtete sie eine Weile. Es sah ganz so aus, als hielte sie direkt auf mich zu. Und dann winkte sie sogar. Ich wartete skeptisch ab, während sie näher kam. Es war Yoshiko.

Sie trug eine dunkelgrüne, fast winterliche Jacke mit pelzbesetzter Kapuze, und der Wind vom Meer machte faszinierende Sachen mit ihrem langen schwarzen Haar. Sie lächelte mich an, ganz außer Atem. »Ich wusste, dass ich dich hier treffen würde«, sagte sie anstelle einer Begrüßung.

»Du *wusstest* es?«, fragte ich, einigermaßen verblüfft. Schließlich hatte ich es selber bis vor einer halben Stunde nicht gewusst. »Woher?«

»Du hast mir einmal erzählt, dass du immer hierher kommst, wenn du deine Mitte suchst.«

»Tatsächlich?« Daran erinnerte ich mich nicht mehr. »Und das hast du dir gemerkt?«

»Ja.«

Ich sah sie an, ihren weich geschwungenen Mund, ihre unglaublichen, dunklen Augen, und dieser Anblick beraubte mich schlagartig meiner sämtlichen Verstandeskräfte. Mir fiel nichts ein, was ich darauf hätte sagen können, und so sagte ich lahm: »Musst du denn nicht arbeiten?«

Sie lächelte nachsichtig, und dabei beschlich mich das unangenehme Gefühl, dass sie mich vollkommen durchschaute. »Leonard, Astronomen arbeiten immer nachts.«

Ich nickte verkrampft. »Ach ja. Logisch.«

Wieder Pause. Yoshikos Blick glitt über den Strand und das Meer, dann sah sie mich wieder an.

»Ich habe gehört, du gehst fort?«

Ich machte eine unbestimmte Geste. »Vielleicht.«

»Du weißt es noch nicht?«

»Ich denke noch darüber nach.«

Sie nickte. »Ich gehe vielleicht auch fort. Ich habe mich um eine Stelle an der Universität von Tacoma beworben, und wie es aussieht, habe ich sehr gute Chancen. Was meinst du, soll ich dort hingehen, wenn ich die Zusage bekomme?«

»Tacoma?« Ich sah sie an, grenzenlos verblüfft. »Doch nicht *das* Tacoma, das südlich von Seattle liegt?«

»Doch, genau das.«

»Dort hast du dich beworben?«

»Ja.«

»Und warum?«

Sie antwortete nicht. Ein zartes Lächeln erschien in ihrem Gesicht, langsam wie ein Sonnenaufgang, und mir wurde plötzlich warm ums Herz. Als sie sprach, war ihre Stimme dunkel und sehnsüchtig.

»Wir haben es nie bei Schwerkraft getan, Leonard.«

Ich sah in ihre Augen, und diesmal las ich mehr darin als bloßes Verlangen. Es sind immer die gleichen Geschichten, die einem passieren, dachte ich.

»Das kann man ändern«, sagte ich rau. »Man kann alles ändern.«

ESCHBACH
ANDREAS

KELWITTS STERN

ROMAN

1

Auf einem weit entfernten Planeten, irgendwo nahe dem Zentrum unserer Milchstraße, herrscht der Brauch, jedem Neugeborenen einen eigenen Stern am Himmel zu schenken.

Nun ist die Zahl der am Nachthimmel mit bloßem Auge sichtbaren Sterne geradezu sprichwörtlich beeindruckend – und auf Planeten nahe dem dichten Milchstraßenzentrum sogar noch weitaus beeindruckender, als wir das auf der Erde gewöhnt sind –, dennoch braucht eine derartige Sitte selbst diesen Vorrat rasch auf. Nicht rasch genug andererseits, als dass besagter Brauch nicht zur lieben Gewohnheit, zu einer geschätzten Tradition, mit anderen Worten, zu einem ehernen Bestandteil einer Kultur werden könnte. Und weil niemand ausgerechnet bei den eigenen Kindern mit Traditionen brechen will, erfanden die Bewohner des besagten Planeten notgedrungen das Teleskop. Die ersten Teleskope erschlossen eine Vielzahl weiter entfernte Sterne, ausreichend für Generationen, denen wiederum Zeit blieb, weitere, noch größere Teleskope zu entwickeln, und immer so fort. So kam es, dass die Bewohner des Planeten Jombuur nahe dem Zentrum unserer Milchstraße die besten Astronomen des gesamten bekannten Universums wurden.

Natürlich war es nur eine Frage der Zeit, bis auch unsere eigene Sonne an einen neugeborenen Jombuuraner verschenkt wurde.

Um genau zu sein: Das ist noch gar nicht so lange her.

Die bleigrauen Wellen manschten träge gegen die Liegefelsen, überspülten sie mit dünnen, schaumigen Strudeln und machten ein gurgelndes Geräusch, wenn sie wieder zurück ins Meer flossen. Ein Geräusch, das irgendwie unanständig nach Verdauung klang, fand Kelwitt. Er lag da, sah den silberglänzenden Strichwolken nach, die den Himmel wie geheimnisvolle Schriftzeichen überzogen, und dachte darüber nach, was ihm einer vom Nachbarschwarm heute Morgen in der Marktmulde erzählt hatte.

»Und?«, hörte er Parktat fragen. Parktat lag neben ihm. Vorhin hatte er angefangen, die vierzehnte Kontemplation Jamuunis über die Freude des Existierens zu rezitieren, in langen, melodischen Gesängen, und Kelwitt hatte die Ohrenfalten zugedrückt.

»Oh, ja«, beeilte er sich zu versichern und tat, als habe ihn das alles sehr ergriffen. Wie es ja von einem erwartet wurde, wenn Jamuuni rezitiert wurde. »Sehr beeindruckend.«

Parktat setzte sich auf. »Das ist keine Antwort.«

»Antwort?«

»Ich habe dich etwas gefragt.«

Oh. Erwischt. Das hatte er nicht mitbekommen. »Ach so. Hmm. Tut mir Leid. Ich fürchte, ich war so entrückt von Jamuunis Worten, dass mir das völlig entgangen ist.«

Parktat ächzte nur. Er glaubte ihm kein Wort. »Ich habe dich gefragt, ob du endlich weißt, was du nach der Großjährigkeit machen willst.«

»Ach so, das.« Kelwitt machte die Geste des Überdrusses. »Nein, keine Ahnung.«

»Hast du über das Angebot nachgedacht, zu den Lederhäuten zu gehen?«

Kelwitt wandte den Kopf ab. »Nein.«

»Das solltest du aber. Ich an deiner Stelle ...«

»Du bist aber nicht an meiner Stelle.«

»Kelwitt! Immerhin bin ich einer deiner Brüter. Da werde ich mir ein paar Gedanken über deine Zukunft machen dürfen. Und das Angebot der Lederhäute klingt nicht schlecht.«

»Zu den Lederhäuten? Nach zehn Sonnenumläufen eine Haut zu haben wie ein Greis? Nein, danke. Und überhaupt, ich kann die Berge nicht ausstehen.«

Parktat stieß tadelnde Pfiffe aus. »Wenn du immerhin schon mal weißt, was du nicht willst, wäre das auch schon ein Fortschritt. Dann ist klar, dass du zu einem der Schwärme gehen musst, die an der Küste leben.«

»Hmm. Toll. Mein Leben lang Meergras ernten. Oder Grundschleimer fangen. Wirklich toll.«

»Oh, Jamuuni! Du weißt aber auch nicht, was du willst.«

»Nein, zum Dunkelgrund, ich weiß es nicht! Ich weiß nicht, was das Beste für mich ist! Woher denn auch?« Das abfließende Wasser gurgelte und röhrte besonders unanständig, während Kelwitt damit herausplatzte.

Eine Weile schwiegen sie. Kelwitt sah wieder den Wolken nach und wünschte sich, ihre Schrift entziffern zu können.

»Du könntest mit einem der Jungen von den Nachbarschwärmen tauschen«, schlug Parktat schließlich vor. »Das ist vielleicht das Beste für den Anfang. Die triffst du doch immer in der Marktmulde, da müsst ihr doch auch über dieses Thema sprechen, oder?«

Vielleicht war es das Beste, nicht lange mit dem herumzumachen, was ihn seit heute Morgen beschäftigte. »Ja«, sagte Kelwitt. »Tun wir.«

»Und? Was haben die anderen vor?«

»Sie machen die Orakelfahrt.«

Er konnte förmlich hören, wie Parktats Sprechritze erschlaffte. »Oh«, blubberte er undeutlich. »Dieser alte Aberglaube ...«

»Es soll Glück bringen, seinen Stern zu besuchen.«

»Ja, ja.«

»Und man kann dabei erfahren, was für ein Leben man führen wird. N'etehu hat ein ganzes Buch darüber. Wenn der Stern sieben Planeten hat, dann wird das Leben nur kurz sein und unglücklich enden. Hat er neun Planeten, erlangt man Weisheit. Ein gelb leuchtender Planet mit zwei Monden bedeutet, dass man am Wasser leben soll. Ein schwarz glänzender Planet bedeutet, dass man unter geistigen Störungen leiden wird ...«

»Dieser ganze unausrottbare Orakelfahrt-Humbug ist eine geistige Störung, wenn du mich fragst.«

Kelwitt setzte sich auf. »Aber so könnte ich erfahren, was für mich das Beste ist!«

»Dazu musst du nicht durch die halbe Galaxis fahren. Es würde reichen, wenn du einfach mal gründlich nachdächtest.«

»Hast du denn keine Orakelfahrt gemacht, ehe du großjährig wurdest?«

Parktat stieß einen schrillen Pfiff aus, verschränkte die Arme und sah hinaus aufs Meer. In einiger Entfernung glitt ein glitzernder Wassersegler mit aufgeblähten Trageblasen dahin, verfolgt von einem Schwarm schimmernder Symbionten. »Ich glaube, es wird Zeit, dass ich nach den Meergrassammlern sehe. Einer von ihnen hat gestern so seltsame Geräusche von sich gegeben. Wahrscheinlich ist wieder ein Lager kaputt.«

»Hast du keine Orakelfahrt gemacht?«

»Ach, hör mir mit dem Unsinn auf. Ich wollte ein ernsthaftes Gespräch mit dir über deine Zukunft führen, wozu ich als einer deiner Brüter ja wohl das Recht haben sollte. Und alles, was dir einfällt, ist das.«

»Entschuldige. Aber N'etehu sagt, die Orakelfahrt ist ein Brauch, der fast genauso alt ist wie der Brauch, zur Geburt einen Stern zu schenken.«

»Das ist ja wohl kaum möglich.«

»Na ja, natürlich mussten erst Raumschiffe erfunden werden und all das. Aber das ist ja schließlich auch schon ewig her.«

»Und die Sternstraßen mussten entdeckt werden. Das ist zwar auch schon eine Weile her, aber ewig würde ich es nicht nennen.«

»Von mir aus. Aber N'etehu sagt, jeder Jombuuraner macht die Orakelfahrt.«

»N'etehu sagt, N'etehu sagt – redest du alles nach, was andere sagen?«

»Ich wollte bloß wissen, ob du damals deine Orakelfahrt gemacht hast oder nicht.«

Parktat wandte den Blick zum Himmel und stieß einen lang gezogenen, klagenden Laut aus. Dann meinte er dumpf: »Von mir aus – ja, habe ich.«

Kelwitt musste an sich halten, um nicht triumphierend aufzulachen.

Und das hatte ihm sein Brüter nie gesagt, ihn sogar im Unklaren gelassen darüber, dass es so etwas wie eine Orakelfahrt gab! »Wirklich?«, fragte er neugierig. »Du hast deinen Stern besucht? Erzähl – was hast du gefunden?«

»Parktats Stern hat drei Planeten. Einer davon leuchtete gelb und hatte zwei Monde.«

»Das bedeutet, dass du am Wasser leben sollst!«

»Ja. Deshalb bin ich hierher gekommen. Ich hatte damals auch ein Angebot eines Lederhaut-Schwarms, drüben in den Silberbergen, aber ich habe es ausgeschlagen und bin hierher gekommen.«

»Um am Wasser zu leben.«

»Und seither repariere ich alle Maschinen, die wir haben. Wenn ich zu den Lederhäuten gegangen wäre, würde ich wahrscheinlich welche *erfinden*!«

Kelwitt rückte näher an ihn heran. »Hilfst du mir, eine Passage zu bekommen?«

»Lass uns das heute Abend besprechen, wenn alle zusammen sind«, erwiderte Parktat und glitt vom Liegefelsen hinab ins Wasser. »Aber du könntest mir bei den Grassammlern helfen.«

Kelwitt zögerte. Das roch ziemlich nach Erpressung, und Parktat wusste genau, dass Kelwitt die Wartung von Robotern herzlich zuwider war. Aber wahrscheinlich tat er gut daran, ein paar Punkte zu sammeln. »In Ordnung«, meinte er also und folgte Parktat ins Meer.

Opnaah kratzte sich ausgiebig die schütteren Brustschuppen, während er nachdachte. Er war der Schwarmälteste, und ehe er nicht seine Stellungnahme zu Kelwitts Wunsch abgegeben hatte, geziemte es sich für die anderen nicht, zu sprechen.

Kelwitt hatte sein Möglichstes getan, um die Versammlung des Schwarms für sich einzunehmen. Er hatte den Versammlungsraum gewischt und hergerichtet, hatte die gläsernen Abdeckungen über den Feuerstellen gereinigt, frische Zierkorallen aufgestellt und die Ruhemulden der Ältesten mit Duftöl eingerieben. Nun saß er, was die anderen Kinder neidvoll kommentiert hatten, zum ersten Mal in der Runde der Erwachsenen und beobachtete Opnaahs Nachdenken genauso gespannt wie diese.

»Orakelfahrten«, ließ der Schwarmälteste sich schließlich vernehmen, »dauern von Generation zu Generation immer länger. Nicht wahr, die Grenze der Namenlosigkeit schiebt sich immer weiter hinaus, immer weiter von Jombuur weg, die Fahrt führt also über immer größere Distanzen. Eine ganz natürliche Entwicklung.«

Allgemeine Gesten der Zustimmung ringsum.

»Deswegen versucht man heutzutage, von dem Brauch der Orakelfahrten wegzukommen. Zumal außer Frage steht, dass es sich dabei um einen Aberglauben handelt, der mit den Lehren Jamuunis nicht das Geringste zu tun hat.«

Kelwitt duckte sich. Wieder allgemeine Zustimmung. Das schien alles in die falsche Richtung zu laufen.

»Jamuuni schuf den Brauch der Sterngabe, als er Bandarat, seinem Erstgeborenen, die aufgehende Sonne zum Geschenk machte«, fuhr Opnaah gedankenvoll fort. »Es heißt, er wollte damit verhindern, dass man unsere Sonne nach ihm benenne. Nun gut – andererseits war auch Bandarat eine sehr einflussreiche Persönlichkeit; letztendlich lassen sich fast alle Regeln und Strukturen unserer Gesellschaft auf ihn zurückführen. Er war es auch, der das Amt des Kartografen schuf und damit die Grundlagen für die Sterngabe, wie wir sie heute betreiben. Dank ihm ist sichergestellt, dass ein Stern niemals zweimal verschenkt wird.«

Kelwitt sah sich verstohlen um. Die anderen sahen drein, als hörten sie all diese Binsenweisheiten zum ersten Mal.

»Jamuuni wollte uns mit allem, was er gesagt und getan hat, immer daran erinnern, dass wir Individuen sind, nicht nur Teile eines Schwarms. Das Bewusstsein, dass es einen Stern im Universum gibt, der nach uns benannt ist, der unseren Namen trägt und der niemals den Namen eines anderen tragen wird, hilft uns, uns dessen bewusst zu bleiben. Und jedes Mal, wenn wir nachts zum Himmel sehen und die Sterne erblicken, werden wir wieder daran erinnert. Das ist es, worum es bei der Sterngabe geht.« Opnaah blickte Kelwitt eindringlich an. »All das hat nichts zu tun damit, wie viele Planeten um diesen Stern kreisen, welche Farben sie haben, ob sie Ringe oder Monde aufweisen oder ob einer von ihnen belebt ist. Und in Jamuunis Schriften wird man nirgends auf den leisesten Hinweis stoßen dafür, dass er derartigen Merkmalen irgendeine Bedeutung für das Leben des Betreffenden zugemessen hätte.«

Schweigen trat ein. Kelwitt erwiderte den Blick Opnaahs, der immer starrer und starrer wurde, und plötzlich merkte er, dass offenbar von ihm erwartet wurde, etwas dazu zu sagen.

»Ähm«, machte er. Seine Stimmritze bebte und produzierte alberne, kieksende Nebengeräusche. »Ja.«

Belustigte Unruhe machte sich ringsherum breit.

»Hast du«, fragte Opnaah, immer noch starren Blicks, »noch etwas anderes dazu zu sagen?«

Kelwitt sah sich beunruhigt um. Er fing einen Blick Parktats auf, der eine Geste des Bedauerns andeutete. *Tut mir Leid, aber aus deiner Orakelfahrt wird wohl nichts*, schien er sagen zu wollen.

»Darf ich, ähm«, begann Kelwitt hastig, als er merkte, dass Opnaah ungeduldig zu werden begann, »darf ich auch, ähm ...?«

»Sprich deutlicher, Kelwitt!«, mahnte der Schwarmälteste. »Ich kann dich nicht verstehen.«

Einige der Älteren begannen sich amüsiert in ihren Mulden zu wälzen, was schmatzende Geräusche verursachte.

Kelwitt sog Luft durch die Stimmritze ein, versuchte des Bebens Herr zu werden. »Darf ich auch etwas fragen?«, wiederholte er, so fest er konnte.

»Bitte.«

»Hast du eine Orakelfahrt gemacht, Opnaah?« Schlagartig war es wieder still.

Opnaah begann wieder, sich ausgiebig die Brustschuppen zu kratzen. Sein Blick, der immer noch auf Kelwitt ruhte, bekam etwas Silbernes.

Es war immer noch still.

Bis auf das Kratzgeräusch.

Jemand gab einen unterdrückten Laut der Ungeduld von sich.

»Wenn ich es andererseits recht bedenke«, ließ sich Opnaah schließlich vernehmen, »haben wir bei den Sternfahrern schon seit längerem allerhand Gefälligkeiten gut. Es wird Zeit, dass wir die einmal einfordern ...«

Einen kleinen Mondumlauf später saß Kelwitt in einem Schwingengleiter, der ihn über die Ebene der hunderttausend Seen zum Sternfahrernest bringen sollte. Parktat hatte ihm einen Umbindbeutel mit allerlei Meergrassülzen, getrockneten Schleimerhautstücken und verschiedenen anderen Leckereien mitgegeben. Außerdem hatte er sich das gleiche Buch besorgt, das ihm N'etehu gezeigt hatte.

2

In einem Sternenschiff zu reisen war ganz anders, als Kelwitt sich das vorgestellt hatte.

Es war vor allem laut. Über Tage und Tage hinweg war das Dröhnen der Motoren zu vernehmen, das ihm zuerst kaum aufgefallen war, sich aber dadurch, dass es niemals aufhörte, zu schierer Unerträglichkeit steigerte. Und es war trocken. Die klimatisierte Luft schien einem förmlich die Nässe von der Haut zu saugen, und selbst die Ruhemulden waren allenfalls feucht zu nennen. Als einziges Zugeständnis an das Wohlbefinden waren hier und da in den endlosen Gängen Duschen angebracht.

An Bord des Schiffes begegnete Kelwitt zum ersten Mal Wesen, die keine Jombuuraner waren. Den Gunradi etwa, fast durchsichtigen Wesen, die auf vielen hundert kleinen Füßen die Gänge entlangkrabbelten und sich über Farbveränderungen in ihrer Haut verständigten. Zwei von ihnen arbeiteten als Piloten, aber sie hatten eine unübersichtlich große Sippschaft dabei, die in einem warmen Raum zu einer großen, glibberigen Kugel zusammengewimmelt von der Decke hing und nach verfaultem Meergras roch. Für die beiden Gunradi standen spezielle Armaturen in der Steuerzentrale bereit, mit vielen hundert Schaltern, über die sie das Sternenschiff steuern konnten. Oder der Waijanti: ein düsterer Koloss mit sechs Armen und einem Wabenauge in jeder Fingerspitze, der sich zeitlupenhaft bewegte, sich um die Maschinen kümmerte und niemals einen Laut von sich gab. Außerdem war oft von einem Wesen die Rede, das die anderen ›den Steinfließer‹ nannten, worunter Kelwitt sich nichts vorstellen konnte und das er auch nie zu Gesicht bekam.

Man hatte Kelwitt eine kleine Höhle zugewiesen, in der nur der Boden mit der Ruhemulde aus echtem Stein bestand, die Wände und die Decke waren aus steinartig lackiertem Metall. Reichlich ungemütlich also. Die Fahrt verlief absolut eintönig – das Schiff trat in eine Sternstraße ein, flog eine Zeit lang, verließ sie wieder, manövrierte eine Zeit lang, immer so weiter – und schien überhaupt kein Ende zu nehmen. Irgendwann, als bestimmt schon zwei kleine Mondzyklen verstrichen waren, begann Kelwitt sich zu fragen, ob man ihn womöglich vergessen hatte.

Doch gerade als er sich entschlossen hatte, in der Steuerzentrale nachzufragen, kam von dort die Mitteilung, dass man demnächst Kelwitts Stern erreiche und er sich bereit machen solle.

Auf dem Weg zu den Laderäumen ließ Kapitän Handuma keine Dusche aus. »Keine Lust, dass man mich zu Hause für eine Lederhaut hält, sag' ich dir!«, dröhnte der schwergewichtige, nicht mehr ganz junge Jombuuraner und ließ das Wasser auf sich niederrieseln. Kelwitt hätte es ihm gern gleichgetan, traute sich aber nicht.

Einer der ganz kleinen Gunradi, die unaufhörlich durch das Schiff wuselten, ohne dass jemand verstanden hätte, wieso, kam ihnen entgegen, nahm aber dann Reißaus vor der tropfnassen Gestalt. Die Gunradi mochten keine Feuchtigkeit, und von Wasser bekamen sie Hautausschläge, was bedeutete, dass sie taub und stumm wurden.

»Also«, meinte der Kapitän dann und legte Kelwitt die schwere Hand auf die Schulter, »in fünf oder sechs Zeiteinheiten ist es soweit. Verdammt viel los auf den Sternstraßen in diesem Sektor, sage ich dir! Man kommt kaum von der Stelle. Sind vor allem die Grünen. Von denen geistern hier so viele herum, dass man sich fragt, ob ihr Heimatplanet überhaupt noch besiedelt ist. Ziemlich verrückt, die Grünen. Hast du schon mal einen gesehen?«

»Ähm, also ... Nein.«

»Sind auch Zweibeiner, aber kleiner als wir. Haben einen großen Kopf, grüne Haut und eigentlich einen ganz anderen Namen, aber den kann niemand aussprechen, deshalb nennen wir sie die Grünen.«

»Aha.«

»Die Grünen haben ein riesiges Riechorgan. Sieht aus wie ein Trichter und sitzt unterhalb der Augen. Übrigens ihre empfindlichste Stelle, falls du dich mal mit einem prügeln musst. So«, verkündete Handuma dann und öffnete eine breite Tür, »da sind wir.«

Der Laderaum war groß und ein einziges Chaos. Alles stand durcheinander, offenbar ohne Plan und Ziel. Und falls es einen Plan gab, dann kannte ihn der Kapitän ebenso wenig wie Kelwitt. Zumindest ließ das die Art, wie er umherging und sich suchend umsah, vermuten.

»Habe ich dir eigentlich schon alles erklärt?«, fragte Handuma dabei.

»Nein«, erwiderte Kelwitt zaghaft.

»Noch nicht alles?«

»Eigentlich ... eher ... noch gar nichts.«

Der Kapitän stieß einen Pfiff der Trübnis aus. »Wirklich? Werde ich alt? Ich dachte, ich hätte dir schon alles erklärt. Aber das war dann wohl ein anderer Orakelfahrer.«

»Wahrscheinlich.«

»Also, ganz einfach. Wir verlassen die Sternstraße bei Poogruntes Stern, setzen dich mit einem kleinen Raumboot aus und fliegen weiter. Du hast etwa sechs Tage Zeit, dir alles anzusehen, dann kommen wir zurück und nehmen dich wieder auf. Klar? Und gelandet wird nicht. Landen dürfen nur Sternfahrer.«

»Poogruntes Stern?«, fragte Kelwitt kläglich.

»Ja. Du bist doch Poogrunte, oder?«

»Kelwitt. Mein Name ist Kelwitt.«

»Dann eben Kelwitts Stern. Von mir aus. Die Gunradi machen das schon.« Der Kapitän blieb stehen und deutete auf ein kleines Raumboot, das, halb zugestellt von Transportbehältern und anderen Gerätschaften, in einem Eck des Laderaums stand. »Ah, da ist es. Das ist das Raumboot, das du bekommst. Du musst es natürlich freiräumen, damit du auch starten kannst. Aber du hast ja noch fünf Einheiten Zeit.«

Kelwitt unterdrückte nur mühsam einen Laut des Entsetzens.

Diesen ganzen Stapel beiseite räumen? Allein, und in nur fünf Zeiteinheiten?

Kapitän Handuma öffnete eine kleine Klappe an der Seite des Raumbootes und sah hinein. »Brack und Wasser!«, fluchte er. »Das ist ja noch gar nicht leer!«

»Leer?«

»Wenn ich den erwische! So ein Abwasser, verdammt!« Er sah sich um. »Aber ein anderes Raumboot habe ich nicht für dich. Das ist das einzige, das man mit Anfängerkurs fliegen kann ... Oh, so ein brackiges Abwasser!«

Kelwitt warf einen neugierigen Blick in die Öffnung, die hinter der Klappe lag. Er sah etwas, das wie Sand aussah, eine Unmenge winziger brauner Kügelchen. »Was ist denn damit?«

Handuma war schon davongestapft, hinüber zu einer Reihe silbergrauer, hoch aufragender Silofässer. »Wir handeln auf dieser Reise mit Samen«, erklärte er aufgebracht. »Samen von Pflanzen der verschiedensten Welten.« Er klopfte gegen eines der Silofässer. Es klang dumpf. Er las die Beschriftung eines kleinen Schildes daran. »Hier – Tausendblütenorchidee. Oder hier: Lichtjuwelenkraut. Das da drüben ist Samen der Augenöffnerblume, den wir auf dem vierten Planeten von Telekis Stern eingetauscht haben. Jemand hat vergessen, ihn aus dem Behälter des Raumboots in einen dieser Silos umzufüllen. Jemand, dem das noch Leid tun wird.«

Kelwitt nahm ein paar Samenkörner in die Hand. Sie fühlten sich hart und trocken an. »Die Augenöffnerblume? Noch nie gehört.«

»Irgend so eine Pflanze. Keine Ahnung, wofür man die braucht. Die Telekianer erzählen einem die tollsten Legenden darüber, wahrscheinlich, um den Preis hochzutreiben. Ah!« Einer der Silotanks klang hell und hohl, als er ihn beklopfte. »Na also!«

»Legenden?«

Aber der Kapitän hörte ihm nicht zu. Er trat neben ihn, legte ihm wieder die schwere Hand auf die Schulter und sagte, auf den leeren Silotank deutend: »Also, mein lieber Poogrunte ...«

»Kelwitt.«

»Kelwitt?«

»Ja.«

»Also gut, Kelwitt. Von mir aus. Dir wird nichts anderes übrig bleiben, als die Samen in diesen Silotank dort umzufüllen. Immerhin hast du ja noch fünf Einheiten Zeit dafür.«

»Aber ...«

»So, und nun komm, ehe ich es vergesse. Ich habe noch etwas für dich.«

Kelwitt hatte befürchtet, dem Kapitän seien noch mehr Arbeiten eingefallen, aber Handuma führte ihn in einen kleinen Raum, wo er die Tür eines abgeschlossenen Schranks öffnete und einen Schulterspangencomputer herausnahm. »Hier«, meinte er. »Damit sich dein Schwarm nicht um dich sorgen muss. Auf welche Schulter willst du ihn?«

»Ähm, ich weiß nicht ...«, stammelte Kelwitt, der noch nie einen Schulterspangencomputer getragen hatte.

»Am besten auf die rechte«, entschied Handuma kurzerhand, setzte ihm das Gerät auf die rechte Schulter und zog einen kleinen Stift aus der einzigen Öffnung. Summend schloss sich die Spange um die Schulter und schien förmlich damit zu verwachsen. Es war kein unangenehmes Gefühl.

»So. Der wird dir mit Rat zur Seite stehen, falls du in irgendeine unvorhergesehene Situation kommen solltest. Man weiß ja nie.«

Kelwitt verdrehte den Kopf, um das Gerät zu betrachten, das da auf seiner Schulter saß wie ein neues Körperteil. Viel gab es nicht zu sehen, es war einfach eine dicke, silberglänzende Spange mit einer kleinen runden Öffnung auf der Oberseite. »Kennst du dich mit diesen Spangendingern aus?«

»Man redet mit ihnen, glaube ich«, sagte Kelwitt zögernd. »Bei uns zu Hause tragen bloß ein paar Händler so was.«

»Ja? Woher kommst du denn?«

»Aus der Donnerbucht-Region. Fünfte Lagune.«

»Donnerbucht, ach du große Nässe – was macht man denn da? Meergras ernten?«

»Ja. Und wir fangen Grundschleimer.«

»Ach so. Na ja, das kann man auch ohne Spange.« Handuma konsultierte die Beschriftung des Aktivierungsstiftes. »Also, du sprichst einfach mit dem Gerät. Dieses hier reagiert auf den Namen Tik.«

»Tik?«

Er erschrak, als plötzlich eine gleichmütige, maschinenhaft klingende Stimme zu hören war, die mitten in seinem Kopf zu entstehen schien. »*Ich bin bereit*«, sagte sie.

»Hat er sich gemeldet?«, fragte Handuma belustigt, der Kelwitts Mienenspiel beobachtet hatte.

Kelwitt bejahte. »Da war eine Stimme.«

»Ja. Aber die hörst nur du. Ist so ein Trick von dem Ding, es schaltet sich in dein Nervensystem ein.«

»Aha.« Kelwitt musterte den Spangencomputer noch einmal. Das war ja reichlich unheimlich. »Und wozu brauche ich das?«

»Na, stell dir vor, du fliegst da ganz allein umher, und

plötzlich schlägt irgendein Instrument Alarm. Dann kann Tik dir sagen, was das bedeutet und was du tun musst.«

»Kann er denn etwas sehen?«

»Sehen, hören, sprechen, auf alle Arten kommunizieren, die wir kennen. Keine Sorge. Stell dir einfach vor, er ist so eine Art überbesorgter Brüter, der auf dich aufpasst.«

Kelwitt musste an Parktat denken, der sich von allen seinen Brütern am meisten um ihn gekümmert hatte. Die Leckereien, die er ihm mitgegeben hatte, hatte er bei der letzten Nahrungsaufnahme alle verzehrt; er trug nur noch das Orakelbuch in seiner Umbindetasche. »Gut. Aber eigentlich dürfte ich ihn gar nicht brauchen, oder?«

»Nein. Du schwirrst einfach ein bisschen durch dein Sternsystem, schaust dir die Planeten an – keine Landeversuche, verstanden?«

»Ja, ja.«

»... und wir holen dich wieder ab, sobald wir auf dem Rückweg hier vorbeikommen. Dürfte in sechs oder sieben Tagen der Fall sein, je nach Belegung der Sternstraßen, aber das merkst du dann ja.«

Kelwitt machte die Geste des Einverstandenseins.

»Habe ich noch was vergessen?« Der Kapitän dachte kurz nach und machte dann eine Geste, die alles Mögliche bedeuten konnte. »Ich muss wieder in die Steuerungszentrale. Du siehst einfach zu, dass du in fünf Zeiteinheiten in deinem Raumboot sitzt und wir dich ausschleusen können. Alles klar?«

»Ja, sicher. Bloß ...«

»Schön. Also, dann, viel Spaß bei deiner Orakelfahrt, Poogrunte!«

»Kelwitt.«

»Kelwitt? Ja, richtig. Was habe ich gesagt?«

»Poogrunte.«

»Wie komme ich auf Poogrunte? Keine Ahnung, warum mir dauernd dieser Name einfällt. Muss wahrscheinlich ein anderer Orakelfahrer gewesen sein.« Kapitän Handuma wirkte etwas verwirrt, als er davonging und Kelwitt einfach stehen ließ.

Kelwitt verschwendete eine Menge Zeit damit, herauszufinden, wohin die Teile gehörten, mit denen sein Raumboot zugestellt war. Schließlich dämmerte ihm, dass es in diesem Laderaum so etwas wie einen festen Platz für bestimmte Dinge einfach nicht gab, sondern dass man alles einfach irgendwohin stellte, wo gerade Platz war, und wenn etwas im Wege war, dann tat man es irgendwo anders hin. Auf diese Weise war das Chaos ringsumher entstanden, und so wurde es auch am Leben erhalten.

Einige der Transportbehälter waren leer und damit leicht, aber die meisten waren schmerzhaft schwer, einige davon schier unverrückbar. Kelwitt musste nach einer Schwebekralle suchen, um sie vom Fleck zu bekommen, fand schließlich auch eine, mit deren Bedienung er allerdings nur schwer zurechtkam.

Bei alldem verging die Zeit, als wolle sie plötzlich die Langeweile der vergangenen Perioden wiedergutmachen. Als er endlich alles weggeschafft hatte, was das Raumboot behinderte, war es noch eine halbe Zeiteinheit bis zum Ausschleusen. Und der Behälter mit dem Samen der Augenöffnerblume war noch nicht umgefüllt.

Kelwitt öffnete die Klappe, starrte das braune, körnige Zeug in dem Transportbehälter dahinter an und war ratlos. Wie um alles im Universum sollte er den Samen auch nur aus dem Behälter herausbekommen? Die Öffnung war nicht einmal groß genug, um die Hand hindurchzustecken.

Der Schulterspangencomputer fiel ihm wieder ein. Hatte der Kapitän nicht gesagt, der sei dazu da, ihm in unerwarteten Situationen mit Rat zu dienen? Eine gute Gelegenheit, das einmal auszuprobieren.

»Tik!«

»*Ich bin bereit*«, sagte die kühle, gleichmütige Stimme in seinem Kopf.

»Wie kann ich die Samenkörner aus dem Behälter des Raumboots in den Silotank schaffen?«

»*Du benötigst hierzu eine Substanzpumpe.*«

»Und wo finde ich eine – was? Substanzpumpe?«

»*Hier im Laderaum sollte sich eine befinden. Allerdings kann ich keine genauere Ortsangabe machen.*«

Kelwitt stieß einen Laut der Ungeduld aus, während er sich umsah. Unmöglich, in dem Durcheinander etwas zu finden, von dem er nicht einmal wusste, wie es aussah. »Tik, nenne eine andere Möglichkeit, den Samen in einer halben Zeiteinheit in den Silotank umzufüllen.«

»*Es gibt keine solche Möglichkeit. Die schnellste Vorgehensweise ist das Umpumpen mittels einer Substanzpumpe. Das Umpumpen des vollständig gefüllten Transportbehälters eines Raumboots dieser Bauart dauert dabei eine dreiviertel Zeiteinheit.*«

Kelwitt stieß einen Laut aus, den besser niemand gehört hatte. »Dann schaffe ich es ja überhaupt nicht mehr!«

»*Das ist korrekt.*«

»Und was ist, wenn ich nicht startbereit bin?«

»*Dann muss die Orakelfahrt entfallen. Soll ich die Steuerzentrale entsprechend benachrichtigen?*«

»Brack! Nein, natürlich nicht.« Kelwitt traute seinen Hörmembranen nicht. Die Orakelfahrt entfallen? All dieser Aufwand, um unverrichteter Dinge zurückzukehren? »Nein, keine Benachrichtigung. Die Orakelfahrt findet statt.«

Er öffnete das Einschlupfloch des Raumboots. Brack, zum Geist des Verderbens mit dem Samenvorrat! Es war ja schließlich nicht seine Schuld, dass der Tank nicht umgefüllt worden war. Und startbereit war das Raumboot auch mit vollem Behälter. Was machte es schon aus, wenn er den Samen noch ein paar Tage durchs All kutschierte?

Er stieg an Bord, schaltete alle Maschinen ein, wie er es im Anfängerkurs gelernt hatte, und wartete.

Das Geräusch der Schiffsmotoren veränderte sich, wie immer, wenn das Schiff eine Sternstraße verließ. Gleich darauf kam die Startfreigabe aus der Steuerungszentrale.

»Ich starte«, bestätigte Kelwitt nervös.

Dabei war alles höchst einfach. Es gab eine Taste mit der Aufschrift ›Ausschleusen‹, eine mit der Aufschrift ›Einschleusen‹ und einen Steuerhebel, um das Raumboot in alle Raumrichtungen zu bewegen. Alles, was er zu tun hatte, war, die Taste mit der Aufschrift ›Ausschleusen‹ zu drücken.

Einer der großen Greifer, die entlang der Decke des Laderaums verliefen, kam heran, packte einen an der Oberseite des Raumboots angebrachten Griff und hievte es hoch, um es in den Schleusenraum zu transportieren. Metallene Tore schlossen sich, öffneten sich, und er war im All. Das große Schiff wartete keinen Augenblick länger als unbedingt nötig, sondern hüllte sich sofort wieder in das blaue Leuchten, das dem Übergang auf die Sternstraße vorausging, und war im nächsten Augenblick spurlos verschwunden.

3

So plötzlich allein in bodenloser Schwärze zu hängen war nun doch etwas anderes, als einen Anfängerschnellkurs in einer Simulationsanlage zu absolvieren. Kelwitt spürte, wie seine Seitenherzen kräftig pumpten, gerade so, als gelte es, den Rundflug um diesen Stern zu Fuß zu bewältigen. Wirklich etwas ganz anderes. Er lugte aus den Sichtluken, betrachtete die fremdartigen, ungewohnt spärlich über das Dunkel verteilten Sterne und fragte sich, ob das mit der Orakelfahrt so eine gute Idee gewesen war.

Andererseits kamen diese Art von Bedenken ein bisschen spät. Egal, wie er sich fühlte, er würde warten müssen, bis das Schiff wieder zurückkam, um ihn abzuholen. Und die sechs oder sieben Tage bis dahin nutzlos an derselben Stelle zu hängen, wollte er ganz bestimmt nicht.

Er fasste behutsam in den Steuergriff und bewegte ihn ein wenig zur Seite.

Sofort begann das Raumboot, sich zu drehen. Eigentlich genau wie im Simulator. Vielleicht war es doch nicht so anders.

Eine große, auffallend helle Scheibe wanderte in sein Blickfeld. Das musste die Sonne sein.

Seine Sonne.

Kelwitts Stern.

Kelwitt stoppte die Drehbewegung, holte sein Buch hervor und begann zu blättern. Eine gelbe Sonne. Kelwitts Stern war eine gelbe Sonne – was hatte das zu bedeuten?

»›Gilt allgemein als günstiges Vorzeichen‹«, las er. »›Wenn der Stern aber keine Planeten aufweist, bedeutet es, dass der Besitzer keine herausragenden Fähigkeiten besitzt und ein

Leben ohne besondere Ereignisse, weder im Guten noch im Schlechten, führen wird.‹« Mit anderen Worten, dass ihn ein absolut langweiliges Leben erwartete. Das konnte ja wohl nicht wahr sein. Blieb bloß zu hoffen, dass Kelwitts Stern bei seiner Entstehung auch an ein paar Planeten gedacht hatte!

Um so etwas festzustellen, verfügte das Raumboot doch über geeignete Ortungsinstrumente. Kelwitt musterte die leuchtenden Flächen vor sich. Das sah nun wieder völlig anders aus als die Instrumente, die er während des Kurses im Sternfahrernest kennen gelernt hatte.

»Tik?«

»*Ich bin bereit*«, erklärte die geisterhafte Stimme in seinem Kopf.

»Wie finde ich heraus, ob dieser Stern Planeten besitzt?«

Eines der Instrumente schien plötzlich ein wenig aufzuleuchten. Wahrscheinlich wieder so ein Effekt, den der Spangencomputer über die Nervenkopplung hervorrief. »*Der Stern besitzt insgesamt neun Planeten.*«

»Neun!«, frohlockte Kelwitt. »Das ist ein gutes Zeichen!«

»*Nach der Deutung von Mu'ati. Nach der Deutung von Isuukoa bedeutet es, dass der Besitzer in seinem Leben viele Reisen machen und sich mehrmals einem neuen Schwarm anschließen wird. Nach der Deutung von Denopret bedeutet es, dass der Besitzer mit Sitte und Gesetz in Konflikt kommen und möglicherweise gewisse Zeit in Verbannung zubringen wird.*«

»Was?« Kelwitt drehte sein Buch um und studierte den Einband. Ja, er hatte das Deutungsbuch von Mu'ati erworben. Er hatte gar nicht gewusst, dass es noch andere Deutungsweisen gab. »Ist das alles?«

»*Es gibt außer diesen noch die Deutungen von Joohi, Em'neta, Kurzilit, Umpara, Lekalooti Prennek und Timma. Ich habe jedoch nur die drei genannten Werke gespeichert, wobei die Deutung von Denopret als die am meisten gebräuchliche gilt.*«

»Brack!«, entfuhr es Kelwitt. »Und ich habe mir Mu'ati aufschwatzen lassen.«

»*Mu'ati lebte in der 124. Epoche bei den dunklen Tiefen. Seine Deutungen galten lange Zeit als verschollen, wurden jedoch in der letzten Epoche bei Bauarbeiten in dieser Region wiedergefunden.*«

»Ja, danke, das steht hier alles auch.«

»*Bitte sehr.*«

Kelwitt lehnte sich in dem nicht sehr bequemen Sessel zurück und machte einen Laut der Ratlosigkeit. Er blätterte das Buch durch und überflog die verschiedenen Beschreibungen. Man merkte dem Stil schon an, dass der Text ziemlich alt sein musste. 124. Epoche, du brackiges Abwasser! Was hatten die denn damals schon über Sterne wissen können? Damals hatte man doch noch nicht einmal gewusst, dass es so etwas wie Sternstraßen gab. Er pfefferte das Buch in die Ecke. »Tik? Was kannst du mir über die Planeten sagen?«

»*Die Halbachsen der Umlaufbahnen, die mittleren Entfernungen von der Sonne, die Durchmesser, die Masse, die Anzahl der Monde, die mittlere Bahngeschwindigkeit, die Umlaufzeiten, die herrschende Schwerkraft, die Zusammensetzung der ...*«

»Nein, ich meine, gibt es irgendwelche Besonderheiten? Die Umlaufzeiten interessieren mich einen Brack. Ich bin hier wegen des Orakels.«

»*Der sechste Planet weist einen Ring auf.*«

»Was sagt dein Denopret dazu?«

»*›Hoffnung, Begierde, Erwartung, Triumph ...‹*«

Kelwitt machte flüchtig die Geste der einladenden Aufmerksamkeit und wartete, aber da kam nichts weiter. »Ist das alles?«

»*Ja.*«

»Brack. Und was soll das heißen?«

»*Hoffnung ist der feste Glaube an das Eintreten des Ge-*

wünschten. Begierde bezeichnet ein starkes Gefühl des Verlangens. Unter Erwartung versteht man ...«

»Ja, ja! Schon gut!« Was sollte er denn mit so einem Abwasser von Deutung anfangen? Er angelte wieder nach dem Buch von Mu'ati, strich die verknitterten Seiten glatt und schlug nach, was der alte Deuter über einen Planeten mit Ring zu sagen wusste. »›Ein ausgezeichnetes Glückszeichen‹«, las er. »›Der Besitzer wird auf einer Reise eine Bekanntschaft machen, die ihm zu einem tieferen Verständnis des Universums verhilft. In jungen Jahren wird er einige Schwierigkeiten zu überwinden haben, was ihm jedoch gelingt, auch wenn es nicht danach aussieht.‹«

Damit ließ sich doch schon wesentlich mehr anfangen. Zum Geist des Verderbens mit Denopret! Er würde sich an Mu'ati halten.

»Weiter, Tik! Gibt es weitere Besonderheiten unter den Planeten?«

»Der fünfte Planet ist der größte Planet. Er besitzt zwanzig Monde und weist eine auffallende Streifenfärbung auf.«

»Aha!« Nachschlagen. Größter Planet. Schade, dass es nicht der vierte war, das hätte ›großen Einfluss, Ruhm, Ehre‹ bedeutet. So verhieß ihm Mu'ati: »›Der Besitzer wird nie ohne Hilfe und Unterstützung sein.‹«

»Was noch?«

Bis jetzt klang alles viel versprechend.

»Zwischen dem vierten und dem fünften Planeten ist eine auffallend große Lücke, in der sich etwa siebentausend kleine Planetoiden um die Sonne bewegen. Möglicherweise ein zerstörter Planet.«

Kelwitt spürte sein Mittelherz bis zur Sprechritze hoch schlagen. Ein zerstörter Planet! Das konnte unmöglich Gutes bedeuten. Er unterdrückte den Impuls, Tik nach der Deutung von Denopret zu fragen, und begnügte sich damit, in seinem Buch nachzuschlagen.

»›Den Besitzer erwartet eine schwere Prüfung, der er

nicht ausweichen kann. Er wird dabei aller Unterstützung beraubt und gänzlich auf sich allein angewiesen sein.‹ Brack, das klingt ja ziemlich beunruhigend.«

Das klang wirklich nicht gut. Kelwitt legte das Buch beiseite und sah durch eine der Sichtluken hinaus ins All. Plötzlich kam es ihm feindselig und abweisend vor.

Unwillkürlich suchte sein Blick die Zeitanzeige, aber natürlich war noch nicht einmal eine Einheit verstrichen. Das Sternenschiff, das ihn ausgesetzt hatte, würde frühestens in fünf Tagen zurück sein.

Ausgesetzt, ja. Genau so fühlte er sich. Er hätte auf Parktat hören sollen.

»Und?«, fragte er mit steifer Ritze. »Gibt es sonst noch etwas Bemerkenswertes in meinem Sonnensystem?«

»*Ja*«, antwortete Tik.

»Und das wäre?«

»*Der dritte Planet*«, erklärte der Schulterspangencomputer, »*ist bewohnt.*«

Das Buch von Mu'ati widmete dem überaus seltenen Fall, dass ein Stern einen bewohnten Planeten aufwies, ungefähr die Hälfte seines Umfangs. Kelwitt hatte diesen Teil des Buches bisher so gut wie nicht zur Kenntnis genommen, denn die Wahrscheinlichkeit, auf einen bewohnten Planeten zu stoßen, war wirklich sehr gering. Um genau zu sein, Kelwitt kannte niemanden, der bei seiner Orakelfahrt einen bewohnten Planeten vorgefunden hatte, und er kannte auch niemanden, der je von so jemandem gehört hatte. Er hatte bisher noch nicht einmal mit dem Gedanken an diese Möglichkeit gespielt.

Nun blätterte er fasziniert durch die Seiten wie durch unentdecktes Land. Einen bewohnten Planeten in seinem Sonnensystem zu haben war ein überaus vieldeutiges Omen. Es gab eine schier unglaubliche Fülle von Deutungen, abhängig von Art, Gestalt und Entwicklungsstand der Lebewesen auf dem betreffenden Planeten, und es war in dem kunterbunten Sammelsurium beim besten Willen keine Systematik zu entdecken. Lebewesen mit langen Hälsen, las er zum Beispiel, die intelligent genug waren, mit Feuer umzugehen, deuteten darauf hin, dass der Besitzer des Sterns sich vor einer nahe stehenden Person in Acht nehmen müsse, die unaufrichtig mit ihm sei. Seien Anzeichen zu finden, dass nukleare Explosionen stattgefunden hätten, dann müsse der Besitzer sich vor überstürztem Handeln hüten und davor, in die Unannehmlichkeiten verwickelt zu werden, die eine befreundete Person erleide. Finde er ausgeprägte Landlebewesen vor, die jedoch keine blaue Hautfarbe aufwiesen, dann müsse er damit rechnen, unverschuldet die Aufmerksamkeit von Personen auf sich zu ziehen, die ihn für ihre eigenen Interessen ausnutzen wollten, insbesondere, wenn die Landlebewesen größer als ein Jombuuraner seien. Blaue Hautfarbe dagegen würde darauf hindeuten, dass ...

»*Ich mache darauf aufmerksam*«, meldete sich Tik zu Wort, »*dass sich das Raumboot im direkten Anflugkurs auf den dritten Planeten hält.*«

Kelwitt sah hoch. War das Einbildung, oder klang in der Stimme des Computers so etwas wie ein tadelnder Unterton mit? War das technisch überhaupt möglich?

Er konsultierte die Instrumente. »Ja. Sicher. Dahin will ich ja.«

»*Ich muss daran erinnern, dass eine Landung nicht gestattet ist.*«

»Ich weiß, ich weiß. Warum sagt mir eigentlich jeder immerzu dasselbe? Landungen sind das Privileg der Sternfahrer, das habe ich schon verstanden.« Er blätterte weiter. Unglaublich, diese Fülle an Einzelheiten. Ein bewohnter Planet konnte einem so gut wie alles über die eigene Zukunft verraten.

»*Ich muss sicherheitshalber erwähnen, dass dieses Raum-*

boot technisch nicht für Landungen auf Planeten ohne Raumhafen eingerichtet ist. Es benötigt zwingend ein Abfangfeld und einen Landeleitstrahl«

War dieser Spangencomputer eine Nervensäge? »Ich habe nicht vor zu landen. Ich will den Planeten nur umkreisen, einverstanden? Ich muss ja schließlich sehen, was es dort an Orakelzeichen über mein Leben gibt.«

»*Wird das Raumboot an einen Orakelfahrer ausgeliehen, ist eine Sicherheitsschaltung wirksam, die einen Annäherungskurs an einen Planeten in eine Umlaufbahn in sicherer Entfernung überführt.*«

»Von mir aus.«

»*Der Sicherheitsabstand wurde eben unterschritten. Das Raumboot geht nun in eine sichere Umlaufbahn.*«

»Was?!« Kelwitt zuckte hoch. »Aber... was soll denn das?! So sehe ich doch überhaupt nichts!«

»*Das Raumboot befindet sich nun in einer sicheren Umlaufbahn um den dritten Planeten von Kelwitts Stern.*«

»Das ist ein Scherz, oder?«

Der Computer schien zu zögern. »*Ein Scherz ist eine nicht ernst gemeinte Äußerung, die in erster Linie darauf hinzielt, beim Rezipienten Belustigung hervorzurufen. Ich bedaure, wenn ich diesen Eindruck hervorgerufen haben sollte. Meine Absicht war, eine Tatsache festzustellen.*«

»Aber... So sehe ich bloß eine blau-weiße Kugel! Wie soll ich denn von hier aus irgendein Orakelzeichen finden?!«

»*Ich schlage vor, zu diesem Zweck das eingebaute Teleskop zu verwenden.*«

»Und ich schlage vor, dass ich erst einmal näher heranfliege und in eine möglichst niedrige Umlaufbahn gehe, ehe ich dieses brackige eingebaute Teleskop verwende.«

»*Dies lässt die Sicherheitsschaltung nicht zu.*«

»Ah«, machte Kelwitt und griff in seinen Umbindbeutel. »Lässt sie das nicht zu, die Sicherheitsschaltung?« N'etehu hatte ihn vorgewarnt, dass so etwas passieren könne. Schlau, schlau, dieser N'etehu. Er hatte sogar gewusst, was man dagegen tun konnte.

Kelwitt zog das kleine Schaltelement hervor, das N'etehu ihm mitgegeben hatte, suchte an der Seite des Steuerpults die zwei winzigen Öffnungen, die N'etehu beschrieben hatte, und schob die Anschlüsse des Elements hinein. Eine Anzeige, die die ganze Zeit über geleuchtet hatte, erlosch.

»Soeben ist die Sicherheitsschaltung außer Funktion gesetzt worden.«

»Na, das hoffe ich doch«, murmelte Kelwitt und beschleunigte das Raumboot wieder ungehindert in Richtung auf den Planeten. »Immerhin hat mir der alte Grundschleimer drei Windgleiterschwänze dafür abgehandelt.«

Darauf sagte der Spangencomputer nichts. Kelwitt verfolgte, wie die helle Planetenkugel immer näher kam, wie ein Schmuckstück in der abgründigen Schwärze des Alls liegend, wie sie immer größer zu werden schien und sich in ritzenbeklemmender Pracht vor ihm entfaltete. Schräg hinter sich wusste Kelwitt die Sonne, die auf der Höhe dieser Planetenbahn so hell strahlte, dass sich die Sichtluken vor ihr verdunkelten. Kelwitts Stern.

Und das hier, sagte er sich begeistert, war Kelwitts Planet.

»Ich mache darauf aufmerksam«, unterbrach Tik seine Gedanken wieder, *»dass das Manövrieren im Gravitationsfeld eines Planeten anderen Gesetzmäßigkeiten unterliegt als das Manövrieren im freien Raum. Der Anfängerkurs bereitet auf diese Unterschiede nicht vor.«*

Kelwitt stieß einen Laut des Ärgers aus. »Stopf dir doch die Ritze, du brackiges Ding!«, rief er. »Das kann ja wohl nicht so schwer sein. Und wenn du mir nicht dauernd dazwischenredest, kriege ich das schon hin!«

Konnte er dieses Teil eigentlich abstellen? Der Kapitän hatte den Aktivierungsstift behalten, in voller Absicht wahrscheinlich. Er konnte versuchen, Tik zu befehlen, sich von der Schulter zu lösen, und die Spange dann irgendwohin stecken, wo ihr Gequassel nicht störte.

Oha? Über die Anzeigeinstrumente flackerten irgendwelche Linien, deren Bedeutung er nicht verstand. Die Planetenscheibe schien immer noch größer zu werden, was nun nicht in seinem Sinn war. Eigentlich hatte er eine enge Umlaufbahn einschlagen wollen ...

Fünf zwölftel Zeiteinheiten später ahnte Kelwitt, dass der Anfängerkurs ihn auf das Manövrieren in unmittelbarer Nähe eines Planeten tatsächlich nicht vorbereitet hatte.

»Tik!«, gellte er. »Was mache ich denn jetzt?!«

»*Du steuerst das Raumboot auf einem Kurs, der zum Absturz auf die Planetenoberfläche führen wird*«, erklärte die gleichmütige Stimme in seinem Kopf. »*Ich mache darauf aufmerksam, dass auch ein Absturz nicht gestattet ist.*«

»Brack, ich will ja überhaupt nicht abstürzen. Ich will in eine niedrige Umlaufbahn!«

»*Beschleunige. Hebe den Vektor an, um etwa drei Teilkreiseinheiten. Ich empfehle ferner, das Schutzfeld zu aktivieren.*«

»Ich beschleunige, in Ordnung«, beeilte sich Kelwitt zu versichern. Widersinnig, wieso beschleunigen? Würde er dadurch nicht noch viel schneller abstürzen?

»*Vektor anheben!*«, mahnte Tik. Jetzt klang die Stimme aber wirklich nicht mehr gleichmütig, oder? »*Höher. Dreieinhalb Teilkreiseinheiten.*«

»Vorhin waren es noch drei.«

»*Das war vorhin.*«

Ein hohles, fernes Pfeifen war plötzlich zu hören. Es schien von außerhalb des Raumboots zu kommen. »Was ist das?«, wollte Kelwitt alarmiert wissen. »Dieses Geräusch?«

»*Atmosphärepartikel. Wir sind in die obersten Schichten der planetaren Atmosphäre eingetreten.*«

»Ist das gefährlich?«

»*Im Prinzip ja. Aber wir werden in Kürze wieder austreten. Ich empfehle, das Schutzfeld zu aktivieren.*«

Allerhand. Da würde er was zu erzählen haben, wenn er wieder zu Hause war. Jede Wette, dass N'etehu da nicht mithalten konnte. Ein bewohnter Planet!

Und er, Kelwitt, durchpflügte die oberste Atmosphäre!

»*Du musst stärker beschleunigen*«, mahnte Tik. »*Der Kontakt mit der Atmosphäre wirkt bremsend. Außerdem musst du das Schutzfeld einschalten.*«

»Beschleunigen?! Wieso beschleunigen? Muss ich nicht abbremsen?«

»*Wenn du es wünschst, kann ich zu einem späteren Zeitpunkt die physikalischen Grundprinzipien von Umlaufbahnen um Planeten erläutern. Im Augenblick würde ich aus Zeitgründen lieber darauf verzichten. Die Antwort auf die letzte Frage lautet: nein.*«

»Was, was, was?« Kelwitt hob die Hände in der Geste der Verwirrung, worauf das Raumboot sofort merklich zu schlingern anfing. »Was redest du da, du blödes Metallstück? Was für eine Antwort? Was für eine Frage?«

Tik schien merklich länger zu brauchen, ehe er antwortete. »*Die Frage, auf die ich mit ›Nein‹ antwortete, war ...*«

Draußen huschte ein großer, dunkler Schatten vorbei. Von schräg rechts vorne nach schräg links hinten.

Kelwitt schrie auf. »Tik – was war das?«

»*Ein metallischer, energieabstrahlender Flugkörper. Genauere Angaben sind im Augenblick nicht möglich. Übrigens musst du immer noch beschleunigen, den Vektor um weitere anderthalb Teilkreiseinheiten anheben und das Schutzfeld einschalten.*«

»Langsam, langsam – ich beschleunige ja. Was für ein Flugkörper? Wo kommt dieser Flugkörper her?«

Er hätte bei Jamuuni schwören können, dass in Tiks Antwort ein verächtlicher Unterton mitschwang.

»*Wir überfliegen einen bewohnten Planeten. Es könnte*

sich bei dem Flugkörper um eine Verteidigungseinrichtung der Planetenbewohner handeln.«

»Ach so«, meinte Kelwitt und beobachtete die Ausrichtung des Vektors. Beschleunigen, er durfte nicht vergessen zu beschleunigen. »Ist das gefährlich?«

»Wenn die Hypothese zutrifft«, erwiderte Tik mit entnervendem Gleichmut, *»ja.«*

»Wie – ja?«

»Entschuldige, aber diese Frage verstehe ich nicht.«

»Was kann uns passieren?«

»Es sind eine Fülle von Varianten denkbar. Im unangenehmsten Fall könnten die Planetenbewohner versuchen, das Raumboot abzuschießen.«

»Oh, brack! Glaubst du wirklich?«

Da war der Schatten wieder. Weit vorne in der Flugbahn des Raumboots tauchte er aus dem dunkelblauen Dunst der planetaren Atmosphäre auf, erhob sich wie ein attackierender Giftgreifer, und Kelwitt sah ein Aufblitzen an der Vorderseite der dunklen Gestalt. Im nächsten Moment erschütterte ein donnernder Schlag das Raumboot, Kelwitt wurde im Sitz umhergeschleudert, und alle Instrumente ringsum erloschen.

»Tik!«, schrie er auf. »Was war das?«

»Der unangenehmste denkbare Fall, von dem ich eben sprach.«

»Das Ding hat geschossen! Ist es das, Tik? Haben die auf uns geschossen?«

»Ja. Und sie haben uns getroffen.«

»Brack!«, durchzuckte es den jungen Jombuuraner. »Weil ich das Schutzfeld nicht eingeschaltet hatte.«

»Korrekt. Ich schlage vor, dass du es zumindest jetzt einschaltest.«

»Ja, in Ordnung. Und wie geht das?«

»Indem du das Schaltelement entfernst, das die automatische Sicherheitsschaltung lahm legt.«

»Ach so«, murmelte Kelwitt beklommen, tastete nach dem kleinen Ding und zog es heraus. Sofort veränderte sich das Geräusch der Maschinen, und das Gefühl des Taumelns hörte auf. »Meinst du, die schießen noch einmal auf uns?«

»Möglicherweise. Aber der Schuss traf außer dem Antrieb hauptsächlich den Transportbehälter, und es sieht so aus, als irritiere der ausströmende Samen die Flugmanöver des Angreifers.«

»Der Samen strömt aus …« Kelwitt sah beklommen aus dem hinteren Fenster. Ein feiner, heller Schleier war zu sehen, den das Raumboot hinter sich herzog. Unter ihnen huschte die Oberfläche des Planeten vorüber. Es würde unangenehm werden, Kapitän Handuma das alles zu erklären.

»Was soll ich jetzt machen?«, fragte er.

»Im Moment gibt es nichts zu tun«, erklärte Tik.

»Muss ich nicht beschleunigen?«

»Im Prinzip schon. Aber da die Antriebseinheit beschädigt wurde, ist dies nicht mehr möglich.«

Kelwitt hatte das Gefühl, als setzten seine drei Herzen gleichzeitig eine Pumpwelle lang aus, als er begriff, was das bedeutete. »Wir stürzen ab!«, entfuhr es seinen bebenden Stimmritzen. »Stimmt das, Tik?«

»Das ist korrekt«, erklärte der Schulterspangencomputer tonlos.

4

DIE WEITAUS MEISTEN der Bewohner des dritten Planeten von Kelwitts Stern bekamen natürlich nichts von dem Vorfall mit, in den im Wesentlichen nur der entnervte Pilot eines hoch geheimen Hochgeschwindigkeitsjets und die misstrauische Besatzung eines nicht ganz so geheimen Radarstützpunktes verwickelt waren. Der Pilot war entnervt, weil er bei der Verfolgung des lächerlich kleinen, sich mit lächerlich großer Geschwindigkeit durch die Stratosphäre bewegenden Objekts in eine Wolke winziger, scharfkantiger Partikelchen geriet, die ihm mit Überschallgeschwindigkeit sämtliche Sichtfenster zerkratzten, worauf er kurzzeitig die Kontrolle über sein Flugzeug verlor und die Verfolgung des Eindringlings abbrechen musste. Die Besatzung des Radarstützpunktes war misstrauisch, weil sie auf ihren Schirmen nichts von all dem hatte beobachten können, was der Pilot des Jets zu sehen behauptet hatte.

Nachdem das Flugzeug gelandet war, wurden die Schleifspuren mit erstauntem Interesse untersucht. *Irgendetwas* musste sich dort oben ereignet haben, so viel stand fest. Aus einigen Ritzen, Vertiefungen, Auskerbungen von Luftansaugstutzen und dergleichen kratzte man insgesamt etwa einen Esslöffel voll kleiner, harter, brauner Körnchen, über deren Herkunft und Bedeutung die Wissenschaftler sehr unterschiedlicher Auffassung waren.

Entsprechende Berichte machten die Runde, mit dem Ergebnis, dass sich zunehmend weitere Planetenbewohner in die Diskussion einmischten, die eine gleichfalls zunehmende Anzahl von metallenen Sternen auf den Schulterklappen ihrer Körperbekleidung trugen. Die kleinen, harten, braunen Körnchen wanderten im Verlauf dieser Diskussion über viele Besprechungstische von zunehmend größeren Abmessungen. Schließlich transportierte man sie mit beträchtlichem Aufwand in ein nicht besonders großes, nahe dem Zentrum einer nicht besonders großen Ansiedlung gelegenes Gebäude, das bei den Bewohnern des Planeten ›das Weiße Haus‹ genannt wurde, wo die Samen vom vierten Planeten von Telekis Stern jedoch durch eine Reihe unglücklicher Zufälle mit einer Tüte Radieschensamen verwechselt wurden, die eine Sekretärin mitgebracht hatte, um in einer Tonschale auf dem Fensterbrett hinter ihrem Schreibtisch frische Keimlinge für das Frühstücksbrot zu ziehen.

Das hatte zur Folge, dass ein streng geheimer militärischer Ausschuss wenig später beträchtliche Mittel bewilligte, um die Einwirkungen von überschallschnellem Radieschensamen auf Titanlegierungen untersuchen zu lassen.

Aber wir greifen den Ereignissen vor.

Um an einer passenden Stelle zu diesen zurückzukehren, müssen wir unseren Blick ein wenig schweifen lassen, um schließlich zu landen in ...

... in ...

... in Schloss Tiefenwart.

Dieses altehrwürdige graue Gemäuer ragt unweit des kleinen Weilers Kirchlöhnen aus einem kleinen Birkenwäldchen. Kirchlöhnen wiederum gehört verwaltungstechnisch zu Duffendorf, das unweit des nordöstlichen Traufs der Schwäbischen Alb liegt und von dem kein normaler Mensch jemals gehört haben sollte, es sei denn, er wohnt zufällig dort. Das Schloss war im zwölften Jahrhundert erbaut worden, hatte kriegerische Auseinandersetzungen, Zerstörungen und Umbaumaßnahmen überstanden, bis man es schließlich, nach dem endgültigen Aussterben des Geschlechts derer von Tiefenwart, in ein privates Internat für die missratenen Nachkommen steinreicher Leute umwandelte. Es gab Stimmen, die behaupteten, dass damit der endgültige Untergang der altehrwürdigen Mauern besiegelt sei.

Den Zöglingen des Internats Tiefenwart war der Besitz von Fortbewegungsmitteln jeder Art untersagt. Die einzige Zerstreuung, die man vom Schloss aus zu Fuß erreichen konnte, war das Schützenfest von Stutzenhausen, das nur einmal im Jahr stattfand und zudem in den Sommerferien. Ansonsten musste man sich damit begnügen, den Füchsen und Hasen dabei zuzusehen, wie sie einander gute Nacht sagten.

Mit anderen Worten, die Lehrkräfte, die weniger aufgrund ihres fachlichen Könnens als vielmehr im Hinblick auf ihre Stressstabilität ausgesucht wurden, hatten ihre Schutzbefohlenen stets unter Kontrolle.

»Wir sind hier nicht altmodisch, Herr Mattek. Die Mauern dieses Instituts stammen aus der Vergangenheit, zugegeben. Aber ich lege Wert auf die Feststellung, dass wir absolut auf der Höhe der Zeit sind – nicht nur, was unsere technische Ausstattung oder die Inhalte der Ausbildung anbelangt, die wir vermitteln, sondern auch in Bezug auf die Moralvorstellungen, mit denen diese Gesellschaft ins kommende Jahrhundert zu gehen beliebt.«

Der Mann, der dies sagte und dabei die Fingerspitzen seiner Hände gegeneinander legte, mochte Mitte fünfzig sein, trug eine runde Nickelbrille, einen steingrauen, spitz zulaufenden Kinnbart und ein asphaltgraues Jackett. Seine Augen musterten den Besucher mit salbungsvoller Unerbittlichkeit. Seine Krawatte zeigte ein Muster aus kleinen Dampflokomotiven auf blauem Hintergrund.

Er schien überhaupt ein Fan von Dampflokomotiven zu sein. Mehrere gerahmte Stiche an den Wänden zeigten historische Dampflokomotiven in voller Fahrt, und auf seinem Schreibtisch hatte er einen Briefhalter in Form eines kleinen

Lokomotivschuppens stehen, aus dem sogar ein maßstabsgetreues Gleis herausführte, das über die ganze vordere Längsseite des Schreibtischs reichte.

Man schrieb den 17. Dezember des Jahres 1999. Ein Freitag. Die mächtige, dunkelbraune Standuhr hinter dem Schreibtisch zeigte 11 Uhr 12.

»Ich verstehe«, sagte Wolfgang Mattek, der dem Rektor in einem dicken Ledersessel gegenübersaß und sich vergeblich zu erinnern versuchte, wie vielen Rektoren er in den vergangenen Jahren gegenübergesessen war. Alle hatten sie diese Art von Blick gehabt. Es musste eine geheime Ausbildungsstätte für Schulleiter geben, in der man ihnen diesen seltsamen, für die Eltern unbotmäßiger Schüler reservierten Blick beibrachte.

»Mit anderen Worten«, fuhr der Rektor fort, »wir sind uns dessen bewusst, dass sexuelle Beziehungen unter Heranwachsenden heutzutage nichts Außergewöhnliches mehr sind. Wir fördern das zwar nicht, aber wir tolerieren es.«

»Ich verstehe«, sagte Mattek noch einmal. Ihm kam zu Bewusstsein, dass er mit eingezogenem Hals dasaß, als erwarte er einen Hieb in den Nacken. Verärgert über sich selbst reckte er den Kopf in die Höhe, dehnte ihn leicht nach rechts und links und bedachte den Rektor mit einem grimmigen Blick, als der ihn verwundert musterte. »Ich verstehe. Sie tolerieren es.«

»Ja«, nickte der Schulleiter. »Unsere Schüler nehmen an einem ausführlichen Sexualkundeunterricht teil, der über das hinausgeht, was staatlicherseits vorgeschrieben ist, und sind also, wie man so sagt, mit den Tatsachen des Lebens vertraut. Überdies hängt im Kellergeschoss ein allgemein zugänglicher Kondomautomat, den unser Hausmeister stets gefüllt hält. Mit anerkannten Markenpräparaten, wie ich betonen möchte.«

»Aha«, machte Wolfgang Mattek. Er hätte heute Morgen weiß Gott Besseres zu tun gehabt, als hierher zu fahren und sich abkanzeln zu lassen. Zumal er schon hätte vorhersagen können, welchen Verlauf dieses Gespräch nehmen würde, bis in die Wortwahl, wenn es hätte sein müssen.

»Ich denke, dass Sie aus all dem ersehen können, dass unsere moralischen Grenzen keineswegs enger als heutzutage üblich gesteckt sind, vielleicht sogar eher noch weiter«, fuhr der Mann mit dem steingrauen Spitzbart fort, wobei er die Spitzen seiner gespreizten Finger unduldsam gegeneinander klopfen ließ. »Aber wo auch immer diese Grenzen verlaufen mögen – Ihre Tochter hat sie zweifelsfrei überschritten.«

Mattek sank unwillkürlich ein Stück in sich zusammen.

»Es mag ja nicht ungewöhnlich sein, dass Jugendliche öfters wechselnde Beziehungen eingehen. Aber Sabrina hat, wie man mir glaubhaft versicherte, mit beinahe jedem männlichen Mitschüler zumindest eine Affäre gehabt, manchmal sogar mit mehreren gleichzeitig.«

Mattek konnte einen abgrundtiefen Seufzer nicht mehr unterdrücken.

»Es hat mehrere ernsthafte tätliche Auseinandersetzungen unter rivalisierenden Nebenbuhlern gegeben. Die letzte verlief so blutig, dass wir beide Kontrahenten ins nächste Krankenhaus bringen mussten, um ihre Platzwunden nähen zu lassen.«

Mattek verdrehte die Augen und wünschte sich, er wäre woanders – und vor allem *jemand* anders.

»Einer ihrer Klassenkameraden hat einen Selbstmordversuch unternommen, nachdem Sabrina die Affäre mit ihm beendet hatte.«

Mattek ächzte nur.

»Und«, fügte der Rektor erbarmungslos hinzu, »sie hat offenbar sogar versucht, Mitglieder des Lehrerkollegiums zu verführen.« Wie er das sagte, klang es so, als sei das das Verwerflichste gewesen, was sie hatte tun können. »Herr Mattek, bitte haben Sie Verständnis für meine Situation.

Wir können dieses Verhalten nicht länger hinnehmen. Sabrina muss unsere Schule verlassen. So schnell wie möglich. Heute noch. Gleich nachher.«

Mattek räusperte sich. Letzte Woche hatte er den Leiter des Rechnungswesens zu sich ins Büro zitiert und ihn etwa ebenso rabiat abgebürstet. Nun konnte er zumindest nachvollziehen, wie sich der Mann gefühlt haben musste. »Man hat mir gesagt, diese Schule sei spezialisiert auf schwierige Fälle. Man hat die exorbitanten Schulgebühren« – es konnte nicht schaden, darauf herumzureiten – »damit begründet, dass Sie hier Psychologen, Sozialpädagogen, Therapeuten und so weiter beschäftigen. Man hat mir versichert, hier an der richtigen Adresse zu sein.«

Die Miene des Rektors wurde undurchdringlich. »Ich verstehe sehr gut, dass Ihnen meine Entscheidung nicht gefällt. Aber ich muss darauf bestehen, dass Sie Ihre Tochter heute noch mitnehmen.«

»Und was soll ich dann mit ihr machen? Ich bin Unternehmer. Ich leite eine Fabrik, die Feuerwerkskörper herstellt, und das Silvesterfest 1999 steht vor der Tür. Können Sie sich vorstellen, was das bedeutet?«

»Ich verstehe Ihren Ärger, Herr Mattek«, meinte der Schulleiter, »aber es ist das Beste, wenn Sabrina geht, glauben Sie mir.« Damit beugte er sich vor und drückte einen kleinen roten Knopf an dem Lokomotivschuppen.

Etwas begann zu summen. Die Türen des Lokomotivschuppens klappten auf. Mit ungläubigem Staunen beobachtete Mattek, wie eine kleine Dampflokomotive unter reichlich elektronisch klingendem Keuchen herausgefahren kam, einen kleinen Kohletender und zwei Schüttgutwaggons hinter sich her ziehend. Das kleine Gespann fuhr bis zur Mitte des Schreibtischs, hielt dann an, und die Abdeckungen der Waggons öffneten sich.

Sie waren gefüllt mit Süßigkeiten – Lakritz, Zuckerperlen, kleinen Bonbons.

»Nehmen Sie etwas Konfekt, Herr Mattek«, meinte der Rektor mit einer einladenden Handbewegung. »Das beruhigt die Nerven.«

Wolfgang Mattek starrte den Mann mit dem grauen Spitzbart an, dann die beiden Waggons, das bunte Zuckerzeug darin, dann wieder den Mann, und konnte die ganze Zeit nur mühsam verhindern, dass ihm der Kinnladen herunterklappte. War da nicht ein irres Glitzern hinter der Nickelbrille?

»Ich spreche aus Erfahrung, Herr Mattek.«

Wahrscheinlich war es tatsächlich das Beste, wenn er Sabrina von hier fortbrachte. Je schneller, desto besser. Heute noch. Gleich nachher.

Sabrina betrachtete ihr Abbild in der spiegelnden Scheibe. Der Busen würde wohl tatsächlich nicht mehr größer werden. Nicht mehr mit siebzehn. Aber eigentlich konnte sie zufrieden sein; die Mädchen mit den großen Oberweiten würden mit dreißig Hängebrüste haben, und sie würde dann immer noch ohne BH herumlaufen können. Doch, das ging okay.

Die Sache mit ihrem Haar war da schon problematischer. Jetzt sahen die weißen Strähnen in dem Blond noch ziemlich cool aus. Andere Mädchen mussten für so was zum Friseur und viel Geld dafür hinblättern. Und wo gab es in dieser öden Gegend hier einen Friseur, der Strähnchen machen konnte? Nirgends, eben. Aber wenn sie erst mal älter war, würden die weißen Haare sie älter aussehen lassen, als sie war. Sie würde irgendwann anfangen müssen, ihr Haar zu färben.

Sie warf einen flüchtigen Blick auf die dunkle Eichentür auf der anderen Seite des Ganges, hinter der ihr Vater und der Rektor zusammensaßen. Sie konnte sich vorstellen, was das Ergebnis sein würde. Vorsichtshalber hatte sie schon mal gepackt.

Sie sah wieder aus dem Fenster.

Für einen Moment fiel ihr ein breiter Kondensstreifen auf, der ungewöhnlich rasch über das winterkalte Graublau des Himmels zog. Aber sie dachte sich nichts dabei.

Es gab noch jemanden, dem der breite Kondensstreifen am Himmel auffiel, und der dachte sich etwas dabei. Genug jedenfalls, um sein Auto an den Straßenrand zu fahren, auszusteigen und dem pfeilgrade dahinziehenden Strich nachzuschauen.

Der Name des Mannes war Hermann Hase, und wie der Zufall es so wollte, war er Geheimagent. Oder, wie es im Behördenjargon heißt, Außendienstbeamter des Bundesnachrichtendienstes. Zumindest war er das im Moment noch. Sein Vorgesetzter hatte ihm unlängst zu verstehen gegeben, dass er sich nach einem neuen Job würde umsehen müssen, denn es gebe nun einmal nicht mehr so viele Verwendungsmöglichkeiten für Geheimagenten wie in der guten alten Zeit. Was sein Chef nicht ausdrücklich hinzugefügt, aber todsicher gemeint hatte, war, dass er mit dieser Begründung endlich die tauben Nüsse, die Volltrottel und Hohlköpfe seiner Abteilung loswerden konnte. Denn zweifellos zählte man ihn, Hermann Hase, zu dieser Kategorie.

Zugegeben, er hatte ein paar Mal Pech gehabt. Das eine oder andere Missgeschick war ihm unterlaufen. Die Verhaftung des Mannes etwa, den er für einen irakischen Agenten gehalten und der sich nachher als biederer türkischer Gemüsehändler entpuppt hatte, war etwas vorschnell gewesen. Auch seine Theorie, dass die Frau des Bundeskanzlers unter dem hypnotischen Einfluss eines Astrologen stünde, hatte für allerhand Wirbel gesorgt. Dass dem Bundeskanzler Einzelheiten über seine diesbezüglichen Ermittlungen zu Ohren gekommen waren, musste eindeutig unter Künstlerpech verbucht werden. Vermutlich trug man ihm auch noch nach, dass er im Rahmen einer verdeckten Aktion eine halbe Million Mark ausgegeben hatte, um in den Besitz eines angeblich vom Staatsratsvorsitzenden der DDR, Erich Honecker, verfassten Tagebuchs zu gelangen, das sich dann als Fälschung herausgestellt hatte.

Doch Hermann Hase, dreiundvierzig Jahre alt und ledig, focht das alles nicht an. Er war, dieses Gefühl trug ihn seit seinen Kindheitstagen durch alle Anfeindungen und Widrigkeiten, vom Schicksal dazu ausersehen, einmal eine bedeutende Mission zu erfüllen. Mit goldenen Lettern war ins Buch Gottes geschrieben, dass er, Hermann Hase, eines schicksalhaften Tages zur richtigen Zeit am richtigen Ort sein, das Richtige tun und damit das Schicksal der Menschheit in neue Bahnen lenken würde. Es galt abzuwarten und allzeit bereit zu sein.

Wie jetzt zum Beispiel. Eigentlich war er nicht im Dienst. Er war unterwegs, um seine Mutter in dem neuen Pflegeheim zu besuchen, in dem sie sich, wie sie ihm am Telefon immer wieder gesagt hatte, so wohl fühlte wie noch nie, und rang noch mit sich, ob er ihr schon andeuten sollte, dass er es sich ab nächstem Jahr möglicherweise nicht mehr würde leisten können, sie weiter dort leben zu lassen. Doch im Grunde, so sagte er sich immer wieder, ist ein Geheimdienstler immer im Dienst. Dieser Kondensstreifen, der da direkt über seinem Kopf an den Himmel gemalt war, sah merkwürdig aus.

Er zückte sein Handy und wählte eine Nummer, unter der sich sofort jemand meldete, noch während des ersten Klingelns.

»Ochsenfrosch hier«, sagte Hermann Hase. Es war strenge Vorschrift, auf dieser Leitung nur die Decknamen zu verwenden. Er wurde allerdings das Gefühl nie los, dass man ihm immer absichtlich besonders dämliche Tiernamen zuwies. »Ich bin unterwegs in der Region Südwest, auf der Straße von Duffendorf kommend Richtung Blaukirch, und beobachte ein verdächtiges Flugzeug. Könnt ihr mir sagen, was das ist?«

Mit einem elfenhaft feinen, prickelnden Geräusch fiel etwas neben ihm auf das Dach seines Autos. Hermann Hase streckte die Hand aus und nahm eines der kleinen braunen Körnchen auf, die da aus der Luft auf ihn herabgeregnet waren. Sie sahen aus wie Radieschensamen.

Seltsam. Er sah hoch und folgte dem weißen, blumenkohligen Wolkenband mit seinem Blick. Der Kondensstreifen begann irgendwo, dünn wie ein Strich, teilte den Himmel dann in zwei gleich große Hälften, wurde immer dicker und breiter und verschwand hinter der nahen Hügelkette, ungefähr dort, wo Blaukirch liegen musste. Mit einiger Fantasie konnte man meinen, das Ding sei abgestürzt.

»Man könnte meinen, das Ding sei abgestürzt«, sprach er in das Telefon.

Durch die Sichtluken sah Kelwitt die Planetenoberfläche wild und planlos umhertorkeln, und er begriff erschrocken, dass es nicht der Planet war, der ins Taumeln geraten war, sondern das Raumboot. »Tik!«, schrie er. »Was machen wir denn jetzt?!«

»*Im Augenblick gibt es nichts zu tun*«, beschied ihn die seelenlose Stimme.

»Aber wir stürzen ab! Wir werden jeden Augenblick auf der Oberfläche aufschlagen!«

»*Das ist korrekt. Noch acht Mikroperioden bis zum Bodenkontakt*«, erklärte Tik gefühllos. »*Noch sieben ... sechs ... fünf ...*«

»Zum Geist der Verdammnis mit dir!«

Die Oberfläche des fremden Planeten kam heran wie ein geschwungener Hammer.

»Wer ist es?«

»Der Ochsenfrosch.«

Der Mann mit dem Bürstenhaarschnitt verdrehte die Augen. »Das hat mir noch gefehlt. Als ob mein Tag nicht sowieso schon versaut wäre ... Was will er diesmal?«

»Er glaubt, ein verdächtiges Flugobjekt beobachtet zu haben. Region Südwest, am Nordalbtrauf.«

»Ein verdächtiges Flugobjekt?«

»Ja.«

»Inwiefern verdächtig?«

»Das ist nicht ganz klar geworden. Er sprach von einem Kondensstreifen. Meinte, möglicherweise sei da was abgestürzt.«

»*Wie bitte?!*« Er schrie es fast. »Ich dreh' ihm den Hals um! Ich dreh' ihm einfach den Hals um, diesem Wichtigtuer. Was um alles in der Welt geht *uns* das an?«

»Soll ich ihm das sagen?«

Der Mann mit dem Bürstenhaarschnitt zögerte. Er war der Einzige in dem Raum voller Landkarten, Telefone und Computer, der eine Krawatte trug, und er zerrte in einem fort daran, als erwürge sie ihn unmerklich langsam. »Nein, warten Sie. Haben Sie es gecheckt? Ist da was abgestürzt?«

»Die Flugsicherung sagt, nein. Es wird kein Flugzeug vermisst. In der Gegend, aus der unser kleiner Maxwell Smart anruft, ist nicht mal eines unterwegs.«

»Das Militär?«

»Die Gegend ist Flugverbotszone.«

Die beiden Männer tauschten entsagungsvolle Blicke.

»Er will sich doch mal wieder wichtig machen, oder?«

»Sehe ich auch so.«

»Und eigentlich hat er dienstfrei, nicht wahr?«

»Exakt.«

»Kann es sein, dass unser Lieblingskollege zu viel Fantasie hat?«

»Unbedingt.«

Beide seufzten abgrundtief.

»Könnte man nicht denjenigen standrechtlich erschießen lassen, der ihn eingestellt hat?«

»Ich fürchte, nein. Das war Doktor Schneider, der bekanntlich schon vor fünf Jahren von uns geschieden ist.«

»Was für ein Glück für ihn.«

»Kann man wohl sagen.«

Der Mann mit dem Bürstenhaarschnitt und der Würgekrawatte überlegte. »Wir müssen ihn beschäftigen. Irgendwie müssen wir ihn beschäftigt halten, sonst tanzt er auf unseren Nerven Cha-Cha-Cha.« Plötzlich kam ihm eine Eingebung. Er streckte die Hand aus. »Geben Sie mir den Hörer. Ich will mal sehen, wie gut ich noch heucheln kann.«

Der andere reichte ihm den Hörer und drückte auf ein Nicken hin den Knopf, der die Leitung öffnete.

»Ochsenfrosch? Hier ist Ameisenbär. Ja, schon gut, sparen Sie sich das, und hören Sie zu. Es kann sein, dass der Himmel Sie an die Stelle gestellt hat, an der Sie gerade sind. Wir haben eine Meldung von NORAD bekommen, dass ein Objekt ausgemacht wurde, das sich der Erde vom Weltraum her genähert hat und das offenbar gelenkt ist. Sie haben es über dem Atlantik verloren und suchen nun wie die Verzweifelten danach. Möglicherweise ist es abgestürzt ... Ja, das wäre dann ein UFO, genau. Verstehen Sie jetzt? Sie müssen unbedingt – unbedingt, hören Sie – die Absturzstelle ausfindig machen!« Die beiden Männer grinsten sich an, und der Mann mit der Krawatte hatte Mühe, seinen ernsthaften Tonfall beizubehalten. »Nein, ich kann Ihnen keine Verstärkung schicken, Ochsenfrosch. Was glauben Sie, was hier los ist? Wir haben Hunderte von Spuren, denen wir nachgehen müssen. Ja, natürlich ist das möglicherweise ein historisches Ereignis ersten Ranges. Glauben Sie, das ist uns nicht klar?«

Der andere Mann konnte kaum noch an sich halten. Seine Augen schienen anzuschwellen, und sein Atem begann ganz merkwürdig zu werden.

»Und hören Sie, Ochsenfrosch«, fuhr der Mann mit dem Bürstenhaarschnitt fort, nun voll in Fahrt, »Gnade Ihnen Gott, wenn Sie das vermasseln. Haben wir uns verstanden? Ich schwöre Ihnen beim Grab meines Vaters: Wenn Ihnen diesmal eines Ihrer berüchtigten ›Missgeschicke‹ passiert, dann begehen Sie lieber still und leise Harakiri, als mir noch einmal unter die Augen zu treten! Alles klar? Viel Erfolg.«

Er legte auf, und im selben Augenblick brüllten die beiden Männer los vor Lachen, dass sie sich die Bäuche halten mussten.

»›Wir haben eine Meldung von NORAD bekommen …‹ Ich könnt' mich wegschmeißen!«

»Er hat es gefressen! Er hat mir wahrhaftig jedes Wort abgekauft! Am Ende schlitzt er sich tatsächlich den Bauch auf, nur weil er kein UFO findet!«

5

NACHDEM DAS KRACHEN und Splittern aufgehört hatte, öffnete Kelwitt die Augen vorsichtig wieder. »Tik?«, fragte er mit bebender Stimmritze. »Funktionierst du noch?«

»*Ich bin bereit*«, tauchte die körperlose Stimme des Gerätes in seinem Kopf auf, als sei nichts geschehen.

Dabei war so viel geschehen, und das meiste davon innerhalb von Bruchteilen von Mikroperioden. Es war dunkel. Irgendwo knisterte etwas. Ein fernes Fauchen war zu hören, das Geräusch von Wind, der sich in einer Öffnung fing. Und es roch so verbrannt, als hätte jemand ein Feuer mit Tangwasser gelöscht. Kelwitt tastete umher, berührte Metall, fasste in klaffende Risse und bröckelige Splitter. Nichts davon fühlte sich so an, als sei es Bestandteil eines flugfähigen Raumbootes.

»Was ist passiert, Tik?«, fragte er. »Wieso lebe ich noch? Das Raumboot ist auf der Planetenoberfläche aufgeschlagen, nicht wahr? Aber ich habe nichts gespürt.«

»*Das Schutzfeld hat die negative Beschleunigung des Aufpralls absorbiert.*«

»Aber das Raumboot ist zerstört, oder?«

»*Das ist korrekt. Der mechanische Kontakt war nicht neutralisierbar.*«

Kelwitt machte die Geste der Mutlosigkeit, auch wenn das in diesem Moment wenig Sinn machte. Er hatte es ziemlich vermasselt, das stand fest. Und keine Ahnung, was er nun tun sollte.

Hinter ihm knisterte etwas, dann glomm ein kleines Notlicht auf. Er entdeckte das Buch von Mu'ati, hob es auf, schüttelte die graupeligen Plastsplitter ab und schob es in seinen Umbindbeutel.

»Tik? Wird man nach mir suchen, wenn ich nicht am vereinbarten Treffpunkt bin?«

»Ja.«

»Und wie wird man mich finden?«

»*Anhand der Signale des Notsenders, der sich soeben zusammen mit der Notbeleuchtung aktiviert haben dürfte.*«

Das klang wenigstens beruhigend. »Das heißt, ich muss einfach nur hier warten, oder?«

»*Ja.*«

Er furchte die Stimmritze. Einfach nur warten. Das versprach, ganz schön langweilig zu werden. Und was würde aus seiner Orakelfahrt werden? Brack, er hatte es wirklich vermasselt.

»Tik? Spricht etwas dagegen, dass ich hinausgehe?«

»*Das kann nicht empfohlen werden. Die Daten des Planeten weisen zwar weit gehende Ähnlichkeit mit denen Jombuurs auf, aber da er belebt ist, bedürfte es einer eingehenden mikrobiologischen Analyse, um festzustellen, ob ein ungeschützter Aufenthalt auf seiner Oberfläche risikolos möglich ist.*«

»Hat das Raumboot keinen Schutzanzug an Bord?«

»*Selbstverständlich nicht. Eine Landung war schließlich nicht vorgesehen.*«

»Ja, schon gut. Ich hab's begriffen.« Er würde trotzdem hinausgehen. Er konnte unmöglich sechs oder sieben ereignislose Tage hier in diesem schummrigen Halbdunkel sitzen und nichts tun.

In diesem Augenblick dröhnte ein dumpfer Schlag durch das Raumboot. Und dann noch einer.

Kelwitt erstarrte.

Große Untiefe, natürlich – auf diesem Planeten gab es ja Lebewesen! Und das klang, als wäre draußen eines, das hereinwollte.

Es klang, als würde er sich vielleicht bald *wünschen*, sechs oder sieben ereignislose Tage lang in schummrigem Halbdunkel zu sitzen und nichts zu tun.

Der einzige Mensch, der den Absturz tatsächlich sah, war der alte Anton Birnbauer. Das war sehr bedauerlich, denn dieser Augenzeuge galt bei seinen Mitmenschen nicht als besonders vertrauenswürdig. Um genau zu sein, man hätte ihm nicht einmal geglaubt, wenn er das kleine Einmaleins einwandfrei aufgesagt hätte. Was er, nebenbei bemerkt, wahrscheinlich nicht gekonnt hätte, denn die Tage seiner Schulzeit schienen, wenn überhaupt, in einem anderen Jahrhundert stattgefunden zu haben. Die meisten Bewohner von Blaukirch kannten ihn nur in mehr oder weniger angetrunkenem Zustand, und selbst wenn es dunkel oder neblig war, fiel es ihnen leicht, ihm aus dem Weg zu gehen, so weit reichend war die Wolke aus Bierdunst und ähnlichen Gerüchen, die ihn umgab. Dass er seine Kleidung nie zu wechseln schien, unterstützte diesen Effekt nur noch.

Einige Jahre zuvor hatte der Sohn des Birnbauer Anton, der ansonsten so wenig wie möglich mit seinem Vater zu tun haben wollte, ihm in einem Anfall weihnachtlichen Familiengefühls einen Hund geschenkt, der in seiner Ahnenreihe überwiegend Cockerspaniels aufzuweisen hatte und auf den seltsamen Namen ›Bundeskanzler‹ hörte. Bundeskanzler fasste eine unverbrüchliche Zuneigung zu dem alten Säufer, wie nur Hunde dies vermögen, und wich hinfort nicht mehr von seiner Seite.

Bundeskanzler sorgte dafür, dass Anton vor dem Mittagsschlag der Kirche aus dem Bett kam, und bestand auf einem ausgiebigen Spaziergang durch die Fluren rund um den kleinen Ort. Dort wuselte er dann bei jedem Wetter umher, beschnupperte die Wegränder, wedelte über die Neuigkeiten, die es dort zu riechen gab, machte bellend ein paar Sätze und kam immer sogleich wieder zurück zu dem Alten, wie um ihn daran zu erinnern weiterzugehen. Und Anton stapfte gehorsam mit, als bestünde ein geheimer Vertrag zwischen ihm und seinem Hund dahingehend, dass er sich morgens für die treue Anhänglichkeit des Vorabends zu revanchieren habe.

Im Lauf der Zeit hatte er sich einigermaßen an die Benommenheit gewöhnt, die der niedrige Blutalkoholspiegel und der viele Sauerstoff hervorriefen, und bisweilen erlebte er beinahe so etwas wie einen klaren Moment.

An diesem Dezembermorgen, an dem das übliche undefinierbare vorweihnachtliche Wetter herrschte, war er jedenfalls der Einzige, der das rauchende Etwas sah, das aus dem Himmel herabfiel, direkt auf den Heuschober des Brunnenwirts. Es tat einen mächtigen Rumms, staubte ein wenig über dem Dach des Schobers, dann war wieder Stille.

»Allerhand«, brummelte der Birnbauer Anton.

Auch Bundeskanzler hatte innegehalten und schaute, was da los war.

»Na«, meinte der Alte nach einer guten Weile. »Das müss'n wir uns anschau'n.«

Sie stapften quer über die Brache. Bundeskanzler sprang voraus, nahm Witterung auf und fand alles reichlich beunruhigend, jedenfalls hielt er die schlappen Ohren aufgerichtet, so gut er konnte. Anton nestelte lange am Tor, bis er es endlich aufbekam, und tatsächlich! – da gähnte ein Loch im Dach, kreisrund, wie ausgestanzt, und so groß, dass man einen Traktor hätte hindurchschmeißen können.

»Wirklich allerhand«, meinte der Birnbauer Anton, und Bundeskanzler bellte bekräftigend.

Da war irgendwas im Heu. Der Heuhaufen sah zerfleddert und eingedrückt aus. Anton ahnte dumpf, dass das, was da durchs Dach gefallen war, sich ins Heu gebohrt haben musste.

»Ruhig, Bundeskanzler«, mahnte er, obwohl der Hund artig am Tor stehen geblieben war und nur unruhig zusah, wie sein Herrchen näher heranging an die Sache. Anton nahm einen langen hölzernen Stab, der einmal zu einem Heurechen gehört hatte, und bohrte ihn mit beiden Händen ins Heu.

Und stieß bald auf einen harten Widerstand. Allerhand! Er zog den Stab zurück und stieß noch mal zu, härter diesmal. Das klang nach Metall, wenn ihn nicht alles täuschte. Er klopfte noch ein paar Mal, bis ihm endlich einfiel, dass er besser um Hilfe ging. Dem Brunnenwirt würde das hier nicht gefallen, das stand fest.

Dem Brunnenwirt gefiel zunächst mal nicht, dass Anton so früh bei ihm auftauchte. »Schau, Anton«, sagte er, ehe der Alte den ersten Satz losbrachte, »ich kann dir jetzt noch nix geben, bei aller Liebe. Ich muss so viel vorbereiten für Weihnachten und für Silvester natürlich; wir haben dies Jahr so viele Gäste angekündigt wie noch nie. Weil das Jahrtausend zu Ende geht, verstehst?«

»Ich will ja gar nix ...«, begann der Birnbauer Anton.

»Dann versteh'n wir uns ja.«

»Ja, freilich.«

»Gut, dann setz dich da her. Kannst mir zuschauen, wie ich die neuen Speisekarten einsortier'.«

Der Birnbauer Anton setzte sich also her und schaute dem Brunnenwirt zu, wie der die neuen Speisekarten mit seinen dicken Wurstfingern in die abgewetzten alten Plastikhüllen schob. »Dein Heuschober«, begann er nach einer Weile wieder, »hat ein Loch im Dach.«

»Ja, ich weiß«, sagte der stiernackige Wirt nebenbei. »Das sollt' ich auch noch flicken, eh es doch noch zu schneien anfängt.«

»Ach«, machte der Anton verblüfft. »Du weißt es also schon.«

»Ach, der Schober leckt jeden Herbst ein bisschen. Muss beizeiten ein Brett drunternageln, dann geht's schon.« Vom Wirtshaus allein war kein Auskommen zu haben; der Wirt hatte nebenher sein Vieh wie alle im Ort. Das gab auch ein Fleisch, auf das man sich verlassen konnte.

»Ein Brett?«, wiederholte der alte Säufer, dem allmählich dämmerte, dass der Wirt und er von zwei verschieden großen Löchern sprachen. »Ein Brett wird nicht reichen, glaub' ich ...«

Jetzt sah der Wirt auf. »Wie meinst' denn das?«

»Da is' was durch's Dach von deinem Schober gefallen. Grad' vorhin. Ich hab's geseh'n.«

»Was? Was red'st da? Durch's Dach?«

»Vom Himmel runter«, nickte der Birnbauer Anton, und Bundeskanzler, der zu seinen Füßen hockte und das Gespräch aufmerksam zu verfolgen schien, bellte bekräftigend.

»Und jetzt steckt's im Heu.«

»Und was soll das sein?«

»Weiß nicht. Aus Metall ist's, glaub' ich.«

»Ach, mich kriegst du nicht dran«, machte der Wirt mit einer wegwerfenden Handbewegung und wandte sich seiner Frau zu, die hereingekommen war und angefangen hatte, Weihnachtsschmuck an den Wänden anzubringen. »Hast du den Tierarzt angerufen wegen der Sau?«

»Ja, freilich«, antwortete die. »Er kommt heut' Mittag.«

»Aber es ist ein Loch im Dach!«, beharrte Anton und breitete die Arme aus. »So groß! Noch viel größer!«

»Hör jetzt auf, Anton, sonst schenk' ich dir heut' nix aus. Du siehst, dass ich zu arbeiten hab'.«

Der alte Mann seufzte. »Aber wenn's doch wahr ist ...«

»Vom Himmel runter!«, eiferte sich der Brunnenwirt, dass die Adern an seinem Hals anschwollen. Das taten sie freilich in letzter Zeit immer leichtfertiger, selbst wenn er sich fast überhaupt nicht aufregte. »Was soll denn vom Himmel runterfallen, frag' ich dich?«

»Ein Satellit vielleicht«, meinte seine Frau aus dem Hintergrund, während sie ein Tannengesteck an die Holztäfelung nagelte.

»Ein Satellit? Was für ein Satellit?«

»Ein russischer, ein indischer – was weiß ich. Neulich kam im Radio was davon. Dass da irgendwas runterkommen könnte die Tage. Vielleicht auch ein amerikanischer, so genau hab' ich nicht hingehört.«

»Aber der kann doch nicht auf meinen Heuschober fallen!?«

Sie sah ihn erst nur an, ohne zu antworten, und wischte sich dann mit dem Handrücken über die Stirn. »Wenn so einer vom Himmel runterkommt, kann er überall hinfallen, denk' ich.«

Die Schläge hatten aufgehört, bald nachdem sie begonnen hatten. Doch die Stille danach wirkte bedrohlich. Schließlich hielt er es nicht länger aus.

»Ich muss raus«, erklärte Kelwitt. »Ich muss nachschauen, was draußen los ist.«

»*Das ist nicht zu empfehlen*«, meinte Tik mahnend. »*Wie ich schon erklärt habe, waren die Fernsondierungen nur oberflächlicher Natur. Die Instrumente, die für die notwendigen Untersuchungen erforderlich wären, sind zerstört. Der Aufenthalt auf der Planetenoberfläche könnte zu bleibenden gesundheitlichen Schäden führen. Ganz davon abgesehen, dass es zu einer Kontaktaufnahme mit fremden Intelligenzen kommen könnte, was nur Sternfahrern mit Kontaktbefugnis gestattet ist.*«

Kelwitt löste die Haltegurte und tränkte seinen Feuchteanzug noch einmal gründlich durch. »Tik? Wie kann ich dich eigentlich ausschalten?«

»*Durch Einführen des Aktivierungsstiftes in die dafür vorgesehene Öffnung*«, antwortete der Schulterspangencomputer gehorsam.

»Ach, stopf dir die Ritze, ja?«

Als er seinen Sitz verließ und damit dessen Schutzfeld,

merkte er, dass der Bug des Raumboots nahezu senkrecht nach unten gerichtet war. Die normale Einstiegsluke war eingedrückt und sah nicht aus, als ob sie sich öffnen lassen würde. Er probierte es, nur um festzustellen, dass der erste Eindruck nicht getrogen hatte.

»Tik, gibt es hier irgendwo Notausstiege?«

»*Ja.*«

Brackiges Abwasser! »Großartig. Und wo?«

»*Am hinteren Ende lässt sich die Wartungsluke zwischen den beiden Schubprojektoren entfernen. Am vorderen Ende ...*«

»Danke, das reicht schon.«

Er schob sich zwischen dem zweiten, unbenutzten Sitz und dem zertrümmerten Bahnanalysator hindurch nach hinten – was in dieser Situation bedeutete, nach oben. Wie man die Abdeckung zur hinteren Antriebskammer entfernte, war zum Glück offensichtlich; die Abdeckplatte hatte zwei unübersehbare Schraubgriffe und fiel von selbst ab, als er diese löste. In dem schmalen Raum dahinter hatte er nur mit Mühe Platz. Die Schubprojektoren waren noch warm, die Notluke zwischen ihnen sah unbeschädigt aus.

Neben der Luke gab es einen schmalen Sehschlitz, hinter dem es nicht ganz so dunkel war wie hinter den Sichtluken des vorderen Teils. Als Kelwitt genauer hinsah, sah er seltsame grün-braune Borsten, dicht an dicht gefaltet, geschichtet und verdichtet sich gegen die Außenseite der Luke drücken.

Er sah noch genauer hin, aber es glich nichts, was er jemals im Leben gesehen hatte.

Ein Schauder rieselte seine beiden Seitenherzen entlang. Da draußen wartete ein fremder Planet auf ihn.

Eine unvorstellbar fremdartige Welt.

»Kelwitts Stern«, sagte er sich trotzig. »Kelwitts Planet. Das ist mein Planet, zum Geist der Verdammnis!« Und damit öffnete er die Wartungsluke zwischen den beiden Schubprojektoren.

Etwas von dem braunen Zeug rieselte herab. Kelwitt fing es mit der Hand auf. Es war kratzig, zerbröselte zwischen den Fingern und vermischte sich mit der Feuchtigkeit seiner Haut zu einem schmierigen, übel riechenden Brei. Was um alles in der Galaxis konnte das sein?

Er betrachtete die borstige Masse, die sich ihm durch das geöffnete Luk entgegendrückte. Irgendwie hatte er sich die erste Landung auf einem fremden Planeten anders vorgestellt. Ein Raumschiff, das in all seiner glänzenden Pracht inmitten einer großen, freien Ebene stand. Ein Sternfahrer, der stolz hinaustrat, um erhobenen Hauptes auf einen unberührten Horizont zu schauen. Ganz bestimmt hatte er sich nicht vorgestellt, sich durch einen Berg undefinierbaren Materials ins Freie zu wühlen. Aber das war es wohl, worauf es hinauslief.

In diesem Moment hörte er Geräusche durch das braune Zeugs hindurch, gedämpft zwar, aber unzweifelhaft vorhanden. Scharren, Kratzen, tiefe, grollende Laute. Als sammelten sich unheimliche Tiere um ein Beutestück.

Vielleicht war es besser, das Luk wieder zu schließen.

Im nächsten Augenblick kam Bewegung in das Gestrüpp der dünnen, braungrünen Borsten. Es raschelte, wogte, bröckelte und rieselte herein. Kelwitt stieß unwillkürlich einen Schrei aus und langte nach der metallenen Abdeckung. Als hätte man seinen Schrei gehört, verstärkte sich das Wühlen und Kratzen auf der anderen Seite des Borstenhaufens.

Ganz bestimmt war es besser, das Luk wieder zu schließen. Bloß schien der Deckel nicht mehr zu passen. Oder die Verschlüsse hatten sich verändert. Kelwitt schaffte es nicht, die Öffnung wieder zu verriegeln, und schließlich glitt ihm die schwere Abdeckung aus den Händen.

Da wurde plötzlich das kratzige Hindernis weggerissen, und Kelwitt sah in das flache, bleiche Gesicht eines Planetenbewohners.

Geheimagent Hermann Hase erreichte Blaukirch und fuhr zuerst einmal auf der anderen Seite wieder hinaus, weil er nicht damit gerechnet hatte, dass der Ort so klein sein könnte. Er wendete und fuhr die zweieinhalb Straßen des Weilers ab, auf denen nichts los war, abgesehen von einer alten Frau, die in einem winzigen Gärtlein Kräuter pflückte, und zwei kleinen Mädchen mit großen Schulranzen, die, in todernste Gespräche vertieft, auf einer Mauer hockten. Anders als der Name vermuten ließ, gab es überhaupt keine Kirche in Blaukirch, nur einen alten Brunnen an der einzigen Kreuzung im Ort, und daneben ein düsteres Wirtshaus, das ›Am Brunnen‹ hieß und aus dunklen, blinden Fenstern zu beobachten schien, wie er seinen Wagen davor parkte. Hase rang kurz mit sich, ob es an diesem friedlichen, weltabgeschiedenen Flecken Erde notwendig war, das Auto abzuschließen, aber die melancholisch dreinblickenden Fensterläden ließen ihn dann doch zum Schlüssel greifen und das ganze Arsenal an Wegfahrsperren, ultraschallgesteuerten Bewegungsmeldern und Alarmanlagen in Bereitschaft setzen.

Das Wirtshaus hatte geschlossen, was kurz nach zwölf Uhr zumindest merkwürdig war. Ein kleiner Junge, der auf der Treppe saß und Star-War-Figuren auf seinem Schulranzen paradieren ließ, sah zu ihm hoch und fragte: »Sind Sie der Tierarzt?«

»Tierarzt?«, schüttelte Hase unwillig den Kopf. »Nein, ich bin kein Tierarzt.« Er sah sich um, blinzelte zum Himmel hinauf. Von dem Kondensstreifen war so gut wie nichts mehr zu sehen. Das fade, schleimige Grau des Himmels schien ihn aufgesogen zu haben.

»Mama und Papa sind nur kurz weggegangen«, erzählte der Junge weiter. »Ich muss hier auf den Tierarzt warten, wegen unserer kranken Sau.«

»So, so«, machte Hase. »Ganz allein.«

»Wir haben früher ausgehabt. Weil Weihnachtsferien sind.«

»Schön, schön.« Ihm fiel ein, dass er genauso gut den Jungen fragen konnte. »Sag mal, hast du zufällig gesehen, wie hier in der Gegend etwas vom Himmel gefallen ist?«

»Was Großes?«, fragte der Junge zurück.

»Ja, kann sein.«

»So was wie ein Flugzeug?«

»Ja, genau. So was wie ein Flugzeug. Hast du so was gesehen?«

Der Junge schüttelte den Kopf. »Nein.«

Der Geheimagent verdrehte die Augen. Diese kleine Pestbazille! Am liebsten hätte er ihm eine geschmiert.

»Aber der Birnbauer Anton«, fuhr der Junge fort, »der hat es gesehen.«

»Ach Gott!«, rief die Frau vom Brunnenwirt aus. »Ach Gott, ist der süß!«

»Was red'st du da?«, knurrte ihr Mann. »Süß? Was ist an dem süß? Was ist das überhaupt für ein Viech?«

Sie packte ihn am Arm. »Komm weiter zurück. Der muss ja Angst vor dir haben.«

»Ihr müsst ihn einfangen!«, rief der Birnbauer Anton mit einem verbissenen Blick im Gesicht. »Nicht, dass er euch abhaut!«

»Der Anton hat Recht. Haut mir das Dach zusammen und springt mir am End' davon ...«

»Jetzt red keinen Blödsinn und geh einen Schritt zurück, damit er ganz rauskommt.« Ihr Griff um seinen Arm gab nicht nach, und so trat der Brunnenwirt schließlich ein paar Meter zurück, bis fast ans Scheunentor, von wo aus sie gemeinsam zusahen, wie das eigenartige kleine Wesen vollends aus seinem Versteck stieg.

Der erste Eindruck war: ein Delfin auf zwei Beinen. Ein *süßer* kleiner Delfin auf zwei Beinen, wie die Frau des Brunnenwirts fand, die am liebsten vorwärtsgestürzt wäre, um diese feucht glänzende, seidige dunkelgraue Haut zu liebkosen, das Heu abzuzupfen, das daran klebte, und das magere Wesen dann an die Brust zu drücken. So klein war es gar nicht, maß wohl etwas mehr als anderthalb Meter. Man brachte es nicht fertig, es für ein Tier zu halten, dazu bewegte es sich zu überlegt, zu vorsichtig, zu – menschlich. Der Kopf, der ohne erkennbaren Hals auf dem Rumpf saß, lief spitz zu wie der eines Delfins. Große dunkle Augen schauten wachsam umher, neugierig, vorsichtig; Augen, die ganz schwarz waren wie riesige Pupillen. Und es schien ein Kleidungsstück zu tragen, eine Art eng anliegenden Anzug von fast der gleichen Farbe wie die Haut und auf den ersten Blick kaum von dieser zu unterscheiden. Das einzig Auffällige war eine silbern schimmernde Metallspange, die auf der rechten Schulter des Wesens saß wie festgeklemmt.

Als es, mit behutsamen, geschmeidigen Bewegungen, ganz über die Heuballen herabgeklettert war und auf festem Boden stand, hob es die Hände, und nun gruselte auch der Brunnenwirtin, denn die sahen wirklich fremdartig aus. Vier Finger hatte jede Hand, oder besser gesagt, drei Finger und einen, der ihnen gegenüberstand wie ein Daumen an einer menschlichen Hand, aber diese Finger bewegten sich wie sich ringelnde Würmer, umschlangen einander wie die dicken Haare auf einem Medusenhaupt.

»Also«, grummelte der Birnbauer Anton, »so was hab' ich meiner Lebtag noch nicht gesehen.«

Als wäre das das Stichwort gewesen, begann sein Hund plötzlich, sich wie toll zu gebärden – sprang einen Satz auf das schmale graue Wesen zu, sprang zwei Sätze zurück, heulte auf, warf sich zu Boden, wand sich, als müsse er sich in den eigenen Hintern beißen oder sterben, kurz, drehte völlig durch. »Bundeskanzler!«, rief der alte Mann und klopfte sich mit der flachen Hand auf die speckige Hose. »Da komm her! Bei Fuß! Sitz, Bundeskanzler!« Aber nichts half.

Dann, im nächsten Moment, war es vorüber. Bundeskanzler hielt inne, sah hoch, äugte in Richtung des Fremden und stob dann auf und davon, geradewegs durch das offene Scheunentor.

»Ja, was ...!?«, rief der Birnbauer Anton und stapfte hinterher, so schnell seine alten O-Beine dies zuließen. Und hielt inne, als er das Auto sah, das auf dem Feldweg vor der Scheuer stand und das vorher noch nicht da gestanden hatte. Ein dicklicher Mann stieg gerade aus diesem Wagen aus. Er trug eine Lederjacke mit pelzbesetztem Kragen, die ihn aussehen ließ wie einen betagten Elvis Presley mit fortgeschrittener Halbglatze, ein Eindruck, der durch die breitbeinige Art und Weise, wie er quer über die Wiese auf die Scheune zugewalzt kam, noch verstärkt wurde.

Die drei sahen ihn ein Lederetui zücken mit einem Ausweis darin. Diese Geste kannte man ja aus dem Fernsehen. Im Auftrag der Regierung käme er, sagte der Mann in der Lederjacke, und dann sah er den Delfin auf zwei Beinen und brach mitten im Satz ab.

»Das da!«, brachte er schließlich heraus. Er hob den Zeigefinger und zeigte auf das ratlos dastehende kleine Wesen. »Was ist das?«

Der Brunnenwirt fing unbeholfen an zu erklären, und der Birnbauer Anton redete ihm dazwischen, von einem Ding, das durchs Dach geschlagen sei und mitten rein ins Heu, und wie sie es freigebuddelt hätten, aber da winkte der Mann, der im Auftrag der Regierung gekommen war, schon ab.

»Hören Sie«, sagte er in genau dem gleichen Ton, in dem solche Männer in amerikanischen Fernsehserien so etwas zu sagen pflegten, »ich muss dieses ... Lebewesen mitnehmen. Sie drei bewahren über den ganzen Vorfall bitte strengstes Stillschweigen. Es handelt sich um eine Angelegenheit der nationalen Sicherheit, also zu niemandem ein Wort, verstanden?«

Sie nickten ehrfürchtig, nur der Brunnenwirt bekam wieder dicke Adern am Hals und fragte aufgebracht: »Und mein Dach? Wer bezahlt mir den Schaden?«

Der dickliche Mann mit der Halbglatze ignorierte ihn.

Er stapfte langsam auf das schmächtige Wesen zu, das immer noch dastand und alles, was geschah, aufmerksam beobachtete. Auch als der Mann seine Pranke ausstreckte, flüchtete es nicht. Es schien im Gegenteil zu verstehen, was der Mann von ihm wollte, und ging bereitwillig mit ihm mit, zum Scheunentor hinaus – wo es kurz stehen blieb und sich, staunend, wie es schien, umsah – und zum Wagen des Mannes. Der setzte es auf den Rücksitz, schnallte es an, bekräftigte noch einmal, dass sie niemandem etwas darüber sagen dürften, versprach, dass in den nächsten Tagen jemand kommen würde, um sich um alles zu kümmern, stieg dann ein und fuhr davon.

»Allerhand!«, schnaubte der Birnbauer Anton und schüttelte grimmig den Kopf.

»Das war einer von einem anderen Stern, glaubst du?«, meinte die Frau vom Brunnenwirt. »Wie der ausg'sehen hat ...« Sie seufzte. »Und so süß!«

Die Adern am Hals des Brunnenwirts waren immer noch zu sehen.

»So leicht kommt mir der nicht davon«, schwor er. »Heut' Nachmittag hol' ich ein paar Leut' und schaff' den Satellit oder was das war fort. Und wenn sie den zurückhaben wollen, dann zahlen die mir erst das neue Dach, das sag' ich dir!«

Es waren Landbewohner. Ganz offensichtlich, denn sie hatten eine unverkennbare Lederhaut. Und lange Hälse auch. Aber blauhäutig waren sie nicht. Kelwitt erkannte mit wachsender Begeisterung, welch eine Fülle von Orakelzeichen da draußen darauf wartete, von ihm gedeutet zu werden.

Deshalb zögerte er auch nicht, hinauszusteigen, als die drei großen Planetenbewohner sich in einer unverkennbaren Geste des Willkommens zurückzogen. Er vergewisserte sich nur, das Buch von Mu'ati im Umbindbeutel zu haben, denn das würde er brauchen.

Sie sahen sehr fremdartig aus, und ihre Größe konnte einem fast Furcht einflößen. Drei absonderlich flache, bleiche Gesichter waren ihm entgegengerichtet, und drei Paar winzige Augen, über die sich in regelmäßigen Abständen dünne Nickhäute senkten, beobachteten ihn aufmerksam. Eigentlich vier Paar, denn es gab noch einen vierten, etwas kleineren Planetenbewohner, der auf vier Beinen stand und ein etwas jambuuranerähnlicheres Gesicht aufwies. Der Vierbeinige war am ganzen Körper behaart wie ein Meergrasstein, die Zweibeiner dagegen nur auf der Oberseite des Kopfes. Kelwitt machte die Geste der Begrüßung, und obwohl sie ihn sicher nicht verstehen konnten, fing er an zu erklären, wer er war und woher er kam.

Die Reaktionen darauf verblüfften ihn maßlos. Der kleinere Planetenbewohner fing beim ersten Wort an, einen wahren Grundschleimertanz zu vollführen, und als Kelwitt erschrocken innehielt, suchte das vierbeinige Wesen rasch das Weite. Womöglich war es so etwas wie ein Anführer gewesen, jedenfalls wandten sich die anderen drei Planetenbewohner daraufhin von ihm ab und verließen das große Gebäude, in dem er gelandet war, durch das offen stehende Tor. Kelwitt sah sich um. Das war alles sehr verwirrend. Vielleicht hatte die Regel, dass Kontaktaufnahmen nur durch Sternfahrer mit besonderer Ausbildung zu erfolgen hatten, doch ihren Sinn. Was war das zum Beispiel für eine Halle, in der er sich befand? Ein großes, düsteres Gebäude, das, abgesehen von einem breiten Gang in der Mitte, angefüllt war mit etwas, das ihn jetzt, da er es von außen sah, sehr an eingetrocknetes Meergras erinnerte.

Auf Jombuur hätte man so etwas natürlich nicht aufbewahrt, aber hier mochte es sich durchaus um ein Nahrungsmittel der Planetenbewohner handeln. Und wie das Loch im Dach bewies, war er mit seinem Raumboot mitten hineingestürzt. Sicher waren sie ihm böse deswegen, und die Geste, sich von ihm abzuwenden, sollte das vielleicht ausdrücken.

Da entdeckte Kelwitt einen fünften Planetenbewohner, der sich näherte. Offenbar ein Ranghöherer, jedenfalls war er auch auf den Schultern und auf der Brustmitte behaart, und nachdem er in der brummelnden, fast unhörbar tiefen Sprache der Planetenbewohner mit den anderen gesprochen hatte, deutete er auf Kelwitt in einer Art, die an die Geste der Zuneigung erinnerte. Diese Wesen konnten doch unmöglich etwas von jombuuranischer Gestik verstehen? Dennoch war Kelwitt verwirrt genug, um mit dem Ranghöheren mitzugehen, als ihn der aus dem Gebäude hinauskomplimentierte.

Was für eine wunderbare Welt! Kelwitt konnte es kaum fassen. Land zwar, ja – aber feuchtes, beinahe nasses Land, wie man es auf Jombuur nur an den Lagunenrändern oder in den Farmhäusern der Lederhäute fand. Und überall, auf jedem Fleck, neben jedem Stein schien etwas zu wachsen, in der überquellenden Üppigkeit eines Meeresbodens. Unfassbar, dass diese Wesen sich damit abgaben, irgendetwas davon getrocknet aufzubewahren ...

Der Ranghöhere schien etwas dagegen zu haben, dass er stehen blieb. Kelwitt beeilte sich, ihm zu einem großen vierrädrigen Transportgefährt zu folgen und durch die Luke, die ihm der Planetenbewohner öffnete, einzusteigen.

Zu Kelwitts nicht geringem Entsetzen war der Sitz, den er einnehmen musste, geradezu Übelkeit erregend weich und nachgiebig! Großes Universum, setzten sich diese Wesen wahrhaftig nieder auf etwas, das sich anfühlte, als säße man einem Riesengluhm direkt im Maul? Aber er musste sich wohl den hiesigen Gebräuchen anpassen, und so versuchte er, sich nichts anmerken zu lassen.

Der Ranghohe legte ihm einen Haltegurt an und schloss die Luke, um kurz darauf durch eine Luke auf der anderen Seite ebenfalls einzusteigen, auf einen Sitz direkt an den Steuerungselementen.

Kelwitt wurde ganz anders, als der Planetenbewohner das Triebwerk startete und das Transportgefährt schlingernd und rüttelnd in Bewegung kam, eine Bewegung, die das Gefühl, auf dem gierigen, saugenden Maul eines Riesengluhms zu sitzen, noch verstärkte.

Es wurde besser, als sie eine steinerne Fahrstraße erreichten.

Weit und breit war kein weiteres Transportgefährt zu sehen. Der Planetenbewohner wackelte auf seinem eigenen Sitz, der offenbar genauso labbrig und nachgiebig war wie der Kelwitts, hin und her und gab die dumpfen, grollenden Laute seiner Sprache von sich.

Ob das so klug gewesen war, mit diesem Wesen mitzugehen? Wohin brachte es ihn? Kelwitt überlegte, ob er es wagen konnte, das Buch Mu'atis hervorzuziehen – er sehnte sich danach, die Deutung all der Dinge, die ihm bis jetzt widerfahren waren, zu erfahren. Wenn ihm nur nicht so unwohl gewesen wäre ...

Da, an einer Einmündung in eine andere steinerne Fahrstraße, änderte der Ranghohe ruckartig die Fahrtrichtung. Das Transportgefährt neigte sich heftig auf die Seite. Das Gefühl, von einem Riesengluhm verschluckt zu werden, wurde übermächtig. Kelwitt schrie, unwillkürlich, auf ...

Die ultraschallgesteuerten Bewegungsmelder der Alarmanlage, von einem noch nie da gewesenen Impuls getroffen, gaben noch nie da gewesene Werte an den zentralen Steuerungscomputer weiter, der daraufhin in wilder Folge die Verriegelung aller Türen öffnete, schloss und wieder öffnete, die Blinklichter reihum in Betrieb setzte, die Hupe auslöste und schließlich, in voller Fahrt, die Wegfahrsperre aktivierte. Der Wagen schlidderte mit blockierten Reifen, unlenkbar geworden, dahin, kam von der Fahrbahn ab, rutschte eine kleine Böschung hinab, riss ein Schild, das auf eine dreieinhalb Kilometer entfernte Niederlassung einer bekannten Schnellrestaurantkette hinwies, mit sich, und fing an, sich zu überschlagen.

Nein, er explodierte nicht. Das tun Autos nur in schlechten Fernsehfilmen. Das Fahrzeug kam am unteren Ende der Böschung auf das Dach zu liegen, reichlich zerknautscht und mit immer noch laufendem Motor. Geheimagent Hermann Hase, der, wie üblich, mal wieder nicht angeschnallt gewesen war, hatte sich den Kopf an mehreren harten Stellen im Fahrzeuginnenraum angeschlagen und war bewusstlos.

6

DAS SCHWEIGEN LASTETE auf ihnen wie ein schweres Gewicht, während sie fuhren. Vater Mattek starrte auf die Straße, das Lenkrad fest umklammernd, und mahlte mit den Zähnen. Tochter Mattek hockte ganz rechts außen auf dem Beifahrersitz, die Beine angezogen, düster vor sich hinblickend in Erwartung der väterlichen Standpauke, die da kommen würde.

»Ich weiß nicht, was ich sagen soll«, sagte Mattek schließlich. Das stand eine Weile so im Raum, und nichts geschah.

Sabrina reagierte nicht.

»Ein Junge hat sich deinetwegen beinahe das Leben genommen. Ist dir das ganz egal?«

Sabrinas Augen quollen plötzlich fast aus den Höhlen.

»Hat er dir das erzählt?«, platzte sie heraus. »Hat dir der blöde Rex *das* erzählt?«

»Ja, allerdings. Dass einer deiner Mitschüler einen Selbstmordversuch unternommen hat, nachdem du mit ihm Schluss gemacht hast.«

»Ich glaub's nicht! Ich glaub's einfach nicht!« Die Empörung schüttelte sie regelrecht.

»Was erwartest du? Hätte er es mir verschweigen sollen?«, Mattek seufzte. »Sabrina – ich weiß wirklich nicht mehr, was ich mit dir noch machen soll.«

»Ich wollte, er *hätte* sich umgebracht.«

»Sabrina!«

»Dieser Idiot.«

»Das ist wirklich das Herzloseste, Gemeinste und ...«

»Darf ich auch mal etwas dazu sagen?«, begehrte sie auf. »Was dir der Blödarsch von Rektor nämlich nicht gesagt hat, obwohl er es genau weiß, ist, dass der Typ alle Welt mit seinen ewigen Selbstmordversuchen erpresst. Er hat so lange Schlaftabletten geschluckt, bis sein Vater ihm ein Moped gekauft hat. In seiner alten Schule hat er sich im Klassenzimmer die Pulsadern aufgeschnitten, als er sitzen bleiben sollte. Und mir hat er gedroht, er bringt sich um, wenn ich nicht mit ihm schlafe.«

Mattek spürte ein heißes Gefühl der Scham in sich aufwallen. »Ist das wirklich wahr?«

»Was glaubst du, warum sie ihn nach Schloss Tiefenwart geschickt haben?«

»Und was hast du gemacht?«

»Ich hab' ihm gesagt, er kann von mir aus vom Schlossturm springen.«

»Und das hat er gemacht?«

»Dazu ist er viel zu feige. Er hat vier Schlaftabletten genommen – vier bloß, viel zu wenig – und es so arrangiert, dass man ihn findet. Das macht er immer so, und alle fallen drauf rein.«

Mattek blinzelte hilflos. »Das ist ja unglaublich.« Wenn das stimmte, dann waren die übrigen Anschuldigungen womöglich ebenso haltlos. Und er hatte die Abmeldung in heiligem Zorn unterschrieben ... »Und die anderen Dinge?«

»Welche anderen Dinge?«

»Na, dass du ... na ja, wie soll ich sagen ... mit ziemlich vielen Jungs ... hmm ...«

»Geschlafen habe?«

Mattek schluckte und nickte. Mein Gott, was für eine Jugend wuchs da heran!

Und nun zuckte sie, seine leibliche Tochter, auch noch ganz *cool* mit den Schultern und meinte nur: »Ehrlich, es ist dort so langweilig, dass man es anders nicht aushält.«

Mattek verzichtete darauf, weiterzufragen.

Es bereitete Kelwitt einige Schwierigkeiten, sich über Kopf hängend aus dem Gurt zu befreien, mit dem der Planetenbewohner ihn auf den Sitz geschnallt hatte. Der Gurtverschluss war, wie nicht anders zu erwarten, reichlich fremdartig, doch schließlich, nachdem er eine Weile daran herumgemacht hatte, ging er auf, und Kelwitt fiel unsanft hinunter auf die Innenseite des Daches.

Dieses Fahrmanöver, so viel stand fest, war so bestimmt nicht geplant gewesen. Es musste sich, wie man auf Jombuur gesagt hätte, ein Unfall ereignet haben. Dergleichen schien also überall im Universum vorzukommen, interessant.

Der Planetenbewohner lag seltsam verkrümmt da und rührte sich nicht. Kelwitt betastete vorsichtig seine Seiten, spürte aber keinen Herzschlag. Es konnte natürlich sein, dass diese Wesen keine Herzen besaßen, aber wahrscheinlicher schien ihm, dass der Planetenbewohner tot war.

Das würde Schwierigkeiten geben. Erst recht, da es sich um einen ranghohen Planetenbewohner gehandelt hatte.

Ob andere Orakelfahrten auch so aufregend verliefen?

Er machte sich an der Luke des Transportfahrzeugs zu schaffen. Da gab es allerhand Druckknöpfe, Hebel und drehbare Armaturen, und eine von den drehbaren Armaturen bewirkte, dass sich die gläserne Scheibe hob. Kelwitt kurbelte so lange, bis die Scheibe ganz verschwunden war, und kroch dann durch die entstandene Öffnung hinaus.

Der Boden war weich und angenehm feucht. Ringsum wuchsen große Pflanzen in die Höhe, die wenigstens zehnmal so groß waren wie ein Jombuuraner und sich weit ausladend verzweigten. Das Ganze erinnerte ihn an Bilder aus der 10. Epoche, die er einmal gesehen hatte. Es gab Theorien, dass das Land auf Jombuur früher einmal genauso fruchtbar gewesen war wie das Meer. Kaum vorstellbar, aber hier auf diesem Planeten schien das so zu sein ...

Was diesen Theorien zufolge natürlich hieß, dass es sich noch um eine primitive Kultur handeln musste. Die entsprechend gefährlich war und vielleicht nicht sehr sanft umspringen würde mit einem Fremden, der mit dem Tod eines ihrer Artgenossen zu tun hatte.

Vielleicht, überlegte Kelwitt, während er sich die pflanzenbewachsene Böschung hinaufkämpfte, war es am besten, in das Raumboot zurückzukehren, um dort abzuwarten. Im Grunde war schon so viel passiert, dass ihm die Aussicht, sechs Tage einfach nur abzuwarten, gar nicht mehr so schrecklich vorkam.

Er erreichte die steinerne Fahrstraße. Das war schon ein vertrauteres Gefühl. Die Richtung, aus der sie gekommen waren, war einwandfrei auszumachen. Er begann zu marschieren.

»Ich fasse es nicht.« Demnächst würde der Kopf des Mannes mit der Bürstenfrisur abfallen, so unaufhörlich, wie er ihn hin und her schüttelte. »Der versucht es wirklich mit allen Tricks. Sind Sie sicher, dass Sie sich nicht verhört haben?«

»Ganz sicher.«

»Und er hat gesagt, dass er einen Außerirdischen gefunden hat?«

»Den. Nicht *einen* Außerirdischen – *den* Außerirdischen. Auf den wir ihn angesetzt haben.«

»Und dann hat er einen Unfall gebaut, und als er wieder zu sich kam, war das kleine grüne Männchen verschwunden.«

»Grau. Es war grau.«

»In Blaukirch.«

»Landkreis Stutzenhausen.«

»In einer Scheune.«

»Durch das Dach gefallen.«

Der Mann mit dem Bürstenhaarschnitt seufzte. »Wie man sich doch in seinen Mitmenschen täuschen kann. Es ist immer wieder erstaunlich, geradezu beunruhigend ... Ich hätte gewettet, dass er auf meine Show hereingefallen ist. Wirklich. Ich habe Ihnen eine Wette angeboten, stimmt's? Vielleicht kann ich doch nicht so gut heucheln, wie ich dachte. Und wie raffiniert er das gegen mich ausspielt! Er langt sich nicht einfach an den Kopf – nein, er fährt seine klapprige Kiste in den Graben und beruft sich darauf, ich hätte ihn auf einen Außerirdischen angesetzt. Ich! Wie steh' ich jetzt da? Ochsenfrosch, Ochsenfrosch – ich wollte, ich könnte dich in den Irak schicken.«

»Ich habe ihm erst mal einen Krankenwagen geschickt.«

»Wie? Ach so, ja. Gut, sicher, die sollen ihn durchchecken. Und so lange ... Haben wir nicht einen verlässlichen Mann dort in der Gegend?«

»Anaconda. Ist allerdings eine Frau.«

»Eine Frau. So weit ist's also schon. Unsere verlässlichsten Männer sind Frauen. Okay, sie soll nach Blaukirch fahren und sich unauffällig umsehen. Und wenn es dort keine Scheune mit einem Loch im Dach gibt, dann reicht das hoffentlich endlich, um Ochsenfrosch heim ins Terrarium zu schicken.«

Es begann sachte zu schneien. Kelwitt streckte die Hand aus und fing ein paar der Flocken auf. Grenzflächenschnee der siebten Kategorie. Einige der Muster waren sogar für die achte Kategorie gut. Unglaublich – und das fiel hier einfach so vom Himmel. Es wurde Zeit, dass er wieder einen ruhigen Fleck fand, um in seinem Mu'ati nachzulesen, was das alles zu bedeuten hatte.

Ein wunderschöner Planet. Das konnte einfach kein schlechtes Omen sein. Wann hatte er denn auf Jombuur das letzte Mal Grenzflächenschnee gesehen? Auf der Wanderung über die Kahlebene, und da war er noch fast ein Geschlüpfter gewesen. In der Donnerbucht-Region fiel fast immer nur Federballenschnee, wenn man von den Tagen der tiefsten Sonnenverdunkelung absah. Da konnte man draußen auf dem

Meer auch mal ein paar Silberplattenflocken erwischen, Jamuunis ewiges Symbol für die Vergänglichkeit des Seins.

Die Bewohner dieses Planeten schienen all diese Herrlichkeiten aber wie selbstverständlich hinzunehmen. Einer kam ihm entgegen, auf einem ebenso lauten wie langsamen Fortbewegungsgerät mit absurd großen Hinterrädern hockend, und würdigte den fallenden Schnee mit keinem Blick, sondern starrte stattdessen unentwegt Kelwitt an. Kelwitt erwiderte den Blick und betrachtete das merkwürdig bleiche, flache Gesicht. Dieser hier schien zwar auch Nickhäute über seinen Augen zu besitzen, aber er benutzte sie nicht. Dafür stand bei ihm die Öffnung am unteren Gesichtsende unentwegt offen, regungslos. Bei den anderen Planetenbewohnern, die er gesehen hatte, als er aus dem Raumboot ausgestiegen war, hatte sich diese Öffnung ständig bewegt, sodass er angefangen hatte zu vermuten, dass sie damit die tiefen Laute erzeugten, mit denen sie sich wahrscheinlich verständigten. Ob dieser hier Geräusche erzeugte, war nicht festzustellen, denn die Maschine, auf der er saß, übertönte alles. Er schien die Maschine auch nicht anhalten zu können, obwohl er unverkennbar an Kelwitt interessiert war, so, wie er den Blick auch im Weiterfahren unverwandt auf ihn gerichtet hielt. Kelwitt überlegte, ob er womöglich ein Gefangener war und auf das Transportgerät gekettet, um ihn an einen anderen Ort zu bringen. Dass das Fahrzeug sich so langsam bewegte, ließ diese Hypothese glaubhaft erscheinen.

Kelwitt war erleichtert, als der Planetenbewohner außer Sicht war. Er merkte, wie seine Seitenherzen und das Mittelherz außer Takt schlugen. Das war vielleicht doch ein zu aufregender Tag gewesen, als dass er sich einem weiteren Kontakt gewachsen gefühlt hätte. Er sehnte sich geradezu nach der Ruhe des Raumbootes.

In diesem Moment hielt, mit einem quietschenden Geräusch, eine der normalen Transportmaschinen des Planeten hinter ihm. Als Kelwitt sich erschrocken umdrehte, sah er zwei Planetenbewohner aussteigen: einen großen auf der einen, und einen kleinen mit einem langen, hellen Kopfpelz auf der anderen Seite des Gefährts.

»Was ist das?!« Wolfgang Mattek raste sämtliche Erinnerungen an seinen Biologieunterricht durch, während er sich, in einer seltsamen Mischung aus Furcht und Neugier befangen, am Kotflügel seines Wagens entlangschob, auf das Wesen zu, das da klein und unauffällig auf der Straße gestanden hatte und vor dem er mit knapper Not gerade noch hatte bremsen können. Aber auf wie so vieles im Leben hatte ihn seine Schulausbildung auch darauf nicht vorbereitet. Dabei war er in Biologie ganz gut gewesen, hatte gute Noten gehabt, und auch wenn es nicht sein Lieblingsfach gewesen war, erinnerte er sich doch an das kurze Aufflammen des Wunsches, Biologie zu studieren – ein Wunsch, der noch im Kindbett starb, denn damals musste man nehmen, was man kriegen konnte, und ihm war es beschieden gewesen, in die Fabrik für Feuerwerkskörper und Scherzartikel seines Onkels einzutreten und in langen, entbehrungsreichen Jahren das daraus zu machen, was sie heute war. Auch dabei war die Schule übrigens keine große Hilfe gewesen.

So ein Wesen, dessen war er sich sicher, hatte er noch nie gesehen. Es war etwa einssechzig hoch, etwa so groß wie Sabrina, die auf der anderen Seite der Motorhaube stand und starrte wie ein hypnotisiertes Kaninchen, und es stand auf zwei Beinen. Es hatte einen spitz zulaufenden Kopf, der von einem Delfin hätte stammen können, keinen erkennbaren Hals, aber dafür eine eigenartige runde Körperöffnung ungefähr da, wo man bei einem Menschen den Kehlkopf gesucht hätte. Winzige Zähne oder dergleichen waren kreisförmig angeordnet, wobei das alles nicht sehr bedrohlich aussah, eher wie ein putziges Spielzeug. Nur dass dieses Spielzeug unzweifelhaft lebendig war. Der Kopf ging ruckartig hin und her, war also trotz fehlenden Halses offenbar einigermaßen beweglich, und da waren vor allem diese großen schwarzen Augen, die einen ansahen und einem das Herz im Leibe schmelzen ließen ...

»Ist der süß!«, hörte er Sabrina hauchen. Das hatte er sie zum letzten Mal sagen hören, als sie fünf Jahre alt gewesen war und einen Teddybär unter dem Weihnachtsbaum vorgefunden hatte.

Das Wesen hob die Arme und machte unglaubliche Bewegungen mit den Fingern daran. Nein, das waren keine Finger – das waren schlangengleiche, wurmartig sich schlängelnde, kringelnde Gliedmaßen, deren Anblick einem Gänsehaut über den Rücken jagte. Und es waren nur vier. Vier Finger an jeder Hand.

Ein Gefühl wie kochendes Wasser wallte in Wolfgang Mattek hoch. Waren sie hier auf irgendein schauerliches Geheimnis gestoßen? Vielleicht gab es hier in der Nähe, irgendwo in diesem Niemandsland, ein streng geheimes gentechnisches Labor, und dieses Wesen, das halb wie ein Mensch und halb wie ein Tier aussah, war von dort geflüchtet? Das hieße, dass sie jetzt Mitwisser geworden waren von etwas, das so unaussprechlich war, dass Mitwisser nicht geduldet werden konnten ...

»Das ist ein Alien!«, erklärte Sabrina da.

»Wie bitte?«, meinte Mattek verwirrt. »Ein – was?«

»Ein Alien. Ein Außerirdischer. Jede Wette.«

Das Wesen trug eine chromglänzende Metallklammer über der rechten Schulter. Das sah aus wie das Endstück einer Kette, so was wie eine Fußfessel. »Ein Außerirdischer? Sabrina, bitte ... Das ist jetzt nicht der Augenblick, um alberne Witze zu machen.«

»Oh, Mann, schau ihn dir doch an ...!«

»Nicht in diesem Ton, wenn ich bitten darf. Ich bin dein Vater – nicht ›oh, Mann‹.«

»Okay, von mir aus.«

»Gut. Also, was wolltest du sagen?«

Sabrina hob die Hände und ließ sie kraftlos wieder fallen. »Ach, nichts.«

Vielleicht war jetzt nicht der geeignete Zeitpunkt, um versäumte Erziehungsmaßnahmen nachzuholen. Mattek richtete seine Aufmerksamkeit wieder auf das fremdartige Wesen, das immer noch einfach dastand und sie beide aus seinen großen schwarzen Augen ansah. Er wünschte, es wäre einfach davongerannt. Verdammt, er hasste es, nicht zu wissen, was zu tun war. Natürlich, sie hätten einfach wieder einsteigen, das Wesen umrunden und weiterfahren können. Aber das wären sie nie wieder losgeworden, dieses Rätsel.

»Irgendwelche Vorschläge, was wir jetzt tun sollen?«, murmelte Mattek halblaut, hob den Kopf und sah die Straße entlang. Niemand, so weit das Auge reichte. Unglaublich, dass man im Deutschland des Jahres 1999 irgendwo so mutterseelenallein dastehen konnte. Und ausgerechnet dann auf einen Außerirdischen oder was immer das war stoßen musste.

»Wir müssen ihn mitnehmen«, erklärte Sabrina entschieden.

»Wie bitte? Wir können ihn doch nicht einfach mitnehmen. Was ist, wenn er ..., was weiß ich, ansteckend ist? Jemandem gehört?«

»Quatsch. Das ist ein Außerirdischer. Ein E. T., wie in dem Film. Der gehört niemandem.«

»Und dann? Wohin bringen wir ihn?«

»Wir nehmen ihn mit nach Hause.« Sie hatte ganz leuchtende Augen. Als wäre schon Weihnachten.

»Nach Hause?!«

»Klar. Ich meine, ist doch logisch. Ein Außerirdischer, der auf der Erde gestrandet ist, will immer nur eines: nach Hause telefonieren.«

»Von unserem Anschluss aus? Ist dir klar, was das kosten kann?«

Sabrina seufzte und verdrehte die Augen, ein Bild der

375

Entnervung. Eltern! »Er muss seine Artgenossen rufen, klar? Und die sind wahrscheinlich Lichtjahre oder so entfernt und haben keine Ahnung, wo er ist.«

»Ich glaube nicht, dass er da mit einem Telefon viel erreicht.«

»Natürlich nicht, ist doch klar. In den Filmen bauen die immer irgendwelche Geräte, mit denen sie Notrufe senden können.«

»Falls es dir noch nicht aufgefallen ist: Wir sind hier nicht in einem Film. Wir sind nicht einmal in Kalifornien. Wir stehen hier mitten auf der Schwäbischen Alb und haben weiß Gott andere Sorgen, als dass wir uns jetzt auch noch mit denen eines dahergelaufenen Außerirdischen belasten müssten.«

»Tolles Argument«, maulte seine Tochter. »Könnte von einem Spießer stammen.«

»Wir können ihn zur Polizei bringen.« Diese Idee gefiel ihm. Genau, sollten die sich damit herumplagen.

»Zur Polizei? Damit die ihn einsperren oder aufschneiden oder was weiß ich?«

»Unsinn. Die Polizei schneidet niemanden auf.«

»Aber die Geheimdienste.«

»Du siehst zu viel fern.«

»Und du zu wenig. Außerdem habe ich solche Sachen alle gelesen. Schau nicht so – ich habe eine Menge gelesen in dem langweiligen Internat. Unter anderem ein Buch, in dem ein amerikanischer Wissenschaftler ganz klar vorgerechnet hat, dass, wenn sich auf der Erde Leben entwickelt hat, sich auch noch anderswo im Universum Leben entwickelt haben muss. Das ist eine Frage der Wahrscheinlichkeiten oder so. Und bitte, hier haben wir den Beweis.«

Wann hatte er eigentlich das letzte Mal ein Buch gelesen? Das musste mehr als zehn Jahre her sein. Das war der Beruf – der Job des Geschäftsführers ließ einem kaum Zeit zu atmen, geschweige denn die Muße zu lesen. Eigentlich ein

Jammer. »Wir können ihn unmöglich mit nach Hause nehmen. Schlag dir das aus dem Kopf.«

In diesem Augenblick fing das kleine graue Wesen an zu sprechen.

»Kelwitt«, sagte es, mit einer graziösen Geste auf die eigene Brust deutend. Dann breiteten sich die Hände aus, sanft wie segelnde Schwalben, die dünnen Finger gespreizt, als liebkosten sie die Luft, und die Geste schien alles zu umfassen – die Straße, die baumgesäumten Felder rechts und links, die ganze Welt.

»Nicht zu Hause hier«, sagte das Wesen.

Kelwitt machte die Gesten des Friedens und der Begrüßung und fing an zu plappern – dass er in Frieden komme, dass er niemandem etwas zu Leide tun wolle, was man eben so sagen konnte, wenn man allein und verlassen auf einem fremden Planeten stand.

»Ich bitte um Verzeihung, dass ich mich unaufgefordert melde«, erklang da Tiks geisterhafte Stimme in seinem Kopf. *»Aus den bisherigen Beobachtungen schließe ich, dass dich diese Wesen nicht hören können.«*

Kelwitt hielt inne. Die beiden Planetenbewohner schenkten ihm in der Tat nicht besonders viel Aufmerksamkeit. Sie standen auf beiden Seiten ihres Fahrzeugs und schienen sich hauptsächlich miteinander zu unterhalten, in ihrer merkwürdig tiefen, grollenden Sprache.

»Sie können mich nicht verstehen«, meinte er. »Weil ich ihre Sprache nicht spreche.«

»Nein, sie können dich buchstäblich nicht hören. Ihr Gehör ist wahrscheinlich auf das gleiche tiefe Frequenzspektrum abgestimmt, in dem sie auch sprechen.«

»Bist du sicher?«

»Wir können einen Versuch machen. Schließe deine Ohren.«

Kelwitt schloss seine Ohren. Selbst durch die geschlossenen Ohrenfalten hindurch vernahm er, wie von seinem Schulterspangencomputer ein gellender jombuuranischer Alarmruf ausging, dessen schiere Lautstärke die beiden Planetenbewohner hätte zusammenzucken lassen müssen. Doch die beiden zeigten keinerlei Reaktion.

»Tatsächlich. Brack, das heißt, es ist überhaupt keine Verständigung möglich?«

»Im Moment noch nicht. Aber ich analysiere die Sprache der Planetenbewohner seit dem ersten Kontakt. Wenn diese beiden sich noch ein paar Perioden weiter unterhalten, können wir mit einer Verständigung beginnen.«

»Und wie soll das gehen?«

»Ich werde alles, was du sagst, in die Sprache dieses Planeten übersetzen und für dich aussprechen. Und umgekehrt.«

»Das kannst du?« Kelwitt versuchte, sich vorzustellen, wie das gehen mochte: eine Sprache zu analysieren, von der man so gut wie nichts wusste – und sie nach wenigen Perioden sogar selber benutzen zu können! Ihm wurde ganz schwindlig dabei.

»Kommunikation mit anderen Spezies ist das Hauptaufgabengebiet von Schulterspangencomputern«, erklärte Tik.

Und das Aufpassen auf Orakelfahrer, die sich benahmen wie Geschlüpfte, war demnach nur eine unbedeutende Nebenaufgabe. Na gut. Kelwitt wartete also ab und beobachtete die beiden Planetenbewohner, die sich, begleitet von allerlei fremdartigen Gesten, weiter miteinander unterhielten.

Er fand ihre Hände faszinierend fremdartig. Es waren breite Pranken mit fünf Fingern, die Gelenke aufwiesen wie Arme oder Beine. Kaum vorstellbar, wie Wesen mit solch groben Greifwerkzeugen so komplizierte Maschinen wie diese Fahrzeuge bauen konnten.

Und sie trugen komplizierte, vielschichtige Kleidung. Gerade so, als sei ihnen kalt, was ja wohl nicht sein konnte. Jedenfalls hatte Kelwitt noch nie gehört, dass Lebewesen in ihrer natürlichen Umgebung Kleidung benötigten.

Aber wahrscheinlich verstand er da etwas falsch. Der kleinere der beiden Planetenbewohner, der mit dem langen hellen Kopfpelz, trug auffallend dünne Bekleidung um den oberen Teil des Körpers, verglichen mit dem dicken Kleidungsstück, das der größere der beiden trug. Wahrscheinlich hatte die Kleidung wohl doch mehr schmückende Funktion, oder sie war eine Art Rangabzeichen.

»*Ich habe jetzt den minimalen Satz an Verständigungselementen ermittelt*«, meldete sich der Computer.

»Was heißt das?«, wollte Kelwitt wissen.

»*Die Bewohner dieses Planeten gehören zur Familie der Wortsprecher, das heißt, sie verständigen sich mit Hilfe von Kombinationen eines begrenzten Vorrats verschiedener Laute, so genannten Worten*«, erklärte Tik bereitwillig. Das Thema Kommunikation schien tatsächlich seine große Stärke zu sein. »*Im Gegensatz dazu gehören etwa Jombuuraner zur Familie der Klangsprecher. Weitere Kommunikationsfamilien innerhalb der Gruppe der akustisch Kommunizierenden sind zum Beispiel Pausenhalter, Tonsprecher, Lautwandler oder Echogeber. In seltenen Fällen werden Mischformen beobachtet.*«

»Ja, schon gut. So genau wollte ich es gar nicht wissen. Heißt das, ich kann jetzt mit den Planetenbewohnern sprechen, oder nicht?«

»*Einfache Sachverhalte sind übertragbar.*«

»Zum Beispiel?«

»*Ich schlage vor, du beginnst mit einer einfachen Begrüßung*«, meinte Tik. Täuschte er sich, oder klang das gereizt?

Kelwitt spürte einen Doppelschlag seiner Seitenherzen. »Gut. Dann beginne ich jetzt, in Ordnung?«

»*Ich bin bereit.*«

Die beiden Planetenbewohner sprachen immer noch miteinander, und ihre Gesten hatten an Heftigkeit und Ausdruck zugenommen. Es war schade, dass er sie nicht verstand.

Kelwitt machte die Geste der friedvollen Begrüßung. »Mein Name ist Kelwitt«, sagte er und spürte gleich darauf, dass seine Schulterspange grollende Laute erzeugte, die denen der Planetenbewohner ähnelten. »Ich bin ein Orakelreisender und komme von einem anderen Planeten als dem euren. Seid gegrüßt.«

Es spricht, dachte Mattek. Das Wesen spricht. Ich bin in einem Film oder so was gelandet. Er spürte erste Zuckungen von etwas unter dem Zwerchfell, was ein hysterischer Lachanfall zu werden versprach. Meine Tochter fliegt aus dem fünften Internat ihrer Laufbahn, und wir begegnen einem Wesen von einem anderen Stern, und das alles an einem Tag.

Und zu allem Überfluss schien Sabrina das alles nicht im Mindesten seltsam zu finden. Sie stand schon vor dem Fremden, deutete mit ihren Händen auf sich und wiederholte: »Sabrina. Mein Name ist Sabrina.«

Was für eine Jugend war da herangewachsen! Ließ die sich überhaupt noch von irgendetwas beeindrucken?

»Entweder«, murmelte Mattek unhörbar, »schnappe ich jetzt über und finde mich in der psychiatrischen Station des nächstgelegenen Krankenhauses wieder – oder ...« Ihm wollte keine rechte Alternative einfallen, aber ganz gewiss hatte er keine Lust, sich in der psychiatrischen Station des nächstgelegenen Krankenhauses wiederzufinden. Nicht zwei Wochen vor Silvester, zwei Wochen vor dem wahrscheinlich größten Neujahrsfeuerwerk aller Zeiten. An dem seine Firma nicht wenig verdiente.

Das Wesen, das so verwirrend an einen Delfin auf zwei Beinen erinnerte, deutete auf Sabrina und sagte: »Sabrina.«

»Ja!«, rief Sabrina begeistert.

Es deutete wieder auf sich. »Kelwitt.«

»Er heißt Kelwitt«, erklärte Sabrina ihrem Vater.

Der nickte nur. So viel hatte er auch verstanden. Im Grunde war das Irritierendste an dieser Situation, dass sie im Grunde so wenig irritierend war. Da stand dieses Wesen vor der Kühlerhaube seines Wagens, fremdartig aussehend, in Ordnung, aber auch nicht fremdartiger als manche Tiere, die man bei einem Besuch im Zoo zu Gesicht bekam. Natürlich, er hatte auch den einen oder anderen Film gesehen in der Vergangenheit, in dem es darum gegangen war, dass Wesen von anderen Sternen zur Erde gekommen waren. In diesen Filmen waren die ersten Begegnungen zwischen Menschen und Außerirdischen stets unerhört monumental verlaufen. Jeder, der daran beteiligt war, wusste: Hier wurde Geschichte gemacht. Hier geschah etwas Enormes, nie Dagewesenes.

Ja, genau – er hätte sich wohler gefühlt, wenn man von irgendwoher dramatische Musik gehört hätte, wenn es Nacht gewesen wäre und ein sinnverwirrendes Spiel aus Licht und Schatten sie umschwirrt hätte. Aber so? Am helllichten Tag, auf einer verlassenen Landstraße ... Das sah alles so normal aus, dass man schier durchdrehte.

Ein Geräusch ließ ihn aufsehen. Aus der Ferne kam ein anderes Auto angeschossen, mit viel zu hoher Geschwindigkeit, auf ihrer Spur. Mit wütender Dauerhupe zog der Wagen auf die Gegenspur hinüber und schoss vorbei.

»Wir können hier nicht ewig stehen bleiben«, erklärte Mattek. »Frag ihn, ob er mitwill, und dann fahren wir weiter. Außerdem ist mir kalt.« Er schlug den Mantelkragen hoch. Eigentlich hatte er heute vorgehabt, noch einmal ins Büro zu gehen, aber das konnte er wahrscheinlich vergessen. Na ja, wenn etwas Wichtiges gewesen wäre, hätte seine Sekretärin ihn sicher im Auto angerufen.

Dieser Bursche, der sich Kelwitt nannte, schien eine Weile zu zögern, aber dann kletterte er auf die Rückbank und ließ sich von Sabrina, die so begeistert wirkte, als habe sie gerade einen lang ersehnten Schmuseteddy geschenkt bekommen, ordentlich anschnallen.

»Und das mir«, murmelte Mattek, als er wieder in den Wagen stieg. »Wo ich noch nie im Leben einen Anhalter mitgenommen habe.«

»Sie bieten dir an, dich mitzunehmen«, erklärte Tik.

»Es scheinen sehr freundliche Wesen zu sein, besonders das mit dem langen hellen Kopfpelz«, meinte Kelwitt. »Aber ich muss ihnen begreiflich machen, dass das nicht geht. Ich muss zurück zum Raumboot.«

»Davon möchte ich abraten«, kommentierte der Computer kühl.

»Warum? Ich meine – ich muss auf das Schiff warten. Das wird doch kommen, oder?«

»Sicher.«

»Und ich muss im Raumboot sein, damit man mich findet.«

»Nein. Man wird zuerst das Raumboot finden, aber dann ist das Schiff nahe genug, um meine Signale aufzufangen. Egal, wo auf diesem Planeten wir uns befinden. Du kannst also mit ihnen mitgehen.«

Kelwitt machte die Geste des Nichtbegreifens. »Wie bitte? Die ganze Zeit hieß es, ich dürfte nicht landen, dürfte keinen Kontakt aufnehmen ... Und jetzt soll ich mit diesen Planetenbewohnern mitgehen?«

»Die Situation hat sich geändert. Das Raumboot wurde abgeschossen. Diejenigen, die es abgeschossen haben, werden es suchen und wahrscheinlich auch finden. Du bist in einer Notlage, in der die normalen Regeln nicht relevant sind. Eine ratsame Möglichkeit wäre, die Wartezeit zu verbringen, indem du dich unauffällig zwischen den Planetenbewohnern verbirgst.«

Kelwitt begriff. Er hatte sich an diese Idee geklammert – zurück ins Raumboot zu gehen, die Luken zu verschließen und abzuwarten, bis Hilfe kam. Aber die Planetenbewohner hatten den abgestürzten Flugkörper gesehen, sie würden sich dafür interessieren. Er würde geradewegs in Schwierigkeiten hineinlaufen.

Bestürzt erkannte er, dass das Orakel zum ersten Mal Recht behalten hatte. Der zerstörte Planet zwischen dem vierten und fünften Planeten! Wie hatte es bei Mu'ati geheißen? »Den Besitzer erwartet eine schwere Prüfung, der er nicht ausweichen kann. Er wird dabei aller Mittel beraubt und gänzlich auf sich allein angewiesen sein.«

So fühlte sich das also an!

»Brack!«, machte er. Dann fiel ihm wieder Mu'ati ein und was er zum fünften Planeten zu sagen gewusst hatte: »Der Besitzer wird nie ohne Hilfe und Unterstützung sein.« Er musterte die beiden Planetenbewohner noch einmal. War das die Hilfe und Unterstützung? Bei Jamuuni, wer konnte das wissen? »Brack, ich riskiere es!« Damit stieg er in das Fortbewegungsmittel.

Die Fahrt als solche war interessant. Jede der steinernen Fahrstraßen mündete in eine weitere, größere, die von einer entsprechend größeren Zahl ähnlicher Fahrzeuge befahren wurde, und schließlich gelangten sie auf eine sehr breite Fahrstraße, auf der sich Unmengen von Fahrzeugen in langen, langsamen Kolonnen dahinschoben. Kelwitt beobachtete das Geschehen sehr interessiert durch die Sichtluken. Ab und zu, wenn ein Fahrzeug mit dem ihren gleichauf war, starrten die Planetenbewohner darin zu ihm herüber, wobei meistens ihre Augen auffallend an Größe zunahmen und sich ihre untere Gesichtsöffnung zu einem großen dunklen Rund öffnete. Manche begannen auch mit heftigen, aber leider unverständlich bleibenden Gesten. Der Planetenbewohner, dessen Name S'briina war, antwortete dann jeweils mit ähnlich heftigen Gesten. Kelwitt fand es interessant, dass die Bewohner dieses Planeten offenbar neben der akustischen Kommunikation eine zweite, optische Kommunikation benutzten, wenn die Bedingungen für die erste nicht gegeben waren. Von der Interpretation der Gestik, erklärte Tik ihm auf Nachfrage, seien sie aber noch weit entfernt.

»Optische Kommunikation ist wesentlich schwieriger zu analysieren«, dozierte der Computer, *»und mit meinen Mitteln fast unmöglich in beide Richtungen zu übersetzen.«*

Es fiel weiterhin Schnee, aber die Planetenbewohner achteten ihn so wenig, dass es kaum zu fassen war. Die Flocken, die auf die Fahrbahn fielen, wurden achtlos unter den Rädern ihrer Fahrzeuge zermahlen, und Schnee, der auf die Sichtluken gelangte, wurde von eigens dafür vorgesehenen Wischeinrichtungen beseitigt.

Die Tatsache, dass jedes Fahrzeug über eine derartige Einrichtung verfügte, ließ darauf schließen, dass es hier wesentlich häufiger schneien musste als auf Jombuur. Ja, wahrscheinlich war Schnee auf diesem Planeten geradezu etwas Gewöhnliches.

»Absonderlich«, murmelte Kelwitt und fügte rasch hinzu: »Das brauchst du nicht zu übersetzen.«

»Das könnte ich auch noch nicht«, gab Tik kühl zurück.

Das Vokabular, das Tik beherrschte, war tatsächlich noch sehr beschränkt. Der Planetenbewohner namens Sabrina, der neben ihm auf den unangenehm weichen Sitzen saß, redete in einem fort, aber nur ab und zu konnte Tik etwas davon übersetzen, meistens nur sinnlose Satzfetzen. Technisch allerdings war die Art und Weise der Übersetzung beeindruckend: Auf die gleiche Weise, wie Tik seine eigene Stimme in Kelwitts Kopf entstehen ließ, projizierte er auch imaginäre Stimmen, die er den beiden Planetenbewohnern zugeordnet hatte, und zwar derart, dass man beinahe glauben konnte, man höre die beiden jombuuranisch sprechen, wenn man sie ansah.

Auf seine Frage, wohin sie fuhren, hatte S'briina geantwortet: »Nach Hause«, was Kelwitt so interpretierte, dass die beiden zum selben Schwarm gehörten und auf dem Rückweg in das Schwarmnest waren.

Der andere Planetenbewohner, der das Fahrzeug steuerte und dessen Name offenbar F'tehr war, wollte daraufhin wissen, woher er kam.

Kelwitt versuchte redlich, das zu erklären, aber fast jeden seiner Sätze blockte Tik mit jenem Signal ab, das bedeutete, dass er das Gesagte nicht in die Sprache des Planeten übersetzen konnte. Schließlich beschränkte Kelwitt sich auf eine so vage Aussage wie: »Von einer Welt wie dieser, aber sehr weit entfernt.«

Das Wesen namens S'briina fing daraufhin an, sich wie wild auf und ab zu bewegen, was auch den Sitz, auf dem Kelwitt saß, in Übelkeit erregender Weise zum Schwingen brachte.

Endlich bogen sie von der großen Fahrstraße ab auf eine schmalere, auf der sie in etwas hineinfuhren, was Kelwitt kaum zu glauben vermochte: eine riesenhafte Ansiedlung künstlicher Höhlen, die, in die Höhe gebaut wie die Nester der Lederhäute auf Jombuur, offenbar tatsächlich von den flachgesichtigen Wesen bewohnt wurden, die sich zu Tausenden und Abertausenden entlang der Fahrstraßen bewegten. Die Ansiedlung hatte sogar einen Namen, wenn er den Planetenbewohner S'briina richtig verstand: *Shtuug'ret*. Blinkende Lichter in verschiedenen Farben schmückten die hoch gebauten Nester, konnten aber nicht verbergen, dass deren vorherrschendes Gestaltungselement das Rechteck war. Kelwitt sagte sich, dass etwas, das für jombuuranische Augen hässlich aussah, für die Augen so fremdartiger Wesen, wie es die Bewohner dieses Planeten zweifellos waren, durchaus schön sein konnte. Aber schwer zu glauben war es dennoch. Sie durchquerten die große Ansiedlung, was bedeutete, dass sie sich in weitere lange, langsam dahinschiebende Kolonnen einreihen und sich mit diesen so langsam bewegen mussten, dass es schneller gegangen wäre, wenn sie zu Fuß gegangen wären. Was Kelwitt in der Tat vorgezogen hätte. Schließlich gelangten sie in einen etwas kleineren Teil der Ansiedlung, in dem kleine, aber zweifellos künstliche Höhlennester entlang schmaler Fahrstraßen aufgereiht waren, und vor einem dieser Nester hielt F'tehr das Fahrzeug an.

Aus einer – wieder rechteckigen – Tür kam ein weiterer Planetenbewohner mit langem, aber diesmal dunklem Kopfpelz, umarmte seinen Schwarmgefährten F'tehr, entdeckte dann Kelwitt und gab einen Laut von sich, der fast schon in den Klangbereich der jombuuranischen Sprache hineinreichte.

7

Es passiert nicht alle Tage, dass man darauf wartet, dass die eigene Tochter aus dem Internat zurückkommt, von dem sie gerade geschmissen wurde.

Man überlegt sich, was man sagen wird. Man wird nicht so tun, als sei alles in Ordnung; so leicht soll sie es nicht haben! Aber man wird sie auch nicht mit Vorwürfen überhäufen. Nein, sie soll sich angenommen fühlen als Mensch, als Kind, aber durchaus spüren, dass man nicht einverstanden ist mit ihrem Verhalten ...

All das war vergessen. Die zurechtgelegten Worte, die vorgedachten Gespräche. Nora Mattek lag bebend in den Armen ihres Mannes und starrte das Wesen auf dem Rücksitz des Autos an. »Was ist das, Wolfgang? Was ist das?«

»Ich weiß es nicht«, murmelte ihr Mann beruhigend. »Wir glauben, dass es ein Außerirdischer ist.«

»Ein ... was?!« Nora Mattek schnappte nach Luft wie ein Fisch auf dem Trockenen.

»Psst. Bitte schrei nicht mehr. Die Nachbarn schauen bestimmt schon.«

Nora Mattek schrie nicht mehr, obwohl ihr durchaus danach gewesen wäre.

»Wir haben ihn unterwegs aufgelesen. Er stand plötzlich vor uns auf der Straße.«

Nora Mattek schrie immer noch nicht. Sie starrte das Wesen hinter der Glasscheibe an, und das Wesen schaute mit großen, schwarzen Augen zurück und legte dann den Kopf ein wenig zur Seite.

Eigentlich sah es gar nicht so schrecklich aus. Eigentlich sah es beinahe süß aus.

»Auf der Straße?«, wiederholte sie flüsternd. »Einfach so?«
»Ich hätte ihn ums Haar überfahren.«

»Das wäre aber schade gewesen«, meinte Nora gedankenverloren.

Sabrina stieg aus, den zerknautschten Matchsack über der Schulter, das personifizierte schlechte Gewissen. »Hi, Mom«, kam es kläglich.

Es passiert nicht alle Tage, dass man seine Tochter aus dem Internat zurückerwartet und bei ihrer Ankunft feststellen muss, dass sie einen Außerirdischen mitgebracht hat. Man kann guten Gewissens so weit gehen zu behaupten, dass das überhaupt noch nie passiert ist. Nora Mattek nahm ihre Tochter in den Arm, drückte sie und sagte, was sie schon Tausende Male gesagt haben musste: »Sabrina – was hast du denn jetzt wieder angestellt?«

»Wie wär's, wenn wir alle reingingen?«, meldete sich Vater Mattek nervös, als das Wesen auf dem Rücksitz seines Wagens Anstalten machte, ebenfalls auszusteigen. »Wir brauchen den Nachbarn doch kein Schauspiel zu liefern, oder?«

Und dann standen sie alle im Flur herum. Kelwitt hieß das Wesen, das angeblich nicht von der Erde stammte – und jetzt, wo Nora ihn in ganzer Größe sah, musste sie zugeben, dass es eine Zumutung gewesen wäre, wenn man von ihr etwas anderes zu glauben verlangt hätte –, ein feucht glänzendes, mageres Bürschchen mit einem spitz zulaufenden, delfinartigen Kopf und großen, lidlosen, nachtschwarzen Augen, um dessen Füße sich nasse Flecken auf den Fliesen bildeten.

»Der Rücksitz ist auch ganz nass«, erklärte Mattek.

Nora seufzte gottergeben.

»Und so was bringst du mir nach Hause. Kurz vor Weihnachten.«

»Vielleicht kann man ja etwas unterlegen«, schlug ihr Mann vor. »Ein Plastiktuch oder so was. Den alten Duschvorhang zum Beispiel.«

»Den habe ich letzte Woche in den Sperrmüll getan.«
»Aber der war doch noch gut!«
»Eine Frau hat ihn mir auch gleich aus den Händen gerissen.«

Kelwitt legte den Kopf wieder leicht schräg, und zum ersten Mal hörte Nora die Stimme, die aus dem metallenen Teil kam, das er auf der Schulter trug und das bestimmt ein Übersetzungsgerät war. »Gerissen?«, fragte er. Die Stimme hatte einen deutlich schwäbischen Akzent.

»Na gut«, meinte Wolfgang Mattek daraufhin und rieb sich ungeduldig die Hände. »Wie auch immer. Die Frage ist, was wir jetzt machen. Familienrat. Wo ist eigentlich Thilo?«

»So was erzählt er mir längst nicht mehr. Aber ich würde mal vermuten, dass er wieder bei dieser Frau ist.«

Sabrina sah ihre Eltern einen unverkennbaren »*Was haben wir nur falsch gemacht?*«-Blick austauschen. Thilo hatte eine Freundin, die gute elf Jahre älter war als er und sich ihren Lebensunterhalt mit Kartenlegen und anderen Wahrsagereien verdiente. Zu sagen, dass diese Verbindung ihren Eltern ein Dorn im Auge war, wäre extrem untertrieben gewesen. Ganze Plantagen von Dornbüschen hätten herhalten müssen für einen angemessenen Vergleich.

»Ist doch ganz klar, was wir machen«, erklärte sie. »Wir passen auf Kelwitt auf, bis er wieder abgeholt wird.«

»Ach«, machte ihre Mutter und sah sie mit großen Augen an. »Er wird wieder abgeholt?«

»Das vermutet sie nur«, warf ihr Vater ein.

»Was soll denn sonst passiert sein?«, entgegnete Sabrina. »Er ist aus irgendeinem Grund vergessen worden, und sie werden wiederkommen, um ihn zu holen.«

»Vergessen? Wobei vergessen?«

»Was weiß ich – vielleicht ist er Mitglied einer Forschungsexpedition? Und sein Raumschiff ist versehentlich ohne ihn abgeflogen.«

Ihre Eltern sahen einander zweifelnd an.

»Ich weiß nicht«, meinte ihr Vater. »Ich kann mir nicht vorstellen, dass eine außerirdische Forschungsexpedition unbemerkt landen kann. Schon gar nicht auf der Schwäbischen Alb.«

»Das wäre bestimmt in allen Nachrichten gekommen«, pflichtete Mutter ihm bei.

Sabrina verdrehte die Augen.

»Das ist doch völlig piepegal!«, stöhnte sie. »Hier steht er und ist so außerirdisch wie nur was, und ihr zerbrecht euch den Kopf darüber, wieso er hier ist. Wen interessiert denn das?«

»Mich zum Beispiel«, meinte ihr Vater. »Ich wüsste schon gerne, was er hier will und wie lange er zu bleiben gedenkt.«

»Na, dann frag ihn doch!«

Zu ihrer aller Überraschung hob Kelwitt in diesem Augenblick die Arme, um mit seinen schlangengleich mäandernden Fingern einige bezaubernd elegante Bewegungen zu vollführen. »Sieben Tage«, erklärte die Stimme aus seiner Schulterspange bestimmt. »Dann wieder gehen. Nach Hause.«

»Na also«, kommentierte Sabrina zufrieden. »Da hörst du es.«

»Aber wie stellst du dir das vor, Sabrina?«, meinte ihre Mutter. »Wir können doch unmöglich einen Außerirdischen bei uns zu Hause beherbergen. Ich meine ... das geht doch nicht!«

»Wieso denn nicht?«

»Wir wissen ja nicht einmal, was er isst. Am Ende vergiften wir ihn, und dann?«

»Wenn ich ein Weltraumforscher wäre, dann hätte ich ein Gerät dabei, mit dem ich feststellen kann, was ich essen darf und was nicht. Jede Wette, dass er auch so ein Ding hat.«

»Ich weiß nicht ... Wolfgang, sag du doch auch mal was! Müssten sich nicht irgendwelche Wissenschaftler darum kümmern? Wer ist denn für so was zuständig?«

Wolfgang Mattek räusperte sich. »Das überlege ich auch schon die ganze Zeit. Im Grunde das Außenministerium, denke ich. Ich meine, Kelwitt ist ja wohl mit Sicherheit Ausländer ...«

»Ich halt's nicht aus!«, entfuhr es seiner Tochter. »Ja, klar, und garantiert hat er kein Visum. Womöglich nicht mal einen Pass. Ein illegaler Einwanderer!«

»Streng nach den Buchstaben des Gesetzes«, räumte Mattek ein, »durchaus.«

»Und? Wird man ihn abschieben? Das glaubst du doch selber nicht. Wie will man denn das machen? Ihn in ein Spaceshuttle stecken? Aufschneiden werden sie ihn, und nachsehen, wie es in ihm aussieht!«

»Unsinn. Unsere Regierung schneidet niemanden auf.«

»Unsere Regierung besteht überhaupt nur aus Aufschneidern«, gab Sabrina zornig zurück.

»Das mag sein, aber ich glaube trotzdem, dass das ein Fall für offizielle Stellen ...«

»Sie werden uns zum Schweigen bringen«, prophezeite Sabrina düster. »Kelwitt wird auf Nimmerwiedersehen in irgendwelchen amerikanischen Labors verschwinden, und die Familie Mattek wird in einem bedauerlichen Unfalltod vollständig ausgelöscht.«

»Du siehst zu viel fern.«

»Vielleicht lese ich auch nur zu viel Zeitung. Die Amerikaner haben in den fünfziger Jahren ahnungslose Leute systematisch mit radioaktiver Strahlung verseucht, um herauszufinden, wie die auf Menschen wirkt. Von den Russen ganz zu schweigen. Was glaubst du, was die mit einem wehrlosen Außerirdischen machen?«

Nun wechselten sie ziemlich beunruhigte Blicke. Sabrina musterte Kelwitt sorgenvoll und fragte sich, wie viel er von der Diskussion hier mitbekommen mochte.

»Na ja«, meinte Vater schließlich zögernd. »Ich kann in meinem Haus schließlich zu Gast haben, wen ich will. Und ich muss mir keinen Ausweis zeigen lassen. Ich denke, es ist am besten, er bleibt erst einmal hier ..., und wir denken heute Abend noch mal in Ruhe über alles nach.«

»Er kann das Gästezimmer haben«, erklärte Mutter. »Ich meine, falls er überhaupt ... schläft, oder was weiß ich ...«

Sabrina machte, dass sie mit Kelwitt davonkam, ehe es sich jemand anders überlegte. Sie schnappte sich Kelwitt – war das ein eigenartiges Gefühl, diese schmalen Hände zu halten, diese Finger, die sich anfühlten wie kalte Makkaroni! – und zog ihn hinter sich die Treppe hoch. »Ich zeige dir das Gästezimmer«, erklärte sie dabei lauter, als es hätte sein müssen. »Dort kannst du es dir gemütlich machen, schlafen, wenn du müde bist ... Weißt du, was das ist, schlafen? Müsst ihr auch schlafen?«

»Schlafen«, wiederholte das schmächtige Wesen. »Ja. Schlafen ist notwendig. In zeitlichen Abständen.« So ganz hatte er es noch nicht raus, schien ihr. Abgesehen davon, dass sich das Übersetzungsgerät einen schwäbischen Akzent angeeignet hatte, der sie fatal an das Idiom erinnerte, das in der Gegend um Schloss Tiefenwart gesprochen wurde.

»Also, das kannst du dir merken, oder? Die Treppe herauf und dann diesen Gang entlang. In der anderen Richtung geht es auf die Dachterrasse, dort solltest du dich besser nicht blicken lassen. Das da ist mein Zimmer, das ist Thilos Zimmer – Thilo ist mein Bruder, aber mal wieder nicht da, typisch –, und hier ganz am Ende ist das Gästezimmer.« Sie stieß die Tür auf und musste erst einmal den Atem anhalten. Das Zimmer war bestimmt seit den Anfängen der bemannten Raumfahrt nicht mehr gelüftet worden. Sie riss die Fensterflügel weit auf, auch wenn dadurch kalte Luft hereinkam.

»Gästezimmer«, wiederholte Kelwitt und machte eine seiner faszinierend geschmeidigen Gesten, die so wirkte, als nehme er das Zimmer dadurch gewissermaßen in Besitz.

»Sogar mit eigenem Bad«, nickte Sabrina und öffnete die schmale Tür zum Gästebad, in banger Erwartung weiterer peinlicher Entdeckungen. Aber im Bad war alles in Ordnung. »Siehst du? Ein Waschbecken, ein Klo – keine Ahnung, ob du damit etwas anfangen kannst –, eine Badewanne. Das sind Wasserhähne. Man dreht sie einfach auf, so – und es kommt Wasser heraus, siehst du? Ich schätze, du wirst eine Menge Wasser brauchen, wenn du deinen Anzug immer nass halten musst, oder? Ach, und du musst auf diese farbigen Punkte hier achten. Der Hahn mit dem blauen Punkt ist für kaltes Wasser, der mit dem roten Punkt für heißes. Verstanden? Ich rede zu schnell, oder?«

»Du redest schnell«, nickte Kelwitt ernsthaft. »Aber ich habe verstanden. Blau – kaltes Wasser. Rot – heißes Wasser.«

»Richtig.« Sie sah das fremdartige Wesen an, das da neben ihr stand und die Wasserhähne sinnend betrachtete. Kelwitt war fast auf den Zentimeter genau so groß wie sie, stellte sie fest. Und am liebsten hätte sie ihn gedrückt und geknuddelt, aber das traute sie sich nicht. Am Ende war das eine tödliche Beleidigung, und sie löste damit einen interstellaren Krieg aus oder so was. »Du findest dich ziemlich gut zurecht, was?«

Kelwitt brauchte, wie immer, eine ganze Weile. »Ich weiß nicht. Es ist sehr ... fremd.«

»Na ja, das geht uns mit dir genauso, weißt du?«

»Vermutung ja«, erklärte Kelwitt und machte eine Geste mit der Hand, die er schon öfter gemacht hatte.

Sabrina sah ihn an und ahmte die Geste nach. »Was bedeutet das, wenn du so machst? Heißt das ›Ja‹?«

Kelwitt wiederholte die Geste, bei der seine rechte Hand sich ein kurzes Stück vor der Brust aufwärts bewegte, um dann mit einer gleitenden Bewegung, an der vor allem seine unglaublich beweglichen Finger beteiligt waren, nach vorn wegzudrehen. »Das bedeutet Zustimmung«, bestätigte er.

»Aha. Wir auf der Erde nicken in solchen Fällen. Das ist

eine Bewegung mit dem Kopf, siehst du? Das nennt man nicken. Das bedeutet bei uns Zustimmung.«

»Nicken.« Kelwitt versuchte es. Sein Kopf schien nicht so beweglich zu sein wie der eines Erdenmenschen, aber er brachte trotzdem ein ganz passables Kopfnicken zu Stande.

»Gut!«, freute sich Sabrina. »Du machst das gut.«

»Was bedeutet ›aufschneiden‹?«, wollte Kelwitt wissen.

»Aufschneiden?« Ups! Sabrina schnappte einen Moment nach Luft. »Das, ähm ...« Was sollte sie ihm jetzt sagen? Hätte sie doch nur nicht davon angefangen. Wer hätte ahnen können, dass er so schnell dazulernte? »Das ist ziemlich kompliziert. Ich erkläre es dir morgen, einverstanden?«

»Gut«, nickte Kelwitt zufrieden.

»Du kommst wahrscheinlich ziemlich viel herum im Weltall, was?«, beeilte Sabrina sich zu fragen, um von dem heiklen Thema abzulenken.

Kelwitt nickte zwar, sagte aber: »Nein. Erstes fort von zu Hause.«

»Nein, nein, wenn du nicht zustimmst, dann darfst du nicht nicken. Wenn wir ›Nein‹ meinen, dann schütteln wir den Kopf. Siehst du, so.«

Kelwitt schüttelte gehorsam den Kopf. »Schütteln den Kopf. Bedeutet ›Nein‹.«

»Und du bist wirklich das erste Mal unterwegs?« Kelwitt nickte. »Ja.«

»Und gleich hier gelandet?«

Kelwitt schien das nicht zu hören. Er sah sie an aus seinen großen, dunklen, lidlosen Augen, die wie kleine Glaskuppeln wirkten in seinem spitz zulaufenden Gesicht, sah sie eine ganze geheimnisvolle Weile an, ohne etwas zu sagen. Und Sabrina hielt still, betrachtete ihn und konnte sich nur mühsam beherrschen, ihn anzufassen.

Dann war der Moment vorüber. Der schmale Außerirdische wandte den Kopf, sah die Badewanne an und sagte: »Ich bin jetzt sehr müde. Zeit zu schlafen sollte bald sein.«

»Schlafen«, echote Sabrina, der war, als erwache sie aus einem kurzen Traum. »Schlafen, ja, klar.« Es war zwar erst heller Nachmittag, aber Kelwitt war von seinem Heimatplaneten bestimmt einen anderen Zeitablauf gewöhnt, als er ihn hier vorfand. Er litt an einem interstellaren Jetlag, sozusagen. »Ich zeig' dir dein Bett. Wir sollten vielleicht noch überlegen, wie du das mit deinem feuchten Anzug machst ... musst du den auch tragen, wenn du schläfst?«

Das mit dem Bett war die Show. Kelwitt setzte sich darauf und sprang sofort wieder auf, als habe ihn etwas gebissen. »Nein«, rief er aus und schüttelte heftig den Kopf. »Keine Zustimmung.«

»Was? Was ist denn mit dem Bett?« Sie setzte sich selbst darauf. »Es ist bequem, glaub mir. Ich hab' hier auch schon geschlafen. Es ist schön weich.«

»Nein«, beharrte Kelwitt. Er schüttelte noch einmal den Kopf, setzte zur Sicherheit etwas hinterher, was wahrscheinlich seine eigene Variante einer ablehnenden Geste war, und ging dann zurück ins Badezimmer. Dort kletterte er in die Badewanne und begann, Wasser einlaufen zu lassen.

Sabrina beobachtete ihn verwundert. Wollte er ein Bad nehmen, ehe er schlafen ging? Seltsam, dass er dazu seinen Anzug anbehielt. Sie stand auf und folgte ihm ins Bad.

Zu ihrer Verblüffung drehte er das Wasser schon wieder ab, obwohl ihm der Wasserspiegel kaum bis über die Hüfte reichte, und legte sich zurück.

»Du willst doch nicht etwa in der Badewanne schlafen?«, wunderte sie sich.

»Sehr bequem«, meinte Kelwitt. »Zeit zu schlafen jetzt.«
»In der Badewanne?«
»Badewanne sehr bequem. Schön weich.«

Fasziniert verfolgte Sabrina, wie Kelwitt einschlief. Nicht einmal jetzt schlossen sich seine Augen, sondern sie verfärbten sich. Die Öffnung auf seinem Scheitel, durch die er atmete, entspannte sich und nahm eine weiche, ovale Form an, das Schwarz seiner Augen wurde nach und nach zu einem milchigen Weiß, und so lag er dann da, der Außerirdische in der Gästebadewanne im Hause Mattek.

»Gute Nacht«, sagte Sabrina leise. Wahrscheinlich hörte er sie schon nicht mehr. »Träum was Schönes.«

Einen Vorteil hat es, wenn man ganz überraschend einen Außerirdischen mit nach Hause bringt: Die Schule ist plötzlich kein Thema mehr.

Vater Mattek schenkte einen Schnaps aus, sogar seiner Tochter, ohne groß darüber nachzudenken. »Auf jeden Fall muss ich morgen wieder in die Firma«, erklärte er dazu. »Es geht nicht, dass der Chef fehlt, wenn alle anderen ackern wie die Pferde.« Dann hockten sie zu dritt um den Couchtisch herum und kauten alle Argumente noch einmal durch. Was allerdings nicht viel brachte.

»Er schläft wirklich in der Badewanne?« Sabrinas Mutter konnte es nicht fassen.

»Mit zwei Handbreit kaltem Wasser drin«, nickte Sabrina.

Mutter schüttelte den Kopf. »Sachen gibt's.«

Als Sabrina an diesem Abend selber ins Bett ging, war sie so aufgekratzt, dass sie kaum einschlafen konnte. Allmählich dämmerte ihr, in was für ein abgefahrenes Abenteuer sie da hineingeraten war. Ein Außerirdischer! Wahrscheinlich würde sie in die Geschichtsbücher eingehen. In hundert Jahren würden Lehrer in Prüfungen nach ihrem Namen fragen, ausgerechnet. Bei schlechten Noten würden Kinder sich nicht mehr mit dem berühmten Satz »Einstein ist auch sitzen geblieben« herausreden, sondern mit »Sabrina Mattek ist sogar fünfmal von der Schule geflogen«.

Als Kelwitt erwachte, brauchte er eine Weile, ehe ihm wieder einfiel, wo er war. Umgeben von tiefster Dunkelheit, in einer bemerkenswert unbequemen Schlafmulde liegend, kam ihm die Idee, sich unter die Planetenbewohner zu mischen, wie eine ausgesprochene Hicksvogelidee vor. Die ganze Orakelfahrt war eine Hicksvogelidee, wenn man es sich genau überlegte.

Allerdings war es für diese tiefe Einsicht etwas spät. Nun musste er sehen, wie er zurechtkam.

Er wälzte sich unbeholfen aus der viel zu tiefen Schlafmulde. Unbequem, wirklich. Aber immerhin hatten sie eine Schlafmulde für ihn gehabt statt des *gluhmen* Möbelstücks, das ihm S'briina zuerst angeboten hatte.

S'briina hatte auch irgendwie Licht eingeschaltet. Dass die Planetenbewohner künstliches Licht benutzten, hatte er bereits feststellen können. Aber er hatte nicht aufgepasst, wie S'briina das gemacht hatte.

Er tastete herum. Eine glatte Fläche. Vorsprünge. Alles sehr verwirrend.

Mehr durch Zufall berührte er etwas, das unter der Berührung knackte, und gleich darauf erhellte sich, nach zweimaligem, schwerfälligem Aufflackern, ein länglicher Leuchtkörper an der Decke des Raums. Aha, so ging das also. Er studierte die Armatur genauer. Eine kleine, leicht geneigte Fläche aus einem glatten, hellen Material. Wenn man sie auf die entgegengesetzte Seite kippte, erlosch der Leuchtkörper wieder. Er probierte es mehrmals, um sicherzugehen, dass der Zusammenhang zwischen dem Schaltelement und dem Leuchtkörper eindeutig war.

Die Tür in den benachbarten Raum stand nur angelehnt. Die Planetenbewohner hatten eine Vorliebe für Türen, die man aufschwenken musste, das war ihm gestern schon an den Fahrzeugen aufgefallen und an der Halle, in der sein Raumboot eingeschlagen war. Auch in dem anderen Raum fand er eine Lichtarmatur neben der Tür an der Wand und schaltete die Beleuchtung ein. Eine gute Gelegenheit, sich in Ruhe umzusehen.

Rechteckige Kästen entlang der Wände dienten offenbar der Aufbewahrung von Gegenständen aller Art. Der Boden war mit einem Material ausgelegt, das Wasser aufsaugte – noch so eine fremdartige Sitte. Kein Jombuuraner wäre auf eine solche Idee verfallen, die Lederhäute vielleicht einmal ausgenommen. Kelwitt öffnete die einzelnen Klappen der Reihe nach und betrachtete, was darin war, ohne etwas zu berühren.

Die meisten Gegenstände waren absolut fremdartig und ihre Funktion oder Bedeutung nicht zu erraten. Er erkannte eine Reihe verschiedener Gefäße aus durchsichtigem Material, aber wozu mochte dieser Gegenstand dienen, der aussah wie die Nachbildung eines dicken, vierbeinigen Lebewesens, von dessen Kopf zwei übergroße Hautlappen nach hinten weghingen, während vorn etwas herausragte, das aussah wie der biegsame Greifarm eines Grundschleimers? Es hatte Stoßzähne wie ein Schlammstachler, allerdings nur zwei davon. Und wozu war es über und über mit glänzenden Plättchen belegt?

Vielleicht ein Kultgegenstand. Aber, interessant, offenbar kannten die Bewohner von Kelwitts Planet auch so etwas wie Bücher! Diesmal wagte er es, den entsprechenden Gegenstand in die Hand zu nehmen. Natürlich war er, wie fast alles, wieder brackig rechteckig, aber das Grundprinzip stimmte eindeutig: dünne Blätter, mit Schriftzeichen versehen und an einer Seite geheftet.

Die Blätter bestanden allerdings auch wieder aus einem Material, das Feuchtigkeit aufsaugte. Zudem fing es in feuchtem Zustand an, sich zu wellen. Da er mit den reichlich eintönig aussehenden Schriftzeichen ohnehin nichts anzufangen wusste, stellte Kelwitt das Buch wieder zurück.

Aber das erinnerte ihn wieder an seinen Mu'ati. Er holte ihn aus seinem Umbindbeutel und blätterte darin, aber zum

Verlauf von Kontakten mit den eventuellen Bewohnern des eigenen Planeten hatte Mu'ati keine Deutungen anzubieten. Das war nur verständlich, fiel Kelwitt dann ein, schließlich hatte Mu'ati seine Deutungen zu einer Zeit geschrieben, als es noch keine jombuuranische Sternfahrt gegeben hatte. Erstaunlich genug, dass er überhaupt etwas über Bewohner anderer Planeten sagte. Er steckte das Buch wieder weg.

Ein Gegenstand, der aussah wie ein Bildschirm, erregte seine Aufmerksamkeit. Er war so aufgestellt, dass man ihn am besten betrachten konnte, wenn man sich auf dem *Gluhmen-Möbelstück* befand, ließ sich aber problemlos drehen. Kelwitt setzte sich auf den Boden davor und untersuchte das Gerät genauer. Es gab ein paar Tasten, die man drücken konnte, und die dann beinahe in dem Gehäuse verschwanden. Allerdings geschah nichts. Erst als er die unterste Taste drückte, begann das Gerät zu knacken und zu brummen, und der Bildschirm wurde langsam hell.

Kelwitt fuhr zurück, als ein Bild sichtbar wurde. Ein bewegtes Bild, und *wie* bewegt! Mehrere Planetenbewohner wurden gezeigt, die in ihren Fortbewegungsgeräten dahinfuhren, und das mit ziemlich bedrohlich aussehender Geschwindigkeit. Einer von ihnen beugte sich sogar, während er die Steuerkontrollen mit einer Hand bediente, aus der Luke und richtete einen rätselhaften Gegenstand auf das Fahrgerät vor ihm, der offenbar dazu diente, laute, knallende Geräusche zu machen. Und das Ganze vollzog sich mit geradezu sinnverwirrender Hektik.

Er verfolgte das Geschehen, ohne recht daraus schlau zu werden, was es darstellte und wozu es gezeigt werden mochte. Gestern auf der Fahrstraße hatte er solche Ereignisse jedenfalls nicht gesehen.

Er drückte eine der oberen Tasten, und das Bild wechselte. Zwei Planetenbewohner waren zu sehen, die unbekleidet waren und einander umarmten. Sie lagen dabei auf einem

Möbelstück, das genauso brackig weich war wie das in diesem Raum, hatten beide die Augen geschlossen und vollführten eigenartige Bewegungen, wobei sie Laute von sich gaben, die der sonst üblichen Sprache nicht zu ähneln schienen.

Kelwitt sah eine Weile zu, aber es tat sich nicht viel Interessantes, und so drückte er eine weitere Taste.

»*Das ist jetzt aufschlussreich*«, meinte Tik.

Drei Planetenbewohner saßen in einem Nest beisammen und sprachen miteinander. Ab und zu übersetzte Tik einen Satz, aber nicht oft genug, als dass Kelwitt sich einen Reim darauf hätte machen können, um was es ging.

»*Offenbar handelt es sich um Darstellungen des alltäglichen Lebens auf dem Planeten*«, erklärte Tik. »*Der Planetenbewohner in dem hautfarbenen, knittrigen Kleidungsstück trägt den Namen ›Inspektoorkolomboo‹. Er stellt sehr viele Fragen, die die anderen beantworten – das erleichtert mir die Analyse ihrer Sprache. Ich würde empfehlen, das Gerät eingeschaltet zu lassen.*«

Morgens um fünf fiel Emma mal wieder ein, dass sie lieber allein weiterschlafen wollte. Solche Anwandlungen hatte sie manchmal, und dann konnte sie kein Argument und nichts davon abhalten, sie in die Tat umzusetzen. Thilo zog sich also folgsam wieder an.

Emma Vandout war eine weise Frau, eine Eingeweihte und Magierin, eine wahre Seherin. Zumindest in ihren eigenen Augen. Weniger freundliche Menschen hatten weniger freundliche Bezeichnungen für sie parat, aber das waren eben gewöhnliche, verblendete, verirrte Seelen. Nichts, was man ernst nehmen musste.

Emma, die Thilo verboten hatte, sie so zu nennen, und auf ihrem angenommenen Namen ›Sybilla‹ bestand, machte sich nichts aus materiellen Dingen, denn sie wusste, dass das

Ende der Welt nahe war. Sie lebte in einer winzigen Wohnung, in der es nur zwei Zimmer und eine Toilette gab. Das eine Zimmer war den magischen Riten vorbehalten, den Kartenséancen und Wahrsagesitzungen, mit denen sie auch ihren Lebensunterhalt verdiente, und demzufolge musste sich in dem anderen Zimmer, das zur Hälfte bereits von ihrem Bett in Anspruch genommen wurde, alles andere abspielen. Sie kochte auf einer einzigen Herdplatte, wobei sie über ein beeindruckendes Repertoire von Rezepten verfügte, die nur einen einzigen Topf erforderten. Ihre beträchtliche selbst geschneiderte Garderobe verfertigte sie hier, hier las sie, und hier spielten sich auch die sexuellen Begegnungen ab, die es vor allem waren, die ihren jungen Liebhaber Thilo Mattek so sehr an ihr faszinierten.

»Wann sehen wir uns wieder?«, fragte er, während er sich die Schuhe zuband.

»Wenn es soweit ist«, entgegnete Emma rätselhaft.

Während sie Thilo in ihrem zu einem Wohnmobil umgebauten VW-Bus nach Hause fuhr, wiederholte sie flüsternd ihre Visionen: dass das Ende der alten Zeit nahe war, und dass schon bald – vielleicht mit dem Anbrechen des neuen Jahrtausends – eine neue Zeit beginnen würde, eine Zeit des Lichts. Doch es würde nicht ohne Kämpfe abgehen. Ihr Wohnmobil war Ausdruck dieser Erwartung. Sie hatte es zu einer fahrbaren Überlebenseinrichtung umbauen lassen, mit Schutzblechen, die man vor Fensterscheiben und Reifen legen konnte, verstärktem Sicherheitstank und eingebautem Weltempfänger. In abgedichteten Einbaufächern lagen Vorräte für vier Wochen bereit und große Wasservorräte, die sie alle vier Tage erneuerte. An mehreren geheimen Stellen waren Rollen mit echten Goldmünzen versteckt; auch wenn sie sich nichts aus materiellem Besitz machte, war sie sich doch darüber im Klaren, was er in kritischen Situationen bewirken konnte.

Trotz alledem wäre es ein aussichtsloses Unterfangen gewesen ohne ihre seherischen Fähigkeiten, die es ihr erlauben würden, zur richtigen Zeit an den richtigen Orten zu sein, um die Weltenwende heil zu überstehen. »Als im vierzehnten Jahrhundert die Pest ausbrach und Europa zur Hälfte entvölkerte«, flüsterte ihre Stimme geisterhaft in die Nacht der leeren Straßen, in denen ein paar verirrte Schneeflocken trieben, »konnte man überleben, wenn man in Mailand oder Liège war. Dorthin kam die Krankheit nicht. Wer das wusste, überlebte.«

»Und diesmal?«, fragte Thilo leise.

»Wir wissen nicht, was kommen wird. Aber etwas wird kommen, und bald. Im Schwarzwald gibt es Täler, wo man sicher sein wird, und südlich der Donau werden einige Stellen verschont bleiben. Dort gehen wir hin, wenn es soweit ist.«

Als sie angekommen waren – Emma parkte wie immer ums Eck, um vom Haus der Matteks aus nicht gesehen zu werden –, fragte Thilo noch: »Nimmst du mich mit?«

Sie fuhr ihm über das Haar und lächelte schmerzlich. »Ja, sicher. Ich hol' dich ab, wenn es soweit ist. Aber du musst bereit sein, denn warten werde ich nicht können.«

Thilo nickte. »Ich werde bereit sein.«

Als er aussteigen wollte, fiel ihr noch etwas ein. Aus einem Schubfach holte sie eine Salatschüssel heraus, die er vor etlicher Zeit einmal mitgebracht hatte. »Hier«, sagte sie und küsste ihn zum Abschied. »Bring sie zurück.«

»Ach was«, meinte Thilo. »Behalt sie. Die vermisst bei uns niemand.«

»Nein«, beharrte sie. »Die alten Dinge müssen geklärt sein, damit das Neue kommen kann. Bring sie zurück.«

Er wartete, die Salatschüssel im Arm, und sah ihr nach, bis sie davongefahren war. Dann schlenderte er die restlichen Meter bis zur Haustür, die er möglichst unhörbar aufzuschließen sich bemühte. In diesem Haus litten bisweilen die verschiedensten Bewohner aus den verschiedensten Gründen an Schlafstörungen, und er wollte gerade keinem davon begegnen.

Aber in der Küche brannte Licht. Schmal und hell fiel ein Streifen durch die angelehnte Tür auf den dunklen Flur. Mist. Einen Moment überlegte er, ob er einfach die Treppe hinaufschleichen sollte, aber dann beschloss er, sich der Herausforderung zu stellen. Er öffnete die Küchentür.

Ich träume, dachte er im nächsten Moment. *Ich liege noch bei Sybilla im Bett und träume das alles.* Weder sein Vater noch Nora noch Sabrina saßen am Küchentisch, sondern ein bizarres Wesen, das einem Comicstrip entsprungen zu sein schien; eine Kreuzung aus einem magersüchtigen Teenager und einem Delfin. *Ich habe die ganze Rückfahrt geträumt, und das hier träume ich auch.* Und dieses Wesen sah ihn aus großen schwarzen Augen an, hob lässig die Hand und sagte: »Guten Abend, Mister.«

Thilos Unterkiefer klappte herab.

Die Schüssel entglitt seinen Händen und zerschellte mit einem markerschütternden Knall auf den Fliesen.

»Oh«, sagte das Wesen am Küchentisch. »Hoffentlich Allianz versichert.«

8

SABRINA KONNTE SICH nicht erinnern, wann sie zuletzt alle vier an einem ganz gewöhnlichen Samstagmorgen zusammen am Frühstückstisch gesessen waren. Dieses Jahr jedenfalls noch nicht.

»Wir müssen reden«, sagte Wolfgang Mattek in seinem besten Familienvater-Ton.

»Ja«, sagte Thilo.

»Allerdings«, nickte Nora.

»Über verschiedene Dinge«, fuhr der Familienvater ernst fort.

»Eine Menge Dinge«, bekräftigte seine Frau.

»Vor allem mal über ein ganz bestimmtes Ding«, forderte Thilo.

Sabrina warf ihren Löffel klirrend in die Müslischale.

»Kelwitt ist kein *Ding*! Ich glaub', ich spinne! Jetzt bringt mein eigener Bruder schon solche nazimäßigen Sprüche, das halt' ich ja im Kopf nicht aus! Und alles bloß, weil du zu *blöd* bist, eine Salatschüssel richtig festzuhalten ...«

»Schluss!«, fuhr Mattek dazwischen. »Ich wünsche jetzt keinen Streit. Sabrina, was tut unser Besuch gerade?«

»Unser Besuch schläft.«

»In der Badewanne.«

»Ja.«

»Nun ja«, machte Vater Mattek. »Jeder, wie es ihm beliebt. Jedenfalls müssen wir uns darüber klar werden, was wir mit ihm tun.«

»Ich denke, das haben wir gestern ausgemacht?«, beharrte Sabrina. »Er bleibt unser Gast, bis er abgeholt wird.«

»Und wann wird das sein? Morgen? In einer Woche? In zehn Jahren?«

»Er hat doch gesagt, in sieben Tagen.«

»Sieben *unserer* Tage oder sieben *seiner* Tage?« Ihr Vater sah sie ausgesprochen grimmig an. »Ich sag' dir eins – ich habe keinerlei Lust, so einen doofen Familienvater abzugeben wie in dieser amerikanischen Serie mit dem zotteligen Außerirdischen, die ihr früher immer angeschaut habt!«

»Null problemo. Kelwitt ist übrigens dabei, unsere Sprache zu lernen, und dann können wir ja noch mal genauer nachfragen.«

»Und wie lange wird das dauern?«

»Bestimmt nicht mehr lange, wenn er weiter fernsieht wie ein Verrückter«, knurrte Thilo. »Der Fernseher in seinem Zimmer war die ganze Nacht an. Und er kann schon eine Irrsinnslatte von Sprüchen aus dem Werbefernsehen aufsagen. Ich hab' kein Auge zugekriegt.«

»Dann komm nicht so spät heim«, versetzte seine Mutter. »Um fünf Uhr morgens, alles was recht ist!«

Thilo verschränkte die Arme vor der Brust, ein einziges Bild trotziger Abwehr. »Das geht euch überhaupt nichts an.«

»Das geht uns sehr wohl etwas an. Vor allem, wenn du um fünf Uhr morgens mit Geschirr durch die Gegend schmeißt und herumschreist wie am Spieß.«

»Entschuldige, dass ich erschrocken bin, als ich einen Außerirdischen in unserer Küche vorgefunden habe.«

»Und außerdem bist du erst sechzehn. Sechzehn! Diese Frau ist viel zu alt für dich.«

»Geht das wieder los!«, ächzte Thilo.

»Genug!« Das Familienoberhaupt schlug mit der flachen Hand auf den Tisch.

»Ihr hättet Thilo nicht so oft ›Harold and Maude‹ sehen lassen sollen«, meinte Sabrina gehässig.

»Ich habe gesagt, genug!«, beharrte Vater Mattek. »Und zurück zum Thema.«

»Ja, ja.«

»Also, was wissen wir von diesem Wesen? Es schläft lieber in einer Badewanne als in einem Bett, schaut sich freiwillig alle Kabelkanäle an und hat eine Art Computer auf der Schulter, der hoffentlich bald gelernt hat, seine Sprache zu übersetzen. So weit, so gut – aber was zum Beispiel isst es? Woher kommt es überhaupt? Und was will es eigentlich hier?«

»Habt ihr schon mal überlegt, dass er eine Art Kundschafter sein könnte, der eine Invasion der Erde vorbereitet?«, warf Thilo ein. »Wenn seine Kollegen kommen, fressen sie uns vielleicht zum Dank als Erste.«

Sabrina musterte ihn verächtlich von oben bis unten. »Du bist widerlich, weißt du das?«

»Nein, Sabrina«, widersprach ihr Vater, »das ist der erste ernst zu nehmende Einwand, den ich höre. So etwas Ähnliches habe ich mir heute Nacht auch überlegt. Ich meine, warum ist er allein? Er weiß so gut wie nichts über uns. Niemand würde eine Expedition auf einen unbekannten Planeten entsenden, die nur aus einer Person besteht. Das ist unlogisch.«

»Vielleicht hat seine Rasse eine andere Art von Logik«, meinte Sabrina.

»Es gibt nur eine Art von Logik, egal, ob man Haare auf dem Kopf hat oder Atemschlitze. Wenn wir sonst nichts mit ihm gemeinsam haben sollten, die Logik haben wir auf jeden Fall dieselbe.«

»Dann weiß ich's auch nicht«, sagte Sabrina und strich sich mit einer betont doofen Geste über die Haare. »Du weißt ja – Frauen und Logik, das geht auf keinen Fall zusammen ...«

In diesem Augenblick war aus den Tiefen des Hauses wieder ein Geräusch zu hören, das sich anhörte wie eine Vielzahl ferner Stimmen, die in einem Blecheimer durcheinander redeten.

»Er hat den Fernseher wieder an«, sprach Thilo aus, was allen klar war.

»Ich weiß nicht so recht«, murmelte sein Vater unbehaglich. »Bekommt er auf diese Weise nicht einen ziemlich verzerrten Eindruck von uns?«

Thilo sah auf die Armbanduhr und musste lachen. »Ja, genau. Samstagvormittag. Jetzt laufen die ganzen Zeichentrickfilme für die Kiddies. *Donald Duck. Tom und Jerry. Familie Feuerstein.* Da dreht er durch, wetten?«

»Anacondas Bericht.« Ein Schnellhefter mit drei Blättern darin landete flatternd auf dem Schreibtisch.

»Und?«, fragte der Mann mit dem Bürstenhaarschnitt.

»Sie hat die Scheune gefunden.«

»Mit dem Loch im Dach?«

»Genau. Und total zerwühlt das ganze Heu darin. Aber kein abgestürztes Flugzeug oder Ufo oder sonst was.«

Der Mann hinter dem Schreibtisch nahm den Schnellhefter in die Hand und blätterte desinteressiert darin. »Ich werd' aus der Sache nicht schlau. Hat Ochsenfrosch jemandem ein Loch ins Scheunendach geballert oder was? Wem gehört denn das Ding?« Er blätterte, überflog die Seiten auf der Suche nach dieser Information. Dann wurde ihm das alles zu lästig, und er schleuderte den Hefter achtlos in ein Eck hinter sich, in dem schon etliche andere Schriftstücke lagen, reichlich zerknittert und vergilbt manche davon. »Ach, zum Teufel damit. Wir haben wirklich Wichtigeres zu tun. Und Ochsenfrosch hat Urlaub, oder? Dann soll er gefälligst auch Urlaub machen, verdammt noch mal. Sagen Sie ihm das, wenn er noch mal anruft. Er soll nach Mallorca fliegen und sich zwei Wochen an den Strand legen. Oder sich im Ballermann die Kante geben, von mir aus. Aber ich will ihn hier nicht sehen und nicht hören, und ich will nicht, dass jemand in diesen Räumen in den nächsten drei Wochen seinen Namen ausspricht. Das können Sie ihm übrigens auch sagen.«

In der Fabrik lief alles auf Hochtouren, die Nachbestellungen für Feuerwerk stapelten sich zu Bergen, man würde mit sämtlichen greifbaren Aushilfsdatentypistinnen das Wochenende durcharbeiten, und die Produktion kam kaum nach. Dabei würde die heiße Phase erst noch kommen, wenn nach Weihnachten der Verkauf von Silvesterfeuerwerk freigegeben wurde und dann auch der letzte Einzelhändler merken würde, dass er viel zu wenig Feuerwerk auf Lager hatte. Sie hatten zwanzig zusätzliche Telefonistinnen für diese Tage eingestellt und zusätzliche Leitungen angemietet, ganz zu schweigen von den Spediteuren, die schon Knallfrosch bei Fuß standen. Aber keine besonderen Vorkommnisse, nein. Im Grunde sei es unnötig, wenn er morgen herkomme.
»Ich komme trotzdem«, erklärte Mattek seiner Sekretärin. »Der Chef muss mit gutem Beispiel vorangehen.«
»Wenn Sie meinen, Herr Mattek ...«
»Also«, meinte Mattek, nachdem er den Hörer aufgelegt hatte, »Sabrina und Thilo, ihr beide müsst euch um Kelwitt kümmern. Er kann meinetwegen hier auf sein Raumschiff warten, aber er soll im Haus bleiben.«
»Ja, Papa«, kam es im Chor.
»Wir behalten die ganze Angelegenheit erst mal für uns. Kein Wort zu den Nachbarn. Kein Wort zu irgendwelchen Freunden. Klar?«
»Ja, Papa.«
Er sah seine beiden Sprösslinge an, befremdet über die ungewohnte Eintracht.
»Manchmal frage ich mich, ob ihr mich eigentlich ernst nehmt.«
»Klar doch, Papa«, erklärte Sabrina mit treuherzigem Augenaufschlag. Und fügte, als ihr Vater Mantel und Aktentasche genommen und die Haustür hinter sich geschlossen hatte, leise hinzu: »Manchmal schon ...«

Das Gesicht des Mannes war ein modernes Kunstwerk in blau und rot. Sein rechter Arm war in einen provisorischen Streckverband gelegt, sein Schädel bandagiert. »Ich hatte ein Handy dabei«, erklärte er. Das Sprechen fiel ihm schwer. »Ich habe damit um Hilfe gerufen. Nach meinem Unfall. Wo ist es?«

»Tut mir Leid«, sagte der hagere Mann in dem weißen Kittel, der an seinem Bett stand, die Krankenakte in der Hand. »Das weiß ich leider nicht.«

»Ich muss telefonieren«, beharrte der Patient. »Ich bin Agent des Bundesnachrichtendienstes, und es geht um eine Angelegenheit von größter Bedeutung. Von allergrößter Bedeutung.«

Der Arzt griff nach dem Handgelenk des Mannes, um den Puls zu fühlen. »Ich verstehe«, nickte er ernst. »Ich werde veranlassen, dass man Ihnen so bald wie möglich ein Telefon bringt.«

»Es ist dringend, Herr Doktor.«

»Selbstverständlich. Je schneller Sie diese Tablette geschluckt haben, desto eher erhalten Sie Ihr Telefon.«

Der Mann betrachtete die große weiße Tablette, die der Arzt ihm auf die Hand gelegt hatte. »Wofür ist die?«

»Hier«, sagte der Arzt und reichte ihm einen Becher mit Wasser.

»Na gut«, seufzte Hermann Hase, nahm die Tablette in den Mund und spülte sie hinab.

Der Arzt verfolgte gelassen, wie gleich darauf der Blick seiner Augen glasig wurde, die Augenlider herabsanken und sein Atem den schweren, tiefen Rhythmus des Schlafes annahm.

»Meine Damen und Herren«, sagte er dann halblaut und ließ den Blick über die Schar junger Medizinstudenten schweifen, die auf der anderen Seite des Bettes standen, »ich hoffe, Sie haben gut aufgepasst. Gerade bei Patienten mit Wahnvorstellungen ist es wichtig, dass man auf sie eingeht. Widersprechen Sie nicht, argumentieren Sie nicht. Das erregt den Patienten nur, was leicht zu einer Krise oder sogar einem psychischen Kollaps führen kann. Spielen Sie stattdessen das Spiel mit, soweit es möglich ist. In schweren Fällen – oder in Fällen wie diesem, wo wir von einem temporären Unfalltrauma ausgehen können –, ist im Allgemeinen der Einsatz eines Sedativums angezeigt.«

Einer der Studenten streckte mit spitzem Finger die Hand hoch. »Müsste man aber nicht trotzdem nachprüfen, ob der Mann für den Bundesnachrichtendienst arbeitet?«

Der Blick des Professors war vernichtend.

»Ich meine ja nur«, murmelte der vorwitzige Frager schüchtern und drückte sich hinter den Rücken eines Kommilitonen.

»Vielleicht hat er uns längst mit einer Krankheit angesteckt, gegen die es kein Gegenmittel gibt«, meinte Thilo und malte mit den Fingern unsichtbare Figuren auf die Platte des Küchentischs. »Ein Virus aus dem All, das uns alle in eine große, schleimige Masse verwandelt.«

Sabrina, die auf der anderen Seite des Küchentischs hockte, den Kopf in die Arme gestützt, sah ihren Bruder entnervt an. »Du guckst echt zu viele Filme.«

»Könnte doch aber sein, oder?«

»Ist extrem unwahrscheinlich.«

»Woher willst'n das wissen?«

»Ich hab' ein Buch darüber gelesen«, erklärte Sabrina. »Falls du weißt, was das ist.«

»Schon mal davon gehört, ja.«

»Klasse. Jedenfalls, darin stand, dass Krankheitserreger meistens ganz speziell auf bestimmte Lebewesen angepasst sein müssen, um überleben zu können. Ein Virus, das einen Hund befällt, befällt keinen Menschen, und umgekehrt.«

»Ah«, machte Thilo. »Und was ist mit dem Rinderwahnsinn? Der befällt doch auch Menschen.«

»Das ist eine Ausnahme. Außerdem sind Rinder und Menschen ja noch ziemlich verwandt. Aber ein außerirdischer Krankheitserreger hat höchstwahrscheinlich keine Chance.« Von oben hörte man immer noch den Fernseher aus dem Gästezimmer dröhnen. Dem Geräusch nach schaute Kelwitt sich gerade *Bonanza* an oder so etwas Ähnliches.

»Du liest ziemlich merkwürdige Bücher«, meinte Thilo gähnend.

»Es war nichts anderes da.«

In diesem Augenblick verstummte der Fernseher. Thilo und Sabrina sahen einander an. Gleich darauf hörte man eine Tür, dann langsame, platschende Schritte, die die Treppe herunterkamen, und dann stand er in der Küchentür, sah sie aus großen, pupillenlosen schwarzen Augen an und sagte höflich: »Guten Morgen und herzlich willkommen zur neuen Ausgabe eines Tages.«

Thilo starrte ihn an, und Sabrina merkte, dass er ein Aufwallen von Panik niederkämpfte. »Ähm ... hallo, Kelwitt«, brachte er mühsam heraus.

Kelwitt sah anders aus, als Thilo ihn in Erinnerung hatte. Nicht so ... bedrohlich. Heute Nacht war er ihm wie ein Monster aus einem Albtraum vorgekommen, wie eine glitzernde, schleimige Stephen-King-Kreatur, die gerade die übrige Familie gefressen und nur noch auf ihn gewartet hatte. Aber bei Tageslicht und nach einem kräftigen Frühstück hatte er eher etwas von einem abgemagerten Kind an sich, das von zu Hause ausgerissen war.

Na ja, obwohl er natürlich schon ziemlich abgefahren aussah. »Angenehm, mein Herr«, schnarrte Kelwitt mit einer verdächtig nach Heinz Rühmann klingenden Stimme, »mein Name ist Kelwitt.« Das Klangbild veränderte sich, plötzlich klang er nach Miss Piggy. »Huch, wer sind Sie?«

»Ich heiße Thilo«, erklärte Thilo grinsend.

»Wir sind uns nur kurz begegnet«, klagte Kelwitt mit einer weiblichen Stimme, die Thilo auch bekannt vorkam.

»Bedauerlich. Ich hoffe, es geht Ihnen heute besser.« Das klang nun nach Doktor Quincy.

Sabrina verbiss sich mit Mühe das Lachen. »Hallo, Kelwitt!«, rief sie. »Komm, setz dich zu uns. Willst du was essen?«

»Fruchtig-frisch«, erklärte Kelwitt ernsthaft und kam näher. Sein Anzug glänzte vor Feuchtigkeit, und seine Füße hinterließen nasse Stellen auf den Fliesen. »Und das alles für nur sieben Mark neunundneunzig unverbindliche Preisempfehlung. Nein, danke, mein Herr. Ich hab' null Bock auf Essen.« Er zog einen der Stühle heran, betastete das Kissen darauf, nahm es herunter und setzte sich auf das blanke Holz.

»Was hast du eigentlich gegen weiche Kissen?«, wunderte sich Sabrina und nahm ihm das Sitzkissen ab.

»Es ist ... unangenehm«, erklärte Kelwitt. Er schaute sich um. »Wo sind eigentlich die anderen beiden Kandidaten? Fragen wir die Jury.«

»Unser Vater ist im Büro«, schmunzelte Sabrina, »und unsere Mutter ist einkaufen. Weil wir nämlich demnächst wieder Bock auf Essen haben werden, und dann sollte was im Haus sein, verstehst du?« Wahrscheinlich war es falsch, so auf seine aus lauter Fernsehpuzzlestücken zusammengebaute Sprechweise einzugehen, aber sie konnte der Versuchung nicht widerstehen.

»Unser Vater«, wiederholte Kelwitt ernsthaft. »Unsere Mutter. Sabrina.« Er deutete auf sie, dann auf ihren Bruder. »Thilo. Und diese Antwort ist – richtig!«

Thilo schüttelte den Kopf. »Das ist echt abgefahren. Das sollten wir aufnehmen, weißt du das?«

»Hab' ich mir auch schon überlegt. Hast du eine Ahnung, wo Vaters Videokamera ist?«

»Ach, Scheiße«, fiel es Thilo ein. »In der Schule. Ich hab' sie für so eine beknackte Projektarbeit mitgenommen.«

»Na, toll.« Sabrina wandte sich an Kelwitt, der ihnen interessiert zugehört hatte. »He, kannst du uns eigentlich inzwischen ein bisschen mehr darüber erzählen, woher du eigentlich kommst und was du hier willst?«

Kelwitt machte eine seiner eleganten fingertänzelnden Gesten und legte los, in einem wilden Kauderwelsch aus Werbeslogans und unpassend gewählten Wörtern, und alles mit schwäbischem Akzent. Mit einiger Mühe verstanden sie, dass sein Heimatplanet Jombuur hieß, dass seine Heimatsonne aber zu weit entfernt war, als dass man sie am irdischen Nachthimmel hätte erkennen können.

»So heißt eure Sonne? Bandarats Stern?«

»Ja.«

»Und ist die weit weg von hier, diese Sonne?«

Kelwitt machte eine Geste, die verdächtig so aussah, als habe er sie Inspektor Colombo abgeschaut. »Das ist schwer zu sagen. Wenn ich es richtig verstanden habe, würde ein Raumschiff wie eure ›Enterprise‹ ungefähr einen Monat unterwegs sein bis dorthin.«

Sabrina starrte den Außerirdischen an und fühlte, wie ihre Kinnlade haltlos nach unten sacken wollte. »Oh, Scheiße«, murmelte sie.

»Wir dürfen ihn wirklich nicht so viel fernsehen lassen«, meinte Thilo.

Die Verständigung mit den beiden Erdbewohnern funktionierte besser, als Kelwitt zu hoffen gewagt hatte, auch wenn Tik hin und wieder signalisierte, dass die Übersetzung nur näherungsweise möglich war. Die Perioden vor dem Bildübertragungsgerät waren sehr nützlich gewesen, nicht nur, weil sie dem Computer erlaubt hatten, die Sprache der Erdbewohner zu analysieren, sondern auch, weil er sich auf diesem Wege ein umfassendes Bild von deren Leben hatte machen können. Auch wenn er, wie er zugeben musste, vieles nicht verstanden hatte.

So hatte er gesehen, dass die Erdbewohner durchaus über Sternschiffe verfügten, und zwar über eine verwirrende Vielfalt davon. Auch Kontakte mit Bewohnern anderer Planeten hatte es durchaus schon gegeben, wenn auch Kelwitt keines der Wesen erkannt hatte, die gezeigt worden waren – was aber nichts heißen mochte, schließlich war er kein Sternfahrer.

So begriff er nicht ganz, was nach dem Gespräch über Jombuur und der Distanz zur Erde geschah. Eine unverkennbare Unruhe bemächtigte sich der beiden Erdbewohner. Der eine der beiden, den er vom Vortag kannte – S'briina – stand auf, verließ den Raum und kehrte gleich darauf mit einem dicken Buch zurück, das er aufgeschlagen vor Kelwitt auf den Tisch legte.

»Dein Computer kann Sprache übersetzen«, sagte S'briina. »Kann er auch Schrift verstehen?«

»Tik?«, fragte Kelwitt. »Der Erdbewohner scheint uns seine Schrift beibringen zu wollen.«

»*Das ist zu begrüßen*«, ließ sich Tik vernehmen.

Kelwitt machte die irdische Geste der Zustimmung – ein relativ grobschlächtiges Auf- und Abbewegen des Kopfes, das ihm nicht ganz leicht fiel – und sagte: »Dann sag ihnen ja.« Die nachfolgende Unterhaltung führte Tik im Grunde ohne ihn. Er war nur Zuschauer, wie S'briina mit einer der grobknochigen Handextremitäten auf jeweils ein Zeichen deutete und etwas dazu erklärte. »*Die Schrift entspricht der Struktur der Sprache recht gut*«, erklärte Tik nach einer Weile. »*Eine lineare Folge von Zeichen, die für die Laute stehen, aus denen die Worte zusammengesetzt sind. Keine übergreifenden Vernetzungen, wie etwa im Jombuuranischen. Das macht die Übersetzung einfach.*«

Tik bediente sich wieder des Tricks, über das Nervensystem direkt auf seine Wahrnehmung einzuwirken. Kelwitt schaute eine Seite des Buches an und betrachtete die kleinen, in langen, waagerechten Linien angeordneten Zeichen –

doch gleich darauf, nämlich sobald Tik mit der Übersetzung der Seite fertig war, erblickte er auf derselben Seite den vertrauten Anblick jombuuranischer Aufzeichnungen, ein differenziertes Geflecht von Begriffssymbolen, Vernetzungszeichen, Beziehungslinien und Akzentfarben.

Das meiste blieb allerdings unverständlich. Es wimmelte von Auslassungszeichen. Er blätterte vorsichtig ein wenig in dem Buch, doch die Reihenfolge der Erläuterungen darin beruhte auf einem undurchschaubaren System: Nach der Beschreibung einer Pflanze kam die Erläuterung eines physikalischen Begriffs, dem wiederum ein geschichtliches Traktat über eine bestimmte Epoche folgte, und so weiter. Der Zusammenhang zwischen den einzelnen Abschnitten blieb Kelwitt verborgen.

Doch die beiden Erdbewohner schienen, soweit er das ihrer Gestik und ihren Äußerungen entnehmen konnte, ziemlich angetan davon, dass er ihr Buch lesen konnte, nachdem er es durch das Vorlesen eines winzigen Abschnittes über das Sehorgan der Erdbewohner unter Beweis gestellt hatte.

Doch auch die Seiten des Buches waren aus feuchtigkeitsabsorbierendem Material gefertigt, was naturgemäß dazu führte, dass er feuchte Flecken darauf verursachte, wenn er sie berührte. Das wiederum schien die beiden zu beunruhigen, und schließlich sprang der andere Erdbewohner namens Tiilo auf, öffnete eine der Klappen der Aufbewahrungseinheiten entlang der Wand und kehrte mit zwei weichen, aus einem glatten, elastischen Material von grellgelber Farbe gefertigten Handüberziehern zurück. Eine Schutzmaßnahme offenbar. Es war nicht so einfach, damit zurechtzukommen – sie waren zu breit, die überzähligen Ausstülpungen störten, und er verlor fast alles Gefühl in den Fingern –, aber dafür wurden die Buchseiten nicht mehr feucht, und nun ließen sie ihn nach Herzenslust in dem Buch blättern, das so etwas wie eine Einführung in grundlegende Wissensbereiche der Erdbewohner zu sein schien.

Sehr interessant, wie er nach einer Weile feststellte, wenngleich ihm das Ordnungsprinzip nach wie vor verborgen blieb. Es war mehr Zufall, wenn er hier und da auf brauchbare Informationen stieß. Die Bewohner dieser Welt, erfuhr er, nannten ihren Planeten ›Erde‹ und ihre Sonne ›Sonne‹.

»*Ziemlich typisch für isolierte Kulturen*«, kommentierte Tik diese Stelle. »*Der Begriff ›Erde‹ bezeichnet sowohl den Planeten als auch die oberste Bodenschicht. Der Begriff ›Sonne‹ ist sowohl Gattungsbegriff als auch Eigenname der eigenen Sonne, gerade so, als gäbe es keine anderen Sonnen im Universum. Die anderen Sonnen bezeichnet man als ›Sterne‹, obwohl man weiß, dass es Sonnen sind – weil man noch nie eine andere Sonne als die eigene aus der Nähe gesehen hat.*« Zudem war der Planet überaus dicht besiedelt. Selbst in den unwirtlichsten Gegenden drängten sich Millionen von Erdbewohnern, unterteilt überdies in verschiedene Gruppen, so genannte ›Staaten‹, in denen sogar verschiedene Sprachen gesprochen wurden.

Immer wieder tauchten zwei Begriffe auf, die weder Kelwitt noch Tik zu erklären wussten: ›Mann‹ und ›Frau‹.

»*Die Begriffe werden in einer Weise gebraucht, als gäbe es zwei grundlegend verschiedene Arten von Erdbewohnern*«, erklärte Tik, und für einen Computer klang er erstaunlich nachdenklich. »*In dem Sinne, dass jeder eines von beiden ist, keiner aber beides.*«

Kelwitt musste an den vierbeinigen Planetenbewohner denken, der vor ihm geflüchtet war. Zwischen ihm und den zweibeinigen Planetenbewohnern schien es eine Verbindung gegeben zu haben. »Das muss ich herausfinden«, meinte er.

Nach einer Weile wurde das Verschlussloch der Höhle geöffnet, und der Erdbewohner kam zurück, den die anderen am Tag zuvor *Muutr* genannt hatten, der aber, wie er einer Erklärung S'briinas entnommen hatte, mit vollem Namen offenbar *Unsremuutr* hieß. Unsremuutr trug zwei Stofftragebeutel mit einer verwirrenden Vielzahl von Gegenständen herein, die von den drei Erdbewohnern in einer gemeinschaftlichen Aktion rasch in den verschiedenen Aufbewahrungsfächern verstaut wurden. Den Unterhaltungen zufolge schien es sich bei den meisten der Gegenstände um Nahrungsmittel zu handeln.

Unsremuutr warf immer wieder einen kurzen Blick in Kelwitts Richtung, den dieser nicht so recht zu deuten wusste. Vorsichtshalber entbot er noch einmal den Gruß zum Tagesbeginn, ungeachtet der Tatsache, dass der Tag auf diesem Planeten ja längst begonnen hatte.

»Tik, ist der Tag auf der Erde eigentlich kürzer als ein Jombuur-Tag?«, fiel ihm ein.

»*Ja, geringfügig.*«

»Wie viele Erdtage werden vergehen, bis das Sternenschiff kommt?«

»*Den heutigen eingerechnet, sieben bis acht.*«

Kelwitt wusste nicht so recht, ob er das Sternenschiff herbeisehnen sollte oder nicht. Dieses Abenteuer, in das er da hineingeraten war, mochte durchaus interessant sein, aber es war auch anstrengend. Abgesehen davon, dass er mit einem äußerst dürftigen Orakelergebnis heimkehren würde, würden ihm die Sternfahrer gehörig die Schuppen bürsten für seine Übertretung der Standesregeln.

Unsremuutr begann mit allerlei Gerätschaften zu hantieren. Offenbar ging es dabei um Vorbereitungen für die Nahrungsaufnahme, und auf ein Geheiß Unsremuutrs nahmen S'briina und Tiilo ihm das Buch weg und führten ihn aus dem Nahrungsraum hinüber in einen etwas größeren, wenngleich ebenfalls streng rechteckigen Raum, der offenbar dem allgemeinen Aufenthalt des Schwarms diente. S'briina brachte ein beschichtetes Tuch herbei, wiederum auf den Schutz feuchtigkeitsempfindlicher Einrichtungen bedacht. Sie fanden einen bequemen Sitz, der nicht widerlich weich war und auf dem er, nachdem das Tuch darüber gebreitet worden war, Platz nehmen konnte, um sich weiter der Lektüre des dicken Buches zu widmen.

»Der Segeltuchsessel ist Vaters Heiligtum«, meinte Nora Mattek missbilligend, während sie Zwiebeln schälte. Es würde Zwiebelgeschnetzeltes mit Spätzle und grünem Salat geben, davon konnte sie Wolfgang eine Portion für den Abend aufheben. »Ich weiß nicht, ob ihm das gefallen wird.«

»Er wird's überleben«, meinte ihre Tochter in ihrem üblichen patzigen Tonfall, ohne dass klar wurde, von wessen Überleben die Rede war.

Na gut, sie hatte die Wachstischdecke mit den riesigen Sonnenblumen darüber gebreitet, und der magere Außerirdische mit dem delfinartigen Kopf saß wirklich äußerst manierlich da, hingebungsvoll den ersten Band des zweibändigen Jugendlexikons studierend, den die beiden ihm gegeben hatten.

Sie wusste immer noch nicht, was sie von der ganzen Sache zu halten hatte. Weniger eigentlich als gestern Abend noch. Da war es alles so neu gewesen, so überraschend, beinahe aufregend. Aber nun meldeten sich mehr und mehr Bedenken: War es klug, den Außerirdischen aufzunehmen? Würden sie sich Schwierigkeiten einhandeln damit? Und vor allem kam es ihr, je länger es dauerte, immer unwirklicher vor. Vielleicht, weil es im Grunde so wirklich war. Die Begegnung mit einem Außerirdischen – das hatte sie sich immer ganz anders vorgestellt. Größer irgendwie, epochaler, geradezu weltbilderschütternd. Nicht dass sie sich je viel für derartige Dinge interessiert hatte, aber natürlich hatte sie ein paar der einschlägigen Filme gesehen – *E. T.* natürlich, und die *Unheimlichen Begegnungen der dritten Art* – und sich danach unvermeidlich die Frage gestellt: Wird es jemals zu Kontakten zwischen Menschen und Lebewesen von anderen Sternen kommen? Wie wird dieser Kontakt aussehen? Ganz bestimmt hatte sie sich nicht vorgestellt, dass dieser Kontakt so aussehen würde, dass ihre Tochter eines Tages einen Außerirdischen mit nach Hause bringen würde und noch weniger, dass der am Samstagmittag im Lieblingssessel ihres Mannes sitzen und ein Lexikon lesen würde!

Je mehr Zeit verging, das spürte sie, während sie die Zwiebeln in die zerlassene Butter in der Pfanne gab, desto dringender wartete etwas in ihr darauf, dass jemand aus den Kulissen trat und sagte: *Ätschbätsch, reingefallen – war alles nur Spahaß!* Ein richtiges Sehnen war das in ihr, eine Anspannung von der großen Zehe bis hinauf zum Scheitel, die nur auf einen derartigen erlösenden Moment harrte.

Ein Außerirdischer? Ja, er sah fremdartig aus. Doch, zweifellos war er ein Außerirdischer. Daran konnte man nicht vernünftig zweifeln. Was sie nicht fassen konnte, war, dass das *so normal* ablief. Im Grunde fühlte sich die ganze Situation nicht großartig anders an, als beherbergten sie einen gut erzogenen Orang-Utan.

»Sabrina?«, hörte sie sich rufen. »Hilfst du mir beim Kochen?«

»Ja, gleich«, kam die Antwort, wie immer.

Sie hatten einen Außerirdischen im Wohnzimmer sitzen. Die uralte Frage der Menschheit war beantwortet. Doch nicht einmal das konnte etwas daran ändern, dass sie in der Küche stehen und das Mittagessen zubereiten musste.

»Dein Laden brummt«, meinte der Besucher anerkennend. Er räkelte sich in dem tiefen Lederfauteuil und schlenkerte dabei gewohnheitsmäßig mit dem Handgelenk, sodass der Ärmel seines modischen Sakkos zurückrutschte und die dicke goldene Armbanduhr freigab, die lässig an seinem Arm hing. »Samstagabend um halb sechs, und dein Laden brummt wie ein Bienenstock. Das wird das ertragreichste Jahr in der Geschichte deiner Firma, schätze ich.«

»Ja«, brummte Wolfgang Mattek. »Aber nicht durch unser Verdienst, fürchte ich. Willst du etwas zu trinken?«

»Einen Kaffee höchstens.«

Mattek drückte den entsprechenden Knopf an der Sprechanlage.

Draußen wurde es schon dunkel, aber seine Sekretärin war noch da. »Zwei Tassen Kaffee bitte, Frau Wolf.«

Der Kaffee kam. Während des ersten Schlucks sah Wolfgang Mattek sein Gegenüber an und fragte sich, wie Lothar Schiefer es fertig brachte, selbst mitten im Winter ein sonnengebräuntes Gesicht spazieren zu tragen. Wenn man seinen Terminkalender sah, war es schwer vorstellbar, dass er die Zeit hatte, sich regelmäßig auf die Sonnenbank zu legen.

»Du siehst besorgt aus«, meinte Lothar über den Rand seiner Kaffeetasse hinweg.

Lothar Schiefer sah nicht nur aus wie ein Siegertyp, er war auch einer. Gut aussehend und ehrgeizig, hatte er sich aus einfachsten Verhältnissen hochgearbeitet, hatte den Sprung vom windigen Verkäufer dubioser Versicherungen und Graumarktinvestitionen zum selbstständigen Finanzberater einer wohlhabenden Klientel geschafft. Und er genoss es, seinen Wohlstand zur Schau zu stellen: Der silbergraue Mercedes SL draußen auf dem Firmenparkplatz war seiner. Und bestimmt lagen die Squash-Schläger unübersehbar auf dem Rücksitz.

»Ich frage mich, wie es weitergeht«, gestand Wolfgang Mattek. »Wenn wir nicht zufällig Feuerwerkskörper herstellen würden und nicht zufällig Silvester 1999 vor der Tür stünde, sodass sich selbst Leute, die noch nie im Leben auch nur einen Knallfrosch angezündet haben, mit großen Raketensortimenten eindecken, würde es uns doch genauso gehen wie allen anderen. Wir steuern auf eine Rezession zu. Nächstes Jahr wird es uns um so härter treffen, denn nach diesem Rekordfeuerwerk werden die Leute erst mal genug haben von Krachern und Böllern.«

Lothar stellte die Tasse ab. »Ich möchte mal wissen, warum eigentlich jeder jammert. Hotels verdienen sich dumm und dämlich am Jahrtausendwechsel. Reiseveranstalter erleben einen Boom wie zuletzt zu Zeiten der Maueröffnung. Die Softwarebranche macht unglaublich Kasse mit der Angst aller Firmen, dass ihnen am ersten Januar 2000 die richtigen Jahreszahlen fehlen. Aber alle jammern, ›was wird nächstes Jahr?‹. Du meine Güte! Wir sind in einem Abschwung – na und? Es kommt auch wieder ein Aufschwung.«

»Hmm«, machte Mattek.

Lothar Schiefer lehnte sich zurück. Seine breiten Finger begannen ungeduldig, auf den Sitzlehnen Klavier zu spielen. »Es ist nicht nur die Firma, hab' ich Recht? Ärger zu Hause?«

Mattek hob die Hand in einer unbestimmten Geste. »Weißt du, es mag ja sein, dass der nächste Aufschwung kommt – aber ich werde nicht jünger. Das ist es. Ich bin jetzt 54. Die Pumpe fängt schon an, Schwierigkeiten zu machen. Zeit, an meinen Nachfolger zu denken. Aber Thilo interessiert sich für nichts weniger als für die Firma. Von einem entsprechenden Studium will er nichts wissen. Abgesehen davon, dass seine Noten das nur mit Mühe erlauben würden.«

»Und was ist mit Sabrina?«

»Ich glaube nicht, dass sie dafür in Frage kommt.«

»Wolfgang, sei nicht so altmodisch. Frauen sind die Führungskräfte des nächsten Jahrhunderts. Eine Tochter in der Unternehmensnachfolge ist heutzutage gang und gäbe.«

»So altmodisch bin ich auch wieder nicht. Aber meine Tochter arbeitet auf eine Karriere als Hure hin.«

»Oh«, machte Lothar. »Immer noch.«

»Gestern habe ich sie mal wieder aus einem Internat abholen müssen.«

»Aus diesem ›Wir werden auch mit Ihren schwierigen Kindern fertig‹-Internat auf der Schwäbischen Alb?«

»Genau. Vor Sabrina haben sie kapituliert.«

»Hmm.« Lothar Schiefer schnippte ein unsichtbares Stäubchen von seinem Hosenbein. »Auch eine Leistung.«

»Mag sein. Aber was mach' ich nun?«

Lothar Schiefer griff wieder nach der Tasse, die Ruhe in Person. »Erstens«, erklärte er dann, »musst du das nicht heute Abend entscheiden. Heute Abend nicht und morgen Abend nicht – das hat Zeit bis nächstes Jahr.«

»Aber ...«

»Stopp!« Eine erhobene Hand. »Keine Jahrtausendwendepanik, bitte. Auch das Jahr 2000 ist ein Jahr wie jedes andere, mit der einzigen Ausnahme, dass keiner das zu glauben scheint. Zweitens – wer sagt, dass die Leitung der Firma in deiner Familie bleiben muss?«

»Ich habe sie von meinem Onkel geerbt, und natürlich will ich sie innerhalb der Familie weitergeben ...«

»Völlig antiquiertes Denken«, konstatierte Lothar Schiefer. »Entschuldige, aber so ist es. Du machst dir nur unnötigen Stress damit. In Wirklichkeit hast du jede Menge Möglichkeiten. Du bist noch nicht so alt, als dass du Thilo nicht noch zwei, drei Jahre Bedenkzeit geben könntest. Oder auch Sabrina. Du kannst dir einen Partner suchen, einen Teil der Firma veräußern. Oder auch die ganze Firma und dich als Millionär zur Ruhe setzen.«

Mattek sah ihn an und begann dann, langsam und bedächtig zu nicken, wie ein alter Mann auf einer Parkbank im Sonnenschein, der sein Leben noch einmal vor seinem inneren Auge vorüberziehen lässt.

Lothar Schiefer stieß den ausgestreckten Zeigefinger auf sein Knie, als wolle er ein Loch hineinbohren. »Auf die Gefahr hin, mich zu wiederholen: Es ist allerhöchste Zeit, an der Börse wieder einzusteigen. Spätestens im Januar, wenn alle gemerkt haben, dass das Leben weitergeht, ziehen die Kurse wieder an.«

Matteks Blick schweifte durch die Fenster nach draußen, verlor sich im Lichtermeer der Stadt. »Welchen Einfluss

hätte es eigentlich deiner Meinung nach auf die Aktienkurse«, fragte er nachdenklich, »wenn es zu einem Kontakt mit Außerirdischen käme?«
»Wie bitte?«
»Ach, nichts«, meinte Mattek. »War nur so eine Frage.«

9

ALS THILO AUFWACHTE, blieb er eine Weile mit halbgeschlossenen Augen liegen und spürte dem seltsamen Traum nach, den er geträumt hatte. Ein eigenartiger Traum war das gewesen, so real. Sie hatten einen Außerirdischen zu Besuch gehabt, ein Wesen mit feuchter, graublauer Haut und großen, schwarzen Augen. Und sie hatten den ganzen Tag damit verbracht, ihm Bücher und Videos zu zeigen, um ihm zu helfen, ihre Sprache zu erlernen ...

Er schlug die Augen auf. Es war hell. Hell und still. Das war doch ein Traum gewesen, oder? Er wälzte sich herum und studierte die Ziffern auf seinem Radiowecker. Elf Uhr dreißig, am Sonntag, dem 19. Dezember 1999. Ein Traum? Plötzlich war er sich da nicht mehr so sicher. Er setzte sich auf. Draußen hing diesiges Grau über der Welt. Ein sachter Wind bewegte die dürren schwarzen Äste vor seinem Fenster hin und her wie Gespensterfinger.

Scheiße, nein, das war alles wirklich passiert. Oder? Er zerrte seinen Morgenmantel unter einem Berg miefiger Socken und waschbedürftiger Unterhosen hervor und wickelte sich hinein. Bloß cool bleiben jetzt.

Als er die Treppe herunterkam, spähte er als Erstes ins Wohnzimmer. Auf der Couch saß seine Mutter und las in einer Zeitschrift. Der Segeltuchsessel stand leer und verlassen und sah aus wie immer, bis auf zwei gelbe Gummihandschuhe, die rechts und links über den Lehnen hingen und reichlich absurd aussahen.

Also doch kein Traum. Krass. »Wo ist Kelwitt?«, fragte er.

Seine Mutter sah auf und runzelte die Stirn. »Guten Morgen«, sagte sie demonstrativ. »Zivilisierte Menschen wünschen sich zuallererst einen guten Morgen.«

Thilo seufzte, ging drei Schritte rückwärts und tat dann so, als sei er Darsteller in einer unsäglichen Daily Soap, dem der Regisseur gesagt hatte, er müsse die Szene, wo er ins Wohnzimmer komme, noch einmal von vorn anfangen: »Guten Morgen, liebe Mutter!«, deklamierte er. »Oh – wo ist denn Kelwitt?«

»Bei Sabrina im Zimmer«, antwortete seine Mutter.

»Sabrina? Ist die etwa schon auf?«

»Sie muss heute in aller Frühe aufgestanden sein. Ich glaube, sie und Kelwitt haben sich schon Videos angesehen. Jedenfalls ist ein großer nasser Fleck vor dem Fernseher, und ein paar Kassetten mit wissenschaftlichen Sendungen liegen draußen. ›Die Wüste lebt‹ und so was.«

»Und Papa? Schon wieder in der Firma, schätze ich.«

»Ja.«

»Verrückt.«

Sie sah ihn verweisend an. »Ich möchte nicht, dass du so über deinen Vater redest. Das weißt du.«

»Ach, komm!«, protestierte Thilo. »Was muss eigentlich passieren, dass der mal an was anderes denkt als an seine blöde Firma?«

»Wenigstens einer muss ja an die Firma denken.«

»Hey – wir haben einen Außerirdischen zu Besuch! Einen gottverdammten *Außerirdischen* – und alles, was meinen Vater interessiert, sind die Verkaufszahlen seiner blöden Silvesterraketen!«

»Wir leben von diesen blöden Silvesterraketen. Vergiss das nicht.«

»Ach, scheiß doch drauf. Wir könnten alle tot sein, und er würde nach dem Begräbnis ins Büro gehen. Und am schärfsten finde ich, dass er allen Ernstes erwartet, dass ich diesen blöden Job auch mal mache und dabei noch Hosianna singe vor Dankbarkeit und Glück.«

Seine Mutter widmete sich wieder ihrer Zeitschrift. »Ich glaube, inzwischen erwartet er das nicht mehr allen Ernstes.«

»Das erste vernünftige Wort in dieser Angelegenheit«, brummte Thilo und machte, dass er ins Bad kam.

»Das hier ist ein Fotoapparat«, erklärte Sabrina.

Kelwitt nickte. Nicken hatte er mittlerweile schon ganz gut drauf. »Ein Gerät zum Anfertigen optischer Aufzeichnungen. Jetzt neu. Macht einfach gute Bilder.«

»Genau«, sagte Sabrina und fädelte den Film in den dafür gedachten Schlitz der Aufnahmespule. »Damit werde ich ein paar optische Aufzeichnungen von dir machen. Ein paar einfach gute Bilder. Sonst glaubt mir die Geschichte nachher kein Mensch.«

Sie saßen in ihrem Zimmer, auf dem Boden. Kelwitt hatte die Wachsdecke untergelegt. Mittlerweile schleppte er die immer mit, wo er ging und stand, doch trotz dieser Vorsichtsmaßnahmen waren überall in der Wohnung feuchte Flecken anzutreffen, die langsam vor sich hin trockneten. Und auf fast allen Heizkörpern lagen aufgeschlagene Bücher, deren Seiten trotz der Gummihandschuhe nass geworden waren.

Abgesehen davon, dass er sich zu den absonderlichsten Zeiten schlafen legte, tat er nichts anderes als lesen und fernsehen und jeden mit Fragen zu löchern, der ihm dabei Gesellschaft leistete. Sein Wissensdurst war erstaunlich, wenn auch absolut unsystematisch. Heute Morgen waren sie zu der verwirrenden Fragestellung gelangt, welchen Sinn es machte, blaue Flüssigkeit auf Gegenstände zu gießen, die die Menschen ›Binden‹ nannten. Eine Fragestellung, die trotz aller Bemühungen nicht zu seiner Zufriedenheit hatte geklärt werden können.

»So. Ich glaube, jetzt hab' ich's.« Sie visierte Kelwitt durch den Sucher an. »Und jetzt bitte lächeln ...«

Die Öffnung an der Unterseite seines Kopfes ging auf und zu, und ein paar der kreisförmig darin angeordneten Borsten ruckten heraus. Nicht mal mit viel Fantasie ging das als Lächeln durch, aber immerhin war der gute Wille erkennbar. Sabrina drückte auf den Auslöser.

Das aufflammende Blitzlicht hatte eine erstaunliche Wirkung auf Kelwitt. Er schrie nicht auf, er zuckte nicht zusammen – ohne ein Wort und ohne eine Geste kippte er einfach nach hinten und schlug mit einem dumpfen Geräusch auf dem Boden auf.

»Kelwitt!« Sabrina warf die Kamera aufs Bett und beugte sich über ihn. Seine Augen waren wieder milchigweiß, und seine Atemöffnung zitterte wie das Herz eines ängstlichen Vögelchens.

Durch das offene Fenster hörte man alle Hunde der Nachbarschaft wie verrückt bellen. Sabrina wusste inzwischen, dass sich Kelwitts wirkliche Stimme im Ultraschallbereich bewegte. Wahrscheinlich hatte er doch einen Schrei ausgestoßen, und sie hatte ihn nur nicht gehört.

»Kelwitt! Hey, was ist denn? Tut mir Leid ...« Was um alles in der Welt macht man mit einem ohnmächtigen Außerirdischen? Darauf hatte sie auch der Erste-Hilfe-Kurs nicht vorbereitet. Sie tätschelte den Teil seines Kopfes, den man als Wangen hätte bezeichnen können, aber Kelwitt rührte sich nicht.

Hatte sie ihn womöglich umgebracht? Das fehlte noch. Am Ende ging sie in die Geschichte ein als diejenige, die den ersten interstellaren Krieg ausgelöst hatte. Falls es danach noch so etwas wie Geschichtsbücher gab.

Sie öffnete mit bebenden Fingern Kelwitts Feuchthalteanzug – was ganz einfach war, denn der Anzug hatte eine Art Reißverschluss, und ein seltsam nüchterner Teil ihres Geistes fand es frappierend, dass ausgerechnet so etwas wie ein Reißverschluss, dessen Funktionsweise sie noch nie wirklich begriffen hatte, auch auf einem Tausende von

Lichtjahren entfernten Planeten erfunden worden war – und tastete nach seinen Herzen. Er hatte ihr erzählt, dass er zwei längliche Herzen an den Seiten des Körpers hatte und ein Herz in der Mitte, dessen Schlag allerdings von außen nicht tastbar war. Immerhin, die Seitenherzen schlugen beide, in einem langsamen, merkwürdigen Takt.

Und seine Haut fühlte sich gut an.

Sabrina zuckte zurück. Das war ja wohl der unpassendste Augenblick, derartige Dinge zu bemerken!

Aber dann legte sie ihre Hände doch wieder auf seine Brust. Kelwitts Haut war warm, warm und feucht und glitschig, und sie schmeichelte sich seidenweich an ihre Finger. Sabrina schluckte. Das war verrückt. Nicht nur verrückt, das war abartig. Aber durch ihren Kopf zuckten fiebrige Vorstellungen davon, wie es sein musste, sich ganz an diesen seidenweichen, feuchten Körper zu schmiegen ...

Genug. Schluss damit. Sie zog ihm den Verschluss des Anzugs entschlossen wieder zu und rüttelte etwas gröber, als angebracht gewesen wäre, an seiner freien Schulter. »Hey! Kelwitt! Aufwachen!«

Diesmal hatte sie Erfolg. Die milchige Färbung der Augen wich wieder dem normalen Schwarz, und Kelwitt begann, sich zu regen.

»Ist es unbedingt erforderlich«, fragte er, während er sich allmählich wieder hochrappelte, »später anderen Menschen von mir zu erzählen und dabei optische Aufzeichnungen vorzuweisen?«

»Du hast mir einen ganz schönen Schreck eingejagt«, ächzte Sabrina.

»Für mich war der Schreck nicht sehr schön«, erwiderte Kelwitt.

Sabrina schüttelte grinsend den Kopf. »Okay. Lassen wir das mit den Fotos für heute. Morgen kaufe ich einen hoch empfindlichen Film, dann brauchen wir kein Blitzlicht.«

Kelwitt hatte sich gerade von dem schier unerträglichen Lichtblitz aus dem kleinen Bildaufzeichnungsgerät S'briinas erholt, als die Tür aufging und Tiilo den Kopf hereinstreckte. »Hi, Kelwitt«, sagte er. »S'briina, Unsremuutr lässt fragen, wie es mit deinem Hunger aussieht. Ob sie was zu Mittag kochen soll oder ob es heute Abend auch noch reicht?«

Die Erdbewohner verwandten erstaunlich viel Zeit und Energie auf die Nahrungsaufnahme. Es schien sich dabei mehr um eine Kunstform zu handeln als um die simple Befriedigung eines Grundbedürfnisses. Er hatte verschiedene Aufbewahrungsbehältnisse für Nahrungsmittel inspiziert – darunter einen Schrank, in dem künstliche Kälte herrschte – und eine schier unfassbare Vielfalt verschiedener Grundbestandteile vorgefunden, aus denen dann mit Hilfe zahlreicher Geräte in komplizierten Prozeduren, die oft viele Perioden dauerten und meistens von Unsremuutr durchgeführt wurden, die Nahrung entstand.

Und sie nahmen jeden Tag Nahrung zu sich! Und nicht nur einmal, nein, mindestens dreimal täglich bereiteten sie sich Nahrung, und meistens trafen sie sich dazu im Nahrungsraum. Es schien sich um festgelegte Rituale zu handeln, die zu bestimmten Zeiten stattzufinden hatten.

Zuerst war ihm das reichlich rätselhaft erschienen, doch dann hatte er herausgefunden, dass diese Vielfalt vermutlich notwendig war, weil keines der Nahrungsmittel alle notwendigen Grundstoffe im notwendigen Verhältnis enthielt, wie dies auf Jombuur der Fall war, wenn man eine der siebzehn Speisen aus Meergras und Grundschleimern bereitete. Die Nahrung der Erdbewohner enthielt, das hatte er an mehreren verschiedenen Stellen in ihren Büchern bestätigt gefunden, mal von dem einen Grundstoff zu viel und von dem anderen zu wenig, was dann ausgeglichen werden musste, indem man eine andere Nahrung zu sich nahm, bei der das Verhältnis wieder anders gelagert war.

Demzufolge war auch das Speichervermögen ihrer Körper

für Nährstoffe offensichtlich unterentwickelt. Er hatte S'briina heute Morgen dabei Gesellschaft geleistet, wie sie sich ein schwarzes Heißgetränk bereitet hatte und dazu eine Nahrung zu sich genommen hatte, die aus flachen gelben, unregelmäßigen Plättchen bestand, die man in ein halbrundes Behältnis gab und mit einer weißen Flüssigkeit überschüttete. Davon hatte S'briina zwei Portionen verschlungen, und nun, kaum drei Perioden später, schien sie allen Ernstes bereits wieder zu erwägen, erneut Nahrung zu sich zu nehmen.

»Von mir aus reicht's auch heute Abend noch«, erklärte sie nach allerlei Hin und Her. »Ich mach' mir dann zwischendurch ein Brot.«

»Alles klar«, sagte Tiilo nickend und verschwand wieder.

»Was ist eigentlich mit dir?«, wollte S'briina dann wissen. »Hast du nicht endlich mal Hunger?«

Kelwitt erklärte ihr, dass für ihn der Tag der nächsten Nahrungsaufnahme noch nicht gekommen war. Dass jemand nur jeden zehnten oder zwölften Tag Nahrung zu sich nahm, schien ihr das Allerunbegreiflichste zu sein, was sie jemals im Leben gehört hatte. Dann wollte sie wissen, was für Nahrung er benötigte, und er versuchte ihr begreiflich zu machen, was Meergras war und wie ein Grundschleimer aussah, aber das wollte ihm nicht ganz gelingen.

Heute wäre sie froh gewesen, wenn im Haushalt mehr zu tun gewesen wäre. Nora Mattek hockte mit angezogenen Beinen auf der Couch und zappte sich durchs Fernsehprogramm. Es kamen eine Menge guter Filme, da sich alle Sender bemühten, einen repräsentativen Querschnitt durch ein Jahrhundert Kino zu präsentieren, aber irgendwie konnte sie sich auf nichts konzentrieren. Und bei jedem dritten Werbespot musste sie an Kelwitt denken.

Sie schaltete aus, ging in die Küche, wischte zum dritten Mal über alle Arbeitsflächen und Schranktüren. Bügelwäsche wäre da gewesen, aber sie hatte plötzlich Angst, sich am Bügeleisen zu verletzen vor lauter innerer Anspannung.

Das Telefon klingelte, und sie hob aufgeregt ab, ohne dass sie hätte sagen können, was sie Großartiges erwartet hatte. Es war nur das Altersheim, in dem Thilo bisweilen aushalf, das anfragte, ob er Montagnachmittag komme. Sie versprach, es auszurichten, und legte mit einem vagen Gefühl der Enttäuschung wieder auf.

Das Altersheim. Das war eine der Eigenheiten ihres Sohnes, die sie nie begreifen würde. Seit Thilo eher gezwungenermaßen im Rahmen eines Schulprojekts zwei Wochen im Altersheim mitgeholfen hatte, ließ er keine Woche verstreichen, ohne nicht mindestens einmal einige Stunden dort zu verbringen. Freiwillig, und ohne einen Pfennig Bezahlung. Und er verlor kein Wort darüber, was ihn dazu veranlasste.

Dann stand sie am Fenster und starrte hinaus in den konturlos grauen Himmel. Es war angenehm, das Gefühl für Zeit und Raum zu verlieren.

Sie hätte nicht sagen können, wie lange sie so gestanden hatte. Irgendwann ging sie die Treppe hinauf, in Sabrinas Zimmer, wo sie alle drei zusammen auf dem Boden saßen, und sagte Thilo, dass das Altersheim angerufen hatte.

»Okay«, sagte er nur.

»Weißt du, was uns Kelwitt gerade erzählt hat?«, verkündete ihre Tochter voller Begeisterung. »Er hat die Erde besucht, weil wir so eine Art Orakel für ihn sind!«

»Wie seltsam«, erwiderte Nora Mattek und ging wieder, die Treppe hinunter, nahm das Telefon, fing an zu wählen und legte mittendrin wieder auf. Nein. Wolfgang mochte es nicht, wenn sie ihn im Geschäft anrief wegen irgendwelcher Gefühlszustände. Was war denn schon los? Nichts, womit sie nicht selber fertig werden konnte.

Aber nach einer unruhigen Runde durch die Räume des Erdgeschosses griff sie wieder nach dem Telefon, nahm es mit ins Wohnzimmer, legte es neben sich auf die Couch und schaltete den Fernseher wieder ein. Ihre Knie begannen zu wippen, wie von selbst. Sie schaltete den Fernseher wieder ab und wählte Wolfgangs Nummer.

»Hol mich ab«, bat sie. »Lass uns essen gehen, irgendwohin. Bitte. Raus, irgendwohin, wo alles normal ist.«

Am anderen Ende der Leitung war es einen abgrundtiefen Moment lang still. Dann sagte Wolfgang: »Ja, Schatz. Ich komme in einer Stunde, in Ordnung?«

»Ja. In einer Stunde. Danke. Danke dir.«

Ihre Knie hatten aufgehört zu zittern.

An diesem Nachmittag erfuhren Sabrina und Thilo, was es mit der Orakelfahrt auf sich hatte und was der jombuuranische Brauch der Sterngabe war.

»Abgefahren«, meinte Thilo.

»Schrill«, meinte Sabrina.

»Im Internet soll's übrigens auch so was Ähnliches geben«, wusste Thilo. »Irgend so eine Stelle, die Sterne verkauft. Da kann man sich einen raussuchen, der noch keinen Namen hat, und der wird dann nach einem benannt. Man bekommt eine Urkunde darüber zugeschickt. Und bezahlen kann man mit Kreditkarte.«

»Ist auch schon mal jemand zu seinem Stern hingeflogen?«, wollte Sabrina wissen.

»Nicht dass ich wüsste«, meinte Thilo. »Das ist noch 'ne Marktlücke.«

Zwischendrin kam ihre Mutter noch mal kurz rein und erklärte, dass sie und Vater ausgehen würden und sie sehen müssten, wie sie sich selber verköstigten.

»Alles klar«, meinte Sabrina. »Ich koch' uns Spaghetti oder so was.«

Später hockten sie dann alle drei in der Küche, und Thilo und Sabrina ließen sich von Kelwitt dabei zusehen, wie sie einen Riesentopf Spaghetti mit Tomatensoße verdrückten.

Danach ließen sie Bücher und Fernseher sein, hauptsächlich deshalb, weil Sabrina und Thilo der Dauerunterricht allmählich auf den Wecker ging, hockten sich stattdessen um den Couchtisch herum und versuchten, Kelwitt ›Mensch, ärgere dich nicht‹ beizubringen.

Das wurde lustiger, als sie erwartet hatten. Kelwitt begriff, nachdem er die Figuren, den Würfel und das Spielbrett eingehend in Augenschein genommen hatte, recht schnell, worauf es ankam, hielt tapfer mit und gewann sogar auf Anhieb. Was er nicht so recht zu begreifen schien, war, wozu man so ein Spiel spielte.

Die Idee des Gewinnens an sich schien ihm völlig fremd zu sein.

Sie spielten noch eine zweite Runde.

Es war faszinierend zu beobachten, wie er die Figuren mit seinen elastischen Fingern aufnahm und Feld um Feld weiterbewegte.

Diesmal gewann Thilo, wenn auch mit knappem Vorsprung vor Kelwitt.

Das Spielbrett musste man danach natürlich abtrocknen.

Thilo räkelte sich.

»Schon ganz schön spät, oder? Ich glaub', ich hau' mich allmählich aufs Ohr.«

»Hauen?«, wunderte der Außerirdische sich. »Schlagen? Gewaltanwendung?«

»Pass doch auf, was du sagst, Thilo«, mahnte Sabrina. Zu Kelwitt sagte sie: »Er meinte, dass er schlafen gehen will.«

»Schlafen«, nickte Kelwitt und stand auf. »Ja, es ist Zeit.«

Sabrina erhob sich gleichfalls. »Ich begleite dich nach oben.«

»Ich finde die Stufen zum Erfolg auch alleine«, wehrte Kelwitt ab.

Es klang fast eigensinnig.

»Ja, ja«, meinte Sabrina. »Aber ich will nachsehen, ob im Gästezimmer alles in Ordnung ist.«

»Es ist alles in Ordnung.« Aber er setzte sich in Bewegung und hatte nichts dagegen, dass Sabrina mitkam.

»Gute Nacht«, rief Thilo ihm nach.

»Wir sehen uns wieder«, versprach Kelwitt ihm. »Gleich, nach der Werbung.«

»Genau«, grinste Thilo.

Oben im Gästezimmer ging Kelwitt wieder schnurstracks ins Bad, um kaltes Wasser in die Wanne zu lassen.

Sabrina beobachtete ihn fasziniert. Wie konnte man in *kaltem* Wasser schlafen? Sie hielt den Atem an, als sie sah, dass Kelwitt heute Abend seinen Feuchthalteanzug auszog. Er schien sich nichts dabei zu denken, dass sie ihm zusah. Trotzdem waren es eher verstohlene Blicke, mit denen sie die Teile seines Körpers musterte, die ihr bislang verborgen geblieben waren.

So etwas wie Geschlechtsmerkmale konnte sie nicht entdecken.

Es gab ein paar Furchen und Falten und auf der Brust so etwas wie eine Hand voll rudimentärer Schuppen, das war alles. Natürlich hatte sie nicht erwarten können, dass er wie ein nackter Mann aussah, aber nun fragte sie sich doch, ob es berechtigt war, von Kelwitt die ganze Zeit als von ›ihm‹ zu reden.

War er am Ende eine ›Sie‹?

»Zeit zu schlafen«, erklärte Kelwitt, als er in der Wanne lag und sich zurechtgerückt hatte zu der Position, die ihm wohl bequem sein musste. »Freier Atem, ruhiger Schlaf.«

»Genau«, sagte Sabrina. »Soll ich das Licht ausmachen?«

»Da wäre ich Ihnen sehr verbunden.«

»In Ordnung.« Sabrina legte die Hand auf den Lichtschalter. »Dann schlaf gut. Und träum was Schönes.«

Kelwitt machte eine rasche Geste mit den Fingern, die aussah, als schleudere er kleine Tropfen in alle Richtungen.

»Das tut man nicht«, meinte er dazu.

»Was tut man nicht?«

»Jemandem Träume zu wünschen«, erklärte Kelwitt rätselhaft, legte sich zurück und schlief ein.

»Wie ich's mir gedacht hab'«, sagte der Blaukircher Brunnenwirt an dem Abend zu seiner Frau, als sie mal wieder zu ihm hinter die Theke kam, um ein paar frisch gezapfte Pils abzuholen. »Der hat uns einen Bären aufgebunden.«

Sie hatte kein rechtes Ohr für ihn, weil die Wirtsstube schon wieder gerammelt voll war und sie kaum nachkam mit Bedienen und Kassieren. »Einen Bären? Wer?«

»Der Kerl, der das komische Viech mitg'nommen hat.«

»Aus der Scheuer?«

»Ja, genau. Da tät jemand kommen wegen dem Schaden im Dach, hat er g'sagt.«

»Hat er g'sagt, stimmt. Ich brauch' noch zwei Spezi. Große.«

Der Brunnenwirt langte nach zwei großen Gläsern. »Und wer ist 'kommen? Kein Mensch.«

»Die werd'n auch Wochenende haben.«

»Wochenende! Hab' ich vielleicht Wochenende? Nein, ich sag's dir: 's war gut, dass wir das Ding wegg'schafft haben. Wenn die's wieder wollen, dann zahlen die erst.«

»Die werden schon zahlen, sei doch nicht so ungeduldig!«

Er stellte ihr zwei große Gläser Spezi auf das Tablett und setzte eine Verschwörermiene auf.

»Ich hab' mir noch was anderes überlegt.«

»Muss das sein, wenn's ganze Lokal voll ist?«, versetzte seine Frau und trug das Tablett mit schnellen, verärgerten Schritten davon.

»Ich geh' an die Presse!«, erklärte der Brunnenwirt. »Für so eine G'schichte zahlen die bestimmt einen Haufen!«

Aber das hörte seine Frau schon nicht mehr.

Kelwitt erwachte wieder einmal mitten in der Nacht. Wieder einmal tat ihm alles weh. Was an der ungeeigneten Schlafmulde liegen musste. Er ließ ein bisschen Wasser nachlaufen und versuchte wieder einzuschlafen, aber vergebens.

Also stand er auf, schlüpfte in den Feuchteanzug und setzte sich ans Fenster, um hinauszusehen. Wieder tanzten Schneeflocken in der Luft, hell glänzend im Licht des großen Mondes, dessen linke Hälfte im Dunkel lag.

»Tik?«, sagte Kelwitt leise.

»*Ich bin bereit*«, kam ohne Zögern die Antwort.

»Ich würde gern wieder hinausgehen. Ich meine – ich kann doch nicht auf einem Planeten landen und dann nur ein Graslager, ein paar Fahrstraßen und ein einziges kleines Nest sehen! Und ansonsten nur Bücher lesen ... zum Beispiel würde ich gern diesen Niagarafall sehen. Das stelle ich mir beeindruckend vor. Meinst du, das ließe sich machen?«

»*Da dir kein funktionsfähiges Raumboot mit eigenständiger Landevorrichtung zur Verfügung steht, brauchtest du hierfür die Hilfe der Planetenbewohner.*«

»Wieso? Wie weit ist es bis dahin?«

»*Etwa neunhunderttausend Distanzeinheiten.*«

»Neunhunderttausend ...!« Kelwitt stieß einen Laut der Überraschung aus. »Das ist ja auf der anderen Seite des Planeten!«

»*Korrekt.*«

»Brack! Da lande ich einmal im Leben auf einem anderen Planeten – und erwische ausgerechnet den uninteressantesten Punkt darauf.«

»*Grundsätzlich ist von ausgedehnten Erkundungen der Planetenoberfläche ohnehin abzuraten. Daher ist es gleichgültig, wo du gelandet bist.*«

»Ja, ja«, machte Kelwitt missmutig. »Ich verstehe schon.« Immer das gleiche Thema, wieder und wieder wie Ebbe und Flut. Er war ohne Erlaubnis und Zulassung auf einem fremden Planeten gelandet, auf einem sich noch in Isolation befindlichen zumal, und je weniger Kontakt er mit den Bewohnern aufnahm, desto besser. Tik wurde nicht müde, diesen Sermon immer aufs Neue zu wiederholen.

Natürlich hatte der Spangencomputer damit Recht. Die Sternfahrer würden ihm ganz schön die Strudel wirbeln deswegen. Und er durfte auch den Planetenbewohner nicht vergessen, an dessen Tod er womöglich schuld war. Auf Jombuur hätten ihn deswegen die Fahrenden Wächter verfolgt, die die Regeln und Gesetze der Gemeinschaft lehrten, ihre Einhaltung überwachten und Verstöße bestraften. In einem der Bücher hatte er gelesen, dass auf der Erde ganz ähnliche Einrichtungen existierten. Was, wenn er es recht überlegte, nicht so verwunderlich war; wahrscheinlich war das Zusammenleben nicht anders zu organisieren.

Aber er hatte es ja nicht absichtlich getan. Er hatte nur einen entsetzten Schrei ausgestoßen, und vor lauter Schreck hatte der Planetenbewohner das Fahrzeug von der Fahrbahn gesteuert.

Vor lauter Schreck?

»Er kann mich überhaupt nicht gehört haben«, erkannte Kelwitt.

»*Von wem ist die Rede?*«, erkundigte sich Tik diensteifrig.

»Der Planetenbewohner, der mich aus dem Graslager mitgenommen hat. Er kann überhaupt nicht gehört haben, dass ich geschrien habe, denn das Gehör der zweibeinigen Planetenbewohner reicht nicht bis in den Frequenzbereich jombuuranischer Stimmen.«

»*Diese Schlussfolgerung ist logisch korrekt.*«

»Also muss es ein Zufall gewesen sein, dass er sein Fahrgerät im gleichen Moment von der Fahrbahn heruntergesteuert hat.«

»*Diese Schlussfolgerung beruht auf unzureichenden Grundinformationen und ist daher hypothetisch.*«

»Jedenfalls bin ich unschuldig.«

»*Diese Schlussfolgerung beruht ebenfalls auf unzureichenden* ...«

»Ach, stopf dir doch die Ritze!«

In diesem Augenblick erregte ein eigenartiges Geräusch aus dem Nestinneren seine Aufmerksamkeit. Mittlerweile hatte er die verschiedenen Geräusche, die in diesem Nest vorkamen, zu identifizieren gelernt: das Gurgeln der Fäkalienentsorgung, das Plappern des Bildschirmgeräts, das Blubbern der Maschine im Nahrungsraum, mit der die Planetenbewohner das schwarze Morgengetränk zubereiteten, das Klappern, wenn die Gerätschaften zur Nahrungszubereitung in den Schränken verstaut wurden, das Dröhnen der Maschine, die diese Gerätschaften reinigte – und so weiter.

Aber dieses Geräusch hatte er noch nie gehört. Was bei allen Geistern der Kahlebene war das?

Ohne das künstliche Licht einzuschalten – das hereinfallende Mondlicht war für jombuuranische Augen hell genug – ging er zur Tür, öffnete sie und lauschte hinaus in den Gang.

Es klang wirklich eigenartig. Ein tiefes Grollen zweier Stimmen, gemischt mit hohen, raschelnden Geräuschen, wie sie die Planetenbewohner zu Kelwitts Leidwesen manchmal hervorriefen, ohne es zu merken, weil ihr eigenes Gehör nichts davon mitbekam.

Leise trat er hinaus auf den Gang und folgte den Lauten. Das ganze Haus lag dunkel und still da, bis auf dieses unerklärliche Geräusch.

Es kam von der Tür her, hinter der F'tehr und Unsremuutr ihre Schlafmulden hatten. Oder was die Bewohner dieses Planeten dafür hielten, ihre wabbeligen Ruhemöbel eben.

Kelwitt legte die Hand auf den Türgriff und drückte das Metallstück sachte abwärts. Das Geräusch wurde lauter, als er die Tür einen Spalt weit öffnete und hindurchspähte.

Es war dunkel, dunkler als auf dem Gang, obwohl durch

einen Spalt der Stoffbahnen vor dem Fenster ein wenig Mondlicht hereinschien. Auf dem großen Ruhemöbel in der Mitte des Raums lagen zwei Planetenbewohner, in denen Kelwitt F'tehr und Unsremuutr zu erkennen glaubte – obwohl er sich keineswegs sicher war, denn sie hatten sich offenbar ihrer Kleidung entledigt –, ihre Körper ineinander verschlungen und sich mit seltsamen Bewegungen umeinander herumbewegend.

Und dabei erzeugten sie diese Geräusche.

»Sagen sie etwas, Tik?«, fragte Kelwitt leise.

»*Vereinzelt sind Wortfetzen zu identifizieren*«, gab Tik zurück. »*Ich erkenne ›Du‹ und ›Ja‹, aber ohne Sinnzusammenhang.*«

»Eigenartig«, meinte Kelwitt. »Und was tun sie?«

»*Ich sehe nichts*«, erklärte der Computer auf seiner Schulter, und es klang fast missbilligend.

Kelwitt sah noch eine Weile zu, ohne sich einen Reim machen zu können. Schließlich zog er die Tür so leise wieder zu, wie er sie geöffnet hatte.

»Sie scheinen einander zu essen«, erklärte er Tik. »Seltsam. Manchmal könnte man meinen, die Erdbewohner haben nichts anderes im Kopf als die Nahrungsaufnahme.«

10

Am nächsten Morgen fand Kelwitt nur Unsremuutr im Nahrungsraum vor, und soweit er feststellen konnte, fehlte kein Teil von dessen Körper. F'tehr dagegen war nirgends aufzufinden. Ob das hieß, dass er aufgegessen worden war?

Er wagte nicht, nachzufragen. Am Ende hatten sie ihn auch nur mitgenommen, um ihn irgendwann zu verspeisen? Er würde sich vorsehen.

»Darf ich das auch fotografieren?«, fragte Sabrina und deutete auf das eigenartig geformte Buch, das Kelwitt in einer Tasche seines feuchten Anzugs mit sich herumtrug.

»Ja«, nickte Kelwitt.

Sie hatte schon zweieinhalb Filme verknipst. Kelwitt von vorn, von hinten, stehend, sitzend, liegend, neben Sabrina sitzend (per Selbstauslöser), Nahaufnahmen der Hände, der Füße, des Gesichts, der Atemöffnung auf dem Scheitel, des borstenumrankten Mundes an der Unterseite des Kopfes, der großen, dunklen Augen – alles, was ihr eingefallen war. Kelwitt hatte alles geduldig über sich ergehen lassen.

Nun nahm sie behutsam das Buch, das Kelwitt ihr reichte.

Erstaunlich, aber es war tatsächlich ein Buch: ein Stapel Blätter, der an einer Seite zusammengeheftet war, sodass man bequem darin blättern konnte. Noch so eine anscheinend universelle Erfindung.

Allerdings waren die Seiten nicht rechteckig geformt, sondern hatten ungefähr die Form eines Blütenblattes. Und sie bestanden natürlich nicht aus Papier, sondern aus einer matt glänzenden, hauchdünnen Folie, die sich ungemein geschmeidig blättern ließ. Schmuckstücke hätte man daraus machen sollen, Diademe, Armbänder – nicht Buchseiten.

Und was erst auf diesen Seiten gedruckt war, oder wie immer die entsprechende Technik auf Kelwitts Heimatstern genannt wurde – die reinsten Kunstwerke!

Jede Seite war ein farbenprächtiges Bild aus ineinander verschlungenen und verwobenen Schriftzeichen, die aussahen, als hätte sich ein Künstler gesagt, *nun kreuzen wir mal chinesische und arabische Schrift-Zeichen, und dann machen wir das alles noch viel, viel komplizierter.* Jede Seite sah anders aus, Sabrina kam aus dem Fotografieren überhaupt nicht heraus. Sie würde das ganze Buch fotografieren und sich die schönsten Bilder vergrößert an die Wand hängen. Gleich heute Nachmittag würde sie noch mal losgehen und noch mehr Filme kaufen.

»Und man kann das wirklich lesen?«, vergewisserte sie sich.

»Ja.« Kelwitt warf ihr einen Blick über die Schulter. Sie hatte das Buch auf ihrer Schreibtischunterlage ausgebreitet, wo die besten Lichtverhältnisse herrschten. »Das ist gerade die Beschreibung der Orakelzeichen blauer Riesensonnen.«

»Und was ist unsere Sonne für eine?«

Kelwitt machte eine graziöse Geste. »Meine Sonne ist ein gelber Stern.«

»Nein, ich meinte unsere Sonne ...«

»Kelwitts Stern. Eure Sonne ist Kelwitts Stern. Eine gelbe Sonne mittlerer Größe.«

Sabrina sah ihn konsterniert an. Aus seinem Gesicht war einfach kein Mienenspiel herauszulesen. Aber es klang so, als beharre er hartnäckig auf seinen seltsamen Besitzansprüchen. »Na gut«, seufzte sie. »Von mir aus.«

Er blätterte weiter. »Hier sind die Orakelzeichen«, erklärte er und deutete auf ein farbenfrohes Labyrinth aus Strichen und Symbolen. »Aber viel wichtiger ist, dass ein Planet bewohnt ist.« Er schlug eine Seite viel weiter hinten auf. »Hier beginnen die Orakelzeichen für bewohnte Planeten. Ich habe das noch nicht alles durchgelesen, weil ich nicht erwartet hatte, dass meine Sonne einen bewohnten Planeten haben würde.«

»Ist das selten?«

»Sehr selten.«

»Dann gibt es außer euch und uns gar nicht so viele Wesen im All?«

»Doch, sehr viele.«

»Gerade hast du gesagt, es sei sehr selten, dass eine Sonne einen bewohnten Planeten hat.«

»Ja«, nickte Kelwitt. »Aber es gibt sehr viele Sonnen. Mehr Sonnen als Sandkörner an allen Buchten Jombuurs.«

»Soweit ich weiß, haben unsere Wissenschaftler noch keine Beweise für anderes Leben im All gefunden«, erklärte Sabrina und versuchte, sich an die diversen Bücher zu diesem Thema zu erinnern, die sie gelesen hatte.

»Eines Tages werden sie sie sicher finden«, entgegnete Kelwitt leichthin. Er deutete auf ihren Fotoapparat. »Du fertigst ja gerade welche an.«

»Na ja«, meinte Sabrina zweifelnd. »Ich fürchte, das glaubt mir trotzdem kein Mensch. Die Bilder sind eher fürs Familienalbum, weißt du?«

»Familienalbum«, wiederholte Kelwitt. »Ist das so etwas wie die Chronik deines Schwarms?«

»Ja«, nickte Sabrina. Sie nahm Kelwitts Buch in die Hand und betrachtete die Seite, die er aufgeschlagen hatte. »Was hast du denn jetzt eigentlich für Orakelzeichen gefunden bei uns? Gute?«

Kelwitt setzte sich wieder auf sein Wachstuch. »Ich bin verwirrt«, gestand er. »Es ist so viel passiert, aber nichts davon ist in meinem Buch erwähnt. Fast nichts. Ich weiß nicht, was das alles zu bedeuten hat.«

»Schade, dass du nicht bis Silvester bleibst«, meinte Sabrina gedankenverloren. »An Silvester machen wir immer Bleigießen.«

»Was ist Silvester?«, wollte Kelwitt wissen.

»An Silvester endet ein Jahr. Am nächsten Tag ist Neujahr, der erste Tag des neuen Jahres.« Diese Definitionen, die Kelwitt immer wieder abfragte, gingen ihr mittlerweile wie von selbst über die Lippen. »Na ja, und dieses Jahr ist ein besonderes Jahr, das Jahr 1999. Das heißt, an diesem Silvester geht ein Jahrtausend zu Ende, und ein neues beginnt. Deswegen sind zurzeit alle Leute etwas aufgeregt.«

»Ihr zählt die Sonnenumläufe.«

»Ja.«

Kelwitt hob eine Hand und ließ die vier tentakelartigen Finger daran einander umtanzen. »Euer Zahlensystem beruht darauf, dass ihr an einer Hand fünf Finger habt statt vier.«

»Richtig.«

»Die Menschen sind also aufgeregt wegen eines Übergangs in einem Zahlensystem, das auf ihrer eigenen Anatomie beruht?«

»Ähm«, machte Sabrina.

So hatte sie sich das überhaupt noch nie überlegt. Allenfalls hatte sie sich an den hitzigen Diskussionen in der Schule beteiligt, die von den ewigen Besserwissern geführt worden waren: dass nämlich das zweite Jahrtausend eigentlich erst am 3. Dezember 2000 endete. Weil es nämlich kein Jahr 0 gegeben habe. Also sei das erste Jahr des nächsten Jahrtausends das Jahr 2001. Und so weiter. All dieser logische Schmarren, auf den kein Mensch Rücksicht nehmen würde.

»Ja«, meinte sie. »Kann man wohl so sagen.«

Kelwitts Kopf machte eine elegante, schwenkende Bewegung. »Wie kann man Blei gießen? Gießen kann man nur Flüssigkeiten. Blei ist ein Element. Ein Metall. Atomgewicht 207. Wie kann man es gießen?«

Sabrina schüttelte den Kopf. »Wie machst du das? Du

liest das Lexikon einmal durch und kannst es auswendig. Ich könnte es hundert Mal lesen und hätte nichts behalten.«

»Das macht Tik«, erklärte Kelwitt und berührte die glänzende metallene Spange auf seiner Schulter. »Er speichert alles.«

»Ihr könntet ein Mordsgeschäft machen, wenn ihr die Dinger auf die Erde exportieren würdet.«

»Mordsgeschäft?«, echote Kelwitt verständnislos.

Sabrina winkte ab. »Schon gut. Wir waren beim Bleigießen.«

»Jawohl. Bleigießen.«

»Man kann Blei in einem Löffel über einer Kerzenflamme schmelzen. Und wenn es flüssig ist, gießt man es mit einem Ruck in kaltes Wasser. Dabei entstehen die merkwürdigsten Figuren, und die deutet man dann.«

»Ein Orakel!« Es klang erstaunt.

»Ja, so was in der Art. Es heißt, dass man aus den Figuren ablesen kann, was einem das nächste Jahr bringt. Wenn man eine Art Schiff gießt, wird man eine weite Reise machen. Wenn die Figur eher einem Geldstück ähnelt, verheißt das Reichtum. Und so weiter.«

»Und dafür habt ihr auch ein Buch.«

»Nein. Das macht man intuitiv.«

»Intuitiv?«

»Das heißt, dass man sich selber überlegt, was die Figur zu bedeuten hat.«

»Man deutet selber?«, wunderte sich Kelwitt. »Und das gilt?«

»Ja, klar. Das ist sogar bestimmt besser, als wenn man sich nach einem Buch richtet. Ich meine, in so einem Buch kann ja unmöglich alles drinstehen.«

Das gab ihm mächtig zu denken. Er machte eine Reihe von sanften Bewegungen mit seinen Händen und seinen sich schlangengleich windenden Fingern. »Ich muss die Zeichen selber deuten«, erklärte er schließlich und breitete die

Arme aus, in einer seiner alles umschließenden Gesten. Man hatte den Eindruck, dass ihm gerade eine epochale Erkenntnis gekommen war. »Ich muss selber herausfinden, was das, was mir hier zustößt, bedeutet. Das kann nicht alles in einem Buch stehen.«

Montagmittag, und immer noch niemand, der sich um sein Scheunendach kümmerte. Es war doch immer dasselbe mit diesen Regierungen, nur große Sprüche, aber kein Verlass auf nichts. Wenn man sich nicht um alles selber kümmerte und Druck machte, passierte nichts.

»Jetzt ruf' ich an!«, erklärte der Brunnenwirt der Wand seines Büros und legte das Gesicht in grimmige Falten.

Die Frage war nur, wo. Der Mann, der da so unverhofft an der Scheune aufgetaucht war und das seltsame Lebewesen mitgenommen hatte, hatte ja keine Visitenkarte dagelassen. Nur eine Marke vorgezeigt, oder einen Ausweis, oder was immer das gewesen war, er hatte nicht so genau hingeschaut. Wie in diesen amerikanischen Filmen jedenfalls.

Geheimdienst. Er hatte was von Geheimdienst gesagt.

Der Brunnenwirt öffnete die Schublade seines Schreibtischs und zog das Plastiketui einer CD-ROM hervor, die alle Telefonnummern Deutschlands gespeichert enthielt und die er schon manches Mal gut hatte brauchen können, wenn es darum gegangen war, einen Gast zu erreichen, von dem man nicht die vollständige Adresse hatte oder dergleichen. Man konnte auch einfach eine Telefonnummer eingeben, und das Programm sagte einem, wem die Nummer gehörte. Das war auch sehr praktisch.

Den PC hatte ihm sein Neffe besorgt und eingerichtet. Der war ein Teufelskerl mit Computern. Ihm war das Gerät immer noch ein bisschen unheimlich, vor allem, weil es manchmal ein störrisches Eigenleben zu entwickeln schien, aber für Buchhaltung und dergleichen war es schon sehr nützlich.

Er legte die CD-ROM ein, startete das Suchprogramm und gab als Namen ein: ›Geheimdienst‹.

Da fand sich nichts. Ein *Geheimes Staatsarchiv* war angeboten, aber das war sicher nicht, was er suchte. Na ja, war wohl ein bisschen viel erwartet gewesen ...

Moment mal. Ganz falsch. Der deutsche Geheimdienst hieß *Bundesnachrichtendienst.* Das las man ja immer in der Zeitung. Genau. Tippen wir das mal ein.

Und dann stand es plötzlich da. Bundesnachrichtendienst. Mit Adresse und Telefonnummer. Einfach so.

Der Brunnenwirt starrte ungläubig auf den Bildschirm. Das hatte er nicht erwartet. Im Grunde hatte er bis jetzt nicht geglaubt, dass diese Institutionen außerhalb von Spionageromanen und Spielfilmen tatsächlich existierten. Ihn gruselte plötzlich, und er beendete das Programm rasch, nahm die CD aus dem Laufwerk und stopfte sie hastig zurück in die Schublade.

»Das nennt ihr ein Hochhaus, nicht wahr?«, fragte Kelwitt und deutete auf eine der zahlreichen Siebziger-Jahre-Bausünden, die diesen Stadtteil überschatteten.

»Ja«, nickte Sabrina.

»Und das ist tatsächlich eine Art Nestbau für eine große Anzahl kleiner Schwärme wie den euren?«

»Wir sagen Familie dazu.«

Sie saßen am offenen Fenster und schauten hinaus. Draußen herrschte das typische undefinierbare Vorweihnachtswetter, das immer unentschlossen zwischen Kälte, Regen, Nebel und trügerischem Sonnenschein schwankte. Die Kälte schien Kelwitt nichts auszumachen; Sabrina hatte ihren Parka drübergezogen.

Vom unteren Ende der Straße kam langsam eine Frau

hochgeradelt, was Kelwitt mit unverkennbarem Interesse beobachtete.

»Fahrrad«, erklärte er. »Fortbewegung mit Muskelkraft.«

Es war Frau Lange, die am Ende der Straße wohnte und einmal ihre Lehrerin gewesen war. Aus irgendeinem Grund sah sie hoch, entdeckte Sabrina und winkte ihr zu.

Sabrina winkte lahm zurück.

Kelwitt winkte ebenfalls.

Frau Lange winkte ihm gleichfalls zu und bog dann in die Querstraße ab, die hinab zur Hauptstraße führte.

Im nächsten Moment schien ihr ganzer Körper auf dem Sattel herumzufahren, und ihr Gesicht war ein einziges Fragezeichen, als sie noch einmal zum Fenster von Sabrinas Zimmer hochschaute. Doch da hatte Sabrina Kelwitt schon blitzschnell unter die Brüstung gezogen, und so versteckt hörten sie das Scheppern eines umstürzenden Fahrrads und gleich darauf einen schrillen Schmerzensschrei.

»Geschieht ihr recht«, meinte Sabrina grimmig. »Sie hat mir für alle meine Aufsätze schlechte Noten gegeben. Einmal hat sie sogar ›Zu viel Fantasie‹ darunter geschrieben. Ha!«

»Zu viel Fantasie?«, wiederholte Kelwitt, ohne zu verstehen.

»Genau. Als ob man zu viel Fantasie haben könnte.« Es gefiel ihr, so neben ihm zu sitzen, nebeneinander auf dem Boden, mit dem Rücken zur Heizung. Auch wenn ihr Parka dabei durchweichte. »Wie ist das bei dir zu Hause? Ihr baut keine Häuser, hab' ich das richtig verstanden?«

»Wir bauen Nester, unter der Oberfläche. Es gibt Gänge und Hohlräume, Schächte für das Meerwasser... die Lederhäute bauen aber auch Häuser, fast wie eure.«

»Das habe ich noch nicht verstanden. Diese ›Lederhäute‹, von denen du immer erzählst – wer sind die?«

»So nennen wir Jombuuraner, die das Leben am Meer aufgeben und in Städten mitten auf dem Land wohnen. Ihre

Haut trocknet aus und verändert sich, auch durch Mittel, die sie nehmen.«

»Und warum tun sie das?«

Kelwitt machte eine seiner grazilen Gesten, besann sich aber dann und zuckte gekonnt mit den Schultern. »Es ist eben eine Art zu leben. Die Lederhäute wollen frei sein vom Wasser, von allen Beschränkungen der Natur. Sie lieben alles Technische, bauen alle unsere Maschinen. Wir handeln mit ihnen. Wir liefern ihnen Nahrung und erhalten Geräte dafür.« Er sah sich in Sabrinas Zimmer um, deutete auf die Stereoanlage, das Telefon und den Radiowecker. »Ihr könntet auch Lederhäute sein.«

»Wie bitte?«, meinte Sabrina empört. »Ich hab' doch nicht viel Zeug. Ich hab' ja nicht mal einen eigenen Computer.«

»In der Donnerbucht leben wir mit so wenig technischen Geräten wie möglich. Das ist bei uns so Brauch.«

»Gibt es noch mehr solche Gruppen wie euch und die Lederhäute?«

Kelwitt schien zu überlegen. »Ja. Die Sternfahrer zum Beispiel. Oder die Treiber. Treiber leben nur auf dem Wasser, auf selbst gebauten Flößen. Oder vor zwei Sonnenumläufen hatten wir ...«

»Jahre. Einen Sonnenumlauf nennen wir ein Jahr.«

»Ein Jahr? Ich verstehe. Vor zwei Jahren hatten wir eine Gruppe von Weltwanderern zu Gast. Das sind kleine Schwärme, die keine Nester anlegen. Sie sind immer auf Wanderschaft. Sie bemalen ihre Körper bunt, wissen Geschichten zu erzählen und beherrschen viele Fertigkeiten, mit denen sie sich beliebt machen bei denen, die sie aufnehmen.«

»So eine Art Zigeuner«, nickte Sabrina.

»Eure Zigeuner sind aber nicht sehr angesehen, habe ich gelesen«, korrigierte Kelwitt.

»Du hast wirklich das ganze Lexikon geschafft.«

»Die Weltwanderer bewahren das Wissen und tragen es weiter. Sie haben uns zwei neue Arten gezeigt, Grundschleimer zu fangen. Eine davon haben wir übernommen. Sie stammt aus der Sieben-Winde-Bucht. Dort ist noch nie jemand von uns gewesen. Ohne die Weltwanderer hätten wir nie davon erfahren.«

In diesem Augenblick ging die Tür auf, und Thilo kam herein, noch in seinem abgeschabten Wintermantel. »Ist das arschkalt hier«, beschwerte er sich sofort. »Wieso habt ihr denn das Fenster offen, seid ihr wahnsinnig?«

»Du kannst gern wieder gehen, wenn dir was nicht passt«, versetzte Sabrina, langte aber hoch, um den Fensterflügel zu schließen. Dabei spähte sie verstohlen hinaus, aber Frau Lange war schon nicht mehr zu sehen. »Und, was ist? Hast du die Videokamera mitgebracht?«

Am Montagnachmittag hatte Geheimagent Hermann Hase immer noch kein Telefon am Bett. Gelinde gesagt, eine Unverschämtheit. Jedes Mal, wenn eine Schwester hereinkam, beschwerte er sich, jedes Mal nahm die Schwester seine Beschwerde freundlich lächelnd entgegen, versprach, sich darum zu kümmern – und jedes Mal geschah nichts.

Gleiches musste mit Gleichem vergolten werden, Betrug mit Betrug. Seit gestern tat Hermann Hase nur noch so, als schlucke er brav die Tabletten, die man ihm brachte, stellte sich danach schläfrig oder gar schlafend, was, der zufriedenen Reaktion des Pflegepersonals nach zu urteilen, genau die Wirkung war, die man erwartete, und entsorgte die unter der Zunge verborgenen Tabletten in die Blumenvase auf seinem Nachttisch, wenn er wieder allein im Zimmer war. Woher die Blumen in der Vase stammten, entzog sich seiner Kenntnis, aber seit heute Morgen wiesen die Blütenblätter seltsame rote Streifen auf. Was ihm zu denken gab.

Es war eindeutig an der Zeit, zu gehen. Die Kopfschmerzen hatten nachgelassen, auch ohne Tabletten, die Rippenschmerzen waren erträglich, und die blauen Flecken überall würden von alleine vergehen. Schließlich hatte er einen Auftrag von immenser Bedeutung zu erfüllen, da war keine übertriebene Wehleidigkeit angebracht. Wenn es um das Wohl und Wehe der Menschheit ging, durfte man sich nicht schonen.

Die Schränke, auch das hatte er in einem unbeobachteten Augenblick schon untersucht, waren genauso leer wie das zweite Bett im Zimmer. Auf die Nachfrage, wo seine Sachen seien, hatte die Schwester nur ausweichend geantwortet. Er würde sie bei der Entlassung wiederbekommen. Ha, ha. So lange konnte er nicht warten.

»Ich möchte nach Hause«, hatte er dem Arzt bei der Morgenvisite gesagt.

Der hatte nur gelächelt. »Frühestens in einer Woche.« Und ihm wieder eine Tablette in den Mund gestopft. Einfach lächerlich, das Ganze. Er wartete, bis es draußen auf dem Gang ruhig war, stand dann auf und streckte den Kopf aus der Tür. Glück gehabt, der Gang war leer. Offenbar war Schichtwechsel oder so etwas, jedenfalls waren alle Pfleger im Stationszimmer versammelt.

Schön. Also, er hatte verschiedene Möglichkeiten. Er konnte hinabgehen in den Aufenthaltsbereich, in dem es sicher auch ein paar Münzfernsprecher gab, konnte sich von jemandem ein paar Groschen leihen und seine Dienststelle anrufen. Oder, noch kühner, er konnte einfach in ein Taxi steigen und sich nach Hause fahren lassen. Wenn er es recht bedachte, gefiel ihm diese Möglichkeit noch besser.

Es gab Türen an beiden Enden des Flurs, und er ging, als sei es das Normalste der Welt, dass ein Mann in einem lächerlichen weißen Nachthemd und auf nackten Füßen umherwanderte, zu der, deren Weg nicht am Fenster des Stationszimmers vorbeiführte.

Sie war verschlossen, verdammt noch mal.

Er drehte sich um und musterte die andere Tür, wägte die Chancen ab, unentdeckt am Stationszimmer vorbeizukommen ... Moment mal! Jetzt erst entdeckte er die Aufschrift, die in dicken schwarzen Klebebuchstaben außen auf der Milchglasscheibe der Tür angebracht war. Spiegelverkehrt natürlich, nur verschwommen durchschimmernd, aber durchaus zu entziffern.

»Psychiatrie«, las er fassungslos.

Die Videoaufnahmen machten sie in Thilos Zimmer. Thilo hatte außer der Kamera auch ein Stativ mitgebracht und zwei Halogenlampen, mit denen er eine Ecke des Zimmers ausleuchtete, richtig professionell, mit zwei Stühlen und Blick durch das Fenster auf die Nachbarschaft. Sabrina beobachtete ihren kleinen Bruder und kam nicht umhin, sich zu wundern; so emsig und sachverständig hatte sie ihn sein Leben lang noch nicht arbeiten sehen.

Kelwitt machte alles geduldig mit.

Er hockte auf seinem Stuhl und verfolgte Thilos Vorbereitungen, wobei über seine Augen ab und zu milchige Schleier zogen, was bei ihm vielleicht einem Blinzeln angesichts der beiden hellen Lichtquellen gleichkam.

»Okay«, meinte Thilo schließlich. »Können wir?«

Sabrina sollte die Interviewerin spielen. Sie hatte sich ein bisschen geschminkt und einigermaßen gut angezogen und kam sich fast vor wie die Sprecherin der Tagesschau. »Alles klar«, nickte sie und schluckte einen trockenen Kloß hinab.

»Aufnahme läuft in drei ... zwei ... eins ...«, zählte Thilo mit den Fingern rückwärts wie ein gelernter Profi, und dann leuchtete das kleine rote Lämpchen über dem Objektiv auf. Jetzt begann es also. Sabrina setzte ein Lächeln auf, sah in das dunkle Auge der Kamera, als wolle sie mit dem Gerät flirten, und sagte den Text auf, den sie sich zurechtgelegt hatte. »Guten Tag. Mein Name ist Sabrina Mattek, und wir schreiben heute, zum Zeitpunkt dieser Aufzeichnung den 20. Dezember 1999.« Zum Beweis hielt sie die aktuelle Ausgabe der Stuttgarter Zeitung hoch und ließ die Videokamera einen ausgiebigen Blick auf die Schlagzeilen des Tages werfen. »Seit vergangenem Freitag ist bei uns ein Wesen aus dem Weltraum zu Gast, ein Bewohner des Planeten Jombuur, der mit seinem Raumschiff auf die Erde abgestürzt ist und nun darauf wartet, von seinem Mutterschiff abgeholt zu werden. Sein Name ist Kelwitt. Hallo, Kelwitt.«

Übergang von Nahaufnahme in Halbtotale. Kelwitt kommt ins Bild.

»Hallo, Sabrina«, erklang die mechanische Stimme des Übersetzungscomputers in einwandfreiem Deutsch mit leicht schwäbischem Akzent. Das Wesen aus dem Weltraum sah unschlüssig zwischen Sabrina und der Kamera hin und her. Sie hatten ihm erklärt, was sie vorhatten und dass es sich um eine Aufnahme handelte, ähnlich wie das, was er im Fernsehen zu sehen bekam. »Werdet ihr das ebenfalls im Fernsehen zeigen?«, hatte er wissen wollen. Sabrina hatte ihn beruhigt – das könne sein, aber auf jeden Fall erst, wenn er abgeholt und in Sicherheit sei.

»Kelwitt«, bat Sabrina, »erzähle uns ein bisschen über dich, deinen Heimatplaneten und den Grund deiner Reise zur Erde.«

Kelwitt beschrieb bereitwillig seine Heimat – eine wasserreiche Welt, die eine große, orangegelbe Sonne umkreiste –, schilderte das Leben seines Schwarms in der Donnerbucht und erklärte die Hintergründe einer Orakelfahrt.

»Unsere Sonne ist also seit deiner Geburt in den jombuuranischen Sternkarten als Kelwitts Stern registriert?«, vergewisserte sich Sabrina. »Für alle Zeiten?«

»Ja«, bestätigte Kelwitt und nickte in einer Weise, die zugleich fremdartig und sympathisch wirkte.

Die Sache machte Spaß, fand Sabrina. Sie hatte so etwas

noch nie gemacht – sich für eine Kamera zurechtmachen, Interviewfragen auf Karteikarten kritzeln, all das –, aber es machte richtiggehend Spaß.

»Und vor deiner Geburt? Welchen Namen hatte unsere Sonne da?«

»Gar keinen. Nur eine Nummer. Jeder Stern erhält eine Nummer, und in dieser Reihenfolge werden sie verschenkt und nach den Neugeborenen benannt.«

Er erklärte die Funktionsweise des Computers, der in Form einer Metallspange auf seiner Schulter saß und ›Tik‹ hieß, und schilderte die Ereignisse, die zu seinem Absturz geführt hatten, und was danach geschehen war.

Das hörten Sabrina und Thilo nun zum ersten Mal, dass ihn jemand mitgenommen und dass es einen Unfall gegeben hatte.

»Hat er gesagt, wie er heißt?«

»Zu der Zeit hatte Tik eure Sprache noch nicht analysiert. Ich habe deshalb nichts verstanden von dem, was gesprochen wurde.«

Sabrina sah ihn an und spürte ein ungutes Zittern im Bauch. Das hieß ja wohl, dass Kelwitts Absturz beobachtet worden war – natürlich, der ganze Himmel wurde ja ständig mit Radar abgetastet – und dass jemand die Sache untersucht hatte. Wahrscheinlich lag Kelwitts Raumschiff schon in irgendeinem Laboratorium und wurde von einem Heer weiß bekittelter Wissenschaftler nach allen Regeln der Kunst auseinander genommen. Man kannte das ja aus diesen ganzen Filmen.

Und das wiederum hieß, dass insgeheim wahrscheinlich mit Hochdruck nach Kelwitt gefahndet wurde!

Na, und wenn schon, dachte sie trotzig.

Frau Lange fiel ihr ein. Wenn die auf die Idee kam, zur Polizei zu gehen ...?

Schluss damit. Das führte zu nichts. Die Kamera lief, und das Interview musste geführt werden. Sie zückte ihre nächste Karteikarte. Was sagten die Erde und ihre Sonne denn nun über Kelwitts künftiges Schicksal?

Kelwitt holte sein Orakelbuch hervor und las ein paar Sentenzen vor, die ziemlich nach Horoskop und Hokuspokus klangen. Dann ließ er das Buch sinken. »Dass ich gelandet bin, war nicht vorgesehen, aber zweifellos ist es ebenfalls bedeutsam, weil alles bedeutsam ist, was einem auf einer Orakelfahrt widerfährt. Ich muss die Zeichen selber erkennen und aus eigener Anschauung deuten. Intuitiv. Das ist schwierig. Es gibt nur einen einzigen Anhaltspunkt, den Mu'ati nennt: Wird der eigene Stern von einem Planeten umkreist, der einmal bewohnt war, dessen Bewohner aber ausgestorben sind, so ist dies das schlechteste Vorzeichen, das es geben kann. Es bedeutet ein kurzes, unglückliches Leben und einen frühen, qualvollen Tod.«

»Ups«, machte Sabrina.

»Leider«, fuhr Kelwitt fort und ließ einige seiner Finger einen Schlangentanz aufführen, »sind die Nachrichten, die ich bis jetzt gesehen habe, sehr beunruhigend. Ihr vergiftet eure Luft und euer Wasser, und ihr zerstört die Schutzfunktion eurer Atmosphäre. Es gibt mehr von euch, als ihr ernähren könnt – was ja auch kein Wunder ist, so viel, wie ihr esst. Und ihr seid sehr gewalttätige Wesen. Ihr führt immerfort Kriege, und ihr besitzt unsinnig viele gefährliche Waffen. Das alles ist, fürchte ich, ein schlechtes Zeichen für mich.«

Sabrina schluckte. Ganz so cool wie die Frauen von der Tagesschau war sie wohl doch noch nicht, sonst wäre ihr jetzt eine Frage oder eine Rechtfertigung oder sonst irgendwas eingefallen.

»Ihr seid zwar noch nicht ausgestorben«, erklärte Kelwitt und wiegte den Kopf, »aber ihr könntet es in nächster Zukunft sein.«

11

Da Thilo im Altersheim nur noch Gast war, musste er keine pflegerischen Arbeiten mehr verrichten, woran er ohnehin nie besonders Gefallen gefunden hatte. Was ihn faszinierte, waren die Menschen, die hier lebten: Menschen, die beinahe ihr ganzes Leben schon hinter sich hatten – zumindest den relevanten Teil davon – und nun auf Zeiträume, die aus der Perspektive eines Sechzehnjährigen endlos anmuteten, zurückblicken konnten, vor sich nichts mehr als eine Ungewisse Zeit des Wartens und den Tod. Manchmal kam ihm diese Faszination selber ziemlich morbide vor, aber er ging immer wieder hin, besuchte den einen oder anderen, schob Rollstühle, saß an Betten oder Lehnstühlen und hörte zu. Vor allem deswegen war er ein gern gesehener Besucher – gern gesehen auch vom Pflegepersonal, dem sinkende Budgets und steigende Arbeitsbelastung nicht mehr allzu viel Zeit für Menschlichkeit ließen.

An diesem späten Montagnachmittag besuchte er seinen liebsten Bekannten, einen mageren alten Mann namens Wilhelm Güterling, der wenige Wochen zuvor seinen einundneunzigsten Geburtstag gefeiert hatte. Güterling war, das erzählte er jedes Mal mit nie ermüdender Inbrunst, während des Krieges in Peenemünde gewesen, als Mitarbeiter von Wernher von Braun, der später der Vater des amerikanischen Mondlandungsprogrammes werden sollte. »Nach dem Krieg kamen die Amerikaner« – an dieser Stelle fasste er immer nach Thilos Arm und drückte ihn mit erstaunlicher Kraft – »und machten von Braun das Angebot, nach Amerika zu gehen. Er hat mich gebeten mitzukommen, ja, das hat er. Ich habe damals abgelehnt, weil meine

Frau nicht wollte. Kannst du dir das vorstellen? Wir haben uns hier durchgeschlagen, in den Trümmern, in elenden Jobs. Und dann hat sie mich doch verlassen, das Miststück. Geschieht ihr recht, dass sie so früh gestorben ist, und weiß Gott, ich habe immer noch keine Lust, sie wiederzusehen, das kannst du mir glauben!« Damit war die übliche Routine erledigt, und der alte Mann ließ seinen schlohweißen Kopf sinnend vor sich hin nicken, in unbestimmte Fernen starrend.

»Herr Güterling«, fragte Thilo, »glauben Sie, dass es andere Planeten gibt, auf denen Wesen wie wir leben?«

»Oh, sicher!« Der Greis sah ihn so entgeistert an, als habe er gerade das Gesetz der Schwerkraft in Frage gestellt. »Ganz ohne Zweifel. Du brauchst nur ein einziges Mal bei Nacht in den klaren Sternenhimmel zu schauen, um zu wissen, dass es so sein muss. Jeder dieser Sterne ist eine Möglichkeit, ein Los in der Lostrommel. Und wenn du erst einmal durch ein Teleskop siehst ... So viele Sterne. Winzigste Lichtpunkte, Unendlichkeiten entfernt, die in Wahrheit Galaxien wie unsere Milchstraße sind, aus Hunderten von Milliarden von Sternen bestehen ... Niemand kann so vermessen sein zu glauben, dass wir die Einzigen sind in dieser unermesslichen Fülle.«

»Aber so ein menschlicher Körper ist doch irre kompliziert aufgebaut. Sogar ein Grashalm ist irre kompliziert aufgebaut. Es muss ein unglaublicher Zufall sein, dass es uns überhaupt gibt. Und deswegen könnte es doch sein, dass das im ganzen Universum nur ein einziges Mal geglückt ist.«

Güterlings Augen blitzten amüsiert auf. In solchen Momenten schien er wieder hellwach zu sein: wenn seine hellblauen Augen funkelten wie frisch polierte Edelsteine. »Wenn das Leben einzig durch Zufall entstünde, mein Junge, dann gäbe es nicht einmal uns. Kein bloßer Zufall könnte das zu Stande bringen, dafür würden selbst diese Abgründe aus Raum und Zeit nicht ausreichen, vor denen wir stehen.

Nein, nein – die Wege der Evolution, oder der Schöpfung meinetwegen, sind schon etwas komplizierter. Der Zufall spielt da nur eine Nebenrolle.«

»Dann glauben Sie also, dass es Außerirdische gibt?«

»Ohne Zweifel. Wir werden ihnen vielleicht niemals begegnen, aber ohne Zweifel leben sie irgendwo, auf irgendeinem fernen Planeten, und fragen sich das Gleiche wie wir.«

»Könnte es sein, dass sie uns besuchen kommen?«

Der alte Mann sah wieder in eine unsagbare Ferne. »Ich weiß es nicht. Ich habe mir immer gewünscht, dass das einmal passiert. Unsere eigenen technischen Möglichkeiten sind so gering ... und das, was wir wissen, lässt uns so wenig Hoffnung, dass es möglich sein könnte ... so wenig Hoffnung.«

Thilo sah ihn an und wusste, dass er ihm eines Tages von Kelwitt erzählen würde.

Als Wolfgang Mattek an diesem Montagabend nach Hause kam, war er wie gerädert. Der Stau auf der Rückfahrt hatte ihm vollends den Rest gegeben. Den Ausfall einer der Verpackungsmaschinen heute Nachmittag konnten sie gerade ungefähr so nötig brauchen wie ein Loch im Kopf. Da musste er morgen noch ein paar Telefonate führen, ein paar Leute anschreien und mit Anwälten drohen und so weiter. Ihm am Telefon frech zu sagen, die Leute der Servicefirma seien schon alle im Weihnachtsurlaub! Was stellten die sich eigentlich unter einem Wartungsvertrag vor? Wofür zahlte er jeden Monat diese Menge Geld? Und die Lieferung aus Taiwan, die in Bremen im Zoll feststeckte, hatten sie auch heute nicht freibekommen; wie es aussah, würde er morgen jemanden hinschicken müssen. Wenn er nicht am Ende selber fahren musste, aber das wollte er, wenn irgend möglich, vermeiden. Denn er machte sich Sorgen um Nora. Nein, das war das falsche Wort. Angst, er hatte Angst um sie. Regelrecht Angst, und die hatte er oft. Meistens unbegründet, weil das, was ihn an ihr beunruhigte, einfach nur eine schlechte Laune war, oder sie ihre Tage bekam. Aber die Angst war immer da, begleitete ihn und bedrückte ihn, so wie die Erinnerung, dass ein schmerzhafter Zahnarztbesuch bevorsteht, alle Freuden des Augenblicks dunkel überschatten kann. Die Angst, *dass es wieder passieren könnte.*

Die Kinder waren noch zu klein gewesen, um eine Erinnerung daran zu haben. Und völlig aus heiterem Himmel war es nicht passiert, jedenfalls nicht so, dass man hätte sagen können, dass es nicht zu ihr passe. Es hatte zu ihr gepasst.

Schon wie sie sich kennen gelernt hatten, hatte dazu gepasst. Er hatte damals in der Bretagne Urlaub gemacht. Den ersten Urlaub, seit er fünf Jahre zuvor die Firma von Onkel Werner übernommen hatte. Aus irgendwelchen Gründen hatte er sich die Bretagne in den Kopf gesetzt gehabt, obwohl es dort im März alles andere als gemütlich war. Er hatte einen Stapel Bücher dabeigehabt, ungelesene Erwerbungen aus arbeitsamen Jahren, und ein paar dicke Wollpullover. Aber dann war das Tankerunglück passiert. ›Amoco Cádiz‹ hatte das Schiff geheißen, das vor der französischen Küste auf Grund gelaufen war, und in den darauf folgenden Tagen war er fassungslos am Strand entlanggewandert und hatte zugesehen, wie Sand, Felsen und Tiere unaufhaltsam von einer schwarzen, zähen Brühe verschlungen wurden, die ein düsteres Meer gleichgültig anspülte. Reporter waren in erschreckenden Scharen aufgetaucht, und er hatte den Rest seines Urlaubs als freiwilliger Helfer mit kräftezehrender Arbeit verbracht: hilflose Seevögel aufsammeln und ihr verklebtes Gefieder reinigen, öligen, verklumpten Sand in große Kübel schaufeln, bei widrigstem Wetter und bis in die Nacht. Dabei hatte er Nora kennen gelernt, eine achtundzwanzigjährige Studentin der Literaturwissenschaften aus Tübingen, eigens angereist als freiwillige Helferin, getrieben von einem beinahe wütenden Entschluss, die Welt nicht verloren geben zu wollen.

Im Jahr darauf hatten sie geheiratet, auf seinen Wunsch hin. An dem wütenden Entschluss änderte das nichts. Mit der einjährigen Sabrina im Buggy marschierte Nora Mattek gegen Pershing-Raketen und den NATO-Doppelbeschluss, wenige Wochen nach der Geburt Thilos blockierte sie schon wieder Kernkraftwerke, kettete sich an vor Gorleben und Mutlangen, schrieb für alternative Zeitungen und kaufte biologisch-dynamisches Gemüse. Die ersten Kontakte Noras zu einer Gruppe, die sich um einen ehemaligen Pfarrer gebildet hatte, der seinen Jüngern den nahen Weltuntergang predigte, bekam Wolfgang Mattek überhaupt nicht mit. Irgendwann waren dann nur noch die Prophezeiungen des Nostradamus Gesprächsthema, die Visionen irgendwelcher Waldpropheten aus dem neunzehnten Jahrhundert, die Geschichte von Päpsten und Kardinälen, das dritte Geheimnis von Fatima, und natürlich die Auslegungen der Apokalypse und des Buches Daniel. Wolfgang hielt dagegen, versuchte zu mäßigen, regte sich auf, stritt, schrie, hielt sie einmal sogar mit Gewalt zurück, zu ihrer Gruppe zu gehen. Natürlich stand nicht alles zum Besten, mit der Umwelt nicht, mit der Politik nicht, es gab zu viele Waffen und zu viel Gift, das wusste Wolfgang auch, aber der Prediger vermischte Wahres mit wilden Behauptungen, zog Nora hinein in einen unentrinnbar scheinenden Strudel aus Zweifeln, paranoiden Ängsten und irrealen Hoffnungen. Es gelang ihm, sie zur Eheberatung zu schleppen, und eine Weile sah es so aus, als ob es mit Hilfe der Therapeutin gelingen würde, das Ruder herumzureißen. Doch dann kam Tschernobyl, fast genau an dem Tag, für den der Prediger eine große Katastrophe vorhergesagt hatte, den ersten apokalyptischen Reiter, das erste Fanal des nahenden Endes. Nora verließ ihn und die Kinder und zog mit den anderen auf einen abgelegenen Berg in der rätoromanischen Schweiz, um zu beten und zu fasten, um das Armageddon zu überleben und die Hoffnung der besseren Welt zu werden, die danach kommen sollte.

Sie hatte niemals darüber gesprochen, was sich auf dem Berg abgespielt hatte. Auch die Untersuchungen der Polizei später hatten kein vollständiges Bild ergeben. Die meisten waren wieder heruntergekommen, halb verhungert, schmutzig und verstört, nachdem der angekündigte Weltuntergang nicht stattgefunden hatte. Nur den Prediger selbst und fünf seiner engsten Getreuen hatte man tot in einem Zelt auf dem Berg gefunden, zusammen mit einem düsteren Brief, der besagte, dass es dieses Opfer gewesen sei, das die Welt noch einmal gerettet habe, dass aber der Tag kommen würde, an dem weitere Opfer notwendig werden würden ...

Heute Abend hatte sich ihre Umarmung fast genauso angefühlt wie damals in der Schweiz.

Wahrscheinlich war es die Anwesenheit Kelwitts, die sie nicht verkraftete. Es war nun lange Jahre gut gegangen, in letzter Zeit war sie sogar von Albträumen verschont geblieben, und sie hatten ein friedliches, im Großen und Ganzen glückliches Leben geführt. Das Auftauchen des Außerirdischen musste etwas in ihr ausgelöst haben, und Wolfgang Mattek fragte sich, was.

Kelwitt beobachtete an diesem Abend mit einiger Erleichterung, dass F'tehr wie jeden Tag von draußen ins Nest zurückkehrte und Unsremuutr begrüßte, indem er seine Nahrungs- und Sprechöffnung – bei den Erdbewohnern waren diese beiden Funktionen seltsamerweise in einem Organ zusammengefasst, obgleich Kelwitt sich nicht recht vorstellen konnte, was das eine eigentlich mit dem anderen zu tun hatte – auf die entsprechende Öffnung Unsremuutrs drückte, was Unsremuutr mit einer Umschlingbewegung der oberen Extremitäten beantwortete.

So waren seine Befürchtungen also unbegründet gewesen. Die Erdbewohner verspeisten zwar bisweilen andere Lebewesen, aber immer nur kleine, die anscheinend eigens zu diesem Zweck gezüchtet wurden, und niemals Artgenossen.

»Ich würde gern das Nest für kurze Zeit verlassen«, vertraute er sich S'briina an. »Mich auf dem Planeten etwas umsehen.«

S'briina machte Gesten mit der Kopfvorderseite. Die Erdbewohner hatten flache Kopfvorderseiten, die so beweglich waren, dass sie damit Gesten machen konnten. Das sah für jombuuranische Augen sehr bizarr aus, aber mittlerweile hatte Kelwitt sich daran gewöhnt, wenn er auch noch nicht deuten konnte, was die Gesichtsgesten bedeuteten. »Ich weiß nicht«, meinte S'briina. »Wir wissen nicht, wer hinter dir her ist. Was ist, wenn dich jemand sieht?«

»Vielleicht kann ich im Schutz der Nacht gehen«, schlug Kelwitt vor. »Und vielleicht kann ich Stücke eurer Kleidung dabei tragen.«

»F'tehr will das nicht«, sagte S'briina. F'tehr war offenbar so etwas wie der Schwarmälteste. Wieso er dann das Nest jeden Tag so lange Zeit verließ, verstand Kelwitt allerdings nicht, obwohl Tiilo versucht hatte, es ihm zu erklären.

»Nur ganz kurz«, bat Kelwitt. »Du könntest mich begleiten, zur Sicherheit. Nur eine Viertelperiode.«

S'briina zögerte und sagte dann: »Gut, meinetwegen. Aber das bleibt unter uns, verstanden?«

Kelwitt verstand nicht ganz, was S'briina mit ›unter uns‹ meinte.

»*Redewendung mit unbekannter Bedeutung*«, kommentierte auch Tik. Also zuckte Kelwitt die Schultern und sagte vorsichtshalber: »Ja.«

S'briina bedeutete ihm, ihr in Tiilos Nesthöhle zu begleiten. Dort hingen in einem Aufbewahrungsfach zahlreiche aus Stoff gefertigte Verhüllungen für alle Körperteile eines Erdbewohners. S'briina nahm ein paar heraus und hielt sie prüfend neben Kelwitt, reichte ihm schließlich ein Verhüllungsteil und sagte: »Zieh das an; das müsste passen.«

Das Kleidungsstück war schwierig anzulegen, und ohne S'briinas Hilfe hätte er sich nicht zurechtgefunden. Ihm wurde sofort heiß darunter. Außerdem saugte es die Feuchte ab, und seine Haut begann zu jucken.

»Ihr Erdbewohner tragt ständig Kleidung«, stellte er fest.

»Ja«, gab S'briina zu.

»Das ist eigenartig«, meinte Kelwitt. Als S'briina wissen wollte, wieso, erklärte er: »Ihr seid auf diesem Planeten zu Hause. Ihr habt euch hier entwickelt. Ihr müsstet euch so an die Umgebungsbedingungen angepasst haben, dass ihr auf Kleidung verzichten könntet.«

»Kann man auf Jombuur sich etwa frei von Schutzkleidung bewegen?«, wunderte sich S'briina.

»*Der Bedeutungskontext der Frage ist unzureichend übertragen*«, fügte Tik hinzu. »*Es scheint, als gelte das Nichttragen von Schutzkleidung als ungehörig.*«

Rätselhafte Wesen, diese Erdbewohner.

Vermutlich waren alle fremden Lebewesen rätselhaft, wenn man sie näher kennen lernte, aber die Erdbewohner waren nun einmal die ersten Fremden, mit denen er näheren Kontakt hatte.

Kelwitt bestätigte, dass auf Jombuur das Tragen von Schutzkleidung nicht erforderlich war. Seltsamerweise schüttelte S'briina daraufhin den Kopf.

Aber alles in allem war dieser Kontakt eine interessante Erfahrung. Wenn man davon absah, dass sein Raumboot abgestürzt war, dass der Kontakt unerlaubt stattfand und dass er seine Orakelfahrt ziemlich vermasselt hatte.

Sie verließen das Nest durch einen Ausgang, den Kelwitt bisher noch nicht bemerkt hatte und der in ein pflanzenbedecktes Areal hinausführte. Es war dunkel, der Boden feucht und angenehm kühl, was Kelwitt in seinem warmen Erdbewohnerkleidungstück zumindest von unten her Erleichterung verschaffte. Sie umrundeten den Nestbau und traten durch einen schmalen Spalt in dem dichten Pflanzenwuchs, der das Areal umgrenzte, auf die breite steinerne Fahrstraße hinaus. Das sah wirklich alles ziemlich so aus wie das, was man über die Städte der Lederhäute erzählte.

Lampen, die an hohen, gebogenen Metallstangen aufgehängt waren, warfen ein fahles Licht auf die Fahrstraße herab und auf die rechteckigen Nestbauten rechts und links davon. Alles war sehr symmetrisch angeordnet, und die Pflanzen, die, sorgfältig umzäunt von kleinen steinernen Mauern, davor wuchsen, sahen so aus, als gehörten sie dort eigentlich nicht hin. Und alles lag still da. Die Erdbewohner schienen ihre Nester nur ungern zu verlassen.

»Und?«, fragte S'briina. »Wohin willst du nun?«

Kelwitt überlegte. »Ich weiß es nicht«, meinte er. Im Grunde war es gleichgültig. Schließlich suchte er nichts Bestimmtes. »Irgendwohin.«

»Gut«, sagte S'briina und deutete in eine Richtung. »Gehen wir dort hinunter.«

Der Weg führte leicht abwärts. Kelwitt betrachtete die hoch gebauten Nester, die in einiger Entfernung groß und dunkel in den nächtlichen Himmel ragten wie Berge. Hier und da glänzten hell erleuchtete Sichtscheiben wie die Trageblasen junger Wassersegler kurz vor dem Sonnenuntergang.

Sie gelangten an eine etwas breitere Fahrstraße, auf der sich wirklich zahlreiche Fahrzeuge bewegten. Alle hatten sie je zwei große weiße Leuchtflächen vorne, mit denen sie die von den Lampen an den gebogenen Metallstangen erhellte Fahrstraße zusätzlich beleuchteten, und zwei kleine rote Leuchtflächen hinten, deren Sinn Kelwitt unklar blieb.

Am Rand der Fahrstraße war ein seltsames Bauwerk errichtet, das hauptsächlich aus einem metallenen Dach und gläsernen Wänden bestand, von denen eine nicht durchsichtig war, sondern von innen erleuchtet und – wohl zu Dekorationszwecken – die farbige Darstellung eines Erdbewohners zeigte, der auffallend wenig Bekleidung trug. Unter diesem Dach standen einige Erdbewohner, ihrerseits in viel Kleidung eingehüllt, und sahen einfach nur umher.

»Was ist das?«, fragte Kelwitt.

»Eine Bushaltestelle.« Tik ergänzte: »*Das ist ein Wartepunkt, der von einem Beförderungsmittel in regelmäßigen Zeitabständen angefahren wird.*«

Kelwitt wusste nicht recht, was er sich darunter vorzustellen hatte. Gerade in dem Augenblick bog weiter unten ein großes gelbes Fahrgerät mit großen Sichtscheiben ums Eck, näherte sich den wartenden Erdbewohnern, die ihm einige Schritte entgegengingen, und hielt vor ihnen am Fahrstraßenrand. Große Türen klappten mit einem zischenden Geräusch auf, und die Erdbewohner konnten einsteigen. Andere Erdbewohner, die im Inneren des Fahrzeugs gewartet hatten, stiegen aus. Vorne in dem Fahrgerät saß ein Erdbewohner an einem Steuerinstrument, das dem ähnelte, das F'tehr in seinem Fahrzeug benutzt hatte, nur war es entsprechend größer. Eine praktische Angelegenheit, überlegte sich Kelwitt. Einer verrichtete die Arbeit des Steuerns, doch sie kam auf diese Weise vielen anderen zugute.

Einige der Erdbewohner, die ausgestiegen waren, bewegten sich, gleichfalls in dicke Kleidung vermummt, auf sie zu.

S'briina gab etwas von sich, was Tik in einen Pfiff des Erschreckens übersetzte, zerrte an Kelwitts Hand und meinte: »Schnell weg!«

»Wieso denn?« Kelwitt war ganz in die Betrachtung des großen Fahrgeräts versunken, das sich mit lautem Brummen der Antriebsmaschinen wieder in Bewegung setzte und an ihnen vorbeirauschte.

Plötzlich stand eine hoch aufragende Gestalt vor ihnen, bis zum Hals in ein dunkles, felliges Kleidungsstück gehüllt und mit langem, grauem Kopfpelz.

»Guten Abend, Fraul'nge«, sagte S'briina und schob Kelwitts Hand umher, als wolle sie ihn veranlassen, sich hinter ihr zu verstecken.

»Guten Abend, S'briina«, erwiderte der Erdbewohner namens Fraul'nge. »Ihr habt mich heute Morgen so erschreckt, dass ich vom Fahrrad gestürzt bin. Das war nicht sehr freundlich. Ich komme gerade erst vom Arzt.«

»Oh«, erwiderte S'briina. »Das tut mir Leid. Das wollte ich nicht.«

»So richtig erschrocken habe ich mich eigentlich über deinen Freund da. Ich sehe so schlecht bei diesem Licht – hat er diese Maske immer noch auf? Willst du ihn mir nicht vorstellen?«

»Das ist keine Maske«, erklärte S'briina. »Er sieht wirklich so aus. Sein Name ist Kelwitt, und er kommt vom Planeten Jombuur in der Nähe des Milchstraßenzentrums.«

Offenbar war er Zeuge eines Begrüßungsrituals. Da Fraul'nge nun ihn ansah, vollführte Kelwitt die Geste des bestätigenden Nickens und entbot den normalen Erdbewohnergruß: »Guten Tag.«

Erstaunlicherweise schüttelte Fraul'nge daraufhin den Kopf und sagte zu S'briina: »Mein Kind, du hast zu viel Fantasie. Du solltest dich wirklich allmählich entschließen, erwachsen zu werden.«

Damit drehte sich Fraul'nge um und ging mit auffallend raschen Schritten weiter.

S'briina gab leise etwas von sich, das Tik übersetzte als: »*Emotionalausdruck des Missfallens an einer Person. Wörtlich übersetzt Gleichsetzung des Gegenübers mit einem Tier, das flüssige, für Geschlüpfte gedachte Nahrung produziert und intelligenzmäßig beschränkt ist*«.

Sie wanderten dann noch ein bisschen die verschiedenen Fahrstraßen entlang, aber im Grunde sah die Nestsiedlung überall gleich aus, und schließlich kehrten sie in das eigene Nest zurück. Kelwitt war froh, als er das Kleidungsstück wieder loswurde, und wusste nicht so recht, was er von seinem Ausflug nun halten sollte. Im Grunde war das, was in den Bildschirmgeräten vom Leben der Erdbewohner gezeigt wurde, wesentlich interessanter.

»Es ist, wie ich schon gesagt habe«, erklärte er Tik. »Ich bin am uninteressantesten Punkt des ganzen Planeten abgestürzt.«

Einer der Ärzte hatte die Angewohnheit, immer, wenn er auf die Station kam, zuerst einmal zu duschen. Als Hermann Hase kurz vor Mitternacht, allein in seinem dunklen Zimmer liegend, das Geräusch plätschernden Wassers vernahm, beschloss er, dass es Zeit war zu handeln.

Er glitt aus dem Bett, öffnete verstohlen die Tür und spähte den kahlen Gang entlang. Alles lag verlassen da. Die Tür zur Patientendusche war nur wenige Schritte entfernt auf der anderen Seite, und sie war nur angelehnt. Dahinter pladderte Wasser, und jemand summte ebenso zufrieden wie unmelodisch vor sich hin.

Aus dem Stationszimmer waren die Stimmen der beiden Nachtschwestern zu vernehmen. »Wenn unsereins das machen würde«, ereiferte sich die eine, »in der Patientendusche ... aber die Ärzte ...«

»Der kriegt auch noch mal Ärger, wart's ab«, sagte die andere Stimme.

Genau, dachte Hermann Hase.

Das Rauschen der Dusche übertönte die Schritte nackter Füße auf dem blanken Linoleum, das Rascheln, mit dem der weiße Arztkittel vom Haken gefischt, und das Klappern des Schlüsselbundes, der aus einer Hosentasche geangelt wurde. Es übertönte auch die Geräusche, die entstanden, als Hermann Hase in die weißen Sandalen des Arztes schlüpfte und sich eiligen Schrittes zu der Tür begab, an der er heute Mittag gescheitert war.

Vom Stationszimmer drang Gelächter auf den Gang. Er probierte einen Schlüssel nach dem anderen, und der vierte passte schließlich. Er schloss von draußen wieder ab und eilte die Treppen hinab. Auf der Höhe des ersten Stockwerks fing es in seiner Kitteltasche plötzlich an zu piepsen. Er holte den orangeroten Piepser heraus, drückte auf den verschiedenen Knöpfen herum und stopfte das Gerät, als es ihm nicht gelang, es zum Schweigen zu bringen, tief in einen Wäschewagen, der vor der Tür zur Chirurgischen Station stand. Blöde Technik.

Endlich hatte er das Erdgeschoss erreicht und den Ausgang. Die Frau an der Pforte warf ihm nur einen gleichgültigen Blick zu, als er hindurchschoss und in das einzige Taxi sprang. Das hatte gerade einen alten Mann mit Herzbeschwerden abgeladen, und als Hermann Hase das Fahrziel nannte – die Adresse seiner Wohnung –, drehte sich der Taxifahrer, der eigentlich schon vor dieser Fahrt hatte Feierabend machen wollen, unwillig um und meinte: »Sagen Sie mal, wissen Sie, wie weit das ist?«

»Keine Ahnung«, entgegnete Hase, der nicht einmal wusste, in welcher Stadt er sich befand.

»Das wird 'ne Sonderfahrt, wenn Sie da wirklich mit dem Taxi hinfahren wollen. Sonderfahrt und Nachtzuschlag.«

Er nahm den Clip mit dem Ausweis darin ab und hielt ihm dem Fahrer vor die Nase. »Ich bin Arzt, Mann. Es geht um Leben und Tod. Fahren Sie los!«

»Haben Sie denn nicht mehr diese hübschen weißen Autos mit Blaulicht drauf?«

Hase spähte aus dem Fenster. Die Frau an der Pforte hatte den Telefonhörer am Ohr und machte immer größere Augen, während sie zuhörte. »Glauben Sie, ich würde ein Taxi nehmen, wenn die nicht alle unterwegs wären?«, versetzte er so unwirsch wie möglich. »Wenn Sie einen Prozess wegen unterlassener Hilfeleistung an den Hals wollen, dann bleiben Sie nur weiter hier stehen.«

»Okay, okay«, maulte der Taxifahrer und gab Gas.

Durch die Windschutzscheibe sah Hermann Hase, wie die Frau aus der Pforte gerannt kam und die Hände hob.

Im nächsten Augenblick waren sie um die Ecke verschwunden.

»Eigentlich ist er ganz nett«, meinte Nora und kuschelte sich in seine Armbeuge.

»Wer? Kelwitt?«

Wolfgang Mattek schob ein paar ihrer Haarsträhnen beiseite, die ihn am Hals kitzelten.

»Wenn ich ihn ansehe, denke ich immer, es ist Flipper. Die alte Fernsehserie, weißt du? Als Kind habe ich die immer gesehen. Ich schau' ihn an und denke, Flipper sind Arme und Beine gewachsen, und er ist uns besuchen gekommen.«

»Mmh.« Draußen fuhr ein Auto vorbei, und der Lichtstrahl der Scheinwerfer ließ die Lärche vor ihrem Schlafzimmerfenster aufleuchten. »Ich habe noch keine drei Worte mit ihm gewechselt. Ganz schön dumm. Ich meine, wann hat man schon mal die Gelegenheit, mit einem Außerirdischen zu reden?«

»Die Kinder verstehen sich gut mit ihm. Wahrscheinlich, weil er selber auch noch jung ist. Das hat er doch gesagt, oder?«

»Ja. Sozusagen ein Teenager. Was mich darauf bringt, dass wir uns noch nicht überlegt haben, was mit Sabrina werden soll.«

Nora seufzte.

»Mit Sabrina, ja ... lass uns morgen darüber nachdenken, einverstanden?«

»Morgen«, wiederholte Wolfgang Mattek und drückte seine Frau an sich. »Einverstanden.«

»Was hast du eigentlich gegen Träume?« Sabrina saß bei Kelwitt auf dem Badewannenrand und sah ihm zu, wie er sich für die Nacht einrichtete.

»Man redet nicht gern über dieses Thema«, meinte Kelwitt. Es klang tatsächlich, als sei ihm das unbehaglich.

»Wieso denn nicht? Jeder träumt doch, was ist da dabei? Ich hab' mal gelesen, dass jeder Mensch jede Nacht mindestens fünf Träume hat. Ist das bei euch anders?«

Kelwitt drehte sich hin und her, als suche er nach der geeignetsten Schlafposition. Sabrina hätte zu gerne gewusst, was sich in den wulstigen Falten zwischen seinen Beinen und an der Unterseite seines Bauches verbarg, aber das war nun ein Thema, über das *sie* sich scheute zu reden.

»Wir reden nicht gern über Träume«, wiederholte Kelwitt. »Wir geben nur ungern zu, dass wir überhaupt welche haben.«

»Aber ihr träumt auch.«

»Es kommt vor, ja.«

»Und was ist daran so unanständig?«

Kelwitt zögerte. »Wir glauben, dass Träume Ermahnungen sind. Warnzeichen, wie Schmerz.«

»Ich kenne eine Menge Leute, die ihre Träume deuten. Manche schreiben jeden Morgen auf, was sie geträumt haben, und wenn man weiß, wie es geht, kann man herausfinden, was die Träume zu bedeuten haben.«

»Ist das eine Art Orakel?«

»So was Ähnliches. Botschaften des Unterbewusstseins, sagt man.«

»Ich verstehe«, meinte Kelwitt und versank in Nachdenken. Vielleicht unterhielt er sich auch nur mit Tik, denn die Sprechöffnung auf seinem Kopf bewegte sich ein wenig. »Nein, das stimmt so nicht«, meinte er schließlich. »Jamuuni lehrt, dass ...«

»Entschuldige – wer?«

»Jamuuni. Das ist einer unserer großen Lehrer. Er lebte

vor vielen Epochen, und er hat unter anderem den Brauch der Sterngabe eingeführt.«

Sabrina nickte. »So jemand wie bei uns, ähm, sagen wir – Konfuzius?«

»Ja. Oder Aristoteles, Lao-Tse, Sokrates, Buddha, Plato ...«

»Okay, okay, schon gut!« Sabrina hob abwehrend die Hände. »Ich hab's schon kapiert. Also dieser Jamuuni, was lehrt der über Träume?«

»Er sagt, dass jeder Geist an einem Punkt mit der Wahrheit verbunden ist. Der Geist bildet Annahmen über die Welt, auf Grund derer wir handeln und entscheiden, und bei der Bildung dieser Annahmen kann er sich irren, sodass wir manchmal falsch handeln und falsch entscheiden. Man kann sich sogar in einem Geflecht von falschen Annahmen verstricken, von denen eine die andere stützt, aber da ein Punkt unseres Geistes mit der Wahrheit verbunden ist, kann man sich niemals vollständig täuschen. Und der Weg, auf dem der Punkt der Wahrheit sich meldet, ist der Traum.«

»Eine Botschaft des Unterbewusstseins. Sagte ich doch.«

»Nein.« Kelwitt schüttelte entschieden den Kopf. »Wenn Träume einfach nur Botschaften des Unterbewusstseins wären, könnte man nichts aus ihnen ablesen, denn das Unterbewusstsein kann sich genauso irren wie das Bewusstsein.«

»Ach so«, nickte Sabrina. Bisher war es meistens so gewesen, dass Kelwitt ziemlich dumme Fragen gestellt hatte und sie ihm die einfachsten Dinge erklären musste. Dass er in Wirklichkeit alles andere als dumm war, vergaß sie dabei manchmal. Diesmal war sie richtiggehend beeindruckt.

»Zu träumen heißt also, sich von der Wahrheit entfernt zu haben. Wer träumt, lebt sein Leben nicht richtig.« Kelwitt sah sie an aus seinen unergründlichen schwarzen Augen. »Verstehst du nun, warum man jemandem keine Träume wünschen soll?«

12

KARL WILZ WAR Chefredakteur, Anzeigenleiter, Lokalreporter, Inhaber und Herausgeber des ›Duffendorfer Tagblatts‹ in Personalunion. Er war also denkbar kompetent, den Anruf entgegenzunehmen, der ihn am Morgen des 21. Dezember 1999 erreichte.

»Also, habe ich das richtig verstanden?«, wiederholte er nach einigem Zuhören, während sein gewohnheitsmäßig ohnehin breites Grinsen anatomisch geradezu erstaunliche Maße angenommen hatte. »Ein UFO ist durch das Dach Ihrer Scheune gefallen. Ein kleines graues Männchen, das aussah wie ein Delfin auf Beinen, ist ausgestiegen und mit einem unbekannten Mann in einem Mercedes davongefahren.«

»Ja, genau«, sagte der unbekannte Anrufer.

Liz, Sekretärin, stellvertretende Lokalreporterin, Fotografin und einzige Angestellte des ›Duffendorfer Tagblatts‹, winkte mit der Kaffeekanne. Karl hob die Tasse und ruckte auffordernd. »Dann haben Sie das UFO in Ihren Rübenkeller geschafft.«

»Ja, genau.«

»Und wenn ich vierzigtausend Mark zahle, darf ich es sehen.«

»Ja, genau.«

»Verstehe.« *Du mich auch*, dachte er dabei. »Klingt wie ein gutes Geschäft, was?«

»Oh, das ist es bestimmt«, meinte der Mann im Brustton der Überzeugung. »Sie würden die Geschichte ja, wie sagt man, explosiv ... ähm ...«

»Exklusiv«, half Wilz aus.

»Ja, genau. Exklusiv würden Sie die kriegen. Ganz exklusiv.«

»Schön, schön.« Wilz dachte nach. Einfach den Hörer auf die Gabel zu knallen war eindeutig zu gut für diesen Burschen. Da musste er schon etwas Gehässigeres bringen. »Ich fürchte nur, unsere Zeitungen sind bis Neujahr schon völlig verplant. Mit anderen Worten, wir können diese Geschichte nicht mehr unterbringen. Wirklich schade, aber nicht zu ändern.«

Das verschlug ihm einen Moment die Sprache. Wilz grinste in sich hinein. *Mal gespannt, was jetzt kommt.*

»Verplant?«, kam es schließlich. »Aber ... wie können Sie denn eine Zeitung verplanen? Sie wissen doch gar nicht, was passieren wird!?«

»Na klar doch. Ein Jahrtausend geht zu Ende, ein neues beginnt. Das steht schon ziemlich lange fest.«

»Aber Sie müssen doch noch über was anderes berichten als bloß darüber!«

Er war wirklich fassungslos. Das gefiel Wilz ausnehmend gut. »Nein, schauen Sie«, sagte er in einem Ton, als sei das das Selbstverständlichste von der Welt, »jetzt ist die Zeit der großen Rückblicke. Auf das zwanzigste Jahrhundert zum Beispiel. Wenn Sie das Durfendorfer Tagblatt lesen, dann ist Ihnen sicher aufgefallen, dass wir letzten Freitag mit einer großen Geschichte des zwanzigsten Jahrhunderts begonnen haben. Heute zum Beispiel waren die Jahre 1920 bis 1929 dran. Wenn ich morgen statt der Fortsetzung einen großen Bericht über Ihr UFO brächte, dann müssten wir am Freitag – also an Heiligabend – das Dritte Reich und den Zweiten Weltkrieg abhandeln. Sie sehen sicher ein, dass wir das nicht tun können.«

»Aber ... aber was tun Sie, wenn etwas passiert? Wenn irgendein Präsident erschossen wird, zum Beispiel?«

»Oh«, grinste Wilz und musste sich das Lachen verbeißen, »ich bin sicher, dass das niemand tun wird. Jeder Attentäter kann sich ausrechnen, dass jetzt keine gute Zeit für so was ist.«

»Meinen Sie?«

»Ja, natürlich.«

»Dann heißt das, Sie haben kein Interesse an dem UFO.«

»Tut mir wirklich Leid. Aber Ihr Außerirdischer hat sich einen ungünstigen Zeitpunkt ausgesucht.«

»Na ja«, meinte der Unbekannte kleinlaut. »Da kann man wohl nichts machen.«

Irgendwie begriff sie, dass es Licht war, das da durch ihre Lider drang, und nur ein Traum, was sie erlebte, aber sie wollte nicht aufwachen, wollte zu Ende träumen, so schön war es.

Dann war sie wach und spürte ihr Herz rasen, atmete schwer. Kelwitt.

Sie hatte von Kelwitt geträumt. Junge, was hätte er dazu gesagt, wenn er gewusst hätte, was sie von ihm geträumt hatte!

Der Traum verflog mit dem Tageslicht, die Einzelheiten entschwanden, nur das Gefühl blieb zurück, ein weiches, warmes, lustvolles Gefühl, ein Begehren, eine strömende, heiße Ankündigung von Ekstase.

Sabrina wälzte sich herum und fuhr mit den Händen dabei über ihren Körper. Ihre Hände glitten unter den Schlafanzug, suchten die Weiche ihres Bauches, ihrer Schenkel, ihrer Haut, die davon geträumt hatte, von Kelwitt berührt zu werden. Das ging doch nicht! Ein Außerirdischer. Ein fremdes Lebewesen, fremder als jedes Tier auf Erden. Ein absolut fremdartiger Organismus ...

Wenigstens musste man keinen Gedanken an Empfängnisverhütung verschwenden.

Sie starrte an die Decke.

Was der Punkt der Wahrheit in ihrem Geist ihr wohl mit diesem Traum sagen wollte?

Nur noch ein paar Tage. Dann würde er weg sein, weg für immer. Abgründe aus Zeit und Raum würden sie trennen, von denen sie nicht einmal hoffen konnte, sie sich vorzustellen, geschweige denn jemals zu überwinden. Und er würde nicht wiederkommen.

Den Rest ihres Lebens würde sie mit Erinnerungen an diese Woche verbringen. Sie würde damit leben müssen, was sie vergessen hatte zu fragen. Zu sagen. Zu tun.

Irgendwie mussten sich die Jombuuraner doch auch fortpflanzen, oder?

»Oh, verdammt!«, stieß sie aus und warf die Bettdecke beiseite. Vielleicht sollte sie einfach eine kalte Dusche nehmen, wie die Mönche im Mittelalter.

Weil nichts anderes mehr im Haus gewesen war, aß Hermann Hase eine Dose Erbsen mit Möhren zum Frühstück und blätterte, während er das kalte Zeug aus der Dose löffelte, in seinem abgegriffenen kleinen Adressenbüchlein.

Die Taxifahrt gestern Nacht hatte ihn fünfhundert Mark gekostet, und er hatte wohl oder übel noch einen Hunderter drauflegen müssen, um sich das Stillschweigen des Fahrers zu erkaufen, der bei ihrer Ankunft gemerkt hatte, dass er kein Arzt war. Zum Glück hatte er genug Bargeld im Haus gehabt. Mehr als genug. Hermann Hase gehörte zu denen, die nicht daran glaubten, dass die Computer der Banken die bevorstehende Umstellung der Jahreszahlen auf das Jahr 2000 verkraften würden, und hatte deshalb vorsichtshalber den größten Teil seines Geldes abgehoben und zu Hause an verschiedenen Stellen in der Wohnung versteckt. Falls im Januar 2000 das Bankensystem zusammenbrechen sollte, würde er statt bedeutungsloser Ziffernfolgen auf der Festplatte eines funktionsuntüchtigen Großrechners zumindest noch richtiges Geld besitzen.

Allerdings hatte er nicht sein ganzes Geld abgehoben. Einen gewissen Teil hatte er in eine Spekulation gesteckt, die ebenfalls auf den möglichen Folgeerscheinungen des Jahrtausendwechsels beruhte. Er hatte bei insgesamt 23 Banken Sparkonten eröffnet, jeweils mit einem Guthaben von hundert Mark. Am Tag nach Neujahr würde er alle diese Banken abklappern und sich die Zinsen gutschreiben lassen. Sollte eine darunter sein, deren Computer nur zweistellige Jahreszahlen verarbeiteten, würde dieser das neue Jahr ›00‹ als Jahr 1900 begreifen und ihm die Zinsen für hundert Jahre gutschreiben. Eine relativ risikolose Sache.

Aber nun galt es zu handeln. Die wiedergewonnene Freiheit zu nutzen. Sein Blick blieb an einer Telefonnummer hängen. Daneben stand der Name. *Kaulquappe*. Das war natürlich nur der Deckname, schließlich verstand Hermann Hase sich als Profi. Kaulquappe war einer, dem er vertrauen konnte. Das war entscheidend, nachdem ihn seine Abteilung offensichtlich im Stich gelassen hatte.

Es dauerte lange, bis jemand abhob, und die Stimme, die sich meldete, klang höchst verschlafen und nannte gänzlich unprofessionell den richtigen Namen. Auch als er etwas indigniert »Hier ist Ochsenfrosch« sagte, kam nur ein erfreuter Aufschrei: »Mensch, Hermann! Wie geht's? Ewig nichts mehr gehört von dir ...!«

Also gut. Er hatte sich längst damit abgefunden, dass nur wenige sein Verständnis von Sorgfalt und Verantwortung teilten, und so überging er den offensichtlichen Lapsus und erzählte, so weit es ihm am Telefon ratsam erschien, von dem Flugkörper, der vom Himmel gefallen war. Dass sich ein Außerirdischer an Bord befunden hatte und dass er diesen schon in seinem Gewahrsam gehabt hatte, erzählte er nicht; dazu würde später Gelegenheit genug sein, sollte Kaulquappe auf seinen Vorschlag eingehen.

»Klingt interessant«, meinte Kaulquappe denn auch. »Und du hast gecheckt, dass das kein Ding der Amis war?«

»Ja. Auch kein russisches.«

»Allerhand. Aber warum hast du es nicht gleich gemeldet?«

»Hab' ich. Aber man glaubt mir nicht, weil die Luftüberwachung nichts registriert hat.« Das war gelogen, aber in diesem Fall heiligte der Zweck die Mittel. »Lass uns einen Treffpunkt ausmachen, zu dem Aufschlagspunkt fahren und alles untersuchen. Allein schaff' ich das nicht, aber wir beide ... wie in den alten Zeiten ...«

»Hmm«, hörte er. Kaulquappe schien andere Erinnerungen an die alten Zeiten zu haben. Aber schließlich siegte die Neugier. »Also gut. Wann und wo?«

»Sobald wie möglich. Heute. Nachher.«

»Heute nicht. Ich hab noch eine Observation. Morgen hab' ich frei, da könnte ich runterdüsen.«

Morgen. Da konnte es zu spät sein. Das waren vierundzwanzig Stunden, in denen viel passieren konnte. Hermann Hase versuchte, in diesem Sinn auf Kaulquappe einzuwirken, aber der ließ sich nicht erweichen, und so einigten sie sich schließlich auf den nächsten Tag, morgens um neun Uhr.

»Und wo?«

Das hatte Hase sich schon überlegt. Der Treffpunkt durfte kein Ort sein, der bereits auf das tatsächliche Ziel hinwies. Und er musste es so formulieren, dass ein möglicher Mithörer nichts damit anfangen konnte. »Erinnerst du dich an die Autobahnraststätte an der A 8, auf der wir mal einen russischen Agenten verhaftet haben?«

»Der sich dann als polnischer Zigarettenschmuggler entpuppt hat?«, ergänzte Kaulquappe. »Ja, ich erinnere mich. Gut, treffen wir uns dort.«

»Ich hab' dir doch gesagt, ich hole dich ab, sobald es soweit ist«, sagte Emma, die nicht wollte, dass man sie Emma nannte.

Thilo nestelte an dem raschelnden, metallverkleideten

Hörerkabel herum und drückte sich tiefer in das dunkle Eck der Telefonzelle. Man brauchte ihn hier nicht zu sehen. Schlimm genug, dass er kein Handy besaß wie die meisten in seiner Klasse.

»Und wann wird das sein?«, fragte er. »Noch vor Weihnachten?«

Sibylla schwieg eine Weile. Befragte wahrscheinlich die Geister. »Nein, ich denke nicht. Ich weiß es nicht bestimmt, aber ich glaube nicht, dass es vorher ist.«

»Dann könnte ich doch noch mal zu dir kommen.«

»Ich weiß nicht ...«

»Aber das ist so lang hin!« Thilo wippte unruhig auf und ab. Sein Blick suchte die Uhr über dem Schulhof. Die große Pause war zu Ende, er musste machen, dass er zurück ins Klassenzimmer kam. Er ärgerte sich, dass er hier so endlos rumdiskutieren musste und dass sie sich so anstellte, aber er wollte es so sehr wieder *haben*. So nannte er es bei sich. Es *haben*. Dieses unglaubliche Gefühl, das mit nichts anderem zu vergleichen war. Wenn er an ihren großen, weichen Körper dachte, dann zerrte eine Sehnsucht in seinem Bauch, dass es ihm schier die Eingeweide rausriss.

»Also gut«, meinte sie endlich. »Morgen Nachmittag. Um drei. Aber um fünf habe ich wieder einen Klienten!«

»Okay!«, rief Thilo erleichtert. »Morgen um drei. Tschüs!« Im nächsten Augenblick warf er den Hörer auf die Gabel und rannte los.

Nora stand gegen die Tür des Kühlschranks gelehnt und beobachtete Kelwitt, wie er auf der anderen Seite des Küchentischs saß und aufmerksam eine Reihe von Lebensmitteln studierte, die sie ihm hingelegt hatte. Stand einfach da, ohne besonderen Grund. Nicht, weil sie Abstand halten wollte von diesem Wesen, sondern einfach so. Weil sie gern hier stand, an der Kühlschranktür. Ein bequemer Platz.

»Vielleicht muss ich demnächst etwas Nahrung aufnehmen«, hatte ihr Besucher aus dem All gesagt. Es hatte geklungen wie *Vielleicht muss ich den Wagen mal in die Werkstatt bringen.*

Wenn diese Wesen nur alle zehn oder zwanzig Tage essen mussten, was um alles in der Welt *taten* die dann die ganze übrige Zeit?

Nun stand er da und betrachtete eine Mohrrübe, eine Scheibe Brot, einen Mohrenkopf, ein Stück rohes Rindfleisch, eine Kartoffel, einen Apfel, eine Auswahl von Nüssen, eine Hand voll Petersilie, eine Zwiebel, Salz und Zucker auf zwei Untertellern, eine Schale voll Haferflocken, ein Glas Milch, ein Glas Orangensaft. Er fasste die Sachen nicht an, sondern schien nur daran zu riechen.

Obwohl, von seinem eigenartigen Mund, der Nora in diesem Augenblick eher an die Öffnung eines Müllschluckers denken ließ als an einen Mund, gingen ein paar haarfeine Borsten oder Fühler aus, und es schien Nora, dass er damit die Lebensmittel berührte. Jedenfalls würde sie die Sachen nachher wegwerfen, sicherheitshalber. Und diskret natürlich, damit er sich nicht verletzt fühlte.

»Wie nennt man das?«, wollte er wissen, auf die Kartoffel und den Apfel deutend.

»Das eine ist eine Kartoffel, das andere ein Apfel«, erklärte Nora hastig.

»Darf ich diese beiden einmal probehalber zu mir nehmen? Kostenlos und unverbindlich?«

Nora machte unwillkürlich eine rasche, beinahe wegwerfende Geste mit der Hand und verschränkte die Arme dann wieder. »Ja, bitte, selbstverständlich. Iss, was du magst. Wir haben auch noch mehr Äpfel, und Kartoffeln kistenweise.«

»Nein, ich muss erst einmal probieren, wie bekömmlich sie für mich sind, ehe ich die ganze Vielfalt genieße.«

»Soll ich sie dir irgendwie zubereiten? Kochen? Anbraten?«

»Vorsorge mit Weitblick«, kommentierte Kelwitt und nahm die Kartoffel in die Hand. »Der neue Trend.«

Nora zuckte die Schultern. »Na gut, dann eben nicht.«

Kelwitt führte die Kartoffel an den Mund. Nora hatte sie gründlich gewaschen, aber nicht geschält. Nun beobachtete sie mit gelindem Grausen, wie sich Kelwitts Mundöffnung in einer blitzschnellen, an den Irisverschluss eines Fotoapparats erinnernden Bewegung öffnete und eine Vielzahl langer, dünner Stacheln oder Zähne oder was auch immer herausschossen, die sich über der Kartoffel zu einem wirbelnden, für Augenblicke vielfach glitzernden Strudel trafen. Im nächsten Moment waren die Beißwerkzeuge wieder verschwunden, und von der Kartoffel fehlte ein beträchtliches Stück.

»Fruchtig-frisch«, erklärte Kelwitt und ließ seinen Mund ein paar Mal ins Leere schnappen, während er die Bissfläche auf der Kartoffel betrachtete. »Stärkt die natürlichen Abwehrkräfte, nehme ich an. Ein Hochgenuss mit locker-leichter Remouladensoße.«

»Möchtest du Remouladensoße dazu?«, warf Nora unwillkürlich ein und schüttelte sofort den Kopf über sich. Ein Wesen aus dem All, das nicht einmal wusste, wie eine Kartoffel schmeckte, würde wohl kaum von sich aus das Bedürfnis nach Remouladensoße verspüren.

Kelwitt wiegte nachdenklich den Kopf, als habe er vergessen, wie man ihn schüttelt. »Ich glaube«, sagte er dazu, »ich warte nun erst einmal auf die Risiken und Nebenwirkungen.«

An diesem Morgen, als sie in S'briinas Raum saßen, fiel ihm ein, dass er ja einmal einen der Planetenbewohner nach der Bedeutung der Begriffe ›Mann‹ und ›Frau‹ fragen wollte.

»Das sind Bezeichnungen für die beiden Geschlechter«, erwiderte S'briina.

»Ja«, bestätigte Kelwitt und führte die irdische Zustimmungsgeste aus. »Und was ist ein Geschlecht?«

S'briina schaute ihn an und sah, soweit er das beurteilen konnte, etwas ratlos aus. »Also, ein Geschlecht ... Ja, wie soll ich das erklären? Es gibt Männer, und es gibt Frauen. Das sind die beiden Geschlechter.«

»Das sagtest du bereits. Die Frage war, was der Begriff ›Geschlecht‹ bedeutet.«

»Ja, ja. Natürlich. Das ist bloß nicht so leicht zu erklären. Es hat jedenfalls mit der Fortpflanzung zu tun.«

»Fortpflanzung ist der Vorgang der Arterhaltung.«

»Ja, genau.«

»Und was hat ein Geschlecht mit der Arterhaltung zu tun?« Das war alles äußerst verwirrend. In dem Buch, das in seltsamer Reihenfolge allerhand Begriffe erläuterte und das die Erdbewohner ›Lexikon‹ nannten, hatte er nichts darüber gefunden.

»Das muss es doch bei euch auch geben«, meinte S'briina. »Woher kommen denn die kleinen Jombuuraner?«

Kelwitt verstand nicht ganz, was das alles sollte. »Aus dem Meer.«

»Aus dem Meer?«

Also erklärte er den ganzen Fortpflanzungszyklus. Erklärte, dass jeder Jombuuraner im körperlichen Stadium der Reife – das er, Kelwitt, in wenigen Sonnenumläufen erreicht haben würde – fortwährend ein Sekret absonderte, das Millionen von Fortpflanzungszellen enthielt, die irgendwann das Meer erreichten und im Wasser umhertrieben, Sonnenlicht tankten und jedes Mal, wenn sie auf andere Fortpflanzungszellen trafen, mit diesen Stücke des Erbguts austauschten. Erläuterte, wie die Zellen, die nicht untergingen, sich irgendwann unter den Brustschuppen eines Jombuuraners festsetzten und zu Larven heranwuchsen. Legte dar, dass diese Larven sich irgendwann wieder davonmachten – manchmal unter Mitnahme der entsprechenden Brustschuppe –, um sich zu verpuppen. Verdeutlichte, dass die Puppen am Strand angespült wurden und einen Lockstoff aussandten, der ausgewachsene Jombuuraner dazu brachte, die Puppen in ihr gemeinsames Nest zu holen und dort mit ihren Körpern zu wärmen, bis die Schale brach – was sie ohne den Druck eines Körpers nicht konnten – und die Jungen schlüpften. Noch während er all das erzählte, stieg in ihm der leise Verdacht hoch, dass das womöglich nicht die einzige denkbare Art im Universum sein mochte, wie Nachwuchs zu Stande kommen konnte.

Tatsächlich schien ihm S'briina kaum glauben zu wollen. »Das ist ja irre kompliziert!«

»Was ist daran kompliziert?«, wunderte sich Kelwitt.

»Und du weißt überhaupt nicht, wer deine Eltern sind!«

»Was sind Eltern?«

S'briina schüttelte den Kopf. »Also, jetzt erkläre ich dir mal, wie das bei uns Menschen funktioniert. Dann wirst du schon sehen, dass eure Methode ganz schön kompliziert ist.«

Menschen, das hatte Kelwitt längst verstanden, war die Bezeichnung, die die Erdbewohner ihrer eigenen Spezies gegeben hatten. »Gut«, meinte er. »Allerdings glaube ich nicht, dass sich etwas daran ändern lässt.«

»Schon klar. Also – damit ein Kind entstehen kann ...«

»Ein Kind ist ein Menschenjunges?«, vergewisserte sich Kelwitt.

»Ja. Kann man so sagen.«

»Ich verstehe.«

»Gut, also – damit ein Kind entstehen kann, braucht man genau einen Mann und eine Frau.«

Kelwitt hob die Hände zur Geste der Verzweiflung. Ihm vorzuwerfen, der jombuuranische Fortpflanzungszyklus sei kompliziert! »Und was ist ein Mann? Eine Frau?«

»Bei uns Menschen gibt es zwei Arten von Fortpflanzungszellen. Es gibt Eizellen, und es gibt Samenzellen. Eine

Eizelle und eine Samenzelle müssen zusammenkommen, damit daraus ein Kind entstehen kann. Die Eizelle wird von der Frau beigesteuert, die Samenzelle vom Mann.«

Zwei verschiedene Fortpflanzungszellen? Und wo blieb der Austausch von Erbmaterial? Es hieß doch immer, das sei wesentlich für die Entwicklung der Arten. Kelwitt überlegte. Wahrscheinlich war es so, dass einem immer der Ablauf, den man kannte und an den man gewöhnt war, am einfachsten und einleuchtendsten vorkam.

»Ich verstehe«, sagte er also. »Und wie wird festgelegt, wer als Mann und wer als Frau fungiert?«

»Da gibt es nichts festzulegen«, erwiderte S'briina zu seiner Überraschung. »Man ist entweder das eine oder das andere.«

Daran hatte Kelwitt wieder eine Weile zu überlegen. »Heißt das etwa, es gibt zwei Arten von Erdbewohnern ... von Menschen?«, fragte er vorsichtig. Darauf schien es hinauszulaufen, oder?

»Ja, genau«, sagte S'briina.

»*Das ist die logische Konsequenz*«, bestätigte auch Tik Kelwitts entsprechende Frage.

»Das heißt, du bist auch ein Mann oder eine Frau?«

»Ja«, erklärte S'briina. »Ich bin eine Frau.«

Kelwitt war maßlos verblüfft, dass ihm eine so elementare Tatsache so lange verborgen geblieben war. »*Wahrscheinlich gerade weil sie so elementar ist*«, meinte Tik. »*Es gibt selten Veranlassung, über Dinge zu sprechen, die jedermann geläufig sind.*« Er erfuhr, dass Tiilo ein Mann war, Unsremuutr eine Frau und F'tehr wiederum ein Mann. Mehr noch – Tiilo und S'briina waren die Jungen von F'tehr und Unsremuutr! »Das heißt«, wunderte er sich, »du weißt genau, von wem deine Erbanlagen stammen!«

»So ist es. Und die Menschen, von denen man abstammt, das sind die Eltern.«

Wie befremdlich! Kelwitt versuchte, sich vorzustellen,

wie es sein musste, zu wissen, dass man Erbanlagen von nur zwei Ahnen besaß – und diese auch noch persönlich zu kennen. Ja, mit ihnen in einem Schwarm zu leben! War es möglich, seinen Erbgutspendern frei und unbefangen gegenüberzutreten? Unweigerlich musste sich zu ihnen eine besondere Beziehung entwickeln, musste man sich vergleichen, Beobachtungen anstellen, zu erahnen versuchen, ob man gute oder schlechte Anlagen geerbt hatte.

Vielleicht war es ein bisschen so, wie es ihm mit seinen Brütern erging. Nur, dass die nichts mit seinen Erbanlagen zu tun hatten. Ihre Beziehung beruhte darauf, dass die Brüter an ihm die Freuden des Brütens erfahren hatten und ihm deswegen gewogen waren – nun ja, wenigstens einige von ihnen, Parktat zum Beispiel – und dass er, da er ihnen nach dem Schlüpfen als ersten Wesen begegnet war, seinerseits besondere Erinnerungen und Gefühle mit ihnen verband.

S'briina schien ebenfalls sehr nachdenklich zu sein. »Sag mal«, sagte sie nach einer längeren Pause, »wenn das bei euch alles so abläuft, wie du das erzählt hast, mit dem Sekret, dem Meer, den Brustschuppen, den Larven und so weiter – gibt es dann eigentlich bei euch so was wie Sex?«

Kelwitt sah sie an. »Was ist Sex?«, fragte er.

Thilo wurde das Gefühl nicht los, dass er eine vertrauliche Unterhaltung unterbrochen hatte, als er, von der Schule kommend, in Sabrinas Zimmer platzte. *Das erkläre ich dir ein anderes Mal*, sagte Sabrina zu Kelwitt, beinahe verstohlen, und begrüßte ihn dann so freundlich, wie keine einzige Schwester auf der ganzen Welt ihren kleinen Bruder begrüßt, es sei denn, sie will ihn von etwas ablenken.

Aber er wollte auch nicht fragen. Sabrina mochte es nicht, wenn man in ihren kleinen Geheimnissen herumstocherte; da konnte sie ziemlich schnell ziemlich kratzbürstig werden. Also tat er, als habe er nichts bemerkt.

Sabrina schwenkte über auf das Thema ›Träume‹. Kelwitt hatte erzählt, dass es für einen seiner Art als unschicklich galt, Träume zu haben – ein Zeichen dafür, dass etwas mit dem eigenen Leben schief ging – und Sabrina fragte ihn, wie das sei mit Wunschträumen. Sie träume davon, nach dem Abitur eine große Reise nach Südamerika zu machen, mindestens drei Monate lang kreuz und quer durch die verschiedenen Länder zu fahren – sei das nach jambuuranischer Auffassung ebenfalls eine unschickliche Angelegenheit?

Kelwitt wiegte das Haupt gewichtig. In letzter Zeit schien sein Kopf immer beweglicher zu werden, vielleicht, weil er sich die menschlichen Gesten des Kopfschüttelns und -nickens angeeignet hatte. »Es ist erstaunlich, dass ihr dafür denselben Begriff verwendet wie für die Träume des Schlafs«, meinte er. »Die Träume des Schlafs kommen von selbst, wenn der Punkt der Wahrheit uns warnen will. Das, was du einen Wunschtraum nennst, ist ein Bild, das du selbst erzeugst. Wir verwenden dafür nicht den gleichen Begriff.«

»Man könnte ›Vision‹ dazu sagen«, schlug Thilo vor. Dabei musste er unwillkürlich an Emma und ihre Visionen denken. Na ja, das traf es vielleicht auch nicht. Wenn Emma von Schwefelregen und Weltuntergang visionierte, hatte das eher Ähnlichkeit mit einem epileptischen Anfall als mit einem Wunschtraum.

Thilo hing den ganzen Tag an ihnen wie eine Klette, fragte Kelwitt Löcher in den Bauch über das Weltall und die Sterne und die Technik, die erforderlich war, um sie zu bereisen. Dabei wusste Kelwitt darüber ungefähr so viel wie Thilo über die Technik von Strahltriebwerken, also nichts.

Kelwitt schien nichts dabei zu finden, im einen Moment über Fortpflanzung zu sprechen und im nächsten über Fortbewegung. Konnte das wirklich wahr sein, dass er nicht wusste, was Sex war? Dass es das bei seiner Spezies nicht gab? Wahrscheinlich, überlegte Sabrina, war es nur ein Übersetzungsproblem.

Sie würde dem nachgehen, sobald sie und Kelwitt wieder allein waren.

Der Nachmittag verging irgendwie blitzschnell, obwohl sie nur über alles Mögliche quatschten und noch einmal einen Versuch mit Mensch, ärgere dich nicht! machten, bei dem diesmal Thilo gewann, aber nur knapp. Und in drei Tagen würde Kelwitt gehen! Sabrina spürte ein heißes, schmerzhaftes Ziehen im Leib bei diesem Gedanken. Es gefiel ihr gar nicht, dass die Zeit immer schneller und schneller zu vergehen schien. Wie die großen Ferien: Die ersten Tage vergehen langsam, genussvoll, langsam dahinschmelzend wie die oberste Schicht eines großen Eisbechers – doch dann nimmt die ganze Sache Fahrt auf, und ratsch, ratsch, fliegen ganze Wochen dahin, ehe man sich versieht, und im Nu steht der Schulanfang wieder bevor.

Sogar Vater kam außergewöhnlich früh nach Hause, gab Mutter einen Kuss und sagte etwas von einer Lieferung, die sie endlich dem Zoll in Bremen entrissen hätten. Dann wandte er sich Kelwitt zu, lächelte gezwungen und sagte: »Hallo, Kelwitt! Wie geht es dir?«

Worauf Kelwitt eine seiner fingertänzelnden Gesten vollführte und erwiderte: »Hallo, Vater. Mir geht es gut.«

Und sich umsah mit etwas, das nur das jombuuranische Gegenstück eines verwunderten Gesichtsausdrucks sein konnte, als alle lachten wie verrückt.

An diesem Abend rief Gabriele Lange, Grundschullehrerin aus Stuttgart, ihre Freundin Eva-Maria Duggan, geborene Schulze, in Thunder Bay, Ontario, an, um ihr zum Geburtstag zu gratulieren. Eva-Maria Schulze war, ebenfalls in Stuttgart, unglücklich verheiratet und Lehrerin für Englisch und Französisch gewesen, bis sie während einer Studienreise in Kanada den Holzgroßhändler Joe Duggan kennen gelernt hatte. Mit einer Entschlossenheit, die niemanden mehr gewundert hatte als sie selbst, hatte sie sich von ihrem langweiligen Mann scheiden lassen und ihre Beamtenlaufbahn an den Nagel gehängt, um nach Kanada auszuwandern, Joe Duggan zu heiraten, ihm drei Kinder zu gebären und fortan ein Leben zu führen, das nach allem, was ihre zurückgebliebene Freundin und ehemalige Kollegin Gabriele Lange davon mitbekam, beneidenswert glücklich sein musste.

Das Problem war, dass der Anruf einen Tag zu spät kam. »Es tut mir wirklich Leid, dass ich dich gestern Abend nicht mehr anrufen konnte«, erklärte Gabriele Lange. »Aber du glaubst es nicht, was für schreckliche Streiche mir die Kinder hier spielen. Eine ehemalige Schülerin von mir, die auch hier in der Straße wohnt, hat mich so erschreckt, dass ich vom Fahrrad gefallen bin und zum Arzt musste.«

»Du Arme!«, kam es von der anderen Seite des Atlantiks, mit einer winzigen Verzögerung, weil die Telefonverbindung über einen Satelliten lief. Im Hintergrund quengelte Eva-Marias Jüngster herum. »Shut up!«, mahnte ihn seine Mutter.

»Als ich vom Bus kam, stand dieses schreckliche Mädchen wieder da«, fuhr Gabriele Lange fort. Das permanente Gequengel im Hintergrund machte sie nervös. Möglicherweise geriet ihre Erzählung deshalb ein wenig konfus. »Als ich sie fragte, wer ihr Begleiter sei, behauptete sie, es sei ein Außerirdischer.«

»Tatsächlich?«, meinte ihre Freundin.

»Ja. Ein Außerirdischer, stell dir vor.«

»Unglaublich«, kam es zurück.

Irgendwie hatte Gabriele Lange das Gefühl, dass diese Episode ihre Freundin nicht besonders interessierte, und wechselte das Thema.

13

Hermann Hase und sein Kollege Kaulquappe erreichten die Scheune am Mittwochmorgen gegen zehn Uhr.

»Na?«, meinte Hase stolz und deutete auf das mächtige Loch im Scheunendach. »Siehst du?«

»Ich sehe ein Loch in einem Scheunendach«, erwiderte Kaulquappe.

»Schon gut«, knurrte Hase.

Es herrschte leichter Nebel, und ein Geruch nach Schnee hing in der Luft. Der Wetterbericht hatte allerdings wieder einmal keine weiße Weihnacht vorausgesagt, sodass es wahrscheinlich doch bloß bei einem eklig-kalten Nieselregen am Nachmittag bleiben würde. Die Scheune mit ihrem durchlöcherten Dach stand da wie eine vergessene Ruine, die Felder ringsumher lagen braungrün und verlassen.

Das Tor war nicht verschlossen. Es quietschte, als Hase es öffnete, und irgendwie hatte er das Innere anders in Erinnerung. Das Stroh nicht so zerwühlt, vor allem. Ihm schwante Übles, und nachdem er in den Büscheln herumgestochert hatte, blieb er am Anfang einer unübersehbaren Traktorspur stehen und verkündete: »Der Flugkörper ist nicht mehr da.«

»So«, sagte Kaulquappe nur und verschränkte die Arme vor der Brust.

Hase deutete auf die Spur, die sich allerdings draußen vor dem Scheunentor in einer Vielzahl ähnlicher Spuren verlor. »Man hat ihn fortgeschafft.«

»Den Flugkörper.«

»Genau.«

»Und wer?«

»Weiß ich nicht.«

»Wer wusste denn davon?«

Hase zählte an den Fingern ab. »Zuerst habe ich es dem Chef gemeldet. Ameisenbär. Außerdem waren hier ein paar Leute aus dem Dorf, als ich ankam. Die Scheune gehört dem Brunnenwirt.« Er schaute seinen Kollegen an, der immer noch abwartend dastand, die Arme verschränkt, die Spitzen des Oberlippenbarts seltsam zuckend. »Den könnten wir mal fragen, oder?«

Kaulquappe nickte. »Großartige Idee.«

Am Morgen klagte Kelwitt über Schmerzen im Oberkörper. »Die Schlafmulde ist ungeeignet«, erklärte er, und es klang trotz der mechanischen Stimme beinahe jammervoll.

»Das ist auch keine Schlafmulde«, meinte Sabrina. »Das ist eine Badewanne.«

»Nein, das ist wirklich keine Schlafmulde«, stimmte Kelwitt ihr zu und machte eigenartige Dehnbewegungen mit den Schultern.

In diesem Moment kam Sabrina die Idee. Wie eine innerliche Feuerwerksrakete stieg sie in ihr hoch, aus unergründlichen Tiefen kommend, zerstob in Hunderte leuchtender Geistesblitze und durchrieselte sie in Form warmer, erwartungsvoller Schauer.

»Soll ich dich ein bisschen massieren?«, bot sie an.

»Massieren?«, fragte Kelwitt zurück. »Was ist das?«

»Ich zeig's dir«, erklärte Sabrina. »Steig erst mal aus der Wanne.«

Kelwitt stieg aus der Wanne.

»Und jetzt setz dich auf den Stuhl.«

Es war ein einfacher Stuhl ohne Polster, und Sabrina dirigierte Kelwitt so, dass er schließlich verkehrt herum darauf saß und sich mit den Armen auf der Rückenlehne aufstützte.

Sie trat hinter ihn. »Massage«, erklärte sie dabei, »dient dazu, Verspannungen zu lösen.« Sie legte beide Hände an die Stelle seines Körpers, an der der Kopf mit sanftem Schwung in den Rumpf überging. »Wenn du unbequem gelegen bist, sind deine Muskeln bestimmt verspannt.«

Die Haut war kühl, aber unter der Berührung erwärmte sie sich überraschend schnell. Und sie war feucht und schlüpfrig, so wie sie es in Erinnerung hatte; wie geschaffen dafür, berührt, gestreichelt, sanft massiert zu werden. Sabrina ließ ihre Hände langsam wandern und spürte, wie ihr Herz anfing, schneller zu schlagen.

Kelwitt saß ruhig da und rührte sich nicht.

»Tut das gut?«, fragte Sabrina mit einem trockenen Gefühl im Mund.

»Das ist schwer zu sagen«, meinte Kelwitt.

»Es geht vielleicht besser, wenn du den oberen Teil deines Anzugs auziehst.«

»Das kann ich tun.« Er stand auf, streifte den feuchten, filzig wirkenden Anzug bis zur Hüfte herab und setzte sich wieder. Ihre Hände nahmen ihre vorherigen Plätze wieder ein, begannen, größere Kreise zu streichen. Obgleich sie Kelwitt schon nackt gesehen hatte, hatte sie doch noch nie so ausgiebig Gelegenheit gehabt, ihn zu betrachten. Fremdartig sah er aus, und trotzdem ungemein ästhetisch. Sabrinas Hände tasteten über eigenartige Muskelstränge, über Stellen unterschiedlicher Schlüpfrigkeit, über unerwartete Knochen. Wobei sie nicht einmal wusste, ob das wirklich Knochen und Muskeln waren. Aus dieser Perspektive ähnelte Kelwitt keinem anderen Lebewesen, das sie jemals gesehen hatte.

»Findest du es angenehm, berührt zu werden?«

Kelwitt ließ sich Zeit mit der Antwort. »Ja.«

»Kannst du es genießen?«

»Genießen ...? Ja. Es gefällt mir.«

Sabrina musste schlucken. »Berührt ihr euch auch manchmal? Auf Jombuur, meine ich.«

»Ja. Es ist oft nicht zu vermeiden, denn die Nester sind sehr eng gebaut.«

»Nein, ich meine, berührt ihr euch auch manchmal nur um des Berührens willen? Weil es angenehm ist?«

Kelwitt schien zu überlegen. »Wenn wir es uns angenehm machen wollen«, erklärte er schließlich, »dann legen wir uns meistens auf einen Stein, der vom Meer überspült wird.«

»Auf einen Stein«, wiederholte Sabrina verblüfft.

»Ja. Das ist sehr angenehm.«

Sie hielt einen Moment inne. Vielleicht war Kelwitt einfach noch zu jung? Er hatte selber gesagt, dass er das Stadium der Reife noch nicht erreicht hatte. Das hieß so viel, dass er noch ein Kind war. Biologisch gesehen. Als Kind, erinnerte sich Sabrina, hatte sie zum Beispiel Küsse widerlich gefunden. Die Küsse von Onkeln und Tanten sowieso, die fand sie auch heute noch widerlich, aber als sie im Kindergarten einmal ein Junge auf den Mund geküsst hatte, war sie schreiend davongerannt und hatte sich die Lippen mit Seife gewaschen. Damals hätte sie, vor die Wahl gestellt, jederzeit einer Tüte beliebiger Süßigkeiten den Vorzug vor einem Kuss gegeben, und mit den Süßigkeiten hätte sie auch tatsächlich mehr Spaß gehabt.

Heute dagegen, dachte sie versonnen und glitt an Kelwitts Flanken abwärts, bis sie wieder das langsame, ungleichmäßige Pumpen seiner seitlichen Herzen fühlte, *bin ich ganz verrückt danach.* Vor allem verzehrte sie sich danach, einmal jemanden zu finden, der das Küssen zu genießen verstand. Für die meisten Jungs war das Küssen nur eine Aufforderung zu mehr, eine Art Etappenziel, eine im Grunde lästige und zu überwindende Stufe auf dem Weg zum Sex. Und meistens verhielten sie sich dann beim Sex auch noch so, als wollten sie es möglichst schnell hinter sich bringen.

»Was Sex ist, weißt du also tatsächlich nicht?«

Kelwitt wiegte den Kopf. »Dieses Wort wurde im Fernsehen öfter erwähnt. Aber im Lexikon war es nicht erklärt.«

Sabrina musste grinsen. »Das ist ja auch ein Jugendlexikon. Das mal meinem Vater gehört hat, wohlgemerkt.«

Er drehte sich herum und sah sie aus seinen großen dunklen Augen an. »Das verstehe ich jetzt nicht«, bekannte er.

»Na ja«, meinte Sabrina, »früher hat man Kindern und Jugendlichen die ganzen Zusammenhänge um Sex und Fortpflanzung verschwiegen. Oder jedenfalls so wenig wie möglich darüber beigebracht.«

»Warum?«

Sabrina zuckte die Schultern. »Ich warte auch noch drauf, dass mir mal jemand erklärt, was das bringen sollte.«

Kelwitt dachte nach. Die Haut um seine Augen schien sich ein bisschen zu kräuseln. »Heißt das, Sex und Fortpflanzung haben miteinander zu tun?«

»Ja«, grinste Sabrina. »Und wie.«

»Vielleicht hat man mir das auch verschwiegen.«

»Was? Meinst du?«

»Den Brauch der Orakelfahrt wollte man mir auch verschweigen. Niemand von meinem Schwarm hat mir jemals etwas darüber erzählt.«

»Und wie hast du dann davon erfahren?«

»Alle Jungen der Donnerbuchtschwärme treffen sich in der Marktmulde. Einer von ihnen wusste etwas darüber.«

»Ja, ja«, seufzte Sabrina. »Sie bringen uns immer nur das bei, von dem sie auch wollen, dass wir es wissen. Man kann gar nicht früh genug anfangen, für sich selber zu sorgen.«

Den Mann, der an der Tür zur Schankstube gerüttelt hatte, erkannte der Brunnenwirt sofort wieder, trotz der vielen Pflaster am Kopf und der zugerichteten Haare und der Blutergüsse im Gesicht.

»Es ist noch geschlossen«, sagte er trotzdem erst mal, wie es sich gehörte, und musterte den Begleiter, den der andere dabeihatte, einen stämmigen Kerl mit Halbglatze und Schnauzbart, der dreinschaute, als erwarte er jeden Augenblick die Invasion der Kakerlaken. »Wir öffnen erst um elf.

Was wollen Sie? Ich hoff' bloß, mein Scheunendach zahlen.«

»Ihr Scheunendach zahlen?«, echote der Mann mit den Blutergüssen, der heute keine Lederjacke anhatte, sondern einen schäbigen Bundeswehrparka.

»Sie sind von der Regierung, haben Sie gesagt. Und es tät' jemand kommen wegen dem Schaden an meiner Scheune.« Der Brunnenwirt stemmte die Hände in die Hüften. »Es ist aber niemand gekommen. Ich wart' jetzt seit Freitag, und ich sag' Ihnen eins: lang wart' ich nimmer!«

»Ach so!«, machte der Mann. »Ja, natürlich. Ich entsinne mich. Selbstverständlich. Äh ... das geht bloß nicht so schnell, verstehen Sie? Bürokratie. Da müssen, ähm, Berichte geschrieben werden, Anträge ausgefüllt, jede Menge Papierkram eben ...« Es klang verdammt so, als denke er sich das alles in dem Moment aus, in dem er es sagte, und als habe er seit Freitag keinen winzigen Gedanken an ihn und seine Scheune verschwendet. »Und das jetzt vor Weihnachten ... Das geht nicht so schnell, aber Sie kriegen Ihr Geld, hundertprozentig.«

»Um mir das zu sagen, sind Sie gekommen?«

»Wie? Nein, nein – ich ... das heißt, wir ... wir suchen den abgestürzten Flugkörper.«

»So?« Der Brunnenwirt verschränkte die Arme vor der Brust. »Den Flugkörper.«

»Der das Loch in Ihre Scheune ... Sie verstehen. Er ist nicht mehr da.«

Der Brunnenwirt lächelte hoch zufrieden. »Ja, genau. Der ist da nicht mehr.«

»Ah!«, machte der andere und wechselte einen Blick mit seinem schweigenden Begleiter. Sollte wohl bedeutungsvoll aussehen, sah aber bloß bescheuert aus. »*Sie* haben ihn also fortgebracht!«

»Konnte das Ding ja nicht gut da liegen lassen. Wo das Dach doch ein Loch hat.«

»Wohin haben Sie es gebracht?«

Das war jetzt so ein Moment, den man ausschneiden und in ein Album kleben können sollte, um ihn mal den Enkelkindern zu zeigen. »An einen Platz«, erklärte der Brunnenwirt genussvoll, »wo es gut aufgehoben ist, bis ich das Geld für mein Scheunendach hab'.«

»Wir brauchen diesen Flugkörper.«

»Jeder hat halt so seine Bedürfnisse.«

Der komische Kerl tastete in den Taschen seines Parkas herum, fand aber wohl seinen Ausweis nicht. »Sie wissen, dass ich für die Regierung arbeite. Ich muss Sie auffordern, uns den abgestürzten Flugkörper auszuhändigen.«

»Sie haben schon den Kerl bekommen, der darin saß«, hielt der Wirt dagegen. »Die Kapsel kriegen Sie erst, wenn ich mein Geld hab'. Keinen Moment eher.«

Zum ersten Mal sagte der andere Typ auch etwas. »Hermann«, wandte er sich an seinen Kollegen, »du hast mir nicht gesagt, dass jemand an Bord war.«

»Das erklär' ich dir später«, zischte der Mann mit den vielen Pflastern. Er fuhr wieder durch alle Taschen nach seinem Ausweis, wieder ohne Erfolg. »Hören Sie«, meinte er dann und legte seine Blutergüsse in grimmige Falten, »das ist hier kein Räuber- und Gendarm-Spiel oder so was. Hier geht's um eine Menge. Um die Sicherheitsinteressen der Bundesrepublik Deutschland, falls Ihnen das was sagt. Sie kriegen Ihr Geld – aber wir brauchen diesen Flugkörper! Jetzt!«

Der Brunnenwirt schob seinen nicht unbeträchtlichen Bauch auf ihn zu. Drohen konnte er auch. »Red' ich zu undeutlich?«, fragte er und schubste ihn ein wenig vor sich her. »Versteh'n Sie meinen Dialekt nicht? Soll ich's Ihnen aufschreiben? Erst das Geld – dann der Flugkörper. Punkt. Ende der Diskussion.«

Der andere hob die Hände. »Okay, okay. Schon gut. Ich werd' sehen, was ich für Sie tun kann.«

»Erst-Geld-dann-Flugkörper!«, wiederholte der Brunnenwirt mit diabolischem Ingrimm.

»Vielleicht kann ich den Dienstweg etwas beschleunigen ...«

»Erst-Geld-dann-Flugkörper!«

»Oder sogar ganz dran vorbeigehen ...«

»Erst-Geld-dann-Flugkörper!«

»Eine Abschlagszahlung erwirken. Ja, das müsste möglich sein ...«

»Erst-Geld-dann-Flugkörper!«

Er schien zu schwitzen in seinem schäbigen Parka und unter all den Pflastern. »An, ähm, welche Summe dachten Sie denn ...?«

»Wie ist das eigentlich bei euch?«, fragte Sabrina, immer noch massierend und allmählich kühner werdend. »Um dieses Sekret ins Meer abzugeben – dazu braucht man niemand anderen, oder?«

»Nein. Das geht von selbst. Das Sekret wird ständig abgegeben.«

»Wie sieht das aus?«

»Das sieht man nicht. Es sind nur ein paar Tropfen pro Tag.«

»Und die Larven? Wie setzen die sich unter den Brustschuppen fest?«

»Beim Schwimmen im Meer.«

»Schwimmt man da allein?«

»Das ist egal. Wenn sich eine Fortpflanzungszelle im reifen Stadium, unter einer Brustschuppe verfängt, wächst sie zur Larve heran.«

»Und wie groß werden die, ehe sie wieder abgehen?«

Kelwitt deutete etwa die Größe einer Kirsche an. »So ungefähr.«

»Geschieht das auch wieder im Meer?«

»Ja.«

Sabrinas Finger ertasteten, tief unten an der vorderen Seite seines Körpers, das obere Ende einer der länglichen Falten, die sich entlang seiner Hüften bis zu den Beinen hinzogen. Es fühlte sich warm und knubbelig an, und Sabrina fragte sich, was in diesen Falten verborgen sein mochte.

»Tut es weh, wenn eine Larve abgeht?«

»Nein. Man sagt, es sei angenehm.«

»Und dann verpuppen sich die Larven, werden angeschwemmt und geben Lockstoffe ab, damit sie bebrütet werden«, rekapitulierte Sabrina. Was für eine seltsame Art des Liebeslebens! »Macht man das auch allein, das Brüten?«

»Meistens zu mehreren. Man wechselt sich ab.«

»Klingt alles sehr unlustig«, meinte sie.

Aber sie erinnerte sich, dass sie, als sie das erste Mal in einem ›Aufklärungsbuch‹ gelesen hatte, das alles auch absolut schrecklich gefunden hatte. *Der Mann führt sein erigiertes Glied in die Scheide der Frau ein.* Wie das geklungen hatte! Ein medizinischer Vorgang, kalt, technisch, eklig. Wie die Beschreibung einer Operation. Etwas, das man notgedrungen auf sich nehmen musste, wenn man Kinder wollte. Dass man es freiwillig tun, dass es sogar Spaß machen könnte, auf diese Idee wäre man bei der Lektüre des Buches niemals gekommen. Diese Entdeckung hatte sie später selber machen müssen. Und irgendwie hatte sie immer noch das Gefühl, dass ihr dafür im Grunde eine Art Nobelpreis zustand.

»Ich muss dir mal erklären, wie das bei den Menschen so läuft«, sagte sie versonnen und stellte sich vor, mit ihrem ganzen Körper das zu tun, was sie gerade mit den Händen tat. Eine Vorstellung, die ihren Atem beschleunigte.

»Ja, das wäre interessant«, meinte Kelwitt arglos. »Aber können wir nun mit der Massage aufhören?«

Sabrinas Hände zuckten erschrocken von ihm zurück.

»Gefällt es dir nicht?«

»Doch. Aber es ändert nichts an den Schmerzen. Und es wird Zeit, den Feuchthalteanzug wieder anzuziehen. Meine Haut fängt schon an auszutrocknen.«

Das Haus des Holzgroßhändlers Joe Duggan, selbstverständlich ganz aus Holz gebaut, stand am Ufer des Lake Superior, und vom Frühstückstisch aus hatte man einen großartigen Blick über die vorgelagerten Inseln.

»Deine Freundin aus Deutschland hat sich dieses Jahr gar nicht gemeldet«, meinte Joe an diesem Morgen zu seiner Frau. »Gabriele, du weißt schon. Sonst schreibt sie immer zu deinem Geburtstag oder ruft an.«

»Oh, sie hat gestern angerufen«, erwiderte Eva-Maria und erzählte die Geschichte vom verstauchten Arm und dem Außerirdischen.

Joe lachte, dass sein nicht unbeträchtlicher Bauch wackelte. »Das muss ich Leroy erzählen«, brachte er schließlich heraus. »Er sammelt tolle Ausreden, weißt du? Will mal ein Buch darüber schreiben, wenn er im Ruhestand ist.«

Leroy Tubbs war sein Buchhalter und ältester Angestellter, und Duggan würde es nicht leicht fallen, ihn in den Ruhestand gehen zu lassen. Die Geschichte von der Lehrerin aus Stuttgart, Deutschland, die von einem Außerirdischen so erschreckt worden war, dass sie vom Fahrrad stürzte und zum Arzt musste und deshalb am Geburtstag ihrer Freundin nicht anrufen konnte, erzählte er ihm, während sie beide nebeneinander in der Toilette standen und ihr Geschäft verrichteten, und Leroy amüsierte sich prächtig, wie Joe Duggan es geahnt hatte.

Von den beiden unbemerkt, hatte George Bell, ein schmächtiger Lehrling, der an diesem Tag keine rechte Lust zu arbeiten hatte und sich deshalb so lang und so oft wie möglich auf die Toilette verdrückte, ihre Unterhaltung mitgehört. Zumindest Teile davon. George Bell hatte öfters keine rechte Lust zu arbeiten, weil er öfters sehr müde war. Und er war öfters sehr müde, weil er die Nächte damit verbrachte, stundenlang im Internet zu surfen, und zu entsprechend wenig Schlaf kam. Als er an diesem Abend heimkam, schaltete er sofort den Computer an und platzierte die Geschichte, ein wenig abgeändert und ausgeschmückt, in einschlägigen Newsgroups, die sich mit Außerirdischen, UFOs und ähnlichen Phänomenen befassten.

Im Lauf der nächsten vierundzwanzig Stunden erfuhren mehrere Tausend Menschen überall auf der Welt, dass eine Grundschullehrerin in Stuttgart, Deutschland, von einem Außerirdischen angefallen und verletzt worden war.

Etliche glaubten es sogar.

»Ich bin heut' Nachmittag im Heim«, erklärte Thilo, der nun endlich auch Ferien hatte, beim Mittagessen. Das nahm man ohne Kommentar zur Kenntnis.

Seine Mutter wandte sich an Sabrina. »Wann will Kelwitt denn jetzt endlich was essen?«

»Morgen oder übermorgen«, antwortete Sabrina und stocherte in ihrem Teller herum. Sie wirkte etwas geistesabwesend. »Er sagt, er muss erst ... na ja. Vielleicht ist das kein Thema für den Tisch.«

»Was?«, wollte Thilo nun erst recht wissen. »Muss er vorher aufs Klo? Booah, das kann was werden – die Scheiße von einem ganzen Monat auf einmal ...!«

»Thilo!«

Nach Mittag ging Thilo tatsächlich ins Altenheim hinüber, aber nur, um Bescheid zu sagen, dass er erst kurz nach fünf kommen würde. Kurz danach saß er schon im Bus und fuhr in die Stadt.

Emma war erst mal wieder ziemlich konfus drauf, als er ankam.

Wie immer setzte er sich erst mal ruhig ins Eck und ließ

sie umherwuseln, trank gehorsam den Tee, den sie kochte – es war nicht der Tee, der sie beruhigte, sondern der Vorgang, ihn zuzubereiten, deshalb ließ er sie immer gewähren; Tee als Getränk konnte er ansonsten nichts abgewinnen.

»Das neue Zeitalter steht bevor«, erklärte sie ihm, mit einem unsteten Blick, der die Wände hoch und die Decke entlangglitt und so wirkte, als sehe sie etwas, das weit dahinter lag. »Ich kann es spüren, wenn ich durch die Stadt gehe. Ich kann es spüren, wenn ich mit den Menschen rede. Das Alte langweilt sie, sie haben genug davon, sie wollen einen Aufbruch, einen Neubeginn, eine Tür, die sich öffnet und sie in endlose Weiten blicken lässt. Ja, das wollen sie – das Neue. Sie sehnen es herbei. Sie würden alles, was sie haben, geben dafür. Wenn sie nur wüssten, in welche Richtung es geht, dann würden sie aufbrechen, ohne einen Augenblick zu zögern ...«

Thilo schlürfte seinen Tee, der nach Jasmin roch und nach Weihrauch. Sybillas Brust bebte und wogte, während sie redete, und das zu sehen ließ den Platz in seiner Jeans eng werden. Sie trug wallende Gewänder, die sie sich selber aus bunten, dünnen Seidenstoffen schneiderte. Thilo wusste, dass sie darunter niemals einen BH trug.

»Es kann in jede beliebige Richtung gehen, verstehst du? Wie soll ich das sagen? Da ist diese ganze Energie ... angestaut ... alle warten ... und der erste Impuls wird alles in eine Richtung in Bewegung setzen, und dann wird es unaufhaltsam sein. Unaufhaltsam. Das kann ein Krieg werden oder ein Aufstieg in neue Ebenen des Bewusstseins. Das kann der Himmel werden oder die Hölle. Es kommt nur auf den Impuls an. Und der wird kommen, demnächst. Nur noch ein paar Tage, höchstens Wochen. Die Zeit ist reif. Die Zeit ist wie eine Gewitterwolke, in der ein Blitz nur darauf wartet, einzuschlagen – irgendwo.«

»Und was willst du tun?«, fragte Thilo beeindruckt.

»Nicht dort sein, wo er einschlägt«, sagte Sybilla schlicht. Sie stellte ihre Tasse ab und setzte sich hinüber auf das Bett.

»Aber wie? Woher willst du wissen, wo er *nicht* einschlagen wird?«

Sie klopfte leicht mit der Hand neben sich auf die Matratze, für Thilo das lang erwartete Signal, ihr zu folgen. Sie roch würzig, auf eine unbeschreibliche Weise überwältigend, als er sich neben sie setzte. »Das werde ich wissen«, erklärte Sybilla. »Ich habe nicht meine Intuition die ganzen Jahre geübt und geübt, um das dann nicht zu wissen. Ich hab' ja nichts anderes getan, weißt du? Alles war nur Intuition, mein ganzes Leben lang. Ich werde es wissen, das versprech' ich dir, und ich werde kommen und dich abholen, und wir werden an einem sicheren Ort warten, bis die Erschütterungen vorbei sind. Danach muss man weitersehen.« Sie lächelte ihn an. »Und während wir warten«, meinte sie viel sagend, »vertreiben wir uns irgendwie die Zeit ...«

Wolfgang Mattek kam an diesem Tag früher als sonst aus dem Büro, und vor allem gelöster als sonst. »Du glaubst nicht, was heute angekommen ist«, erklärte er Nora, während er den Mantel auszog. »Die Lieferung von Chem-Tech! Mit zehn Tagen Verspätung, das ist wirklich unglaublich. Anscheinend hat der Fahrer irgendwo in Rumänien eine eigenmächtige Pause eingelegt; hatte wohl was mit einer Frau zu tun, die er da kennen gelernt hat.«

»Wie romantisch«, meinte Nora verträumt.

»Romantisch? Na ja, ich weiß nicht. Liegt mit ihr im Bett, und draußen auf dem Hof steht ein Laster mit ein paar Tonnen Sprengstoff ...?«

Jedenfalls, erzählte er weiter, seien die Männer im Lager jetzt beschäftigt mit dem Abladen und Einlagern, und er werde morgen nur noch kurz ins Büro gehen und an Heiligabend möglichst gar nicht mehr, und dann sei erst mal Weihnachten. »Und so lange weiß ich dann nicht mal, wie man Feuerwerk schreibt!«, versprach er seiner Frau und küsste sie.

»Uuh!«, machte die, als er sie wieder losließ. »Aber deine Lippen wissen es noch!«

Wolfgang lächelte geschmeichelt und strich sich vor dem Spiegel die Haare zurecht. »Wie geht's denn unserem Gast aus der Milchstraße?«

Er drehte sich um, als Schweigen war anstelle der Antwort, die er erwartet hatte.

»Nicht so gut«, sagte Nora leise. Sie wirkte, als fühle sie sich schuld daran. »Er sagt, er habe Schmerzen, die seit ein paar Tagen schlimmer werden. Er meint, es läge an der Badewanne. Sie hat nicht die richtige Form.«

»Du meine Güte«, erwiderte Mattek. »Man kann ja auch kaum erwarten, dass wir auf so einen Besuch eingerichtet sind!«

In diesem Moment klappte oben eine Tür, und Sabrina kam die Treppe herunter. Kelwitt schlafe immer noch, den ganzen Nachmittag schon, berichtete sie.

»In der Badewanne, die nicht die richtige Form hat?«, fragte ihr Vater zurück.

Sabrina zuckte die Schultern. »Was soll er denn sonst machen?«

»Na ja, das ist die Frage ... Was denkst du? Liegt es wirklich an der Form der Badewanne?«

»Jedenfalls hat er die Schmerzen immer nach dem Aufstehen.«

»Hmm. Das ist natürlich ein Problem. Wie müsste denn so ein Ding aussehen, so eine ... wie sagen die dazu?«

»Eine Schlafmulde.«

»Ja, genau. Hast du ihn mal gefragt, wie die aussieht?«

Sabrina nickte. »Ziemlich flach. Er hat erzählt, dass die Jombuuraner, die ganz auf Technik verzichten, einfach im flachen Wasser am Strand schlafen.«

»Also im Prinzip«, resümierte ihr Vater, nun wieder ganz der Geschäftsführer beim Lösen eines unvorhergesehenen Problems, »ein flaches Bett, das Kopfende leicht angehoben und von ein paar Zentimetern Wasser überspült. Oder? So dürfte doch auch auf Jombuur ein Strand aussehen?«

»Ich denke schon«, meinte Sabrina. »Was hast du vor? Mit ihm nach Gran Canaria fliegen?«

»So viel Aufsehen wollte ich eigentlich vermeiden. Nein, erinnerst du dich an das aufblasbare Plantschbecken, das wir früher im Garten hatten, als ihr noch klein wart? Das müsste doch noch irgendwo sein. Wenn wir das im Gästezimmer aufstellen und mit ein paar Zentimetern Wasser füllen, wie wäre das?«

Sie kamen überein, dass es auf jeden Fall einen Versuch wert war. Die nächste Stunde verbrachten sie damit, das aufblasbare Gummiteil in den verschiedenen Kellern und Abstellkammern des großen Mattekschen Hauses zu suchen. Nora war sich sicher, dass sie es nicht bei irgendeinem Sperrmüll weggegeben hatte. Sie war sich allerdings auch sicher, dass es in einem der Kartons sein müsse, die an der hinteren Garagenwand standen, aber in diesen Kartons, das war nach einer staubigen Suchaktion klar, war es nicht. Im Keller, bei den Gartensachen? Dort fanden sie zwar kein aufblasbares Plantschbecken, aber dafür das alte Zelt, das Thilo im Vorjahr auf seine Fahrradtour hatte mitnehmen wollen.

»Na ja«, meinte Nora Mattek und hob die schwere braune Plane in die Höhe. »Ich glaube, selbst wenn wir es gefunden hätten, hätten wir Thilo doch ein neues gekauft. Das ist ja doch eher was fürs Auto.«

»Vielleicht sollten wir auch einfach ein neues Plantschbecken kaufen«, schlug Sabrina vor und sah sich angewidert ihre Hände an, die inzwischen schwarz waren vor Dreck.

»Heute? Zwei Tage vor Heiligabend?«, meinte ihr Vater. »Wenn du mir sagst, wo man um die Zeit eines kriegt, herzlich gern.«

Sie fanden es schließlich auf dem Dachboden, bei den Urlaubssachen. Irgendjemand – jeder Elternteil stritt ab, es gewesen zu sein – hatte in einem Anfall von Ordnungs- und

Kategorisierungswut alles, was aus Plastik oder Gummi und aufblasbar war, in einer Pappkiste verstaut: aufblasbare Schwimmtiere, Luftmatratzen und eben das aufblasbare Plantschbecken aus Kindertagen. Die Fußluftpumpe mussten sie zum Glück nicht mehr suchen, die lag gleich daneben.

Thilo fühlte sich ausgesprochen gut, als er kurz nach fünf wieder im Altersheim ankam, rundum zufrieden und, wie es ihm immer vorkam nach derartigen Nachmittagen oder Nächten bei Emma, mindestens fünf Zentimeter größer. Man sagte ihm, dass Herr Güterling schon mehrmals nach ihm gefragt habe.

Als er ihn in seinem Zimmer besuchte, saß Herr Güterling in seinem Ohrensessel am Fenster und schaute hinaus in die anbrechende Dunkelheit.

»Wie geht es Ihnen?«, fragte Thilo und setzte sich auf den Stuhl neben ihn.

»Ich weiß nicht«, meinte der alte Mann. »Ich glaube, ich habe mein Leben verpfuscht.«

»Meinen Sie?«

Thilo war nicht der Typ, solche Äußerungen mit billigem Trost zu erschlagen. Im Gegenteil – er wollte alles darüber erfahren, wie man ein Leben verpfuschen konnte, solange er noch jung war. Das war mit ein Grund, warum er hierher kam.

»Habe ich dir schon mal erzählt«, fragte Güterling, »dass Wernher von Braun mich nach dem Krieg gebeten hat, mit ihm nach Amerika zu gehen?«

»Doch«, sagte Thilo, »ich habe davon gehört.«

»Er hat mich gebeten, mitzukommen«, versicherte Güterling, wie er das immer zu tun pflegte, »ja, wirklich. Ich habe damals abgelehnt, weil meine Frau es nicht wollte. Amerika, die fremde Sprache, keine Leute, die man kennt, und so weiter. Kannst du dir das vorstellen?«

Thilo nickte.

»Wir haben uns dann durchgeschlagen, im Nachkriegsdeutschland, in den Trümmern, in elenden Jobs. Und schließlich hat sie mich verlassen, ist einfach auf und davon, mit einem Kerl, der Geld hatte und ein Auto und so. Dieses Miststück. Geschieht ihr ganz recht, dass sie dann so früh gestorben ist.«

Thilo seufzte. Ein Weg, sich das Leben zu verpfuschen, war ganz offenbar, alte Wunden niemals heilen zu lassen, sondern immer und immer wieder darin herumzuwühlen.

»Glaubst du, man trifft seine Angehörigen im Jenseits wieder?«, fragte Güterling. »Glaubst du das?«

»Keine Ahnung«, gestand Thilo. »Ich weiß nicht mal, ob es überhaupt ein Jenseits gibt.«

Der alte Mann schaute wieder hinaus, hinauf in den wolkigen, düsteren Himmel.

»Ich schätze, ich werde es bald erfahren«, meinte er versonnen. »Aber weiß Gott, ich habe immer noch keine Lust, sie wiederzusehen, das kannst du mir glauben!«

Thilo betrachtete ihn von der Seite. In dem schummrigen Licht sah die pergamentene Haut schon aus wie die einer Mumie. Das war es also, was am Ende von einem blieb – eine Ruine von einem Körper und unerfüllte Sehnsüchte.

»Ich wollte immer wissen, was dort oben ist«, sprach Güterling weiter, als habe er gehört, was Thilo gedacht hatte. »Welche Geheimnisse die Sterne vor uns verbergen ... Und jetzt sehe ich sie nicht einmal, weil lauter Wolken davor sind. Ich weiß nicht – früher waren die Winternächte immer die besten, wenn man Sterne beobachten wollte. Als ich jung war, erinnere ich mich an eine Nacht ... Ich ganz allein unter einem gewaltigen Himmel voller Sterne, einem Himmel wie die Schatzkammer eines Märchenfürsten ... Das war so schön. Ich würde meinen rechten Arm geben dafür, das noch einmal sehen zu können.«

Er schwieg. Thilo schwieg auch. Manchmal gab es nichts

zu reden, das war er gewöhnt, und dann saß er einfach da. Es war eine seltsame Ruhe in diesen Momenten, eine Ruhe, wie sie nur alte Leute ausstrahlen konnten.

Aus dieser Ruhe heraus kam ihm ein Gedanke.

»Herr Güterling?«, fragte er leise. »Darf ich Sie etwas fragen?«

Der alte Mann blickte ihn an. »Alles, was du willst, mein Sohn. Man muss sein Leben lang Fragen stellen, auch wenn nicht alle beantwortet werden.«

Thilo fuhr sich nervös über die Lippen. Wahrscheinlich war das jetzt der schiere Blödsinn. »Was würden Sie sagen«, fragte er langsam, »wenn ich Ihnen erzählen würde, dass bei uns zu Hause gerade ein Außerirdischer auf sein Raumschiff wartet?«

Es war vorher schon ruhig gewesen wie in einer Kirche, aber nun war es plötzlich noch stiller. Güterling schien aufgehört haben zu atmen, schaute ihn bloß noch forschend an mit Augen, die zu glühen anfangen wollten. Keine Vorhaltungen, einen alten Mann nicht zum Narren zu halten. Kein Spott. Kein Argwohn. Sie hatten einen Punkt der Wahrheit erreicht, an dem es all das nicht mehr gab.

»Bring ihn bitte zu mir«, bat Wilhelm Güterling dann schlicht. »Vielleicht war mein Leben doch nicht vergebens.«

Kelwitt hielt es in der unbequemen Schlafmulde der Erdbewohner nicht mehr aus, aber auf zu sein war auch zur Qual geworden.

»Tik«, klagte er, »was soll ich nur tun?«

»*Ich verfüge leider über keinerlei medizinische Wissensbank*«, erklärte Tik mit kühlem Bedauern.

»Brack! Ein schwerer Konstruktionsfehler, wenn du mich fragst.«

»*Die entsprechenden Speicher wurden zu Gunsten einer Wissensbank über den interstellaren Handel im Yarnton-*

Quadranten ausgetauscht. Es wäre also inkorrekt, von einem Konstruktionsfehler zu sprechen.«

»Also gut«, gab Kelwitt nach. »Dann steh' ich eben wieder einmal auf.«

Er wälzte sich mühsam aus der Schlafmulde, tränkte den Feuchteanzug nach und schlüpfte hinein. Er war gerade damit fertig, als die Tür aufging und S'briina den Kopf hereinstreckte.

»Ah, du bist wach«, sagte sie – wobei ihm der Unterschied zwischen ›sie‹ und ›er‹ immer noch nicht recht klar war.

»Ja«, bestätigte er. »Ich bin wach. Allerdings wäre es mir lieber, ich wäre es nicht.«

»Immer noch Schmerzen?«

Kelwitt machte die irdische Geste der Bejahung. S'briina bedeutete ihm ihrerseits mit einer relativ verständlichen Handgeste, aufzustehen und ihr zu folgen. »Wir haben vielleicht etwas für dich«, sagte sie.

Staunend verfolgte Kelwitt, wie fast der ganze Schwarm hereinkam – Unsremuutr, F'tehr, nur Tiilo fehlte – und in einer gemeinsamen Anstrengung das weiche Möbelstück aus dem vorderen Zimmer schaffte. Dann zogen sie ein seltsames Ding aus blauer und gelber Folie herein, stöpselten ein kleines graues Gerät daran und wechselten sich damit ab, in gleichmäßigem Rhythmus mit dem Fuß auf dieses graue Gerät zu treten. Dabei entstand ein zischender Laut, und das Ding aus blauer und gelber Folie fing langsam an, seine Form zu verändern. Wenige kurze Zeiteinheiten später konnte man schon erahnen, worauf das hinauslief: Die blaue Folie fing an, sich zu einem großen flachen Ring zu formen, und die gelbe Folie war im Inneren dieses Rings befestigt.

Was das wohl zu bedeuten hatte? Vielleicht ein Abschiedsritual? Das gab es auch auf Jombuur. Die Bewohner der Sternregenbucht zum Beispiel ließen niemanden gehen ohne ein Abschiedsritual, das in extremen Fällen wesentlich länger dauern konnte als die darauf folgende Reise. Und immerhin würde morgen oder übermorgen das Raumschiff kommen, und dann hieß es schließlich auch, Abschied zu nehmen.

»Tik, was tun sie da?«

»*Hierzu kann ich keinerlei Angaben machen, da mir nicht genügend Grundlagendaten zur Verfügung stehen*«, beschied Tik. »*Der Gegenstand scheint pneumatisch stabilisiert zu werden. Es ist aber unklar, wozu er dient.*«

»Schon gut.« Im Grunde war es albern, immer von einem Computer Auskunft zu erwarten über Dinge, die man selber noch nie gesehen hatte.

Schließlich stand das Ding fertig da. Das graue Gerät wurde entfernt, und zu Kelwitts Überraschung kam S'briina mit einem Tragegefäß voller Wasser, das sie in den pneumatisch stabilisierten Gegenstand hineinleerte. Dann füllte sie das Tragegefäß erneut, diesmal in dem Raum, in dem Kelwitt bisher geschlafen hatte, und leerte das Wasser zu dem anderen und wiederholte das noch ein paar Mal.

»Bitte schön«, sagte sie dann und deutete mit der ausgestreckten Vorderextremität auf den pneumatischen Gegenstand. »Eine neue Schlafmulde!«

Kelwitt richtete den Blick auf sie und machte die Geste des fassungslosen Erstaunens. Dann näherte er sich dem blauen Ring. Tatsächlich – eine Schlafmulde, die ungleich komfortabler zu sein versprach als die bisherige. Und schon mit genau der richtigen Menge Wasser gefüllt.

»Tik!«, sagte Kelwitt. »Siehst du das?«

»*Bestätige. Meine optischen Sensoren nehmen deine gesamte Umgebung wahr.*«

»Ach, stopf dir doch die Ritze.« Das war fantastisch. Er stieg hinein, nahm sich nicht die Zeit, den Feuchteanzug wieder auszuziehen, sondern streckte sich sogleich der Länge nach hin.

»Und?«, fragte S'briina und schaute von oben auf ihn herab, was auf Jombuur ja nun nicht sehr höflich gewesen wäre. »Bequem?«

»Ja, es ist sehr bequem«, erwiderte er und spürte eine seit Tagen verdrängte Müdigkeit von seinem Körper Besitz ergreifen. Das war so herrlich, den Körper schwerer und schwerer werden zu spüren, ohne gleichzeitig in sich zusammenzusacken. Die ersten hellen Schleier zogen durch sein Blickfeld. Jetzt würde er endlich schlafen können ...

»Gute Nacht«, erklärte F'tehr. »Und schöne Träume!«

Nein, nicht doch! Er wollte etwas sagen, aber da war dieser dunkle Sog, der an ihm zerrte.

S'briiina tat es für ihn. »F'tehr!«, wies sie ihn zurecht. »Man wünscht einem Jombuuraner keine Träume!«

Niemandem, dachte Kelwitt. *Denn der Punkt der Wahrheit existiert in jedem Geist, lehrt Jamuni.* Aber als er das dachte, schlief er schon, und endlich war es ein tiefer, traumloser Schlaf.

Sie kamen gerade alle drei die Treppe herunter, hochzufrieden mit sich und ihrer Plantschbecken-Aktion – die möglicherweise den Ruf der Erde als gastfreundlichen Planeten in der Milchstraße gerettet hatte, wer weiß? –, als es an der Tür klingelte. In der Annahme, es sei Thilo, der mal wieder den Hausschlüssel vergessen hatte, öffnete Nora, ohne zuvor einen Blick durch den Spion zu werfen, doch es war Lothar Schiefer, der ohne Zögern eintrat und sofort Anstalten machte, seinen Kaschmirmantel auszuziehen.

»Hallo, Nora, hallo, Sabrina, wie geht's euch?«, meinte er dabei gut gelaunt. Dass die Angesprochenen wie versteinert standen und sein Tun fassungslos verfolgten, schien er nicht zu bemerken. »Einen schönen Abend allerseits. Und, Wolfgang, alles klar?«

»Hallo, Lothar«, brachte Mattek mühsam heraus. Nora fing an, hinter Lothars Rücken mit den Augen zu rollen wie wild. »Waren wir verabredet?«

»Verabredet? Was heißt verabredet?« Lothar breitete die

Arme aus. »Hast du etwa unseren Männerabend vergessen?« Wolfgang Mattek machte den Mund auf, und dann machte er ihn wieder zu. Der Männerabend! Den hatte er in der Tat vergessen. Sie trafen sich alle vier Wochen, jeweils mittwochs und jeweils abwechselnd bei einem von ihnen beiden zu Hause. In der Regel, um den Abend über in seinem Arbeitszimmer zu sitzen, nach und nach eine gepflegte Flasche Rotwein niederzumachen und dabei über Gott und die Welt zu reden, meistens jedoch über die Welt und wie sich Geld in ihr verdienen ließ.

Ausgeschlossen, das heute Abend so wie immer durchzuziehen und dabei so zu tun, als sei nichts. Als schliefe nicht im Zimmer darüber ein Außerirdischer aus unvorstellbaren galaktischen Tiefen einen unruhigen Schlaf in einem wassergefüllten, plätschernden, quietschenden Kinderplantschbecken ...

Er brauchte Nora nicht anzusehen, um zu wissen, dass sie das Gleiche dachte.

»Also, Lothar, um ehrlich zu sein«, begann er, fasste den Freund am Arm, holte ihre Mäntel vom Haken und dirigierte sie beide sanft in Richtung Haustür, »es war mir tatsächlich entfallen. Und um ganz ehrlich zu sein, es passt Nora heute auch überhaupt nicht. Weihnachten, du verstehst ... Aber da du schon einmal da bist, lass uns doch in diese Weinstube gehen, von der du neulich erzählt hast. Ich lade dich ein, in Ordnung?«

14

»Vierzigtausend Mark!«, stöhnte Hermann Hase erschüttert. »Wie soll ich dem Chef jetzt vierzigtausend Mark 'rauseiern?«

»Von dem kriegst du keinen Pfennig«, prophezeite Kaulquappe und las zum hundertsten Mal die Kopie des Kostenvoranschlags durch, die der Brunnenwirt ihnen mitgegeben hatte. »Der will dich nicht mal sehen. Aber sag mal – müsste das nicht überhaupt irgendeine Versicherung zahlen?«

Hase hob gequält den Kopf. »Eine Versicherung? Was für eine Versicherung? Gegen außerirdische Raumschiffe?«

»Wir könnten ihm den Rest seiner Hütte abfackeln. Dann muss die Feuerversicherung zahlen.«

»Klar. Versicherungen zahlen ja einfach. Die stellen keine unbequemen Fragen vorher.«

Kaulquappe studierte die einzelnen Posten auf dem Blatt, das den Briefkopf des einzigen Zimmermanns von Blaukirch trug. »Meinst du, die haben sich abgesprochen, um uns auszunehmen?«

»Nein, ich hab' mich erkundigt. Ein völlig üblicher Preis für ein neues Scheunendach.«

»Du hättest mir ruhig vorher sagen können, dass du ein außerirdisches Raumschiff suchst.«

»Ja, schon gut. Ich hätt's dir rechtzeitig gesagt, okay?«

»Und dass jemand an Bord war, hast du mir auch verschwiegen.«

Hase seufzte. »In unserem Beruf neigt man nun mal stark zur Geheimniskrämerei.«

Einer derjenigen, die auf die Nachricht von George Bell aufmerksam wurden, war Rainer Weck, Bibliothekar an der Universität Hamburg und nebenbei Leiter eines eingetragenen Vereins zur Aufklärung von UFO-Sichtungen, der seinen Sitz in Hamburg, aber Mitglieder in aller Welt hatte. Rainer Weck schickte eine ziemlich skeptisch formulierte E-Mail mit der Bitte um genauere Angaben direkt an George Bell, die diesen noch erreichte, gerade als er sich eigentlich ausloggen und zu Bett gehen wollte. Der skeptische Ton ärgerte George, und er schrieb eine ausführliche Antwort, in der er schilderte, wie er von dem Vorfall Kenntnis erlangt hatte. Er verschwieg dabei, dass sich das belauschte Gespräch auf dem Klo abgespielt hatte und dass sich die Gesprächspartner eher darüber amüsiert als es ernst genommen hatten, aber er nannte den Namen seines Chefs, Joe Duggan.

Rainer Weck wollte das Ganze immer noch nicht in den Kopf. Ein Außerirdischer in Stuttgart, in der biederen schwäbischen Hauptstadt, die eher durch Brezeln und bizarre Sauberkeitsrituale bekannt war? Das musste doch leicht als vorsätzliche Täuschung aufzuklären sein. Er beschloss, den Fall an das einzige Vereinsmitglied in Stuttgart weiterzuleiten, den Kunststudenten Thomas Thieme.

Der hielt den ganzen Vorfall für reichlich abstrus und kaum für wert, Mühe darin zu investieren. Schließlich ging er lustlos daran, die Stuttgarter Grundschulen abzutelefonieren. Davon gab es nicht wenige. Überall sagte ihm die Sekretärin als Erstes, dass die Weihnachtsferien schon begonnen hätten und alle Lehrer schon weg seien. Als zweites, dass sie ihm keine personenbezogenen Auskünfte erteilen dürften. Thieme versuchte mit allerlei wilden Geschichten, in denen alte Klassenfotos, schwierige Erbschaften, heimliche Liebschaften, Reue nach langen Jahren oder Lottogewinne eine Rolle spielten, diese Hürde zu überwinden, scheiterte jedoch überall. Schließlich gab er es auf.

»Du siehst etwas mitgenommen aus«, erklärte Nora Mattek ihrem reichlich verkatert dreinblickenden Ehegatten an diesem Morgen.

»Mitgenommen?«, ächzte der. »Ja, das liegt an dem Schuppen, in den Lothar mich mitgenommen hat. Eine Weinstube, pah! Eine total verräucherte Kneipe mit viel zu vielen alleinstehenden Frauen und viel zu hohen Preisen. Oh, mein Kopf – ich darf mich nicht so aufregen. Wie spät ist es?«

»Zehn Uhr. Ich habe dich schlafen lassen.«

»Das war wirklich rücksichtsvoll von dir. Nachdem ich mich schon geopfert habe.«

»Hier hättet ihr wirklich nicht bleiben können. Kelwitt ist kurz nach neun aufgewacht und durchs Haus getigert.«

Wolfgang Mattek nickte und bereute diese Bewegung gleich darauf wieder. »Ich hätte ihn rechtzeitig anrufen können, um die Verabredung zu verschieben. Aber ich hab's immer vor mir hergeschoben. Und dann vergessen, vor lauter Chem-Tech.«

»Meinst du, er hat jetzt irgendeinen Verdacht? Dass wir etwas verbergen?«

Mattek ließ sich tiefer ins Kissen sinken und überdachte den überstandenen Abend. Sie hatten hauptsächlich über Geld geredet, über die neuen Steuer- und Rentenpläne der Bundesregierung, die Entwicklung des europäischen Wirtschaftsraums und ähnliche Dinge. Und über allerhand Themen, die nur Männer etwas angingen. »Natürlich ist ihm das etwas seltsam vorgekommen, weil ich ja normalerweise nicht der Typ bin, der gern abends durch Kneipen zieht. Aber ich habe behauptet, du würdest Großputz machen und hättest uns ausquartiert.« Er warf Nora einen Blick zu, von dem er hoffte, dass sie ihn als liebevoll-verschmitzt erkennen würde. Da seine Augen sich verquollen anfühlten, war er sich dessen nicht so sicher. »Ich glaube, das hat ihm eingeleuchtet.«

Lothar Schiefer hatte an diesem Morgen Schwierigkeiten, sich auf seine Arbeit zu konzentrieren, und das lag nicht an dem Alkohol oder dem Tabakrauch der vergangenen Nacht, sondern an dem nagenden Gefühl, dass Wolfgang Mattek etwas vor ihm verheimlichte und er keine Ahnung hatte, was das sein mochte.

Dass er ihm etwas verheimlichte, stand außer Frage. Mattek war ein schlechter Lügner, und heucheln konnte er gar nicht. So sehr dies ab und zu hinsichtlich der Nutzung gewisser steuerlicher Sparmöglichkeiten zum Problem wurde, war es menschlich doch zu begrüßen und mit ein Grund, dass sie eine Beziehung pflegten, die man beinahe als Freundschaft hätte bezeichnen können.

Umso mehr beunruhigte ihn die Tatsache, dass Mattek ihn am vergangenen Abend hatte ablenken wollen von – ja, wovon? Er hatte ihn aus dem Haus haben wollen – warum? Was um alles in der Welt konnte einen Menschen wie Wolfgang Mattek dazu bringen, einen geschlagenen Abend lang den sich amüsierenden Kneipengänger zu mimen?

Auf diese Frage wusste auch Lothar Schiefer keine Antwort. War ein anderer Steuerberater im Haus gewesen und hatte die Unterlagen geprüft? Unsinn. Warum hätte Mattek so etwas tun sollen? Und außerdem hätte er ihm ja nur abzusagen brauchen. Sie waren beide viel beschäftigte Leute. Übers Jahr gesehen fand höchstens die Hälfte ihrer Treffen so statt wie geplant.

Das wäre absolut unverdächtig gewesen, gerade jetzt kurz vor Weihnachten und dem Jahrtausendsilvester, das Mattek mehr als genug Arbeit machte. Aber diese Nummer mit dem »Was, Männerabend? Habe ich total vergessen ...« war ja wohl mehr als unglaubwürdig gewesen.

Nein, wie man es auch drehte und wendete, das machte alles keinen Sinn. Das war der Grund, warum Lothar Schiefer sich nicht auf seine Arbeit konzentrieren konnte. Lothar Schiefer war ein Mann, der viele Geheimnisse hatte.

Aber was er absolut nicht mochte, war, wenn andere Geheimnisse vor ihm hatten.

Sabrina musterte ihren Bruder, als wüchsen ihm gerade rosa Hörner. »Das ist nicht dein Ernst.«

»Klar ist das mein Ernst.«

»Mit Kelwitt ins *Altersheim?* Wie stellst du dir das vor?«

Thilo verdrehte die Augen. »Jetzt tu nicht so. Das ist die leichteste Übung der Welt.«

»Du bist total übergeschnappt. Genau wie dein Herr Güterling.«

»Was ist denn schon dabei? Wir machen einem alten Mann eine Freude, und selbst wenn uns jemand sehen sollte – na und? Morgen düst Kelwitt ab in die Milchstraße, und das war's dann. Soll sich aufregen, wer will.«

Ja, morgen war es soweit. Sabrina spürte einen Stich tief im Bauch bei diesem Gedanken. Die ganze Zeit bemühte sie sich, nicht daran zu denken, und nun sprach ihr Bruder es mit geradezu brutaler Coolness aus, einfach so.

»Was heißt aufregen?«, brummte sie und musste sich eingestehen, dass ihr irgendetwas an Thilos Vorhaben gefiel. »Wir werden ein Dutzend Herzinfarkte auslösen, wenn wir mit Kelwitt durchs Altersheim laufen.«

»Wir laufen nicht mit ihm durchs Altersheim. Wir gehen durch den Notausgang Süd rein, sobald es dunkel ist. Ich mach' die Tür von innen auf, und ...«

»Der Notausgang, klar. Damit in irgendeiner Zentrale der Alarm losgeht.«

»Da geht schon ewig kein Alarm mehr los. Was glaubst du, wie sich manche spät nachts von ihren Sauftouren zurück ins Heim schleichen?«

»Sauftouren? Ich denk', das sind alles tatterige Grufties, die bloß noch Haferschleim mummeln?«

»Quatsch. Etliche von denen sind einfach von ihren Familien abgeschoben worden und wollen noch was vom Leben haben.«

Sabrina runzelte die Stirn. »Wie schleicht man sich zu einem Notausgang rein, der sich nur von innen öffnen lässt?«

»Mit einem Kumpanen im Heim und einem Handy in der Jacke.«

»Ah.« Ein Raketenpionier. Vielleicht war das auch für Kelwitt eine interessante Sache. »Und weiter?«

»Wir gehen hoch in den zweiten Stock. Güterlings Zimmer ist das erste vom Notausgang aus. Und dann ...« Thilo zuckte die Schultern. »Keine Ahnung, was dann passiert.«

Die neue Schlafmulde war wirklich wesentlich besser als die alte. Kelwitt fühlte sich beinahe wieder wohl, zumindest hatten die Schmerzen im Rücken ziemlich nachgelassen. Zwar hatte er sehr unruhig geschlafen, war mehrmals nachts aufgestanden und hatte zuletzt gar kein Gefühl mehr dafür, welche Tageszeit auf dem Planeten gerade herrschte, aber das war wahrscheinlich nur eine körperliche Gegenreaktion. Sagte er sich zumindest.

Sabrina hatte ihm – ohne dass er noch einmal danach gefragt hätte – ein interessantes Buch gegeben, in dem nun endlich die Fortpflanzung der Erdbewohner ausführlich erklärt wurde. Wirklich eine interessante Lektüre.

Nein, *interessant* war nicht das richtige Wort. *Bizarr* passte besser.

Dass es zwei Arten von Menschen gab, wurde als selbstverständlich vorausgesetzt. Offenbar war das bei allen Erdlebewesen in irgendeiner Form der Fall, sodass niemand auf die Idee kam, zu fragen, wozu es gut sein solle. Diese zwei Arten von Menschen waren zudem in einer Weise unterschiedlich gebaut, dass man den Eindruck bekommen konnte, alles im Leben der Menschen drehe sich um den Fortpflanzungsprozess.

Die Mann-Variante des Menschen verfugte über ein Organ, das an einer dafür denkbar ungeeigneten Stelle – nämlich genau zwischen den Beinen – aus dem Körper wuchs und offenbar, wenn er das richtig gelesen hatte, im Stande war, seine Größe und Konsistenz zu verändern. Wann diese Veränderungen erfolgten und wodurch sie ausgelöst wurden, war in dem Buch nur sehr nebulös erklärt, unmissverständlich dagegen, wozu das Organ diente, wenn es seine maximale Größe und Festigkeit erreicht hatte. Kelwitt mochte es kaum glauben.

»Wenn ich das richtig verstehe«, resümierte er für Tik, »dann müssen sich immer genau ein Mann-Mensch und ein Frau-Mensch zusammentun, damit eine Zeugung geschehen kann.«

»Das scheint in der Tat notwendig zu sein«, bestätigte Tik.

»Aber wenn es derart in das Belieben der Menschen gestellt ist, ob sie sich fortpflanzen oder nicht«, überlegte Kelwitt weiter, »dann frage ich mich, wie es dazu kommt, dass es so über alle Maßen viele von ihnen gibt.«

»Das ist eine gute Frage.«

Die Einzelheiten des Zeugungsvorganges waren überaus bizarr. Das Organ des Mann-Menschen drang durch einen speziell für diesen Zweck vorgesehenen Kanal in den Körper des Frau-Menschen ein und deponierte an dessen Ende ein Sekret mit mehreren Millionen Zellen, die jeweils eine Hälfte des Erbguts des Mann-Menschen enthielten. Diese Zellen, die über ein längliches Fortbewegungsmittel verfügten, veranstalteten dann eine Art Rennen, dessen Ziel *eine einzige* Zelle des Frau-Menschen war, die ihrerseits eine Erbguthälfte beinhaltete. Und nur eine Einzige der von dem Mann-Menschen abgegebenen Zellen verschmolz mit dieser Zelle, um so einen kompletten Satz Erbinformationen zu erhalten; die übrigen Millionen Zellen gingen unter. »Wie kompliziert!«, wunderte Kelwitt sich. Aber richtig kompliziert wurde es erst jetzt. Denn diese komplettierte Zelle verblieb nun im Körperinneren des Frau-Menschen, um dort über zahllose Perioden heranzureifen zu einem fertigen Junglebewesen! Kelwitt studierte die Abbildungen und Körperquerschnitte mit gelinder Fassungslosigkeit. Auf manchen sah es aus, als sei das Jungwesen ein unaufhaltsam größer werdender Parasit, der das Wirtswesen nach und nach aushöhlte. Wie ein Frau-Mensch diesen Vorgang aushalten konnte, war Kelwitt ein Rätsel.

Und dann, am Schluss der Entwicklungsperiode, kam das Schlüpfen. Wie er eigentlich nicht mehr erwartet hatte, stellte das den Höhepunkt des Bizarren dar: Denn nichts weniger geschah, als dass das große, fertig ausgebildete Jungwesen durch eben den schmalen Kanal hinausgedrückt wurde, der zu Beginn das Organ des Mann-Menschen aufgenommen hatte!

»Das ist, bei Jamuuni, das Unglaublichste, was ich je gelesen habe«, murmelte Kelwitt. Auf den Bildern sah es aus wie eine grässliche Fehlentwicklung der Natur. Die Menschen konnten einem wirklich Leid tun. Da war ein Foto einer Menschenfrau, deren Junges gerade schlüpfte, und es schien tatsächlich so schmerzhaft für sie zu sein, wie es der Beschreibung nach sein musste. »Um so unverständlicher, dass sie das überhaupt auf sich nehmen. Im Grunde müssten die Menschen längst ausgestorben sein.«

Ohne vollständige Kenntnis der Fakten ist das nicht zu beurteilen«, meinte Tik nur.

»Wieso?« Kelwitt blätterte das Buch durch. »Hier stehen sie doch, die Fakten.«

»Aber offensichtlich sind die Menschen nicht ausgestorben.«

»Ja«, musste Kelwitt zugeben. »Das ist wirklich schwer zu verstehen.«

In diesem Moment klopfte es, und S'briina kam herein. Ein Frau-Mensch, rief Kelwitt sich in Erinnerung. Er musste sie bei Gelegenheit fragen, was sie vom menschlichen Fortpflanzungsprozess hielt.

»Hallo, Kelwitt!«, sagte sie. »Wie geht es dir?« Es gehe ihm gut, erwiderte Kelwitt höflich.

»Wie gefällt dir das Buch?«

Schwer zu sagen. »Sehr interessant«, meinte er schließlich vage.

Aber es schien sie nicht wirklich zu interessieren, wie ihm das Buch gefiel. »Ich wollte dich etwas fragen«, begann sie. »Das heißt, eigentlich Tiilo und ich ...«

Es war alles ruhig im zweiten Stock des Altersheims. Ein dunkelgrüner Teppichboden bedeckte den Boden des breiten Flurs wie moosiger Rasen, Rollstühle, Infusionsständer und gerahmte Kupferstiche schmückten die Wände, niemand war zu sehen oder zu hören. Sie schlossen die schwere, feuerfeste Stahltür des Notausgangs hinter sich. Thilo gestattete sich ein triumphierendes Grinsen. Kelwitt zog den Parka aus, und er schien froh zu sein, das endlich tun zu können.

»Brauchst du Wasser?«, fragte Sabrina ihn halblaut. Sie trug seine Wachsdecke und eine Plastikflasche mit Wasser in einer Umhängetasche bei sich.

Kelwitt schüttelte den Kopf, sah sich um, während er Thilos Parka auf eigenartige Weise zusammenlegte. »Ich finde es befremdlich, dass ihr eure alt gewordenen Artgenossen verstoßt«, erklärte er. »Wir behalten die Alten bei uns im Nest, bis sie sterben. Und dann übergeben wir ihre Körper dem Meer.«

»Ja, ja«, machte Thilo. »Ihr seid gut und weise, das ist schon klar. Komm jetzt.« Er drängte sie zur ersten Tür auf der rechten Seite, klopfte kurz an und machte dann auf, ohne eine Aufforderung abzuwarten. Sie marschierten hinein, irgendwie, ein bunter Haufen – doch dann, als sie Wilhelm Güterling sahen, blieben sie unwillkürlich stehen.

Da saß er, in seinem Rollstuhl, hoch aufgerichtet, in seinem besten Anzug und hellwach. Der Rollstuhl mitten im Zimmer, als habe er darauf gewartet, abgeholt und woandershin gefahren zu werden. In seinem Gesicht war ein Ausdruck feierlicher, geradezu hochachtungsvoller Erwartung, und es war dieser Ausdruck, der Sabrina und Thilo veranlasste, stehen zu bleiben wie jemand, der unbedacht in eine Kirche gestolpert kommt und plötzlich gewahr wird, wo er sich befindet. Selbst Kelwitt schien beeindruckt; er trat langsamen Schrittes vor den alten Mann hin, und dann blieben die beiden eine ganze Weile so, sahen einander an und sagten nichts.

Schließlich brach Güterling das Schweigen. Ein feines Lächeln schimmerte auf seinem Gesicht auf, als er langsam die rechte Hand hob wie zu einem Schwur. »Ich grüße Sie«, sagte er mit bebender Stimme, »und heiße Sie auf der Erde willkommen.«

Kelwitt ahmte die Geste nach. »Ich bin schon eine ganze Weile hier«, erklärte er dazu.

Güterling nickte. »Thilo hat mir davon erzählt. Bitte, wollen Sie nicht Platz nehmen? Ihr beiden auch. Thilo, bist du mal so gut und holst die Stühle dort drüben herbei?«

Als sie alle saßen, Kelwitt auf dem einzigen Stuhl mit ungepolstertem Sitz, seine blumige Wachstischdecke untergelegt, wollte die feierliche Stimmung immer noch nicht weichen.

»Es gibt also Leben da draußen«, stellte Güterling sinnend fest und lächelte Kelwitt an.

»Da draußen?«, wiederholte der.

»Im Weltall. Auf anderen Planeten.«

Kelwitt sah zwischen ihnen umher. »Ja«, meinte er dann. »Planeten sind die Voraussetzung für die Entstehung von Leben.«

»Und es gibt viele belebte Planeten?«

»Ich denke schon.«

Güterling wiegte wohlwollend das Haupt. So lebendig,

wach und klar hatte Thilo ihn noch nie erlebt. »Ihr beherrscht also die interstellare Raumfahrt. Ihr könnt schneller fliegen als das Licht. Es ist also möglich.«

»Ja«, erwiderte Kelwitt. »Wieso sollte es nicht möglich sein?«

Güterling lächelte. »Sie müssen wissen, dass ich früher – in der Zeit meines Lebens, von der ich heute weiß, dass sie die beste war – beteiligt war an der Entwicklung von Raketen. Unsere Raketen wurden zwar für den Krieg verwendet, aber gedacht – gedacht hatten wir sie für den Weltraum. Der Flug in den Weltraum: Das war unser großes Ziel. Später wurde es dann Wirklichkeit. Menschen flogen in den Weltraum, sogar bis zum Mond. Und wir schickten Roboter zu den anderen Planeten unseres Sonnensystems, zu Mars, Venus, Jupiter... Aber verglichen mit Ihrer Technik sind das natürlich nur Kinderschritte. Sie lachen wahrscheinlich über uns.«

»Oh, nein«, versicherte Kelwitt ihm. »Das ist mir noch nie in den Sinn gekommen. Offen gestanden, verstehe ich nicht viel von Raumfahrt.«

»Aber Sie sind doch sicher mit einem Raumschiff hergekommen? Auf die Erde, meine ich.«

»Ja. Allerdings bin ich damit abgestürzt.«

Güterling hob die Augenbrauen. »Heißt das, Sie können nun nicht mehr zurückkehren auf Ihre Welt?«

»Doch. Zumindest hoffe ich es. Das große Raumschiff wird kommen und mich abholen.«

»Das große Raumschiff?«, hakte der alte Mann nach. »Was meinen Sie damit?«

»Das große Raumschiff«, erklärte Kelwitt geduldig, »hat mich vor sechs Tagen Ihrer Zeitrechnung mit einem kleinen Raumschiff in diesem Sonnensystem abgesetzt. Da ich nicht zum vereinbarten Zeitpunkt am Treffpunkt sein werde, wird man mich suchen.«

»Ah«, machte Güterling. »Ich verstehe. Eine Art Mutterschiff. Und Sie sind mit einem kleinen Beiboot unterwegs gewesen. Ja, das leuchtet ein. Und wann, denken Sie, wird es soweit sein? Wann wird man Sie abholen?«

Kelwitt machte eine seiner sanften Gesten, hielt mittendrin inne und hob in einer sehr menschlich wirkenden Weise die Schultern. »Es müsste bald soweit sein. Morgen, oder vielleicht sogar schon heute. Im Prinzip kann es jeden Augenblick geschehen.«

Güterling nickte verstehend, sagte aber nichts, sondern sah den Gast aus dem Weltraum nur an, so eindringlich und aufmerksam, als wolle er sich dessen wirklicher Gegenwart ganz unzweifelhaft versichern und sich jede Einzelheit seiner Gestalt für immer ins Gedächtnis graben. Kelwitt erwiderte den Blick mit seinen großen, schwarzen, pupillenlosen Augen. Zumindest sah es so aus.

Wie es wohl sein würde? Sabrina musste sich eingestehen, dass sie darüber noch nicht nachgedacht hatte, die ganze Zeit nicht. Würde es so sein wie in dem Film *Unheimliche Begegnungen der dritten Art* – ein gewaltiges, lichterglühendes Raumschiff, das sich aus dem Nachthimmel auf erwartungsvoll wartende Menschen herabsenkte? Oder würde man Kelwitt einfach *hochbeamen*, rasch und unauffällig, fast beiläufig? Sie sah ihren Bruder die beiden so ungleichen Gesprächspartner, ins gemeinsame Schweigen verfallen, gedankenverloren betrachten.

In diese Stille hinein öffnete sich die Zimmertür.

15

Elke Gombert, Altenpflegeschülerin im dritten Lehrjahr, blieb in der Tür stehen, mit haltlos herabgesunkenem Unterkiefer, die Klinke in der Hand, und starrte die Gruppe der Besucher an. Was sie eigentlich gewollt hatte – Herrn Güterling die abendliche Spritze mit dem blutverdünnenden Mittel geben – war angesichts insbesondere *des einen* Besuchers vergessen. Was war das? In welchem Film war sie gelandet? War das ... war das etwa ...

... ein *Flashback??*

Ein Kaleidoskop längst vergessen geglaubter Erinnerungen schoss in Sekunden vor ihrem inneren Auge vorbei, durchzechte Nächte an den Stränden Marokkos und Goas, selbstmörderische, wilde Fahrten auf schweren Motorrädern, drogenumnebelte Überfälle auf Läden, auf Passanten, ein Sud, der in einem angelaufenen Silberlöffel köchelte, dünne Linien weißen Pulvers auf einem fleckigen Spiegel, abgrundtiefe jenseitshohe Träume, unbeschreibliche Ritte durch unbegreifliche Dimensionen, zahllose wahllose Liebhaber – ein ganzes Leben, mit dem sie Schluss gemacht hatte und von dem niemand etwas wissen sollte, vor allem ihr Freund nicht, an dessen Zuneigung ihre ganze Zukunft hing, ihre ganze Hoffnung. Und nun ...

Ein Flashback?

Die Sühne für vergangene Missetaten. Drogen konnten so etwas tun, konnten sich im Körper verstecken und irgendwann wiederkommen, einen neuen Rausch auslösen, eine längst vergangene Vision zurückrufen. Konnten einen glauben machen, man sähe einen Menschen, der wie ein Delfin auf zwei Beinen aussah, mit großen schwarzen Augen wie die Augen eines Rauhaardackelwelpen, einen Delfinmenschen, schlank und schön wie ein Engel.

Da war eine Stimme. Herr Güterling, der sagte: »Guten Abend, Elke.«

»Guten Abend, Herr Güterling«, hörte, spürte sie sich sagen. »Sie haben Besuch?«

»Ja«, sagte Herr Güterling und wies auf den Delfinmenschen. »Das ist Kelwitt. Er kommt von einem Planeten in der Nähe des Milchstraßenzentrums, stellen Sie sich vor. Und das ist Sabrina, die Schwester von Thilo. Na, und Thilo kennen Sie ja.«

»Ja. Sicher. Schön. Dann will ich nicht weiter stören.«

»Aber Sie stören doch nie«, versicherte Herr Güterling ihr, ehe sie die Türe wieder zuzog und machte, dass sie ins nächste Bad kam. Dort erbrach sie sich und betrachtete sich dann, nachdem sie ihren Mund ausgespült und das Gesicht mit endlos viel kaltem Wasser gewaschen hatte, lange Zeit im Spiegel. Das war alles nicht wirklich passiert. Genauso wenig wie ihr altes Leben.

Kelwitt hatte sich sofort nach ihrer Rückkehr wieder in sein Plantschbecken gesetzt. Man konnte zusehen, wie sein Feuchteanzug sich wieder mit Flüssigkeit vollsog.

»Der alte Erdbewohner hat sich sehr gefreut, mich zu sehen«, sagte er. Es klang nachdenklich, trotz der metallenen Stimme, gerade so, als frage er sich nach dem Grund dafür.

»Ja«, nickte Sabrina.

»Aber nun bin ich schon wieder müde.« Eine schwermütig wirkende Geste mit einer Hand und sachte schlängelnden Fingern. »Immer bin ich müde. Ich weiß nicht, wieso.«

»Es ist spät.«

»Ja.« Er wackelte mit dem Kopf. Das tat er in letzter Zeit öfter, und Sabrina hatte noch nicht herausgefunden, was es zu bedeuten hatte. »Stimmt es übrigens, dass F'tehr und Unsremuutr wieder ein Junges gezeugt haben?«

»Was?« Sabrina riss die Augen auf. »Wie kommst du darauf?«

Kelwitt beugte sich über den Beckenrand und griff nach dem Aufklärungsbuch, das sie ihm zu lesen gegeben hatte. »In der zweiten Nacht, die ich in eurem Nest verbracht habe, bin ich in ihren Raum gegangen, weil ich seltsame Geräusche hörte. Ich wusste nicht, was sie taten.«

Er reichte ihr das Buch. »Nun weiß ich es. Sie zeugten ein Junges.«

Sabrina brauchte ein paar keuchende Anläufe, ehe sie ein hustenartiges Gelächter zu Stande brachte. »Das glaub' ich nicht!«, stieß sie hervor. »Das glaub' ich einfach nicht. Du hast meine Eltern beim *Sex* beobachtet?«

»Sex, ja«, nickte der Außerirdische ernsthaft. »Der Vorgang der Zeugung eines Menschenjungen.«

»Ja, schon. Aber ich glaube nicht, dass meine Eltern noch mal ein Kind wollen.«

»Wozu haben sie dann Sex gemacht?«

»Du meine Güte. Meistens macht man Sex, weil es Spaß macht!«

»Weil es Spaß macht?« Kelwitts Stirnhaut rings um die Augen kräuselte sich. »Davon stand nichts in dem Buch.«

»Ach.« Sabrina schlug es auf, blätterte darin. Kelwitt hatte Recht. Das Buch, das im Untertitel versprach, jungen Menschen alle Geheimnisse der Geschlechtlichkeit zu enthüllen, verschwieg die Tatsache, dass Sex Spaß machte.

»Tatsächlich. Das steht nirgends.«

»Es ist«, gab Kelwitt zu und begann, den Feuchteanzug abzustreifen, »schwer vorstellbar, wie euer Akt der Zeugung Spaß machen soll.«

»Ich weiß ja nicht, wie das bei euch ist«, erwiderte Sabrina und klappte das Buch wieder zu, »aber ich kann dir versichern, dass wir Menschen ganz verrückt danach sind.«

Dann stand sie mitten im dunklen Zimmer und lauschte. Ihr Zimmer. Ihr Refugium. Sie lauschte auf ihren Atem. Auf ihren Herzschlag. Horchte dem Regen zu, der sacht gegen die Scheiben rieselte, feucht daran herunterlief. Den Reifen eines langsam vorbeifahrenden Autos, die genüsslich über die klatschnasse Straße schmatzten. Und die Heizung knackte immer wieder, wie ein schlecht verschraubtes Bett beim Umdrehen darin.

Sie kannte das Gefühl, das in ihr hochstieg und sich anfühlte, als wäre ihr Körper ein Bogen, der langsam, beinahe andächtig gespannt wurde. So begann es immer. Dann sah immer alles so einfach aus, völlig klar und übersichtlich, und Probleme gab es nicht. Sie hatte gelernt, sich zu sagen, dass die Probleme nur vorübergehend verschwunden waren, dass sie Urlaub genommen hatten, mal kurz ein Bier trinken waren und zurückkommen würden. Weil das Leben nicht so einfach war. Weil es Probleme gab, immer, überall. Weil man Probleme berücksichtigen musste, und wenn man das tat, dann war alles nicht mehr so einfach. Das hatte sie sich beibringen lassen, aber in diesen Momenten glaubte sie sich selbst nicht.

Im Grunde war es doch einfach, oder etwa nicht? Kelwitt würde nicht mehr lange hier sein. Das stand fest. Jeden Augenblick konnte es soweit sein, dass sie kamen, um ihn zu holen, womöglich heute Nacht schon, sicher aber morgen, spätestens morgen Abend. Und dann würde er wieder fort sein. Und sie würde niemals wieder diese feuchte, samtene Haut berühren.

So einfach war das. Wenn sie es jetzt nicht tat, dann würde sie es niemals tun.

Er war nicht wirklich müde. Es wurde Zeit heimzukehren. So interessant das alles war, allmählich überforderte es ihn. Zum Geist des Verderbens mit der Orakelfahrt, mit Mu'ati, mit

Denopret, mit Isuukoa und wie sie alle hießen. Es wurde wirklich Zeit, und er würde sich nie mehr über das Leben in der Donnerbucht beschweren, das gelobte er bei den Worten Jamuunis. Mit der Entspannung im flachen Wasser schwanden die Schmerzen, und Kelwitt fiel in einen leichten Dämmerzustand, mehr aus Langeweile als aus sonst einem Grund.

An der Schwelle zum Schlaf riss ihn die Rückkehr S'briinas wieder wach. Sie schlüpfte eilig herein und gab sich Mühe, die Türe hinter sich möglichst leise zu schließen, schaltete dann nicht das große Deckenlicht an, sondern ein kleines Leuchtelement, das auf einem Tisch stand und den Raum in ein für Menschenaugen, wie er inzwischen wusste, unzureichendes Licht hüllte. Dann hockte sie sich neben seiner Schlafmulde auf den Boden und sah ihn an.

»Ich habe dir doch heute Morgen das Buch gegeben«, sagte sie.

»Ja«, bestätigte Kelwitt.

»Wie hat es dir gefallen?«

Kelwitt überlegte. Unter diesem Gesichtspunkt hatte er es nicht gelesen. »Es war sehr informativ«, meinte er schließlich.

S'briina machte die bejahende Geste, etwas heftiger als üblich. »Und«, fragte sie weiter, »hast du dich dabei nicht gefragt, wie eine Menschenfrau nackt aussieht?«

Das, fand Kelwitt, war eine merkwürdige Frage. Sie war ihm nicht in den Sinn gekommen, als er das Buch studiert hatte, und es leuchtete ihm auch nicht ein, warum sie ihm hätte in den Sinn kommen sollen. »Nein. Es waren ausreichend viele diesbezügliche Abbildungen in dem Buch enthalten.«

»Aber die Wirklichkeit«, meinte sie und bewegte heftig die Hände, »die Wirklichkeit ist doch etwas ganz anderes als Abbildungen!«

Kelwitt machte die Geste der Bestätigung. »Das ist zweifellos richtig.«

»Und hier bin ich, eine richtige, wirkliche Menschenfrau! Möchtest du nicht wissen, wie ich nackt aussehe?«

Er musterte sie. Irgendwie kam sie ihm anders vor als sonst. »Darüber habe ich noch nicht nachgedacht.«

»Und wenn du jetzt darüber nachdenkst?«

Diese Erdbewohner waren wirklich merkwürdige Wesen. Immer wenn er gerade glaubte, sie ein wenig verstanden zu haben, benahmen sie sich wieder auf eine Weise, die ihm Rätsel über Rätsel aufgab. »Eure Sitte, euch ständig zu bekleiden, verstehe ich nicht«, erklärte Kelwitt. »Wenn man in der Umgebung lebt, in der sich die eigene Spezies entwickelt hat, sollte es nicht notwendig sein. Ich frage mich, ob es euch einfach zur Gewohnheit geworden ist und wenn ja, warum. Ich habe den Eindruck gewonnen, dass Kleidung für euch nicht nur Schutz ist, sondern auch Schmuck, und dass ...«

»Ja, ja, ja«, unterbrach sie ihn ungeduldig. »Was ist? Soll ich mich ausziehen oder nicht?«

Kelwitt hielt inne, überdachte das, was er gerade gesagt hatte, und machte dann die Geste der Bekräftigung. »Ja, natürlich!«

»Ich dacht' schon ...«?, murmelte S'briina rätselvoll, stand auf und begann, ihre Bekleidung abzulegen.

Sie machte es ziemlich langsam, beinahe so, als könne sie sich nur schwer davon trennen. Zuerst legte sie das weite Kleidungsstück ab, das den oberen Teil ihres Körpers bedeckte – zog die oberen Extremitäten ein, schob es behutsam über den Kopf, hob es hoch, um es dann achtlos zu Boden fallen zu lassen. Darunter trug sie noch einmal ein ähnliches Kleidungsstück aus einem dünneren Stoff. Wirklich eine hartnäckige Gewohnheit. Und aus irgendeinem Grund begann sie, sich langsam hin und her zu wiegen, während sie mit dem Entkleiden fortfuhr.

Nachdem sie auch das zweite Oberteil abgestreift hatte, war sie oben herum unbekleidet bis auf ein weiteres Kleidungsstück, das zwei Wölbungen an der Vorderseite ihres

Körpers umschloss. Von diesem Kleidungsstück trennte sie sich besonders umständlich. Zuerst drehte sie ihm den Rücken zu, sodass er die dünnen Träger sehen konnte und wie sie einen Verschluss daran öffnete. Dann drehte sie sich wieder herum, streifte die Träger über die Schultern, den größten Teil des Kleidungsstückes noch vor den Wölbungen festhaltend, um es dann schließlich doch abzulegen und beiseite zu tun. Die ganze Prozedur schien sie nicht wenig anzustrengen, denn sie atmete deutlich tiefer und heftiger. Und der Blick, mit dem sie ihn ansah, war eigenartig.

Es folgte die Entkleidung der unteren Körperhälfte. Zuerst zwei kurze, dünne Teile, die die unteren Extremitäten bedeckt hatten. Dann galt es, das Kleidungsstück abzustreifen, das vor allem ihre Beine ausgesprochen eng anliegend umschloss und aus einem dicken, störrischen blauen Stoff gefertigt war, der sich diesen Bemühungen ziemlich widersetzte. Es schien kein Ende zu nehmen, bis es endlich abgelegt war. Zum Schluss trug sie nur noch ein ausgesprochen winziges Stück aus dünnem, weißem Stoff, das den untersten Teil ihres Leibs in Höhe des Schritts umspannte und dessen Sinn und Nutzen absolut nicht zu erkennen war. Sie zog ein wenig daran, sodass es herabfiel, und sie, endlich unbekleidet, daraus heraussteigen konnte.

»Na?«, sagte sie dann.

Kelwitt betrachtete den hellen Pelz, der an der Stelle wuchs, an der sich der Körper in die Beine teilte. Er hatte dieselbe Farbe wie der Pelz auf ihrem Kopf. »Du siehst aus wie die Menschenfrauen in dem Buch«, erklärte er. »Vielleicht abgesehen davon, dass diese ausgeprägtere Wölbungen auf der Brust hatten.«

»Danke!« S'briina verzog das Gesicht, was sicher auch eine Geste war, nur wusste er nicht, was sie bedeutete. »Wenn du kein Außerirdischer wärst, würde ich jetzt wieder gehen, das kannst du mir glauben«, erklärte sie und trat an den Rand der Schlafmulde. »Darf ich zu dir ins Wasser kommen?«

Seltsam, dass sie ihn das fragte. Schließlich gehörte die Schlafmulde ihrem Schwarm. Offenbar sollte die Frage Respekt vor seinem Territorium demonstrieren, da man sie ihm als Gast überlassen hatte. Sicher war es angebracht, sich entsprechend entgegenkommend zu zeigen, obwohl Kelwitt im Grunde am liebsten weitergeschlafen hätte. »Sei willkommen«, sagte er also und rückte etwas zur Seite. »Es ist genug Platz für uns beide.«

Sie stieg über den pneumatischen Rand und ging in die Hocke, zögerte dann aber, sich ins Schlafwasser zu setzen.

»Ganz schön kalt«, meinte sie.

»Es kommt dir kalt vor, weil du die ganze Zeit Kleidung trägst. Dadurch bist du an zu hohe Temperaturen gewöhnt.« Das war ja wohl quellklar. Wohin solche Gewohnheiten führen konnten, sah man an den Lederhäuten.

»Ja, ja«, erwiderte S'briina. Sie schien überhaupt keinen Wert auf den Platz zu legen, den er ihr eingeräumt hatte. Jedenfalls drängte sie sich mit ihrem ganzen Körper an ihn, umschlang seine Beine mit den ihren und rutschte unruhig hin und her, als könne sie keine stabile Position finden. Kelwitt bemühte sich, ihr entgegenzukommen, aber es half nichts. Warum sie dabei die Augen geschlossen hielt, verstand er auch nicht.

»Du fühlst dich unglaublich gut an«, flüsterte sie, immer noch mit geschlossenen Augen.

»Wirklich?« Was sollte das nun wieder heißen?

Sie schlug die Augenabdeckungen wieder auf. »Gefällt dir das auch?«, wollte sie wissen.

»Was?«, fragte Kelwitt.

»Wie wir uns berühren?«

»Ach so. Soll mir das gefallen?«

»Ja, natürlich soll dir das gefallen.«

»Das wusste ich nicht.«

»Also gefällt es dir nicht?«

»Es würde mir besser gefallen, wenn du eine Stellung finden könntest, in der du bequem liegen kannst.«

Unvermittelt hörte sie auf, sich umherzubewegen, und lag ganz still, den Kopf auf seiner Brust liegend. »Was mache ich da eigentlich?«, fragte sie. »Ich versuche jemanden zu verführen, der überhaupt nicht weiß, was Sex ist. So ein Quatsch.«

»Redest du von mir?«, fragte Kelwitt irritiert.

S'briina machte ein Geräusch, das Tik als Zustimmungslaut übersetzte.

Kelwitt machte unwillkürlich die einhändige Geste der Verwunderung. »Natürlich weiß ich, was Sex ist. Der menschliche Zeugungsakt. Das war doch in dem Buch ausführlich erläutert«, rief er ihr in Erinnerung. »Aber was hat das mit uns zu tun?«

»Nichts. Das ist es ja eben.«

»Es tut mir Leid, aber ich verstehe den Zusammenhang nicht.«

Sie antwortete nicht. Stattdessen spürte Kelwitt, wie sie mit einer Hand über den unteren Teil seines Vorderkörpers glitt, seine Beine abtastete – besonders die Stelle dazwischen schien sie zu interessieren – und seine Hautfalten befühlte. Schließlich wanderte die Hand wieder zurück, und sie sagte leise: »Das macht nichts.«

Wovon redete sie nur? Sie benahm sich heute Abend wirklich ausgesprochen seltsam. Abgesehen davon, dass sie sich endlich einmal ihrer Bekleidung entledigt hatte. Das war aber auch das Einzige, was er wirklich verstanden hatte.

»Wie findest du das, dass ich hier neben dir liege?«, wollte sie dann wissen.

»Wie soll ich das finden?«

»Na, ist es dir eher angenehm, oder ist es dir eher unangenehm ...?«

Kelwitt überlegte. »Eher angenehm.«

»Schön. Dann bleibe ich noch ein bisschen.«

»Allerdings«, gab Kelwitt zu bedenken, »werde ich so nicht schlafen können. Mit deinem Kopf auf der Brust.«

»Ich bleibe nicht so lange. Mir ist schon ganz kalt.«

Kelwitt gab einen leisen Laut des Bedauerns von sich. »Ihr seid eine seltsame Spezies«, meinte er dann.

»Danke gleichfalls«, erwiderte S'briina.

Dann schwiegen sie eine Weile. Er spürte ein Pochen, das aus ihrem Körper kam. Das musste das Schlagen ihres einen Herzens sein. Interessant, fand Kelwitt.

»Was gibt es eigentlich in eurem Leben«, wollte S'briina plötzlich wissen, »was euch richtig Spaß macht?«

»Spaß?«

»Ja, Spaß. Was gibt es bei euch richtig Tolles? Ihr werdet doch nicht bloß arbeiten und euch auf eure lustlose Weise fortpflanzen?«

»Nein, natürlich nicht.« Kelwitt überlegte. »Alles, was wir im Schwarm unternehmen, macht Spaß. Große Grundschleimerjagden zum Beispiel. Oder Formationsschwimmen – das machen wir manchmal einen ganzen Tag lang und noch bis tief in die Nacht hinein. Oder wenn wir gemeinsam Tangtauchen ...«

»Was macht am meisten Spaß? Ich meine, was ist für dich das Allertollste im ganzen Universum?«

Kelwitt dachte nach. Erstaunlich, wie ihn die Erinnerungen überfielen, an endlose Schwimmtänze mit ihren hypnotischen Rhythmen, die kraftvollen Bewegungen im Einklang mit den anderen, wie sie beim Tangsammeln pfeilgerade abtauchten in dunkel glühende Tiefen ... »In der Frostperiode gehen wir alle zu den Tropffelsen, versammeln uns darum und singen. Wir singen und singen, feuern uns gegenseitig an, immer lauter – so lange, bis das Eis vom Stein platzt und herabrieselt. In dem Moment verstummen wir, und dann sitzen wir nur da, horchen auf die Stille und das fast unhörbare Klingeln der herabfallenden Eiskristalle.« Er gab den Laut des sehnsüchtigen Verlangens von sich. »Das ist das Schönste im ganzen Universum.«

S'briina schien sich das durch den Kopf gehen zu lassen. »Eiskristalle«, sagte sie schließlich.

»Ja. Winzige Eiskristalle.«

»Das erinnert mich daran, dass mir kalt ist«, meinte sie und setzte sich auf. »Ich fühle mich selber schon wie ein Eiskristall. Zeit, dass ich in mein warmes Bett komme.«

»Jeder von uns muss gemäß seinen körperlichen Eigenarten handeln«, bestätigte Kelwitt.

»Genau«, nickte sie, stand auf und verließ die Schlafmulde. Sie ging hinüber in den Raum, in dem er die ersten Nächte geschlafen hatte, und kam mit einem großen Stofftuch zurück. »Es war, weil du morgen gehst«, sagte sie dann. »Ich wollte es wenigstens probiert haben. Es hätte mir mein Leben lang Leid getan, wenn ich es nicht probiert hätte.«

Kelwitt wandte den Kopf ab. Es juckte ihn regelrecht, wenn er mit ansah, wie sie sich die Haut absichtlich trockenrieb. »Probieren?«, fragte er. »Was wolltest du probieren?«

»Ach, nicht so wichtig«, erwiderte S'briina, hüllte sich nun ganz in das Tuch ein und las ihre Kleidungsstücke vom Boden auf. »Ich lass dich jetzt schlafen.«

»Gut«, meinte Kelwitt.

Den Türgriff in der Hand, blieb sie noch einmal stehen. »Du bist morgen früh noch da, oder? Die beamen dich nicht heute Nacht einfach hoch?«

»Nein«, versicherte er. »Über diese Technologie verfügen wir noch nicht.«

»Gut. Jedenfalls – geh nicht, ohne dich zu verabschieden, versprochen?«

Kelwitt machte die menschliche Geste der Bejahung. »Das verspreche ich.«

16

»DEIN EIGENES GELD?« Kaulquappe nestelte die Plastiktüte noch einmal auf, die Hase ihm in den Schoß gelegt hatte, und starrte die Geldscheine darin mit ganz anderer Ehrfurcht an. »Ich wusste gar nicht, dass man in unserem Beruf solche Ersparnisse anhäufen kann.«

»Das ist keine Frage des Berufs, sondern der Lebensgewohnheiten«, belehrte ihn Hase, ohne den Blick von der Fahrbahn zu nehmen.

Der Lastwagen war größer als alles, was er bisher gesteuert hatte. Ein Lastwagen mit Ladekran. Der Mann vom Mietpark hatte sich gewundert, wozu jemand an Heiligabend so ein Gerät brauchte, und ihm vor lauter Verwunderung einen Sonderpreis gemacht.

»Bei solchen Lebensgewohnheiten hättest du Mönch werden sollen.«

»Um genau zu sein, ein Teil des Geldes stammt von meiner Mutter.«

»Das beruhigt mich richtiggehend«, meinte Kaulquappe und griff in die bunt gemischten Geldscheine. »Und das sind wirklich vierzigtausend Mark? Sieht nach weniger aus.«

»Ja. Ich war auch ganz erschüttert.«

Mit einiger Fantasie und an den entsprechenden Orten war es doch fast so etwas wie eine weiße Weihnacht. Zumindest auf der Albhochfläche lag entlang den Straßen und Wegen, die sie fuhren, etwas Schnee, dicke, graue Wolken hingen vom Himmel herab, und silberner Raureif umklammerte die Äste der Bäume und Sträucher. Es war kalt, und die Luft roch feucht.

Kaulquappe drehte die Tüte wieder zu. »Ich hätte das nicht gemacht, ehrlich gesagt. Engagement gut und schön, aber das Risiko, dass die Firma sich irgendwie rausredet und mir das Geld nicht zurückerstattet, wäre mir zu groß. Ich meine, du hast ja keinen entsprechenden Auftrag, oder? Du machst das auf eigene Faust.«

Hase sah starr geradeaus. »Ich komme mit einem außerirdischen Fluggerät zurück. Wenn die mir das Geld nicht wiedergeben, gehört es mir. Mir ganz allein. Und *das* Risiko gehen sie nicht ein.«

Die Weihnachtsvorbereitungen im Hause Mattek vollzogen sich angesichts des bevorstehenden Abschieds von Kelwitt in ungewöhnlich wehmütiger Stimmung. Trotzdem ging natürlich alles seinen rituellen Gang. Zum Matttekschen Weihnachtsritual gehörte unter anderem, am Morgen des vierundzwanzigsten Dezember festzustellen, dass noch nicht alle für die Feiertage notwendigen Einkäufe erledigt waren, was dann zur Folge hatte, dass Wolfgang Mattek sich im restlos überlaufenen Supermarkt vor der Kasse die Beine in den Bauch stand, einen Einkaufswagen mit zwei Bechern saurer Sahne, einer Tube Tomatenmark und einer Dose Waldpilze vor sich herschiebend, Nora Mattek im überfüllten Metzgerladen um die Aufmerksamkeit der Verkäuferinnen rang, Sabrina die verschiedenen Bäcker nach den zwei letzten Weißbroten des Stadtviertels ablief und Thilo sich auf der Jagd nach Christbaumkerzen durch die Drogerie kämpfte. Als sie wieder zu Hause anlangten, stellten sie fest, dass Kelwitt inzwischen erledigt hatte, was er seit Tagen angekündigt hatte, nämlich sich zu entleeren. Was man sich darunter vorzustellen hatte, war nicht aus ihm herauszubringen gewesen, und auch jetzt war er nicht geneigt, sich darüber näher auszulassen. Es roch ein wenig ungewohnt in der unteren Toilette: Das war alles, was der geheimnisvolle körperliche Vorgang des Jombuuraners an Spuren hinterlassen hatte.

»Bescherung!«, sagte Hase, als sie vor dem Gasthof hielten.

Kaulquappe deutete mit dem Kinn zu dem Fenster hin, hinter dem großäugig das Gesicht des Brunnenwirts auftauchte. »Für ihn auf jeden Fall.«

Der Brunnenwirt begrüßte sie knapp und fragte als Erstes, ob sie das Geld hätten. Als Hase ihm das bestätigte, nickte er zufrieden und ließ seinen Blick über den Lastwagen und den Ladekran darauf schweifen. »Gut«, sagte er dann, wobei für einen Augenblick ein seltsamer Ausdruck über sein Gesicht huschte. Irgendwie spöttisch. Verächtlich. Als plane der Wirt eine ganz große Verlade. Hase fühlte, wie ihm der Schweiß ausbrach.

»Also gut«, sagte der Brunnenwirt noch mal. »Ich krieg' mein Geld, dann zeig' ich euch, wo das Ding liegt. Das war abgemacht, oder?« Er streckte die Hand aus.

Hase zögerte. Versuchte zu verhandeln. Aber der untersetzte Mann blieb stur wie ein Esel. Über Deals wie »Die Hälfte jetzt, den Rest, wenn wir das Fluggerät haben« wollte er nicht einmal reden. Schließlich händigte der Agent ihm die Plastiktüte mit dem Geld aus und hoffte das Beste.

Der Brunnenwirt war bestens vorbereitet. Er zog eine Geldbombe aus einer Tasche seines voluminösen Wintermantels, zählte Schein für Schein vor ihren Augen hinein, dann gingen sie gemeinsam zur Bank auf der anderen Seite des Platzes, die bereits geschlossen hatte, und die beiden Agenten sahen zu, wie das Geld im Nachttresor verschwand. »Für alle Fälle«, kommentierte der Brunnenwirt.

Hase wurde das Gefühl nicht los, am kürzeren Hebel zu sitzen. Am entschieden kürzeren Hebel.

»Geh'n wir erst mal hin«, meinte der Mann am längeren

Hebel und setzte sich in Bewegung. Die beiden Agenten folgten ihm mit skeptischen Gesichtern.

Sie marschierten durch das halbe Dorf bis zu einem am Rand einer Wiese gelegenen Garten, der einen traurig vernachlässigten Anblick bot. Verrosteter, teilweise niedergedrückter Maschendraht umzäunte eine Hand voll niedrig abgesägter Baumstämme und zwei Reihen verwelkter, von vereistem Gestrüpp umrankter Stangenbohnen. Hier hatte schon lange niemand mehr gepflanzt, geschweige denn geerntet. Ein paar Maschinen standen auf dem vergilbten Gras, ein Pflug, eine Egge, eine Sämaschine, ein Traktor, der von einer grauen Plane verdeckt wurde. Dahinter senkte sich der Boden hin zu einer Abdeckung, die den Zugang zu einem tief eingegrabenen, bunkerartigen Gewölbekeller verschloss.

Der Brunnenwirt deutete auf die schweren, sicherlich vor langer Zeit geschmiedeten Ringe an den beiden Klappen der Abdeckung. »Einfach hier dran ziehen«, sagte er. »Es ist nicht abgeschlossen.«

Nachmittags legte sich die Betriebsamkeit des Vormittags, wandelte sich zu emsiger Geschäftigkeit. Vater Mattek holte den am Vortag gekauften Tannenbaum herein und befestigte ihn mit Hilfe seines Sohnes im Christbaumständer. Seine Tochter trug die Kartons mit dem Weihnachtsschmuck aus dem Keller hoch. Und seine Frau fuhrwerkte in der Küche herum, um die Gans in die Bratröhre zu bekommen, von wo aus sie in späteren Stunden nach und nach das ganze Haus mit einem köstlich verheißungsvollen Duft erfüllen sollte. Wie immer würde es Klöße und Rotkraut geben und dazu einen guten Wein, den Vater Mattek kurz vor der Bescherung aus den Beständen seines Weinkellers auswählen würde.

Kelwitt schien an diesem Nachmittag überall im Weg zu

stehen. Er konnte es nicht lassen, die Tannenzweige neugierig zu befummeln, und zuckte mit einem unhörbaren Aufschrei zurück (der allerdings die per Ultraschall fernsteuerbare Schließautomatik der Wohnzimmergardinen in Betrieb setzte), als er merkte, wie spitz die Nadeln waren. Er untersuchte die goldenen Christbaumkugeln, betrachtete sich darin und zerbrach natürlich prompt eine, die allerdings vom Vorjahr bereits einen Sprung gehabt hatte. Lametta faszinierte ihn maßlos. Einige der kleinen Engel drehte er so lange in seinen feuchten Fingern, bis die goldene Farbe der Flügel abging. Sabrina versuchte ihm anhand der Krippenfiguren den Hintergrund des Weihnachtsfests zu erklären, und der Außerirdische nickte auch kräftig zu allem, was sie sagte; trotzdem wurde sie das Gefühl nicht los, dass er nicht einmal im Ansatz verstand, wovon sie redete.

Später raschelte überall im Haus das Geschenkpapier. Die Spannung stieg, je dunkler es wurde. Die ersten Kerzen wurden angezündet, auf dem Esstisch, im Flur, auf dem Wohnzimmertisch. Die Gans schmurgelte im Ofen, und es roch im ganzen Haus nach Weihnachten.

»Ist es nicht ein merkwürdiger Zufall, dass Heiligabend und der Abschied von Kelwitt zusammenfallen?«, fragte Wolfgang Mattek seine Frau.

Nora Mattek sah versonnen in eine Kerzenflamme. »Vielleicht ist es kein Zufall«, meinte sie.

»Wie meinst du das?«

»Nur so.« Sie zuckte die Schultern. »Vielleicht gibt es überhaupt keine Zufälle.«

Sie traten auf Rübenschnitzel und faulige Kartoffeln. Kaulquappe hatte daran gedacht, eine starke Taschenlampe mitzunehmen, und funzelte nun nervös damit durch die Dunkelheit.

»Normal stell' ich hier meine Maschinen rein«, erklärte

der Brunnenwirt. »Aber jetzt war nicht mehr genug Platz, deshalb hab' ich sie rausgetan.«

Das Fluggerät sah hier in dem niedrigen, dunklen Gewölbekeller ganz anders aus, als Hase es in Erinnerung hatte.

Der erste Eindruck war: klobig. Irgendeine Form war nur schwer zu erkennen. Es sah aus wie ein Kleinbus, der in die Hände eines wahnsinnigen Künstlers geraten war, eines Künstlers, der in seinem sonstigen Schaffen bevorzugt Öltanks zu Kunstwerken umschweißte oder Eisenbahnschienen zu Skulpturen wand. Klobig, unförmig, fremdartig.

Fremdartig, genau. Das Ding hockte da auf dem festgetretenen Erdboden und sah markerschütternd fremdartig aus.

»Unglaublich«, hauchte Kaulquappe.

»Ja«, nickte Hase.

»Wirklich«, bekräftigte Kaulquappe. »Ich hab's bis vorhin nicht wirklich geglaubt.«

Hase starrte das metallene Artefakt an. »Und ich fang' gerade an, es nicht mehr zu glauben.«

Kaulquappe sah sich um. »Wie kriegen wir das hier heraus?«

»Da bin ich auch mal gespannt«, ließ sich der Brunnenwirt aus dem Hintergrund vernehmen. »Ich tät' nämlich meine Maschinen gern wieder hier 'runterstellen.«

Hase knurrte unwillig.

»Raus kriegen wir es so, wie er es hereingekriegt hat. Bloß umgekehrt.«

»Ha!«, machte der Brunnenwirt.

Hase trat auf das fremde Gebilde zu. Da waren genug Haken, Vorsprünge, Ösen, an denen sich ein Zugseil befestigen ließ. Zuerst mussten sie es ins Freie ziehen. Beim Aufladen würde wahrscheinlich das halbe Dorf gaffen – na wenn schon. Er fasste nach einer vielversprechend aussehenden Traverse, um ihre Festigkeit zu prüfen.

Etwas schimmerte auf an der Stelle, an der er das Ding berührte, bläulich, breitete sich huschend aus wie Wellen auf einem Teich, der still gelegen hatte bis dahin, fühlte sich an wie eine feste Umhüllung aus unnachgiebiger Plastikfolie.

Hase zuckte zurück, versuchte es noch einmal. Dasselbe wieder.

»Was ist denn das?«, fragte Kaulquappe.

»Das macht's, seit's da liegt«, rief der Brunnenwirt, der immer noch beim Eingang stand.

»Leucht mal her«, sagte Hase. Im Schein der Taschenlampe wiederholte er die Berührung, und nun sahen sie beide, was es damit auf sich hatte: Wenige Millimeter über der Oberfläche des Geräts stoppte ein unsichtbares Etwas die Finger.

»Wie im Film«, meinte Kaulquappe. »Ein Energiefeld oder so was.«

Hase nickte. »Ja. Mit dem sich das Gerät abschirmt. Ganz schön clever.«

»Und was machen wir jetzt?«

Hermann Hase, Agent des Bundesnachrichtendienstes, Codename Ochsenfrosch, hob den Kopf und sah sich mit einem coolen James-Bond-Gesicht um. »Soll es sich doch abschirmen, wie es will. Die Zugtrosse ist lang genug. Wir legen sie um das ganze Ding herum und ziehen es heraus.«

Die tranchierte Gans duftete, die Knödel dampften, das Rotkraut glänzte. Wie immer saß der Herr des Hauses am Kopfende der Tafel und verwaltete den Rotwein. Das andere Ende des Tisches war mit weißem Wachstuch abgedeckt, sodass Kelwitt sich in Ruhe dem Weihnachtsmahl widmen konnte, das er sich nach einigen Experimenten in der Küche zusammengestellt hatte: zwei rohe, gewaschene Kartoffeln, drei leicht gedünstete Möhren, dazu eine Hand voll gesalzener Gummibärchen.

»Hat es dir bei uns denn gefallen, Kelwitt?«, fragte Wolfgang Mattek in das andächtige Schweigen hinein, das Klirren des Bestecks und die vielfachen Kaugeräusche, unter denen besonders die Kelwitts auffielen, die gleichzeitig wie das Schwirren von Insektenflügeln und das Krachen eines Nussknackers klangen.

»Ja«, sagte Kelwitt kauend. Bei ihm war das nicht Unhöflichkeit; schließlich sprach er in Wirklichkeit mit der Stimmritze auf der Oberseite seines Kopfes.

»Aber als Orakel hat dir diese Reise nicht viel genutzt, oder?«, fragte Sabrina.

Kelwitt nickte. »Vielleicht ist das nicht so wichtig«, erklärte die metallene Stimme aus seiner Schulterspange, immer noch mit dem Akzent der Schwäbischen Alb.

»Was wirst du machen, wenn du zu Hause bist?«

»Ich weiß es noch nicht. Vielleicht bleibe ich in der Donnerbucht.«

Wolfgang Mattek ließ sich noch ein Stück Gans geben und einen weiteren Knödel dazu. »Werden wir auf der Erde nun weiteren Besuch von deinem Volk bekommen? Jetzt, wo ihr uns entdeckt habt, meine ich.«

Kelwitt ließ sich Zeit mit der Antwort. »Ich glaube nicht«, sagte er dann.

»Hmm«, machte Wolfgang Mattek.

Es war ein hartes Stück Arbeit gewesen. Weil das Tor zu dem Gartengrundstück nicht breit genug gewesen war, hatten sie den Zaun an die zehn Meter weit abgebaut, um den Lastwagen in Position bringen zu können. Die Zugtrosse reichte doch nicht so reichlich um das außerirdische Fluggerät herum, wie sie gedacht hatten, sondern nur ganz knapp, und sie hatten ordentlich manövrieren, zerren und ziehen müssen, ehe der Haken um das Drahtseil einschnappen konnte.

Der Brunnenwirt war eine Weile dabeigestanden, natürlich ohne einen Finger zu ihrer Hilfe zu rühren, sich dann aber, als es anfing, dunkel und spät zu werden, verabschiedet. Sie müssten verstehen, immerhin sei Weihnachten, seine Frau und die Kinder warteten auf ihn.

Weihnachten, genau. Deswegen gaffte das Dorf doch nicht. Im Gegenteil, die beiden Agenten schufteten unbeachtet in der anbrechenden Dämmerung und mussten mit ansehen, wie in den Häusern des Dorfes, das ihnen sozusagen den Rücken zuzukehren schien, die Lichter angingen, gelb und warm in der kühl-grauen Landschaft, und wie Vorhänge vorgezogen wurden vor diese gelben, warmen Lichtecke oder Rollläden herunterrasselten. Sie schwitzten, stapften mit ihren Stadtschuhen in zähem Dreck umher, schrien sich mit dampfenden Mündern Manövrieranweisungen zu, während dort drinnen wahrscheinlich große Kinderaugen auf Christbäume und brennende Wunderkerzen schauten.

Unter der Berührung des Stahlseils funkelte das fremde Raumschiff auch wie eine Wunderkerze. Hase gab das Zeichen. »Los!«, schrie er dazu. »Noch mal!« Kaulquappe saß am Gaspedal, dazu reichte es auch ohne LKW-Führerschein. Der Motor heulte auf, das Zugseil straffte sich zu einer gespannten Saite, und die Stollen der Räder fraßen sich in die zähe Grasnarbe. Ansonsten bewegte sich nichts.

»Das Ding muss irgendwie festhängen!«, rief Kaulquappe aus dem Fenster der Fahrerkabine.

»Das hängt nirgends fest! Du musst nur richtig drauftreten!«

»Mach' ich doch!« Und wirklich, der Motor heulte geradezu jammervoll.

Hase stürmte nach vorn. »Lass mich mal«, forderte er, schwang sich auf den Fahrersitz, den Kaulquappe widerwillig räumte, und trat selber voll auf das Pedal. Nichts. Das Gerät rührte sich nicht von der Stelle.

Er ließ den Motor sich beruhigen und drehte dann die Zündung ab.

»Ein Fluggerät kann doch unmöglich so schwer sein«, meinte Kaulquappe.

»Vielleicht hat dieser alte Fuchs es irgendwie im Boden verankert«, überlegte Hase. »Festbetoniert oder so was. Schließlich hat er es ja auch hertransportiert, mit seinem ollen Traktor.«

»Wir könnten versuchen, es mit dem Wagenheber anzuheben«, schlug Kaulquappe vor.

»Gute Idee.«

Der Wagenheber war ein wahres Monster, und wenn jemand behauptet hätte, es sei der Wagenheber eines Bundeswehrpanzers, die beiden hätten ihm sofort geglaubt. Zu zweit schleppten sie das Ding in den Gewölbekeller hinab und brachten es mit allerlei Flüchen, gestoßenen Zehen und Unterleghölzern so an, dass es das gedrungen daliegende Raumschiff trotz seiner Abschirmung fasste. Dann begannen sie zu kurbeln.

Das ging, bis der Wagenheber voll ausgefahren war, dann ging nichts mehr. Die Hölzer knirschten und knackten ein bisschen, als sie beide mit aller Gewalt die große Kurbel noch einen Millimeter weiterpressten, aber das war es dann auch.

»Ooh!«, stöhnte Kaulquappe. »Das wiegt ja hundert Tonnen!«

Hase starrte die fremde Flugmaschine fassungslos an. »Es macht sich schwer!«, kam ihm die Erleuchtung. »Klar. So ein Ding muss ein künstliches Schwerkraftfeld haben, und das hat es jetzt umgepolt und macht sich so schwer damit, dass wir es nicht von der Stelle kriegen. Wahrscheinlich nicht mal, wenn wir mit den größten Hebekränen kommen, die es gibt.«

»Was? Wozu soll das gut sein?«

»Ist doch klar.« Hermann Hase waren die Zusammenhänge jetzt vollkommen klar. Noch nicht so ganz klar war ihm, ob das alles gut oder schlecht war für ihn und das Geld seiner Mutter. »Das Raumschiff hat sich abgeschirmt und krallt sich an den Platz, wo es liegt. Das kann nur heißen, es wartet darauf, dass sein Besitzer zurückkehrt.«

Die Schallplatte mit den Weihnachtsliedern war der einzige regelmäßige Gast auf Wolfgang Matteks altmodischem Plattenspieler. Ansonsten ergab es sich höchstens ein, zwei Mal pro Jahr, dass er einmal eine seiner alten Jazzplatten aus dem Schrankfach kramte, in dem seine Sammlung vor sich hin staubte, und auflegte. An Heiligabend aber, wenn Kerzen und Wunderkerzen am Tannenbaum angezündet wurden, schmetterte stets ein großer Knabenchor sein *Stille Nacht, Heilige Nacht*. Bei *Leise rieselt der Schnee* umarmten sich alle – was diesmal zu feuchten Flecken auf der Kleidung führte, weil Kelwitt sich heftig daran beteiligte. Und bei *Süßer die Glocken nie klingen* ging es ans Auspacken der Geschenke.

Kelwitt schien von der Musik nichts mitzubekommen. Offenbar war das Übersetzungsgerät nicht im Stande, ihm einen Eindruck davon zu verschaffen, und Wolfgang Mattek zweifelte keinen Moment daran, dass der Frequenzgang seiner betagten Lautsprecherboxen weit davon entfernt war, den Ultraschallbereich zu berühren, in dem Kelwitt hörte.

Die Wunderkerzen waren ihm zu grell. Er musste die Hände vor die Augen halten, bis die ersten beiden knisternd und Funken sprühend abgebrannt waren, und danach verzichteten sie darauf, die übrigen anzuzünden.

Und dann die Geschenke. Sie hatten sich alle in den letzten Tagen irgendwann fortgestohlen, um jeweils ein Geschenk für Kelwitt zu besorgen, und Kelwitt war maßlos begeistert davon, etwas geschenkt zu bekommen; einen entsprechenden Brauch schien man auf Jombuur nicht zu kennen. Nora schenkte ihm ein kleines Büchlein, das ›*Weisheiten aus drei*

Jahrtausenden‹ versammelte, Wolfgang einen Bildband ›*Die schönsten Naturlandschaften der Erde*‹, dessen Seiten aus gutem Kunstdruckpapier und nahezu feuchtigkeitsbeständig waren. Sabrina hatte ein aktuelles Familienfoto vergrößern lassen und wasserdicht in einen Rahmen aus durchsichtigem Plastik eingepasst, was ein sehr hübsches Erinnerungsstück abgab. Und Thilo schenkte Kelwitt einfach einen Schwamm. Wozu der gut war, mussten sie ihm erst zeigen, aber dann war Kelwitt überaus angetan. Er nahm sich eine Schüssel Wasser mit ins Wohnzimmer und tauchte im Lauf des Abends immer wieder den Schwamm hinein, um ihn dann auf seinem Kopf langsam auszudrücken, was ihm sichtliches Behagen zu bereiten schien.

»Das wäre ein Exportartikel für Jombuur«, meinte Wolfgang Mattek.

Dann begann das Warten.

Tik hatte den vereinbarten Flugplan des Mutterschiffs auf irdische Zeit umgerechnet und war zu dem Ergebnis gekommen, dass es an diesem Abend gegen halb zehn Uhr wieder im Sonnensystem ankommen würde. Unmittelbar danach würde der kleine Computer auf Kelwitts Schulter Funkkontakt mit dem Raumschiff aufnehmen. So, wie er es dargelegt hatte, war das ungeachtet der riesigen Entfernungen zwischen den Planeten so simpel wie telefonieren.

Und dann würde man kommen, um Kelwitt abzuholen.

Die Kerzen glommen, knisterten ab und zu. Die Uhr an der Wand tickte langsam dahin. Zum ersten Mal überhaupt fiel ihnen auf, dass sie überhaupt ein Geräusch machte.

»Tja«, machte Wolfgang Mattek und räusperte sich mehrmals, »mir fällt noch so manches ein, was ich die ganze Zeit fragen wollte ...«

Sabrina sah unglücklich drein.

Thilo kaute das Ende des Lederriemchens weich, das er um den Hals trug; ein Geschenk Sybillas. Nora faltete geräuschvoll das benutzte Geschenkpapier zusammen. »Wie werdet ihr eigentlich regiert auf Jombuur? Ich meine, gibt es so etwas wie einen Präsidenten, einen König? Oder wie ist das organisiert?«

Kelwitt fiel in seine gewohnte, filigrane Gestik zurück. »Das weiß ich nicht so genau«, meinte er. »Es gibt Ratsversammlungen, glaube ich, zu denen jeder Schwarm einen Vertreter entsendet. Der Donnerbuchtrat bestimmt dann wieder einen Vertreter für den Rat der Südküste, und immer so weiter.«

»Direkte Demokratie also«, konstatierte Wolfgang Mattek. »Eine Räterepublik, sozusagen.«

»Außerdem gibt es verschiedene Schwärme, die für bestimmte Dinge zuständig sind. Die Wächter. Die Wanderer. Die Untersten. Vor allem die Untersten sind wichtig; sie stellen die Regeln auf, machen die Gesetze, schlichten Streitigkeiten und so weiter.«

»Die Untersten? Das klingt eher, als ob es die Obersten seien.«

Kelwitt machte eine Geste, die sie inzwischen schon als Ausdruck der Verwunderung zu identifizieren gelernt hatten. »Sie heißen eigentlich *Die Untersten Diener*, weil alles andere aufbaut auf dem, was sie tun. So sagt man bei uns. Einer, der zu den Untersten geht, muss zuerst auf ihre Schule im Tiefland, und das fast doppelt so lang wie jemand, der zu den Sternfahrern geht.«

»Hmm«, machte Mattek verwirrt.

»Glaubt ihr«, schaltete sich Nora ein, »an ein höchstes Wesen? An ein Weiterleben nach dem Tod? Solche Dinge?«

»Manche tun es«, erklärte Kelwitt langsam, »manche nicht. Ich weiß nicht, was ich selber glauben soll.«

»Aber...?«, begann Wolfgang Mattek, als seine Tochter sich nach hinten in die Sofakissen fallen ließ und einen gequälten Schrei losließ.

»Oh, Mann!«, ächzte sie. »Er war jetzt eine geschlagene

Woche da – ihr werdet's nicht mehr in die letzten anderthalb Stunden packen, was ihr die ganze Zeit versäumt habt!«

Also schwiegen sie wieder. Tickte die Uhr wieder. Mattek versuchte eine Verteidigung, dass er ja zu tun gehabt habe, das Silvestergeschäft und der Jahrtausendwechsel dazu, aber das kannten sie alle schon, und er glaubte sich selber kaum. Kelwitt hielt seine neuen Besitztümer auf dem Schoß, und sie redeten über dies und das. Die Zeiger schritten voran. Sie hatten einen Außerirdischen zu Gast gehabt, eine ganze Woche lang, und nun ging es zu Ende. Wenn es herauskommen sollte, würden sie in die Geschichtsbücher eingehen oder ins Gefängnis kommen oder beides. Für Wissenschaftler der ganzen Welt würde ihr Familienname zum Schimpfwort werden ob der vergebenen Chancen, ein wirkliches Lebewesen von einem anderen Stern zu untersuchen, zu erforschen, es der vollen Breitseite moderner Untersuchungsmethoden auszusetzen und dann Hunderte gelehrter Abhandlungen darüber verfassen zu können, ach was, Tausende, zehnmal mehr als über den mumifizierten Urmenschen aus den Ötztaler Alpen jedenfalls.

Die Uhr tickte.

Thilo stand auf und trat an die Tür zur Terrasse, schaute hinauf in den bewölkten Himmel, aber da war kein Leuchten jenseits der Wolken, kein lichtfunkelndes Ungetüm, das sich lautlos herabsenkte. Noch nicht.

Nora Mattek holte noch einmal den Fotoapparat, knipste noch einmal ein paar Bilder. »Ich werd' sonst morgen nicht mehr glauben, dass das alles wirklich passiert ist«, sagte sie, als müsse sie sich entschuldigen.

Kurz vor halb zehn. Gut, es würde eine Weile dauern, bis das Raumschiff die Erde erreicht hatte. Aber höchstens ein paar Stunden.

Kelwitt griff in seinen Umhängebeutel und holte das Buch heraus, das er dabeigehabt hatte. Er reichte es Nora. »Das schenke ich euch«, erklärte er.

Nora nahm es beeindruckt entgegen. »Danke.«

»Brauchst du das denn nicht mehr?«, fragte Thilo. »Um das Orakel zu deuten?«

»Ich kann ein anderes besorgen«, erklärte Kelwitt. Die Uhr rückte vor. Halb zehn.

Atem anhalten. Sie wechselten betretene Blicke, fingen schon an, den Moment des Abschieds, wenn er denn kommen musste, herbeizusehnen, weil dann der Schmerz endlich vorbei sein würde.

»Und?«, fragte Mattek, als es auf zehn Uhr zuging.

»Nichts«, sagte Kelwitt. »Tik hat noch keinen Kontakt.«

Ein Auto bog in die Straße ein, ein alter, lauter Diesel, und hielt vor dem Nachbarhaus. Gelächter war zu hören, laute Begrüßungen, bis die Haustür ins Schloss fiel und wieder alles ruhig war.

Es wurde halb elf, elf, Mitternacht. Und Kelwitts Mutterschiff meldete sich nicht.

»Tik?«

»Ich bin bereit.«

»Wird das Schiff kommen?«

»Diese Frage kann nicht mit Sicherheit beantwortet werden.«

Kelwitt starrte in die Dunkelheit. Das Wasser in der Schlafmulde roch unangenehm. Als sie schließlich, spät in der Nacht, endlich doch alle schlafen gegangen waren, hatte niemand mehr daran gedacht, es zu wechseln.

»Sind sie einfach weitergeflogen, weil ich nicht am vereinbarten Treffpunkt war?«

»Nein. Das entspricht nicht der Praxis von Orakelfahrten. Das Schiff ist bis jetzt nicht in das Sonnensystem von Kelwitts Stern zurückgekehrt.«

»Wieso nicht? Es war doch so ausgemacht?«

»Ja. Allerdings war ein Zeitraum vereinbart, der noch

nicht verstrichen ist. Selbst wenn das Schiff nach lokaler Zeitrechnung morgen um fünfzehn Uhr ankäme, wäre es immer noch im Flugplan.«

»Das heißt, spätestens morgen kommt es?«

»*Nein. Es heißt nur, dass noch kein Grund zu Beunruhigung besteht.«*

»Und wenn es morgen um fünfzehn Uhr auch nicht kommt? Was ist dann?«

»*Dann ist der wahrscheinlichste Grund, dass der Flugplan aus irgendeinem Anlass geändert wurde. Das ist häufig erforderlich, insbesondere auf Schiffen, die Handelswaren befördern.«*

Er hatte diesmal allen versprechen müssen, nicht zu gehen, ohne sich zu verabschieden. Das schien ihnen sehr wichtig zu sein. Aber würde er überhaupt gehen? Die Schmerzen in seinen Schultern waren wieder da. Und die ungewohnte irdische Nahrung schien ihm auch nicht gut zu bekommen.

»Kann es verunglückt sein?«

»*Grundsätzlich ja. Allerdings ist dies sehr unwahrscheinlich.«*

»Kann es sein, dass man mich vergessen hat?«

»*Das ist nicht auszuschließen, ist aber ebenfalls sehr unwahrscheinlich.«*

»Und wenn sie mich doch vergessen haben? Wenn sie nicht zurückgekehrt, sondern einfach ohne mich weitergeflogen sind?«

»*Spätestens bei der Rückkehr nach Jombuur würde der Irrtum bemerkt und ein Ersatzflug gestartet werden.«*

Kelwitt lauschte auf das Schlagen seiner Herzen. Ihm war, als würde sein Blut allmählich zähflüssiger werden. Sein ganzer Körper fühlte sich brüchig, morsch und ausgetrocknet an. »Bis dahin wäre ich längst tot.«

»*Das ist in der Tat sehr wahrscheinlich.«*

Es war so still, so elend still in der Höhle des Mattek-

Schwarms. Er sehnte sich nach dem Ton des Meeres, dem Gesang der Brandung, dem Klang der Donnerbucht. Nur wieder zu Hause sein, dort, wo er hingehörte und von wo er nie hätte fortgehen sollen.

»Tik?«

»*Ich bin immer noch bereit.*«

»Was soll ich denn jetzt tun?«

»*Verdunkle deine Augen und schlafe. Wenn das Schiff kommt, werde ich es dich sofort wissen lassen.*«

17

ALS WOLFGANG MATTEK am Morgen des ersten Weihnachtstages erwachte, sah er seine Frau mit hellwachen, weit geöffneten Augen auf dem Rücken liegen und an die Decke starren. Gerade so, als mache sie das schon seit Stunden. »Was ist los?«, fragte er schlaftrunken.

»Ich mache mir Sorgen«, sagte Nora.

»Sorgen? Was für Sorgen?«

»Um Kelwitt.«

»Ach so.« Sein schläfriges Gehirn verstand die Zusammenhänge nicht wirklich.

»Was ist, wenn er stirbt? Wenn er bei uns, in unserem Haus, stirbt?«

»Ach komm ... So schlimm wird es schon nicht werden.« Er wälzte sich herum, an ihre Seite, legte den Arm um sie. Sie blieb stocksteif liegen. »Sie werden ihn holen.«

»Und wenn nicht?«

»Ich stelle Feuerwerksraketen her, keine intergalaktischen Raumschiffe. Wenn seine Leute ihn nicht retten, dann können wir ihm auch nicht helfen. Das ist bedauerlich, aber nicht zu ändern. Nicht mal, indem wir uns Sorgen machen.« Endlich schien sie seine Nähe wahrzunehmen, kuschelte sich mit dem Rücken an ihn und legte die Hand über seinen Arm. »Weißt du«, meinte sie, »ich kann so gut nachfühlen, wie es ihm gehen muss. Er ist ganz allein auf dieser Welt, ein Fremder auf diesem Planeten, und alles, was er will, ist, nach Hause zurückzukehren – zu einem Zuhause, das so unvorstellbar weit entfernt liegt, dass es wehtut, nachzudenken über den Abgrund, der ihn von dort trennt. Und er ist hier zwischen Wesen, die ganz anders sind als er, die anders aussehen, anders reden und hören, andere Sitten und Gebräuche haben und die Feste feiern, deren Sinn er nicht versteht. Es gibt nichts zu essen für ihn, nicht wirklich jedenfalls, und wenn er nicht bei uns Unterschlupf gefunden hätte, säße er jetzt vielleicht in irgendeinem Laboratorium gefangen und würde untersucht wie eine neu entdeckte Tierart ...«

Mattek drückte sein Gesicht in ihre Haare. Er mochte, wie es morgens roch. »Manchmal habe ich das Gefühl, du bist auch so eine Fremde auf diesem Planeten.«

Nora sagte nichts, sondern drückte nur seinen Arm. Ihren warmen, vertrauten Rücken zu spüren ließ ihn allmählich wieder wegduseln. Später war er sich nicht mehr sicher, ob er sie tatsächlich noch antworten gehört oder ihre Antwort nur geträumt hatte.

»Ja«, hatte sie irgendwann gesagt. »Ich auch.«

Das Frühstück am Morgen des ersten Weihnachtstages war ebenso Tradition wie das Essen an Heiligabend. Doch die Familie hatte sich gerade am Tisch versammelt, die ersten Toastbrote brutzelten noch im Toaster, und der Kaffee war noch nicht eingeschenkt, als sie hörten, wie Kelwitt oben die Tür des Gästezimmers öffnete und schloss und es gleich darauf einen dumpfen Schlag tat.

Sabrina war die Erste, die aufsprang. Die anderen folgten, und Wolfgang Mattek dachte noch daran, den Toaster abzuschalten. Als sie oben ankamen, war es genau so, wie es sich angehört hatte: Kelwitt war bewusstlos zusammengebrochen und lag mit fahlweißen Augen auf dem Boden.

»Was machen wir jetzt?« In Noras Augen flackerte Panik.

Sabrina kniete bei ihm, fühlte an seinen Seiten. »Die Herzen schlagen noch«, erklärte sie mit dünn klingender Stimme.

Man sah ihn auch noch atmen, wenn man genau hinsah.

Nach und nach huschten wieder die ersten schwarzen Schlieren über seine großen Augen, und kurz darauf kam er wieder zu sich. »Mir geht es gar nicht gut«, klagte er.

Nora war es, die dann die Idee hatte, ihm ein Salzbad zu verabreichen. So schleppten sie ihn ins Badezimmer, lösten in entsetzlich kaltem Wasser zwei komplette Haushaltspackungen Salz auf – die gesamten Vorräte –, setzten ihn hinein und übergossen ihn wieder und wieder damit. Und das schien ihm tatsächlich gut zu tun.

Unterdessen schickte Nora Wolfgang in den Keller, den Liegestuhl zu holen, den er einmal von einem Lieferanten geschenkt bekommen und den so gut wie nie jemand benutzt hatte, weil er so unbequem und hart war, und darauf packten sie Kelwitt dann, in klatschnasse Badetücher gewickelt, auf eine Wachstischdecke mitten ins Wohnzimmer.

»Wir müssen etwas unternehmen«, sagte Nora.

Lothar Schiefer verbrachte die Weihnachtsfeiertage allein. Wieder einmal. Seine derzeitige Hauptfreundin war dummerweise verheiratet und Mutter zweier Kinder, mit denen sie über die Festtage heile Familie spielen wollte, was er zähneknirschend hatte akzeptieren müssen. Zwar gab es für derartige Notfälle eine Nebenfreundin, doch die war für zwei Wochen in die Dominikanische Republik geflogen, ohne ihn, womöglich mit einem anderen Mann, von dem er noch nichts wusste. Und der ihn, wenn er es recht überlegte, auch nichts anging.

Na ja, und wenn schon. Wer brauchte denn das Weiberpack zum Glücklichsein? Das Fernsehprogramm bot, wie immer an Weihnachten, Unerträgliches, also hatte er sich einen Stapel Videos geholt und reingezogen, was auf seinem neuen riesigen 16:9-Apparat besser als Kino war. Besonders, wenn man dabei auf einem weichen Sofa aus schneeweißem Veloursleder lümmeln und nach und nach eine Flasche eines wunderbaren, sündhaft teuren alten schottischen Whiskys niedermachen konnte, der einen tief schlafen ließ und am nächsten Morgen keinen dicken Kopf machte.

Nun war dieser nächste Morgen, und Mattek fiel ihm wieder ein. Mattek mit seinem schmutzigen kleinen Geheimnis. Er konnte nur absolut glasklare Freunde akzeptieren. Wenn sie schon Geheimnisse hüteten, dann bitte so, dass er erst gar nicht auf die Idee kam, sie hätten welche. So machte er es schließlich auch.

Das Wohnzimmer sah schlimmer aus, als er es in Erinnerung hatte. Und die Putzfrau kam erst Montag wieder. In seiner Wahrnehmung existierte sie nur als dienstbarer Geist, der ihn abends eine strahlend saubere Wohnung vorfinden ließ, wo morgens noch ein Schweinestall gewesen war. Er durfte nicht vergessen, ihr das Weihnachtsgeld hinzulegen. Dienstbare Geister musste man sich mit großzügigen Gaben gewogen halten. Es machte ihm Mühe, von ihr als einer normalen Frau zu denken, obwohl er natürlich genau wusste, mit wem sie verheiratet war und wie viele Kinder sie hatte und für wen sie außerdem noch arbeitete.

Doch was Mattek ihm verheimlichte, wusste er nicht. Schlimmer noch, er hatte nicht einmal eine Vorstellung, was es sein mochte. Er fegte ein paar Chipstüten vom Sessel auf den Boden, beschloss, später selber ein bisschen aufzuräumen, und fischte das Telefon unter dem achtlos darübergeworfenen Pullover hervor. Wobei er einen hässlichen Fleck an dem Teil bemerkte, verdammt, und das hatte zweitausend Mark gekostet! Er pfefferte es wütend auf die Couch und hackte Matteks Nummer in die Tastatur.

Mattek ging selber ans Telefon, und er klang etwas bedrückt. Vielleicht hatte er Streit mit Nora, war es das? Lothar wünschte ihm jedenfalls erst einmal frohe Weihnachten, der Familie auch, das übliche Gesülze eben, aber Mattek schien sich ehrlich zu freuen.

»Was ich noch sagen wollte ...«, setzte er dann zum Angriff an. »Neulich, Mittwochabend, bei unserem Männerabend – ich hatte das Gefühl, du schleppst irgendein Problem mit dir herum.«

Peng. Ruhe am anderen Ende erst mal. Erschrockene Ruhe. Dann, zögernd, verdammt schlecht geheuchelt: »Ein Problem? Was für ein Problem denn?«

Lothar dachte nicht daran, auf dieses durchsichtige Ablenkungsmanöver einzusteigen. »Was auch immer es ist, ich bin überzeugt, es würde dir helfen, mal mit einem guten Freund darüber zu reden. Von Mann zu Mann. Das wollte ich dir nur anbieten.«

Er konnte ihn förmlich schwitzen hören. »Lothar, wirklich, ich weiß nicht, wovon du redest.«

»Wolfgang ... Wie lange kennen wir uns jetzt schon? Du kannst mir nichts vormachen.« So lange auf den Busch klopfen, bis etwas darunter hervorkam. Das half fast immer.

»Ich mache dir nichts vor.«

»Doch. Und in diesem Moment schon wieder.«

»Du irrst dich.«

»Dann erzähl mir mal, seit wann du so begeistert in so miesen Kaschemmen herumhockst und alles toll findest wie letzten Mittwoch?«

Pause. Dann, gequält: »Ich hab's dir doch erklärt. Nora war dabei, Großputz zu machen ...«

»Und ich hab' dir erklärt, dass ich kein Wort davon glaube!« Zack. Das saß. Lange Pause. Lothar triumphierte, grinste sein Spiegelbild in der Vitrine mit den Sportpokalen an. Jetzt musste er rausrücken damit, mit was auch immer ...

»Lothar?«, kam es da aus dem Hörer. »Du hast getrunken, nicht wahr?«

»Was?« Hörte man das seiner Stimme noch an? Das war doch gestern gewesen, ewig lange her ...! »He! Ich bin vollkommen klar, wenn du das meinst!«

»Wir wollen das vergessen, einverstanden? Jetzt leg dich erst mal hin und schlaf noch eine Runde.«

»Nichts da! Wolfgang, du sagst mir jetzt sofort ...!« So kam der nicht davon, so nicht!

»Wir treffen uns dann im neuen Jahr, wie abgemacht.«

»Wolfgang!?«

»Frohe Weihnachten.«

»Wolfgang, verdammt noch mal!« Er sah den Hörer an. Aufgelegt! Der hatte einfach aufgelegt, war das zu fassen?

Wolfgang Mattek hielt, nachdem er aufgelegt hatte, den Hörer noch auf der Gabel fest, als fürchte er, er könnte unversehens von selbst wieder in die Höhe schnellen. Er spürte sein Hemd schweißnass am Rücken kleben.

»Lothar ahnt etwas«, erklärte er seiner Familie, die um ihn herumstand. »Ich weiß nicht, was und wieso, aber er hat Verdacht geschöpft.«

»Wie kann das sein?«, fragte Nora.

»Ich sagte doch, ich weiß es nicht.«

»Du hast ihm wirklich nichts gesagt? Angedeutet?«

»Nein, so glaub mir doch ...«

»Aber wie kommt er dann auf solche Ideen?«

»Anscheinend hat es ihn stutzig gemacht, dass ich am Mittwoch so bereitwillig mit ihm in die Stadt gezogen bin. Jetzt denkt er, ich will irgendwas vor ihm verbergen.« Mattek sah zu Kelwitt hinüber, der im Wohnzimmer auf dem Liegestuhl lag und ihre Unterhaltung durch die offene Tür hindurch aufmerksam verfolgte. »Was ja auch stimmt.«

Das Telefon klingelte wieder. Mattek ließ so ruckartig los, als habe es ihn gebissen. »Das ist er bestimmt wieder.« Er warf einen Blick in die Runde. »Thilo, geh du ran. Sag, wir sind alle weg, und du weißt von nichts.«

»Ich?«, wehrte Thilo ab. »Wieso ausgerechnet ich?«

Sein Vater hielt ihm das Telefon hin. »Niemand kann Dinge so gut für sich behalten wie du«, erklärte er. »Freundlich ausgedrückt.«

Thilo nahm den Hörer mit mauligem Gesichtsausdruck ab. »Mattek?«, sagte er, und es klang ausgesprochen abweisend. Dann, einen Moment später, wesentlich freundlicher: »Ja, am Apparat.«

Er lauschte eine Weile, während der sie seine Augen groß und sein Gesicht ernst werden sahen. Dann sagte er »Danke« und legte auf.

»Es war das Altersheim«, sagte er und suchte den Blick seiner Schwester. »Herr Güterling ist heute Nacht gestorben.«

Sie saßen in Thilos Zimmer, die beiden Geschwister, zur Abwechslung einmal ohne Kelwitt. Thilo hatte für sie beide Tee gemacht, schweigend und ernst. Ihre Eltern begriffen natürlich überhaupt nicht, was los war.

»Er hat wahrscheinlich die ganzen Jahre gewartet«, meinte Thilo schließlich, die warme Teeschale in der Hand. »Dass sein Leben sich erfüllt, meine ich. Und als wir mit Kelwitt dort waren, hatte es sich erfüllt, und er konnte endlich sterben. Meinst du, so war es?«

Sabrina starrte in das dunkle Schimmern in ihrer Tasse. So ernst hatte sie ihren Bruder noch nie erlebt. Sie hatte auch noch nie erlebt, dass er freiwillig Tee trank.

»Sieht so aus«, sagte sie.

Wieder Schweigen. Jeder hing seinen Gedanken nach. Gedanken, die um den Abend kreisten, an dem sie mit Kelwitt dort gewesen waren.

»Aber wenn wir nicht hingegangen wären?«, fragte Thilo plötzlich.

Sabrina schreckte hoch. »Was meinst du damit?«

»Na, wenn wir nicht hingegangen wären. Wenn er Kelwitt nicht getroffen hätte. Was wäre dann gewesen?«

»Weiß ich nicht.«

Thilo sah hoch, zum Fenster hinaus, in den sternenlosen

Nachthimmel. »Es gibt keine Garantie«, meinte er mit dünner, erschrockener Stimme. »Nicht wahr? Es gibt keine Garantie, dass das Leben sich erfüllt. Man kann auch einfach so sterben.«

Sabrina sah ihn an, fühlte einen Kloß in ihrer Kehle und sagte nichts.

Er hätte an diesem Morgen des zweiten Weihnachtsfeiertages Besseres zu tun gewusst, als sich am Rand eines gottverlassenen Älblerdorfes den Hintern abzufrieren. Andererseits war da dieses eigenartige Ding in dem Keller unten, wirklich und wahrhaftig, und ausgerechnet Ochsenfrosch hatte es entdeckt. Unglaublich. Ameisenbär zog ein letztes Mal an seiner Zigarette und ließ die Kippe zu Boden fallen. Er musste eine Entscheidung treffen. Er sah seinem Schuh zu, wie der die Kippe im schlammigen Ackerboden austrat, und wünschte sich, er wäre woanders, hätte einen anderen Beruf ergriffen, hätte niemals im Leben einen James-Bond-Film gesehen.

»Also gut«, schnauzte er seinen bestgehassten Agenten an. »Wir übernehmen die Angelegenheit. Und Sie leiten den Fall. Was schlagen Sie vor?«

Ochsenfrosch verschluckte sich fast vor Aufregung. Mit all den Pflastern und blauen Flecken sah er noch widerlicher aus als sonst. »Flugzeuge!«, sprudelte er heraus. »Suchflugzeuge mit Infrarotdetektoren. Falls das Wesen irgendwo ... ich meine, es könnte tot sein – oder verletzt ...«

»Ich werde sehen, was sich machen lässt.« Das ließ sich kaum durchführen, ohne dass die Amerikaner davon Wind bekamen. Und das wollte er, wenn möglich, noch eine Weile vermeiden. »Bis dahin haben Sie ja die Leute der Abteilung, damit sollte sich auch etwas anfangen lassen.«

»Ja. Sicher. Selbstverständlich.«

»Schön.« Er wandte sich seinem Auto zu, das am Feldrand

stand und Wärme, Geborgenheit und eine zunehmende Anzahl von Kilometern zwischen ihm und diesem Ort hier verhieß. »Sie halten mich auf dem Laufenden.«

»Natürlich. Aber, Chef ...«

»Ja, was denn noch?«

»Ähm, es ist mir ein bisschen peinlich, aber ... ähm, Chef, das Geld, das ich vorgestreckt habe ...«

»Ich werde veranlassen, dass man es Ihnen überweist. Gleich im neuen Jahr. Sie haben sich doch eine Quittung geben lassen, hoffe ich.«

»Eine Quittung?« Ochsenfrosch riss die Augen auf, als wolle er seinem Tarnnamen Ehre machen. »Ach so. Nein. Ist das ...? Aber ich denke, ich kann noch eine kriegen.«

»Gut. Tun Sie das.«

»Aber, Chef ...?«

Hörte das denn nie auf? »Irgendwelche Probleme damit?«

»Wäre es möglich, das Geld noch dieses Jahr ...?« Der magere Mann, der es auf unerfindliche Weise geschafft hatte, Agent zu werden, vollendete den Satz nicht, sondern hielt mit sonderbar wippendem Kehlkopf inne und schaute ihn hundeäugig an. Für einen Augenblick hatte Ameisenbär das irreale Gefühl, er müsse nur einen Stock hinaus aufs Feld werfen, und Ochsenfrosch würde ihn laut bellend apportieren.

»Noch dieses Jahr?«, wiederholte er.

»Ja. Wenn es möglich wäre.«

»Ich verstehe das Problem nicht, fürchte ich.«

»Das Jahr 2000, Chef«, sagte Ochsenfrosch, als sei damit alles erklärt. »Der Millennium-Bug.«

»Der – was?«

Es war ein Schauspiel. Der Kehlkopf wippte auf und ab, die Augen rollten, die Hände gestikulierten, als würgten sie unsichtbare Geister. Aus dem, was Ochsenfrosch an abgerissenen, aufgeregten Sätzen hervorwürgte, entnahm er so viel, dass dieser befürchtete, am ersten Januar 2000 würden die Computer dieser Welt sich an den Jahreszahlen verschlucken und zusammenbrechen und das Finanzsystem mit ihnen. Mindestens.

»Das ist doch ausgemachter Unsinn«, fuhr er ihn barsch an. »Als Nächstes soll ich dann an Hexen glauben, an Pyramiden oder UFOs ...« Er hielt inne. Warf einen Blick zurück auf den Eingang des Rübenkellers. Musterte Ochsenfrosch, der ein Gesicht machte wie ein Geisteskranker.

»Oh, verdammt«, knurrte er. Das Finanzsystem. Banken. Jede Menge Computer, richtig. Und wie war das eigentlich mit seinen eigenen Ersparnissen? Den Versicherungen? Unvorstellbar, wenn das alles ... Aber da hinten lag ein genauso unvorstellbares Gerät, und was das betraf, war es Ochsenfrosch gewesen, der Recht gehabt hatte.

Was für eine kranke Welt!

»Oh, verdammt noch mal«, wiederholte er und riss die Autoschlüssel aus der Tasche. »Also gut, Sie kriegen Ihr Geld noch vor Silvester.«

Kelwitts Zustand schien sich zu verschlechtern. Sie hatten ihn noch einmal mit kaltem Salzwasser abgewaschen. Sabrina war die Nacht über bei ihm geblieben. Den zweiten Weihnachtsfeiertag über war er kaum ansprechbar und verdöste die ganze Zeit. Am Nachmittag bestand immer noch keine Verbindung mit dem Mutterschiff, und Tik gab zu, dass es sich nun tatsächlich ernsthaft verspätet hatte.

»Und was sollen wir jetzt tun?«, fragten die Matteks.

»*Die gegebene Situation*«, erklärte die Stimme aus der silbern schimmernden, nahtlosen Schulterspange, »*liegt außerhalb des Bereiches, in dem ich sinnvolle Ratschläge geben kann.*«

»Mit anderen Worten: Das Ding hat keine Ahnung!«, brauste Sabrina auf.

Es war gespenstisch, mit dieser mechanischen Stimme zu reden, die sie als Kelwitts Stimme wahrzunehmen gelernt hatten, während Kelwitt mit schlierig-weißen Augen dalag und ab und zu seltsame Geräusche mit seinen Kauwerkzeugen machte.

Wolfgang Mattek, der die ganze Zeit nichts gesagt, nur im Sessel gesessen und zugeschaut hatte, sprang plötzlich auf, stieß hervor: »So geht das nicht weiter! Es muss etwas geschehen!«, und fegte aus dem Zimmer. Die Tür zu seinem Arbeitszimmer fiel donnernd ins Schloss. Kelwitt fuhr vor Schreck hoch und ließ wohl einen seiner unhörbaren Schreie los, jedenfalls fing die Wohnzimmergardine wieder einmal an, leise rauschend zuzufahren, und in der Nachbarschaft bellten etliche Hunde auf wie angestochen.

Aus der Diele hörten sie das Klicken der Telefonanlage. »Er wird nicht die Polizei anrufen, oder?« wandte Sabrina sich an ihre Mutter. »Nicht wahr?«

»Dein Vater weiß, was er tut.«

Sabrina und Thilo wechselten einen viel sagenden Blick.

Es dauerte eine ganze Weile, dann kehrte Wolfgang Mattek zurück, das Mobilteil seines Telefons noch in der einen, den Kalender in der anderen Hand. »Also«, erklärte er. »Morgen früh werdet ihr beide mit Kelwitt zum Arzt gehen.«

»Zum Arzt?!«, riefen seine Kinder.

»Die Praxis macht morgen den Jahresabschluss und ist eigentlich erst nachmittags geöffnet, aber ihr könnt schon vormittags kommen, ab acht.«

»Die Praxis? Welche Praxis?!«

Mattek sah seine Sprösslinge an, als hege er plötzlich ernsthafte Zweifel an ihrer Intelligenz. »In der Nähe gibt es ja wohl nur einen Arzt, oder? Die Praxis von Doktor Lacher natürlich.«

»Doktor Lacher?«, echote Sabrina entgeistert. »Ich dachte, mit dem willst du nie wieder etwas zu tun haben?«

»Will ich auch nicht«, meinte Mattek. »Aber er schuldet mir ja wohl zumindest einen Gefallen, oder?« Damit verschwand er wieder, und die Tür zum Arbeitszimmer rumste wieder.

Über das Weiß von Kelwitts Augäpfeln zogen dunkle Schlieren wie sturmgepeitschte Wolken. »Wieso schuldet er ihm einen Gefallen?«, wiederholte er schlaftrunken.

Sabrina seufzte. »Das erklär' ich dir ein andermal.« Und nachdem Kelwitt beruhigt zurück auf sein hartes, nasses Lager gesunken war, setzte sie leise hinzu: »Oder auch nicht.«

18

AM NÄCHSTEN MORGEN ging es Kelwitt etwas besser. Die Nacht über hatte er ziemlich im Haus herumrumort, war türenschlagend umhergeirrt, sodass sie mehrmals aus den Betten gesprungen waren, um nach ihm zu sehen. Er habe sich noch einmal entleert, erklärte er gegen halb vier Uhr früh, und danach gab er endlich Ruhe. Trotzdem bestand Vater Mattek beim Frühstück eindringlich auf dem Arztbesuch. »Ein Arzt unterliegt der Schweigepflicht. Sogar Doktor Lacher. Es kann also gar nichts passieren«, erklärte er und sah auf die Uhr. »Ich muss los, die Jahrtausendwende wartet.«

Als sie ihm den Parka überstreifen wollten, den er für den Weg zum Altersheim getragen hatte, wurde Kelwitt plötzlich renitent. Es gehe ihm nicht so gut, dass er sich die Haut trockensaugen lassen wolle. Also hängten sie den Parka wieder weg und gingen mit ihm, wie er war: eine silbergraue Gestalt, die wie eine Kreuzung aus einem mageren Teenager und einem Delfin aussah und einen eng anliegenden, quietschnassen Anzug trug. Von Rechts wegen hätte ihm der Anzug draußen auf dem Leib gefrieren müssen, aber aus irgendeinem Grund tat er das nicht. Nur die Fußspuren, die er auf dem Asphalt zurückließ, kristallisierten hinter ihm zu seltsamen silbrigen Figuren.

»Ich fasse es nicht«, raunte Sabrina ihrem Bruder zu. »Die ganze Zeit verstecken wir ihn, gehen nur nachts mit ihm raus, und das auch nur verkleidet – und jetzt das. Am helllichten Tag durchs Einkaufszentrum. Am ersten Werktag nach Weihnachten.«

Die Praxis von Doktor Lacher, dem einzigen Allgemeinarzt weit und breit, lag mitten in der Ladenstraße. Rechts die Apotheke, links eine Bankfiliale, gegenüber ein Supermarkt. Es konnte nicht ausbleiben, dass die Leute sie anstarren würden wie Erscheinungen.

Bestimmt würde es eine Panik geben. Polizei würde kommen und alles abriegeln ... Sabrina bekam feuchte Hände, während sie darüber nachdachte.

Aber es war das Einkaufszentrum. Am ersten Werktag nach Weihnachten. Die Leute hatten leer gefutterte Kühlschränke zu Hause und anderes zu tun, als andere Leute anzustarren. Der eine oder andere verwunderte Blick streifte sie, man schaute ihnen nach, runzelte die Stirn und konzentrierte sich dann wieder auf seine Besorgungen, und eine Oma am Krückstock machte sich die Mühe, vorsichtshalber die Straßenseite zu wechseln.

Bloß ein Kind, ein vielleicht fünfjähriger Knirps, der neben seiner Mutter daherhüpfte, zeigte auf Kelwitt und rief: »Guck mal, Mama! Ein Außerirdischer!«

Worauf seine Mutter ihm auf die Hand patschte. »Ich hab' dir schon tausend Mal gesagt, dass man nicht mit dem Finger auf Leute zeigt!«

»Aber das ist doch kein Leut!«, protestierte der Kleine. »Das ist ein Außerirdischer!«

»Ja, der sieht seltsam aus«, nahm seine Mutter ihre pädagogische Pflicht wahr, ihrem Kind die Wahrheit über die Welt nahe zu bringen. »Aber es ist nur ein Mann, der ein Kostüm anhat, verstehst du?«

»Aber warum hat der Mann ein Kostüm an?«, kam es in gnadenlosem Kinder-fragen-ihren-Eltern-ein-Loch-in-den-Bauch-Singsang.

»Er macht Werbung für einen neuen Kinofilm. Er hat das Kostüm an, damit die Leute neugierig auf den Film werden und ins Kino gehen.«

»Was für einen Film denn?«, bohrte der Pimpf weiter.

Das wusste die allwissende Mutter nun auch nicht. »So

ein Weltraumfilm halt«, meinte sie vage und warf Sabrina einen finsteren Blick zu.

»Du, stimmt das?«, wollte das Kind von Sabrina wissen.

Sabrina, die sich eigentlich schon die ganze Zeit am liebsten in die andere Richtung davongemacht hätte, sah auf die großen Augen des Kleinen hinab. Bestimmt hatte er noch nie etwas vom Weihnachtsmann gehört, geschweige denn vom Klapperstorch.

»Nein«, hörte Sabrina sich sagen. »Das stimmt nicht. Du hast Recht. Das ist ein richtiger Außerirdischer.«

Ein Leuchten glomm in diesen Augen auf. »Siehst du, Mama?«, frohlockte er.

Seine Mama riss ihn ungehalten auf ihre andere, von Sabrina abgewandte Seite, erdolchte sie alle drei mit Blicken und zischte: »Wie können Sie es wagen, einem arglosen Kind so einen *Unsinn zu* erzählen?!«

Nun war sie es, die sich in die andere Richtung davonmachte und ihr Kind so dem verderblichen Einfluss entzog.

Ein paar Jugendliche, die am Döner-Kebab-Stand lungerten, hatten den Vorfall mitbekommen. »Ja, hey!«, rief einer herüber. »Was für ein Film denn?«

»Mann«, beantwortete ihm sein Kumpel lautstark die Frage. »Der neue ›Krieg der Sterne‹!«

»Hey, quatsch mich nich' an! Der läuft doch schon ewig!«

»Und? Da kommt ja wohl ein zweiter Teil, oder?«

Doch da war endlich die Apotheke und die Bankfiliale und dazwischen die unscheinbare Mattglastür mit dem Praxistürschild, hinter die sie sich retten konnten.

Doktor Lacher saß an seinem Schreibtisch, wühlte in Belegen und Abrechnungen und kam sich vor wie ein Buchhalter. Hatte er dafür Medizin studiert? Jedes Jahr das gleiche Theater, und jedes Jahr war er um diese Zeit kurz davor, den ganzen Kram hinzuschmeißen. Dass die Türglocke ging, nahm er nur unterbewusst wahr. Erst als die Sprechstundenhilfe den Kopf hereinstreckte, fiel ihm wieder ein, was er gestern Abend zugesagt hatte.

»Ich weiß schon Bescheid«, sagte er, warf dankbar den Kugelschreiber beiseite und streckte sich. »Die Mattek-Kinder sind da mit ihrem kranken Gast.«

»Ja, ja, aber ...« Das Mädchen stockte, schluckte, rollte mit den Augen. Sie hieß Stefanie und war nicht schön, aber tüchtig. Ein mausgraues Wesen, und gerade sah sie noch grauer aus als sonst. Beinahe schon blass.

»Was ist denn mit Ihnen?« Als Arzt hat man sich auch um das Wohlergehen seiner Angestellten zu kümmern. »Ist Ihnen nicht gut?«

»Wen die dabeihaben!«, brachte Stefanie hervor.

»Wie bitte?«

»Haben Sie den gesehen? Den die dabeihaben?« Sie wagte kaum zu atmen.

»Wie hätte ich von hier aus wohl ... Stefanie! Nun beruhigen Sie sich! Nein, ich weiß nicht, wer da bei Matteks zu Gast ist, aber Michael Jackson wird es doch wohl kaum sein, oder?« Stefanie war eine glühende Verehrerin des amerikanischen Popstars. Eigentlich hätte nur dessen unangekündigtes Erscheinen in Lachers Arztpraxis diese Symptome bei ihr hervorrufen können.

Stefanie schloss die Augen, legte die flache Hand auf die Brust und zwang sich zu ruhigerer Atmung. »Bitte, Herr Doktor«, sagte sie gefasst, als sie die Augen wieder aufschlug. »Sie müssen jetzt ganz vorsichtig ins Wartezimmer schauen.«

»Sicher muss ich das. Dort wartet ja mein Patient, nehme ich an.«

»Ja, aber dieser Patient – was ist das?«

Das klang ja wirklich beunruhigend. Lacher überlegte, was mit seiner sonst geradezu chronisch zuverlässigen und ruhigen Assistentin los sein mochte. Konnte er es wagen, sie in diesem Zustand nach Hause zu schicken, oder war es angezeigt, ihr ein Beruhigungsmittel zu geben?

»Dieser Patient, meine Liebe, ist ein Gast von Herrn Mattek. Das habe ich Ihnen doch heute Morgen erklärt. Ihm ist nicht gut, und ich soll herausfinden, warum.« Doktor Lacher grinste flüchtig. »So kurz nach den Weihnachtsfeiertagen sollte das nicht allzu schwer fallen.«

»Ah«, machte Stefanie. Sie ging zu einem Stuhl und ließ sich hineinfallen wie ein nasser Sack Sand. »Eigenartige Gäste hat er, Ihr Herr Mattek.«

Jetzt wurde er doch neugierig, wer da in seinem Wartezimmer hocken mochte. Er ging hinüber in den Röntgenraum. Dort gab es ein winziges Guckloch, auf der anderen Seite durch einen Strauß Plastikblumen getarnt.

Diesen Spion pflegte er zu benutzen, wenn er ein Gefühl dafür brauchte, wie viel Arbeit noch auf ihn wartete.

Diesmal war das wirklich schwer zu sagen.

»Allerhand«, sagte Doktor Lacher zu sich und schaute noch einmal hindurch.

Er war sehr nachdenklich, als er zu Stefanie zurückkehrte. »Wie, würden Sie sagen, sieht das aus?«, fragte er.

»Wie ein Wesen von einem anderen Stern«, erklärte Stefanie sofort.

»Ja. Genau.« Lacher überlegte angestrengt. Gut jedenfalls, dass er gewarnt war. »Genauso sieht es aus.«

Sie sah ihn mit großen Augen an. Großen Augen, um die es verräterisch zuckte.

»Aber«, fuhr der Arzt fort, »würde ein Wesen von einem anderen Stern ausgerechnet die Familie Mattek besuchen? Wohl kaum, das sagt einem schon der gesunde Menschenverstand. Also muss es eine andere Erklärung geben. Stefanie – ist Ihnen vor Weihnachten irgendetwas Besonderes aufgefallen? War ein Wartungstechniker da? Für den Kopierer? Die Computer? Die Heizung?«

»Wie bitte?« Stefanie schüttelte verwirrt den Kopf, dachte aber dann doch nach. »Nein. Ich meine ... Nein, nicht dass ich wüsste.«

»Na gut.« Doktor Lacher rieb sich die Faust. Das tat er gern, wenn er angestrengt überlegte. »Wir müssen davon ausgehen, dass die ziemlich raffiniert vorgehen. Aber wir werden sie austricksen. Ha! Und wie wir die auflaufen lassen!« Es dauerte eine Weile, bis er bemerkte, mit welch argwöhnischem Blick ihn seine Sprechstundenhilfe ansah. Einer von uns beiden ist übergeschnappt, sagte dieser Blick. Er lachte auf. »Versteckte Kamera!«, erklärte er triumphierend. »Das ist ein Streich der ›Versteckten Kamera‹! Dieser Fernsehsendung, Sie wissen schon.«

»Was?« Allmählich musste man sich ernsthafte Sorgen machen, dass ihre Augen aus den Höhlen fallen konnten. »Sind Sie sicher?«

»Ja«, nickte Lacher. »Aus einer Reihe von Gründen bin ich mir ziemlich sicher. Und deswegen müssen wir beide uns jetzt gut absprechen. Die glauben, sie kriegen jetzt einen fassungslosen Arzt und eine entgeisterte Sprechstundenhilfe auf den Film. Aber da sollen sie sich getäuscht haben. Wir, Fräulein Stefanie, wir werden die Ruhe selbst bleiben. Absolut cool. Wir werden so tun, als gingen bei uns Patienten aus allen Galaxien nur so ein und aus, verstehen Sie?«

»Nein.« Sie schüttelte energisch den Kopf. »Nein, das verstehe ich nicht. Wenn die von der ›Versteckten Kamera‹ kommen – dann heißt das doch, dass die Mattek-Kinder eingeweiht sind, oder?«

»Ja, natürlich.«

»Aber warum sollten sie das tun?«

Der Arzt sah sie nachdenklich an. »Tja, das war vor Ihrer Zeit. Eine seltsame Geschichte. Ich wusste, dass er eines Tages versuchen würde, sich zu rächen.«

»Wer?«

»Mattek. Der Vater der beiden.« Lacher seufzte. »Die ganze Familie gehörte früher einmal zu meinen Patienten.

Bis zu einer anderen Fernsehsendung, die ›Überraschung!‹ hieß oder so ähnlich. Erinnern Sie sich an die? Da wurden Leute mit lange vermissten Verwandten oder alten Schulkameraden zusammengebracht, vor laufender Kamera. Manchmal kamen sie mit einem ganzen Kamerateam zu jemandem an den Arbeitsplatz oder nach Hause, wie ein Überfall. Und einmal eben zu Wolfgang Mattek. Im Schlepptau einen alten Mann, der bei seinem Onkel, von dem er die Fabrik geerbt hat, Buchhalter gewesen war und an den er sich überhaupt nicht mehr erinnerte. Ziemlich peinliche und im Grunde belanglose Sache.«

»Und was hat das mit Ihnen zu tun?«

»Der alte Mann war mein Patient gewesen. Hat hier im Altersheim gelebt, ist vor vier oder fünf Jahren gestorben. Er hat mir einmal von seiner früheren Stellung erzählt, dabei wohl ein bisschen übertrieben, und ich habe der Redaktion dieser Show geschrieben. Hielt es für eine witzige Idee. Mattek leider nicht; er hat mich verklagt wegen Bruchs der ärztlichen Schweigepflicht.«

»Oh«, machte die Sprechstundenhilfe.

Lacher nickte versonnen. Ab und zu konnte er den Mund nicht halten, das war wohl richtig. »Ein Grenzfall. Er hat den Prozess verloren, und ich einen Patienten. Wie auch immer – ich bin mir sicher, dass er dahinter steckt. Das, was Sie im Wartezimmer sehen, ist ein Trick. Ein guter Trick, aber ein Trick. Die sind verdammt gut in solchen Dingen heutzutage.«

Stefanie rang nach Worten. »Das ist ja infam!«

»Nicht wahr? Aber wir verderben ihnen den Spaß.«

»Worauf warten wir?«, wollte Kelwitt wissen.

»Beim Arzt muss man immer warten«, erklärte Thilo. »Selbst, wenn man einen Termin hat. Sogar, wenn man der einzige Patient am ganzen Vormittag ist. Keine Ahnung, warum das so ist, aber es ist so.«

Schließlich kam die Sprechstundenhilfe wieder, eine schwarze Schreibunterlage mit einem Formular darauf in der Hand. »Geht das auf Krankenkasse oder privat?«, wandte sie sich an Sabrina.

»Ähm – was?«, fuhr Sabrina zusammen. »Keine Ahnung. Privat, nehme ich an.«

Ein Häkchen wurde aufs Papier gesetzt. »Gut. Sie können dann ins Behandlungszimmer gehen. Geradeaus, die erste Tür.« Sie verschwand wieder.

Thilo runzelte die Stirn. »Die ist ja ziemlich cool.«

»Ja«, nickte seine Schwester beeindruckt. »Vorhin an der Tür dachte ich noch, sie fällt gleich in Ohnmacht.«

Das Behandlungszimmer hatte sich nicht großartig verändert, seit sie beide das letzte Mal hier gewesen waren. Kinder waren sie damals noch gewesen. Immer noch dieselben gerahmten Drucke an der Wand, Paul Klee und Chagall und ein Konzertposter von Pink Floyd. Immer noch dieselben weißen Möbel. Nur die Geräte und Instrumente sahen ein bisschen anders aus.

Kelwitt sah sich neugierig um, sagte aber nichts. Er befühlte die Sitzflächen der verschiedenen Stühle, die alle mit hellem Kunstleder überzogen waren. Waschbar, feuchtigkeitsunempfindlich und leicht gepolstert. »Unangenehm«, meinte er.

Thilo sah sich um, entdeckte aber auch keine andere Sitzgelegenheit. »Ich fürchte, da musst du durch.«

In diesem Moment wurde die Tür aufgerissen, und Doktor Lacher kam hereingewirbelt, mit wehendem weißen Kittel, das Inbild des vielbeschäftigten Arztes. »So!«, rief er aus. »Hallo, Sabrina, hallo, Thilo – lange nicht gesehen, was? Groß seid ihr geworden.« Er schüttelte ihnen die Hände. »Wie geht's euch? Gut, hoffe ich.«

»Ja«, erwiderte Sabrina verdutzt. »Doch. Im Grunde schon.«

»Schön«, nickte der Arzt. »Dann wollen wir uns mal den

Patienten anschauen.« Er streckte Kelwitt die Hand hin. »Guten Tag, mein Name ist Doktor Lacher. Sie sind nicht von hier, scheint mir, oder?«

Kelwitt ergriff die Hand des Arztes und schüttelte sie, als sei er keinen anderen Gruß gewohnt. »Mein Name ist Kelwitt«, erklärte er. »Ich komme vom Planeten Jombuur.«

»Das liegt im Zentrum der Milchstraße«, fügte Thilo hinzu.

»Jedenfalls in der Gegend«, ergänzte Sabrina. Beide wunderten sich doch etwas, wie gelassen ihr ehemaliger Hausarzt die Begegnung mit einem Außerirdischen aufnahm. Gerade, dass er ein bisschen nervös blinzelte, als er Kelwitts kalte Tentakelfinger umfasste.

»Jombuur. Im Zentrum der Milchstraße. Verstehe. Das ist ein ganz schönes Stück weit weg, wenn ich mich nicht irre?«

»Ja«, sagte Kelwitt.

»Wahrscheinlich wäre man sogar mit der ›Enterprise‹ eine ganze Weile unterwegs, was?«

Kelwitt nickte. »Ungefähr einen Monat.«

Sabrina und Thilo sahen einander nur hilflos an.

Doktor Lacher stieß einen Pfiff aus. »Das ist allerdings ein ziemliches Stück. Was führt Sie auf unseren kleinen blauen Planeten, wenn ich fragen darf?«

»Ich habe eine Orakelfahrt gemacht. Unglücklicherweise bin ich dabei abgestürzt.«

»Ah.« Der Arzt griff nach seiner Karteikarte und einem Kugelschreiber und begann, sich Notizen zu machen. »Und dabei haben Sie sich verletzt?« Er deutete auf die Stühle vor seinem Schreibtisch. »Nehmen Sie doch Platz. Ihr beide natürlich auch.«

Sie setzten sich. Sogar Kelwitt, wenngleich sehr behutsam und nicht ohne spürbare Anspannung. »Nein«, stand er weiter Rede und Antwort. »Das Schutzfeld des Raumschiffes wurde rechtzeitig vor dem Aufprall aktiviert.«

»Verstehe«, nickte Doktor Lacher ernsthaft. »Aber Sie haben Beschwerden, hat man mir gesagt.«

»Ja. Ich fühle mich nicht gut. Seit zwei Tagen geht es mir sehr schlecht.«

»Seit zwei Tagen. Verstehe. Und wie äußert sich das konkret?«

Kelwitt überlegte einen Augenblick. »Dass ich mich sehr schlecht fühle«, erklärte er dann.

Doktor Lacher schmunzelte einen Moment, und sein Blick huschte kurz umher, als suche er etwas in den Ecken des Raumes.

»Sicher, das habe ich schon verstanden. Heißt das, dass Sie Schmerzen haben? Ist Ihnen übel? Haben Sie das Bedürfnis, sich hinzulegen?«

»Ja«, sagte Kelwitt nach einer weiteren Sekunde des Überlegens.

»Es hat mit Schmerzen in der Oberkörpermuskulatur angefangen«, schaltete sich Sabrina ein. »So etwas wie Verspannungen. Er hat schlecht geschlafen.«

»Am Heiligen Abend hat er zum ersten Mal etwas gegessen«, fügte Thilo hinzu. »Vielleicht ist ihm das nicht bekommen?«

»Jombuuraner essen nur einmal im Monat etwas«, erklärte Sabrina.

»Verstehe«, nickte der Doktor. »Ich habe ein paar Patienten, denen das auch sehr gut täte.« Er machte sich Notizen und schaute sich dabei wieder verstohlen um, zu den Glastüren seiner Arzneischränke, dem Spiegel über dem Waschbecken, dem Wandschirm vor dem gynäkologischen Stuhl im Eck. »Fühlen Sie sich allgemein schwach?«

»Gestern habe ich mich sehr schwach gefühlt«, gab Kelwitt Auskunft. »Dann habe ich mich noch einmal entleert. Seither fühle ich mich etwas besser.«

»Sie haben sich entleert – heißt das, Sie hatten Stuhlgang?«

»Ungefähr ja.«

»Haben Ihre Muskelschmerzen seither nachgelassen?«

»Nein.«

»Aber Sie fühlen sich stärker?«

»Ein wenig.«

»Hmm.« Der Arzt drehte seinen Kugelschreiber unentschlossen zwischen den Fingern. »Hatten Sie ähnliche Beschwerden schon irgendwann einmal in Ihrem Leben?«

»Nein, noch nie.«

»Haben Sie eine Vorstellung, was es sein könnte, woran Sie leiden?«

»Nein.«

»Es ist also keine auf Ihrem Heimatplaneten häufig vorkommende Krankheit?«

»Nein.«

»Entschuldigen Sie, Doktor«, unterbrach Sabrina. »Was ich die ganze Zeit schon fragen wollte: Trauen Sie sich überhaupt zu, ihn zu behandeln? Ich meine, er ist schließlich kein Mensch. Er hat zum Beispiel drei Herzen, und wahrscheinlich sind auch seine übrigen Organe ganz anders als bei uns ...«

Doktor Lacher nahm seine Faust in die andere Hand und knetete sie, eine Geste, die Sabrina noch von früher von ihm kannte. Nur dass er ständig verstohlen an einem vorbei in eine Zimmerecke schielte, schien ein neuer Tick zu sein. »Gut, dass du das fragst«, lächelte er gütig. »Darauf wollte ich aber ohnehin gleich zu sprechen kommen. In der Tat habe ich keine Erfahrungen in der Behandlung kranker Außerirdischer – woher auch? Deswegen werde ich auch sehr vorsichtig sein. Aber im Augenblick sind wir noch bei der Diagnose. Dabei kann nichts passieren. Allerdings werden wir um ein paar eingehendere Untersuchungen tatsächlich nicht herumkommen.«

Ein paar eingehende Untersuchungen später saß Doktor Lacher in seinem Labor und versuchte, das Gefühl loszuwerden, etwas ganz und gar Unwirkliches zu erleben. Unglaublich, was diese Special-Effects-Leute vom Film heutzutage draufhatten. Er hatte diesem angeblichen Außerirdischen Blut abgenommen – besser gesagt, Körperflüssigkeit, denn es war eine dünne, wässrige Brühe von – natürlich! – grüner Farbe –, aber diese Flüssigkeit transportierte Sauerstoff und Proteine. Er fragte sich wirklich, wie sie das gemacht hatten. Das Wesen wirkte unglaublich echt, bewegte sich, wirkte lebendig – aber es war fast nicht vorstellbar, dass es ein Schauspieler in Maske sein sollte: Es hätte ein magersüchtiger Schauspieler sein müssen, geradezu ein Skelett, und ein ziemlich kleines noch dazu.

»Ich frage mich, wie weit sie es treiben«, murmelte er vor sich hin.

Stefanie sah ihn an. Sie wirkte erschöpft. »Müsste nicht irgendwann dieser – wie heißt er? –, der die ›Versteckte Kamera‹ moderiert, kommen? Der kommt doch am Schluss immer dazu und nimmt seine Verkleidung ab.«

Lacher nickte grimmig. »Das tut er natürlich erst, wenn er uns drangekriegt hat«, sagte er. »Aber er wird uns nicht drankriegen. Wir werden den ganzen Schwindel auffliegen lassen.«

Sie sah auf die Röhrchen mit der trübgrünen Flüssigkeit und auf die verfärbten Teststreifen, die vor dem Ständer ausgebreitet lagen. »Und wie wollen Sie das machen?«

»Wie würden Sie es machen?«

»Ich würde versuchen, ob ich ihm die Gummimaske vom Kopf ziehen kann.«

»Das ist keine Gummimaske. Wahrscheinlich ist der ganze so genannte Außerirdische eine Art Roboter. Eine ferngesteuerte Puppe.«

»Glauben Sie?«, fragte Stefanie beeindruckt.

Lacher setzte ein Lächeln auf, von dem er hoffte, dass es

siegessicher wirkte. »Wir werden ihn trotzdem demaskieren«, prophezeite er. »Wir stellen ihn vors Röntgengerät!«

»Bei uns gibt es in jedem Schwarm einen Heiler«, erzählte Kelwitt und presste gehorsam den Mulltupfer auf die Einstichstelle in der Armbeuge, während Doktor Lacher und seine Assistentin im Labor beschäftigt waren. »Meistens einer der Älteren. Er versorgt einen, wenn man sich verletzt oder eine Krankheit bekommt, die nicht gefährlich ist. Erst wenn es gefährlich wird, ruft er einen der Großen Heiler. Der kommt mit einer Flugmaschine, mit der er den Kranken notfalls mit ins Nest der Großen Heiler mitnehmen kann.«

»Eine Art Krankenhaus«, mutmaßte Thilo.

»Wahrscheinlich«, gab ihm Kelwitt recht.

Doktor Lacher kam zurück, ein Auswertungsformular in der Hand, und verkündete, es sei unumgänglich, Kelwitt zu röntgen. Ob er, Kelwitt, wisse, was das bedeute?

»Ja«, erwiderte Kelwitt sofort. »Röntgenstrahlen. Von ihrem Entdecker W. C. Röntgen, 1895, ursprünglich X-Strahlen genannt. Elektromagnetische Wellen im Spektrum zwischen Ultraviolett und Gammastrahlung. Ihre medizinische Verwendung zur Krankheitserkennung wird Röntgendiagnostik genannt, sie beruht auf ...«

»Schon gut«, winkte der Arzt hastig ab. »Ich sehe, Sie wissen Bescheid. Haben Sie etwas dagegen einzuwenden, dass ich Sie röntge?«

»Nein, nichts«, entgegnete Kelwitt bereitwillig.

Das schien Doktor Lacher beinahe noch mehr zu verwirren als das prompte Lexikonzitat. »Sie sind nicht zufällig gegen Röntgenstrahlen überempfindlich oder dergleichen?«, vergewisserte er sich, als habe er eigentlich erwartet, dass Kelwitt diese Untersuchung ablehnen würde.

»Nein«, meinte Kelwitt. »Eine ähnliche Technik wird auch bei uns seit Jahrtausenden eingesetzt, soweit ich weiß.«

»Nun ja, dann ...« Der Doktor kratzte sich ratlos das Haupt. Schließlich rang er sich zu einer einladenden Handbewegung durch. »Dann darf ich bitten. Ihr beide bleibt hier. Strahlenschutz, ihr versteht schon.«

»Klar«, meinte Thilo.

»Ich glaube immer noch nicht, was wir hier tun«, meinte Sabrina, als Kelwitt und Doktor Lacher das Zimmer verlassen hatten. »Ich komme mir so blöd vor. Die ganze Zeit hatte ich Angst, alle Welt würde sich auf Kelwitt stürzen, die Zeitungen, die Geheimdienste, die Wissenschaftler, jeder, und ihn in der Luft zerreißen vor Gier. Ein Außerirdischer! Und jetzt sieht es so aus, als juckt das überhaupt keinen.«

Thilo sah auf die weiße Fläche der geschlossenen Tür. »Echt wahr. Wenn man dem Doktor so zusieht, könnte man glauben, das ist das Normalste der Welt für ihn.«

Doktor Lacher betrachtete das am Lichtkasten eingeklemmte Röntgenbild und zerkaute sich die Lippen. Es war ein Trick, ganz klar, aber wie hatten sie das gemacht? Er hatte noch nie davon gehört, dass man Röntgengeräte derart überlisten konnte.

»Stefanie?«

»Ja, Doktor?«

»War nicht Anfang Dezember der Wartungsmensch für das Röntgengerät da?«

»Ja. Am zweiten.«

»War es derselbe wie immer?«

»Ähm, ich weiß nicht ...« Sie überlegte. Er ließ sie überlegen. Ihr Gedächtnis für solche Einzelheiten war immer wieder verblüffend. »Jetzt, wo Sie es sagen – nein. Es war jemand anders.«

»Also«, meinte Lacher zufrieden. »Da haben wir es. So haben sie es gemacht. Sie haben etwas in das Röntgengerät eingebaut, das auf ein Funksignal hin vorprogrammierte Bilder auf den Film strahlt.«

»Glauben Sie?«

»Und das Spiel geht anders, als ich zuerst dachte. Jede Wette. Es geht überhaupt nicht darum, ob wir in Panik geraten oder nicht – sondern darum, ob wir das Spiel kapieren und mitspielen. Das macht nämlich alles Sinn hier, sehen Sie? Wie bei einem Detektivspiel.« Er klopfte gegen die angebliche Röntgenaufnahme. »Hier. Sehen Sie das? Natürlich wäre die Lunge eines hypothetischen Außerirdischen, der durch ein Loch auf der Kopfoberseite atmet, zum Rücken hin orientiert. Also müssen wir das hier als Lunge interpretieren.«

Stefanie trat neben ihn. Ihrem Gesichtsausdruck nach sah sie noch nicht so recht, wo Doktor Lacher einen Sinn entdeckt hatte.

»Das ist Information eins. Information zwei ist das, was er gesagt hat: dass die Beschwerden mit Rückenschmerzen begannen. Also, wenn wir das Spiel konsequent spielen, hat die Lösung möglicherweise mit der Lunge zu tun. Und nun schauen Sie sich mal das Verhältnis zwischen Lungenkapazität und Körpergewicht an. Merken Sie was?«

Als Doktor Lacher es sich mit seinen Unterlagen wieder hinter seinem Schreibtisch gemütlich machte, wirkte er außerordentlich zufrieden. Sabrina und Thilo warfen einander rasche Blicke zu. Das war hoffentlich ein gutes Zeichen.

»Kelwitt«, begann er schließlich, »können Sie mir zufällig sagen, wie hoch der Sauerstoffanteil in der Atmosphäre Ihres Heimatplaneten ist?«

»Achtzehneinhalb Prozent«, erwiderte Kelwitt wie aus der Pistole geschossen.

»Aha«, machte Doktor Lacher zufrieden und besah sich versonnen nickend seine Papiere. »Das habe ich mir gedacht.

Ihre Lunge ist sehr groß im Verhältnis zum Körper. Das muss sie auch sein, da sie auf Ihrem Planeten mehr Luft aufnehmen muss, um den benötigten Sauerstoff daraus zu beziehen. Hier auf der Erde aber« – er sah von seinen Unterlagen hoch – »ist sie zu groß.«

»Was heißt das?«

»Ich kann mich natürlich irren«, räumte der Arzt ein. »Ich kenne Ihren Metabolismus zu wenig, um mir meiner Sache halbwegs sicher zu sein. Sie könnten buchstäblich alles Mögliche haben. Eine Infektion beispielsweise, angesteckt von einem Bakterium oder Virus Ihrer Heimat – das kann ich hier unmöglich nachweisen. Aber da Sie sagen, dass Sie diese Beschwerden noch nie gehabt haben und auch nicht der Beschreibung nach kennen ...«

»So ist es.«

»... denke ich, dass Sie ursächlich mit Ihrem Aufenthalt auf der Erde zusammenhängen.« Er sah Kelwitt an. »Ich vermute, dass Sie an einer Sauerstoffvergiftung leiden.«

»Was?!«, riefen Sabrina und Thilo beinahe im Chor.

»Das kommt euch seltsam vor, nicht wahr?«, schmunzelte Doktor Lacher. »Aber lasst euch gesagt sein, dass Sauerstoff ein überaus aggressives Gas ist. Nur wenige Gase sind noch aggressiver. Sauerstoff kann sogar Metalle zersetzen – Rost ist nichts anderes als Eisen, das dem Angriff von Sauerstoff erlegen ist. Es ist fast ein Wunder, dass unser Körper so gut damit fertig wird.«

»Aber er atmet doch auch Sauerstoff«, wandte Sabrina ein. »Sein Körper müsste doch damit genauso gut fertig werden!«

»Es würde doch reichen, wenn er einfach weniger oft atmet«, meinte Thilo.

»Das tut er zweifellos auch«, vermutete der Doktor.

Kelwitt machte seine Geste der Bestätigung, hielt mittendrin inne und nickte, so gut er es konnte. »Ja. Ich glaube, so ist es.«

»Vielleicht«, schränkte Doktor Lacher ein, »ist Sauerstoffvergiftung auch das falsche Wort. Aber ich denke, dass wir es grundsätzlich mit einer Unverträglichkeitsreaktion auf die irdische Atmosphäre zu tun haben. Das ist ein sehr kompliziertes Gebiet, in dem Blutgaskonzentrationen, Mischungsverhältnisse und andere Dinge eine Rolle spielen, und all das wirkt letztlich zurück auf den gesamten Stoffwechsel. Da kann es durchaus sein, dass eine Atmosphäre, die für ihn zunächst gut atembar ist, sich auf Dauer – und er ist ja nun schon eine Weile hier – als nicht ganz so verträglich erweist.«

Daran hatten sie einen Moment zu kauen.

»Ich denke, Sie haben Recht«, brach Kelwitt schließlich das verdutzte Schweigen. »Aber was kann ich nun tun?«

Der Arzt wiegte den Kopf. »Da kann ich Ihnen nun leider wenig raten. Es gibt natürlich Medikamente gegen die Beschwerden, die Sie haben, aber diese Medikamente sind für Menschen gedacht. Da Sie bereits auf Karotten und Kartoffeln empfindlich reagiert haben, müssen wir davon ausgehen, dass diese Medikamente bei Ihnen nicht die gewünschte Wirkung haben würden. Möglicherweise wären sie sogar gefährlich. Im Grunde können Sie nur versuchen, eine andere Luft zu atmen – eine, die der Atmosphäre Ihrer Heimatwelt so nahe wie möglich kommt. Am besten wäre es natürlich, Sie könnten nach Hause zurückkehren.«

Kelwitt machte eine seiner faszinierenden fließenden Gesten, deren Bedeutung Sabrina noch nicht enträtselt hatte. »Ja«, erklärte er dazu. »Das wäre am besten.«

»Nun?«, meinte Doktor Lacher zufrieden zu seiner Assistentin, die nun wieder so mausgrau wie immer wirkte. »Wie haben wir uns geschlagen?«

»Ich weiß nicht so recht«, erwiderte Stefanie. »Mich irritiert immer noch, dass dieser Moderator nicht aufgetaucht ist.«

»Keine Angst, ohne unsere ausdrückliche Erlaubnis können sie es nicht senden.« Er musterte die Zimmerecken und Arzneischränke eingehend. »Ich wüsste gern, wo sie die Kameras versteckt haben. Wahrscheinlich in der Roboterpuppe. Bestimmt eine interessante Perspektive, uns dann so zu sehen.«

Die Sprechstundenhilfe starrte die Tür an, durch die die drei gegangen waren. »Der sah wirklich verdammt echt aus«, meinte sie versonnen.

»Nicht wahr? Unfassbar, was diese Fernsehleute für einen Aufwand treiben.« Doktor Lacher klatschte in die Hände. »Jedenfalls war es ein amüsanter Vormittag. Auch wenn wir dadurch mit dem Papierkram hinten dran sind.« Plötzlich hielt er inne und meinte in einem Ton, als spräche er zu sich selbst: »Stellen Sie sich vor, wie das wäre, wenn tatsächlich Wesen von anderen Planeten hierher auf die Erde kämen! Wenn sie hier leben und arbeiten würden. Wenn sie im Bus neben einem säßen. Wenn sie zu uns in die Praxis kämen mit völlig andersartigen Krankheiten ... Man könnte noch einmal ganz von vorn anfangen zu studieren. Wie das wäre ...« Ein paar Augenblicke lang Stille im Zimmer. Als ginge ein Engel vorbei, leise, auf Zehenspitzen und mit angezogenen Flügelspitzen.

Dann war es vorbei. Doktor Lacher gluckste plötzlich, sein üblicher Sarkasmus. »Aber wahrscheinlich«, meinte er polternd, »müsste man mit einer Krankenkasse auf dem Sirius abrechnen, und wer weiß, wie *die* sich erst anstellen ...!«

»Und was machen wir jetzt?«, fragte Sabrina, während sie durch die Kälte heimwärts trotteten. Um irgendwelche Blicke irgendwelcher Passanten kümmerten sie sich gar nicht mehr. »Sollen wir ihn unter eine Art Anti-Sauerstoff-Zelt stecken?«

Thilo hatte die Hände in die Jackentaschen gestopft. »Ich kann mich nicht erinnern, dass wir so was zu Hause haben.«

Sabrina dachte laut nach. »Die Atmosphäre von Jombuur nachahmen – wie sollen wir das machen? Selbst wenn wir etwas bauen – vielleicht über Vaters Fabrik die entsprechenden Gase in Druckflaschen beschaffen – man müsste das alles ja auch irgendwie messen und regeln ...«

»Heute Nachmittag schaffen wir das nicht mehr«, meinte Thilo trocken.

»Ja«, meinte Sabrina. »Ich fürchte, das ist ein paar Nummern zu groß für uns.«

Kelwitt, der die ganze Zeit schweigend neben ihnen gegangen war, sagte plötzlich: »Eine Möglichkeit gibt es.«

Die beiden Menschen blieben abrupt stehen.

»Ach«, machte Thilo.

»Und die wäre?«, fragte Sabrina.

Wieder eine dieser geschmeidigen, rätselvollen Gesten. »Das Versorgungssystem meines Raumboots«, sagte Kelwitt einfach.

19

DEN ERSTEN ERFOLG erzielten sie am Dienstag, als sie einen Landwirt aufstöberten, der den Piloten des fremden Raumschiffs vom Traktor aus gesehen hatte. »Ja!«, machte Hermann Hase – und dazu die Boris-Becker-Armbewegung –, als ihn diese Meldung erreichte.

Endlich war er da, wo er hingehörte. An einem großen Tisch sitzend, eine großmaßstäbliche Karte der Umgebung vor sich, zwei Mobiltelefone eingeschaltet, ein Faxgerät, einen Notizblock und jede Menge Kaffee. Und alles hörte auf sein Kommando.

Sie hatten die Kommandozentrale der Einfachheit halber im Gasthof am Brunnen aufgeschlagen, sämtliche Zimmer mit Beschlag belegt und alle Parkplätze mit ihren Wagen voll gestellt. Der Wirt freute sich über die unerwarteten Einnahmen, betonte aber in jedem Gespräch, dass sie Silvester wieder draußen sein müssten, denn er sei ausgebucht zum Jahrtausendwechsel. An der Haustür hing auch ein Plakat, das ein großes Fest ankündigte, mit Blasmusik, Spanferkel und Feuerwerk. »Ja, ja«, antwortete Hase dann immer, ohne sich im Mindesten für die Sorgen des Brunnenwirts zu interessieren. Er würde, das stand für ihn so unverrückbar fest wie – leider – das fremde Raumschiff im Rübenkeller am Ortsrand, hier nicht weggehen, ehe er nicht hatte, was er wollte.

»Schaffen Sie den Mann her!«, kommandierte er. »Sofort!« Jetzt nur nichts falsch machen. »Ich brauche die Videokamera!«, bellte er in das andere Telefon. »Hier in meinem Zimmer. Ja, natürlich auch einen Recorder! Was denn sonst? Und Licht und eine Videokassette und ein Mikrofon und was sonst noch dazu gehört!«

Während die Anlage hereingeschafft und aufgebaut wurde, stand er am Fenster und wusste, wie sich ein General an der Front fühlen musste. Ein einsamer Mann, der einsame Entscheidungen zu treffen hatte. Entscheidungen, an denen das Wohl und Wehe ungezählter Menschen hing, das Schicksal von Millionen. Er beobachtete den Brunnenwirt, der dickbäuchig vor der Tür stand, mit vor der Brust verschränkten Armen das Kommen und Gehen der Agenten verfolgte, und dessen einzige Sorge war, dass weniger Leute als sonst zum Mittagstisch kamen.

Ein glücklicher Mann. Dafür kämpften er und seine Leute: dass Menschen wie dieser Wirt keine anderen Sorgen zu haben brauchten.

Das Gefühl, das ihn in diesem Augenblick durchrieselte, musste die schiere Ehrfurcht vor der eigenen, ungeahnten Größe sein. Die sich nun endlich, endlich offenbarte.

Endlich brachten sie den Mann, einen vierschrötigen Bauern, der nicht recht zu begreifen schien, was hier vorging. Er schien überhaupt nicht besonders schnell von Begriff zu sein. In einem fort machte er Kaubewegungen mit dem Mund, ohne etwas darin zu haben.

»Vorige Woch'«, erwiderte er auf die Frage, wann er seine Beobachtung gemacht hatte. »Also die Woch' vor Weihnachten. Ich meine, die Woch' vor der Woch', in der Weihnachten war ... Jedenfalls am Freitag. Freitagnachmittag.«

»Um wie viel Uhr ungefähr?«, fragte Hase und achtete darauf, in günstigem Winkel zur Kamera zu stehen.

»Oh? Das weiß ich nimmer. – Nach dem Mittag halt. Ich bin mit'm Traktor rausg'fahren zu mei'm Feld am Duffenbach. Wegen mei'm Pflug. Den han ich's letzte Mal liegen lassen.«

Er ließ den Alten, der nach Kuhmist und Bier stank, noch einmal erzählen, was er den beiden Agenten, die ihn gefunden hatten, schon erzählt hatte: dass ein seltsames Wesen – ›komisches Viech‹ nannte er es – ihm auf der Straße entgegengekommen sei, ein Wesen, das aussah wie ein Delfin mit Armen und Beinen.

»Können Sie mir hier auf der Karte zeigen, wo das war?«

»Ha ... Damit kenn' ich mich net aus ...«

Sie probierten es trotzdem.

Hase winkte den Mann mit der Kamera näher heran, während er dem Bauer zu erklären versuchte, was die Striche und Kästchen auf der Karte bedeuteten. Schließlich einigten sie sich auf einen Punkt an der Straße, die von Blaukirch nach Kirchlöhnen führte. Ja, bestätigte der Mann vor laufender Kamera, dort sei es gewesen. Hase zeichnete ein Kreuz ein, mit einem blauen Filzstift.

»Das deckt sich mit den vorliegenden Informationen«, erklärte Hase fürs Protokoll und zeigte auf ein rot eingezeichnetes Kreuz. »An dieser Stelle ist mein Fahrzeug aus noch ungeklärter Ursache von der Fahrbahn abgekommen und eine Böschung hinabgestürzt, wobei es sich überschlug. Ich verlor das Bewusstsein, und das zuvor in Blaukirch sichergestellte Wesen entkam. Wenn es hier« – er zeigte auf das blaue Kreuz – »gesehen wurde, heißt das, es hat sich zielstrebig auf den Weg zurück zur Absturzstelle gemacht.« Drittes Kreuz, schwarz.

Plötzlich kam Hase eine Idee.

Eine Eingebung, gewissermaßen. »Haben Sie«, fragte er den unentwegt kauenden Mann, »beim Weiterfahren andere Autos gesehen? Entgegenkommende Autos?«

Der Mann kaute eine Weile weiter. »Ja«, meinte er dann. »Eins.«

Hase spürte plötzlich seinen Puls. »Können Sie sich erinnern, was für eines?«

Kaubewegungen. Sie machten ihn rasend. »Ein Mercedes. Dunkelgrau.«

»Können Sie sich an das Kennzeichen erinnern?« Das wagte er ja kaum zu hoffen ...

»Des han ich mir net g'merkt. 's war halt ein Stuttgarter

Kennzeichen. Am Steuer war ein Mann, und ein jung's Mädle auf dem Beifahrer. Ein blond's Mädle.«

»Ein dunkelgrauer Mercedes mit Stuttgarter Kennzeichen«, rekapitulierte Hermann Hase und versuchte, im Kopf zu überschlagen, auf wie viele Fahrzeuge diese Beschreibung zutreffen mochte.

»Ja. Die ham dann bei dem Viech g'halten.«

»Wie bitte?!« Hase war elektrisiert. »Angehalten?«

»Ja. Das Viech ist ja auf ihrer Fahrbahn g'laufen. Ich hab' noch g'sehen, wie sie g'halten haben und ausg'stiegen sind.«

»Und dann?!«

»Bin ich um die Kurv'.«

Eine halbe Stunde später ging bei der Stuttgarter Kraftfahrzeug-Zulassungsstelle per Fax ein Ersuchen um Amtshilfe ein. Eine nicht näher bezeichnete Sonderermittlungskommission, die sich über mehrere Rückrufnummern ins Bundesinnenministerium legitimierte, bat um ein Verzeichnis aller Kraftfahrzeuge mit Stuttgarter Kennzeichen vom Typ Mercedes-Benz, Farbe dunkelgrau oder anthrazit, mit Name und Anschrift des Halters. Als Datei und als Computerausdruck, ein Kurier werde innerhalb der nächsten anderthalb Stunden eintreffen und auf das Ergebnis der Abfrage warten. »Da ist jemand völlig verzweifelt«, meinte der zuständige Beamte zu seinem Kollegen. »Oder komplett wahnsinnig.«

Auch Kelwitt und seine Gastgeber saßen an diesem Morgen über Landkarten. Eine Wanderkarte, die den Osten der Schwäbischen Alb und einen Teil des angrenzenden Schwarzwalds zeigte, lag ausgebreitet auf dem Küchentisch. Allerdings blätterte Kelwitt sich gerade durch Thilos Schulatlas.

»Hier«, erklärte er schließlich. Interessanterweise benutzte er zum Zeigen jedes Mal einen anderen seiner tentakelartigen Finger.

Sabrina ächzte. »Das kann nicht sein. Das ist Somalia.«
»Wieder falsch?«, fragte Kelwitt.
»Ja. Wieder falsch.«

Tik, Kelwitts erstaunlicher kleiner Computer, kannte die genaue Absturzstelle des Raumboots. Das Problem war nur, ihm beizubringen, diese Position in das auf irdischen Karten gebräuchliche Koordinatensystem zu übersetzen. Irgendwie hatte er da etwas missverstanden.

»Dann hier!«, versuchte es Kelwitt erneut und zeigte auf eine Stelle, die im Golf von Biskaya lag, weit vor der Küste von Brest.

Thilo nahm ihm den Atlas wieder ab und klopfte mit der flachen Hand auf die Wanderkarte. »Hier!«, sagte er. »Es muss hier irgendwo sein.«

Nora beobachtete das alles mit einem ungutern Gefühl. Ein dunkles, unruhiges Gefühl, das mehr war als Sorge. »Ich weiß nicht, was euer Vater dazu sagen würde«, meinte sie zaghaft und wünschte sich, ihr Mann wäre da gewesen, um dem Einhalt zu gebieten, was sich hier anbahnte. Aber Wolfgang Mattek war an diesem Morgen schon um fünf Uhr früh aufgestanden, um nach einer flüchtigen Rasur, einer flüchtigen Tasse Kaffee und einem flüchtigen Kuss zurückzukehren in das Büro, das er am Abend zuvor erst um halb elf verlassen hatte. »Der Endspurt!«, hatte er ihr versichert.

Kelwitt beugte sich wieder über die Karte, studierte die Linien darauf und fuhr manche von ihnen mit nassen Fingern nach. Er sah tatsächlich nicht mehr so gesund aus wie an dem Tag, an dem Sabrina ihn ins Haus gebracht hatte, fand Nora. Seine Haut glänzte nicht mehr rundherum, sondern wies eine zunehmende Anzahl matter Stellen auf. Und er roch anders als vor einer Woche. Nora hätte nicht sagen können, wonach, aber jedenfalls nicht mehr gut. *Faulig* irgendwie.

»Hier«, sagte die dünne mechanische Stimme aus der Metallspange auf seiner Schulter.

Die Kinder inspizierten die Stelle, auf die Kelwitts Finger wies.

»Blaukirch«, las Thilo vor.

»Sie haben es sich über die Feiertage so richtig gegeben, und nun wundern Sie sich, dass es Ihnen so geht, wie es Ihnen geht? Ich wundere mich überhaupt nicht. Sie haben zu viel getrunken, zu viel und zu fett gegessen, und Sie sind nicht mehr der Jüngste«, las Doktor Lacher an diesem Morgen einem seiner Patienten die Leviten. »Sie fühlen sich vielleicht krank, aber Sie sind es nicht. Sie verschwenden Ihr Geld, wenn Sie deswegen kommen.«

»Das kann ich mir gerade noch leisten«, knurrte Lothar Schiefer und knöpfte sich das Hemd wieder zu.

»Mir soll es recht sein. Aber da Sie schließlich hier sind, um sich meinen fachmännischen Rat anzuhören: Ändern Sie Ihr Leben. Weniger Stress, weniger Hektik. Wann haben Sie das letzte Mal einen Spaziergang gemacht, einfach so? Lassen Sie ein paar Zigaretten weg, und gönnen Sie sich dafür frische Luft. Und Sie sollten darüber nachdenken, ob es nicht doch an der Zeit wäre, ein bisschen sesshafter zu werden. Glücklich verheiratete Männer leben länger – aber das habe ich Ihnen letztes Jahr auch schon erzählt.«

»Ja. Aber ich nehme an, ehetaugliche Frauen gibt es immer noch nicht auf Rezept?«

Doktor Lacher stellte kopfschüttelnd die Nierenschale mit dem bei der Untersuchung verbrauchten Einwegmaterial beiseite. »Hör sich einer diesen Mann an! Einer wie Sie, ein Mann in seinen besten Jahren ...«

»Gerade haben Sie mir noch vorgehalten, ich sei nicht mehr der Jüngste!«

»Das ist dasselbe, nur netter ausgedrückt.«

»Abgesehen davon kenne ich so gut wie keinen glücklich verheirateten Mann. Die meisten verheirateten Männer, die ich kenne, flüchten vor ihren Familien in die Arbeit und hoffen, dass sie der Herzinfarkt vor der Rente einholt.« Lothar Schiefer betrachtete seine Krawatte, als habe er etwas ungeheuer Interessantes darauf entdeckt. »Allenfalls Mattek scheint glücklich verheiratet zu sein.«

Der Arzt schaute auf. »Mattek?«

Lothar Schiefer beschloss, die Krawatte zusammenzurollen und in die Tasche seines Jacketts zu stopfen. »Haben Sie den schon verdrängt? Wolfgang Mattek. Er hat Sie mir empfohlen, kurz bevor das mit dieser Fernsehsendung war.«

»Nein, nein, daran erinnere ich mich natürlich noch. Es ist nur seltsam, dass Sie ihn erwähnen, gerade als ...« Doktor Lacher hielt inne und presste die Lippen zusammen. »Na ja«, meinte er dann. »Zufall.«

Der Finanzberater musterte ihn aufmerksam. »Gerade als – was?«

»Nichts. Es hat nichts zu bedeuten.«

»Das sagen Sie, weil Sie denken, dass es sehr wohl etwas zu bedeuten hat.«

»Vielleicht. Ich weiß nicht, ob es etwas zu bedeuten hat.«

»Und wovon«, setzte Lothar Schiefer den Bohrer an, »reden wir jetzt genau?«

»Von einem dummen Streich. Nichts Wichtiges. Eigentlich war es sogar amüsant.«

Lothar Schiefer starrte den Arzt an, als habe der gerade angefangen, Kisuaheli zu sprechen, klappte die Augen zu und dann wieder auf, und alles war immer noch so, wie es war. »Wolfgang Mattek hat Ihnen einen *Streich* gespielt? War es das, was ich Sie da eben gerade habe sagen hören? Reden wir von demselben Mann?«

»Na ja – eigentlich waren es seine Kinder. Aber ich könnte mir vorstellen, dass er dahinter steckt. Ich bin mir fast sicher.«

»Wolfgang Mattek? Der allseits bekannte Fabrikant von Feuerwerksartikeln?« Lothar Schiefer holte tief Luft. »Es ist

Ihnen hoffentlich klar, dass Sie jetzt nicht mehr darum herumkommen, mir die ganze Geschichte zu erzählen? Vorher kriegen Sie mich nicht durch diese Tür da.«

»Es ist unwichtig, glauben Sie mir. Belanglos. Ich hätte nicht davon anfangen sollen.«

»Ich verdiene meinen Lebensunterhalt damit, mir Dinge anzuhören, die andere für belanglos halten.«

Doktor Lacher wand sich förmlich. »Wirklich, ich sollte das nicht erzählen ...«

»O doch. Sie müssen sogar.«

»Am Ende heißt es wieder, ich hätte gegen die Schweigepflicht verstoßen ...«

Lothar Schiefer hockte sich breitbeinig auf die Behandlungsliege und verschränkte die Arme vor der breiten Brust, als habe er ernsthaft vor, den Raum nicht mehr zu verlassen. So sah er den Arzt nur an, sagte nichts und wartete.

»Ich sollte das für mich behalten. Wirklich.«

Wie der Mann ihn voll schweigender Erwartung ansah! Nicht auszuhalten.

»Ich und mein loses Mundwerk ...«

Nicht einmal die Andeutung eines Lächelns. Geradezu schraubstockhafte Stille. Schweigen, von dem ein Sog auszugehen schien.

»Also gut. Aber es bleibt unter uns!?«

Der Finanzberater, sonderbar zerzaust wirkend in seinem italienischen Designeranzug ohne Krawatte, nickte nur. Nickte. Versprach es. Endlich konnte Doktor Lacher die Schleusen öffnen und erzählen, erzählen, erzählen ...

Eine dreiviertel Stunde später, das Wartezimmer war schon bis auf den letzten Platz voll und der Tagesplan endgültig durcheinander, verließ ein abgrundtief verwirrter Lothar Schiefer die ärztliche Praxis. Das, was der Arzt ihm erzählt hatte, fand einfach keinen Platz in seinem Weltbild. Machte keinen Sinn. Als er seinen Wagen erreicht hatte und hinter dem Steuer saß und ihm der Wagenschlüssel das dritte Mal aus den Fingern geglitten und zu Boden gefallen war, realisierte er, dass er nicht im Stande war zu fahren.

Er blieb eine Weile sitzen und dachte nach, aber es ergab immer noch keinen Sinn, und er wurde immer konfuser im Kopf, je länger er nach einem suchte. Schließlich rief er über sein Autotelefon ein Taxi, um sich nach Hause bringen zu lassen.

»Denkst du nicht, dass das ziemlich gefährlich werden kann?«, fragte Thilo.

Sabrina durchwühlte einen Schuhkarton voller Briefe, Postkarten und Notizzettel, und sie hielt nicht inne, während sie antwortete. »Wieso? Gibt's neuerdings Grizzlybären auf der Schwäbischen Alb?«

»Sehr witzig. Ich denke, Kelwitts Absturz ist beobachtet worden?«

»Ist er.«

»Und hast du nicht die ganze Zeit in Paranoia gemacht, dass die Geheimdienste auf der Lauer liegen, um Kelwitt zu fangen, falls er dorthin zurückgeht?«

»Ja. Aber Kelwitt geht ja nicht. Ich gehe.« Sabrina musterte einen Zettel, auf dem nur *Alex* stand und eine Telefonnummer. »Alex? Alex? Ah – Zeltlager. Genau. Einen Versuch wert.« Sie legte den Zettel beiseite und wühlte weiter.

»Und was soll das bringen?«

»Moritz«, las Sabrina. »Der studiert wahrscheinlich immer noch. Und fährt sicher immer noch seine Klapperente.« Noch ein Brief, der auf dem kleinen Häufchen neben dem Telefon landete. »Schon mal den Begriff ›Kundschafter‹ gehört?«, sagte sie dann auf die Frage ihres Bruders, der unruhig an ihrem kleinen Schreibtisch lehnte.

»Das habe ich schon verstanden. Du willst herausfinden, was aus Kelwitts Raumschiff geworden ist. Und danach? Du kannst es ja wohl schlecht einfach mitbringen.«

Sabrina seufzte.

»Ach, das weiß ich auch noch nicht! Aber ich will nicht einfach herumsitzen und zusehen, wie Kelwitt mehr und mehr verfällt.«

»Momentan scheint es ihm doch wieder besser zu gehen ...«

»Weil er das, was er bei uns gegessen hat, wieder losgeworden ist. Aber das ist ja keine Lösung. Er braucht seine eigene Luft, und vor allem braucht er seine eigene Nahrung!« Sie klappte den Deckel des Schuhkartons zu, schob ihn in das Schreibtischfach zurück, aus dem sie ihn geholt hatte, und förderte aus demselben Fach ein Adressenbüchlein mit abgewetzten Pferdebildern auf dem Umschlag zu Tage.

»Sag mal«, fragte Thilo, »was machst du da eigentlich?«

Sabrina hielt inne, das aufgeschlagene Adressenbuch in der Hand, als müsse sie sich das selber erst überlegen. »Tja«, machte sie, »wie soll ich sagen ... Ich suche Telefonnummern von Leuten, die sich eventuell überreden lassen, mich mit dem Auto in der Gegend um Blaukirch herumzufahren.«

»Wieso das denn?« Thilo beugte sich über den kleinen Stapel von Briefen und Notizzetteln. »Du willst da irgendwelche Leute mit reinziehen? Irgendwie wirst du immer leichtsinniger, hab' ich das Gefühl ...«

»Unser Vater wird bis zum Ladenschluss an Silvester praktisch in der Firma wohnen, das ist ja wohl klar.« Und ihre Mutter traute sich das Autofahren nicht mehr zu, seit einem Ereignis kurz nach Sabrinas Geburt, über das nie gesprochen wurde.

»Es soll ja so Einrichtungen geben wie Busse und Bahnen«, schlug Thilo vor. »Hört man bisweilen.«

»Danke. Man merkt, dass du nie in Schloss Tiefenwart warst. Die Gegend dort ist das Ende der Welt – wenn in Blaukirch überhaupt ein Bus fährt, dann höchstens zweimal am Tag, jede Wette. Nein, ohne eigenes Auto macht das keinen Sinn.«

Thilo zog eine Postkarte aus dem Stapel.

»Norbert? War das nicht der Typ, mit dem du zusammen warst, als du hier von der Schule geflogen bist?«

»He, das geht dich überhaupt nichts an!«, rief Sabrina und nahm ihm die Karte wieder aus den Fingern.

Thilo erspähte schon den nächsten Namen, zusammen mit einer Telefonnummer auf einen Bierdeckel gekritzelt. »Bodo Fechtner? *Der* Bodo Fechtner? Du hast echt was mit unserem Kunstlehrer gehabt?«

»He! Hör auf damit!«

»Aber der ist doch verheiratet?«

»Ich bin nicht eifersüchtig«, erwiderte Sabrina und nahm das Häufchen an sich, sodass ihr Bruder nichts mehr lesen konnte.

»Mann!«, meinte Thilo beeindruckt. »Sind das etwa alles deine Ex-Lover?«

Sabrina hob den Stapel hoch und betrachtete ihn von der Seite, seine Dicke abschätzend. »Wieso?«, fragte sie verwundert. »Findest du das etwa viel?«

Nora hielt es nicht mehr aus in der Küche. Am Türrahmen zum Wohnzimmer zu stehen und diesem armseligen Wesen zuzusehen, das da auf der harten Holzliege lag und schlief und unheimliche Geräusche machte beim Atmen, das war nicht länger auszuhalten. Es wurde langsam dunkel, und dann glänzte seine Haut ölig, und sie meinte wieder das Öl zu riechen, wie damals, in der Bretagne, an der Küste, an der die Welt unterzugehen schien ...

Wo war ihre Angst geblieben vor diesem Wesen? Verschwunden. Sie hatte nur noch Angst *um* dieses Wesen. Ein Außerirdischer – na und? Es war ein Lebewesen wie jedes andere. Mit ihm umzugehen war nicht anders als mit einem

Tier, das reden konnte, das klug war. Und genauso wie man ein Tier gern haben konnte, konnte man ihn gern haben. Nicht wie einen Menschen, dazu war er zu fremd, zu anders. Aber was hieß das schon? An einen Menschen hatte man Erwartungen. An ihn konnte man keine Erwartungen haben. Ein seltsamer kleiner Gast, wie ein hungriges Kind, und es half nichts, ihm zu essen zu geben, weil er krank wurde davon ...

War es wirklich der Sauerstoff der Luft, der ihm zusetzte? Nora schüttelte langsam den Kopf, stand immer noch da, obwohl sie gehen wollte, stand da in der einbrechenden Dämmerung mit vor der Brust verschränkten Armen und sah ihm beim Schlafen zu. Erschöpft war er gewesen nach der Suche auf den Landkarten. Was wusste so ein Arzt schon von Außerirdischen? War es nicht viel wahrscheinlicher, dass ihn die Giftstoffe in der Atmosphäre schädigten – die Kohlenwasserstoffe, die Stickoxide, das Ozon und so weiter?

Eine Erinnerung rief, von weit her, aus einer dunklen, lange zurückliegenden Zeit. Damals hatte sie so viel gewusst, so viel verstanden – aber dann war irgendetwas passiert, und sie hatte vergessen und aufgehört zu verstehen.

War es wirklich Zufall, dass der Außerirdische unterwegs gewesen war, um nach einem Zeichen für seine Zukunft zu suchen? Konnte es wirklich Zufall sein, dass er dabei ausgerechnet in ihrem Haus gelandet war?

War es am Ende umgekehrt?

War er ein Zeichen?

Die Karten und Zettel mit Namen und Telefonnummern riefen Erinnerungen wach. Erinnerungen konnte sie gerade nicht brauchen. Erstaunlich, wie schwer es ihr fiel, den Hörer in die Hand zu nehmen und die Nummern zu wählen, die da standen, hingekritzelt oder erwartungsvoll aufgemalt, zittrig oder entschlossen.

Norbert. Der musste inzwischen neunzehn sein und ausgelernter Kfz-Schlosser. Unter Garantie hatte er ein Auto. Diesen kleinen Gefallen konnte er ihr ruhig tun. Immerhin waren sie an die zwei Monate miteinander gegangen.

Na ja – eigentlich mehr gelegen als gegangen.

Er schien sich zu freuen, von ihr zu hören, aber: »Du – schrecklich gern, aber weißt du ..., ich flieg' morgen mit meiner Verlobten nach Amerika. Wir heiraten am Silvestermorgen und feiern das neue Jahrtausend an den Niagarafällen. Muss schon sein bei so 'ner runden Zahl, oder?«

Udo? Für ihn war es das erste Mal gewesen. Noch im Bett hatte er in einem fort von heiraten und Kinder kriegen und Haus bauen geredet, furchtbar. Aber eigentlich hatte er es ganz mannhaft getragen, als sie Schluss machte.

Unter der Telefonnummer meldete sich jemand, der nur gebrochen Deutsch sprach und noch nie von einem Udo gehört hatte. Sie rief die verschiedenen Auskunftsdienste an, ohne Erfolg.

Fabrizio? Warum hatte der nur so eifersüchtig sein müssen; mit ihm war es immer wunderbar gewesen. Aber irgendwann war sie sich vorgekommen wie in einer italienischen Tragödie.

»Sabrina?! Mich zu fragen, ob ich mich an dich erinnere? *Mi amore* – wie könnte ich dich vergessen? Sag, was du auf dem Herzen hast; ich tue alles für dich.«

Als sie es ihm erklärte, schien ihm das Herz zu brechen. »Morgen? *Impossibile! Madre mio,* warum rufst du erst jetzt an? Morgen geht es nicht, ausgeschlossen. Wir fahren alle nach Italien, die ganze Familie trifft sich, um das neue Jahr zu erwarten. Wir werden einen Blick auf den Ätna haben, und meine Großmutter wird kochen ... Willst du nicht mitkommen? Ja, komm doch mit! Dann lernst du meine ganze Familie kennen, und auf dem Rückweg fahren wir in dieses – wie war der Name doch gleich?«

Nach diesem Telefonat musste sie eine Pause machen,

weil es ihr in den Ohren surrte. Sorgenvoll betrachtete sie den kleiner werdenden Stapel. Wenn das so weiterging, nutzte ihr der ganze Fundus an Männern nichts. Hatten die nichts anderes im Kopf als Silvesterfeten?

Alex. Das war nett gewesen. Sie hatten es am Waldrand gemacht, auf weichem Moos, weit weg vom Zeltlager, und waren danach nackt dagelegen und hatten sich die Sterne und die schwarzen Silhouetten der Tannen angeschaut, bis ihnen kalt geworden war.

Unter der Telefonnummer meldete sich seine Mutter, die ihr sagte, dass Alex ausgezogen sei, und ihr die neue Nummer gab. Als sie dort anrief, hörte sie, wie sie automatisch weiterverbunden wurde, und dann das typische Klingeln eines Mobiltelefons.

»Sabrina? Ach so, ja, klar. Entschuldige, natürlich erinnere ich mich. Ich bin bloß gerade im Stress, weil – also, ich bin gerade im Krankenhaus, und meine Frau – ich meine, wir – also, das Baby kommt jeden Moment ...«

»Dann ruf' ich besser ein anderes Mal wieder an«, schlug Sabrina vor.

»Ja, das wär' toll ... Tut mir wirklich Leid, dass es grade so ein ungünstiger Moment ist ... Wir hatten gehofft, das Baby kommt an Neujahr, weißt du, aber es will wohl doch noch das alte Jahrtausend mitkriegen ...«

Sabrina legte auf und stieß einen Schrei aus. »Ich kann das Wort Neujahr nicht mehr hören!«, rief sie ihrer Zimmerwand zu. »Und das Wort Silvester gleich zweimal nicht!«

Bodo. Das war ein gebildeter, erwachsener Mann mit Geschmack und Kultur. Das war es auch gewesen, was sie damals an ihm fasziniert hatte. Er war absolut anständig gewesen, hatte ihr vorher in Ruhe erklärt, dass er den Wunsch habe, mit ihr zu schlafen, aber dass sie wissen müsse, dass er verheiratet sei und seine Frau nicht verlassen würde. Sie hatten es dann in einem richtigen Hotel getan und Sekt dazu getrunken, in einer Atmosphäre wunderbarer Melancholie.

»Hier ist der Anrufbeantworter von Isabel und Bodo Fechtner«, hörte sie seine Stimme vom Band. »Leider können Sie uns in diesem Jahrtausend telefonisch nicht mehr erreichen. Wir sind schon mal ein Stück vorangegangen – wenn Sie diese Nachricht hören, sind wir auf Pitt Island im Pazifik, wo das neue Jahrtausend früher anbrechen wird als sonst wo auf der Welt. Bis dann!«

Moritz, den sie auf einem Studentenfest kennen gelernt hatte, war inzwischen beim dritten Studienfach angelangt. »Ich fahr' mit so 'ner Clique runter nach Südfrankreich – da gibt's 'ne Strecke, bei der der Zug drei Minuten vor Mitternacht in einen Tunnel fährt und erst zwei Minuten danach wieder rauskommt. Geil, oder?«

Guido war ihretwegen auf ein Internat verbannt worden. Er schien ihr das nicht nachzutragen, musste aber passen: »Du, ich hab' kein Auto. Sorry.«

Eberhard war der einzige Mann, der je mit ihr Schluss gemacht hatte anstatt, wie sonst, umgekehrt. Ihm war der Sport wichtiger gewesen, Leichtathletik, Handball, Schwimmen.

»Eberhard ist beim Training«, beschied sie eine keifige Frauenstimme, als sie anrief. »Soll ich ihm was ausrichten? Wie war noch mal der Name?«

Was Eberhard wohl an Silvester machen würde? Vermutlich fünf Sekunden vor Mitternacht in ein Schwimmbecken hechten, um erst im neuen Jahrtausend wieder an die Oberfläche zu kommen.

Bis auf ein paar Telefonnummern, unter denen sich niemand meldete, war der Stapel damit verbraucht. Männer! Wenn man sie mal wirklich brauchte, ließen sie einen im Stich. Sabrina blätterte stirnrunzelnd in ihrem Adressbüchlein mit dem Pferdeumschlag, aber jeden wollte sie nun doch nicht fragen. An etliche erinnerte sie sich nicht mehr, und an den Rest nur mit Schaudern.

Mehr aus Versehen kam sie auf die Seite mit der Geburtstagsübersicht. Sonderlich viele Geburtstage waren nicht eingetragen. Ihr eigener, die ihrer Eltern und der Thilos – und Dorotheas!

Sie starrte den Eintrag in Jungmädchenhandschrift an, als leuchte er plötzlich.

Dorothea Weinmann war vorgestern achtzehn geworden. Ach du Schande. Und sie hatte es völlig vergessen.

Als sie noch gemeinsam zur Schule gegangen waren, waren sie die besten Freundinnen gewesen, hatten unentwegt zusammengesteckt und einander die denkbar intimsten Geheimnisse anvertraut. Sie hatten sogar – angeregt durch Dorotheas Vater, der Amateurfunker war, und mit einer Ausdauer, die ihr heute unbegreiflich war – das Morsealphabet gelernt und es darin zeitweise zu solcher Meisterschaft gebracht, dass sie sich nur unter der Schulbank gegenseitig die Hände auf die Knie zu legen brauchten, um sich völlig unauffällig nach Belieben unterhalten zu können. Als Sabrina ihre Tournee durch die Internate begann, hatten sie das Morsen gegen endlose Telefonate ausgetauscht, um in Kontakt zu bleiben – sehr zum Zorn von Dorotheas Eltern, die sich angesichts der Telefonrechnungen kurz vor dem Ruin sahen, abgesehen davon, dass sie selber kaum noch telefonisch erreichbar waren. Was Sabrina anbelangte, hätte ihr Vater ihr nicht unbeträchtliches Taschengeld auch gleich an verschiedene Telefongesellschaften überweisen können. Das änderte sich erst, als sie nach Schloss Tiefenwart kam, wo nicht nur die Lehrer, sondern auch die Telefonzeiten beschränkt waren. Seither hatte sie wieder Geld, aber kaum noch Kontakt zu Dorothea.

Achtzehn? Doro war *achtzehn!* Das Letzte, was sie von ihr gehört hatte, war, dass sie angefangen hatte, den Führerschein zu machen!

»Doro, bitte verzeih mir«, murmelte Sabrina, während sie die Telefonnummer wählte, die nirgendwo geschrieben stand, weil sie sie zu jeder Tages- und Nachtzeit hätte wählen können – und auch schon gewählt hatte. »Lass uns Frauen zusammenhalten, bitte, bitte ...«

Kelwitt erwachte aus seinem leichten, unruhigen Schlaf. Inzwischen war es dunkel geworden. Es tat gut, zu liegen, aber seine Haut brannte. Er langte nach seinem Schwamm, der in kühlem, salzigem Wasser lag, und befeuchtete sich. Dann sah er, dass Unsremuutr im offenen Durchgang zum ebenfalls dunklen Nahrungsraum stand und ihn beobachtete.

20

»Entschuldigung«, meinte die Stimme am anderen Ende der Leitung. Eine verdammt junge Stimme, beschäftigten die schon Kinder und Jugendliche bei diesen privaten Fernsehsendern? Kaum herauszuhören, ob da ein Mann sprach oder eine Frau. Und jede Menge ablenkende Geräusche im Hintergrund. Tohuwabohu. »Also bei Ihnen war eines unserer Fernsehteams?«

»Ich weiß nicht, ob es eines Ihrer Fernsehteams war«, wiederholte Doktor Lacher ärgerlich. Hatte er das diesem Schnösel nicht gerade erklärt? Wahrscheinlich schaute der nebenher fern.

»Und das hat etwas kaputtgemacht oder was?«

»Nein, es hat nichts kaputtgemacht. Es hat mich gefilmt.«

»Verstehe«, meinte die helle Stimme gelangweilt. »Und was kann ich nun für Sie tun? Sie wollen wissen, wann der Beitrag gesendet wird?«

»Ja«, sagte Doktor Lacher und nickte bekräftigend. »Ganz genau. Darum geht es. Dass das nicht ohne meine ausdrückliche Einwilligung gesendet werden darf.«

»Hat die der Redakteur nicht eingeholt? Das ist so ein hellblaues Formular ...«

»Nein! Hat er nicht!«

»Verstehe. Können Sie mir bitte den Namen des Redakteurs sagen? Dann verbinde ich Sie weiter.«

Doktor Lacher verdrehte die Augen. »Ich weiß keinen Namen, wie oft soll ich das denn noch erklären?«

»Aber Sie müssen doch einen Ansprechpartner gehabt haben?«

»Ich sagte doch, ich bin mit versteckter Kamera gefilmt worden!«, bellte Lacher.

Einen Moment Schweigen. »Mit versteckter Kamera?«

»Ja. Versteckt. Wie verborgen, getarnt, heimlich.«

»Entschuldigung, da muss ich mal kurz nachfragen, wer bei uns so etwas macht.« Zack, wieder in der Warteschleife, mit Filmmusik und Ankündigungen der Spielfilm-Highlights zum Ausklang des Jahrtausends.

Das war jetzt schon der vierte Fernsehsender, durch dessen wild wuchernde Hierarchie er sich hindurchtelefonierte. Bisher hatte sich keiner zu dem Streich bekannt, den die Mattek-Kinder ihm zu spielen geholfen hatten.

»Hallo, hören Sie?«, kam die helle Bubenstimme wieder. »Ich erfahre, dass wir zurzeit keine Sendungen mit versteckter Kamera produzieren. Sind Sie sicher, dass das Filmteam aus unserem Haus kam?«

»Wie soll ich mir dessen sicher sein, wenn ich es überhaupt nicht zu Gesicht bekommen habe?«, knurrte Lacher.

Immerhin, allmählich dämmerte dem Jüngelchen, worum es hier ging. »Dann wissen Sie gar nicht, von wem Sie gefilmt wurden?«

»Genau.« Noch mal die Warteschleife und drei Takte bombastische Fanfaren, dann: »Haben Sie es schon mal beim ZDF versucht?«

»Danke für den Tipp«, meinte Lacher und legte auf. Das hörte er jetzt zum dritten Mal. *Haben Sie es schon beim ZDF versucht?* Dort hatte er sogar als Erstes angerufen; Fernsehzeitschriften konnte er immerhin auch lesen. Die hatten ihn an den WDR verwiesen.

Irgendwas lief hier verkehrt. Niemand wollte sich zu dem Streich mit dem Außerirdischen bekennen.

»Mit der Blonden vom Supermarkt hat er vor einem halben Jahr Schluss gemacht«, erzählte Dorothea. »Seither ist er mit der Silvia zusammen, weißt du, die nach der siebten in die Realschule gewechselt ist.«

»Mmh«, meinte Sabrina. »Und die auch blond ist.«

Dorothea musterte ihr dunkelbraunes Haar im Rückspiegel. »Ja, allmählich sollte er blond echt überhaben.«

»Doro!«, ächzte Sabrina, verdrehte die Augen und ließ den Kopf nach hinten gegen die Kopfstützen fallen. »Du kapierst es nie, oder?«

Dorothea war, seit sie dreizehn war, verknallt in einen Tunichtgut namens Gerold, der seinerseits nichts von ihr wissen wollte. Weswegen Dorothea immer noch Jungfrau war.

Was, wie Sabrina fand, sich eigentlich nicht gehörte für ihre beste Freundin.

Sie fuhren auf der Autobahn, in zäh dahinfließendem Verkehr kurz vor dem Stillstand. Dorothea hatte ihrem Vater dessen Auto abgeschwatzt, einen ausladenden, ratternden Ford von geradezu amerikanischen Ausmaßen, der schon so alt war, dass man sich auch keine Sorgen mehr darum machen musste, ihrer Mutter hoch und heilig versprochen, vorsichtig zu fahren, dabei mit Erstaunen festgestellt, in ihrem Vater einen Fürsprecher ihres Unternehmens zu haben (»*Sie hat den Führerschein – sie muss auch mal ganz auf sich allein gestellt fahren! Wie soll sie sonst je selbstständig werden?*«), eine fiktive Telefonnummer hinterlassen (sie durfte nicht vergessen, von unterwegs anzurufen, damit der Schwindel nicht aufflog), und nun waren sie unterwegs. Ob sie den Wagen auch bekommen hätte, wenn sie verraten hätte, dass sie zusammen mit Sabrina fahren wollte, hatte sie wohlweislich allerdings nicht ausprobiert.

Jedenfalls war es großartig, fand Sabrina. Schade, dass es zu kalt war, um das riesige Schiebedach aufzukurbeln. Aber auch so kam sie sich vor wie die Hauptdarstellerin in einem Road Movie. Thelma und Louise. Sabrina und Dorothea.

»Du weißt eben nicht, was wahre Liebe ist«, verteidigte sich Dorothea dünnlippig.

»Wahre Liebe? Gerold? Ach du meine Güte.« Allmählich schien es chronisch zu werden. »Mir würde es für den Anfang schon genügen, wenn ich verstehen könnte, was du an dem Typ eigentlich findest. Der hat doch nur sein Motorrad im Kopf. Wenn er nicht mal wieder Hasch raucht, dann hat er gar nichts im Kopf. Und ansonsten macht er nichts, als den Weibern hinterher zu steigen ...«

»Also, ehrlich gesagt, aus deinem Mund klingt das als Vorwurf reichlich merkwürdig«, versetzte Dorothea. »Er muss eben auch seine Erfahrungen machen, na und?«

Sabrina seufzte. »Also gut. Von mir aus. Und was spricht dagegen, dass du solange auch deinen Spaß hast?«

»Dagegen spricht, dass es mir keinen Spaß machen würde. Mit irgendjemandem zu schlafen, meine ich.«

»Woher willst du denn das wissen? Du hast es ja überhaupt noch nicht probiert.«

»Ich muss nicht aus dem Fenster springen, um zu wissen, dass es mir keinen Spaß machen würde, unten aufzuschlagen.«

Das Fatale war, dass, wie Sabrina Gerold und seine Vorlieben einschätzte, Dorothea für ihn auf einer Attraktivitätsskala von null bis zehn ungefähr bei minus fünfzehn rangierte. Geralds Freundinnen waren immer blond, so langmähnig wie langbeinig, dazu sportlich und vom Wesen eher zänkisch und doof. Dorothea dagegen hatte dunkelbraune, stark zu Spliss neigende Haare, die sie stets kürzer tragen musste, als ihr gut gestanden hätte, und breite Schultern, da sie gern schwamm. Ihre Hüften waren dagegen knabenhaft schmal und ihr Busen nicht der Rede wert. Dass sie eine verträgliche Seele von Mensch sein konnte, gern Fontane und Theodor Storm las und Streichholzbriefe von Hotels aus aller Welt sammelte, brachte ihr in den Augen eines dummen Buben wie Gerold Natter auch keine Ausgleichspunkte ein.

»Was macht eigentlich Christian?«, fragte Sabrina. Christian war ein stiller Junge aus Dorotheas Parallelklasse, der Bücher las und Klavierstunden nahm und ihrer Meinung nach gut zu Dorothea passen würde.

»Jetzt fang nicht wieder von dem an! Ich hab' dir schon mal gesagt, dass der mich nicht interessiert.«

»Hätte sich ja was geändert haben können.«

»Hat sich aber nicht.« Sie deutete auf ein großes blaues Schild, das die nächste Ausfahrt ankündigte. »Müssen wir da jetzt raus?«

»Noch nicht. Die danach, glaube ich.« Einen Vorteil hatte es zumindest, dass Dorotheas ganzes Denken unentwegt um ihren Gerold kreiste: Sie war noch nicht einmal auf die Idee gekommen, genauer nachzufragen, was Sabrina eigentlich suchte in diesem Kaff auf der Schwäbischen Alb, dessen Namen sie gestern Abend zum ersten Mal gehört hatte.

Die Beerdigung von Herrn Güterling war eine einsame Veranstaltung. Der Einzige, den Thilo kannte, war ein alter Mann, der dem Sarg mit zittrigen Schritten folgte, eine schiefe schmale Figur in einem schwarzen Anzug. Er hatte früher öfter mit Güterling Schach gespielt, doch seine Alzheimererkrankung war vorangeschritten und hatte das schließlich unmöglich gemacht. Immerhin schien er sich noch an ihn zu erinnern.

Es war kalt und windig. Der Pfarrer spulte seinen Part routinemäßig ab und so schnell, wie es die Pietät zuließ. Thilo starrte das offene Grab an, ohne zuzuhören. Kelwitt hatte genau wissen wollen, wie die Erdbewohner mit ihren Toten verfuhren. Die Idee, sie im Boden zu vergraben, hatte ihn verblüfft. Auf Jombuur wurden die Toten – natürlich – im Meer beigesetzt, wobei es durchaus verschiedene Varianten gab. In Kelwitts Gegend war es üblich, den Leichnam auf einem brennenden Floß einer bestimmten Meeresströmung zu übergeben.

Im Hintergrund standen zwei alte Weiber, von denen Thilo glaubte, dass sie jeden Tag auf den Friedhof gingen, um irgendwelchen Beerdigungen beizuwohnen. Im Altersheim hatte er sie jedenfalls nie gesehen. Und bei der schlechten Meinung, die Güterling von Frauen im Allgemeinen und seiner eigenen im Besonderen gehabt hatte, war schwer vorstellbar, dass er noch zu irgendeiner eine besondere Beziehung gepflegt hätte.

Der eisige Wind trieb winzige Schneeflocken vor sich her. Die Kälte kroch durch die Schuhsohlen. Der alte Mann schwankte am Grab, als wolle er selber hineinfallen. Thilo dachte an Sabrina, die jetzt mit ihrer Freundin nach Blaukirch unterwegs war. Am liebsten wäre er mitgefahren, aber jemand musste bei Kelwitt bleiben.

Zum ersten Mal kam ihm der Gedanke, dass, wenn Kelwitt sterben sollte, sie sich würden überlegen müssen, was mit seinem Leichnam zu geschehen hatte.

Lothar Schiefer ließ sich mit dem Taxi bis an den Aufgang zur Ladenstraße bringen und wartete neben dem Türschild eines Rechtsanwalts, bis es wieder weg war.

Dann zog er seinen Schlüsselbund aus der Tasche und machte sich auf den Weg zum Parkplatz, auf dem sein Auto hoffentlich noch stand.

Er musste allmählich wirklich aufpassen mit dem verdammten Saufen. Vor allem an solchen Feiertagen wie Weihnachten. Dass ihn die blöde Geschichte, die ihm der Arzt gestern erzählt hatte, so durcheinander gebracht hatte ... Aber ausgerechnet Mattek! Mattek, der sich sowieso merkwürdig benahm in letzter Zeit.

Er schloss die Wagentür auf, ließ sich in den Sitz fallen und zog sie wieder zu. Sein Bauch fühlte sich an wie ausgestopft. Als hätte er Steine geschluckt. Und dieser blöde, bittere Geschmack im Mund, bestimmt von den Tabletten heute Morgen ... Zeit, dass das neue Jahr endlich anfing und man sich wieder in die Arbeit stürzen konnte.

Aber diese Geschichte mit dem Außerirdischen ... Verdammt, wie kam dieser furztrockene Mediziner dazu, ihm so einen Stuss zu erzählen? Mattek?! Wolfgang Mattek war weder nachtragend noch fantasievoll genug für eine solche Aktion. Es sei denn, er hatte sich in diesem Mann so gründlich getäuscht wie noch nie in jemandem.

Verdammt, verdammt, verdammt! Seine Finger trommelten auf dem Lenkrad. Dann drehte er den Zündschlüssel, schoss rückwärts aus der Parkbucht, rammte beinahe eine Frau mit Kinderwagen und trat aufs Gas. Fünf Minuten später stand er vor der Haustür der Matteks und klingelte Sturm.

Nora öffnete ihm, nur einen Spalt weit, als fürchte sie sich. »Hallo, Lothar«, sagte sie. Auch sie war anders, als er sie kannte. Leiser. Irgendwie verschreckt. »Wolfgang ist nicht da.«

»Hallo, Nora«, erwiderte er, blieb breitbeinig stehen und popelte mit der Zungenspitze in seinen Zähnen herum, während er nachdachte. »Was ist bei euch los?«, fragte er schließlich.

Sie riss die Augen auf. Eine noch schlechtere Lügnerin als ihr Mann.

»Wieso? Was soll bei uns los sein?«

»Deine Kinder – mit wem waren die vorgestern beim Arzt? Bei Doktor Lacher, um genau zu sein?«

Sie blinzelte nervös. »Keine Ahnung. Eigentlich gehen wir gar nicht mehr zu Doktor Lacher.«

»Ach ja?« Mit einer blitzschnellen Bewegung stieß er die Haustür auf, schob die völlig überrumpelte Nora beiseite und stapfte mitten in den Flur. »Wo sind deine Kinder? Ich will sie sprechen.«

»Lothar, bitte ... Sie sind nicht da. Sabrina ist mit einer Freundin fort, und Thilo ist auf einer Beerdigung ...«

»Nora, verdammt noch mal, *was geht hier vor*?!« Er schrie

es mit einer wütenden Lautstärke, die ihn selber überraschte. Er sah Entsetzen auf ihrem Gesicht, und es tat ihm Leid, aber er hatte sich nicht mehr unter Kontrolle. Sie machte hastig die Haustür zu, machte wirklich und wahrhaftig die Haustür zu, als sei das hier ein Ehestreit, von dem die Nachbarn nichts mitkriegen sollten! Sein Brustkorb pumpte wie verrückt. Alles an ihm schien zittern zu wollen. Das war doch sinnlos, was wusste denn sie von dem, was Wolfgang zu verbergen hatte? Aber er konnte sich nicht mehr bremsen, fegte den Flur entlang, sah die Treppe hoch, drehte um und rauschte wieder zurück. Irgendetwas ging hier vor, ja.

»Lothar...!«, hörte er sie wispern. Hörte die Angst in ihrer Stimme. »Bitte...!«

»*Sag mir, was hier vor sich geht!*«, beharrte er. Sein Blick fiel auf die Tür zu Wolfgangs Arbeitszimmer. Wahrscheinlich war dort zu finden, was er suchte, die Antwort, des Rätsels Lösung ...

Aber da wurde eine andere Tür aufgeschoben, die Tür zum Wohnzimmer. Lothar fuhr herum. Und erstarrte, als er eine Gestalt erblickte, wie er sie noch nie gesehen hatte.

Dorothea Weinmann langweilte sich. Sabrina war schon über zwei Stunden weg. Worum es bei der ganzen Sache ging, hatte sie nicht sagen wollen. Was wahrscheinlich hieß, dass es um einen Mann ging, den sie ihre Sammlung einverleiben wollte. Jedenfalls war weit und breit nichts von ihr zu sehen, und so hockte sie nun hier im Auto, rauchte eine Zigarette nach der anderen, drehte das Radio von einer Station zur nächsten und langweilte sich.

»Das kann sie mir nicht antun«, erklärte sie der Windschutzscheibe. »Mich die Nacht über hier im Wagen warten lassen.«

Sie versuchte, einen Rauchring zu blasen. Wenn sie wenigstens etwas zum Lesen mitgenommen hätte!

»Nein«, fügte sie hinzu. »Wenn es dunkel wird, fahr' ich heim. Dann kann sie sehen, wo sie bleibt.«

Mann, war das langweilig hier!

Ihr fiel ein, dass ihr Vater sauer sein würde, wenn das Auto noch tagelang nach ihren Ziggies stank. Vielleicht besser, sie machte die Tür eine Weile auf. Ein bisschen frische Luft konnte auch nicht schaden. Sie zog ihren knallroten Parka an und stellte die beiden Vordertüren auf Durchzug.

Eine öde Gegend, wirklich. Kalte, kahle Felder ringsum, teilweise noch verschneit. Krüppelige Bäume. Und eben dieses mickrige Dorf da hinten. Warum war Sabrina dagegen gewesen, in den Ort hineinzufahren? Vielleicht hätte es dort ein Café oder so was gegeben, wo sie hätte warten können auf Madame Geheimnisvoll.

Ein alter Mann und ein kleiner Hund kamen den Feldweg entlang auf sie zu. Aus der Entfernung war schwer zu sagen, wer von beiden eigentlich wen ausführte. Der Hund wuselte herum, schnüffelte und witterte und stöberte in den Ackerfurchen, zwischendurch lief er aber immer wieder zu seinem Herrchen zurück, als müsse er es daran erinnern, weiterzugehen.

Ein süßer Hund. Als er näher herankam, ging Dorothea in die Hocke und versuchte, ihn heranzulocken. Sie konnte es gut mit Tieren. Er kam bis auf zwei Armlängen heran und betrachtete sie dann abwartend aus klaren braunen Knopfaugen. »Na, du?«, gurrte Dorothea. »Was bist denn du für einer, hmm? Sag mal, wie heißt denn du?«

Der Hund legte nur den Kopf schräg, sie weiter unverwandt anstarrend.

Der Alte kam herangeächzt. »Der mag dich, was?«, rief er ihr zu.

»Ja? Sieht so aus«, rief sie zurück. Es behagte ihr nicht, gleich geduzt zu werden, aber da konnte man wohl nichts dagegen tun. »Wie heißt er denn?«

»Bundeskanzler«, sagte der alte Mann und trat neben

seinen Hund, der bekräftigend bellte. Eine Wolke unaussprechlichen Körpergeruchs senkte sich auf sie nieder wie der Fallout eines explodierten Klärwerks. Dorothea hielt erschrocken die Luft an, stand schnell auf und machte einen Schritt zurück, aus dem unmittelbaren Katastrophengebiet hinaus.

»Bundeskanzler?«, wiederholte sie und versuchte zu lächeln. »Ein ungewöhnlicher Name für einen Hund.«

Der Mann sah sie aus wässrigen Säuferaugen an. »Ja«, meinte er in seinem schwer verständlichen Dialekt. »Das sagt jeder.«

»Kann ich mir vorstellen.« Dorothea sah sich um. Wenn er aufdringlich wurde, konnte sie sich jedenfalls mit einem Satz in den Wagen in Sicherheit bringen.

»Suchen Sie auch was?«, wollte der Alte wissen und hauchte eine geballte Bierdunstschwade in ihre Richtung.

»Nein«, sagte Dorothea mit angehaltenem Atem. »Ich warte hier nur auf eine Freundin.«

Er schien sich nicht für das zu interessieren, was sie sagte, sondern beugte sich mühsam zu seinem Hund hinab, um ihn zu streicheln. »Es sind eine Menge Leute unterwegs, die hier was suchen«, meinte er. »Aber der Bundeskanzler und ich, wir haben es gesehen. Ja, nicht wahr, mein Kleiner! Wir haben es gesehen, ja. Wie es vom Himmel gefallen ist. Mitten auf die Scheune vom Brunnenwirt, gell?« Er lachte zahnlos. »Hat der sich vielleicht geärgert!«

Dorothea lächelte höflich mit. Konnte sie den Verrückten einfach stehen lassen und zurück ins Auto steigen? Oder gehörte sich das nicht?

»Dort hinten ist es runtergekommen, das Ding«, drückte der alte Suffkopf ihr seine Schauergeschichte rein, wedelte mit den Armen, dass sich sein Gestank in alle Richtungen verbreitete. »So vom Himmel runter, krach, zack. Dort rein, durchs Scheunendach. Ja, so war das.«

Sie erkannte undeutlich eine Art Schober in der Richtung, in die er deutete, und nickte unbehaglich. »Verstehe«, brachte sie hervor.

»Dann ist einer gekommen, der hat den mitgenommen, der drin saß. Den kannte keiner, aber jetzt ist er wieder da.« Er rollte die Augen und schnaubte dazu, brummte was in seinen Bart, das sie nicht verstand. »Und der Brunnenwirt hat das Ding fortgeschafft in seinen Rübenkeller. Der ist dort hinten, siehst du? Vor dem Haus mit dem blauen Dach? Siehst du's?«

»Ja«, beeilte sich Dorothea zu versichern. Er sah ganz so aus, als würde er ihr näher auf die Pelle rücken, wenn sie nicht sah, was er ihr zeigte. Außerdem sah sie das Haus mit dem blauen Dach, es war unübersehbar.

»Ein blaues Dach, also wirklich«, brabbelte er. »Was die heutzutag' für Zeug bauen ...«

Dann stand er eine ganze Weile gedankenverloren da. Sein Hund fing wieder an zu schnüffeln und zu schnuppern.

»Ich, ähm, steig' dann mal wieder ein ...«, sagte Dorothea, während sie sich behutsam Richtung Wagen bewegte. Er reagierte nicht, auch nicht, als sie ins Auto kletterte und beide Türen von innen zuzog. Geschafft! Nicht genug, dass hier Einöde war, es liefen auch noch Verrückte frei herum. Sie ließ sich aufatmend in ihren Sitz sinken und gelobte, im Wagen sitzen zu bleiben, bis Sabrina zurückkam.

Der Alte schien sie völlig vergessen zu haben. Sein Hund stupfte ihn an, und er setzte sich wieder in Bewegung, weiter den Feldweg entlang. Dorothea kurbelte die Scheibe einen Spaltbreit herab, um zu hören, was er vor sich hin schwatzte.

»Früher hat man rote Ziegel g'habt, und's hat auch g'hoben. Aber heut' müssen sie blaue Ziegel aufdecken. Eine verrückte Zeit ...«

Diesmal war es umgekehrt. Diesmal war es Kelwitt, der sie beobachtete und sich Sorgen machte. Sie lächelte ihn an, so gut sie konnte. Vielleicht verstand er das. Wahrscheinlich nicht. Arg gut war ihr Lächeln sicher gerade auch nicht.

»Er ist nicht da«, brachte sie heraus, während sie das Telefon mit bebenden Händen zurück auf die Ladestation legte. Es klapperte richtiggehend, als sie auflegte. »Seine Sekretärin sagt, er hilft im Versand mit, packen.«

»Du hast keine Kommunikationsverbindung zu ihm aufbauen können«, meinte der Außerirdische.

Nora nickte. »Er will als Chef Vorbild sein, weißt du? Er ist sich für nichts zu schade. Ich glaube, er macht das wirklich großartig.« Ihr Blick wanderte umher, fand nirgends Halt. »Ja, er macht es großartig. Wirklich großartig.«

Kelwitt machte eine seiner Gesten. »Wer war der Erdbewohner, der so laut gesprochen hat?«

»Ein Freund von uns. Von Wolfgang.«

»Er hat mir viele Fragen gestellt. Ich habe nicht alles verstanden, was er gefragt hat. Ich bin beruhigt, dass es sich um einen Freund handelte.«

Nora biss sich auf die Fingerknöchel. »Wir hätten ihm nichts sagen sollen. Es war ein Fehler, ihn einzuweihen.«

Darüber musste Kelwitt eine Weile nachdenken. »Warum war es ein Fehler?«, wollte er schließlich wissen. »Hast du nicht gesagt, er ist ein Freund?«

»Vielleicht hört er jetzt auf, ein Freund zu sein.« Sie hieb sich aus einem plötzlichen, wütenden Impuls heraus mit der Faust auf das Knie, dass es wehtat. »Wo bleibt nur Thilo?!«

Dorothea war eingenickt und schreckte hoch, als es plötzlich an die Scheibe klopfte. Es war Sabrina. Und es war noch hell. »Ich habe ein Zimmer für uns gefunden«, verkündete Sabrina statt einer Begrüßung oder gar Entschuldigung, als sie in den Wagen geklettert kam. »In einem putzigen Hexenhäuschen. Komm, fahren wir hin!«

»Moment mal.« Dorothea entknotete schlaftrunken ihre

Arme. »Was soll das heißen, du hast ein Zimmer für uns gefunden?«

»Na, dass ich ein Zimmer gefunden habe«, erklärte Sabrina, verwundert ob ihrer Begriffsstutzigkeit. »Wo wir übernachten können.«

»Wo wir übernachten können. Na klar.« Sie schüttelte den Kopf. »Es war nie die Rede davon, dass wir hier übernachten!«

»Jetzt sei doch einmal im Leben ein bisschen flexibel!«

»Aber ich hab' überhaupt nichts dabei! Keine Zahnbürste, keine frische Unterhose ...«

»Meinst du, ich? Ich hab' gedacht, wir sind um diese Zeit schon wieder zurück. Aber es ist alles schwieriger, als ich dachte.«

»Wenn du wenigstens endlich mal sagen würdest, was du hier eigentlich willst!?«

Sabrinas Blick begann, über das Armaturenbrett zu wandern. »Das ist nicht so leicht zu erklären«, meinte sie zögernd. »Ich, hmm ... ich suche etwas.«

»Etwas? Oder jemanden?«

Sabrina zog pikiert das Kinn ein. »Glaubst du etwa, ich würde wegen eines Typen so weit fahren?«

»Nein, du nicht. Klar«, brummelte Dorothea und fühlte sich irgendwie beleidigt, wenn sie auch nicht so recht verstand, wodurch eigentlich. Sie verschränkte die Arme wieder und drehte sich schmollend beiseite.

»Hey«, machte Sabrina. »Ich versprech' dir, morgen erfährst du alles. Und ich versprech' dir auch, dass du dann verstehst, warum ich so ein Geheimnis darum machen muss.«

»Klingt wahnsinnig aufregend«, brummte Dorothea. »Wie im Film. Bloß ist es irgendwie überzeugender, wenn Tom Cruise das sagt.«

Geheimagent Hase, Codename Ochsenfrosch, betrachtete eingehend das Polaroidfoto, das ihm Geheimagent Wiesel hingelegt hatte. Es zeigte ein junges, blondes Mädchen im Gespräch mit Agent Habicht.

»Habicht schätzt sie auf siebzehn Jahre«, erläuterte Wiesel. »Dem Akzent nach nicht von hier. Sie hat sich den ganzen Nachmittag im Dorf herumgetrieben und so getan, als würde sie uns nicht beobachten. Später hat sie versucht, mit verschiedenen unserer Leute ins Gespräch zu kommen.«

»Wer ist sie?«, fragte Hase.

»Wissen wir nicht.«

»Und ihr glaubt, dass sie sich dafür interessiert, was wir machen?«

Wiesel zuckte die Schultern.

Hase wog das Foto einen Moment sinnierend in der Hand, dann warf er es vor Wiesel auf den Tisch. »Okay. Wenn sie morgen noch einmal auftaucht, überwacht sie. Findet heraus, wer sie ist und was sie will. Wenn nötig, nehmt sie fest.«

Boah, fühlte sich das gut an, solche markigen Anweisungen zu geben!

An diesem Abend telefonierte Thomas Thieme, Student an der Stuttgarter Kunstakademie, wieder mit Rainer Weck, dem Vorsitzenden des Vereins zur Aufklärung von UFO-Sichtungen. Was denn nun mit der Grundschullehrerin sei, die angeblich von einem Außerirdischen erschreckt worden sei.

»Vor Weihnachten habe ich nichts mehr erreicht«, berichtete Thomas, dem das Thema inzwischen ziemlich zum Hals heraushing. »Da hatten ja auch gerade die Ferien angefangen und so weiter. Und wir sind selber erst wieder seit gestern da.«

»Und ich hab' die ganze Zeit versucht, dich zu erreichen. Du solltest dir wirklich mal einen Anrufbeantworter zulegen. Wo wart ihr, Ski fahren?«

»Nein. Bei Elkes Eltern.«

Rainer pfiff vielsagend durch die Zähne. »Dann wird es allmählich ernst, mein Junge! Lass dir das von einem erfahrenen Mann sagen.«

»Danke. Es war tatsächlich ziemlich anstrengend«, gestand Thomas. »Vor allem für Elke. Ich glaube, sie hat sich dort noch unwohler gefühlt als ich.«

»Tja, die Familienbande ... Aber Silvester habt ihr hoffentlich für euch, oder? Oder ist da der Besuch bei deinen Eltern fällig?«

Thomas seufzte. »Von wegen. Elke hat Dienst. Ganz tollen. An Silvester Spätschicht bis halb neun, und an Neujahr Frühschicht ab sechs.« Er hörte Schlüsselgeklapper an der Wohnungstür. »Sie kommt grade heim.«

»Das ist ja gemein. Wie wollt ihr dann das neue Jahrtausend begrüßen?«

»Wir werden tief und fest schlafen. Das ist so in dem Beruf – wer an Weihnachten frei will, muss an Silvester arbeiten, und umgekehrt. Und als Schüler kann man sich's nicht mal raussuchen.« Er hörte sie ihre Tasche in die Ecke pfeffern. Dann rumste die Klotür.

Rainer schwenkte abrupt zurück auf sein eigentliches Anliegen. »Ich habe diesem George Bell noch mal gemailt und noch ein paar Details erfahren. Also, seine Frau heißt Eva-Maria und hieß früher Schulze. Allerdings wusste er nicht, ob das ihr Geburtsname ist oder der ihres ersten Mannes.«

»Schulze? Na, das ist ja mal ein ungewöhnlicher Name. Das hilft mir bestimmt weiter«, meinte Thomas missgelaunt. Elke war in ihrem Zimmer verschwunden, ohne sich blicken zu lassen. Das war sonst nicht ihre Art. Irgendwas musste mit ihr los sein.

»Probier's einfach noch mal. Es wäre gut, wenn wir definitiv wüssten, ob es diese Frau gibt oder nicht.«

»Okay«, sagte Thomas, nur um das Gespräch rasch zu beenden. Sie wechselten noch ein paar belanglose Sätze, bis er endlich auflegen konnte.

In Elkes Zimmer war es dunkel. Sie lag auf ihrem Sofa, das Gesicht in den Kissen vergraben. »Lass mich«, sagte sie nur, als sie ihn kommen hörte.

Er machte die Tür wieder zu und stand dumm im Flur herum. Mehr um irgendwas zu tun als aus einem wirklich dringenden Bedürfnis ging er auf die Toilette. Als er den Deckel der Kloschüssel hob, schwamm eine kleine gläserne Ampulle im Abfluss.

Ein heißes Gefühl von Schreck schoss in ihm hoch und trocknete ihm den Mund aus. Einen Augenblick lang fühlte er sich versucht, einfach draufzupinkeln und alles einfach wegzuspülen, so zu tun, als hätte er dieses glitzernde kleine Ding überhaupt nie gesehen, aber dann nahm er doch ein Stück Klopapier und fischte es heraus.

Er spülte es im Handwaschbecken ab und betrachtete es aus der Nähe. Eine Ampulle, halb so groß wie sein Daumen, die mit einer wasserklaren Flüssigkeit gefüllt war. Keine Beschriftung, kein Aufkleber. Die kleine Luftblase darin musste ihr wohl genug Auftrieb gegeben haben, dass sie sich der altersschwachen Klospülung hatte widersetzen können. Er trocknete sie ab, ging in Elkes Zimmer, schaltete das Licht ein, setzte sich neben ihrem Sofa auf den Boden, hielt ihr die Ampulle hin und fragte: »Was ist das?«

Elke Gombert, Altenpflegeschülerin im dritten Lehrjahr, setzte sich mit verheulten Augen auf. »Ein blutverdünnendes Mittel«, schniefte sie.

»Und was tut das in unserem Klo?«

»Ich dachte, ich hätt's weggespült.«

Er betrachtete die Ampulle selber noch einmal. Ein blutverdünnendes Mittel? Sie sah mit einem Mal schon nicht mehr so unheimlich aus. »Ich versteh' kein Wort«, sagte er.

Sie sah ihn an mit Entsetzen in den Augen. »Sie schmeißen mich bestimmt raus, wenn sie dahinter kommen!«

»Hinter was?«

»Oh, Thomas, ich hab' ihn umgebracht! Ich hab' ihn auf

dem Gewissen!«, schluchzte sie und schlang ihre Arme um sich. Als müsse sie sich selber umarmen, weil es sonst keiner tat. Also tat Thomas es. Er nahm sie in die Arme, drückte sie an sich und hielt sie, bis ihr Schluchzen, das sie erschütterte wie Erdbeben, endlich nachließ.

»An meinem letzten Tag vor Weihnachten«, berichtete sie dann stockend, während sie sich die Tränen mit dem Taschentuch abwischte, das er ihr geholt hatte, »habe ich vergessen, das Mittel einem alten Mann zu spritzen, für den ich zuständig war. Und in der Nacht darauf ist er gestorben, an Herzversagen. Ich hab's heute erfahren. Heute ist er beerdigt worden. Und in meinem Kittel war immer noch seine Ampulle!«

Thomas wusste nicht, was er sagen sollte. Er griff nach ihrer Hand. Plötzlich kam er sich wie ein Drückeberger vor mit seiner Bildermalerei, angesichts der Verantwortung, die andere zu tragen hatten.

»Ich meine«, fuhr seine Freundin schniefend fort, »natürlich war er alt und krank und musste irgendwann sterben. Klar. Aber ich mache mir Vorwürfe, weißt du?«

»Ja. Klar. Täte ich auch.«

Sie biss sich auf die Lippen, starrte irgendwo die Zimmerdecke hinauf. Setzte mehrmals an. »Das Schlimmste ist«, meinte sie schließlich, »dass ich niemandem die Wahrheit erzählen kann, warum ich es vergessen habe.«

Thomas Thieme sah sie an und hatte plötzlich das Gefühl, den Boden zittern zu spüren, weil sich etwas Großes, Unheimliches näherte. Ein Tyrannosaurus vielleicht. Oder ein Wendepunkt in ihrem Leben.

»Er hatte Besuch an dem Abend«, erzählte Elke mit entrückter Stimme. »Ein Junge, der ihn öfters besuchte. Thilo Mattek. Und ein Mädchen. Seine Schwester, glaube ich. Und außerdem ...«

Sie sah ihn an, forschend, als müsse sie erst das Vertrauen fassen, dass er ihr glauben würde.

21

Fünf Uhr morgens. Wolfgang Mattek hatte dunkle Schatten unter den Augen, als er in seinen Mantel schlüpfte. Er war erst kurz vor ein Uhr nachts aus der Firma nach Hause gekommen, um ein paar Stunden unruhigen Schlafes zu haben.

»Ich rede mit ihm«, versprach er seiner Frau. »Ich glaube nicht, dass wir uns Sorgen machen müssen. Um die Weihnachtszeit ist Lothar einfach immer etwas seltsam.«

Nora wickelte sich fester in ihren Morgenmantel. »Kannst du nicht versuchen, heute früher heimzukommen?«

»Ich kann dir nichts versprechen. Rechne lieber nicht damit. Heute wird es nochmal mörderisch.«

Sie nickte bedrückt. »Verstehe.«

»Heute noch, und morgen bis Ladenschluss. Dann ist Ruhe.« Er gab ihr einen Kuss. »Für den Rest des Jahrtausends.«

Nachher saß Nora im Schlafzimmer auf ihrem Bett und starrte die Schrankwand an. Sie war müde, entsetzlich müde, hätte sich hinlegen und den ganzen Tag verschlafen wollen, aber gleichzeitig rumorten Ängste in ihr wie tausend kleine Teufelchen, außer Rand und Band. Sie würde keine Luft kriegen, wenn sie sich jetzt hinlegte. Einfach ersticken.

Also blieb sie sitzen, wickelte den Morgenmantel wieder und wieder um sich, fester und fester, sah auf die Schranktüren und dachte an das, was dahinter war. In den Kartons, von denen Wolfgang nichts wusste, nichts wissen durfte.

Sie hatte sich geschworen, sie nie wieder anzurühren. Sie wegzuwerfen hatte sie nicht über sich gebracht, hatte es

Wolfgang gegenüber nur behauptet, aber es waren andere Kartons gewesen, die im Schlund des Sperrmüllwagens verschwunden waren. Doch sie hatte sich geschworen ...

Damals hatte sie verstanden. Gewusst. Keine Angst mehr gehabt.

Nur einen Blick. Mehr nicht. Einen Blick und wieder wegpacken.

Sie legte die Hand auf ihre Brust, die schwer atmend auf und ab ging.

Einen einzigen Blick. Versprochen.

Sie schloss die Schlafzimmertür von innen ab, leise. Öffnete die Schranktür, nahm den Schminkkoffer aus dem obersten Regal und den Schmuckkoffer, den sie ohnehin nie benutzte. Nur ein bisschen blättern in den alten Büchern. Dort waren sie, in zwei von den festen grauen Kartons verpackt, in denen die Hemden kamen, die Wolfgang sich immer schicken ließ. All die Jahre hatten sie gewartet und gewartet, unter einer alten Tischdecke und altem Vorhangstoff versteckt. Gewartet darauf, dass ein dunkler Morgen wie dieser kommen würde.

Aus dem kurzen Blick wurde ein langer Lesemorgen.

Die Prophezeiungen des Nostradamus, die einen großen Krieg um die Jahrtausendwende vorhersagten, zumindest nach Meinung der Autoren, die ihre Deutungen im Schatten der atomaren Hochrüstung geschrieben hatten. Zukunftsvisionen indianischer Schamanen, die schon vor Jahrhunderten gewarnt hatten: *Zuerst werden die Bäume sterben, und dann werden die Menschen sterben.* Apokalyptische Gesichte schlichter Waldbauern, die sahen, wie *ein Volk wider das andere zieht, ein Krieg dem anderen folgt, und große Erdbeben, Missernten, Hungersnot und Pestilenz kommen.* Astrologische Analysen, die Klimaveränderungen, Epidemien, Unwetterkatastrophen, politische Morde und Umstürze, sogar Polsprünge und Verschiebungen der Planetenbahnen erwarteten.

Er hatte all dies auch gepredigt. *Er* hatte den Untergang nahen gespürt und nach Auswegen, nach Rettung gesucht.

Nora stellte erschrocken fest, dass sie seinen Namen vergessen hatte.

Wie war das möglich? Sie hielt inne, starrte ins Leere und versuchte, sich zu erinnern. Wie sie auf den Berg gegangen waren. Die tagelangen Gebete, das Fasten, um den Geist zu klären, das verzweifelte Ringen um Rettung. Und wie *er* sie schließlich um sich geschart hatte, damit sie ihm halfen, sich als Opfer darzubringen. »*Wenn es eine Rettung gibt, dann die, dass alle Menschen sehend werden.*« Das waren *seine* letzten Worte gewesen, vor dem Schweigen, dem Ritual, dem Ende.

An all das erinnerte sie sich, mühsam, weil sie jahrelang nicht daran gedacht hatte, sogar jeden Gedanken daran vermieden hatte in der Hoffnung, wieder gesund zu werden. An alles erinnerte sie sich, aber nicht an *seinen* Namen.

Und nicht an *sein* Gesicht.

Sie packte die Bücher zurück in den Karton, mit hypnotisch langsamen Bewegungen, und öffnete den anderen. Was hatte das zu bedeuten? Damals waren seitenlange Artikel in Zeitungen und Zeitschriften erschienen, alle Fernsehkanäle hatten ausführlich, hektisch und reißerisch über die Ereignisse am Berg berichtet, Tagesgespräch waren sie gewesen. Und nun konnte sie sich nicht mehr an diesen Namen erinnern. Seltsam.

Im zweiten Karton waren, abgegriffen und zerlesen, die Bücher, die sie auf diesen Weg gebracht hatten. Als junges Mädchen hatte sie die gelesen, verschlungen, auswendig gelernt; Bücher, in denen Wissenschaftler von den ›Grenzen des Wachstums‹ sprachen, vor Überbevölkerung und Umweltvergiftung warnten, in scharfen Worten und mit Zahlen, Fakten, Schaubildern den Raubbau an der Natur geißelten. Es war wie eine Rückkehr in die Kindheit, diese Seiten wieder zu durchblättern und den Schmerz wieder zu fühlen, den sie damals empfunden hatte: zu spät geboren zu sein, um noch ein wirkliches Leben leben zu dürfen.

Es tat gut, die Tränen heiß über die Wangen laufen zu spüren.

Sie blätterte die Seiten um, voller Markierungen und Notizen, eselsohrig, vergilbt, und las immer wieder Sätze, die begannen mit *Wenn nichts geschieht, dann wird ...* Vor dreißig Jahren waren diese Sätze geschrieben worden. Heute, am Ende des Jahres 1999, konnte man fast jeden dieser Sätze abändern zu Es *ist nichts geschehen, und darum ist ...* und erhielt eine wahre Aussage. Man hatte es gewusst, und nichts war geschehen.

»Bin ich denn krank, wenn ich Angst habe?« Später wusste sie nicht mehr, ob sie diesen Satz gesagt oder nur gedacht hatte, jedenfalls war er plötzlich da gewesen, und sie hatte innegehalten, verblüfft auf das Blumenmuster der Bettdecke gestarrt und nicht gewusst, ob sie lachen oder weinen sollte.

Wer ist denn verrückt? Derjenige, der in einem brennenden Haus laut schreit, um die anderen zu warnen, und nach einem Ausgang sucht – oder derjenige, der tut, als ob nichts wäre?

Sie hatte die Angst loswerden wollen. So sein wollen wie alle anderen. Der einzige Weg schien zu sein, das zu leugnen, was ihr Angst machte. Niemand hatte ihr je gezeigt, dass der einzige Weg, Angst zu überwinden, der ist, ihr entgegenzutreten und ins Auge zu sehen.

Sie packte die Bücher zurück, stellte die Kartons zurück in den Schrank und wusste, dass sie sie nicht mehr brauchen würde.

Sie war traurig, als sie aus dem Schlafzimmer kam – draußen war es schon hell, aus Thilos Zimmer hörte man Musik –, aber sie war wieder eine gesunde Frau.

Als er an diesem Morgen zurück in sein Arbeitszimmer kam, stank es nach kaltem Zigarettenrauch, und der Computer lief immer noch. Lothar Schiefer blieb vor dem Schreibtisch stehen, starrte die Zahlen in der Tabellenkalkulation an, die er aus den Büchern und Ordnern zusammengetragen hatte, die überall in wüsten Haufen herumlagen, und fühlte sich wie ausgekotzt. Wieso war das Scheißding überhaupt noch an? Ach ja, richtig – er war aufs Klo gegangen und im Tran dann irgendwie ins Bad und ins Schlafzimmer geraten und ganz automatisch ins Bett gegangen. Irgendwann um halb vier Uhr nachts oder so.

Er fuhr sich durchs Haar und betrachtete dann irritiert seine Hand. Ihm war, als könne er immer noch den Händedruck des Außerirdischen spüren, dieses Gefühl, als umfasse man einen Haufen kalter, nasser Makkaroni.

Der Aschenbecher quoll über. Er leerte ihn in den Papierkorb und ließ sich auf den Schreibtischsessel fallen. Aussichtslos. Er war wie high von Matteks heimgefahren:

Außerirdische würden landen, und er war der einzige Börsianer, der davon wusste! Im Auto war ihm das vorgekommen wie eine Lizenz zum Gelddrucken. Aber dann hatte er angefangen zu arbeiten, die Hausaufgaben zu machen, wie er das nannte, hatte versucht, die Inspiration in Zahlen zu fassen, in Geld umzurechnen, und aus dem High war rasch ein Low geworden.

Seinen ganzen analytischen Werkzeugkasten hatte er, sinnbildlich gesprochen, vor sich ausgeschüttet und alles versucht, aber wie er es auch anpackte: Es war unmöglich, vorherzusagen, was geschehen würde, wenn es zu einem Kontakt mit Außerirdischen kam. Und folglich war es auch nicht möglich zu bestimmen, auf welche Weise er aus diesem Ereignis Profit schlagen konnte.

Wenn sie nur kamen, um diesen mageren Kerl abzuholen, der aussah, als wären Flipper Arme und Beine gewachsen, und das Ganze unbemerkt blieb – nun, dann änderte sich einfach nichts. Aber wenn es stimmte, was dieser – Kelvin? Kelwitt? – erzählt hatte, dass er nämlich ohne Erlaubnis auf der Erde gelandet war und dass sein Volk bis jetzt nicht gewusst hatte, dass die Erde bewohnt war – dann konnte alles Mögliche passieren. Vielleicht wurde der Menschheit der Beitritt zu einer Galaktischen Konföderation angetragen? (Was wurde dann aus Wechselkursen, Devisenspekulationen, dem Dollar und dem Euro?) Vielleicht würde die Erde teilhaben an ihren technischen Errungenschaften, bald über unerschöpfliche Energiequellen verfügen und den Hunger in der Welt ausrotten? (Was wurde dann aus seinen Kontrakten an der Warenterminbörse, den Weizen-Futures, den Schweinebauch-Calls?) Vielleicht würden die Außerirdischen in einem raschen Schlag alle Atomwaffenarsenale neutralisieren? (Was wurde dann aus den militärischen Allianzen? Welche Staaten würden sich gegen ihre Nachbarn erheben? Welche Auswirkungen würde das auf seine Aktien haben?)

Dass die Außerirdischen auf die Idee kommen könnten, die ganze Erde samt ihren Bewohnern aus dem Universum zu bomben, hielt er nicht für sehr wahrscheinlich. Selbst wenn, war es müßig, für einen solchen Fall irgendwelche Pläne zu schmieden. Aber vielleicht kamen sie auf die Idee, die Erde zu kolonisieren? Welche Veränderungen das nach sich ziehen würde, war kaum abzusehen.

Es war zum Heulen. Da hatte er eine Sensation in der Hand und konnte nichts damit anfangen.

Spät in der Nacht waren ihm dann, reichlich gefrustet, die eher grimmigeren Ideen gekommen. Kelwitt zu entführen und an den Meistbietenden zu verkaufen etwa. Aber da kannte er sich wieder zu wenig aus. Wer würde für einen Außerirdischen Geld bezahlen? Hollywood? Pharmakonzerne? Was war mit dem rechtlichen Aspekt? War die Entführung eines Außerirdischen strafbar? Vermutlich. Und es war ja auch nicht auszuschließen, dass seine Artgenossen ihn trotzdem aufspürten, und was würde dann geschehen? Am Ende landete er in einem Zoo auf deren Heimatplaneten. Oder in einem ihrer Spezialitätenrestaurants, als Spezialität. Er stemmte sich missmutig in die Höhe und schlurfte in die Küche, um sich einen Kaffee aufzubrühen. Seltsam, wie normal ihm das alles vorgekommen war. Das kam wahrscheinlich von den vielen Filmen, die man schon gesehen hatte. Irgendwie war dieser Kelwitt allerdings eine nicht unsympathische Erscheinung gewesen, sehr fremdartig zwar auf den ersten Blick, aber auf eigenartige Weise auch gut aussehend.

Vielleicht konnte er sein Manager werden? Wenn überhaupt irgendwo, dann konnte es Kelwitt im Showgeschäft zu etwas bringen. Zwar würde er mit diesem silbrigen Übersetzungscomputer auf der Schulter kaum irgendwelche Schallplatten besingen, aber vielleicht hatte er Talent zum Schauspieler? Selbst ohne Talent war er sicher für gutes Geld in Filmproduktionen unterzubringen. Oder er konnte bei einem dieser Musikvideokanäle die aktuellen Hits ansagen und im Handumdrehen zum Idol der Teenager werden.

Und für all das würde er einen Manager brauchen, einen gewieften, knallharten Geschäftsmann. Einen wie ihn, Lothar Schiefer.

Auf halbem Weg zwischen Küchenbord und seinem Mund hielt die Kaffeetasse an wie von selbst.

Etwas in ihm fühlte sich an wie ein Videorekorder, der den Ablauf seiner Gedanken ein Stück zurückspulte und noch mal langsam ablaufen ließ.

Er musste die Kaffeetasse wieder abstellen und sich auf den nächsten Stuhl setzen, weil seine Beine zu zittern anfingen, als er die Idee begriff und was sie bedeutete.

Die Schulterspange!

Der Übersetzungscomputer!

Es gab auf der Erde Tausende verschiedener Sprachen, und die Übersetzung von einer in die andere beschäftigte

Hunderttausende von Übersetzern und Dolmetschern und verschlang Unsummen. In großen multinationalen Organisationen und Konzernen stellte die Sprachvielfalt ein ständiges Hindernis dar. Und auch nach Jahrzehnten der Forschung war die maschinelle Übersetzung ein ungelöstes Problem. Wenn es ihm, Lothar Schiefer, gelang, sich in den Besitz von Kelwitts Schulterspangencomputer zu bringen, dann hatte er die Chance, dieses Gerät von Fachleuten untersuchen und nachbauen zu lassen. Und wenn ihm das gelang, dann war er der König der Welt, bildlich gesprochen. Dann konnte er den gesamten Markt der Übersetzung aufrollen und Geld scheffeln in einem Maßstab, in dem er bisher noch nie zu denken gewagt hatte.

Das war es. Gott Mammon selbst hatte ihn soeben auserwählt.

Und so schwierig konnte es ja nicht sein. Er musste eben diesen einen unfreundlichen Akt vollbringen, dem mageren jungen Außerirdischen die Spange wegzunehmen. Danach würde sein Leben nie wieder das sein, was es bis jetzt gewesen war. Dieser eine Schritt, und er hatte es endgültig geschafft.

Wie fast alle PC-Besitzer besaß auch Thomas Thieme eine CD-ROM mit dem Telefonverzeichnis von ganz Deutschland. An diesem Morgen nach einer Nacht, die er hauptsächlich damit zugebracht hatte, seine Freundin zu trösten, suchte er auf dieser CD nach einem Teilnehmer namens Mattek, wohnhaft in Stuttgart. Das war eine Angelegenheit weniger Sekunden, bis Name, Adresse und Telefonnummer von ›Wolfgang Mattek, Fabrikant‹ auf dem Bildschirm erschienen.

Das Suchprogramm besaß eine weitere nützliche Funktion, nämlich alle Teilnehmer aufzulisten, die in der gleichen Straße wohnten. Das dauerte noch einmal ein paar Augenblicke. Dann las Thomas Thieme: ›Gudrun Lange,

Grundschullehrerin«. »Das ist echt der Hammer«, meinte er kopfschüttelnd und griff nach dem Hörer, um die angegebene Nummer zu wählen.

Eine resolute Stimme meldete sich, die Stimme einer Frau, die ungezogenen kleinen Rangen Zucht und Ordnung beibringt. Er nannte einen falschen Namen und fragte, ob sie eine Freundin namens Eva-Maria Duggan habe, die in Thunder Bay, Ontario, lebe. Als sie das, etwas verwundert, bestätigte, behauptete er, dass er von ihr schöne Grüße ausrichten solle.

»Ich bin gestern aus Kanada zurückgekommen«, log er unverfroren, »wo ich Ihre Bekannte zufällig kennen gelernt habe.«

»Ach, das ist ja nett«, meinte Frau Lange. Der Kasernenhofton schmolz ein bisschen. »Vielen Dank.«

Nun kam der endgültige Test. »Frau Duggan hat mir erzählt, Sie seien von einem Außerirdischen so erschreckt worden, dass Sie vom Fahrrad gefallen sind und sich den Arm gebrochen haben«, sagte er.

»Das hat sie Ihnen erzählt?«, wunderte sich Frau Lange.

»Erst, nachdem ich ihr erzählt hatte, dass ich UFO-Phänomene untersuche.«

»Ach so.« Sie schien richtiggehend zu schmunzeln. »Also, ganz so war es nicht.«

»Sondern?«, fragte Thomas Thieme, gespannt auf des Rätsels Lösung.

Sie erzählte ihm, was vorgefallen war – der Sturz vom Rad, die Begegnung am Abend, die freche Bemerkung des Mädchens. Unerhört, pflichtete er ihr bei und bedankte sich artig. Wie es sich gehört gegenüber einer Lehrerin.

»Das ist ja ein Spaziergang«, sagte sich Thomas Thieme und erwog, Privatdetektiv zu werden anstatt Maler. Als Nächstes wählte er die Nummer der Familie Mattek.

»Mattek«, meldete sich eine leise Frauenstimme.

»Guten Tag, Frau Mattek«, sagte Thieme in locker-flockigem Tonfall, »Sie beherbergen doch einen Außerirdischen bei sich, nicht wahr?«

»Woher wissen Sie das?«, entfuhr es der Frau, dann hörte er noch ein »Oh, verdammt!« im Hintergrund widerhallen, ehe der Hörer aufgelegt wurde.

Ein beinahe beschwingtes Gefühl von Unwirklichkeit beschlich den Kunststudenten Thomas Thieme. So, als wäre er aus dem wirklichen Leben in ein Computerspiel hineingeraten oder in einen abstrusen Abenteuerfilm. Er durchdachte noch einmal alles und rief dann Rainer Weck in Hamburg an, um Bericht zu erstatten.

Dorothea erwachte davon, dass Unruhe im Zimmer herrschte. Sie schlug die Augen auf und starrte eine ganze Weile benommen auf eine mit Blümchen tapezierte Decke und auf Rüschenvorhänge am Fenster, ehe ihr wieder einfiel, wo sie war.

»Wir haben verpennt«, sagte Sabrina.

Dorothea drehte sich herum, stemmte sich hoch und stützte den Kopf auf den Arm. Sabrina, noch in Unterwäsche, wühlte emsig in ihren Taschen und Jacken.

»Was machst du da eigentlich?«, fragte sie nach einer Weile.

»Wir dürfen nichts bei uns haben, auf dem unsere Namen stehen.« Auf ihrem Nachttisch lag ein kleines Häufchen aus Personalausweisen, Monatskarten, Krankenkassenkarten und so weiter.

»Und warum das, um alles in der Welt?«

»Erklär' ich dir später.«

»Ich wusste, dass du das sagen würdest«, meinte Dorothea seufzend und schlug die Decke beiseite, um ins Bad zu gehen.

Sie bekamen noch ein Frühstück, obwohl sie eine halbe Stunde zu spät dran waren. Sabrina saß unruhig am Kaffeetisch und wirkte, als hätte sie am liebsten darauf verzichtet, sagte aber nichts dergleichen. Während Dorothea den letzten Schluck Kaffee trank, stand sie schon auf und bezahlte das Zimmer, dann gingen sie zum Auto und versteckten die Ausweise im Kofferraum, unter dem Reserverad. Sie fuhren zwei Straßen weiter und stellten den Wagen dann wieder ab.

»Und jetzt?«, fragte Dorothea.

Sabrina starrte durch die Windschutzscheibe nach draußen, auf Misthaufen, Traktoren und das staubige Leuchtreklameschild einer winzigen Videothek. »Wenn ich das wüsste.«

Sein Atemloch brannte bei jedem Atemzug. Es war ein leiser, aber unerbittlicher Schmerz, der sich nach und nach im ganzen Kopf ausbreitete. Der Drang, Nahrung aufzunehmen, wurde immer stärker und war auch schon fast zum Schmerz geworden. Aber er wagte es nicht, noch einmal Nahrungsmittel dieses Planeten zu essen. Nicht so, wie er sich fühlte.

»Tik?«

»Ich bin bereit.«

»Wenn sie mich nicht vergessen haben – warum dauert es dann so lange, bis sie kommen?«

»Es sind zahllose Ursachen denkbar, die eine derartige Verzögerung hervorrufen können. Es könnte zu einer Verwerfung der Sternstraße gekommen sein, was in den Randbezirken nicht selten ist. Eine Antriebsmaschine könnte Schaden genommen haben. Der Warenaustausch könnte sich verzögert haben. Ein Sternfahrer könnte während des Aufenthalts auf einer fremden Welt verletzt worden sein und ...«

»Es genügt. So genau will ich das nicht wissen.«

Vielleicht war es an der Zeit, dem Unausweichlichen ins Auge zu blicken. Vielleicht war das die einzige Möglichkeit, noch die Reife der Seele zu erlangen, ehe es zu Ende ging.

Vor ihm auf dem Tisch lagen einige Blätter der Schreibfolie, die die Erdbewohner benutzten. Sie nannten es ›Papier‹, und Unsremuutr hatte ihm Papier besorgt, das etwas unempfindlicher gegen Wasser war als üblich. Er konnte es ohne Handschuhe anfassen und sogar darauf schreiben, ohne es zu beschädigen.

»Alles ist rechteckig bei ihnen«, meinte er nachdenklich. »Sogar das.«

»Die rechteckige Form hat praktische Vorteile. Sie ermöglicht es, Dinge auf einfache Weise ohne Zwischenräume zu lagern.«

Kelwitt stieß den Laut der Verwunderung aus. »Das kann ja wohl kaum der Grund ...« Er hielt inne. »Doch. Auf einem so dicht besiedelten Planeten ist das möglicherweise ausschlaggebend.« Er dachte an die hochgebauten Nester der Erdbewohner. Nahmen sie diese eintönigen Formen tatsächlich nur in Kauf aus Gründen höherer *Packungsdichte* ...?

Er machte die Geste der Resignation. Mit dem Schneidegerät, das aus zwei miteinander verschraubten Klingen bestand, beschnitt er einige Bogen Papier, bis sie annähernd die Gestalt hatten, die angemessen war. Angemessen für ein Vermächtnis. Die Gestalt, die man auf Jombuur persönlichen Mitteilungen für den Fall des eigenen Todes gab.

Er nahm das Schreibgerät in die Hand, einen dünnen Zylinder, der an einem Ende einen Knopf hatte, den man eindrücken musste, damit am anderen Ende die farbgebende Spitze zum Vorschein kam. Das Ganze war relativ simpel und einfarbig; er würde nur die Notizschrift verwenden können. Kelwitt begann, aufzuschreiben, was ihm seit Verlassen des Mutterschiffs widerfahren war.

Nachmittags meldete sich Rainer Weck noch einmal. »Wann stehst du morgen früh auf?«, wollte er wissen.

»Keine Ahnung. Wann wir eben aufwachen«, erwiderte

Thomas Thieme. »Elke hat Spätschicht, da stehen wir meistens gegen acht auf. Warum?«

»Weil ich nach Stuttgart komme. Heute um siebzehn Uhr ist hier Schluss, die Unibibliothek macht erst im nächsten Jahrtausend wieder auf. Ich pack' dann meine Sachen und fahr' die Nacht durch. Morgen früh um sechs steh' ich bei dir vor der Tür. Dann schauen wir ihn uns mal vor Ort an, deinen Außerirdischen.«

Irgendwann würde es auffallen, wie sie hier herumstanden. Und Dorothea gab sich keine besondere Mühe, unauffällig zu wirken. Warum auch, wenn sie nicht wusste, worum es ging? Klotzig wie ein Stein stand sie neben ihr und glotzte unverhohlen in die Richtung, in die Sabrina nur beiläufig zu schauen sich bemühte.

Der Gasthof am Brunnen schien das Hauptquartier der Männer zu sein, die in Blaukirch herumschwärmten und verdammt noch mal nicht so aussahen, als gehörten sie hierher. Zwar trugen sie keine Trenchcoats mit hochgeschlagenen Kragen, aber sie wirkten, als seien die bloß grade in der Reinigung.

»Mir ist kalt«, beschwerte sich Dorothea zum wiederholten Mal und scharrte ungeduldig mit den Schuhen. »Hunger habe ich auch. Und keine Ahnung, was wir hier tun.«

»Wir suchen etwas«, sagte Sabrina verhalten.

»Du«, erwiderte Dorothea. »Du suchst etwas.«

»Also gut. Ich.«

»Und du wirst mir später erklären, was. In hundert Jahren oder so.« Allmählich wurde selbst die sehr geduldige Dorothea unwirsch.

Sabrina zog sie am Ärmel mit sich. Sie setzten sich in Bewegung, in langsamem Schlenderschritt von dem Platz mit dem Brunnen fort. Aus einem Hof bellte sie ein Hund an, der zum Glück an einer festen Kette hing. »Ich würde dir gern erklären, was ich suche«, meinte Sabrina.

»Aber du hast Angst, mich zu gefährden.«

»Nein«, sagte Sabrina. »Ich habe Angst, du könntest glauben, ich sei verrückt geworden, und davonlaufen, noch ehe ich zu Ende gesprochen habe.«

Dorothea blinzelte verwundert. »Aber ich *weiß* doch, dass du verrückt bist!«

»Also gut«, gab sich Sabrina einen Ruck. Sie blieb stehen. Der Hund an der Kette brachte sich schier um. »Wir beherbergen zu Hause zur Zeit einen Außerirdischen.«

»Ich wusste nicht, dass du so verrückt bist.«

»Doro, das ist kein Witz!«, versetzte Sabrina scharf. »Ich weiß, dass es doof klingt. Was glaubst du, warum ich das die ganze Zeit vor mir hergeschoben habe? Aber ich kann auch nichts machen, es ist einfach so.«

Dorothea hatte die Stirn in fürchterliche Falten gelegt. »Entschuldige, aber erklär mir mal, was ein Außerirdischer bei euch zu Hause macht? Und wenn du jetzt sagst, die Marsmenschen fühlen sich durch die ewigen Silvesterfeuerwerke am Himmel gestört und haben einen Botschafter zu deinem Vater geschickt, damit der seine Produktion einstellt, dann bist du nicht mehr meine Freundin.«

»Mit dem Mars hat das überhaupt nichts zu tun. Kelwitt kommt vom Planeten Jombuur, der eine Sonne in der Nähe des Milchstraßenzentrums umkreist ...«

»Kelwitt? Er hat einen Namen?«

»Ja, sicher.«

»Das heißt, er spricht mit euch?«

»Mit einem Übersetzungsgerät.«

Dorothea sah sie mit großen Augen an, in denen allmählich ein Schimmer von Beleidigtsein auftauchte. »Und er ist nicht auf dem Rasen vor dem Weißen Haus gelandet und auch nicht vor dem Petersdom oder bei den Pyramiden, sondern bei euch im Garten. Warum erzählst du mir so einen Scheiß?«

Ich hätte sie mit Kelwitt bekannt machen sollen, ehe wir losgefahren sind!, erkannte Sabrina bestürzt. »Nein, so war das nicht. Er ist am siebzehnten Dezember abgestürzt, hier in der Nähe von Blaustein. Mein Vater und ich haben ihn auf der Bundesstraße aufgelesen, auf dem Heimweg vom Internat, und erst wussten wir auch nicht, was los ist, weil sein Übersetzungsgerät erst unsere Sprache lernen musste. Er hat bei uns darauf gewartet, dass er von seinen Leuten abgeholt wird, aber aus irgendeinem Grund kommt niemand. Er kann zwar unsere Luft atmen, aber er wird allmählich krank davon, und unsere Nahrung verträgt er auch nicht. Er braucht sein Raumschiff zurück, aber man hat seinen Absturz beobachtet – mit Radar oder was weiß ich – und ist hinter ihm her. Ich bin hier, um herauszufinden, wo sein Raumschiff abgeblieben ist und wie man es vielleicht ... Dorothea? Was ist mit dir?«

Ihre Freundin starrte sie plötzlich an, als sehe sie Gespenster. Noch ein Millimeter mehr, und die Augen würden einfach aus den Höhlen fallen.

»Doro, ich schwör' dir, dass ich die Wahrheit ...«

»Ist es in eine Scheune gestürzt?«, fragte Dorothea flüsternd.

»Wie?«, fragte Sabrina irritiert.

»Das Raumschiff. Ist es in eine Scheune gestürzt?«

Sabrina nickte verblüfft. »Ja. Woher weißt du das? Ja, es ist in einen Heuschober gestürzt, der dem Besitzer des Gasthauses dort vorn gehört. So viel habe ich gestern herausgefunden. Aber es ist nicht mehr dort.«

»Sie haben es fortgebracht. In den Rübenkeller. Bei dem Haus mit dem blauen Dach.«

Jetzt war es Sabrina, die nicht wusste, was sie sagen sollte.

»Gestern, als du unterwegs warst und ich im Auto gewartet habe«, erzählte Dorothea flüsternd, »kam ein alter Mann daher, der einen Hund hatte, der Bundeskanzler hieß. Der hat mir das erzählt.«

»Bundeskanzler.«

»Ja. Seltsamer Name für einen Hund.«

»Und was hat der dir erzählt?«

»Dass er gesehen hätte, wie ›es‹ vom Himmel gefallen sei. In die Scheune vom Brunnenwirt hinein. Ich wusste nicht, was er meinte, und ehrlich gesagt stank er so nach Alkohol, dass ich es auch nicht wissen wollte.«

»Und dann? Wie war das mit dem Rübenkeller?«

»Dorthin hätten ›sie‹ ›es‹ gebracht. In den Rübenkeller bei dem Haus mit dem blauen Dach.«

Sabrina sah sich fassungslos um. Der Hund im Hof unternahm einen neuen Anlauf, und wieder riss ihn seine Kette jäh zurück. »Das Haus mit dem blauen Dach. Das habe ich gestern gesehen ...«

»Ich auch«, sagte Dorothea.

Zwanzig Minuten später standen sie vor einem nachlässig eingezäunten Grundstück, auf dem allerlei landwirtschaftliche Geräte herumstanden. Weit und breit niemand, der sie beobachtete. Eine Art ausgefahrene Rampe führte zu einem tief liegenden Kellergewölbe hinab.

»Ein Rübenkeller?« Sabrina und Dorothea waren Großstadtkinder. Aber es lagen ein paar Gebilde herum, bei denen es sich nur um Futterrüben handeln konnte.

»Ich weiß nicht ...«, meinte Sabrina zweifelnd. »Wenn hier etwas wäre, müsste eigentlich alles abgesperrt und bewacht sein.«

Aber nicht einmal die verwitterten hölzernen Türflügel waren verschlossen. Man konnte sie an großen Eisenringen einfach aufziehen.

»Schauen wir einfach nach«, schlug Dorothea vor.

»Okay«, sagte Sabrina. »Jede Wette, dass da drin tatsächlich nur Rüben sind.«

Aber gleich darauf standen sie vor einem unglaublichen, in unfassliches blaues Schimmern gehüllten technischen Gebilde, starr vor Staunen. Woher die Männer kamen, die sie im nächsten Augenblick umzingelten, mit Pistolen, Netzen und Schlagstöcken in den Händen, hätten die beiden Mädchen später nicht sagen können.

Parken nur für Kunden, stand auf den Schildern auf dem Parkplatz vor dem Supermarkt. *Maximal 1 Stunde während des Einkaufs. Widerrechtlich parkende Fahrzeuge werden kostenpflichtig abgeschleppt.*

Lothar Schiefer hatte seinen Wagen hier geparkt, ohne etwas einzukaufen. Das Gleiche traf auf den Mann zu, mit dem er verabredet war. Das Vergehen, das sie besprachen, war jedoch weitaus schwerwiegender als das, das sie im Moment begingen.

»In Ordnung«, sagte der Mann, nachdem er die Geldscheine in dem Briefumschlag durchgezählt hatte, mit raschen geübten Handgriffen, die verrieten, dass er öfter Geld auf diese Weise zählte. Er schob den Umschlag ein. Sein Gesicht war glatt, ausdruckslos, ohne besonders auffällige Merkmale. Abgesehen vielleicht von dem seltsam leeren Blick seiner Augen.

»Das ist die Adresse«, erklärte Lothar Schiefer und zeigte ihm einen Zettel. Der andere las, was darauf stand, und nickte nur, ohne Anstalten zu machen, das Stück Papier an sich zu nehmen. »Es muss wie ein gewöhnlicher Raubüberfall aussehen.«

»Kein Problem.«

»Das ist wichtig. Nichts darf darauf hindeuten, dass das Haus gezielt ausgesucht wurde.«

»Ich habe schon verstanden.« Es klang kalt und ungeduldig.

»Gut, okay.« Lothar fröstelte unwillkürlich, obwohl er warm genug angezogen war, um hier herumzustehen. Er zog ein zweites Blatt Papier hervor, auf dem er den Grundriss von Matteks Haus skizziert hatte und was er über die

Sicherheitsvorkehrungen wusste. »Das ist die Zeichnung, um die Sie gebeten hatten.«

Der Mann nahm sie, mit behandschuhten Händen, und studierte sie wieder eingehend. Seine Augen wanderten über das Blatt wie Abtaststrahlen eines Scanners. Dann gab er es zurück. »Gut«, meinte er. »Kein Problem.«

»Wenn Sie reinkommen«, fuhr Lothar mit bebender Stimme fort, »werden Sie ein Wesen vorfinden, das aussieht wie eine Kreuzung aus einem Menschen und einem Delfin. Ziemlich fremdartig also. Dieses Wesen trägt auf der rechten Schulter eine Art silberne Spange ...«

Zum ersten Mal bildeten sich skeptische Fältchen um die Augen des Mannes, und er hörte auf, wie ein Finanzbeamter auszusehen. »Was ist das für ein Wesen?«

»Das braucht Sie nicht zu interessieren. Es darf ihm jedenfalls nichts passieren. Worum es geht, ist die silberne Schulterspange. Die brauche ich. Um jeden Preis unbeschädigt.«

Der Mann zögerte. Jemand schob einen Einkaufswagen an ihnen vorbei, voll beladen mit Sektflaschen, einer tiefgefrorenen Pute und einem gewaltigen Bündel Feuerwerksraketen. Die Schachteln trugen das Signet der Mattek-Werke.

»Es trifft keinen Armen, wie ich sehe«, meinte der Mann dann.

Lothar warf ihm einen düsteren Blick zu. Er hasste, was er hier tat. »Muss ich Sie jetzt Robin Hood nennen?«

Der andere grinste flüchtig. »Das wäre übertrieben.«

»Wann passiert es?«

»Morgen Vormittag.«

»Am helllichten Tag? Sind Sie wahnsinnig?«

»Glauben Sie mir, das ist am sichersten. Wenn in solchen Gegenden nachts irgendwo ein Glas klirrt, ruft man gleich die Polizei – aber tagsüber kann passieren, was will, das kümmert keinen. Schon gar nicht an Silvester; da kann auch mal ein Schuss fallen ...«

Lothar Schiefer bekam schweißfeuchte Hände. »Ich will nicht, dass jemand verletzt wird!«

»Schon in Ordnung«, meinte der Mann, kalt und glatt, und öffnete die Tür seines Wagens, der ebenso unauffällig war wie er selber. »Ich werde tun, was ich kann.«

22

»D IE GESCHICHTE IST löchriger als das Nudelsieb meiner Mutter«, erklärte Hermann Hase. Seit Minuten kaute er an der Antenne seines Mobiltelefons, ohne sich dessen bewusst zu werden.

»Finde ich auch«, sagte Wiesel. »Aber wir können sie nicht ewig festhalten, wenn wir nichts Handfestes haben.«

»Ja, das ist mir auch klar.« Hase schmiss das Telefon hin, stand auf und ging zum Fenster. »Ihr habt sie heute Nacht doch hoffentlich abgehört, oder?«

»Klar«, sagte Wiesel.

»Und?«

»Nichts. Dieselbe Geschichte. Sie sind zwei Mädchen, die von zu Hause ausgerissen sind, weswegen sie uns nicht verraten wollen, wie sie heißen, und hergekommen sind sie per Anhalter.« Wiesel griff nach einem Kuli und klopfte nervtötend damit auf der Tischplatte herum. »Aber das war Theater. Sie können sich die Bänder anhören – das klingt alles unecht. Erstens reden sie viel zu wenig für zwei Mädchen, die eine ganze Nacht in einem Gästezimmer eingesperrt sind. Und was sie reden, ist einfach Hörspiel.«

»Mit anderen Worten, sie haben Verdacht geschöpft, dass man sie abhört.«

»Genau.«

»Haben sie sich irgendwie anders verständigt? Mit Zetteln oder so?«

Wiesel zuckte die Schultern. »Kameras hatten wir keine. Wäre auch zu dunkel gewesen. Anaconda hat eine Leibesvisitation durchgeführt, aber sie hat nichts gefunden.«

»Und was wollten sie in dem Keller?«

»Einen Platz zum Übernachten suchen«, zitierte Wiesel mit gestelzter Kleinmädchenstimme. »Dass ich nicht lache.«

»Die Blonde ist dieselbe, die mich vorgestern angemacht hat«, warf Habicht ein. »Ich glaub' das nicht, dass die per Anhalter gefahren sind. Und die Nacht davor haben die auch nicht in einem Rübenkeller geschlafen, jede Wette.«

»Wir haben vorhin im Dorf ein Auto mit Stuttgarter Kennzeichen gefunden, einen alten braunen Ford«, nickte Wiesel und wechselte den Rhythmus, in dem er auf den Tisch klopfte. »Keiner der Anwohner hat Besuch, aber jemand will gesehen haben, dass zwei Mädchen daraus ausgestiegen sind. Noch Fragen?«

»Auf wen ist der Wagen zugelassen?«, fragte Hase sofort.

Wiesel verzog das Gesicht. »Wissen wir nicht. Das Rechenzentrum der Zulassungsstelle ist heute außer Betrieb. Letzte Datensicherung vor dem Jahr 2000. Sie sagen, wenn sie die unterbrechen, fährt das System nie wieder hoch.«

Hase nickte. Auf eine seltsame Weise gefiel ihm das sogar. Er ging um den Tisch herum und nahm Wiesel wortlos den als Trommelstock missbrauchten Kugelschreiber aus den Fingern.

»Der Bauer, der den Außerirdischen gesehen hat, will in dem Auto einen Mann und ein blondes Mädchen gesehen haben«, erklärte er. »Das geht mir nicht aus dem Kopf. Jede Wette, dass die Blonde dieses Mädchen ist und dass sie das Raumschiff gesucht hat.« Er ließ sich wieder auf seinen Stuhl fallen. Nun war es der Kugelschreiber, der angenagt wurde. »Mit anderen Worten, wir müssen herausfinden, wer sie ist.«

»Keine Chance«, sagte Wiesel. »Ihre Fingerabdrücke sind nicht erfasst.«

»Identifikation über das Gebiss?«

»Würde mindestens eine Woche dauern.«

»Vermisstenmeldungen?«

»Wir sind alle durchgegangen, aber keine Beschreibung stimmt auch nur entfernt.«

»Verdammt!« Hase zerkaute voller Ingrimm den Druckknopf des Kugelschreibers. Nie wieder würde jemand damit schreiben können. »Was wissen wir überhaupt über sie, außer dass sie blond ist?«

»Nichts.« Wiesel grinste gehässig. »Ich werde sie wohl ein bisschen befragen müssen. Dann werden wir schon erfahren, was wir wissen wollen.«

»Mit Vornamen heißt sie Sabrina«, warf Habicht ein. »Hat sie jedenfalls vorgestern behauptet.«

»Wenn ich mit ihr fertig bin, wird sie nicht mehr wissen, wie sie heißt«, versprach Wiesel, ohne sich der offensichtlichen Unlogik seiner Versprechungen bewusst zu werden. Er schien die Aussicht auf diesen Aspekt seiner beruflichen Tätigkeit ziemlich zu genießen.

»Sabrina«, wiederholte Hase nachdenklich. »Das ist kein allzu häufiger Name, oder?«

»Keine Ahnung«, meinte Habicht.

»Haselmaus?!«, rief Hase in den Hintergrund.

Agent Haselmaus, der Computerfreak der Gruppe, war ein Mann, für den ein Codename wie ›Walross‹ oder ›Nilpferd‹ viel besser gepasst hätte. Er hatte einen Bauch wie ein Fass, lief entweder unrasiert oder mit heraushängendem Hemd herum oder beides, und im Tageslicht sah seine Haut bleich und ungesund aus. Aber diese Begegnung fand ohnehin höchst selten statt.

»Hier?!«, kam seine piepsige Stimme aus dem Hintergrund. (Man munkelte, Haselmaus sei obendrein der letzte lebende Kastrat.)

»Hast du Zugriff auf die Adressbuchdatei von Stuttgart?«, fragte Hase.

»Ein Verzeichnis aller Einwohner? Name und Adresse?«

»Ja, sag' ich doch. Ein elektronisches Adressbuch. Hast du darauf Zugriff, oder läuft da auch irgendeine Datensicherung?«

Haselmaus gab einen Ton äußerster Herablassung von

sich. »Das hab' ich alles hier auf CD-ROM. Was willst du wissen?«

»Mach bitte einen Abgleich zwischen dem Adressbuch und der Datei, die wir von der Zulassungsstelle bekommen haben. Diese aussichtslos lange Liste von Besitzern eines schwarzen oder dunkelgrauen Mercedes in Stuttgart, du weißt schon.« Hase sah schräg in die Luft und kniff die Augen zusammen, während er seine Anforderung definierte. Jetzt nichts falsch machen. »Wie viele von dieser Liste haben Töchter namens Sabrina? Das ist die Frage. Geht das?«

»Also, ob es Töchter sind, kann ich dir nicht sagen. Aber ich kann dir aus der Liste alle herausfiltern, unter deren Adresse zusätzlich jemand mit dem Vornamen Sabrina gemeldet ist. Das kann dann aber genauso gut die Ehefrau oder Großmutter sein.«

»Das ist okay. Wie lange dauert das?«

»Eine halbe Stunde, zwanzig Minuten ... ich bin schon dran.«

Wiesel wirkte enttäuscht. Dann fiel ihm ein: »Das kann nicht funktionieren. Minderjährige stehen nicht im Adressbuch.«

»In meinem schon«, ließ Haselmaus sich aus dem Hintergrund vernehmen.

Schweigen senkte sich über die Runde der Männer. Minutenlang war nur unregelmäßiges Tastaturgehacke zu vernehmen, ab und zu unterbrochen von hellen, unartikulierten Lauten, die Haselmaus von sich gab. Dann verstummte auch die Tastatur.

»Abgleich rennt«, verkündete Haselmaus.

Und, keine Minute später: »Es ist genau einer. Sein Name ist Wolfgang Mattek. Wollt ihr die Adresse auch?«

Hase spuckte den Kugelschreiber aus und sprang auf. »Das ist er. Trommelt alle zusammen. Es geht los.«

»Wer war das?«, wollte Thilo wissen, als seine Mutter wieder auflegte, kaum dass sie sich gemeldet und einmal »Nein, leider nicht« gesagt hatte.

»Ich weiß nicht. Ein Mann. Er wollte wissen, ob Sabrina zu Hause sei. Er hat gleich wieder eingehängt.«

»Seltsam«, meinte Thilo.

Sie zuckte die Schultern. »Ach, deine Schwester kriegt öfter solche Anrufe, weißt du. Komm, hilf mir lieber mal mit dieser Girlande hier.« Sie waren mitten in den Vorbereitungen für die Silvesterparty. Silvester zu feiern war unabdingbar im Hause Mattek, und natürlich war es Ehrensache, um Mitternacht jeweils das größte Feuerwerk weit und breit abzufeuern. Auch wenn es Kelwitt nicht gut ging und sie seinetwegen diesmal ohnehin niemanden einladen konnten, würden sie den Jahres-, Jahrhundert- und Jahrtausendwechsel doch einigermaßen angemessen begehen, das war beschlossene Sache. »Allerdings könnte sich Sabrina wirklich mal wieder melden.«

Thilo stieg die Leiter beim Fenster hinauf, um das andere Ende der Girlande mit einem Reißnagel in den Holzpaneelen der Decke zu befestigen. Dabei fiel sein Blick hinaus auf die Straße und den weißen Lieferwagen ohne Aufschrift, der schon eine ganze Weile auf der gegenüberliegenden Straßenseite stand, ohne dass etwas passierte.

Niemand lud etwas ein oder aus, trotzdem glaubte man ein Gesicht im Wageninneren zu erspähen. Fast wie im Film.

»Gut«, meinte seine Mutter, als die Girlande hing. »Jetzt die blaue auf die andere Seite. Was macht Kelwitt eigentlich?«

»Schreibt«, sagte Thilo und stieg die Leiter wieder herab. »Sagt er zumindest. Für mich sieht es aus, als ob er lauter Schaltpläne zeichnet oder so was.«

Sie fuhren in Thomas Thiemes dunkelgrünem, altem VW-Bus auf der stadtauswärts führenden Schnellstraße.

»Wozu braucht ein Student wie du eigentlich so einen halben Lieferwagen?«, wollte Rainer wissen.

Thomas wiegte den Kopf. »Wenn du heute früh tatsächlich um halb sechs da gewesen wärst, hätte ich dir noch mein Atelier zeigen können. Dann hättest du gesehen, dass ich ziemlich große Formate male.« Er zuckte die Schultern. »Und die wollen transportiert sein.«

»Streu nur Salz in meine Wunden. Ein Stau mitten in der Nacht. Und ich mit Sommerreifen.« Rainer ächzte. »Das war echt das Letzte.«

»Ja, heute Morgen hast du schlimmer ausgesehen als dein Passbild.«

»Deine Elke macht einen guten Kaffee, muss ich sagen.«

»Nicht wahr?«

»Aber über Außerirdische redet sie nicht so gern, oder? Kam mir so vor.«

Thomas setzte den Blinker. »Na ja, ich hab's dir ja erzählt. Es muss sie ziemlich geschockt haben.«

Es ging am Neckar entlang. Der Verkehr war fast so zähflüssig wie an einem normalen Werktag. Kaltweißer Nebel stieg von der Wasseroberfläche auf.

»Das sieht auch nach Schnee aus«, unkte Rainer. »Wart's ab, der Schnee kommt heute noch bis Stuttgart. Hast du eigentlich Winterreifen?«

»Ja«, nickte Thomas und bog erneut ab. »In der Garage.«

»Wie ich.«

Sie bogen in ein Wohngebiet ein. Der Himmel spannte sich grau und schwer über Hochhäuser, Reihenhäuser und Einfamilienhäuser gleichermaßen. Thomas konsultierte noch einmal den Stadtplan und fand schließlich die Straße, die er gesucht hatte, eine Sackgasse, an deren Anfang eine Bushaltestelle lag.

»So, da sind wir. Nun müssen wir nur noch die Nummer ... was ist denn hier los?« Er bremste abrupt.

»Da stimmt was nicht«, meinte Thilo. Er achtete sorgfältig darauf, die Vorhänge der Fenster nicht zu bewegen, durch die er hinausspähte.

Seine Mutter betrachtete ihn mit gerunzelter Stirn. Sie war irgendwie anders als sonst. Er hatte sich Sorgen gemacht, sie zu beunruhigen, und sein mulmiges Gefühl lange für sich behalten. Aber sie schien eher verärgert als beunruhigt. »Du meinst die Autos da draußen?«, fragte sie.

Thilo nickte. »Erst war der weiße Lieferwagen da. Gegenüber. Der steht immer noch da, und ab und zu schaukelt er ein bisschen. Also ist jemand drin. Seit einer halben Stunde tauchen immer mehr Autos auf, in denen zwei oder drei Männer sitzen, und die parken irgendwo an der Straße, und niemand steigt aus.«

»Hinter dem Haus sind sie auch«, nickte seine Mutter. »Ich hab' sie gerade vom Arbeitszimmer aus gesehen.«

Thilo schaute wieder hinaus und sah, wie jemand die Straße entlangging, ein junger Mann in einer Fliegerjacke, den er hier noch nie gesehen hatte, hinter dem weißen Lieferwagen verschwand und auf der anderen Seite nicht mehr zum Vorschein kam. »Ich dachte immer, so was gibt es nur in Filmen«, meinte er. »Dass es in Wirklichkeit auch so aussieht, hätte ich nicht gedacht.«

»Ich hatte gleich kein gutes Gefühl, dass Sabrina dorthin fährt. Bestimmt ist ihr irgendwas passiert.«

Thilo sah sie erschrocken an. Sie stand da, mitten im Wohnzimmer, biss nachdenklich am Daumennagel herum und sagte das ganz kühl und sachlich. Geriet kein bisschen in Panik. So kannte er sie wirklich nicht.

»Was soll ihr denn passiert sein?«

»Ach – deine Schwester ist eine Frau, nach der sich alle Männer *umdrehen!* Wie kommt sie bloß auf die Idee, sie könnte irgendwo unbemerkt herumschleichen?« Sie seufzte. »Ich hoffe nur, man behandelt sie gut.«

Die da draußen waren also Sabrinas Spur gefolgt. Sie waren gekommen, um Kelwitt zu holen. Oh, verdammt! Würde man *ihn* gut behandeln?

»Was machen wir denn jetzt?«, fragte er. Sein Mund fühlte sich trocken an.

»Hol Kelwitt runter«, sagte seine Mutter mit geradezu unnatürlicher Ruhe. »Und bring das Handy aus dem Schlafzimmer mit. Wir müssen noch ein paar Vorbereitungen treffen.«

»Sieht so aus, als seien wir nicht die Einzigen, was?«, meinte Thomas.

Rainer hatte eine winzige Videokamera hervorgeholt und kramte nun hektisch in seiner Umhängetasche nach einer Kassette. »Sieht ganz so aus«, meinte er. »Bleib mal besser ein bisschen auf Abstand. Ah, da ist ja eine! Ich dachte schon, ich hätte das Wichtigste vergessen. Okay.« Der Kassettendeckel klappte zu, die rote Leuchtdiode glomm auf. Schwenk über die Szenerie.

Thomas ließ den Bus langsam an den Straßenrand rollen und schaltete den Motor ab. Das sah ja alles wirklich zum Fürchten aus. Wie in diesen amerikanischen Action-Streifen, bloß diesmal in echt. Ein weißer Lieferwagen am Straßenrand, aus dem ab und zu jemand in neutralem Overall ausstieg. Dunkle Limousinen, in denen Männer saßen und sich nicht regten.

Er sah einen Mann in einer verdächtig ausgebeulten Lederjacke in einem Hauseingang stehen, ein Mobiltelefon am Ohr, die Augen unverwandt auf das Gebäude gerichtet, das das Haus der Familie Mattek sein musste. Alles konzentrierte sich unverhohlen auf dieses Haus.

»Ich glaube«, murmelte er, »ich will da jetzt nicht hingehen und klingeln.«

»Da interessiert sich noch jemand anders für unsere Beute«, murmelte der Mann in dem weißen Lieferwagen, den man in einer anderen Umgebung für einen antriebslosen Beamten der niederen Laufbahn gehalten hätte. Er spähte durch die halb verspiegelten Scheiben des Lieferwagens nach draußen und betrachtete die Wagen, die nach und nach hier angekommen waren und nun entlang der Straße parkten, ohne dass die Insassen Anstalten machten, auszusteigen. »Ich frage mich, wer das ist. Aussehen tut's nach Mafia.«

Er hörte den Mann neben sich erschrocken einatmen und musste beinahe lächeln. Es war nicht leicht, als Kleinunternehmer gegen die großen und mächtigen Konzerne anzutreten, aber unmöglich war es nicht. Man musste allerdings verdammt wendig sein, und flink.

»Meinst du nicht, dass das zu heiß ist?«, flüsterte der Mann mit der Maschinenpistole. »Wenn sogar die Mafia ...«

»Ach was. Die schießen auch nur mit Blei.«

Das Ding, das sein Kunde haben wollte, diese Schulterspange, musste allerdings erheblich mehr wert sein, als er zuerst gedacht hatte. Vermutlich so verdammt viel mehr, dass über den Preis für ihre Dienstleistung nachträglich noch einmal verhandelt werden musste, auch auf die Gefahr hin, keine weiteren Aufträge von diesem Kunden mehr zu erhalten.

Er hob das Sprechfunkgerät an den Mund und drückte die Sprechtaste. »Boris? Mehmet? Seid ihr in Position?«

»Alles klar«, kam es zurück. Die beiden hatten sich durch den Garten bis zur Kellertreppe vorangearbeitet. Sie hatten alles dabei, um innerhalb von dreißig Sekunden geräuschlos ins Haus zu kommen. Sie kannten den Grundriss auswendig und wussten, wohin sie sich zu wenden hatten. Und sie hießen in Wirklichkeit nicht Boris und Mehmet.

»Wartet auf mein Zeichen«, befahl der Mann mit heiserer Stimme. Er wandte sich an seine beiden Begleiter. »Bringt euch in Position, den anderen die Reifen zu zerschießen, wenn es losgeht.«

Hermann Hase saß mit wippenden Knien auf der Vorderkante seines Stuhls, das Telefon am Ohr, die Unterarme auf die Tischplatte gestützt und den Blick unverwandt auf die Unterlagen gerichtet, die vor ihm ausgebreitet lagen. Er hatte zuerst erwogen, mit nach Stuttgart zu fahren, dann aber beschlossen, die Kommandozentrale hier zu lassen, in der Nähe des fremden Raumschiffs, und die Operation von hier aus zu leiten.

»Sind inzwischen alle angekommen?«

»Ja.«

»Der Krankenwagen?«

»Steht ums Eck.«

»Was ist mit dem Telefon?«

»Ist angezapft und wird abgehört«, kam es prompt zurück. Wiesel mochte ein Charakterschwein sein, in solchen Dingen aber war auf ihn Verlass. »Die Verbindung kann jederzeit gekappt werden.«

»Gut. Schon etwas gehört?«

»Nein. Seit unserem Kontrollanruf wurde nicht mehr telefoniert. Zumindest nicht übers Festnetz.«

Die Art, wie er das sagte, ließ Hase aufhorchen. »Was heißt das?«

»Wir haben eine Anmeldung für ein Mobiltelefon aufgespürt. So ein altes, noch absolut abhörsicheres.«

»Verdammt!«, knurrte Hase.

»Allerdings ist es seit über einem Jahr nicht mehr benutzt worden. Gute Chancen, dass er es verloren hat.«

Das gefiel Hermann Hase überhaupt nicht. »Sonst noch schlechte Nachrichten?«

»Wir haben hier einen weißen Lieferwagen mit verspiegelten Scheiben, der ziemlich unmotiviert herumsteht.

Sieht fast nach CIA aus. Irgendwas bekannt, dass Mattek von einer anderen Behörde observiert wird?«

Das hätte ja gerade noch gefehlt. Hase spürte seinen Puls beschleunigen. »Nein. Wobei der CIA uns das nicht sagen würde. Bist du sicher, dass es kein Partyservice ist?«

»Soll ich klopfen und um ein paar Lachsschnitten bitten?«

»Quatsch.« Hase überlegte. Sein Chef hatte versprochen, die Amerikaner herauszuhalten. Und außerdem waren seine Männer zahlenmäßig überlegen. »Behaltet sie im Auge. Sobald die Aktion gelaufen ist, nehmt ihr euch den Lastwagen vor und durchsucht ihn.«

»Alles klar«, meinte Wiesel. »Im besten Fall haben wir dann gleich unser Mittagessen.«

Hase sah auf die Uhr. »Wie auch immer«, sagte er. »Es wird Zeit, dass ihr euch bereitmacht reinzugehen. Das Grundstück ist umstellt, nehme ich an?«

»Darauf kannst du einen lassen.«

»Gut.« Er nahm das Fax zur Hand, auf dem der Bauplan des Mattekschen Hauses abgebildet war. Das Mikrofilmarchiv der zuständigen Behörde brauchte zum Glück keine Angst vor dem Jahr 2000 zu haben. Jemand hatte mit rotem Filzstift eingetragen, was nach dem Bericht der Kriminalpolizeilichen Beratungsstelle an installierter Sicherheitstechnik bekannt war. Im Prinzip handelte es sich um eine schwachbrüstige Alarmanlage, die bei Einbruch per Telefon im nächsten Polizeiposten Alarm auslöste.

»Geht am besten durch die Terrassentüren. Es wird stillen Alarm geben, aber das dürfte kein Problem sein, oder?«

»Der wird nicht weit kommen.«

»Okay.« Hermann Hase sah noch einmal auf die Uhr. »In sieben Minuten sollte der Hubschrauber auftauchen. Zugriff beginnt, sobald er über dem Haus ist.«

Wiesel gab ein Knurren von sich. »Ich finde das immer noch übertrieben. Von mir aus könnten wir gleich losschlagen.«

»Ich sagte: Zugriff, sobald der Hubschrauber über dem Haus ist«, erwiderte Hase streng. »Wir werden kein Risiko eingehen.«

Sie standen im Flur, abmarschbereit. Was vor allem hieß, dass Thilo in einer Umhängetasche mehrere mit Salzwasser gefüllte Colaflaschen trug. Kelwitt stand seltsam schief da und verfolgte schweigend, was um ihn herum geschah.

»Nichts zu machen. Er meldet sich nicht«, sagte Nora Mattek und steckte das Handy ein. Wolfgang hatte es ihr zuliebe gekauft. All die Jahre hatte es unbenutzt auf ihrem Nachttisch in seiner Ladestation gestanden, nur für den Fall, dass einmal nachts Einbrecher kommen könnten. Und nun das ...

»Und jetzt?«, fragte Thilo mit großen Augen.

Nora dachte angestrengt nach. »Ich wollte, ich hätte den Führerschein doch noch und einen Porsche unten in der Garage«, murmelte sie. »Aber das hilft uns jetzt auch nicht weiter.«

In diesem Augenblick war draußen ein Fahrzeug zu hören, das sich mit hochtourig knatterndem Motor rasch näherte. Ja, es schien geradewegs auf das Haus zuzubrettern.

Sie hielten beide unwillkürlich die Luft an.

»Es geht los«, flüsterte Thilo.

Es hielt mit quietschenden Bremsen direkt vor dem Haus. Eine Tür schlug, jemand rannte über den Plattenweg zur Haustür. Und klingelte Sturm.

»Los«, zischte Nora. »Wir gehen in den Keller.«

Aber Thilo sprang stattdessen an den Türspion, stieß einen Schrei aus und riss im nächsten Moment die Haustür auf. Eine dunkelhaarige Frau in wallenden Gewändern stand vor der Tür.

»Emma!«, rief Thilo verblüfft.

»Du sollst mich nicht so nennen«, erwiderte Emma Vandout.

»Entschuldigung«, sagte Thilo. »Sybilla.«

Sybilla warf Nora einen Blick zu, musterte Kelwitt einen Moment lang, scheinbar ohne sich im Mindesten zu wundern, und sah dann Thilo an. »Ich habe dir versprochen, dich abzuholen, wenn der große Umbruch beginnt«, sagte sie mit ihrer dunklen Stimme, die einem Schauer über den Rücken jagen konnte. »Es ist so weit.«

»Ehrlich?« Thilo schluckte. So ganz ernst hatte er ihre Visionen eigentlich nie genommen. »Der Weltuntergang?«

»Ich weiß nicht, was kommen wird«, erwiderte Sybilla. »Aber die alte Welt endet heute.«

»Das gefällt mir alles überhaupt nicht«, sagte der Mann in dem weißen Lieferwagen. »Wer ist das jetzt schon wieder?« Die Haustür wurde geschlossen. Der Campingbus der Frau blieb mit laufendem Motor und offener Fahrertür stehen.

»Boris?«, fragte der Mann sein Walkie-Talkie.

Ein Knacken antwortete ihm.

»Los«, sagte der Mann. »Und beeilt euch.«

»Können Sie uns bitte alle drei mitnehmen?«, bat Nora. »Sie schickt der Himmel.«

Sybilla zögerte. Sie deutete auf Kelwitt. »Wer ist das?«

»Mein Name ist Kelwitt«, erwiderte der Außerirdische und nickte ihr mit einer fast menschlichen Geste zu. »Sehr angenehm.«

»Er ist vom Planeten Jombuur«, fügte Thilo hinzu.

Kelwitts Kopf ruckte herum, Richtung Treppe. »Jemand ist in den unterirdischen Teil des Nests eingedrungen«, erklärte er. »Ich höre Bewegungen. Es sind zwei Lebewesen.«

»Die sind alle hinter Kelwitt her«, erklärte Thilo seiner zehn Jahre älteren Freundin hastig. »Die da draußen auch. Lass uns abhauen, schnell!«

»Gut«, erwiderte Sybilla. »Wenn ihr bereit seid, dann kommt mit mir.«

»Wir sind bereit«, erklärte Thilo und griff nach seiner Tasche. »Wir sind so was von bereit ...«

Aus dem Nichts war die Luft plötzlich von ohrenbetäubendem Knattern erfüllt, das von überall her gleichzeitig zu kommen schien. Sie erstarrten in ihren Bewegungen. Kelwitt duckte sich wie unter einem Schlag und stieß wohl wieder einen seiner Ultraschall-Schreie aus, denn die Übergardinen im Wohnzimmer begannen wieder zuzufahren und rissen dabei die Girlanden ab, die sie heute Morgen noch so sorgsam angebracht hatten.

»Ich brech' ab!«, schrie Thilo. »Ein Hubschrauber! Sie kommen mit einem Hubschrauber!«

Sybilla öffnete die Haustür. Eine Flutwelle aus Lärm und wütenden, wilden Winden kam hereingeschossen. Der Hubschrauber musste direkt über dem Haus sein. Überall entlang der Straße stiegen dunkle Männer aus dunklen Limousinen.

»Kommt!«, rief Sybilla, aber man las es mehr von ihren Lippen, als dass man es hätte hören können. Sie stürzte sich hinaus. Der Rotorabwind riss an ihrem weiten Prophetinnenmantel, während sie auf ihren Überlebensbus zurannte. Die Männer kamen näher, im Laufschritt einige, und einige zückten Waffen.

»Ich komm' gleich!«, schrie Thilo und drückte seiner Mutter die Tasche mit den Wasserflaschen in die Hand. Dann rannte er die Treppe ins Obergeschoss hoch.

»Thilo!?«, schrie Nora. »Lass das doch! Das hat jetzt auch keinen Zweck mehr!«

Sybilla hatte ihren Bus erreicht. Die Fahrertür schlug zu, der Motor heulte auf, sogar durch den ganzen apokalyptischen Lärm hindurch war das zu hören. Sie setzte zurück.

»Thilo!«, schrie Nora wieder.

Thilo tauchte wieder auf, stolperte die Treppe mehr hinab, als er rannte, und fiel nur wie durch ein Wunder nicht.

Zwei Männer kamen die Treppe aus dem Keller hoch. Auch sie hatten Waffen in den Händen.

»Thilo, verdammt noch mal ...«

Sybilla gab Gas, überfuhr den Randstein und den Gartenzaun und durchpflügte die brachliegenden Blumenbeete und den Vorgarten bis unmittelbar vor die offene Haustür. Es schien endlos zu dauern, bis Kelwitt, Thilos Mutter und schließlich Thilo selber im Wagen waren. Die Tür war noch nicht wieder zu, als sie das Pedal bis zum Boden durchtrat und mit durchdrehenden Reifen auf die Straße zuhielt. Die dunklen Männer, die von überall herkamen, hielten nun alle Revolver in den Händen, und alle rannten sie. Aus dem weißen Lieferwagen gegenüber sprangen Männer mit Gewehren. Der Hubschrauber über ihnen senkte sich herab wie die Rache Gottes. Wenn sie dieser Übermacht entkommen wollten, dachte Sybilla, dann musste jetzt ein Wunder geschehen.

Der Verkauf von Feuerwerkskörpern für Silvester war nur eines der Geschäftsfelder der Firma Mattek, wenn auch das bei weitem ertragreichste. Ein anderes, anspruchsvolleres Geschäftsfeld war die Belieferung und Ausrichtung von großen Feuerwerken, die während des Jahres anlässlich von Volksfesten oder Rockkonzerten, in Freizeitparks und Freilichtbühnen stattfinden.

Solche Feuerwerke bedürfen der behördlichen Genehmigung, und sie werden in der Regel von ausgebildeten Pyrotechnikern vorbereitet und durchgeführt. Um ein großes, durchorchestriertes Feuerwerk abzubrennen, benutzen diese Leute eine Reihe von modernen technischen Hilfsmitteln, die dem Normalbürger, der an Silvester ein paar Chinaböller und Brillantraketen abfeuert, nicht zur Verfügung stehen. Auch diese technischen Hilfsmittel stellte die Firma Mattek her, und natürlich hatte Wolfgang Mattek, selber ausgebildeter und geprüfter Pyrotechniker, all diese Geräte auch bei sich zu Hause. Das alljährliche Silvesterfeuerwerk der Familie Mattek war, das verlangte die Ehre, ein halbstündiges, durchkomponiertes Himmelsspektakel nach dem letzten Stand der Pyrotechnik.

Der wichtigste technische Unterschied ist, dass professionelle Feuerwerkskörper nicht mit dem Streichholz, sondern elektrisch gezündet werden. Wenn ein großes Feuerwerk beginnt, stehen Hunderte von kleinen und großen Raketen in speziellen Ständern aufgereiht, und eine computerisierte Steuereinheit schießt jede von ihnen zu einem festgelegten Zeitpunkt völlig automatisch ab. Wolfgang Mattek pflegte die am Vortag vorbereiteten Ständer eine halbe Stunde vor Mitternacht auf den Rasen hinauszustellen, die Zeitschaltuhr der Steuerung zu starten und dann mit seinen Gästen und einem Glas Champagner in der Hand zum Jahreswechsel auf den großen oberen Balkon zu treten, um mit ihnen das farbenprächtige Schauspiel zu genießen, das wie von selbst ablief.

Was Thilo und Nora getan hatten, war, die Raketenbatterien auf den oberen Balkon zu stellen und den Zeitablauf des Programms so zu verändern, dass das für eine halbe Stunde geplante Feuerwerk in drei Minuten abgefeuert wurde. Damit, so hatten sie sich überlegt, konnte man im Notfall um Hilfe rufen oder zumindest das Auftauchen von Polizei bewirken.

Was Thilo getan hatte, ehe sie zu Sybilla ins Auto sprangen, war, die Steuereinheit zu starten.

Das Gerät hatte aus sicherheitstechnischen Gründen einen Mindestvorlauf von fünfzehn Sekunden. Fünfzehn Sekunden, nachdem Thilo den Startknopf gedrückt hatte, schon in Sybillas Bus saß und sich fragte, was er falsch gemacht hatte, begann das Feuerwerk im Zeitraffer.

Die Ersten, die nicht wussten, wie ihnen geschah, waren die Piloten des Hubschraubers, als ein wahres Trommelfeuer von Raketen gegen den Rumpf schlug und durch die Rotoren fetzte. Verglichen mit ernsthaften Sprengkörpern waren Silvesterraketen Spielzeug, aber in so großer Menge und aus so großer Nähe konnten sie doch gefährlich werden. Der Pilot, der nicht wusste, was da um ihn herum explodierte, der nur begriff, dass er beschossen wurde, riss seine Maschine mit jaulenden Turbinen hoch und vergaß alle Befehle von wegen Überwachung und Verfolgung eventueller Flüchtender.

Die Agenten, die auf das Haus und den Campingbus zustürmten, blieben erschrocken stehen. Einen Kugelhagel, das hätten sie verstanden, darauf waren sie gefasst, dafür wären sie trainiert gewesen. Aber das? Eine ohrenbetäubende Salve von Böllern? Ein Bombardement chaotisch umherzuckender Schwärmer? Bengalische Feuer, die über dem Dach aufstiegen wie ein Springbrunnen aus Licht? Kein Training der Welt hatte sie auf einen derartigen Augenblick vorbereiten können. Tourbillonraketen schossen auf niedrigen, spiraligen Bahnen über ihre Köpfe hinweg und zwangen sie in Deckung. Girandoles stiegen auf wie wütende Hornissen, versprühten ihr Feuer mit wildem Zischen und ließen sie erwarten, das Haus könnte im nächsten Moment explodieren. Heuler jagten in einem kakophonischen Angriff über die Straße und die Dächer und ließen sie glauben, den Verstand verloren zu haben.

Dennoch ist eine Schrecksekunde eben nur das: eine Sekunde. Wiesel war der Erste, der sich fasste. »Verfolgt den Campingbus!«, schrie er, zuerst in sein Funkgerät, dann so laut er konnte. Seine Stimme riss andere aus ihrer Erstarrung. Einer der Männer aus dem weißen Lieferwagen begann, auf die Reifen der Autos zu schießen. Die Agenten warfen sich in Deckung und schossen zurück. Das war endlich etwas, mit dem sie sich auskannten, und einen Herzschlag später rollte der Mann im hellen Overall aus seiner Deckung, das Gesicht schmerzverzerrt, die Hand auf eine

Stelle an der Schulter gepresst, an der der helle Overall dunkelrot zu werden begann. Männer sprangen in Autos, Motoren jaulten auf. Der Campingbus war an ihnen allen vorbeigefegt, aber nun drehten Autos mit heulenden Reifen um und nahmen die Verfolgung auf.

Sybilla stand auf dem Gas.

Hielt das Lenkrad umklammert. Weigerte sich zurückzublicken. Die anderen saßen starr vor Schreck – Thilo und seine Mutter über das, was da mit irrsinniger Geschwindigkeit geschah, Kelwitt darüber, dass er auf einem entsetzlich weichen Sitz gelandet war, der so schaukelte und federte, dass er es schier nicht aushielt.

Das unerwartete Feuerwerk hatte ihnen einen Vorsprung verschafft, aber der reichte nicht einmal bis zur Hauptstraße hinab und wurde zudem immer knapper.

Sie wären nicht entkommen, wenn nicht noch ein Wunder passiert wäre.

Ein richtiges diesmal.

»Oh-oh!«, hatte Rainer gemacht, als sich plötzlich der Hubschrauber aus den Wolken herabsenkte. »Vielleicht sollten wir ein andermal wiederkommen, was meinst du?«

»Ja«, meinte Thomas und musste schon etwas lauter sprechen. »Ich habe auch das Gefühl, wir würden gerade nur stören.«

Er ließ den Motor wieder an. Die Männer, die aus ihren Wagen stiegen und auf das Haus zugingen, hörten nichts davon, weil der Rotor des Hubschraubers alles überdröhnte.

»Schau dir die an!«, schrie Rainer auf. »Nicht zu fassen!«

Thomas hatte den Gang schon eingelegt, aber er vergaß loszufahren, als er sah, wie die Frau mit schwarzen, wehenden Haaren und schwarzen, wehenden Kleidern zurück in ihren Campingbus stürzte und damit durch den Vorgarten fuhr.

»Die hauen ab!«, rief Rainer und hielt mit der Kamera drauf. »Mann, die haben doch keine Chance.«

»Da ist er!«, hörte sich Thomas sagen.

»Was? Was ist?«, brüllte Rainer.

»Der Außerirdische. Er ist in dem Wagen.«

»Was? Red lauter, ich versteh' kein Wort ...«

Was dann geschah, geschah in Sekunden, aber in der Erinnerung sollte es Thomas Thieme immer wie Stunden vorkommen. Der Bus mit den Flüchtenden kam heran, die Straße herab, auf sie zu, an ihnen vorbei.

Die Frau mit den langen schwarzen Haaren saß am Steuer, eine andere, ältere Frau neben ihr, dahinter ein Junge, vielleicht fünfzehn, und ... *das Wesen*.

Es sah ihn an.

Er hätte schwören können, dass ihn diese riesigen schwarzen Augen ansahen.

Sie baten um nichts. Sie drohten nicht. Sie übten keinen Zwang aus. Sie sahen ihn einfach nur an.

Dann schoss der Bus vorbei, und nun waren es seine Verfolger, die auf sie zukamen, an ihnen vorbeiwollten. Alles, was Thomas Thieme zu tun brauchte, war, die Kupplung loszulassen und Gas zu geben, und das tat er. Sein grüner VW-Bus, ein Geschenk seiner Eltern, sprang mit einem Satz quer mitten auf die Straße, und die heranrasenden Autos prallten darauf und verkeilten sich rettungslos ineinander.

Sie schälten Thomas und Rainer mit Prellungen und Schürfwunden aus dem Wrack und brachten sie in den ursprünglich für ganz andere Zwecke bereitgestellten Krankenwagen. Das Letzte, was Thomas hörte, ehe er in angenehme Bewusstlosigkeit sank, war ein Mann, der völlig außer sich schrie: »Sie sind weg! Verdammte Scheiße, sie sind weg!«

23

SIE FLOSSEN MIT dem Verkehr dahin, ein grauer, unauffälliger Kleinbus mit Gardinen an den Fenstern, und schwiegen. Keiner von ihnen konnte so recht begreifen, was ihnen da gerade passiert war. Es war nicht einfach Schweigen, es war eine geschockte, erschrockene Stille. Als könnte das erste gesprochene Wort das Inferno erneut auf sie herabbeschwören.

Um sie herum brummte es, als wäre nichts. Als wäre nicht Silvester 1999. Als hätte das alles überhaupt nicht stattgefunden.

Sie fuhren einfach dahin. Irgendwohin. Flossen mit dem Strom und gerieten auf die doppelspurige Bundesstraße, die am Neckar entlang nach Süden aus Stuttgart hinausführt. Aber der Einzige, der die Industriegebiete rechts und links davon betrachtete, war Kelwitt.

Er war es auch, der das Schweigen brach. »Was ist das?«, fragte er plötzlich und deutete aus dem Fenster.

»Das ist eine andere Stadt«, antwortete Thilo tonlos. »Sie heißt Plochingen.«

»Nein«, beharrte Kelwitt. »Ich meine dieses ... Gebäude dort. Mit den goldenen Kugeln auf dem Dach.«

Nun sah Thilo genauer hin. Tatsächlich ragt mitten im Zentrum von Plochingen ein bunt verzierter Turm in die Höhe, der von vier großen, goldenen Kugeln gekrönt wird. Er wirkt zugleich kindlich, Ehrfurcht einflößend und Aufsehen erregend und ist das Wahrzeichen der Stadt. »Das ist das Hundertwasser-Haus«, erklärte Nora Mattek mit belegter Stimme und räusperte sich. Sie schien noch etwas dazu sagen zu wollen, ließ es aber dann.

»Das gefällt mir«, erklärte Kelwitt und schaute dem Gebäude nach, bis es den Blicken entschwand. »Hundertwasser-Haus. Das gefällt mir. Ein schöner Name.«

Sybilla warf ihm einen irritierten Blick zu, sagte aber zunächst nichts. Erst als sie Richtung Autobahn abgebogen waren, fragte sie: »Wie lange ist er schon bei euch? Und wieso ist er zu euch gekommen?«

Sie sah Thilo an dabei, aber dessen Mutter antwortete. »Seit zwei Wochen. Mein Mann und meine Tochter haben ihn auf der Straße aufgelesen, irgendwo auf der Alb.«

»Er ist mit seinem Raumschiff abgestürzt«, fügte Thilo hinzu.

»Zwei Wochen«, wiederholte Sybilla sinnend. »Du warst bei mir und hast nichts davon gesagt, Thilo?«

Thilo wich dem erstaunten Stirnrunzeln seiner Mutter aus.

»Wir haben versucht, es geheim zu halten.«

»Das war falsch«, erklärte Sybilla kategorisch.

»Wie bitte? Du hast doch gesehen, wie sie hinter ihm her waren!«

»Die erste Begegnung mit Wesen von den Sternen ist ein bedeutsamer Zeitpunkt und von großer spiritueller Bedeutung für die Menschheit«, sagte Sybilla mit dunkler Stimme. »Ihr hattet kein Recht, das der Welt vorzuenthalten. Ihr hättet seine Ankunft allen verkünden müssen, aller Welt und allen bösen Mächten zum Trotz.« Sachlich fügte sie hinzu: »Abgesehen davon hätten diese Gestalten so einen Überfall vor laufenden Fernsehkameras nicht gewagt.«

»Das Fernsehen als Macht des Guten«, murmelte Nora vor sich hin. »Sie sollten mal mit meinem Mann reden.«

»Aber es ist ein Zeichen«, fuhr Sybilla fort. Ihr Blick ging in eine entrückte Ferne, nicht unbedingt ein Anblick, den man als Beifahrer schätzt. »Ganz sicher ist es ein Zeichen. Ich wusste, dass es so weit ist.«

Kelwitt wurde hellhörig. »Ein Zeichen? Wie in einem Orakel? Wofür?«

»Dafür, dass sich nun alles ändert.«

Hermann Hase hörte sich Wiesels Bericht an, ohne etwas zu sagen. Er schwieg so beharrlich, dass Wiesel plötzlich abbrach und sich vergewissern musste: »Bist du noch da?«

»Mmh, ja«, erwiderte Hase. »Ich denke nur nach.«

Die Hälfte der Männer war bei dem Massenaufprall auf den VW-Bus, der die Flucht der Zielpersonen gedeckt hatte, mehr oder weniger schwer verletzt worden, drei Männer waren nicht mehr einsatzfähig. Es hatte ein unerhörtes Aufsehen gegeben, die Anwohner waren zusammengelaufen, Polizei und Feuerwehr gleich massenweise erschienen, kurzum, ein Fiasko auf ganzer Linie. Zumal sie die Spur der Flüchtenden verloren hatten.

Völlig unklar war noch, was die beiden Männer in dem VW-Bus zu dieser Zeit in dieser Straße verloren gehabt hatten. Sie lagen gut bewacht in einem Bundeswehrkrankenhaus und waren noch nicht wieder bei Bewusstsein. Der Fahrer des Wagens stammte aus Stuttgart, schien aber in keinerlei Beziehung zur Familie Mattek zu stehen. »Der andere stammt aus Hamburg. Wir haben zwei Tankrechnungen in seiner Brieftasche gefunden, die vergangene Nacht an Autobahnraststätten auf dem Weg von Hamburg nach Stuttgart ausgestellt wurden«, berichtete Wiesel. »Das begreife ich nicht. Er macht den weiten Weg von Hamburg, fährt in diese Straße und behindert im entscheidenden Moment unsere Aktion. Als ob er es geahnt hätte.«

»Als er in Hamburg weggefahren ist, haben wir ja selber noch nichts davon geahnt«, erwiderte Hase. »Es muss Zufall gewesen sein.«

Wiesel gab einen Knurrlaut von sich. »Zufall, ja? Zufällig

hatte er auch einen Zettel mit Matteks Adresse bei sich. Wie findest du das?«

Hase fand das in der Tat merkwürdig, enthielt sich aber eines Kommentars. Die Situation begann ihm zu gefallen. Schließlich war der Zugriff in Stuttgart Wiesels Aktion gewesen, nicht wahr? Wiesel hatte das Ganze geleitet, er hatte massenhaft Leute und Autos und einen Hubschrauber zur Verfügung gehabt, und er hatte es vermasselt. Wiesel würde so schnell keine Aktion mehr leiten, das stand fest.

»Und«, berichtete Wiesel weiter, »er hat alles mit einer Handkamera gefilmt. Die hatte er nämlich auch zufällig dabei. Wir analysieren gerade die Aufnahme, um das Kennzeichen des Fluchtfahrzeugs zu ermitteln.«

»Hmm«, machte Hase kopfschüttelnd. Mit anderen Worten, der Wagen hatte minutenlang vor dem Haus gestanden, und niemand hatte daran gedacht, sich die Nummer aufzuschreiben? Großartig. Noch ein Nagel an dem Sarg, in dem Wiesel seine Karriere beerdigen konnte.

»Dann können wir eine Großfahndung einleiten«, ließ sich Wiesel kämpferisch vernehmen.

Zeit für den Gnadenstoß, fand Hase. »Das werden wir bleiben lassen«, erklärte er und versuchte, seine Stimme kalt und markig klingen zu lassen. »Das Letzte, was ich will, ist, dass irgendein Hinterwäldler-Polizist den Außerirdischen vor Schreck über den Haufen schießt.«

»Aber ...«

»Nimm alle Männer, die noch laufen können, und alle Autos, die noch fahren, und kommt hierher zurück. Die nächste Aktion leite ich persönlich.« Das klang gut, fand Hase. Ein ganz neuer Stil. Es war ziemlich genial gewesen, hier die Stellung zu halten und Wiesel vorzuschicken.

Na gut, eigentlich war es Feigheit gewesen.

Aber ein General stürmte heutzutage nun mal nicht seinen Truppen voran. Das musste man auch mal so sehen.

»Die nächste Aktion?« Wiesel klang verdattert. »Was für eine Aktion?«

Hase lächelte verächtlich. »Ich weiß nicht, wo sie gerade sind, und es interessiert mich auch überhaupt nicht«, erklärte er. »Früher oder später müssen sie hierher kommen. Sie haben keine andere Wahl. Und wir werden sie erwarten.«

»Was macht sie da?«, fragte Nora.

Thilo kaute gerade auf vollen Backen und konnte nicht antworten. Nora spähte wieder hinaus, aber der Anblick war immer noch derselbe: Sybilla stand an einem großen Baum und umarmte ihn mit geschlossenen Augen.

»Sie redet mit ihm«, erklärte Thilo. »Mit dem Baum. Das kann jetzt stundenlang so gehen.«

Nora hob die Augenbrauen. »Ah. Ich wusste nicht, dass Bäume so geschwätzig sind.«

Dabei standen sie nun schon seit geraumer Zeit auf diesem abgelegenen Parkplatz. Sie hatten bei einem Schnellrestaurant gehalten und etwas zu essen geholt, wobei Kelwitt sich im Wagen versteckt gehalten und Nora alles bezahlt hatte, dann war Sybilla mit ihnen kreuz und quer durch die Gegend gefahren, bis sie schließlich hier gelandet waren, mitten im einsamsten Wald. Und nun begann es leicht zu schneien. Auf Sybillas dunklem Haar und ihrem schwarzen Mantel bildete sich schon eine puderweiße Schicht.

Sie müsse Zwiesprache halten, hatte sie erklärt, mit den Lichtwesen der höheren Ebenen. Oder so ähnlich.

Kelwitt untersuchte höchst interessiert die Schachtel, in der Thilos Hamburger gewesen war, und beschnupperte mit seinen Mundborsten die Reste von Käse und Soße. Überhaupt schien ihm das ganze Abenteuer nicht schlecht zu gefallen. Er fand alles interessant und stellte immer wieder Fragen, als seien sie nicht auf der Flucht, sondern auf einer Sightseeingtour.

Dabei schien er seinen Körper zu vergessen. Körperlich ging es ihm zusehends schlechter. Er hatte eine Art Husten entwickelt, wobei er natürlich aus seinem Kopfloch hustete, und ab und zu kam etwas Schleim aus der Atemöffnung.

Nora sah auf die Uhr. Schon nach drei. Wie die Zeit verging. Sie hätte gern zu Hause angerufen, aber Thilo und Sybilla hatten übereinstimmend gemeint, dass das keine gute Idee sei. »Dann wissen die sofort, wo wir sind!«, hatte Thilo erklärt, und da er sich mit solchen Dingen beschäftigt hatte, glaubte sie ihm das. »Erst recht mit 'nem Handy. Das brauchst du nur einzuschalten, und schon wissen die, wo du bist.«

Kelwitt legte die Schachtel zurück auf die aufgerissene Tüte, machte eine seiner anmutigen Gesten und meinte: »Ich finde es erstaunlich, was ihr alles zu euch nehmen könnt.«

Wolfgang Mattek war um halb drei nach Hause gekommen. Er war der Letzte gewesen, der die Firma an diesem Tag verlassen hatte, hatte alle Mitarbeiter an der Tür mit Handschlag verabschiedet und sich endlich vom Nachtwächter ausschließen lassen. Unterwegs im Auto hatte sich eine bleierne Müdigkeit auf ihn herabgesenkt, eine so fürchterliche Erschöpfung, dass er die Heizung abgedreht und ganz gegen seine Gewohnheit einen Radiosender mit dröhnender Popmusik eingeschaltet hatte, aus Angst, mitten im Stadtverkehr am Steuer einzuschlafen. »Heute mache ich nichts mehr!«, hatte er sich geschworen. »Den Rest dieses Jahrtausends ruhe ich mich nur noch aus.«

Er bog in die Straße ein, sah die Spuren eines kolossalen Massenunfalls und runzelte die Stirn.

Dann sah er, dass jemand quer durch ihren Vorgarten gefahren war. Allerhand. Er stellte das Auto vor der Garage ab, um sich die Angelegenheit aus der Nähe anzusehen, und stellte fest, dass die Haustür offen stand. Das nun war wirklich beunruhigend.

»Hallo?« Er schob die Tür weiter auf. Im Flur brannte Licht, die Vorhänge im Wohnzimmer waren zugefahren, etliche Girlanden abgerissen, das bereits aufgebaute Büfett ansonsten unangetastet. »Jemand zu Hause?«

Niemand meldete sich. In der Küche lag der Karpfen tot im Ausguss und glotzte ihn mit großen Knopfaugen an. Mattek schnupperte, und jetzt erst roch er es: Es stank nach Kordit. Nach abgebranntem Feuerwerk. Er hatte den Geruch noch aus der Firma in der Nase, aber hier war er zweifellos auch. »Nora? Thilo? Sabrina?« Die Zimmer alle leer. »Kelwitt?« Auch das Gästezimmer verlassen. Sogar die Wachstischdecke mit den Sonnenblumen, die Kelwitt die letzten Tage benutzt hatte, war verschwunden.

Und die Kellertür stand auch offen, mit aufgebrochenem Schloss.

Was war hier geschehen? Keine Nachricht, nirgends. Das beunruhigte ihn am meisten. Zweifellos hätten sie ihm eine Nachricht hinterlassen, wenn sie irgendwohin gegangen wären, und sei es nur, dass er sich keine Sorgen machen solle. Und zweifellos hätten sie die Haustür nicht offen stehen lassen. Alle Spuren, die er vorfand, ließen nur den Schluss zu, dass sie entführt worden waren.

Er ging zum Telefon, versuchte jemanden anzurufen, die Polizei, Lothar, aber egal wessen Nummer er wählte, es klingelte nur und klingelte, ohne dass jemand abhob.

Der Mann an den Tonbandgeräten nahm den Kopfhörer ab. »Im Zimmer der Mädchen geht irgendwas vor sich«, sagte er. Sein Blick suchte den Hases, und dem Ausdruck seiner Augen nach beunruhigte ihn, was er gehört hatte.

Hase nickte. »Jemand soll nach ihnen sehen.«

Viel Auswahl war nicht, solange Wiesel und die anderen

noch nicht wieder da waren. Der Abhörtechniker stand auf, legte das Schulterhalfter wieder an und ging zur Tür. Als er sie öffnete, hörte man von draußen schon, wie jemand panisch gegen eine verschlossene Tür trommelte.

Der Agent beeilte sich. Das Zimmer der Mädchen lag eine Treppe höher. Als er die Tür aufschloss, sah er, dass eine der beiden – die dunkelhaarige – starr und verkrampft auf dem Boden lag und Schaum vor dem Mund hatte. Die Blonde stand mit Panik in den Augen da.

»Meine Freundin hat einen epileptischen Anfall!«, rief sie. »Schnell, sie braucht einen Arzt!«

Der Agent starrte das Mädchen am Boden erschrocken an. Sie zitterte mit geschlossenen Augen. Der Schaum rann ihr aus dem Mundwinkel ins Ohr. »Okay«, stieß er hervor. »Kümmere dich um sie. Ich hole Hilfe.«

Er stürmte davon.

Im nächsten Moment griff Sabrina nach einem Handtuch und wischte ihrer Freundin damit über den Mund. Dorothea öffnete die Augen, rappelte sich hoch, nahm Sabrina das Handtuch aus der Hand und begann, auch das Innere ihres Mundes zu säubern. Ihr Gesicht war ein einziger Ausdruck des Abscheus, aber sie gab keinen Ton von sich.

Sabrina war schon an der Tür und spähte hinaus. Niemand zu sehen. Sie machte eine hektische Bewegung mit der Hand. Dorothea warf das Handtuch beiseite, beide schlüpften in ihre Winterjacken und zur Tür hinaus.

Das Fenster am Ende des Flurs ließ sich problemlos öffnen. Draußen dämmerte es schon, und es begann zu schneien. Bis zum Dach der angebauten Garage ging es etwa zwei Meter hinab.

»Du warst genial!«, erklärte Sabrina, während sie auf das Fensterbrett kletterte.

»Wenn du wüsstest, wie der Seifenschaum geschmeckt hat«, meinte Dorothea und verzog das Gesicht. »Hoffentlich werde ich den Geschmack im Mund jemals wieder los.«

»Ich war im Internat, Schätzchen«, erwiderte Sabrina und brachte sich in Sprungposition. »Glaub mir, ich weiß, wie Seifenschaum schmeckt.«

Es rumste gewaltig, als sie auf dem Garagendach landete.

Es rumste noch einmal, als Dorothea ihr folgte. Aber niemand schrie, niemand ballerte in die Luft. Sie machten, dass sie hinab auf die Erde kamen und in der nächsten Gasse verschwanden.

Sybilla hatte ihre Zwiesprache mit dem Baum beendet und wusste nun, was zu tun war. »Wir müssen nach Süden«, erklärte sie. »Südlich der Donau sind wir sicher.«

»Sicher wovor?«, fragte Nora.

»Ein Himmelszeichen wird es geben«, verkündete Sybilla mit in sich gekehrtem Blick. »Das Bayerland wird verheert und verzehrt, das Böhmerland mit dem Besen ausgekehrt. Über Nacht wird es geschehen. Die Leut', die sich am Fuchsenriegel verstecken oder am Falkenstein, werden verschont bleiben. Aber schnell muss es gehen. Wer zwei Laib Brot unterm Arm hat und verliert einen, der soll ihn liegen lassen und laufen, denn der eine Laib wird ihm auch reichen.«

»Der Waldprophet«, sagte Nora. »Und ziemlich durcheinander zitiert.«

Die junge Frau mit den langen dunklen Locken sah auf. »Was?«

»Das sind die Prophezeiungen des Mühl-Hiasl, auch genannt der Waldprophet«, erläuterte Nora Mattek freundlich. »Ich habe an den ganzen Kram auch mal geglaubt, wissen Sie? Genau wie an die Weissagungen des Alois Irlmaier, die Prophezeiung von der Weltschlacht am Birkenbaum, die Gesichte des westfälischen Schäfers, die Voraussagen des Spielbernd, die Mainzer Prophetie, das dritte Geheimnis von Fatima, und so weiter und so weiter.«

»Ehrlich?«, staunte Thilo.

»Ja«, nickte seine Mutter. »Aber das ist lang her.«

Thilo strich sich die Haare aus der Stirn. »Cool.«

Sybilla war auf ihrem Sitz zusammengesunken. Sie starrte ins Leere. Schatten schienen über ihr Gesicht zu huschen. »Ich sehe nichts mehr«, flüsterte sie plötzlich, Angst in der Stimme. »Ich habe gesehen, dass es beginnt. Ich bin losgefahren, zu euch. Aber nun sehe ich nichts mehr. Ich habe eine Tür gesehen, die aufging – aber dahinter ist nur Leere.«

»Und da haben Sie sich an alte Prophezeiungen gehalten«, meinte Nora.

»An irgendetwas muss man sich doch halten.«

»Ich weiß nicht. Ich finde Leere nicht so schlimm. Leere – das ist irgendwie ... viel versprechend.«

Sybilla schwieg. Draußen wurde es allmählich dunkel. Im Wagen begann es, ungemütlich kalt zu werden. Es gab eine Standheizung, aber sie hatte sie nicht eingeschaltet, um die Vorräte zu schonen. »Mein Leben lang habe ich immer gewusst, was passieren wird«, begann sie schließlich.

»Du hättest Lotto spielen sollen«, warf Thilo spitzfindig ein.

Sie maß ihn mit geduldigem Blick. »Solche Dinge nicht. Ob jemand im Lotto gewinnen wird, das ist Schicksal, das kann man sehen – aber nicht seine Zahlen, nicht das genaue Datum. Mein Schicksal war es nicht, das habe ich gesehen. Aber ihn« – sie deutete auf Kelwitt, der erbarmungswürdig schief auf seiner Wachstischdecke saß – »habe ich nicht gesehen.« Sie schnüffelte, als gäbe es etwas zu riechen. »Ich weiß nicht, was geschehen ist. Habe ich bloß meine Gabe verloren? Oder hat sich die Zukunft verändert? Ist der Lauf der Zeit unvorhersagbar geworden?«

Nora betrachtete die junge Frau nachdenklich. Als sie sie nur vom Hörensagen gekannt hatte, hatte sie nur die Verderberin ihres Sohnes in ihr sehen können. Doch in den letzten Stunden hatte sie sie auf merkwürdige Weise lieb gewonnen.

»Ja«, nickte Sybilla. »Vielleicht ist es das. Wenn sich alles ändert, wenn die alte Welt endet – vielleicht werden dann auch die alten Prophezeiungen ungültig ...«

Es wurde wirklich immer kälter, und der Wald rings um den Wanderparkplatz begann unheimlich zu werden. Nora schlang ihre viel zu dünne Jacke fester um sich. »Auf jeden Fall sollten wir allmählich überlegen, was wir tun. Wir können nicht ewig hier herumsitzen.«

»Schlagen Sie etwas vor. Ich muss mich erst an diesen Zustand der Ungewissheit gewöhnen.«

»Wir sollten uns ein Hotel suchen. Vielleicht eines an der Autobahn, das so ähnlich wie amerikanische Motels gebaut ist. Dort dürfte es leichter sein, Kelwitt hineinzuschmuggeln.«

»Das ist teuer.«

»Ich habe genug Geld dabei«, erklärte Nora. »Ein Glück, dass Thilo der Lieferwagen vor dem Haus rechtzeitig aufgefallen ist. So hatten wir ein wenig Zeit, uns vorzubereiten.«

»Glück«, nickte Sybilla. »Ich verstehe.«

Nora zog ihr Adressbüchlein aus der Jackentasche. »Von dort aus – oder von einer Telefonzelle – kann ich versuchen, ein paar Bekannte zu erreichen. Vielleicht finden wir einen Arzt, der sich um Kelwitt kümmert, ohne dass jemand davon erfährt.«

»Gut, von mir aus.« Sybilla beugte sich zum Handschuhfach hinüber und zog eine Straßenkarte heraus. »Irgendwelche besonderen Wünsche, wohin es gehen soll?«

In diesem Augenblick ging ein Ruck durch Kelwitt. Er setzte sich kerzengerade hin, die Hand an der Schulterspange, und sein Atemloch auf dem Scheitel bewegte sich heftig. Draußen in der Dunkelheit heulten namenlose Tiere auf. Offenbar hielt er heftige Zwiesprache mit Tik, seinem Computer.

»Es ist da«, erklärte er. Man konnte sich einbilden, in der mechanischen Stimme Erleichterung mitschwingen zu hören. »Das Raumschiff ist gekommen, um mich abzuholen.«

Der für das Abhören des Gefangenenzimmers zuständige Agent hielt Hermann Hase das Handtuch hin, als erwarte er, damit erdrosselt zu werden. »Offenbar war es nur Seifenschaum und alles vorgetäuscht. Sie haben die Gelegenheit genutzt, um – vermutlich über das Garagendach – zu fliehen.«

»Na endlich«, erwiderte Hase. »Und wie fantasievoll! Ich dachte schon, ich muss sie freilassen.«

Der Agent mit dem seifigen Handtuch bekam Kulleraugen. »Heißt das, Sie haben ...?«

Hase schaute zu einem anderen Mann hinüber, der mit Kopfhörern an einer Funkanlage hockte. »Wie ist der Empfang?«

Der Mann machte mit den Fingern das O.K.-Zeichen. »Sie haben Peilsender in den Schuhen und Abhörmikrofone in den obersten Jackenknöpfen. Alle arbeiten einwandfrei.«

»Wo sind sie gerade?«

»In der Nähe des Raumschiffs. Wenn sie das Dorf verlassen, müssen wir ihnen ein Auto mit Relaisstation nachschicken, aber es sieht nicht danach aus.«

»Also«, nickte Hase dem Abhörspezialisten zu. »Sie sehen, Sie behalten Ihren Job.«

Die aufgestemmte Kellertür hatte er behelfsmäßig zugenagelt. Die umgefahrene Hecke hatte er versucht, wieder aufzurichten, aber die Äste waren ihm abgebrochen, und dann war ein Nachbar gekommen, mit dem er noch nie im Leben gesprochen hatte, und hatte ihm erzählt, was vorgefallen war – eine Schießerei, eine Massenkarambolage, Hubschrauber und ein Feuerwerk wie aus einer Stalinorgel. Und eine Flucht in einem grauen Campingbus.

Das gab ihm zu denken, während er den Karpfen ungeschickt in eine Schüssel bugsierte und hilflos in den Kühlschrank stellte. Was war geschehen? Warum rief ihn niemand an? Wer war in dem Campingbus gewesen?

Er hätte zur Polizei fahren können, aber der Gedanke, das Haus wieder zu verlassen, versetzte ihn beinahe in Entsetzen. Dass niemand kam, um ihn zu befragen, zu verhören ...? Es war alles so unwirklich. Als hätten sich einfach alle Menschen in nichts aufgelöst und ihn allein zurückgelassen.

Draußen wurde es dunkel. Silvester, es war ja Silvester. Ab und zu krachte ein verfrühter Böller, jaulte ein voreiliger Heuler, und dann fiel es ihm wieder ein.

So ruhig im Haus ...! Er strich unruhig umher, klebte die Girlanden wieder an, rückte die Schalen mit dem Knabbergebäck zurecht, als erwarte er Gäste. Holte sogar zur üblichen Zeit die erste Sektflasche aus dem Kühlschrank, füllte Eis in den Kühler und stellte sie hinein. Von dort aus sah sie ihn an, als lache sie ihn aus, weil ja doch niemand kommen würde.

Das Handy von Noras Nachttisch fehlte. Hatte sie es mitgenommen? Dann waren sie vielleicht doch nicht entführt worden. Aber warum rief sie nicht an?

Er ging auch ins Gästezimmer, stand vor dem Plantschbecken, das noch ganz merkwürdig roch, und musste daran denken, dass er Kelwitt wahrscheinlich nie wiedersehen würde. So war das Leben, so ungerecht. Jetzt, wo er Zeit gehabt hätte, sich mit dem außerirdischen Besucher zu befassen, war es zu spät.

In Washington, D. C., war es gerade zwei Uhr nachmittags. Der Präsident hatte gerade die letzte dienstliche Besprechung beendet, die in diesem Jahrtausend noch auf seinem Terminplan gestanden hatte. Er streckte sich, sah hinauf zur Decke des Oval Office, dachte an den Silvesterball, der heute Abend im Weißen Haus stattfinden würde, und überlegte, ob er sich darauf freuen oder es als lästige Repräsentationspflicht hinnehmen sollte. Noch ehe er zu einer Entscheidung gelangt war, klopfte es. Es war einer seiner militärischen Berater, und er hatte einen zweiten Mann in Uniform dabei, den er noch nie gesehen hatte.

»Mister President, Sir«, sagte der Mann, »da gibt es etwas, das Sie sich ansehen sollten.«

»Ich nehme an«, sagte der Präsident, »dass es nicht bis zum nächsten Jahrtausend warten kann? Oder wenigstens bis morgen?«

Der Mann in der Uniform hatte keinen Humor. »Ich fürchte, nein, Sir.«

»Also zeigen Sie schon her.«

Es waren allerhand Papiere, die die beiden vor ihm auf dem Tisch der Sitzgruppe ausbreiteten, Zeichnungen und Tabellen.

»Wir haben etwas entdeckt, Sir«, erklärte der Mann, den er nicht kannte. »Einen metallenen Körper mit hoher Energieabstrahlung in einer Entfernung von etwa hundert Millionen Meilen, der sich auf die Erde zu bewegt.«

»Im Weltraum?«, vergewisserte sich der Präsident.

»Ja, Sir. Um genau zu sein, aus Richtung des Sternbilds Großer Hund.«

»Großer Hund«, wiederholte der Präsident. »Verstehe. Da wird meine Katze sich freuen. Und wofür halten Sie diesen metallischen Körper mit der hohen Energieabstrahlung?«

Der Mann raschelte mit den Papieren, als sei ihm die Sache peinlich. »Der Körper hat seit seiner Entdeckung auf etwa zehn Prozent der Lichtgeschwindigkeit beschleunigt und verzögert seit ungefähr zwanzig Minuten wieder. Sir, die Experten glauben, dass es sich nur um ein außerirdisches Raumschiff handeln kann.«

»Ein außerirdisches Raumschiff?«

»Jawohl, Sir.«

»Und es bewegt sich auf die Erde zu, habe ich das richtig verstanden?«

»Ja, Sir. Um genau zu sein, es wird in etwa drei bis vier Stunden hier sein.«

»Na großartig.« Und das heute. Der Präsident starrte auf die Linien und Diagramme, die ihm nichts sagten, und überlegte, ob er sich über diesen zweifellos historischen Moment freuen oder sich über die möglichen Konsequenzen Sorgen machen sollte.

Irgendwie schienen ihm Entscheidungen heute schwerer zu fallen als sonst.

»Die schnappen uns doch!«, meinte Thilo aufgebracht. »Wenn wir dort hinfahren, hätten wir erst gar nicht von zu Hause abzuhauen brauchen!«

Der Campingbus quälte sich eine schmale, steil ansteigende Straße mit vielen Kehren hoch. Es schneite immer weiter, wenn auch reichlich unentschlossen.

»Das große Raumschiff wird uns beschützen«, erklärte Kelwitt ihm. »Du brauchst keine Angst zu haben.«

»Das große Raumschiff – na toll! Und wann wird das da sein?«

»Etwa um Mitternacht eurer Zeit.«

»Und wer hilft bis dahin?«

»Du brauchst keine Angst zu haben«, wiederholte der Außerirdische ruhig.

Nora legte ihrem Sohn die Hand auf die Schulter. »Wir fahren zuerst nur in die Nähe und warten ab. Erst wenn es so weit ist, wagen wir uns an den Treffpunkt.«

»Warum kann das Raumschiff Kelwitt nicht irgendwo anders abholen? Warum ausgerechnet bei dem abgestürzten Raumboot, wo uns hundertprozentig diese Typen auflauern?«

»Es ist für sie sicherlich praktischer, wenn sie nur einmal landen müssen. Und ich denke auch, dass wir uns im Grunde keine Sorgen machen müssen, wenn das Raumschiff wirklich kommt.«

Thilo seufzte abgrundtief.

Sybilla, die den Bus mit grimmiger Entschlossenheit durch das glitzernde Schneetreiben lenkte, sah plötzlich hoch, suchte im Rückspiegel Noras Blick und zögerte.

Nora hatte es bemerkt. »Was ist, Sybilla?«

»Ich hatte gerade das Gefühl«, meinte Sybilla zögernd, »dass jemand ganz intensiv an Sie denkt.«

»Mein Mann wahrscheinlich. Er wird schon krank sein vor Sorge ...«

Sybilla schüttelte den Kopf. »Nein. So fühlte es sich nicht an.«

Nora hielt inne, als spüre sie auch etwas. »Sabrina.« Sie zog das Mobiltelefon aus der Tasche und schaltete es ein.

Nichts geschah.

»Jetzt wissen die, wo wir sind«, brummte Thilo nervös. »Sie können richtig zugucken, wie wir auf ihre Falle zurollen. Echt klasse.«

Sybilla schaute unglücklich drein und konzentrierte sich wieder aufs Fahren. »Ich hätte wirklich wetten können ...«

In diesem Augenblick klingelte das Telefon. Nora riss es ans Ohr, hätte fast vor Aufregung die falsche Taste gedrückt, meldete sich und schrie dann fast: »Sabrina, mein Kind! Ja, ich bin's! Wo bist du?«

»Ha!«, machte Sybilla und lächelte ihrem Spiegelbild in der Windschutzscheibe glücklich zu.

»Sie hat mit ihrer Mutter telefoniert«, berichtete der Abhörspezialist. »Von der Telefonzelle am Ortsausgang. Zuerst hat sie versucht, zu Hause anzurufen, aber da ging niemand an den Apparat ...«

»Logisch«, nickte Hase. Wiesels Leute hatten die Abhöranlage falsch angebracht. Man hätte zwar jedes Gespräch mithören können, aber durch die Anlage kamen auf dieser Leitung keine Verbindungen mehr zu Stande.

»Dann hat sie ihre Mutter über das Mobiltelefon erreicht.

Das Seltsame ist, dass ihre Mutter das Telefon erst ungefähr eine Minute vor dem Anruf ihrer Tochter eingeschaltet hat.«

»Wahrscheinlich hatten sie sich verabredet.«

»So klang das aber nicht. Es klang, als habe sie zufällig in ihrem Geldbeutel einen Zettel mit der Mobiltelefonnummer ihrer Eltern gefunden. Ihrer Freundin sagte sie, dass es wahrscheinlich aussichtslos sei, es zu versuchen. Und im Gespräch mit ihrer Mutter wiederholte sie mehrmals, wie unglaublich sie das finde, sie erreicht zu haben.«

Hase rieb sich das Kinn. Das war wirklich merkwürdig. »Worüber haben sie gesprochen?«

»Wir haben natürlich nur das mitbekommen, was das Mädchen gesagt hat. Zuerst hat ihre Mutter ihr etwas erzählt, worauf sie sagte ›Das ist ja großartig‹. Dann haben sie verabredet, sich um halb zwölf zu treffen, und zwar bei dem Transformatorenhäuschen an der Landstraße. Ich habe nachgeschaut, das ist keine dreihundert Meter vom Liegeplatz des fremden Raumschiffs entfernt.«

»Ja«, nickte Hase, »ich sagte doch, dort wollen sie hin. Wo befand ihre Mutter sich während des Gesprächs?«

Der Abhörspezialist umkreiste ein enges Gebiet auf der Karte des weiteren Umkreises. »Das Telefon war angemeldet beim Sender in Obersteinhofen und wechselte während des Gesprächs in den westlich benachbarten Quadranten.«

Hase betrachtete die Karte. »Sie bewegen sich also auf uns zu. Aber man braucht doch keine zweieinhalb Stunden von Obersteinhofen bis hierher!?« Er rieb sich wieder das Kinn, ohne die allmählich sprießenden Bartstoppeln zu bemerken. »Das ist wirklich merkwürdig. Was haben die vor?«

Im Raumschiff schien man nicht weniger erleichtert zu sein, ihn heil vorzufinden, als er es war. Offenbar hatte es einen Maschinenschaden in der Nähe von Nokints Stern gegeben, der sie so lange aufgehalten hatte. Kapitän Handuma ließ ihm über Tik sein tiefes Bedauern ausrichten und versprach, ihn für das erlittene Ungemach zu entschädigen.

Dass er, Kelwitt, ohne Erlaubnis auf einem bewohnten Planeten gelandet, ja sogar bruchgelandet war, schien dagegen niemanden groß aufzuregen. Er bekam sogar den Eindruck, dass die Sternfahrer das amüsant fanden.

Jedenfalls würde man ihm nicht die Schuppen ausreißen deswegen.

Also war dies die Zeit des Abschieds. Die Erdbewohnerin mit dem langen schwarzen Kopfpelz, die das große Fahrzeug gesteuert hatte, hatte es wieder auf einem freien Platz abgestellt, weil sie erst kurz vor dem Eintreffen des Raumschiffs zum Treffpunkt fahren wollten. Dort würden sie auch S'briina noch einmal treffen, sodass er auch von ihr Abschied nehmen konnte. Lediglich F'tehr würde er nicht mehr sehen. Kelwitt vollführte die traditionellen Gesten des Abschieds, auch wenn ihm klar war, dass die Erdbewohner damit nichts anfangen konnten. Aber er hatte das Bedürfnis, sich auf seine Weise zu verabschieden. Immerhin sahen sie ihm aufmerksam zu.

»Ich danke euch für eure Gastfreundschaft«, erklärte er dann noch, damit sie verstanden, worum es ihm ging. Es kam ihm etwas unbeholfen vor, es so auszudrücken, aber sie schienen sich darüber zu freuen. Unsremuutr sonderte sogar etwas Flüssigkeit aus den Augenwinkeln ab, was bei Erdbewohnern meist Ausdruck großer Trauer war.

Sie wünschten ihm auch alles Gute, erklärten ihm, wie gut es ihnen gefallen hatte, ihn zu Gast zu haben, und äußerten den Wunsch, er möge sie einmal wieder besuchen. Alles begleitet von ihren eigenen Gesten, die Kelwitt interessiert verfolgte. Er musste ihnen mit Bedauern sagen, wie unwahrscheinlich es war, dass er in seinem Leben noch einmal ihren Planeten besuchen würde. »Dazu müsste ich selber Sternfahrer werden«, erklärte er.

»Dann werd's doch«, meinte Tiilo trocken.

Kelwitt stellte zu seiner eigenen Überraschung fest, dass ihm dieser Gedanke noch nie gekommen war.

»Tik?«, fragte er.

»Ich bin bereit.«

»Hat es irgendwelche Orakelzeichen gegeben, dass es meine Bestimmung sein könnte, Sternfahrer zu werden?«

»Nein«, erwiderte der Spangencomputer.

»Schade«, meinte Kelwitt unwillkürlich. Der Gedanke hatte ihm irgendwie gefallen.

»Allerdings gebe ich zu bedenken«, fuhr Tik fort, *»dass man solche Zeichen schwerlich von einer Orakeldeutung erwarten kann, die zu einer Zeit entstanden ist, als es noch keine Sternfahrt gab.«*

Das entbehrte nicht einer gewissen Logik. Aber er konnte doch nicht einfach beschließen ... einfach nur, weil es ihm in den Sinn gekommen war ... Was, wenn er den ihm zugedachten Weg dadurch verfehlte?

»Ich muss darüber nachdenken«, erklärte er Tiilo.

Die Zeit verging langsam. Die Erdbewohner aßen wieder einmal etwas, kleine dunkle Stangen, die mit hellen Kristallen bestreut waren. Unsremuutr hatte sie aus einem Nest mitgebracht, an dem sie gehalten hatten, um Energie für das Fahrzeug zu tanken. Kelwitt probierte eine. Sie schmeckte ein bisschen meerig, brannte aber unangenehm im Verdauungskanal nach.

Nach und nach kamen die geladenen Gäste im Weißen Haus an – politische Freunde, einflussreiche Unternehmer, Sportstars, berühmte Musiker, wichtige Wahlkampfspender. Sie bemerkten nichts von den Vorkehrungen, die getroffen worden waren, sollte sich das näher kommende außerirdische Raumschiff als Angreifer erweisen: Innerhalb von sieben Minuten konnten alle Gäste in unterirdische Schutzräume gebracht werden. Im Idealfall würde man die Silvesterfeier in eine Begrüßungsfeier für die ersten außerirdischen Besucher auf der Erde umfunktionieren, was demgegenüber die geringeren organisatorischen Probleme aufwerfen sollte.

Der Präsident begrüßte gerade seine Lieblingssängerin, als er weggerufen wurde.

»Sir, das Flugobjekt ...«, begann der Uniformierte verhalten.

»Was ist damit?«

»Es hat die Erde erreicht, Sir. Wie es aussieht, steuert es auf Europa zu.«

Der Präsident blinzelte.

»Europa?«

»Ja, Sir. Um genau zu sein, auf Süddeutschland.«

Das, fand der Präsident, war allerhand. Er überlegte, ob er sich brüskiert fühlen sollte. »Wird es aus der Nähe beobachtet?«

»Jawohl, Mister President. Es ist sehr schnell, aber wir versuchen, immer mindestens zwei Aufklärungsmaschinen in seiner Nähe zu halten.«

»Gut. Ich gehe wieder runter und kümmere mich um die Gäste. Benachrichtigen Sie mich, wenn wir eine Ahnung davon haben, was es will.«

Sabrina und Dorothea standen neben dem Transformatorenhäuschen und warteten sich die Beine in den Bauch.

Schnee fiel, allmählich blieb auch welcher liegen und begann, die umliegenden Felder wie mit Puderzucker bestreut aussehen zu lassen. Ab und zu lugte eine dünne Mondsichel zwischen dicken, dunklen Wolken hervor. Von hier aus konnte man das Grundstück sehen, auf dem Kelwitts Raumschiff versteckt lag.

Endlich kamen sie, mit fast zehn Minuten Verspätung.

Da war dann erst mal großes Begrüßen und Umarmen

angesagt. Dorothea staunte nicht schlecht, als sie Kelwitt sah. Sie schüttelte ihm scheu die Hand und hauchte dann: »Ist der aber süß!«

»Ja, nicht wahr?«, pflichtete ihr die dunkelhaarige Frau bei, die Sybilla sein musste, die Freundin von Sabrinas Bruder.

»Ist euch jemand gefolgt?«, fragte Sabrina ihre Mutter.

»Ich glaube nicht«, erwiderte Nora. »Wir waren die meiste Zeit ganz allein auf weiter Flur.«

»Gut. Und das Raumschiff kommt wirklich? Ausgerechnet heute Abend?«

»Behauptet Kelwitt. Er redet schon die ganze Zeit mit seinen Leuten. Per Funk, oder was die stattdessen verwenden.«

Da flammten in einem weiten Kreis rings um sie herum die Scheinwerfer von Autos auf. Eine Megafonstimme krächzte unverständliches Zeug, begann zu kreischen und zu quietschen und wurde wieder abgeschaltet, begann noch einmal von vorn: »Bleiben Sie stehen, leisten Sie keine Gegenwehr, und unternehmen Sie keinen Versuch zu fliehen!«

»Oh, *Scheiße!*«, schrie Sabrina.

Die schwarzen Umrisse von Männern mit Gewehren in den Händen tauchten vor den Scheinwerfern auf. Sie kamen näher.

»Ach, verdammt, Mama, ich hab's schon wieder vermasselt!«

Nora nahm ihre Tochter in den Arm. »Das macht jetzt nichts mehr, Liebling.«

Sabrina sah sie an. »Du hast noch nie ›Liebling‹ zu mir gesagt.«

»Wirklich?«, wunderte sich Nora.

»Noch nie.«

»Aber gedacht hab' ich's oft, ehrlich.«

Ein Mann in einem schäbigen Bundeswehrparka baute sich vor ihnen auf.

Er hatte zahlreiche verschorfte Wunden in seinem auch

sonst reichlich unsympathischen Gesicht, das sich auch auf dem Passbild des Ausweises fand, den er ihnen präsentierte.

»Mein Name ist Hase«, erklärte er.

Dorothea musste unwillkürlich kichern.

»Wir werden dieses Wesen«, fuhr er fort und deutete auf Kelwitt, der reglos dastand und alles um sich herum mit seinen großen schwarzen Augen beobachtete, »in Gewahrsam nehmen. Alle Übrigen werden von uns befragt werden, um festzustellen, ob Sie eine Straftat begangen haben, als Sie dieses Wesen den staatlichen Stellen vorenthielten.«

Nora Mattek musterte ihn kühl. »Sie haben einen Knall, Herr Hase«, beschied sie ihm dann herablassend.

Die Antwort des Mannes ging in dem Donner unter, mit dem zwei Kampfjets über sie hinwegschossen, so niedrig, dass man das Lohen der Triebwerke erkennen konnte.

Alles duckte sich, jeder hielt sich die Ohren zu.

»Was zum Teufel ...?!«, schrie jemand.

Da alle unwillkürlich die Augen emporgehoben hatten, bekamen sie mit, wie sich etwas mit den Wolken veränderte, wie es wallte und wogte darin, als müssten sie etwas Größerem Platz machen. Dann senkte sich aus der dunklen Nacht ein mächtiger schwarzer Schatten auf sie herab, groß wie zehn Fußballfelder und lautlos.

Die Uhren zeigten zehn Minuten vor Mitternacht.

Im Inneren des Transformatorenhäuschens gab es brizzelnde Geräusche, dann gingen im ganzen Dorf die Lichter aus.

Auch die Scheinwerfer der Autos erloschen. Einfach alles wurde dunkel, und man sah das dunkelblaue Glimmen, das den riesigen Flugkörper über ihren Köpfen umgab.

Ein Strahl matten Lichts tastete herab, direkt auf das Grundstück mit dem Rübenkeller. Das Wrack des Raumbootes brach durch den Boden, schwebte langsam hinauf zu der Öffnung im Rumpf des Mutterschiffs, aus der das Licht kam. (Der Brunnenwirt, so erzählte man sich später, der die

Ereignisse aus gebührender Entfernung verfolgt hatte, habe sich bei diesem Anblick wütend die Mütze vom Kopf gerissen, sie auf den Boden geworfen und gejault: »Schon wieder ein Loch in einem Dach!«)

In einiger Entfernung drehten die beiden Düsenflugzeuge große Schleifen und kamen wieder auf das Raumschiff zugeschossen.

Hermann Hase hatte plötzlich einen Revolver in der Hand und Kelwitt um den Leib gepackt, hielt ihm den Lauf an den Kopf und schrie zum Himmel: »Den kriegt ihr nicht so leicht!«

In diesem Augenblick öffneten sich überall auf der Welt die Blüten der Augenöffnerblume und verströmten ihren Duft.

24

KELWITTS RAUMBOOT HATTE bei seinem Absturz von dem Zeitpunkt, als es von einem amerikanischen Hochgeschwindigkeitsjäger hoch über einem pazifischen Luftwaffenstützpunkt angeschossen worden war, bis zum Augenblick des Aufpralls ungefähr ein Drittel des Erdumfangs überquert. Die Samen der Augenöffnerblume, die während dieses Fluges dabei aus den Transportbehältern geströmt waren, hatten sich in den darauf folgenden Tagen mit Winden und Passaten, Turbulenzen und anderen Luftströmungen über nahezu den gesamten Erdball ausgebreitet, ehe sie zu Boden gesunken waren und angefangen hatten zu keimen.

Die Augenöffnerblume vom vierten Planeten von Telekis Stern ist ein erstaunlicher Organismus. Sie wächst praktisch überall und scheint keine besonderen Nährstoffe zu benötigen.

Es ist eine unauffällige Pflanze – oder eine Art von Pflanze –, klein, mit dünnen blaugrünen Sprossen und winzigen violetten Blüten. Man bemerkt sie kaum zwischen anderen Pflanzen. Ihr Aussehen ist aber auch nicht der Grund, warum mit ihr Handel getrieben wird. Der Grund, aus dem sie so begehrt ist, ist ihr Duft. Der Duft der Augenöffnerblume bewirkt bei allen Wesen, *dass sie dessen gewahr werden, was sie tun.*

Das klingt nach wenig. Beinahe nach nichts. Es ist nicht messbar, nicht spürbar, nicht sichtbar. Es hat kaum mehr Bedeutung als der Flügelschlag eines Schmetterlings.

Aber sagt man nicht, der Flügelschlag eines Schmetterlings könne, zur richtigen Zeit und unter den richtigen Umständen, einen Hurrikan auf der anderen Seite der Welt auslösen – oder verhindern?

In dem Moment, da wir dessen gewahr werden, was wir tun, können wir darüber nachdenken, wie wir es tun, warum wir es tun, ob wir es überhaupt tun wollen. In dem Moment, da wir dessen gewahr sind, was wir tun, sind wir lebendiger, sind wir wirklich *da*.

Der Duft der Augenöffnerblume weckt uns auf, und es ist, als hätten wir bis dahin geschlafen und nur geträumt, wach zu sein. Es ist, als zöge sie uns einen Schleier von unseren Augen, sodass wir die Welt zum ersten Mal wahrhaft *sehen*. Deshalb nennt man sie die Augenöffnerblume.

Lothar Schiefer stürzte gerade ein Glas Whisky hinab in dem Moment, als der Duft der Augenöffnerblume ihn erreichte.

Ich trinke, erkannte er. *Ich trinke, aber es schmeckt mir gar nicht. Ich habe überhaupt nicht auf den Geschmack geachtet.*

Er sah das leere Glas an. Was tat er hier? Whisky für hundert Mark die Flasche, nur um besoffen zu werden? Und wozu das alles? War das wirklich die Art und Weise, wie er sein Leben verbringen wollte?

Er spürte den Impuls, das Glas gegen die Wand zu schmettern, aber das hatte er schon unzählige Male getan, also stellte er es einfach auf den Tisch. Er sah sich um, staunend. Als wäre er noch nie hier gewesen, dabei war es doch seine Wohnung, sein Zuhause, von einer begabten jungen Innenarchitekturstudentin eingerichtet und von einer aus Tschechien stammenden Mutter zweier Kinder sorgfältig gepflegt. Eine so wunderschöne Wohnung. Wie kam es, dass er das noch nie bemerkt hatte? Wie kam es, dass er noch nie bemerkt hatte, wie viel Grund er hatte, dem Leben dankbar zu sein?

Als er an der Brüstung der Terrasse angekommen war und hinabsah auf das nächtliche Stuttgart, das sich anschickte, das neue Jahrtausend mit Feuerwerk zu begrüßen, kamen ihm die Tränen, so prachtvoll war alles.

Wolfgang Mattek presste gerade die letzten Feuerwerksraketen in die Zündhalterungen, als ihn der Duft der Augenöffnerblume erreichte.

Ich arbeite, erkannte er. *Ich wollte doch nur noch ausruhen, und nun hetze ich mich ab, um mit den letzten Vorräten noch ein jämmerliches Feuerwerk hinzubekommen. Als hinge weiß Gott was davon ab.*

Niemals ausruhen. Als dürfe er das nicht. Er hielt inne, sah auf die Uhr, sah die Zeiger auf die Zwölf zuwandern und spürte den Impuls, sich zu beeilen. Er musste das Jahr 2000 feiern, als Fabrikant von Feuerwerksartikeln war das seine Pflicht ...!

Pflicht, das war etwas, an dem man sich festhalten konnte. Da musste man nicht lange nachdenken, Pflichten gab es genug, und ehe man sich versah, konnte man schon die nächste am Hals haben.

Eigentlich machte er das alles nur, um sich abzulenken. Weil er sich Sorgen um Nora und die Kinder machte. Und weil er so müde war, so sterbensmüde. Eigentlich hätte er schlafen wollen, unendlich lange schlafen, aber er konnte doch nicht schlafen, solange er nicht wusste, was los war, wo Nora war, Thilo, Sabrina ... was aus Kelwitt geworden war ... War es nicht seine Pflicht, am Telefon auszuharren?

Als draußen das Feuerwerk losging, legte sich Wolfgang Mattek, in dessen Fabrik das meiste davon hergestellt worden war, angezogen aufs Bett – was er noch nie gemacht hatte – und schlief ungeachtet des Krachs sofort ein.

Die Sekretärin, in deren Kresseschale der Samen der Augenöffnerblume irrtümlich gelandet war, hatte über Weihnachten und Neujahr Urlaub, und ihre Stellvertreterin hatte sich nicht um die Kräuterzucht gekümmert. Als sich an diesem Silvesterabend die Blüten öffneten, verteilte die unauffällige, hochleistungsfähige Klimaanlage des Weißen Hauses ihren Duft sofort in allen Räumen.

Der Präsident hatte die langsam in Gang kommende Party wieder verlassen, verfolgt von neugierigen Blicken, die sich vermutlich fragten, welche Weltkrise sich da anbahnen mochte, und stand gerade in einem der Räume, die kein offizieller Prospekt nennt, um sich auf mehreren Monitoren Bilder anzusehen, die die Kameras der Aufklärungsjets und die nächstliegenden Satelliten lieferten.

Wir beobachten den ersten Kontakt mit Wesen von anderen Sternen, dachte der Präsident. *Ist das nicht fantastisch?* Er hieb seinem Berater begeistert auf die Schulter und rief: »Ist das nicht fantastisch, Jim? Es gibt sie also doch!«

»Ja, ich kann's kaum glauben, dass ich das hier sehen kann!«, erwiderte der begeistert, sah ihn mit leuchtenden Augen an, um im nächsten Moment ein steinernes Gesicht zu bekommen, in dessen Augen das Leuchten erstarb. »Ich meine, ja, Sir, Mister President«, sagte er steif.

Präsident sein ist doch ein Scheißjob, dachte der Präsident. *Kein Mensch redet mehr vernünftig mit einem.*

Ich richte meine Waffe auf das fremde Wesen, erkannte Hermann Hase. *Dabei habe ich überhaupt keinen Plan. Ich habe keine Ahnung, was ich jetzt tun soll.*

Er nahm die Waffe herunter, ließ den Außerirdischen los. Das riesige Raumschiff, das wie ein steinerner Himmel über ihren Köpfen hing, hatte seinen Plänen ohnehin ein Ende gesetzt.

Das war die Chance gewesen, auf die er immer gewartet hatte. Der Moment, in dem sich sein Schicksal hatte erfüllen sollen. Die eine Stunde, in der er das Richtige tun und damit die Geschicke der Menschheit in neue Bahnen lenken würde ...

Den Fremden zu erschießen war im Augenblick jedenfalls nicht das Richtige.

»Bitte entschuldigen Sie«, bat er das Wesen, das ihn aus großen Augen betrachtete. »Ich habe wohl, ähm, etwas die Nerven verloren ...«

»Kann passieren«, sagte das Wesen mit unverkennbar schwäbischem Akzent.

Im Grunde, überlegte Hermann Hase, gab es keinen Augenblick im Leben, in dem man *nicht* versuchen musste, das Richtige zu tun. Und wenn jeder das Richtige tat, würde sich das auf die Geschicke der Menschheit jedenfalls nicht negativ auswirken.

Ich halte die Oberschenkel zusammengepresst, merkte Dorothea Weinmann. *Diese Männer machen mir Angst ...*

Sabrina hatte bestimmt keine Angst. Sie stand da und war nur wütend. *Ich bewundere Sabrina,* erkannte Dorothea.

Merkwürdig – warum eigentlich? Sabrina hatte eher ihre Regel bekommen und einen Busen und mit Jungs herumgemacht und ihr immer alles haarklein erzählt. Das war aufregend gewesen, aber es hatte ihr auch Angst gemacht, vor allem, als Sabrina angefangen hatte, richtig mit Jungs zu schlafen.

Ich stehe hier und sehe ein außerirdisches Lebewesen und ein außerirdisches Raumschiff, und alles, woran ich denken kann, ist, dass ich mich wahrscheinlich nur in Gerold verknallt habe, um nie im Leben Sex haben zu müssen, dachte Dorothea. Und damit war das erledigt. Sie war nicht mehr in

Gerold verliebt. Ihm hätte sie auch nie von diesem Erlebnis hier erzählen können.

Einem wie Christian schon eher.

Sie fühlte sich plötzlich großartig. Sie hätte jauchzen mögen vor Lebenslust.

Ich bin glücklich, merkte Nora. *Wir haben es geschafft. Kelwitt wird nach Hause zurückkehren und wieder gesund werden.*

Zuletzt war er ihr, so fremd er war, mit all seinen seltsamen Gerüchen und der ewigen Nässe um ihn herum, doch ans Herz gewachsen wie ein eigenes Kind. Der Gedanke, er hätte bei ihnen sterben können, elend eingehen, so weit entfernt von seiner Heimat, war ihr unerträglich gewesen.

Vielleicht neigte sie dazu, sich immer um alle Welt kümmern zu wollen. Um hungernde Kinder, Seevögel im Ölschlick, das Schicksal der gesamten Menschheit. Nichts anderes hatte sie damals auf den Berg getrieben.

Aber wahrscheinlich war es unsinnig, sich mehr aufzubürden, als man bewältigen konnte. Darüber musste sie einmal nachdenken.

Ich beobachte alle Menschen, merkte Thilo. *Selbst jetzt schaue ich zu und beobachte, was sie tun.*

Er betrachtete Kelwitt. Kelwitt war kein Mensch, aber ihn plagte dieselbe Frage wie ihn, Thilo: Was soll ich mit meinem Leben anfangen? Was ist es *wert*, anzustreben? Wofür lohnt es sich, sich einzusetzen? Kelwitt hatte die Antwort in seinem Orakel gesucht und musste nun doch ohne sie nach Hause zurückkehren. Sybilla hatte immer Antworten gehabt, auf alles. Aber es waren düstere Antworten gewesen, mit denen er wenig hatte anfangen können.

Vielleicht gab es keine Antworten. Vielleicht musste er

mal darüber nachdenken, dass eine Möglichkeit, sein Leben zu verpassen, sein mochte, sich ständig zu fragen, was man damit anfangen sollte.

Ich bin wütend, merkte Sabrina. *Stinkewütend. Ich könnte allen diesen Typen in die Eier treten ...*

Männer natürlich. Die hatten nichts anderes im Sinn, als alle Welt herumzukommandieren, immer um die Wette. Und mit den Frauen machten sie, was ihnen gerade in den Sinn kam ...

Aber nicht mit mir!

Sie spürte diese Wut und die Entschlossenheit, sich nicht beherrschen zu lassen, und fragte sich, ob sie irgendwann angefangen hatte, mit Männern zu schlafen aus dem Grund, sich zu beweisen, dass letztendlich sie es war, in deren Händen die Macht lag?

Ich gehe ungern, erkannte Kelwitt.

Er spürte, wie er zögerte. Warum? Was hielt ihn auf diesem Planeten, dessen Luft ihm nicht bekam, dessen Nahrungsmittel er nicht vertrug, auf dem er es mit Mühe und Schmerzen einige Perioden ausgehalten hatte?

Die Bewohner? Einige hatten ihn verfolgt, aber die Erdbewohner des Mattek-Schwarms hatten für ihn gesorgt, ihn beherbergt, getan, was sie konnten, damit es ihm gut ging.

Dafür war er ihnen dankbar, und er fühlte sich ihnen freundschaftlich verbunden. Aber er konnte nicht bei ihnen bleiben.

Ich hätte gern mehr von dieser Welt gesehen. Es tat ihm Leid, dass er die ganze Zeit mehr oder weniger isoliert hatte zubringen müssen.

Und nun sollte er zurückkehren und sich entscheiden, ob er in die Berge zu den Lederhäuten ging oder zu einem der anderen Schwärme der Donnerbucht? Keines von beiden würde ihn glücklich machen. Er wollte etwas sehen vom Universum ...

»Tik, meinst du, dass mich die Sternfahrer jemals aufnehmen würden nach dem, was ich mir hier geleistet habe?«

Ein zweiter fahler Lichtkegel fiel herab, berührte unweit der Gruppe den Boden. Ein paar Schneeflocken begannen, darin emporzusteigen, und zeigten so, was mit dem geschehen würde, der in den hellen Kreis trat.

Kelwitt verabschiedete sich von allen, die ihm nahe gewesen waren, auf seine eigene Art und auf die Art der Menschen, dann ging er über das ungepflügte Feld und ließ sich sacht nach oben tragen wie von einem unsichtbaren Aufzug.

»Komm wieder!«, rief ihm Sabrina nach.

»Oder schreib 'ne Karte!«, schrie Thilo.

»Komm gut nach Hause!«, wünschte ihm Nora.

Kelwitt winkte ihnen zu, wurde immer kleiner und schließlich vom Rumpf des Mutterschiffs aufgesogen. Der Lichtfinger erlosch. In der plötzlichen Dunkelheit sah man in der Ferne Leuchtraketen aufsteigen, Schwärmer und Heuler und prächtige Diamantkaskaden. Es war Mitternacht, das neue Jahrtausend hatte begonnen. Über ihnen hob sich das Raumschiff aus den Tiefen der Milchstraße so lautlos, wie es sich herabgesenkt hatte, und verschwand.

Am nächsten Morgen hatte die Augenöffnerblume aufgehört zu blühen, war der Duft verflogen. Die Menschen waren wieder in ihrem normalen, halb wachen Zustand gefangen, erinnerten sich allenfalls, dass etwas anders gewesen war in dieser Nacht, was sich aber leicht auf den Jahrtausendwechsel schieben ließ.

Doch wie sagen die Weisen auf dem vierten Planeten von

Telekis Stern? *Den Duft der Augenöffnerblume zu riechen ist der erste Schritt einer Reise, die überall hingehen kann. Es ist der wahre Duft der Freiheit.*

Und wenn die Augenöffnerblume blüht, weht sie neue Samen hinaus in die Welt, die wiederum neue Blüten tragen, und immer so fort ...

**Ausgezeichnet als bester Roman des Jahres 1998
(Gewinner des renommierten Kurt-Laßwitz-Preises)**

Stephen Foxx, Mitglied der New Yorker Explorer's Society, findet bei archäologischen Ausgrabungen in Israel in einem 2000 Jahre alten Grab die Bedienungsanleitung einer Videokamera, einer Kamera, die erst in einigen Jahren auf den Markt kommen soll. Es gibt nur eine Erklärung: Jemand muß versucht haben, Videoaufnahmen von Jesus Christus zu machen! Der Tote im Grab wäre demnach ein Mann aus der Zukunft, der in die Vergangenheit reiste – und irgendwo in Israel wartet seine Kamera samt Aufnahmen in einem sicheren Versteck darauf, gefunden zu werden. Oder ist alles nur ein großangelegter Schwindel? Eine turbulente Jagd zwischen Archäologen, Vatikan, den Medien und Geheimdiensten beginnt.

ISBN 3-404-14294-2

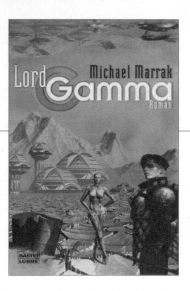

**Ausgezeichnet mit dem KURD-LASSWITZ-PREIS als
BESTER ROMAN DES JAHRES**

»*Michael Marrak hat das Zeug, der deutsche
Iain Banks zu werden!*« **ANDREAS ESCHBACH**

Dies ist die abenteuerliche Geschichte von Stan Ternasky,
der in einem Pontiac ohne Motor eine schnurgerade, ewig
abwärts führende Straße entlangrollt, durch eine Landschaft, die sich alle 180 Kilometer wiederholt, auf der
Suche nach Klonen seiner Frau …

»*Ausgefeilt und packend. Das Highlight des Jahres!*«
PHANTASTIK.DE

ISBN 3-404-24301-3

**Abwechslungsreich und farbenfroh:
für alle Leser von Peter Hamilton.**

Samarkand ist eine lebensfeindliche Welt, die terrageformt werden soll. Erste Erfolge stellen sich ein, doch dann geschieht ein katastrophaler Unfall, der jedes menschliche Wesen auf Samarkand tötet.
Ian Cormac, seit dreißig Jahren dauerhaft mit einem galaxisweiten Computersystem vernetzt, wird nach Samarkand geschickt. Dort findet er zwei menschenähnliche Kreaturen, ein Dienerwesen und den so genannten DRACHEN, eine monströse außerirdische Lebensform – die sich bald als künstliche Intelligenz erweist. Doch wer hat den Drachen erbaut , und zu welchem Zweck?

ISBN 3-404-23242-9

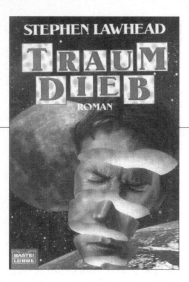

»Die Leute behaupten, dass es einen Dämon gibt – den Traumdieb –, der die Träume der Menschen stiehlt, während sie schlafen. Sie sagen, er lebe in den Bergen des Himalaja, wo er die gestohlenen Träume in einem großen Rubin eingeschlossen hält. Es heißt, wenn ein Mensch keine Träume mehr hat, dann schickt ihn der Traumdieb in die Nacht hinaus, sodass er sich sein Leben nimmt.«
Der ehrgeizige junge Wissenschaftler Spencer Reston ist Traumforscher auf Gotham, einer riesigen Weltraumstation, wo er die Auswirkungen langer Aufenthalte im All studiert. Eine unheimliche Macht scheint während seiner Selbstversuche nach seinem Geist zu greifen. Ohne es zu ahnen, ist er zum Bindeglied eines gewaltigen Komplotts geworden, geschmiedet von einem geheimnisvollen Wesen. Die abenteuerliche Suche nach dem Traumdieb führt Spencer und seine Freunde vom Mars bis in die Bergwelt Nordindiens.

ISBN 3-404-24241-6

**Für alle Freunde von
David Webers HONOR-HARRINGTON-Reihe**

Esmay Suiza hat keine großen Ambitionen: Alles, was sie in der Sternenflotte sucht, ist ein ruhiger Hafen, in dem sie sich geborgen fühlen kann. Die Chancen, dass sie Karriere machen und zur Admiralin aufsteigen wird, sind mehr als gering. Doch eines Tages findet sich Esmay mitten in einer Raumschlacht wieder – und als dienstälteste Offizierin in einer Gruppe Meuterer, die sich gegen ihren verräterischen Captain auflehnt ...

ISBN 3-404-23245-3